DIE LEGENDE VON

# SLEEPY HOLLOW

UND ANDERE ERZÄHLUNGEN

# DIE LEGENDE VON SLEEPY HOLLOW
## UND ANDERE ERZÄHLUNGEN

Edgar Allan Poe · E.T.A. Hoffmann · Nikolaj Gogol
Gustav Meyrink · Charles Dickens · Washington Irving

NIKOL
VERLAG

© 2013 Nikol Verlagsgesellschaft mbH & Co. KG,
Hamburg

Satz & Layout: Nikol Verlag, Hamburg
Titelabbildung: Nejron Photo – Fotolia.com
Umschlag: Timon Schlichenmaier, Hamburg
Printed in the Czech Republic
ISBN: 978-3-86820-185-7

**www.nikol-verlag.de**

# Inhalt

EDGAR ALLAN POE

# Die Maske
# des roten Todes

Lange schon wütete der ›Rote Tod‹ im Lande; nie war eine Pest verheerender, nie eine Krankheit gräßlicher gewesen. Blut war der Anfang, Blut das Ende – überall das Rot und der Schrecken des Blutes. Mit stechenden Schmerzen und Schwindelanfällen setzte es ein, dann quoll Blut aus allen Poren, und das war der Beginn der Auflösung. Die scharlachroten Tupfen am ganzen Körper der unglücklichen Opfer – und besonders im Gesicht – waren des Roten Todes Bannsiegel, das die Gezeichneten von der Hilfe und der Teilnahme ihrer Mitmenschen ausschloß; und alles, vom ersten Anfall bis zum tödlichen Ende, war das Werk einer halben Stunde.

Prinz Prospero aber war fröhlich und unerschrocken und weise. Als sein Land schon zur Hälfte entvölkert war, erwählte er sich unter den Rittern und Damen des Hofes eine Gesellschaft von tausend heiteren und leichtlebigen Kameraden und zog sich mit ihnen in die stille Abgeschiedenheit einer befestigten Abtei zurück. Es war dies ein ausgedehnter prächtiger Bau, eine Schöpfung nach des Prinzen eigenem exzentrischen, aber vornehmen Geschmack. Das Ganze war von einer hohen, mächtigen Mauer umschlossen, die eiserne Tore hatte. Nachdem die Höflingsschar dort eingezogen war, brachten die Ritter Schmelzöfen und schwere Hämmer herbei und schmiedeten die Riegel der Tore fest. Es sollte weder für die draußen wütende Verzweiflung noch für ein etwaiges törichtes Verlangen der Eingeschlossenen eine Türe offen sein. Da die Abtei mit Proviant reichlich versehen war und alle erdenklichen Vorsichtsmaßregeln getroffen worden waren, glaubte die Gesellschaft der Pestgefahr Trotz bieten zu können. Die Welt da draußen mochte für sich selbst sorgen! Jedenfalls schien es unsinnig, sich vorläufig bangen Gedanken hinzugeben. Auch hatte der Prinz für allerlei Zerstreuungen Sorge getragen. Da waren Gaukler und Komödianten, Musikanten und Tänzer – da war Schönheit und Wein. All dies und dazu das Gefühl der Sicherheit war drinnen in der Burg – draußen war der Rote Tod.

Im fünften oder sechsten Monat der fröhlichen Zurückgezogenheit versammelte Prinz Prospero – während draußen die Pest noch mit ungebrochener Gewalt raste – seine tausend Freunde auf einem Maskenball mit unerhörter Pracht. Reichtum und zügellose Lust herrschten auf dem Feste. Doch ich will zunächst die Räumlichkeiten schildern, in denen das Fest abgehalten wurde.

Es waren sieben wahrhaft königliche Gemächer. Im allgemeinen bilden in den Palästen solche Festräume – da die Flügeltüren nach beiden Seiten bis an die Wand zurückgeschoben werden können – eine lange Zimmerflucht, die einen weiten Durchblick gewährt. Dies war hier jedoch nicht der Fall. Des Prinzen Vorliebe für alles Absonderliche hatte die Gemächer vielmehr so zusammengegliedert, daß man von jedem Standort immer nur einen Saal zu überschauen vermochte. Nach Durchquerung jedes Einzelraumes gelangte man an eine Biegung, und jede dieser Wendungen brachte ein neues Bild. In der Mitte jeder Seitenwand befand sich ein hohes, schmales gotisches Fenster, hinter dem eine schmale Galerie den Windungen der Zimmerreihe folgte. Diese Fenster hatten Scheiben aus Glasmosaik, dessen Farbe immer mit dem vorherrschenden Farbenton des betreffenden Raumes übereinstimmte. Das am Ostende gelegene Zimmer zum Beispiel war in Blau gehalten, und so waren auch seine Fenster leuchtend blau. Das folgende

Gemach war in Wandbekleidung und Ausstattung purpurn, und auch seine Fenster waren purpurn. Das dritte war ganz in Grün und hatte dementsprechend grüne Fensterscheiben. Das vierte war orangefarben eingerichtet und hatte orangefarbene Beleuchtung. Das fünfte war weiß, das sechste violett. Die Wände des siebenten Zimmers aber waren dicht mit schwarzem Sammet bezogen, der sich auch über die Deckenwölbung spannte und in schweren Falten auf einen Teppich von gleichem Stoffe niederfiel. Und nur in diesem Raume glich die Farbe der Fenster nicht derjenigen der Dekoration: hier waren die Scheiben scharlachrot – wie Blut.

Nun waren sämtliche Gemächer zwar reich an goldenen Ziergegenständen, die an den Wänden entlang standen oder von der Decke herabhingen, kein einziges aber besaß einen Kandelaber oder Kronleuchter. Es gab weder Lampen- noch Kerzenlicht. Statt dessen war draußen auf der an den Zimmern hinlaufenden Galerie vor jedem Fenster ein schwerer Dreifuß aufgestellt, der ein kupfernes Feuerbecken trug, dessen Flamme ihren Schein durch das farbige Fenster hereinwarf und so den Raum schimmernd erhellte. Hierdurch wurden die phantastischsten Wirkungen erzielt. In dem westlichsten oder schwarzen Gemach aber war der Glanz der Flammenglut, der durch die blutig roten Scheiben in die schwarzen Sammetfalten fiel, so gespenstisch und gab den Gesichtern der hier Eintretenden ein derart erschreckendes Aussehen, daß nur wenige aus der Gesellschaft kühn genug waren, den Fuß über die Schwelle zu setzen.

In diesem Gemach befand sich an der westlichen Wand auch eine hohe Standuhr in einem riesenhaften Ebenholzkasten. Ihr Pendel schwang mit dumpfem, wuchtigem, eintönigem Schlag hin und her; und wenn der Minutenzeiger seinen Kreislauf über das Zifferblatt beendet hatte und die Stunde schlug, so kam aus den ehernen Lungen der Uhr ein voller, tiefer, sonorer Ton, dessen Klang so sonderbar ernst und so feierlich war, daß bei jedem Stundenschlag die Musikanten des Orchesters, von einer unerklärlichen Gewalt gezwungen, ihr Spiel unterbrachen, um diesem Ton zu lauschen. So mußte der Tanz plötzlich aussetzen, und eine kurze Mißstimmung befiel die heitere Gesellschaft. So lange die Schläge der Uhr ertönten, sah man selbst die Fröhlichsten erbleichen, und die Älteren und Besonneneren strichen mit der Hand über die Stirn, als wollten sie wirre Traumbilder oder unliebsame Gedanken verscheuchen. Kaum aber war der letzte Nachhall verklungen, so durchlief ein lustiges Lachen die Versammlung. Die Musikanten schämten sich lächelnd ihrer Empfindsamkeit und Torheit, und flüsternd vereinbarten sie, daß der nächste Stundenschlag sie nicht wieder derart aus der Fassung bringen solle. Allein wenn nach wiederum sechzig Minuten (dreitausendsechshundert Sekunden der flüchtigen Zeit) die Uhr von neuem anschlug, trat dasselbe allgemeine Unbehagen ein, dasselbe Bangen und Sinnen wie vordem.

Doch wenn man hiervon absah, war es eine prächtige Lustbarkeit. Der Prinz hatte einen eigenartigen Geschmack bewiesen. Er hatte ein feines Empfinden für Farbenwirkungen. Alles Herkömmliche und Modische war ihm zuwider, er hatte seine eigenen kühnen Ideen, und seine Phantasie liebte seltsame glühende Bilder. Es gab Leute, die ihn für wahnsinnig hielten. Sein Gefolge aber wußte, daß er es nicht wahr. Doch man mußte ihn sehen und kennen, um dessen gewiß zu sein.

Die Einrichtung und Ausschmückung der sieben Gemächer war eigens für dieses Fest ganz nach des Prinzen eigenen Angaben gemacht worden, und sein eigener merkwürdiger Geschmack hatte auch den Charakter der Maskerade bestimmt. Gewiß, sie war grotesk genug. Da gab es viel Prunkendes und Glitzerndes, viel Phantastisches und Pikantes. Da gab es Masken mit seltsam verrenkten Gliedmaßen, die Arabesken vorstellen sollten, und andere, die man nur mit den Hirngespinsten eines Wahnsinnigen vergleichen konnte. Es gab viel Schönes und viel Üppiges, viel Übermütiges und viel Groteskes, und auch manch Schauriges – aber nichts, was irgendwie widerwärtig gewirkt hätte. In der Tat, es schien, als wogten in den sieben Gemächern eine Unzahl von Träumen durcheinander. Und diese Träume wanden sich durch die Säle, deren jeder sie mit seinem besonderen Licht umspielte, und die tollen Klänge des Orchesters schienen wie ein Echo ihres Schreitens. Von Zeit zu Zeit aber riefen die Stunden der schwarzen Riesenuhr in dem Sammetsaal, und eine kurze Weile herrschte eisiges Schweigen – nur die Stimme der Uhr erdröhnte. Die Träume erstarrten. Doch das Geläut verhallte – und ein leichtes halbunterdrücktes Lachen folgte seinem Verstummen. Die Musik rauschte wieder, die Träume belebten sich von neuem und wogten noch fröhlicher hin und her, farbig beglänzt durch das Strahlenlicht der Flammenbecken, das durch die vielen bunten Scheiben strömte. Aber in das westliche der sieben Gemächer wagte sich jetzt niemand mehr hinein, denn die Nacht war schon weit vorgeschritten, und greller noch floß das Licht durch die blutroten Scheiben und überflammte die Schwärze der düsteren Draperien; wer den Fuß hier auf den dunklen Teppich setzte, dem dröhnte das dumpfe, schwere Atmen der nahen Riesenuhr warnender, schauerlicher ins Ohr als allen jenen, die sich in der Fröhlichkeit der anderen Gemächer umhertummelten.

Diese anderen Räume waren überfüllt, und in ihnen schlug fieberheiß das Herz des Lebens. Und der Trubel rauschte lärmend weiter, bis endlich die ferne Uhr den Zwölfschlag der Mitternacht erschallen ließ. Und die Musik verstummte, so wie früher; und der Tanz wurde jäh zerrissen, und wie früher trat ein plötzlicher unheimlicher Stillstand ein. Jetzt aber mußte der Schlag der Uhr zwölfmal ertönen; und daher kam es, daß jenen, die in diesem Kreis die Nachdenklichen waren, noch trübere Gedanken kamen, und daß ihre Versonnenheit noch länger andauerte. Und daher kam es wohl auch, daß, bevor noch der letzte Nachhall des letzten Stundenschlages erstorben war, manch einer Muße genug gefunden hatte, eine Maske zu bemerken, die bisher noch keinem aufgefallen war. Das Gerücht von dieser neuen Erscheinung sprach sich flüsternd herum, und es erhob sich in der ganzen Versammlung ein Summen und Murren des Unwillens und der Entrüstung – das schließlich zu Lauten des Schreckens, des Entsetzens und höchsten Abscheus anwuchs.

Man kann sich denken, daß es keine gewöhnliche Erscheinung war, die den Unwillen einer so toleranten Gesellschaft erregen konnte. Man hatte in dieser Nacht der Maskenfreiheit zwar sehr weite Grenzen gezogen, doch die fragliche Gestalt war in der Tat zu weit gegangen – über des Prinzen weitgehende Duldsamkeit hinaus. Auch in den Herzen der Übermütigsten gibt es Seiten, die nicht berührt werden dürfen, und selbst für die Verstocktesten, denen Leben und Tod nur Spiel ist, gibt es Dinge, mit denen sie nicht Scherz treiben lassen. Einmütig schien die Gesellschaft zu empfinden, daß in Tracht und Benehmen der befremdenden Gestalt weder Witz noch Anstand sei. Lang und hager war die Erscheinung, von Kopf zu Fuß in Leichentücher gehüllt. Die Maske, die das Gesicht verbarg, war dem Antlitz eines Toten täuschend nachgebildet. Und doch, all dieses hätten die tollen Gäste des tollen Gastgebers, wenn es ihnen auch nicht gefiel, noch hingehen lassen. Aber der Verwegene war so weit gegangen, die Gestalt des ›Roten Todes‹ darzustellen. Sein Gewand war mit Blut besudelt, und seine breite Stirn, das ganze Gesicht sogar, war mit dem scharlachroten Todesspiegel gefleckt.

Als die Blicke des Prinzen Prospero diese Gespenstergestalt entdeckten, die, um ihre Rolle noch wirkungsvoller zu spielen, sich langsam und feierlich durch die Reihen der Tanzenden bewegte, sah man, wie er im ersten Augenblick von einem Schauer des Entsetzens oder des Widerwillens geschüttelt wurde; im nächsten Moment aber rötete sich seine Stirn in Zorn.

»Wer wagt es«, fragte er mit heiserer Stimme die Höflinge an seiner Seite, »wer wagt es, uns durch solch gotteslästerlichen Hohn zu empören? Ergreift und demaskiert ihn, damit wir wissen, wer es ist, der bei Sonnenaufgang an den Zinnen des Schlosses aufgeknüpft werden wird!«

Es war in dem östlichen, dem blauen Zimmer, in dem Prinz Prospero diese Worte rief. Sie hallten laut und deutlich durch alle sieben Gemächer – denn der Prinz war ein kräftiger und kühner Mann, und die Musik war durch eine Bewegung seiner Hand zum Schweigen gebracht worden.

Das blaue Zimmer war es, in dem der Prinz stand, umgeben von einer Gruppe bleicher Höflinge. Sein Befehl brachte Bewegung in die Höflingsschar, als wolle man den

Eindringling angreifen, der gerade jetzt ganz in der Nähe war und mit würdevoll gemessenem Schritt dem Sprecher näher trat. Doch das namenlose Grauen, das die wahnwitzige Vermessenheit des Vermummten allen eingeflößt hatte, war so stark, daß keiner die Hand ausstreckte, um ihn aufzuhalten. Ungehindert kam er bis dicht an den Prinzen heran – und während die zahlreiche Versammlung zu Tode entsetzt zur Seite wich und sich in allen Gemächern bis an die Wand zurückdrängte, ging er unangefochten seines Weges, mit den nämlichen feierlichen und gemessenen Schritten wie zu Beginn. Und er schritt von dem blauen Zimmer in das purpurrote – von dem purpurroten in das grüne – von dem grünen in das orangefarbene – und aus diesem in das weiße – und weiter noch in das violette Zimmer, ehe eine entscheidende Bewegung gemacht wurde, um ihn aufzuhalten. Dann aber war es Prinz Prospero, der rasend vor Zorn und Scham über seine eigene unbegreifliche Feigheit die sechs Zimmer durcheilte – er allein, denn von den anderen vermochte infolge des tödlichen Schreckens kein einziger ihm zu folgen. Den Dolch in der erhobenen Hand war er in wildem Ungestüm der weiterschreitenden Gestalt bis auf drei oder vier Schritte nahe gekommen, als diese, die jetzt das Ende des Sammetgemaches erreicht hatte, sich plötzlich zurückwandte und dem Verfolger gegenüberstand. Man hörte einen durchdringenden Schrei, der Dolch fiel blitzend auf den schwarzen Teppich, und im nächsten Augenblick sank auch Prinz Prospero im Todeskampf zu Boden.

Nun stürzten mit dem Mute der Verzweiflung einige der Gäste in das schwarze Gemach und ergriffen den Vermummten, dessen hohe Gestalt aufrecht und regungslos im Schatten der schwarzen Uhr stand. Doch unbeschreiblich war das Grauen, das sie befiel, als sie in den Leichentüchern und hinter der Leichenmaske, die sie mit rauhem Griffe packten, nichts Greifbares fanden – sie waren leer …

Und nun erkannte man die Gegenwart des Roten Todes. Er war gekommen wie ein Dieb in der Nacht. Und einer nach dem andern sanken die Festgenossen in den blutbetauten Hallen ihrer Lust zu Boden und starben – ein jeder in der verzerrten Lage, in der er verzweifelnd niedergefallen war. Und das Leben in der Ebenholzuhr erlosch mit dem Leben des letzten der Fröhlichen. Und die Gluten in den Kupferpfannen verglommen. Und unbeschränkt herrschte über alles mit Finsternis und Verwesung der Rote Tod.

EDGAR ALLAN POE

# Der Untergang des Hauses Usher

*Son cœur est un luth suspendu;*
*Sitôt qu'on le touche il résonne.*
*Beranger*

Ich war den ganzen Tag lang geritten, einen grauen und lautlosen melancholischen Herbsttag lang – durch eine eigentümlich öde und traurige Gegend, auf die erdrückend schwer die Wolken herabhingen. Da endlich, als die Schatten des Abends herniedersanken, sah ich das Stammschloß der Usher vor mir. Ich weiß nicht, wie es kam – aber ich wurde gleich beim ersten Anblick dieser Mauern von einem unerträglich trüben Gefühl befallen. Ich sage unerträglich, denn dies Gefühl wurde durch keine der poetischen und darum erleichternden Empfindungen gelindert, mit denen die Seele gewöhnlich selbst die finstersten Bilder des Trostlosen oder Schaurigen aufnimmt. Ich betrachtete das Bild vor mir – das einsame Gebäude in seiner einförmigen Umgebung, die kahlen Mauern, die toten, wie leere Augenhöhlen starrenden Fenster, die paar Büschel dürrer Binsen, die weißschimmernden Stümpfe abgestorbener Bäume – mit einer Niedergeschlagenheit, die ich mit keinem anderen Gefühl besser vergleichen kann als mit dem trostlosen Erwachen eines Opiumessers aus seinem Rausche, dem bitteren Zurücksinnen in graue Alltagswirklichkeit, wenn der verklärende Schleier unerbittlich zerreißt. Es war ein frostiges Erstarren, ein Erliegen aller Lebenskraft – kurz, eine hilflose Traurigkeit der Gedanken, die kein noch so gewaltsames Anstacheln der Einbildungskraft aufreizen konnte zu Erhabenheit, zu Größe. Was mochte es sein – dachte ich, langsamer reitend –, ja, was mochte es sein, daß der Anblick des Hauses Usher mich so erschreckend überwältigte? Es war mir ein Rätsel; aber ich konnte mich der grauen Wahngespenster nicht erwehren; ich mußte mich mit der wenig befriedigenden Erklärung begnügen, daß es tatsächlich in der Natur ganz einfache Dinge gibt, die durch die Umstände, in denen sie uns erscheinen, geradezu niederdrückend auf uns wirken können, daß es aber nicht in unsere Macht gegeben ist, eine Definition dieser Gewalt zu finden. Es wäre möglich, überlegte ich, daß eine etwas andere Anordnung der einzelnen Bestandteile dieses Landschaftsbildes genügen würde, um die düstere Stimmung des Ganzen abzuschwächen, ja vielleicht sogar vollständig aufzuheben. Von diesem Gedanken getrieben, lenkte ich mein Pferd an den steilen Abhang eines schwarzen sumpfigen Teiches, der von keinem Hauch bewegt neben dem Schlosse lag, und spähte ins Wasser – doch ein Schauder, stärker als zuvor, schüttelte mich beim Anblick der auf den Kopf gestellten und verzerrten Bilder der grauen Binsen, der gespenstischen Baumstümpfe und der toten, wie leere Augenhöhlen starrenden Fenster.

Nichtsdestoweniger beschloß ich, in diesem schwermutvollen Hause einen Aufenthalt von mehreren Wochen zu nehmen. Sein Eigentümer, Roderick Usher, war einer meiner liebsten Jugendfreunde gewesen, doch seit unserer letzten Begegnung waren viele Jahre dahingegangen. Da hatte mich jüngst bei meinem Aufenthalt in einem entlegenen Teil des Landes ein Brief erreicht – ein Brief von ihm –, dessen seltsam ungestümer Charakter keine andere als eine persönliche und mündliche Beantwortung zuließ. Das Schreiben zeugte entschieden von nervöser Aufregung. Der Verfasser sprach von einer heftigen körperlichen Er-

krankung – von niederdrückender geistiger Zerrüttung –
und von dem innigen Wunsch, mich, der ich sein bester
und tatsächlich sein einziger persönlicher Freund sei, wie-
derzusehen; er hoffe, meine erheiternde Gesellschaft werde
seinem Zustande etwas Erleichterung bringen. Die Art und
Weise, in der dies und vieles andere gesagt war – die Her-
zensbedrängnis, die aus seinem Verlangen sprach –, das war
es, das mir kein Zögern erlaubte, und ich gehorchte daher
dieser höchst seltsamen Aufforderung unverzüglich.

Obgleich wir als Knaben geradezu vertraute Kameraden
gewesen waren, wußte ich dennoch recht wenig über meinen Freund. Seine Zurückhaltung war immer außerordentlich gewesen; sie war ihm ganz selbstverständlich erschienen. Immerhin war mir bekannt, daß seine sehr alte Familie
seit unvordenklichen Zeiten wegen einer eigentümlichen
Reizbarkeit des Temperaments bekannt gewesen war, einer Reizbarkeit, die lange Jahre hindurch in vielen erhaben
eigenartigen Kunstwerken sich aussprach; später betätig-
te sich dies feinfühlige Empfinden in mancher Handlung
großmütiger, doch unauffälliger Mildtätigkeit und in der
leidenschaftlichen Hingabe an das Studium der Musik – weniger also an ihre altbekannten leichtfaßlichen Schönheits-
formen, als an die tiefverborgenen Probleme dieser Kunst.
Ich hatte auch die sehr bemerkenswerte Tatsache erfahren,
daß der Stammbaum der Familie Usher, die jederzeit hoch-
angesehen gewesen, zu keiner Zeit einen ausdauernden Ne-
benzweig hervorgebracht hatte, mit anderen Worten, daß
die Abstammung der ganzen Familie in direkter Linie her-
zustellen war. Und ich vergegenwärtigte mir, daß in dieser
Familie neben dem ungeteilten Besitztum auch die besonderen Charaktereigentümlichkeiten sich ungeteilt von Glied zu

21

Glied vererbten, und sann darüber nach, inwieweit im Laufe
der Jahrhunderte die eine dieser Tatsachen die andere beeinflußt haben könne. Wahrscheinlich, so sagte ich mir, ist es
eben dieser Mangel einer Seitenlinie, ist es dies von Vater zu
Sohn immer sich gleichbleibende Erbe von Besitztum und
Familienname, das schließlich beide so miteinander identifiziert hatte, daß der ursprüngliche Name des Besitztums in
die wunderliche und doppeldeutige Bezeichnung ›das Haus
Usher‹ übergegangen war – eine Benennung, die bei den
Bauern, die sie anwendeten, beides, sowohl die Familie wie
das Familienhaus, zu bezeichnen schien.

Ich sagte vorhin, daß der einzige Erfolg meines etwas kindischen Beginnens – meines Hinabblickens in den dunklen
Teich – der gewesen war, den ersten sonderbaren Eindruck,
den das Landschaftsbild auf mich gemacht hatte, noch zu
vertiefen. Es ist zweifellos: das Bewußtsein, mit dem ich das
Anwachsen meiner abergläubischen Furcht – denn dies ist
der rechte Name für die Sache – verfolgte, diente nur dazu,
diese Furcht selbst zu steigern. Denn ich kannte schon lange
das paradoxe Gesetz aller Empfindungen, deren Ursprung
das Entsetzen, das Grauen ist. Und einzig dies mag die Ursache gewesen sein einer seltsamen Vorstellung, die in meiner Seele entstand, als ich meine Augen von dem Spiegelbild
im Pfuhl wieder hinaufrichtete auf das Wohnhaus selbst;
es war eine Einbildung, so lächerlich in der Tat, daß ich sie
nur erwähne, um zu zeigen, wie lebendig, wie stark die Eindrücke waren, die auf mir lasteten. Ich hatte so auf meine Einbildungskraft eingearbeitet, daß ich wirklich glaubte,
das Haus und seine ganze Umgebung sei von einer nur ihm
eigentümlichen Atmosphäre umflutet – einer Atmosphäre,
die zu der Himmelsluft keinerlei Zugehörigkeit hatte, son-

dern die emporgedunstet war aus den vermorschten Bäumen, den grauen Mauern und dem stummen Pfuhl – ein giftiger, geheimnisvoller, trüber, träger, kaum wahrnehmbarer bleifarbener Dunst.

Von meinem Geist abschüttelnd, was Traum gewesen sein mußte, prüfte ich eingehender das wirkliche Aussehen des Gebäudes. Das auffallendste an ihm schien mir sein beträchtliches Alter zu sein. Die Zeitläufte hatten ihm seine ursprüngliche Farbe genommen. Ein winzig kleiner Pilz hatte alle Mauern wie mit einem Netzwerk überzogen, dessen feinmaschiges Geflecht von den Dachtraufen herabhing. Doch von irgendwelchem außergewöhnlichen Verfall war das Gebäude noch weit entfernt. Kein Teil des Mauerwerks war eingesunken, und die noch vollkommen erhaltene Gesamtheit stand in seltsamem Widerspruch zu der bröckelnden Schadhaftigkeit der einzelnen Steine. Dies Haus stand gleichsam da wie altes Holzgetäfel, das in irgendeinem unbetretenen Gewölbe viele Jahre lang vermoderte, ohne daß je ein Lufthauch von draußen es berührte, und das darum in all seinem inneren Verfall stattlich und lückenlos dasteht. Außer diesen Zeichen eines allgemeinen Verfalls bot das Haus jedoch nur wenige Merkmale von Baufälligkeit. Vielleicht hätte allerdings ein scharfprüfender Blick einen kaum wahrnehmbaren Riß entdecken können, der an der Frontseite des Hauses vom Dach im Zickzack die Mauer hinunterlief, bis er sich in den trüben Wassern des Teiches verlor.

Diese Dinge bemerkte ich, während ich über einen kurzen Dammweg zum Hause hinaufritt. Ein wartender Diener nahm mein Pferd, und ich trat unter den gotisch gewölbten Torbogen der Halle. Ein Kammerdiener mit leichtem, leisem Schritt führte mich schweigend durch dunkle und gewundene Gänge bis in das Arbeitszimmer seines Herrn. Vieles, was ich unterwegs erblickte, trug irgendwie dazu bei, das unbestimmte niederdrückende Gefühl, von dem ich schon gesprochen habe, zu verstärken. Diese Dinge um mich her – das Schnitzwerk der Deckentäfelung, der ebenholzglänzende Flur, die düsteren Wandteppiche mit ihrem phantastischen Waffenschmuck, der bei meinen Tritten rasselte –, das alles waren Dinge, die schon meiner Kindheit vertraut gewesen waren, wie ich mir unumwunden eingestehen mußte –, dennoch wunderte ich mich, was für unheimliche Vorstellungen so gewöhnliche Dinge erwecken konnten.

Auf einer der Treppen begegnete ich dem Hausarzt. Sein Gesichtsausdruck erschien mir gemein und durchtrieben, obgleich mein Anblick ihn verblüffte. Er begrüßte mich verwirrt und ging weiter. Jetzt riß der Kammerdiener eine Türe auf und führte mich hinein zu seinem Herrn.

Das Zimmer, in dem ich mich nun befand, war sehr groß und hoch. Die Fenster waren lang und schmal und hatten gotische Spitzbogenform; sie befanden sich so hoch über dem schwarzen eichenen Fußboden, daß man nicht an sie heranreichen konnte. Ein schwacher Schimmer rötlichen Lichtes drang durch die vergitterten Scheiben herein und reichte gerade hin, die hervortretenden Gegenstände des Gemachs erkennbar zu machen; doch mühte sich das Auge vergebens, bis in die entfernten Winkel des Zimmers oder in die Tiefen der schmuckreichen Deckenwölbung vorzudringen. Dunkle Teppiche hingen an den Wänden. Die Einrichtung war im allgemeinen überladen prunkvoll, unbehaglich, altmodisch und schadhaft. Eine Menge Bücher und

Musikinstrumente lagen umher, doch auch das vermochte nicht, die tote Starrheit des öden Raumes zu beleben. Ich fühlte, daß ich eine Luft einatmete, die schwer von Gram und Sorge war. Wie ernste, tiefe, unheilbare Schwermut lastete es hier auf allem.

Bei meinem Eintritt erhob sich Usher von einem Sofa, auf dem er lang ausgestreckt gelegen hatte, und begrüßte mich mit warmer Lebhaftigkeit, die mir zuerst übertrieben schien – etwa als gezwungene Liebenswürdigkeit des blasierten Weltmannes. Ein Blick jedoch auf sein Gesicht überzeugte mich von seiner völligen Aufrichtigkeit. Wir setzten uns, und da er nicht gleich sprach, betrachtete ich ihn minutenlang – und wurde von Mitleid und Grauen ergriffen. Sicherlich, kein Mensch hatte sich je in so kurzer Zeit so schrecklich verändert wie Roderick Usher! Nur mit Mühe gelang es mir, die Identität dieser gespenstischen Gestalt da vor mir mit dem Gefährten meiner Kindheit festzustellen. Doch seine Gesichtsbildung war immer merkwürdig und auffallend gewesen: eine leichenhafte Blässe; große klare und unvergleichlich leuchtende Augen; Lippen, die etwas schmal und sehr bleich waren – aber von ungemein schönem Schwunge; eine Nase von edelzartem jüdischen Schnitt, doch mit ungewöhnlich breiten Nüstern; ein schöngebildetes Kinn, dessen wenig kräftige Form einen Mangel an sittlicher Energie verriet; Haare, die feiner und zarter waren als Spinnenfäden. Diese einzelnen Züge, verbunden mit einer massigen Kraft und Breite der Stirn über den Schläfen, bildeten ein Antlitz, das man nicht leicht vergessen konnte. Und nun hatte die übertriebene Entwicklung dieser charakteristischen Einzelheiten genügt, den Ausdruck seiner Züge derart zu verändern, daß ich nicht einmal wußte, ob er es wirklich war. Vor allem war ich bestürzt, ja entsetzt von der jetzt gespenstischen Blässe der Haut und dem jetzt übernatürlichen Strahlen des Auges. Das seidige Haar hatte ein ungewöhnliches Wachstum entfaltet, und wie es da so seltsam wie hauchzarter Altweibersommer sein Gesicht umflutete, konnte ich beim besten Willen nicht dies arabeskenhaft verschlungene Gewebe mit dem einfachen Begriff Menschenhaar in Beziehung bringen.

Im Benehmen meines Freundes überraschte mich sofort eine gewisse Verwirrtheit – seiner Rede fehlte der Zusammenhang; und ich erkannte dies als eine Folge seiner wiederholten kraftlosen Versuche, ein ihm innewohnendes Angstgefühl, das ihn wie Zittern überkam, zu unterdrücken – einer heftigen nervösen Aufregung Herr zu werden. Ich war allerdings auf etwas Derartiges gefaßt gewesen; sowohl sein Brief als auch meine Erinnerung an bestimmte Wesenseigenheiten des Knaben hatten mich darauf vorbereitet, und auch sein Äußeres wie sein Temperament ließen dergleichen ahnen. Sein Wesen war abwechselnd lebhaft und mürrisch. Seine Stimme, die eben noch zitternd und unsicher war (wenn die Lebensgeister in tödlicher Erschlaffung ruhten), flammte plötzlich auf zu heftiger Entschiedenheit – wurde schroff und nachdrücklich – dann schwerfällig und dumpf, bleiern einfältig – wurde zu den sonderbar modulierten Kehllauten der ungeheuren Aufregung des sinnlos Betrunkenen oder des unverbesserlichen Opiumessers.

So sprach er also von dem Zweck meines Besuches, von seinem dringenden Verlangen, mich zu sehen, und von dem trostreichen Einfluß, den er von mir erhoffe. Nach einer Weile kam er auf die Natur seiner Krankheit zu sprechen.

Es war, sagte er, ein ererbtes Familienübel, ein Übel, für das ein Heilmittel zu finden er verzweifle – nichts weiter als nervöse Angegriffenheit, fügte er sofort hinzu, die zweifellos bald vorübergehen werde. Sie äußere sich in einer Menge unnatürlicher Erregungszustände. Einige derselben, die er mir nun beschrieb, verblüfften und erschreckten mich, doch mochte an dieser Wirkung seine Ausdrucksweise, die Form seines Berichtes, schuld sein. Er litt viel unter einer krankhaften Verschärfung der Sinne; nur die fadeste Nahrung war ihm erträglich; als Kleidung konnte er nur ganz bestimmte Stoffe tragen; jeglicher Blumenduft war ihm zuwider; selbst das schwächste Licht quälte seine Augen, und es gab nur einige besondere Tonklänge – und diese nur von Saiteninstrumenten –, die ihn nicht mit Entsetzen erfüllten.

Ich sah, daß er der Furcht, dem Schreck, dem Grauen sklavisch unterworfen war. »Ich werde zugrunde gehen«, sagte er, »ich muß zugrunde gehen an dieser beklagenswerten Narrheit. So, so und nicht anders wird mich der Untergang ereilen! Ich fürchte die Ereignisse der Zukunft – nicht sie selbst, aber ihre Wirkungen. Ich schaudere bei dem Gedanken, irgendein ganz geringfügiger Vorfall könne die unerträgliche Seelenerregung verschlimmern. Ich habe wirklich kein Entsetzen vor der Gefahr, nur vor ihrer unvermeidlichen Wirkung – vor dem Schrecken. In diesem entnervten, in diesem bedauernswerten Zustand fühle ich, daß früher oder später die Zeit kommen wird, da ich beides, Vernunft und Leben, hingeben muß – verlieren im Kampf mit dem gräßlichen Phantom: Furcht.«

Noch einen andern sonderbaren Zug seiner geistigen Verfassung erfuhr ich nach und nach aus abgerissenen, unbestimmten Andeutungen. Er war hinsichtlich des Hauses,

das er bewohnte, in gewissen abergläubischen Vorstellungen befangen. Schon seit Jahren hatte er sich nicht mehr aus
dem Hause herausgewagt – infolge eines Einflusses, dessen
eingebildete Wirkung er mir in so unbestimmten, schatten-
dunkeln Worten mitteilte, daß ich sie hier nicht wiedergeben
kann. Wie er sagte, hatten einige Besonderheiten in der Bau-
art und dem Baumaterial seines Stammschlosses in dieser
langen Leidenszeit auf seinen Geist Einfluß erlangt – einen Einfluß also, den das Physische der grauen Mauern und
Türme und des trüben Pfuhls, in den sie alle hinabstarrten,
auf seine Psyche ausübte.

Jedoch gab er zögernd zu, daß die seltsame Schwermut,
unter der er leide, einer natürlicheren, gewissermaßen hand-
greiflicheren Ursache zugeschrieben werden könne – nämlich der schweren und langwierigen Krankheit – ja der offenbar nahen Auflösung – einer zärtlich geliebten Schwester – der einzigen Gefährtin langer Jahre – der letzten und
einzigen Verwandten auf Erden. Ihr Hinscheiden, sagte er
mit einer Bitterkeit, die ich nie vergessen kann, würde ihn
(ihn, den Hoffnungslosen, Gebrechlichen) als den Letzten des alten Geschlechtes der Usher zurücklassen. Während er sprach, durchschritt Lady Magdalen – so hieß seine
Schwester – langsam den entfernten Teil des Gemachs und
verschwand, ohne meine Anwesenheit beachtet zu haben.
Ich betrachtete sie mit maßlosem Erstaunen, das nicht frei
war von Entsetzen – und dennoch konnte ich mir keine Rechenschaft geben über das, was ich fühlte. Wie Erstarrung
kam es über mich, als meine Augen ihren entschwebenden
Schritten folgten. Als sich die Tür hinter ihr geschlossen
hatte, suchte mein Blick unwillkürlich und begierig das Antlitz des Bruders – aber er hatte das Gesicht in den Händen

vergraben, und ich konnte nur bemerken, daß seine mageren Finger, zwischen denen viele leidenschaftliche Tränen hindurchsickerten, von noch gespenstischerer Blässe waren als gewöhnlich.

Schon lange hatte die Krankheit der Lady Magdalen der Geschicklichkeit der Ärzte gespottet. Eine beständige Apathie, ein langsames Hinwelken und häufige, wenn auch vorübergehende Anfälle, vermutlich kataleptischer Natur, das war die ungewöhnliche Diagnose. Bislang hatte sie standhaft der Gewalt der Krankheit getrotzt und war noch nicht bettlägerig geworden. Am Tage meiner Ankunft aber unterlag sie gegen Abend der vernichtenden Macht des Zerstörers – so berichtete ihr Bruder mir des Nachts in unaussprechlicher Aufregung, und ich erfuhr, daß der flüchtige Anblick, den ich von ihr gehabt, wohl auch der letzte gewesen sein werde – daß Lady Magdalen wenigstens lebend nicht mehr von mir erblickt würde.

In den nächsten Tagen wurde ihr Name weder von Usher noch von mir erwähnt; und während dieser Zeit war ich ernstlich und angestrengt bemüht, meinen Freund seinem Trübsinn zu entreißen. Wir malten und lasen zusammen, oder ich lauschte wie im Traum seinen seltsamen Improvisationen auf der Gitarre. Und wie nun eine innige und immer innigere Vertrautheit mich immer rückhaltloser eindringen ließ in die Tiefen seiner Seele, kam ich immer mehr zu der bitteren Erkenntnis, daß alle Versuche vergeblich sein mußten, ein Gemüt zu erheitern, dessen Schwermut wie eine ewig unwandelbare positive Eigenschaft sich ergoß und alle Dinge der Welt stetig und ausnahmslos mit düsteren Strahlen beflutete.

Ich werde stets ein Andenken bewahren an die vielen feierlich ernsten Stunden, die ich so allein mit dem Haupt des
Hauses Usher zubrachte; dennoch ist es mir nicht möglich,
einen Begriff zu geben von dem Charakter der Studien
oder Beschäftigungen, in die er mich einspann oder zu denen er mich hinwies. Sein übertriebener, ruheloser, geradezu krankhafter Idealismus warf auf all unser Tun einen
schwefelig feurigen Glanz. Seine langen improvisierten Kla-
gegesänge werden mir ewig in den Ohren klingen; unter anderem habe ich in schmerzlichster, quälendster Erinnerung
eine seltsame Variation – eine Paraphrase über ›Carl Maria
von Webers letzte Gedanken‹. Die Bildwerke, die seine rast-
lose Phantasie erstehen ließ und die seine Hand in wunderbar verschwommenen Strichen wiedergab, weckten in mir
ein tödliches Grauen, das umso grausiger war, als ich nicht
enträtseln konnte, weshalb diese Bilder mich so schauerlich
berührten; so lebhaft sie mir auch vor Augen stehen – ich
würde mich vergeblich bemühen, mehr von ihnen wieder-
zugeben als eben möglich ist, mit Worten flüchtig anzudeuten. Durch die übertriebene Einfachheit, ja Nacktheit seiner
Bilder fesselte er – erzwang er die Aufmerksamkeit. Wenn
je ein Sterblicher vermochte, eine Idee zu malen, so war es
Roderick Usher. Mich wenigstens überwältigte – unter den
damals obwaltenden Umständen – bei den reinen Abstrak-
tionen, die der Hypochonder wagte auf die Leinwand zu
werfen –, mich überwältigte eine ganz unerhörte Ehrfurcht,
von der ich nicht einen Schatten hatte empfinden können
bei der Betrachtung der sicherlich glühenden, aber doch zu
körperlichen Träume Fuselis.

Eines der phantastischen Gemälde meines Freundes, ein
Bild, das nicht so streng abstrakt war, sei hier schattenhaft

nachgezeichnet – so gut es Worte eben können. Es war ein kleines Bild und zeigte das Innere eines ungeheuer langen rechtwinkligen Gewölbes oder Tunnels mit niederen, glatten weißen Mauern, die sich ohne jede Teilung schmucklos und endlos hinzogen. Durch gewisse feine Andeutungen in der Zeichnung des Ganzen wurde im Beschauer der Gedanke erweckt, daß dieser Schacht sehr, sehr tief unter der Erde lag. Nirgends fand sich in dieser Höhle eine Öffnung, und keine Fackel noch andere künstliche Lichtquelle war wahrnehmbar – dennoch quoll durch das Ganze eine Flut intensiver Strahlen und tauchte alles in eine gespenstische und ganz unvermutete Helligkeit.

Ich habe vorhin schon von der krankhaften Überreizung der Gehörsnerven gesprochen, die dem Leidenden alle Musik unerträglich machte, ausgenommen die Klangwirkung gewisser Saiteninstrumente. Vielleicht war es hauptsächlich diese Einschränkung, durch die er auf die Gitarre angewiesen war, die seinen Vorträgen solch phantastischen Charakter lieh. Aber das erklärte noch nicht die feurige Lebendigkeit dieser Impromptus. Sicherlich waren sie, sowohl was die Töne als was die Worte anbetraf (denn nicht selten begleitete er sein Spiel mit improvisierten Versgesängen), das Resultat jener intensiven geistigen Anspannung und Konzentration, von der ich schon früher erwähnte, daß sie nur in besonderen Momenten höchster künstlerischer Erregtheit bemerkbar war. Die Worte einer dieser Rhapsodien sind mir noch gut in Erinnerung. Sie machten wohl einen um so gewaltigeren Eindruck auf mich, als ich in ihrem mystischen Inhalt eine verborgene Andeutung zu entdecken glaubte, daß Usher ein klares Bewußtsein davon habe, wie sehr seine erhabene Vernunft ins Wanken geraten sei. Die

Verse, die betitelt waren ›Der verzauberte Palast‹, lauteten ungefähr – wenn nicht wörtlich – so:

*In der Täler grünstem Tale*
*Hat, von Engeln einst bewohnt,*
*Gleich des Himmels Kathedrale*
*Golddurchstrahlt ein Schloß gethront.*
*Rings auf Erden diesem Schlosse*
*Keines glich;*
*Herrschte dort mit reichem Trosse*
*Der Gedanke – königlich.*

*Gelber Fahnen Faltenschlagen*
*Floß wie Sonnengold im Wind –*
*Ach, es war in alten Tagen,*
*Die nun längst vergangen sind! –*
*Damals kosten süße Lüfte*
*Lind den Ort,*
*Zogen als beschwingte Düfte*
*Von des Schlosses Wällen fort.*

*Wandrer in dem Tale schauten*
*Durch der Fenster lichten Glanz,*
*Geister zu dem Sang der Lauten*
*Schreiten in gemeßnem Tanz*
*Um den Thron, auf dem erhaben,*
*Marmorschön,*
*Würdig solcher Weihegaben*
*War des Reiches Herr zu sehn.*

*Perlengleich, rubinenglutend*
*War des stolzen Schlosses Tor,*
*Ihm entschwebten flutend, flutend*
*Süße Echos, die im Chor,*
*Weithinklingend, froh besangen*
*— Süße Pflicht! —*
*Ihres Königs hehres Prangen*
*In der Weisheit Himmelslicht.*

*Doch Dämonen, schwarze Sorgen,*
*Stürzten roh des Königs Thron. —*
*Trauert, Freunde, denn kein Morgen*
*Wird ein Schloß wie dies umlohn!*
*Was da blühte, was da glühte*
*— Herrlichkeit! —*
*Eine welke Märchenblüte*
*Ist's aus längst begrabner Zeit.*

*Und durch glutenrote Fenster*
*Werden heute Wandrer sehn*
*Ungeheure Wahngespenster*
*Grauenhaft im Tanz sich drehn;*
*Aus dem Tor in wilden Wellen,*
*Wie ein Meer,*
*Lachend ekle Geister quellen —*
*Ach, sie lächeln niemals mehr!*

Ich entsinne mich gut, daß diese Ballade uns auf ein Gespräch führte, in dem Usher eine seltsame Anschauung kund-
gab. Ich erwähne diese Anschauung weniger darum, weil sie
etwa besonders neu wäre (denn andere haben ähnliche Hy-

pothesen aufgestellt), als wegen der Hartnäckigkeit, mit der Usher sie vertrat. Seine Anschauung bestand in der Hauptsache darin, daß er den Pflanzen ein Empfindungsvermögen, eine Beseeltheit zuschrieb. Doch hatte in seinem verwirrten Geist diese Vorstellung einen kühneren Charakter angenommen und setzte sich in gewissen Grenzen auch ins Reich des Anorganischen fort. Es fehlen mir die Worte, um die ganze Ausdehnung dieser Idee, um die unbeirrte Hingabe meines Freundes an sie auszudrücken. Dieser sein Glaube knüpfte sich (wie ich schon früher andeutete) eng an die grauen Quadern des Heims seiner Väter. Die Vorbedingungen für solches Empfindungsvermögen waren hier, wie er sich einbildete, erfüllt in der Art der Anordnung der Steine, in dem sie zusammenhaltenden Bindemittel und ebenso auch in dem Pilzgeflecht, das sie überwucherte; ferner in den abgestorbenen Bäumen, die das Haus umgaben, und vor allem in dem nie gestörten, unveränderten Bestehen des Ganzen und in seiner Verdoppelung in den stillen Wassern des Teiches. Der Beweis – der Beweis dieser Beseeltheit – sei, so sagte er, zu erblicken (und als er das aussprach, schrak ich zusammen) in der hier ganz allmählichen, jedoch unablässig fortschreitenden Verdichtung der Atmosphäre – in dem eigentümlichen Dunstkreis, der Wasser und Wälle umgab. Die Wirkung dieser Erscheinung, fügte er hinzu, sei der lautlos und gräßlich zunehmende vernichtende Einfluß, den sie seit Jahrhunderten auf das Geschick seiner Familie ausgeübt habe; sie habe ihn zu dem gemacht, als den ich ihn jetzt erblicke – zu dem, was er nun sei. – Solche Anschauungen bedürfen keines Kommentars, und ich füge ihnen daher nichts hinzu.

Unsere Bücher – die Bücher, die jahrelang des Kranken hauptsächliche Geistesnahrung gebildet hatten – entsprachen, wie vermutet werden konnte, diesem phantastischen Charakter. Wir grübelten gemeinsam über solchen Werken wie ›Ver-Vert et Chartreuse‹ von Grasset, ›Belphegor‹ von Macchiavelli, ›Himmel und Hölle‹ von Swedenborg, ›Die unterirdische Reise des Nicolaus Klimm‹ von Holberg, der Chiromantie von Robert Flud, von Jean d'Indaginé und von de la Chambre; brüteten über der ›Reise ins Blaue‹ von Tieck und der ›Stadt der Sonne‹ von Campanella. Ein Lieblingsbuch war eine kleine Oktavausgabe des ›Directorium Inquisitorium‹ des Dominikaners Emmerich von Gironne, und es gab Stellen in ›Pomponius Mela‹ über die alten afrikanischen Satyrn und Ögipans, vor denen Usher stundenlang träumend sitzen konnte. Sein Hauptentzücken jedoch bildete das Studium eines sehr seltenen und seltsamen Buches in gotischem Quartformat – einem Handbuch einer vergessenen Kirche –, des ›Vigiliae Mortuorum secundum Chorum Ecclesiae Maguntinae‹.

Ich konnte nicht anders, als an das seltsame Ritual dieses Werkes und seinen wahrscheinlichen Einfluß auf den Schwermütigen denken, als er eines Abends, nachdem er mir kurz mitgeteilt hatte, daß Lady Magdalen nicht mehr sei, seine Absicht äußerte, den Leichnam vor seiner endgültigen Beerdigung in einer der zahlreichen Grüfte innerhalb der Grundmauern des Gebäudes aufzubewahren. Die rein äußere Ursache, die er für dieses Vorgehen angab, war solcher Art, daß ich mich nicht aufgelegt fühlte, darüber zu diskutieren. Er, der Bruder, war (wie er mir sagte) zu diesem Entschluß gekommen infolge des ungewöhnlichen Charakters der Krankheit der Dahingeschiedenen, infolge gewisser eifriger und eindringlicher Fragen ihres Arztes und infolge der abgelegenen und einsamen Lage des Begräbnisplatzes der

Familie. Ich will nicht leugnen, daß, wenn ich mir das finstere Gesicht des Mannes ins Gedächtnis rief, dem ich am Tage meiner Ankunft auf der Treppe begegnete – daß ich dann kein Verlangen hatte, einer Sache zu widersprechen, die ich nur als eine harmlose und keineswegs unnatürliche Vorsichtsmaßregel ansah.

Auf Bitten Ushers half ich ihm bei den Vorkehrungen für die vorläufige Bestattung. Nachdem der Körper eingesargt worden war, trugen wir ihn beide ganz allein zu seiner Ruhestätte. Die Gruft, in der wir ihn beisetzten, war so lange nicht geöffnet worden, daß unsere Fackeln in der drückenden Atmosphäre fast erstickten und uns nur wenig gestatteten, Umschau zu halten. Die Gruft war eng, dumpfig und ohne jegliche Öffnung, die Licht hätte einlassen können; sie lag in beträchtlicher Tiefe, genau unter dem Teil des Hauses, in dem sich mein eigenes Schlafgemach befand. Augenscheinlich hatte sie in früheren Zeiten der Feudalherrschaft als Burgverlies übelste Verwendung gefunden und hatte später als Lagerraum für Pulver oder sonst einen leicht entzündlichen Stoff gedient, denn ein Teil ihres Fußbodens sowie das ganze Innere eines langen Bogenganges, von dem aus wir das Gewölbe erreichten, war sorgfältig mit Kupfer bekleidet. Die Tür aus massivem Eisen hatte ähnliche Schutzvorrichtungen. Ihr ungeheures Gewicht brachte einen ungewöhnlich scharfen kreischenden Laut hervor, als sie sich schwerfällig in den Angeln drehte.

Nachdem wir unsere traurige Bürde an diesem Ort des Grauens auf ein vorbereitetes Gestell niedergesetzt hatten, schoben wir den noch lose aufliegenden Deckel des Sarges ein wenig zur Seite und blickten in das Antlitz der Ruhenden. Eine verblüffende Ähnlichkeit zwischen Bruder und

Schwester fesselte jetzt zum erstenmal meine Aufmerksamkeit, und Usher, der vielleicht meine Gedanken erriet, murmelte ein paar Worte, denen ich entnahm, daß die Verstorbene und er Zwillinge gewesen waren, und daß Sympathien ganz ungewöhnlicher Natur stets zwischen ihnen bestanden hatten. Unsere Blicke ruhten jedoch nicht lange auf der Toten – denn wir konnten sie nicht ohne Ergriffenheit und Grausen betrachten. Das Leiden, das die Lady so in der Blüte der Jugend ins Grab gebracht, hatte – wie es bei Erkrankungen ausgesprochen kataleptischer Art gewöhnlich der Fall ist – auf Hals und Antlitz so etwas wie eine schwache Röte zurückgelassen und den Lippen ein argwöhnisch lauerndes Lächeln gegeben, das so schrecklich ist bei Toten. Wir setzten den Deckel wieder auf, schraubten ihn fest, und nachdem wir die Eisentüre wieder verschlossen hatten, nahmen wir mit Mühe unseren Weg hinauf in die kaum weniger düsteren Räumlichkeiten des oberen Stockwerkes.

Und jetzt, nachdem einige Tage bittersten Kummers vergangen waren, trat in der Geistesverwirrung meines Freundes eine merkliche Änderung ein. Sein ganzes Wesen wurde ein anderes. Seine gewöhnlichen Beschäftigungen wurden vernachlässigt oder vergessen. Er schweifte von Zimmer zu Zimmer mit eiligem, unsicherem und ziellosem Schritt. Die Blässe seines Gesichts war womöglich noch gespenstischer geworden – aber der feurige Glanz seiner Augen war ganz erloschen. Die gelegentliche Heiserkeit seiner Stimme war nicht mehr zu hören, und ein Zittern und Schwanken, wie von namenlosem Entsetzen, durchbebte gewöhnlich seine Worte. Es gab in der Tat Zeiten, wo ich vermeinte, sein unablässig arbeitender Geist kämpfe mit irgendeinem drükkenden Geheimnis, zu dessen Bekenntnis er nicht den Mut finden könne. Zu anderen Zeiten wieder war ich gezwungen, alles lediglich als Äußerungen seiner seltsamen Krankheit aufzufassen, denn ich sah, wie er stundenlang ins Leere starrte – und zwar mit dem Ausdruck tiefster Aufmerksamkeit, als lauschte er irgendeinem eingebildeten Geräusch. Es war kein Wunder, daß sein Zustand mich erschreckte, mich ansteckte. Ich fühlte, wie sich ganz allmählich, doch unablässig seine seltsamen Wahnvorstellungen, die er mir niemals mitteilte, in mich hineinfraßen.

Es war besonders in der Nacht des siebenten oder achten Tages nach der Bestattung der Lady Magdalen in der Gruft, als ich mich sehr spät zum Schlafen zurückgezogen hatte, daß ich die volle Gewalt dieser Empfindungen erfuhr. Kein Schlaf nahte sich meinem Lager, während die Stunden träge dahinkrochen. Ich bemühte mich, der Nervosität, die mich ergriffen hatte, Herr zu werden. Ich suchte mich zu überzeugen, daß an vielem – wenn nicht an allem –, was ich fühlte, die unheimliche Einrichtung des Gemachs schuld sei; denn es war unheimlich, wie die dunklen und zerschlissenen Wandteppiche, vom Atem eines nahenden Sturmes bewegt, stoßweise auf- und niederschwankten und gegen die Verzierungen des Bettes raschelten. Aber meine Anstrengungen waren fruchtlos. Ein nicht abzuschüttelndes Grauen durchbebte meinen Körper, und schließlich hockte auf meinem Herzen ein Alp – ein furchtbarstes Entsetzen. Mit einem tiefen Atemzug rang ich mich frei aus diesem Bann und setzte mich im Bette auf, ich spähte angestrengt in das undurchdringliche Dunkel des Zimmers und lauschte – wie getrieben von seltsamen instinktiven Ahnungen – auf gewisse dumpfe, unbestimmbare Laute, die, wenn der Sturm schwieg, in langen Zwischenräumen von irgendwoher zu mir drangen. Überwältigt von unbeschreiblichem Entsetzen, das mir ebenso unerträglich wie unerklärlich schien, warf ich mich hastig in die Kleider (denn ich fühlte, daß ich in dieser Nacht doch keinen Schlaf mehr finden würde) und versuchte, mich aus meinem jammervollen Zustand aufzuraffen, indem ich eilig im Zimmer auf- und abwandelte.

Ich war erst ein paarmal so hin und her gegangen, als ein leichter Tritt auf der benachbarten Treppe meine Aufmerksamkeit erregte. Ich erkannte sogleich Ushers Schritt. Einen Augenblick später klopfte er leise an meine Tür und trat mit einer Lampe in der Hand ein. Sein Gesicht war wie immer leichenhaft blaß – aber schrecklicher war der Ausdruck seiner Augen: wie eine irrsinnige Heiterkeit flammte es aus ihnen – sein ganzes Gebaren zeigte eine mühsam gebändigte hysterische Aufregung. Sein Ausdruck entsetzte mich – doch alles schien erträglicher als diese fürchterliche Einsamkeit, und ich begrüßte sein Kommen wie eine Erlösung.

»Und du hast es nicht gesehen?« sagte er unvermittelt, nachdem er einige Augenblicke schweigend um sich geblickt hatte. »Du hast es also nicht gesehen? – Doch halt, du sollst!« Mit diesen Worten beschattete er sorgsam seine Lampe und lief dann an eins der Fenster, das er dem Sturm weit öffnete.

Die ungeheure Wut des hereinstürmenden Orkans hob uns fast vom Boden empor. Es war wirklich eine sturmrasende, aber doch sehr schöne Nacht –, eine Nacht, die grausig seltsam war in Schrecken und in Pracht. Ganz in unserer Nachbarschaft mußte sich ein Wirbelwind erhoben haben, denn die Windstöße änderten häufig ihre Richtung. Die ungewöhnliche Dichtigkeit der Wolken, die so tief hingen, als lasteten sie auf den Türmen des Hauses, verhinderte nicht

die Wahrnehmung, daß sie wie mit bewußter Hast aus allen Richtungen herbeijagten und ineinanderstürzten – ohne aber weiterzuziehen.

Ich sage: selbst ihre ungewöhnliche Dichtigkeit verhinderte uns nicht, dies wahrzunehmen – dennoch erblickten wir keinen Schimmer vom Mond oder von den Sternen – ebensowenig aber einen Blitzstrahl. Doch die unteren Flächen der jagenden Wolkenmassen und alle umgebenden Dinge draußen im Freien glühten im unnatürlichen Licht eines schwach leuchtenden und deutlich sichtbaren gasartigen Dunstes, der das Haus umgab und einhüllte.

»Du darfst – du sollst das nicht sehen!« sagte ich schaudernd zu Usher, als ich ihn mit sanfter Gewalt vom Fenster fort zu einem Sessel führte. »Diese Erscheinungen, die dich erschrecken, sind nichts Ungewöhnliches; es sind elektrische Ausstrahlungen – vielleicht auch verdanken sie ihr gespenstisches Dasein der schwülen Ausdünstung des Teiches. Wir wollen das Fenster schließen; die Luft ist kühl und dir sehr unzuträglich. – Hier ist eines deiner Lieblingsbücher. Ich will vorlesen und du sollst zuhören, und so wollen wir diese fürchterliche Nacht zusammen verbringen.«

Der alte Band, den ich zur Hand genommen hatte, war der ›Mad Trist‹ von Sir Launcelot Canning, aber ich hatte ihn mehr in traurigem Scherz als im Ernst Ushers Lieblingsbuch genannt; denn in Wahrheit ist in seiner ungefügten und phantasielosen Weitschweifigkeit wenig, was für den scharfsinnigen und idealen Geist meines Freundes von Interesse sein konnte. Es war jedoch das einzige Buch, das ich zur Hand hatte, und ich nährte eine schwache Hoffnung, der aufgeregte Zustand des Hypochonders möge Beruhigung finden (denn die Geschichte geistiger Zerrüttung weist solche Widersprüche auf) in den tollen Übertriebenheiten, die ich lesen wollte. Hätte ich wirklich nach der gespannten, ja leidenschaftlichen Aufmerksamkeit schließen dürfen, mit der er mir zuhörte – oder zuzuhören schien –, so hätte ich mir zu dem Erfolg meines Vorhabens Glück wünschen dürfen.

Ich war in der Erzählung bei der allbekannten Stelle angelangt, wo Ethelred, der Held des ›Trist‹, nachdem er vergeblich friedlichen Einlaß in die Hütte des Klausners zu bekommen versucht hatte, sich anschickt, den Eintritt durch Gewalt zu erzwingen. Hier lautet der Text, wie man sich erinnern wird, so:

»Und Ethelred, der von Natur ein mannhaft Herz hatte und der nun, nachdem er den kräftigen Wein getrunken, sich unermeßlich stark fühlte, begnügte sich nicht länger, mit dem Klausner Zwiesprach zu halten, der wirklich voll Trotz und Bosheit war, sondern da er auf seinen Schultern schon den Regen fühlte und den herannahenden Sturm fürchtete, schwang er seinen Streitkolben hoch hinaus und schaffte in den Planken der Tür schnell Raum für seine behandschuhte Hand; und nun faßte er derb zu und zerkrachte und zerbrach – und riß alles zusammen, daß der Lärm des dürren, dumpf krachenden Holzes durch den ganzen Wald schallte und widerhallte.«

Bei Beendigung dieses Satzes fuhr ich auf und hielt mit Lesen inne, denn es schien mir so (obwohl ich sofort überlegte, daß meine erhitzte Phantasie mich getäuscht haben müsse), als kämen aus einem ganz entlegenen Teile des Hauses Geräusche her, die ein vollkommenes sehr fernes Echo hätten sein können von jenem Krachen und Bersten, das Sir Launcelot so charakteristisch beschrieben hatte. Zweifellos war es nur das Zusammentreffen irgendeines Geräusches

43

mit meinen Worten, das meine Aufmerksamkeit gefesselt hatte. Denn inmitten des Rüttelns der Fensterläden und der vielfältigen Lärmlaute des anwachsenden Sturmes hatte der Laut an sich sicherlich nichts, was mich interessiert oder gestört haben könnte. Ich fuhr in der Erzählung fort:

»Aber als der werte Held Ethelred jetzt in die Türe trat, geriet er bald in Wut und Bestürzung, kein Zeichen des boshaften Klausners zu bemerken, sondern statt seiner ein ungeheurer schuppenrasselnder Drachen mit feuriger Zunge, der als Hüter vor einem goldenen Palast mit silbernem Fußboden ruhte. Und an der Mauer hing ein Schild aus schimmerndem Stahl mit der Inschrift:

*›Wer hier herein will dringen, den Drachen muß er bezwingen;*
*Ein Held wird er sein, den Schild sich erringen.‹*

Und Ethelred schwang seinen Streitkolben und schmetterte ihn auf den Schädel des Drachen, der zusammenbrach und seinen üblen Odem aufgab, und dieses mit einem so gräßlichen und schrillen und durchdringenden Schrei, daß Ethelred sich gern die Ohren zugehalten hätte vor dem schrecklichen Laut, desgleichen hievor niemalen erhört gewesen war.«

Hier hielt ich wieder bestürzt inne – und diesmal mit schauderndem Entsetzen –, denn es konnte kein Zweifel sein, daß ich in diesem Augenblick (wennschon es mir unmöglich war, anzugeben, aus welcher Richtung) einen dumpfen und offenbar entfernten, aber schrillen, langgezogenen, kreischenden Laut vernommen hatte – das vollkommene Gegenstück zu dem unnatürlichen Aufschrei des Drachen, wie der Dichter ihn beschrieb.

Obwohl ich durch dies zweite und höchst seltsame Zusammentreffen erschreckt war und tausend widerstreiten-
de Empfindungen, in denen Erstaunen und äußerstes Entsetzen vorherrschten, mich bestürmten, hatte ich dennoch
Geistesgegenwart genug, nicht etwa durch eine diesbezüg-
liche Bemerkung die Nervosität meines Gefährten noch
zu steigern. Ich war keineswegs sicher, daß er die in Frage stehenden Laute vernommen hatte, obgleich allerdings
während der letzten Minuten eine sonderbare Veränderung
mit ihm vorgegangen war. Anfänglich hatte er mir gegenüber gesessen, so daß ich ihm voll ins Gesicht sehen konnte;
nach und nach aber hatte er seinen Stuhl so herumgedreht,
daß er nun mit dem Gesicht zur Türe schaute. Ich konnte
daher seine Züge nur teilweise erblicken, doch sah ich, daß
seine Lippen zitterten, als flüstere er leise vor sich hin. Der
Kopf war ihm auf die Brust gesunken, aber ich wußte, daß
er nicht schlief, denn sein Profil zeigte mir seine weit und
starr geöffneten Augen, und sein Körper bewegte sich unausgesetzt sanft und einförmig hin und her. Dies alles hatte
ich mit raschem Blick erfaßt und nahm nun die Erzählung
Sir Launcelots wieder auf:

»Und nun, da der Held der schrecklichen Wut des Drachen entronnen war und sich des stählernen Schildes erinnerte, dessen Zauber nun gebrochen, räumte er den Ka-
daver beiseite und schritt über das silberne Pflaster kühn
hin zu dem Schild an der Wand. Der aber wartete nicht, bis
er herangekommen war, sondern stürzte zu seinen Füßen
auf den Silberboden nieder, mit gewaltig schmetterndem,
furchtbar dröhnendem Getöse.«

Kaum hatten meine Lippen diese Worte gesprochen, da
vernahm ich – als sei in der Tat ein eherner Schild schwer auf

einen silbernen Boden gestürzt – deutlich, aber gedämpft, einen metallisch dröhnenden Widerhall. Gänzlich entnervt sprang ich auf die Füße, aber die taktmäßige Schaukelbewegung Ushers dauerte fort. Ich stürzte zu dem Stuhl, in dem er saß. Sein Blick war stier geradeaus gerichtet, und sein Antlitz schien wie zu Stein erstarrt. Aber als ich die Hand auf seine Schulter legte, befiel ein heftiges Zittern seine ganze Gestalt; ein krankes Lächeln zuckte um seinen Mund, und ich sah, daß er leise hastend und stotternd vor sich hin murmelte, so, als wisse er nichts von meiner Anwesenheit. Mich tief zu ihm hinabbeugend, trank ich schließlich den scheußlichen Sinn seiner Worte ein:

»Es nicht hören? – Oh, ich höre es wohl und habe es gehört. Lange – lange – lange – viele Minuten, viele Stunden, viele Tage habe ich es gehört – aber ich wagte nicht – oh, bedaure mich – elender Schurke, der ich bin! – Ich wagte nicht, ich wagte nicht zu reden! Wir haben sie lebendig ins Grab gelegt! Sagte ich nicht, meine Sinne seien scharf? Ich sage dir jetzt, daß ich ihre ersten schwachen Bewegungen im dumpfen Sarge hörte. Ich hörte sie – vor vielen, vielen Tagen schon – dennoch wagte ich nicht – ich wagte nicht zu reden! – Und jetzt – heute nacht – Ethelred – ha! ha! – Das Aufbrechen der Tür des Klausners, und der Todesschrei des Drachen, und das Dröhnen des Schildes! – Sage lieber: das Zerbersten ihres Sarges, und das Kreischen der eisernen Angeln ihres Gefängnisses, und ihr qualvolles Vorwärtskämpfen durch den kupfernen Bogengang des Gewölbes. Oh, wohin soll ich fliehen? Wird sie nicht gleich hier sein? Wird sie nicht eilen, um mir meine Eile vorzuwerfen? Hörte ich nicht schon ihren Tritt auf der Treppe? Kann ich nicht schon das schwere und schreckliche Schlagen ihres Herzens vernehmen? Wahnsinniger!« – hier sprang er wie rasend auf und kreischte, als wolle er mit diesen Worten seine Seele hinausbrüllen – »Wahnsinniger! Ich sage dir, daß sie jetzt draußen vor der Türe steht!«

Als läge in der übermenschlichen Kraft dieses Ausrufes die Macht eines Zaubers – so rissen jetzt die riesigen alten Türflügel, auf die der Sprecher hinzeigte, ihre gewaltigen ebenholzenen Kinnladen auf. Es war das Werk des rasenden Sturmes – aber siehe – draußen vor der Türe stand leibhaftig die hohe, ins Leichentuch gehüllte Gestalt der Lady Magdalen Usher. Es war Blut auf ihrer weißen Gewandung, und die Spuren eines erbitterten Kampfes waren überall an ihrem abgezehrten Körper zu erkennen. Einen Augenblick blieb sie zitternd und taumelnd auf der Schwelle stehen – dann fiel sie mit einem leisen schmerzlichen Aufschrei ins Zimmer auf den Körper ihres Bruders – und in ihrem heftigen und nun endgültigen Todeskampf riß sie ihn tot zu Boden – ein Opfer der Schrecken, die er vorausempfunden hatte.

Wie verfolgt entfloh ich aus diesem Gemach und diesem Hause. Draußen tobte das Unwetter in unverminderter Heftigkeit, als ich den alten Teichdamm kreuzte. Plötzlich schoß ein unheimliches Licht quer über den Pfad, und ich blickte zurück, um zu sehen, woher ein so ungewöhnlicher Glanz kommen könne, denn hinter mir lagen allein das weite Schloß und seine Schatten. Der Strahl war Mondglanz, und der volle, untergehende, blutrote Mond schien jetzt hell durch den einst kaum wahrnehmbaren Riß, von dem ich bereits früher sagte, daß er vom Dach des Hauses im Zickzack bis zum Erdboden lief. Während ich hinstarrte, erweiterte sich dieser Riß mit unheimlicher Schnelligkeit; ein wütender Stoß des Wirbelsturms kam; das volle Rund des Satelliten wurde in dem breit aufgerissenen Spalt sichtbar; mein Geist wankte, als ich jetzt die gewaltigen Mauern auseinanderbersten sah; es folgte ein langes tosendes Krachen wie das Getöse von tausend Wasserfällen, und der tiefe und schwarze Teich zu meinen Füßen schloß sich finster und schweigend über den Trümmern des ›Hauses Usher‹.

EDGAR ALLAN POE

# Das Geheimnis der Marie Rogêt

# VORBEMERKUNG

Ein junges Mädchen namens Mary Cecilia Rogers war in der Nähe New Yorks ermordet worden. Ihr Tod hatte eine ungeheure und nachhaltige Aufregung hervorgerufen; das Geheimnis desselben war in der Zeit, da diese Geschichte geschrieben und veröffentlicht wurde, noch nicht aufgedeckt. In vorliegender Erzählung folgt der Autor, unter dem Vorgeben, das tragische Geschick einer Pariser Grisette zu berichten, bis in die kleinsten Einzelheiten den wesentlichen Tatsachen des wirklichen Mordes an der Mary Rogers, während er die unwesentlichen nur parallel stellte. So ist also jede auf die Fiktion gegründete Schlußfolgerung auf das wahre Ereignis anwendbar, und der Zweck der Geschichte war die Ergründung der Wahrheit.

›Das Geheimnis der Marie Rogêt‹ wurde weit entfernt vom Tatorte niedergeschrieben und basierte lediglich auf den betreffenden Zeitungsberichten. So entging dem Schreiber manches, woraus er an Ort und Stelle hätte Nutzen ziehen können. Dessenungeachtet ist zu bemerken, daß die Aussagen zweier Personen (deren eine die Frau Deluc der Erzählung ist), die zu verschiedenen Zeiten und lange nach Veröffentlichung der folgenden Blätter gemacht wurden, nicht nur die allgemeine Schlußfolgerung, sondern auch die hauptsächlichsten hypothetischen Einzelheiten, durch die diese Schlußfolgerung gewonnen wurde, voll bestätigten.

*Es gibt eine Reihe idealischer Begebenheiten, die der Wirklichkeit parallel läuft. Selten fallen sie zusammen. Menschen und Zufälle modifi-*

*zieren gewöhnlich die idealische Begebenheit, so daß sie unvollkommen erscheint und ihre Folgen gleichfalls unvollkommen sind. So bei der Reformation; statt des Protestantismus kam das Luthertum hervor.*

*(Novalis, Moral-Ansichten)*

Selbst unter den kühlsten Denkern gibt es nur wenige, die nicht gelegentlich durch ein fast wundervolles Zusammentreffen von Ereignissen sich versucht gefühlt hätten, an übernatürliche Dinge zu glauben. Solches Fühlen – denn dies halbe Glauben, von dem ich rede, wird nur *gefühlt,* nicht streng *gedacht –*, solches Fühlen ist schwer zu unterdrücken, höchstens durch die Lehre von den Zufälligkeiten, oder, wie der terminus technicus lautet, durch die Wahrscheinlichkeitsrechnung. Nun ist solche Berechnung in ihrem Wesen rein mathematisch, und da haben wir also die Absonderlichkeit, die exakteste aller Wissenschaften auf die Schatten und Schemen der spekulativsten Wissenschaft angewendet zu sehen.

Man wird finden, daß meine zeitlich voranliegende Geschichte, zu deren Veröffentlichung ich jetzt aufgefordert worden bin, in ihren Einzelheiten höchst merkwürdigerweise das vollkommene Seitenstück bildet zu der jüngst geschehenen Mordtat an der Mary Cecilia Rogers in New York.

Als ich vor Jahresfrist in einer Erzählung, betitelt ›Der Doppelmord in der Rue Morgue‹, versuchte, die auffallenden Geistesgaben meines Freundes, des Chevalier C. Auguste Dupin zu schildern, ahnte ich nicht, daß ich dies Thema je wieder aufnehmen würde. Meine Absicht hatte sich vollkommen erfüllt, und der seltsame Gang der Ereignisse hatte den Beweis für Dupins eigentümliche Fähigkeiten zur Genüge erbracht. An keinem anderen Beispiel hätte ich sie

so trefflich zeigen können. Jüngste Ereignisse aber, über-
raschende Enthüllungen, haben mir einige weitere höchst
seltsame Dinge offenbart, über die ich nicht schweigend
hinweggehen kann.

Nachdem Dupin die Tragödie aufgedeckt, die über dem
geheimnisvollen Tode der Frau L'Espanaye und ihrer Tochter lag, widmete er der Angelegenheit keine Aufmerksamkeit mehr und fiel wieder in seine alte träumerische Versun-
kenheit zurück. Selbst immer zur Einsamkeit geneigt, teilte
ich ohne weiteres seine Stimmung. In unsere Zimmer im
Faubourg Saint-Germain vergraben, schlugen wir alle Zu-
kunftspläne in den Wind und schlummerten friedlich dahin,
die düstere Welt mit Träumen vergoldend.

Diese Träume waren jedoch nicht ganz ungestört. Man
kann sich denken, daß die Rolle, die mein Freund in dem
Drama der Rue Morgue gespielt, auf die Pariser Polizei nicht
wenig Eindruck gemacht hatte. Bei ihren Beamten wurde
der Name Dupins viel genannt. Da die einfachen Rück-
schlüsse, mit Hilfe deren er das Geheimnis entwirrt hatte,
nicht einmal dem Präfekten, sondern einzig nur mir bekannt
waren, ist es weiter nicht erstaunlich, daß man die Sache für
ein Wunder und des Chevaliers analytische Fähigkeiten für
eine Art Sehergabe nahm. Seine Offenheit würde ihn veranlaßt haben, ein solches Vorurteil zu zerstreuen; dazu kam es
aber nicht, weil seine Indolenz ihm gegenüber das Berühren
eines Themas verbot, das für ihn selbst alles Interesse verloren hatte. So kam es, daß die Augen der Polizei bewundernd
an ihm hingen und man in nicht wenigen Fällen versuchte,
seine Dienste für die Präfektur in Anspruch zu nehmen. Einer der bemerkenswertesten Fälle war der der Ermordung
eines jungen Mädchens namens Marie Rogêt.

Dieser Mord ereignete sich ungefähr zwei Jahre nach den Greueltaten in der Rue Morgue. Marie, deren Tauf- und Familienname durch seine Ähnlichkeit mit jenem der unglücklichen ›Zigarren-Verkäuferin‹ sofort auffällt, war die einzige Tochter der Witwe Estelle Rogêt. Der Vater war gestorben, als Marie noch ein Kind gewesen, und seit seinem Tode bis achtzehn Monate vor der Mordtat, die den Gegenstand unserer Erzählung bildet, hatten Mutter und Tochter gemeinsam in der Rue Pavée Sainte Andrée gewohnt, wo die Mutter unter Mithilfe ihrer Tochter eine Pension leitete. So lebten sie dahin, bis das junge Mädchen zweiundzwanzig Jahre zählte; da erregte ihre große Schönheit die Aufmerksamkeit eines Parfümeurs, der im Erdgeschoß des Palais Royal einen Laden hatte und dessen Kundschaft in der Hauptsache von den verzweifelten Abenteurern gebildet wurde, die die Nachbarschaft unsicher machten. Herr Le Blanc war sich über den Vorteil klar, der seinem Parfümeriegeschäft durch Anwesenheit der schönen Marie erwachsen würde, und seine glänzenden Angebote wurden von dem Mädchen gern, von der Mutter nach einigem Zögern angenommen.

Die Erwartungen des Kaufmanns erfüllten sich, und die Reize der anmutigen ›Grisette‹ machten seinen Laden bald bekannt. Sie stand ungefähr ein Jahr in seinen Diensten, als ihre Verehrer durch ihr plötzliches Verschwinden in Verwirrung gesetzt wurden. Herr Le Blanc wußte für ihr Fernbleiben keine Erklärung zu geben, und Frau Rogêt war in verzweifelter Angst und Aufregung. Die Zeitungen nahmen die Sache auf, und die Polizei wollte gerade ernstliche Nachforschungen anstellen, als Marie eines schönen Morgens nach Verlauf einer Woche, gesund, wenn auch mit etwas trüber Miene, wieder hinter dem Ladentisch erschien. Selbstredend

wurde alles Forschen und Fragen sofort unterdrückt. Herr
Le Blanc behauptete wie vorher, nichts zu wissen. Marie
und ihre Mutter erwiderten auf alle Fragen, das junge Mädchen habe die letzte Woche bei Verwandten auf dem Lande
zugebracht. Man beruhigte sich also, und die Sache wurde
bald vergessen, um so mehr als das Mädchen, augenscheinlich um sich der dreisten Neugier zu entziehen, ihre Stellung
aufgab und sich in den Schutz der mütterlichen Behausung,
Rue Pavée Sainte Andrée, zurückzog.

Es war etwa fünf Monate nach dieser Rückkehr, als ihre
Freunde zum zweiten Male durch ihr plötzliches Verschwinden beunruhigt wurden. Drei Tage gingen hin, und man
hörte nichts von ihr. Am vierten fand man ihren Leichnam
in der Seine, und zwar in einer Gegend, die dem Viertel der
Rue Sainte Andrée nahezu entgegengesetzt und nicht sehr
weit von der Barrière du Roule lag.

Die Gräßlichkeit dieses Mordes – denn es war klar, daß
ein Mord geschehen war –, die Jugend und Schönheit des
Opfers und vor allem des Mädchens allgemeine Beliebtheit
riefen bei den leicht erregbaren Gemütern der Pariser große
Aufregung hervor. Ich kann mich keines ähnlichen Ereignisses erinnern, das einen so allgemeinen und so tiefen Eindruck gemacht hätte. Wochenlang vergaß man im Gespräch
über diesen einen Fall selbst die wichtigsten politischen Ta-
gesereignisse. Der Präfekt machte ganz ungewöhnliche Anstrengungen; und die gesamte Pariser Polizei spannte ihre
Kräfte aufs äußerste an.

Zuerst, als man die Leiche entdeckte, nahm man an, der
Mörder werde sich höchstens ganz kurze Zeit vor den sofort in Angriff genommenen Nachstellungen verborgen
halten können. Erst nach Ablauf einer Woche hielt man

es für nötig, eine Belohnung auszusetzen, und selbst da meinte man, mit tausend Francs genug getan zu haben. Inzwischen wurden die Nachforschungen mit Eifer, wenn auch nicht immer mit Verstand, fortgesetzt, und zahlreiche Personen wurden zwecklos verhaftet; da aber nach wie vor jeder Schlüssel zu dem Geheimnis fehlte, wuchs die allgemeine Aufregung aufs höchste. Nach zehn Tagen hielt man es für ratsam, die ursprünglich festgesetzte Summe zu verdoppeln, und schließlich, als die zweite Woche verstrichen war, ohne irgendwelche Anhaltspunkte zu liefern, und das Vorurteil, das in Paris gegen die Polizei nun einmal herrscht, sich in mehreren ernsthaften Angriffen Luft gemacht hatte, nahm es der Präfekt auf sich, die Summe von zwanzigtausend Francs auszusetzen ›für Überführung des Mörders‹, oder, falls es sich erweisen sollte, daß mehr als einer beteiligt gewesen, ›für Überführung irgendeines der Mörder‹. In der Proklamation, die diese Belohnung verkündete, wurde jedem, der seinen Mitschuldigen nannte, völlige Straffreiheit zugesichert, und dieser Proklamation war ein privater Aufruf einiger Bürger angefügt, die sich zusammengetan hatten, um der von der Präfektur ausgesetzten Summe aus eigenen Mitteln zehntausend Francs hinzuzufügen. Die gesamte Belohnung belief sich also auf nicht weniger als dreißigtausend Francs, ein ganz ungewöhnlich hoher Betrag, in Anbetracht der niedrigen sozialen Stellung des Mädchens und der Häufigkeit solcher Mordtaten in der Großstadt.

Niemand bezweifelte mehr, daß sich nun schnell das Dunkel über dem geheimnisvollen Mord lichten werde. Doch obgleich ein oder zwei Verhaftungen vorgenommen wurden, von denen man sich Aufklärung versprach, ergab sich nichts, was die Verdächtigungen gegen die Betreffenden gerechtfertigt hätte, und man mußte sie wieder entlassen. So seltsam es auch scheinen mag, so war doch schon die dritte Woche nach Auffindung der Leiche hingegangen – und hingegangen, ohne in das Dunkel der Sache Licht zu bringen –, ehe auch nur ein Gerücht über diese die öffentliche Meinung so aufregenden Ereignisse Dupin und mir zu Ohren kam. In Forschungen vertieft, die unsere ganze Aufmerksamkeit erforderten, war es fast ein Monat, seit einer von uns zuletzt ausgegangen oder einen Besucher empfangen oder mehr als einen flüchtigen Blick auf den politischen Leitartikel der führenden Tageszeitung geworfen hatte. G. selbst war es, der uns die erste Mitteilung von dem Morde machte. Er besuchte uns am 13. Juli 18.. früh am Nachmittag und blieb bis tief in die Nacht. Er war über das Fehlschlagen aller seiner Bemühungen, die Mordbuben ausfindig zu machen, sehr gereizt. Sein Ruf – so sagte er mit der Selbstgefälligkeit des Parisers – stehe auf dem Spiele. Selbst seine Ehre sei gefährdet. Die Augen der Menge seien auf ihn gerichtet, und es gäbe kein Opfer, das er nicht für die Aufdeckung des Geheimnisses bereitwillig brächte. Er schloß seine etwas konfuse Rede mit einem Kompliment auf das, was er Dupins ›Taktgefühl‹ zu nennen beliebte und machte ihm ein direktes Angebot – ein glänzendes Angebot, das näher darzutun ich mich nicht berufen fühle, das aber auch für den eigentlichen Gegenstand meiner Erzählung von keiner Bedeutung ist.

Das Kompliment wies mein Freund zurück, so gut er konnte, das Angebot aber nahm er ohne weiteres an, obwohl dasselbe lediglich in der Zuerkennung einer Provision bestand. Dies erledigt, erging sich der Präfekt sogleich in Darlegungen seiner eigenen Ansichten, sie mit langen Kommentaren über die tatsächlichen Geschehnisse würzend. Über diese letzteren waren wir noch immer nicht aufgeklärt. Er redete viel und keineswegs unerfahren, während ich hie und da eine Vermutung, einen Rat einwarf und die Nacht langsam hinschlich. Dupin, der behaglich in seinem gewohnten Lehnstuhl saß, schien die verkörperte Aufmerksamkeit. Er hatte die ganze Zeit seine Brille auf, und ein gelegentlicher Blick hinter ihre grünen Gläser genügte, mich zu überzeugen, daß er während der ganzen sieben oder acht bleiernen Stunden, die der Präfekt noch bei uns weilte, tief und friedlich schlief.

Am Morgen beschaffte ich von der Präfektur einen genauen Bericht der Beweisaufnahme und aus den verschiedenen Zeitungsverlagen ein Exemplar jeder Nummer, in der Angaben in dieser traurigen Angelegenheit veröffentlicht worden waren. Unter Weglassung alles dessen, was sich als positiv falsch erwies, lauteten die Angaben wie folgt:

Marie Rogêt verließ die Wohnung ihrer Mutter in der Rue Pavée Sainte Andrée am Sonntag, den 22. Juni 18.. gegen 9 Uhr morgens. Beim Fortgehen machte sie einem Herrn Jacques St. Eustache – und diesem allein – Mitteilung von ihrer Absicht, den Tag bei einer Tante in der Rue des Drômes zu verbringen. Die Rue des Drômes ist eine kurze und schmale, doch sehr belebte Straße, nicht allzuweit vom Fluß, und auf dem nächsten Wege etwa zwei Meilen von der Pension Frau Rogêts entfernt. St. Eustache war der anerkannte Bewerber Maries und wohnte und speiste in der Pension. Er sollte seine Verlobte bei Dunkelwerden abholen und heimbegleiten. Am Nachmittag jedoch begann es stark zu regnen, und im Glauben, sie werde, wie das bei ähnlichen Gelegenheiten bereits geschehen, die Nacht bei der Tante verbleiben, hielt er es nicht für nötig, sein Versprechen zu halten. Als die Nacht kam, äußerte Frau Rogêt – eine kränkliche alte Dame von siebzig Jahren –, sie fürchte, ›Marie nie wieder zu sehen‹; diese Bemerkung fand aber damals wenig Beachtung.

Am Montag wurde festgestellt, daß das Mädchen nicht in der Rue des Drômes gewesen war. Und als der Tag verging, ohne daß man von ihr hörte, nahm man an verschiedenen Punkten der Stadt und ihrer Umgebung eine verspätete Streife vor. Doch erst am vierten Tage ihres Verschwindens ließ sich Bestimmtes feststellen. An diesem Tage (Mittwoch, den 25. Juni) wurde ein Herr Beauvais, der gemeinsam mit einem Freunde in der Nähe der Barrière du Roule Nachforschungen anstellte, davon benachrichtigt, daß zwei Fischer soeben einen Leichnam aus dem Wasser gezogen hätten. Bei Besichtigung der Leiche erkannte Beauvais nach einigem Zögern in ihr das gesuchte Ladenmädchen. Sein Freund erkannte sie mit Bestimmtheit. Das Gesicht war ganz mit geronnenem Blut bedeckt; auch aus dem Mund floß Blut. Der bei Ertrunkenen übliche Schaum fehlte. Das Zellengewebe zeigte normale Färbung. Am Halse waren Quetschwunden und Fingerabdrücke. Die Arme waren über der Brust gekreuzt und steif, die rechte Hand geballt, die linke halb offen. Am linken Handgelenk zeigten sich rundum Hautabschürfungen, wie von Stricken; auch das rechte Handgelenk war arg zerschunden, ebenso der ganze Rücken, besonders die Schulterblätter. Um die Leiche an Land zu ziehen, hatten die Fischer ein Seil daran befestigt, doch hatte dies keine der Hautabschürfungen verursacht. Der Hals war stark geschwollen. Schnittwunden waren nicht sichtbar, auch keine blutunterlaufenen Stellen, die etwa auf Schläge mit einem stumpfen Instrument hingedeutet hätten. Ein Spitzenstreifen war so fest um den Hals geschlungen, daß er zunächst nicht sichtbar war; er war tief im Fleisch vergraben und mit einem Knoten geschlossen, der gerade unter dem linken Ohr lag. Der Streifen allein hätte genügt, den Tod herbeizuführen. Das ärztliche Gutachten sprach der Verstorbenen einen tugendhaften Lebenswandel zu. Sie sei, so hieß es, brutaler Gewalt unterlegen. Als die Leiche gefunden wurde, war ihr Zustand noch derartig, daß sie unschwer von Bekannten identifiziert werden konnte.

Die Bekleidung war sehr beschädigt und zerrissen. Aus dem Oberkleid war ein Streifen von etwa einem Fuß Breite vom unteren Saum bis zur Taille auf-, aber nicht abgerissen. Er war dreimal um die Hüften geschlungen und im Rücken zu einer Art Henkel verknotet. Auch aus dem Unterkleid aus feinem Musselin war ein achtzehn Zoll breiter Streifen herausgerissen – und zwar fadengerade und sorgsam. Er lag lose um ihren Hals und war mit festem Knoten geschlossen. Über dem Musselinstreifen und dem Spitzenstreifen lagen die zusammengeknüpften Bänder einer Haube, die lose daran hing. Der Knoten, mit dem die Haubenbänder geschlossen waren, war ein regelrechter Seemannsknoten.

Nach Rekognoszierung der Leiche wurde diese nicht, wie sonst üblich, nach der Morgue verbracht, sondern, da diese Formalität diesmal überflüssig, schleunigst beerdigt – nicht weit von der Stelle, wo sie gelandet worden war. Durch die Bemühungen Beauvais' gelang es, die Sache vorläufig nicht bekanntwerden zu lassen, und mehrere Tage vergingen, ehe sie von der Öffentlichkeit aufgenommen wurde. Ein Wochenblatt griff dann aber doch den Fall auf, die Leiche wurde wieder ausgegraben und einer nochmaligen Untersuchung unterzogen. Neues ergab sich dadurch aber nicht. Die Kleidungsstücke wurden nun doch der Mutter und den Bekannten der Verstorbenen vorgelegt und von diesen als jene bezeichnet, die sie bei ihrem Fortgehen von Hause getragen.

Inzwischen wuchs die Aufregung von Stunde zu Stunde. Mehrere Personen wurden festgenommen und wieder freigelassen. Besonders auf St. Eustache fiel der Verdacht; und er vermochte zunächst nicht, eine zufriedenstellende Erklärung über sein Tun und Lassen während des fraglichen Sonntags abzugeben. Später jedoch gab er Herrn G. eidlich Rechenschaft von jeder Stunde des Tages. Als die Zeit verging, ohne daß man irgend etwas entdeckte, gingen verschiedene Gerüchte um, und die Journalisten griffen sie auf. Am meisten Aufsehen erregte die Mutmaßung, daß Marie Rogêt noch am Leben und die in der Seine gefundene Leiche diejenige einer andern Unglücklichen sei. Ich halte es für nötig, dem Leser einige Stellen, die eben diese Vermutung dartun, zu übermitteln. Die betreffenden Stellen sind eine wörtliche Übersetzung aus ›L'Etoile‹, einem Blatt, das sehr geschickt geleitet wird.

»Fräulein Rogêt verließ das Haus der Mutter am 22. Juni 18.., einem Sonntagmorgen, mit der ausgesprochenen Absicht, ihre Tante oder sonstige Bekannte in der Rue des Drômes aufzusuchen. Von dieser Stunde an hat sie erwiesenermaßen keiner mehr gesehen. Keine Spur war mehr von ihr zu finden, keine Nachricht zu erlangen … Niemand hat sich bis jetzt gemeldet, der sie an jenem Tag, da sie von Hause fortgegangen, gesehen hätte … Wenn es also auch nicht erwiesen ist, daß Marie Rogêt am Sonntag, den 22. Juni, morgens 9 Uhr noch unter den Lebenden weilte, so haben wir doch Beweise dafür, daß sie bis zu dieser Stunde noch lebte. Am Mittwoch mittag entdeckte man in der Gegend der Barrière du Roule eine auf dem Wasser treibende Frauenleiche. Das waren also, selbst wenn wir voraussetzen, daß Marie Rogêt innerhalb drei Stunden nach Verlassen der mütterlichen Wohnung ins Wasser geworfen worden wäre, nur drei Tage, seit sie von Hause fortgegangen – genau drei Tage! Es ist aber Torheit anzunehmen, daß der Mord – falls hier ein Mord vorliegt – früh genug ausgeführt werden konnte, um den Mördern zu ermöglichen, die Leiche vor Mitternacht in den Fluß zu werfen. Wer sich so scheußlicher Verbrechen schuldig macht, wählt die Nacht und nicht den Tag zu seiner Tat … Wir sehen also, daß die gefundene Leiche, wenn sie diejenige der Marie Rogêt gewesen sein sollte, nur zwei und einen halben Tag, im Höchstfalle drei Tage, im Wasser gewesen sein kann. Die Erfahrung zeigt aber, daß Leichen Ertrunkener oder sofort nach dem Tode gewaltsam ins Wasser Geworfener sechs bis zehn Tage brauchen, ehe die Zersetzung eingetreten ist, die sie an die Oberfläche bringt. Selbst wenn man über einer unter Wasser ruhenden Leiche eine Kanone abfeuert und so das Steigen der ersteren vor dem fünften oder sechsten Tag veranlaßt, sinkt dieselbe wieder unter, sowie die Erschütterung vorbei ist. Wir fragen nun: weshalb sollte in diesem Falle ein Abweichen von der natürlichen Regel stattgefunden haben? … Hätte die Leiche in ihrem verstümmelten Zustand bis Dienstag nacht an Land gelegen, so hätte man Spuren von den Mördern finden müssen; auch ist es höchst zweifelhaft, ob der Körper, selbst wenn er erst zwei Tage nach eingetretenem Tode ins Wasser geworfen worden wäre, so bald schon an der Oberfläche treiben kann. Und fernerhin ist es äußerst unwahrscheinlich, daß Kerle, die einen solchen Mord begangen, den Leichnam ins Wasser geworfen haben sollten, ohne ihn durch einen Ballast zum Sinken zu bringen, wo solche Vorsichtsmaßregel doch so leicht getroffen werden kann.«

Der Schreiber fährt nun fort darzutun, daß der Körper nicht »drei, sondern mindestens fünfmal drei Tage« im Wasser gelegen haben muß, weil er so stark verwest war, daß Beauvais ihn nur mit Mühe identifizieren konnte. Dieser letzte Punkt wurde übrigens später völlig widerlegt. Ich fahre in der Übersetzung fort:

»Worin bestehen nun die Tatsachen, auf Grund deren Herr Beauvais aussagt, die Leiche sei die der Marie Rogêt? Er riß den Kleiderärmel auf und sagt, er fand Zeichen, die ihn von der Identität überzeugten. Man hat allgemein angenommen, diese Zeichen hätten in irgendwelchen Narben oder Flecken bestanden. Er hatte den Arm gerieben und ihn *behaart* gefunden! Etwas Unbestimmteres läßt sich gar nicht denken – es ist dasselbe, wie wenn man in einem Ärmel einen Arm findet. Herr Beauvais kehrte in jener Nacht nicht zurück, sondern sandte Frau Rogêt am Mittwoch abend um 7 Uhr Nachricht, daß die Untersuchungen noch im Gange seien. Wenn wir zugeben, daß Frau Rogêt, von Alter und Gram gebeugt, unfähig war, der Untersuchung beizuwohnen, so müßte doch immerhin irgend jemand es für wert gehalten haben, sich hinzubegeben, wenn man der Meinung war, die Leiche könne die des jungen Mädchens sein. Doch niemand tat das. Man war so verschwiegen, daß nicht einmal die Mitbewohner des Hauses in der Rue Pavée Sainte Andrée etwas von der Sache erfuhren. Herr St. Eustache, der Liebhaber und künftige Gatte Maries, der im Hause ihrer

Mutter wohnte, gibt an, er habe von der Auffindung der Leiche seiner Zukünftigen erst am folgenden Morgen gehört, als Herr Beauvais bei ihm eintrat und ihm davon berichtete. Wir sind erstaunt, wie kühl die Schreckensbotschaft entgegengenommen wurde.«

In dieser Weise versuchte die Zeitung ihre Leser zu überzeugen, daß die Familie Maries den Ereignissen eine Gleichgültigkeit entgegenbringe, die unvereinbar sei mit der Annahme, daß jene die Leiche als die des Mädchens anerkenne. Die Vermutungen des Blattes sind diese: Marie habe mit Wissen ihrer Freunde die Stadt verlassen, aus Gründen, die ihre jungfräuliche Reinheit in Frage stellten, und diese Freunde hätten die Gelegenheit der Auffindung einer Leiche, die mit der Vermißten einige Ähnlichkeit aufweise, benutzt, um die Öffentlichkeit von ihrem Tode zu überzeugen. Doch ›L'Etoile‹ war übereifrig gewesen. Es wurde klar erwiesen, daß auf seiten der Familie durchaus keine Gleichgültigkeit herrschte; daß die alte Dame außerordentlich hinfällig und viel zu aufgeregt war, um irgendwelchen Pflichten genügen zu können; daß St. Eustache, weit davon entfernt, die Nachricht kühl aufzunehmen, vor Kummer außer sich war und sich so rasend gebärdete, daß Herr Beauvais einen Freund und Verwandten ersuchte, ihn zu bewachen und zu verhindern, daß er der Wiederausgrabung der Leiche beiwohne. Und obgleich ›L'Etoile‹ behauptete, daß die Leiche nunmehr auf öffentliche Kosten beerdigt wurde – daß ein vorteilhaftes Angebot eines Privat-Begräbnisses von der Familie schroff abgelehnt wurde – und daß kein Familienglied der Zeremonie beiwohnte –, obgleich, sage ich, alles dies von ›L'Etoile‹ zur Bekräftigung der von ihm aufgestellten Ansicht behauptet wurde – so wurde doch alles genügend widerlegt. In einer späteren Nummer machte das Blatt den Versuch, Beauvais selbst zu verdächtigen. Es hieß da:

»Die Sachlage ändert sich nun. Wir erfahren, daß Herr Beauvais eines Tages zu einer sich damals im Hause Rogêt aufhaltenden Frau B. sagte, er beabsichtige auszugehen, es werde vermutlich ein Gendarm kommen, dem sie nichts über die Angelegenheit sagen solle, ehe er zurück sei; sie möge die Sache ihm selbst überlassen ... So wie die Dinge jetzt stehen, scheint es, als habe Herr Beauvais sie in seinem Gehirnkasten hinter Schloß und Riegel gesetzt. Nicht der kleinste Schritt kann ohne Herrn Beauvais geschehen, immer stößt man auf ihn ... Aus irgendeinem Grunde wünscht er, daß niemand außer ihm mit den Nachforschungen zu tun habe, und er hat nach Angabe der männlichen Verwandten sie alle in höchst sonderbarer Weise beiseite geschoben. Es widerstrebte ihm anscheinend sehr, den Verwandten die Besichtigung der Leiche zu gestatten.«

Folgende Tatsache wirft ein wenig Licht auf die Verdächtigung gegen Herrn Beauvais. Einige Tage vor dem Verschwinden des Mädchens hatte ein Herr, der Beauvais in seinem Bureau besuchen kam und diesen abwesend fand, im Schlüsselloch eine Rose stecken gesehen und auf einer nahebei hängenden Tafel den Namen ›Marie‹ gelesen.

Die allgemeine Auffassung der Sache – soweit wir sie den Zeitungen entnehmen konnten – schien die zu sein, daß Marie das Opfer einer wüsten Bande geworden sei, die sie über den Fluß geschleppt, mißhandelt und ermordet habe. ›Le Commercial‹ jedoch, ein Blatt von weittragender Bedeutung, suchte ernstlich diese Volksmeinung zu widerlegen. Ich zitiere ein paar Stellen aus seinen Spalten:

»Wir sind überzeugt, daß die Verfolgung bisher auf falscher Fährte war, sofern sie die Barrière du Roule im Auge hatte. Es ist ausgeschlossen, daß eine Tausenden bekannte Persönlichkeit, wie dieses junge Weib, drei Häuserquadrate durchqueren könnte, ohne erkannt zu werden; und wer sie erkannt hätte, würde sich dessen erinnern, denn sie interessierte jeden, der sie kannte. Ihr Fortgang erfolgte zu einer Zeit, da die Straßen voller Menschen waren … Es ist unmöglich, daß sie zur Barrière du Roule oder Rue des Drômes gegangen sein sollte, ohne von einem Dutzend Leuten erkannt worden zu sein; dennoch hat sich niemand gemeldet, der sie außerhalb des mütterlichen Hauses gesehen hätte, und was spricht dafür, daß sie es überhaupt verlassen hat – ausgenommen die ausgesprochene Absicht dazu? Ihr Kleid war zerrissen und wie ein Strick um ihren Leib geknotet – offenbar ist die Leiche daran wie ein Bündel getragen worden. Wäre der Mord an der Barrière du Roule begangen worden, so wäre eine solche Maßregel überflüssig gewesen. Die Tatsache, daß die Leiche bei der Barrière im Wasser treibend gefunden wurde, ist kein Beweis dafür, daß sie auch dort ins Wasser geworfen worden … Aus dem Unterrock der Unglücklichen war ein zwei Fuß langes und ein Fuß breites Stück herausgerissen und ihr um Kopf und Kinn gebunden, vermutlich um sie am Schreien zu verhindern. Das müssen Leute getan haben, die nicht im Besitze von Taschentüchern waren.«

Ein oder zwei Tage ehe der Präfekt uns besuchte, hatte die Polizei eine bedeutsame Nachricht erhalten, die zumindest die von ›Le Commercial‹ vertretene Hauptansicht über den Haufen warf. Zwei kleine Knaben, Söhne einer Frau Deluc, drangen bei einer Streife durch die Waldungen nahe der Barrière du Roule in ein Dickicht, wo drei oder vier große Steine eine Art Sitz mit Lehne und Fußbank bildeten. Auf dem oberen Stein lag ein weißer Unterrock, auf dem zweiten eine seidene Schärpe. Auch ein Sonnenschirm, Handschuhe und ein Taschentuch wurden hier gefunden. Das Taschentuch trug den Namen ›Marie Rogêt‹. An den benachbarten Brombeerbüschen hingen Kleiderfetzen. Die Erde war zerstampft, die Zweige waren geknickt, und alles deutete auf einen stattgehabten Kampf. Zwischen Dickicht und Fluß waren die Hecken umgebrochen, und der Boden zeigte, daß hier eine schwere Last entlang geschleppt worden war.

Ein Wochenblatt, ›Le Soleil‹, machte zu dieser Entdeckung folgende Bemerkung – die übrigens ein Echo der gesamten Pariser Presse war:

»Alle diese Dinge haben offenbar mindestens drei bis vier Wochen dort gelegen; sie waren sämtlich vom Regen durchfeuchtet und modrig geworden und klebten zusammen vor Moder. Das eine oder andere war hoch von Gras überwachsen. Die Seide des Sonnenschirms war kräftig, aber so verwittert und modrig, daß sie beim Öffnen des Schirms zerfiel. Die an den Büschen hängenden Kleiderfetzen hatten eine Größe von drei zu sechs Zoll. Ein Fetzen war der Saum des Kleides und war geflickt; ein anderer war aus dem Unterrock, nicht der Saum. Sie glichen abgerissenen Streifen und hingen am Dornbusch, etwa einen Fuß über dem Erdboden ... Es kann also kein Zweifel sein, daß man die Stelle der empörenden Gewalttat aufgefunden hat.«

Diese Entdeckung brachte neue Tatsachen ans Licht. Frau Deluc sagte aus, daß sie an der Landstraße, nicht weit vom Flußufer, gegenüber der Barrière du Roule, eine Gastwirtschaft betreibe. Die Umgegend ist sehr einsam. Sie ist besonders des Sonntags der Zufluchtsort schlechter Elemente aus der Stadt, schlimmer Burschen, die in Booten übersetzen. Am fraglichen Sonntag erschien nachmittags gegen drei Uhr ein junges Mädchen im Gasthaus, in Begleitung eines jungen Mannes von dunkler Gesichtsfarbe. Die beiden hielten sich einige Zeit hier auf. Als sie gingen, schlugen sie die Richtung nach den dichten Wäldern der Umgegend ein. Frau Delucs Aufmerksamkeit war durch des Mädchens Kleid gefesselt worden, das dem einer verstorbenen Verwandten ähnlich gewesen war. Besonders der Schärpe erinnerte sie sich. Bald nach Fortgang des Paares erschien eine Rotte ›Bösewichter‹, gebärdete sich wüst und lärmend, aß und trank ohne zu bezahlen, folgte dem Weg, den der junge Mann und das Mädchen genommen, kehrte zur Dämmerzeit zum Gasthof zurück und setzte in Eile wieder über den Fluß.

Es war am selben Abend, bald nach Dunkelwerden, als Frau Deluc und ihr ältester Sohn in der Nähe des Gasthofs eine Frauenstimme schreien hörten. Die Schreie waren heftig, doch kurz. Frau D. erkannte nicht nur die Schärpe wieder, die man im Dickicht gefunden, sondern auch das Kleid, das die Leiche getragen. Jetzt bekundete auch ein Omnibuskutscher, Valence, daß er am fraglichen Sonntag Marie Rogêt gesehen habe, wie sie in Begleitung eines jungen Mannes von dunkler Gesichtsfarbe auf einem Fährboot die Seine überquerte. Er, Valence, kannte Marie und konnte über ihre Identität nicht im Zweifel sein. Die im Dickicht gefundenen Gegenstände wurden alle von den Verwandten Maries wiedererkannt.

Die Ansichten und Tatsachen, die ich auf Dupins Anregung hin aus den Zeitungen gesammelt hatte, enthielten nur noch einen weiteren Punkt – doch dies war ein Punkt von

scheinbar weittragender Bedeutung. Es ergab sich, daß kurz
nach Auffindung der oben beschriebenen Kleidungsstücke
der leblose – oder nahezu leblose – Körper St. Eustaches,
Maries Verlobten, in der Nähe des Ortes gefunden wurde,
den alle jetzt für den Mordplatz hielten. Ein Fläschchen mit
der Aufschrift ›Laudanum‹ lag leer neben ihm. Sein Atem
roch nach dem Gift. Er starb, ohne gesprochen zu haben.
Man fand einen Brief bei ihm, der kurz besagte, daß er Marie liebe und in den Tod gehen wolle.

»Ich brauche Ihnen wohl nicht zu sagen«, bemerkte Dupin, nachdem er meine Notizensammlung überflogen hatte,
»daß dieser Fall weit verwickelter ist als jener aus der Rue
Morgue, von dem er besonders in einem Punkte abweicht.
Dies hier ist trotz seiner Scheußlichkeit ein *gewöhnliches* Verbrechen. Es hat nichts Absonderliches, nichts Unerklärliches. Aus diesem Grunde hat man die Lösung des Geheimnisses für leicht gehalten – die aber aus ebendiesem Grunde
besonders schwierig ist. Man hielt es also zunächst für überflüssig, eine Belohnung auszusetzen. G.s Häscher wußten
unschwer zu begreifen, wie und warum solche Scheußlichkeit begangen worden sein mochte. Sie hatten Erfindungs-
kraft genug, um sich mannigfache Art und Weisen und mannigfache Gründe auszumalen; und weil es *nicht unmöglich* war,
daß eine dieser zahlreichen Vermutungen den Tatsachen
entspräche, nahmen sie das einfach für *gewiß* an. Doch die
Leichtigkeit, mit der man zu allen diesen Möglichkeiten kam,
und die Wahrscheinlichkeit, die jede für sich hatte, hätte als
bezeichnend für die Schwierigkeit, nicht für die Leichtigkeit
der Lösung erachtet werden müssen. Ich sagte vorhin, daß
gerade die Absonderlichkeiten es sind, die der Vernunft auf
ihrer Suche nach der Wahrheit die beste Handhabe bieten,

und daß in Fällen wie dieser hier die Frage nicht sein sollte: was ist geschehen?, sondern vielmehr: was ist geschehen, das noch nie vorher geschehen ist? Bei den Nachforschungen im Hause der Frau L'Espanaye waren die Beamten G.s entmutigt und verzweifelt wegen eben der *Ungewöhnlichkeit* des Ereignisses, die einem gut geschulten Intellekt gerade das sicherste Zeichen zum Erfolg geboten hätte. Derselbe Intellekt könnte aber durch den gewöhnlichen Verlauf dieser anderen Mordsache, die den Polizeibeamten so leichten Triumph vorgaukelt, in Verzweiflung gestürzt werden.

In der Angelegenheit der Frau L'Espanaye und ihrer Tochter gab es schon bei Beginn unserer Untersuchungen keinen Zweifel, daß ein Mord stattgefunden hatte. Der Gedanke an Selbstmord war von Anfang an ausgeschlossen. Auch hier können wir diese Vermutung sofort zurückweisen. Der an der Barrière du Roule gelandete Leichnam wurde unter Umständen gefunden, die uns in diesem wichtigen Punkte alle Zweifel nehmen. Es ist aber die Annahme aufgetaucht, die aufgefundene Leiche sei gar nicht jene der Marie Rogêt – und nur für Überführung *ihres* Mörders oder ihrer Mörder ist die Belohnung ausgesetzt, und nur auf sie bezieht sich unsere Abmachung mit dem Präfekten. Wir beide kennen den Herrn gut. Man darf ihm nicht allzusehr trauen. Wenn wir bei unseren Nachforschungen von der gefundenen Leiche ausgehen und dann einen Mörder aufstellen, so geschähe es vielleicht doch, daß man die Leiche gar nicht als jene der Marie ansieht; gehen wir aber von der lebenden Marie aus, so haben wir wohl sie, finden sie aber nicht ermordet – in beiden Fällen tun wir nutzlose Arbeit, da wir es mit Herrn G. zu tun haben. Also schon um unsertwillen, wenn nicht um des Rechtes willen, ist es unvermeidlich, daß unser erster

Schritt sein muß, die Identität der Leiche mit der vermißten Marie Rogêt festzustellen.

Im Publikum haben die Beweisführungen von ›L'Etoile‹ Gewicht gehabt; und daß die Zeitung selbst von ihrer Bedeutung durchdrungen ist, geht aus der Art hervor, wie sie einen ihrer Aufsätze über dieses Thema einleitet: ›Mehrere Tagesblätter‹, sagt sie, ›sprechen von dem entscheidenden Artikel in unserer Montagsnummer.‹ Mir scheint der Artikel nur für den Eifer seines Verfassers entscheidend zu sein. Wir müssen im Auge behalten, daß die Aufgabe unserer Zeitungen im allgemeinen mehr darin besteht, Sensation zu erwecken – Fragen aufzuwerfen –, als die Sache der Wahrheit zu fördern. Dieser Zweck wird nur dann verfolgt, wenn er mit dem ersteren zusammenfällt. Das Blatt, das einfach die allgemeine Ansicht teilt, erntet – so wohlbegründet diese Ansicht auch sein mag – keinen Glauben beim Volk. Die Menge sieht nur den als weise an, der die *schärfsten Widersprüche* mit der allgemeinen Ansicht aufstellt. In der Schlußfolgerung wie in der Literatur ist es das Epigramm, das am schnellsten und am meisten geschätzt wird, obschon es am wenigsten wirklichen Wert hat.

Was ich sagen will, ist, daß lediglich diese Mischung von Sensationellem und Melodramatischem und nicht etwa irgendwelche Wahrscheinlichkeitsgründe maßgebend waren, daß ›L'Etoile‹ die Behauptung, Marie Rogêt sei noch am Leben, aufstellte, und was ihm den Erfolg beim Publikum sicherte. Prüfen wir die Punkte, von denen aus das Blatt seine Beweisführung antritt, indem wir die üblichen falschen Schlußfolgerungen aufdecken.

Das Bestreben des Schreibers geht zunächst dahin, an der geringen Zeit zwischen Maries Verschwinden und der Auffindung der Leiche zu zeigen, daß diese Leiche nicht jene der Marie sein kann. Dem Dialektiker wird es somit Zweck, diesen Zeitraum so viel als möglich zu verkürzen. In eiliger Verfolgung dieses Ziels setzt er an den Beginn seiner Argumentierung weiter nichts als eine Hypothese. ›Es ist Torheit anzunehmen‹, sagt er, ›daß der Mord – falls hier ein Mord vorliegt – früh genug ausgeführt werden konnte, um es den Mördern zu ermöglichen, die Leiche vor Mitternacht in den Fluß zu werfen.‹ Wir fragen sofort und selbstverständlich, *warum?* Warum ist es Torheit, anzunehmen, daß der Mord fünf Minuten nach Verlassen des mütterlichen Hauses erfolgte? Warum ist es Torheit anzunehmen, daß der Mord zu irgendeiner Tageszeit ausgeführt wurde? Es hat zu allen Stunden Ermordungen gegeben. Aber hätte der Mord am Sonntag zu irgendeiner Zeit zwischen neun Uhr früh und fünfzehn Minuten vor Mitternacht stattgefunden, so wäre immer noch Zeit genug gewesen, die Leiche vor Mitternacht in den Fluß zu werfen. Jene Voraussetzung kommt also zu der Schlußfolgerung, daß der Mord am Sonntag überhaupt nicht begangen worden sei; und wenn wir ›L'Etoile‹ eine derartige Annahme gestatten, so können wir ihm ebensogut alle erdenklichen andern Willkürlichkeiten gestatten. Die mißglückte Äußerung, die im ›Etoile‹ mit den Worten beginnt: ›Es ist Torheit anzunehmen, daß ...‹, könnte aber im Hirn ihres Verfassers *so* gelautet haben: ›Es ist Torheit anzunehmen, daß der Mord – falls die Leiche ermordet worden ist – früh genug ausgeführt werden konnte, um es den Mördern zu ermöglichen, die Leiche vor Mitternacht in den Fluß zu werfen.‹ Es ist Torheit, sage ich, dies anzunehmen und gleichzeitig anzunehmen (wozu wir aber entschlossen sind), daß die Leiche *nicht* früher als *nach* Mitternacht hineingeworfen

71

worden – eine an sich höchst inkonsequente Behauptung, aber immerhin nicht so widersinnig wie die abgedruckte.

Wäre es meine Absicht«, fuhr Dupin fort, »lediglich die Unhaltbarkeit dieses von ›L'Etoile‹ aufgestellten Satzes nachzuweisen, so lohnte es sich wohl kaum der Mühe. Es ist aber nicht ›L'Etoile‹, womit wir es zu tun haben, sondern die Wahrheit. Der fragliche Satz hat, so wie er dasteht, nur *einen* Sinn, und diesen Sinn habe ich festgestellt. Es ist jedoch nötig, daß wir hinter die Worte blicken, die die Aufgabe hatten, einen Gedanken zu vermitteln. Die Absicht des Journalisten ging dahin, zu sagen, daß es unwahrscheinlich sei, daß die Mörder gewagt haben sollten, die Leiche vor Mitternacht in den Fluß zu werfen – zu welcher Tages- oder Nachtzeit am Sonntag der Mord auch begangen sein sollte. Und hierin liegt die Annahme, die ich verwerfe: es wird angenommen, daß die Mordtat an solchem Orte und unter solchen Umständen geschah, daß es nicht nötig wurde, die Leiche zum Fluß *zu schleppen*. Nun könnte der Mord zum Beispiel am Flußufer oder auf dem Fluß selbst stattgefunden haben, und so könnte das Inswasserwerfen der Leiche zu jeder Tages- oder Nachtzeit sich als die naheliegendste und selbstverständlichste Art zu ihrer Entledigung erwiesen haben. Sie werden verstehen, daß ich hier nichts als wahrscheinlich aufstelle oder etwa als meiner eigenen Ansicht entsprechend. Meine Ansicht hat bis jetzt mit den *Tatsachen* des Falles nichts zu tun. Ich will Sie nur vor dem ganzen Ton der von ›L'Etoile‹ ausgesprochenen *Vermutung* warnen, indem ich Ihre Aufmerksamkeit darauf hinlenke, von wie falschen Voraussetzungen das Blatt ausgeht.

Nachdem die Zeitung diese ihrer vorgefaßten Meinung entsprechende Grenze gezogen und zu dem Schlusse ge-

kommen, daß die Leiche Maries – falls es ihre Leiche sei – nur ganz kurze Zeit im Wasser gelegen haben könne, fährt sie fort:

›Die Erfahrung zeigt aber, daß Leichen Ertrunkener oder sofort nach dem Tode gewaltsam ins Wasser Geworfener sechs bis zehn Tage brauchen, ehe die Zersetzung eingetreten ist, die sie an die Oberfläche bringt. Selbst wenn man über einer unter Wasser ruhenden Leiche eine Kanone abfeuert und so das Steigen der ersteren vor dem fünften oder sechsten Tage veranlaßt, sinkt dieselbe wieder unter, sowie die Erschütterung vorbei ist.‹

Diese Versicherungen sind von allen Pariser Blättern stillschweigend hingenommen worden, mit Ausnahme von ›Le Moniteur‹. Letztere Zeitung versucht lediglich die Äußerung über die Leichen Ertrunkener zu bekämpfen, und zwar indem sie fünf oder sechs Fälle zitiert, in denen Ertrunkene schon nach kürzerer Zeit an der Wasseroberfläche gesehen wurden, als ›L'Etoile‹ für möglich hält. Aber der ›Moniteur‹ geht in seinem Bemühen, die allgemeine Annahme von ›L'Etoile‹ durch Zitierung einzelner abweichender Fälle zu widerlegen, sehr unphilosophisch vor. Hätte man auch fünfzig statt fünf Beispiele von bereits nach zwei bis drei Tagen wieder emporgetauchten Leichen anführen können, so hätten selbst diese fünfzig Beispiele nur als Ausnahme von der von ›L'Etoile‹ aufgestellten Regel betrachtet werden müssen – so lange, bis die Regel selbst widerlegt wäre. Gibt man die Regel zu (der ›Moniteur‹ weist sie nicht zurück, sondern besteht nur auf seinen Ausnahmen), so behält die Beweisführung von ›L'Etoile‹ ihre volle Kraft, denn sie will ja nichts weiter, als die *Wahrscheinlichkeit* in Frage stellen, daß die Leiche nach weniger als drei Tagen an die Oberfläche gelangt sei; und diese Wahrscheinlichkeit bleibt so lange bestehen, bis die angeführten Beispiele eine genügende Zahl aufweisen, um eine entgegengesetzte Regel zu ergeben.

Sie sehen sofort, daß jede Beweisführung hier nur gegen die Regel selber vorzugehen hätte; und aus diesem Grunde müssen wir die *Begründung* der Regel nachprüfen. Nun ist der menschliche Körper im allgemeinen weder viel leichter noch viel schwerer als das Wasser der Seine; ich meine: das spezifische Gewicht des menschlichen Körpers entspricht für gewöhnlich der Menge des von diesem verdrängten Süßwassers. Die Körper fetter und fleischiger Menschen mit dünnen Knochen, besonders also von Frauen, sind leichter als solche von Mageren und Grobknochigen und von Männern; und das spezifische Gewicht des Flußwassers wird etwas von Ebbe und Flut beeinflußt. Sehen wir aber von dieser unbedeutenden Tatsache ab, so kann man sagen, daß höchst selten ein menschlicher Körper, selbst in Süßwasser, *aus eigenem Antrieb* untergeht. Fast jeder, der ins Wasser fällt, kann sich an der Oberfläche halten, wenn er das spezifische Gewicht des Wassers mit seinem eigenen ins Gleichgewicht zu bringen weiß – das heißt, wenn er seinen ganzen Körper so weit als irgend möglich unter Wasser bringt. Die richtige Stellung für einen, der nicht schwimmen kann, ist die aufrechte Haltung, mit zurückgelegtem und so weit untergetauchtem Kopf, daß nur Mund und Nase aus dem Wasser ragen. In dieser Lage treiben wir mühelos an der Oberfläche dahin. Es ist jedoch Tatsache, daß das Gewicht unseres Körpers und das der verdrängten Wassermenge einander so gleich sind, daß eine Kleinigkeit das eine oder andere überwiegen läßt. So bedeutet zum Beispiel ein aus dem Wasser erhobener Arm eine genügende Gewichtszunahme, um den gan-

zen Kopf unter Wasser zu drücken, wohingegen der zufäl-
lige Beistand des kleinsten Treibholzes es uns ermöglichen
würde, den Kopf so weit zu erheben, um Umschau halten
zu können. Nun wird ein Nichtschwimmer in seiner Angst
unfehlbar die Arme emporwerfen und den Versuch machen,
den Kopf in seiner üblichen senkrechten Lage zu erhalten.
Die Folge ist, daß Mund und Nase unter Wasser kommen
und daß dann durch das Atmen Wasser in die Lungen ein-
dringt. Vieles gelangt auch in den Magen, und der ganze
Körper wird um das Gewicht des eingedrungenen Wassers
schwerer, abzüglich des Gewichts der verdrängten Luft, die
vorher die Höhlungen ausfüllte. Diese Differenz genügt in
der Regel, den Körper zum Sinken zu bringen, ist aber unge-
nügend in Fällen, wo es sich um Leute mit feinen Knochen
und ungewöhnlicher Fleisch- und Fettmasse handelt. Solche
Leute treiben selbst nach dem Ertrinken an der Oberfläche.
    Der auf den Grund des Flusses hinabgesunkene Körper
wird so lange dort bleiben, bis aus irgendwelchen Ursachen
sein spezifisches Gewicht geringer wird als die von ihm
verdrängte Wassermenge. Diese Wirkung wird durch Zersetzung oder sonstige Ursachen erzielt. Die Folge der Zersetzung ist die Entstehung von Gas, das das Zellengewebe
erweitert, alle Höhlungen auftreibt und die Leichen fürchterlich aufbläht. Ist diese Ausdehnung so weit fortgeschritten, daß der Umfang des Körpers zugenommen hat, ohne
daß doch eine entsprechende Zunahme der Masse und des
Gewichts erfolgt wäre, so wird sein spezifisches Gewicht
geringer als das des verdrängten Wassers, und er erscheint
an der Oberfläche. Die Zersetzung wird aber durch zahllose
Umstände beeinflußt, zum Beispiel durch hohe oder niede-
re Lufttemperatur, durch Mineralgehalt oder Reinheit des

Wassers, durch dessen Tiefe oder Untiefe, Strömung oder Stagnation, durch die Körpertemperatur, durch etwaige vor dem Tode vorhanden gewesene Krankheitserscheinungen. Dies zeigt klar, daß wir unmöglich mit Genauigkeit die Zeit angeben können, zu der ein Körper infolge Zersetzung an der Oberfläche erscheinen kann. Unter gewissen Umständen könnte diese Wirkung schon nach einer Stunde eintreten, unter anderen überhaupt nicht. Es gibt chemische Einflüsse, welche den Leib *für immer* vor Zerstörung bewahren; dazu gehört zum Beispiel doppelt-chlorsaures Quecksilber. Doch abgesehen von der Zersetzung kann, was häufig vorkommt, im Magen eine Gaserzeugung infolge Gärung vegetabilischer Substanzen (oder in andern Höhlungen infolge anderer Vorgänge) stattfinden, die genügt, den Körper so weit auszudehnen, daß er steigt. Die durch das Abfeuern einer Kanone erzielte Wirkung ist einfach eine Vibration. Diese kann entweder den Körper aus dem weichen Schlamm lösen, in den er eingebettet ist, und ihm so das Steigen ermöglichen, wenn andere Einflüsse ihn schon dazu vorbereitet haben, oder die Zähigkeit faulender Teile des Zellengewebes vermindern, so daß die Höhlungen sich nunmehr unter der Einwirkung des Gases auszudehnen vermögen.

Nachdem wir so den ganzen Gegenstand beherrschen, fällt es uns leicht, die Behauptungen von ›L'Etoile‹ zu beurteilen.

›Die Erfahrung zeigt aber‹, sagt dieses Blatt, ›daß Leichen Ertrunkener oder sofort nach dem Tode gewaltsam ins Wasser Geworfener sechs bis zehn Tage brauchen, ehe die Zersetzung eingetreten ist, die sie an die Oberfläche bringt. Selbst wenn man über einer unter Wasser ruhenden Leiche eine Kanone abfeuert und so das Steigen der ersteren vor dem fünften oder sechsten Tage veranlaßt, sinkt dieselbe wieder unter, sowie die Erschütterung vorbei ist.‹

Dieser ganze Absatz erscheint nun zusammenhanglos und folgewidrig. Die Erfahrung zeigt *nicht,* daß Leichen Ertrunkener sechs bis zehn Tage *brauchen,* bis die Zersetzung so weit gediehen ist, um sie an die Oberfläche zu bringen. Vielmehr zeigen Wissenschaft und Erfahrung, daß der Zeitpunkt ihres Emporsteigens unbestimmt ist und notgedrungen sein muß. Ist überdies eine Leiche infolge eines Kanonenschusses emporgestiegen, so wird sie *nicht* ›wieder untersinken, sowie die Erschütterung vorbei ist‹, nicht eher vielmehr, als bis die Zersetzung so weit fortgeschritten ist, daß das entstandene Gas entweichen kann. Doch ich möchte Ihre Aufmerksamkeit auf den Unterschied lenken, der gemacht ist zwischen ›Leichen Ertrunkener‹ und ›Leichen sofort nach dem Tode gewaltsam ins Wasser Geworfener‹. Obgleich der Schreiber einen Unterschied zuläßt, bringt er doch beide in dieselbe Kategorie. Ich habe gezeigt, wie es kommt, daß der Körper eines Ertrinkenden spezifisch schwerer wird als die verdrängte Wassermenge, und daß man überhaupt nicht untersinken würde, wenn man nicht in seiner Verzweiflung die Arme aus dem Wasser streckte und unter Wasser Atembewegungen machte – Atembewegungen, die an Stelle der in den Lungen enthaltenen Luft Wasser einführen. Diese Arm- und Atembewegungen würden aber bei einem ›sofort nach dem Tode gewaltsam ins Wasser Geworfenen‹ nicht vorkommen. Infolgedessen würde in letzterem Falle der Körper *in der Regel überhaupt nicht sinken* – eine Tatsache, die dem ›Etoile‹ offenbar unbekannt ist. Wenn die Zersetzung sehr weit fortgeschritten wäre – wenn das Fleisch zum großen Teil schon von den Knochen verschwunden wäre –, dann, doch nicht *eher*, würde der Körper unsern Blicken entschwinden.

Und was haben wir nun von der Schlußfolgerung zu halten, daß die gefundene Leiche nicht die der Marie Rogêt sein könne, weil erst drei Tage vergangen waren, als man diese Leiche an der Oberfläche treibend fand? Ist sie eine Ertrunkene, so war sie, ein Weib, vielleicht überhaupt nicht untergegangen oder konnte, falls sie gesunken, in vierundzwanzig Stunden oder früher wieder emporgestiegen sein. Doch niemand vermutet hier ein Ertrinken. War das Weib aber tot, ehe es in den Fluß geriet, so hätte die Leiche jederzeit danach treibend gefunden werden können.

›Aber‹, sagt ›L'Etoile‹, ›hätte die Leiche in ihrem verstümmelten Zustand bis Dienstagnacht an Land gelegen, so hätte man Spuren von den Mördern finden müssen.‹ Hier ist es zunächst schwer, herauszufinden, was der Schreiber gewollt hat. Er will einen eventuellen Einwand gegen seine Theorie widerlegen – den Einwand nämlich, daß die Leiche zunächst zwei Tage an Land gelegen und rascher Verwesung unterworfen gewesen sein könne – rascherer Verwesung als im Wasser. Er nimmt an, daß sie in diesem Falle am Mittwoch an der Oberfläche aufgetaucht sein könne, und meint, daß dies *nur* unter solchen Umständen geschehen sein könne. Er hat es infolgedessen eilig zu zeigen, daß sie *nicht* an Land gelegen hat, denn wenn das gewesen wäre, ›hätte man Spuren von Mördern finden müssen‹. Ich denke, Sie lächeln über diese Schlußfolgerung. Sie können nicht einsehen, wieso ein längeres Anlandliegen der Leiche die Spuren der Mörder vermehren sollte – auch ich kann das nicht einsehen.

›Und fernerhin ist es äußerst unwahrscheinlich‹, fährt die Zeitung fort, ›daß Kerle, die einen solchen Mord begangen, den Leichnam ins Wasser geworfen haben sollten, ohne ihn durch einen Ballast zum Sinken zu bringen, wo solche Vorsichtsmaßregel doch so leicht getroffen werden kann.‹ Beachten Sie hier die lächerliche Gedankenverwirrung. Niemand – nicht einmal ›L'Etoile‹ – bestreitet, *daß an dem aufgefundenen Körper* ein Mord begangen worden. Die Spuren roher Vergewaltigung sind zu auffällig. Unseres Dialektikers Absicht geht nur dahin, zu zeigen, daß dieser Körper nicht mit Marie identisch ist. Er wünscht nachzuweisen, daß *Marie* nicht ermordet worden – nicht etwa, daß die Leiche es nicht sei. Dennoch beweist seine Äußerung nur diesen letzteren Punkt: hier ist eine Leiche ohne beschwerendes Gewicht. Mörder würden beim Inswasserwerfen derselben nicht versäumt haben, ein Gewicht daran zu befestigen. Daher ist sie also nicht von Mördern hineingeworfen. Das ist alles, was bewiesen wird – wenn überhaupt etwas bewiesen wird.

Die Frage der Identität wird nicht einmal berührt, und das Blatt hat sich furchtbare Mühe gemacht, lediglich das zu leugnen, was es einen Moment früher zugegeben. ›Wir sind vollkommen überzeugt‹, sagt es weiter, ›daß die gefundene Leiche diejenige eines ermordeten Weibes war.‹

Dies ist aber nicht das einzige Mal, daß unser Dialektiker sich selbst widerlegt. Seine offenbare Absicht ist, wie ich schon sagte, den Zwischenraum zwischen Maries Verschwinden und der Auffindung der Leiche so viel als möglich zu verringern. Dennoch sehen wir ihn den Punkt geltend machen, daß kein Mensch das Mädchen nach Verlassen ihrer Wohnung mehr gesehen hat. ›Es ist nicht erwiesen‹, sagt er, ›daß Marie Rogêt am Sonntag, den 22. Juni, nach neun Uhr noch unter den Lebenden weilte.‹ Da seine Beweisführung offenbar nur eine einseitige ist, hätte er wenigstens diese Sache außer acht lassen sollen; denn wäre es erwiesen, daß irgend jemand, sei es nun am Montag oder am Dienstag, Marie gesehen hat, so wäre der fragliche Zeitraum sehr vermindert und durch seine eigene Schlußfolgerung die Wahrscheinlichkeit verringert worden, daß die Leiche jene der Grisette sei. Es ist nichtsdestoweniger amüsant zu sehen, daß ›L'Etoile‹ auf diesem Punkt besteht, in der festen Überzeugung, daß er ihm für seine gesamte Beweisführung dienlich sei.

Lesen wir nun nochmals den Teil der Beweisführung, der sich auf die Identifizierung der Leiche durch Beauvais bezieht. Was das *Haar* auf den Armen anlangt, so ist ›L'Etoile‹ augenscheinlich in diesem Punkte unaufrichtig. Herr Beauvais ist kein Idiot und konnte unmöglich bezüglich der Identifizierung der Leiche nichts weiter geltend gemacht haben, als daß sie *Haare auf den Armen* habe. Kein Arm ist *ohne* Haare. Die Verallgemeinerung der Äußerung von ›L'Etoile‹ ist einfach eine Verdrehung der Worte des Zeugen. Er muß von irgendeiner *Eigenart* dieses Haares gesprochen haben; es muß eine Besonderheit in der Farbe, der Menge, der Länge oder der Anordnung gewesen sein.

›Ihr Fuß‹, sagt das Blatt, ›war klein – so sind tausend Füße. Ihre Strumpfbänder sind überhaupt kein Beweis, ebensowenig ihre Schuhe, denn Schuhe und Strumpfbänder werden bündelweise verkauft. Dasselbe ist von den Blumen auf ihrem Hut zu sagen. Eine Sache, auf die Herr Beauvais sich besonders stützt, ist die, daß die Schließe des Strumpfbands zurückgesetzt war, um es enger zu machen. Das besagt gar nichts; denn die meisten Frauen pflegen nicht die Strumpfbänder im Kaufladen anzuprobieren, sondern kaufen sich ein Paar und ändern es zu Hause entsprechend um.‹ Hier

ist es schwer, den Schreiber ernst zu nehmen. Hätte Herr
Beauvais auf seiner Suche nach Marie eine Leiche gefunden, die an Gestalt und Aussehen dem vermißten Mädchen ähnlich gewesen, so wäre er (ganz abgesehen von der
Kleiderfrage) zu der Behauptung berechtigt gewesen; daß
seine Suche Erfolg gehabt habe. Wenn außer der Überein-
stimmung von Gestalt und Aussehen noch hinzukam, daß
die Behaarung der Arme eine Eigenart aufwies, die er bei
der lebenden Marie wahrgenommen, so mag seine Überzeugung sich verstärkt haben, und diese Zunahme wird zu
der Seltsamkeit oder Ungewöhnlichkeit der Haarbildung
im entsprechenden Verhältnis gestanden haben. Wenn
überdies Maries Fuß schmal und jener der Leiche ebenso
gewesen, so würde die Wahrscheinlichkeit, daß diese Leiche die der Marie war, nicht eine Verstärkung in lediglich
arithmetischer, sondern eine solche in geometrischer oder
akkumulativer Hinsicht erfahren. Und zu alledem Schuhe, wie Marie sie am Tage ihres Verschwindens getragen!
Obgleich diese Schuhe ›bündelweise‹ verkauft werden, so
steigt doch nun die Wahrscheinlichkeit bis an die Grenze
der Gewißheit. Was an und für sich kein Identitätsbeweis
wäre, wird durch ein Zusammentreffen mit anderen zum
sichersten Beweis. Finden wir nun noch Blumen auf dem
Hut, die denen des vermißten Mädchens gleichen, so suchen wir keine weiteren Zeichen. Schon *eine* Blume würde
genügen – wie nun, wenn es zwei oder drei oder gar mehr
sind? Jede hinzukommende vervielfältigt den Beweis, fügt
nicht Erkennungszeichen zu Erkennungszeichen, sondern
multipliziert diese mit Hunderten und Tausenden. Lassen
Sie uns nun noch bei der Leiche solche Strumpfbänder finden, wie die Lebende sie getragen, und es ist Torheit, noch

weiter zu suchen. Doch diese Strumpfbänder sind durch Zurücksetzen einer Schnalle enger gemacht, in derselben Weise, wie Marie die ihrigen, nicht lange ehe sie von ihrem Hause fortging, verändert hatte. Nun ist es Wahnsinn oder Heuchelei, weiterzusuchen. Was ›L'Etoile‹ darüber sagt, daß solches Engernähen der Strumpfbänder häufig vorgenommen werde, zeigt nichts als seine eigene Verranntheit. Die Elastizität der Strumpfbänder beweist allein schon die *Ungewöhnlichkeit* einer solchen Maßnahme. Was so beschaffen ist, daß es sich selbst anpaßt, braucht notwendigerweise nur selten passend geändert zu werden. Es muß im wahrsten Sinne des Wortes ein besonderes Ereignis gewesen sein, was das Engernähen von Maries Strumpfbändern nötig machte. Sie allein hätten ihre Identität zur Genüge nachgewiesen. Aber es war nun nicht so, daß man an der Leiche die Strumpfbänder der Vermißten oder ihre Schuhe, oder ihren Hut, oder die Blumen ihres Hutes fand, oder ihre kleinen Füße, oder ein besonderes Kennzeichen auf den Armen, oder ihre Größe und Erscheinung – man fand vielmehr jedes dieser Dinge und *alle zusammen.* ›L'Etoile‹ hat es für klug gefunden, die kleinliche Redeweise der Rechtsgelehrten nachzuahmen, die sich zum großen Teil damit begnügen, die Regeln und Formeln der Gerichtshöfe herunterzuschnurren. Ich möchte hier bemerken, daß sehr viel von dem, was ein Gericht als Beweis verwirft, dem Intellekt als bester Beweis erscheint. Denn das Gericht, das sich zur Erlangung von Beweisen nach den allgemeinen Grundregeln richtet – den festgesetzten und gebuchten Grundregeln –, betrachtet eine abweichende Beweisführung als Abschweifung. Und dieses standhafte Kleben an den Formeln, unter schärfster Mißachtung aller diesen zuwiderlaufenden Punkte, ist wohl ein sicherer Weg, das Maximum der ergründbaren Wahrheiten herauszufinden; aber es ist nicht weniger gewiß, daß es zu ungeheuren Irrtümern führen kann.

Was die gegen Beauvais vorgebrachten Verdächtigungen betrifft, so werden Sie diese ohne weiteres abtun. Sie haben den wahren Charakter des guten Mannes erraten. Er ist sensationsgierig, phantastisch und beschränkt und spielt sich gerne ein bißchen auf. Wer so veranlagt ist, wird sich in Fällen wirklicher Aufregung leicht so benehmen, daß er sich den Überschlauen und Unwissenden verdächtig macht. Herr Beauvais hatte, wie es den Anschein hat, ein persönliches Interview mit dem Herausgeber des Blattes und kränkte diesen, indem er, ungeachtet der Theorie des Herausgebers, seine Ansicht zu äußern wagte, daß die Leiche tatsächlich mit Marie identisch sei. ›Er besteht darauf‹, sagt das Blatt, ›daß die Leiche jene der Marie sei, weiß aber außer den Angaben, die wir hier einer Beurteilung unterzogen haben, nichts anzuführen, was auch für andere überzeugend wäre.‹ Ohne daß wir nun auf die Tatsache zurückkommen, daß stärkere Beweise, ›die auch für andere überzeugend wären‹, gar nicht erbracht werden könnten, so ist doch zu bemerken, daß in einem Fall wie dem vorliegenden ein Mann sehr wohl selbst überzeugt sein kann, ohne daß es ihm möglich wäre, einen einzigen Grund anzugeben, der für andere stichhaltig wäre. Nichts ist unbestimmter als das Gefühl für individuelle Identität. Jeder kann seinen Nachbarn erkennen, dennoch gibt es wenig Anlässe, bei denen irgendeiner *den Grund* für dieses Erkennen anzugeben vermöchte. Der Herausgeber des ›L'Etoile‹ hatte kein Recht, über Herrn Beauvais' unbegründete Überzeugung beleidigt zu sein. Die gegen diesen vorliegenden Verdachtsmomente passen viel besser zu meiner Hypothese eines sensationshungrigen Phantasten als zu des Artikelschreibers Vermutung, daß Beauvais der Schuldige sei. Neigen wir dieser milderen Auffassung zu, so gibt uns die Rose im Schlüsselloch, das ›Marie‹ auf der Tafel, keine Rätsel mehr auf. Wir verstehen nun das ›Beiseiteschieben der männlichen Verwandten‹, sein ›Widerstreben, den Verwandten die Besichtigung der Leiche zu gestatten, die der Frau B. erteilte Warnung, daß sie bis zu seiner (Beauvais') Rückkehr kein Gespräch mit dem Gendarmen führen solle, und endlich sein offenbares Bestreben, daß niemand außer ihm mit den Nachforschungen zu tun haben solle‹. Es scheint mir außer Frage, daß Beauvais ein Verehrer Maries gewesen, daß sie mit ihm kokettierte und daß ihm daran lag, als ihr naher Freund und Vertrauter zu gelten. Ich habe über diesen Punkt nichts mehr zu sagen; und da die Tatsachen die Behauptung des ›L'Etoile‹ bezüglich der Gleichgültigkeit von seiten der Mutter und der anderen Verwandten völlig widerlegt haben – eine Gleichgültigkeit, die unvereinbar war mit der Voraussetzung, daß sie die Leiche als jene des vermißten Mädchens anerkannten –, so wollen wir nun fortfahren, als wäre die Frage der Identität zu unserer vollen Zufriedenheit erledigt.«

»Und was«, fragte ich jetzt, »halten Sie von den Äußerungen des ›Commercial‹?«

»Daß sie weit mehr Beachtung verdienen als alle andern, die in der Sache vorgebracht worden sind. Die aus den Prämissen gezogenen Schlüsse sind gewissenhaft und philosophisch; aber die Prämissen beruhen – in zwei Punkten wenigstens – auf falscher Beobachtung. Der ›Commercial‹ wünscht anzudeuten, daß Marie nicht weit vom Hause ihrer Mutter von einer Rotte roher Burschen aufgegriffen worden sei. ›Es ist unmöglich‹, äußert er, ›daß eine Tausenden bekannte Persönlichkeit wie dieses junge Weib drei Häuserquadrate durchqueren könnte, ohne erkannt zu werden.‹ Dies ist die Anschauung eines in Paris lange Ansässigen – eines im öffentlichen Leben Stehenden – und eines, dessen Gänge ins Stadtinnere sich meistens auf die Gegend öffentlicher Gebäude beschränkten. Er ist sich bewußt, daß *er* selten vom Bureau aus ein Dutzend Häuserquadrate passiert, ohne erkannt und gegrüßt zu werden. Und nach dem Umfang seines eigenen Bekanntenkreises berechnet er jenen der Verkäuferin, findet keinen großen Unterschied zwischen beiden und kommt ohne weiteres zu dem Schluß, daß sie auf ihren Gängen ebensoviel erkannt werden müsse, wie er selbst auf seinen. Das könnte nur dann der Fall sein, wenn ihre Gänge denselben methodischen, einförmigen Charakter aufwiesen und ihnen dieselben engen Grenzen gezogen wären, wie den seinigen. Er macht seine Wege immer zu denselben Zeiten, durch immer dieselben Straßen, die voller Menschen sind, deren Interessen den seinigen gleichen, und die darum auch an ihm ein Interesse nehmen. Die Gänge Maries aber mögen im allgemeinen ein größeres Gebiet umfaßt haben. In diesem besonderen Fall ist es als sehr wahrscheinlich anzunehmen, daß sie eine von ihren gewohnten Wegen sehr abweichende Richtung nahm. Die Parallele, die, wie wir annehmen, der ›Commercial‹ im Geiste zog, wäre nur dann aufrecht zu erhalten, wenn beide Personen die ganze Stadt durchquerten. Angenommen, der persönliche Bekanntenkreis wäre gleich groß, so wäre in diesem Falle auch die Möglichkeit einer gleichen Anzahl von Begegnungen dieselbe. Ich für mein Teil halte es nicht nur für möglich, sondern für mehr als wahrscheinlich, daß

Marie zu jeder gewünschten Zeit irgendeinen der vielen
Wege zwischen ihrer eigenen Behausung und der der Tante
hätte nehmen können, ohne einem einzigen Menschen zu
begegnen, den sie kannte oder dem sie bekannt war. Wollen wir diese Frage ins rechte Licht rücken, so müssen wir
uns immer das große Mißverhältnis vorstellen, das zwischen
dem Bekanntenkreis selbst der bekanntesten Persönlichkeit
in Paris und der Gesamtbevölkerung von Paris besteht.

Doch welche überzeugende Kraft die Vermutung des
›Commercial‹ auch immer haben mag, sie wird sehr vermindert, wenn wir *die Stunde* in Betracht ziehen, zu der das
Mädchen ausging. ›Ihr Fortgang erfolgte zu einer Zeit, da
die Straßen voller Menschen waren‹, sagt der ›Commercial‹.
Aber weit gefehlt! Es war um neun Uhr morgens. Nun sind
an jedem Morgen um neun Uhr, mit *Ausnahme des Sonntags*,
die Straßen der Stadt gedrängt voll. Am Sonntagmorgen um
neun ist die Bevölkerung großenteils zu Hause und *bereitet
sich zum Kirchgang vor.* Keinem Menschen mit Beobachtungs-
gabe kann es entgehen, wie geradezu vereinsamt die Straßen
an jedem Feiertag von acht bis zehn Uhr morgens sind. Zwischen zehn und elf sind die Straßen überfüllt, nicht aber zu
so früher Zeit wie die angegebene.

Da ist noch ein Punkt, der einen Beobachtungsfehler von
seiten des ›Commercial‹ aufzuweisen scheint. Er sagt: ›Aus
dem Unterrock der Unglücklichen war ein zwei Fuß langes und ein Fuß breites Stück herausgerissen und ihr um
Kopf und Kinn gebunden, vermutlich um sie am Schreien
zu verhindern; das müssen Leute getan haben, die nicht im
Besitze von Taschentüchern waren.‹ Inwiefern dieser Gedanke mehr oder weniger gut begründet ist, werden wir
später sehen; aber unter ›Leuten, die nicht im Besitze von

Taschentüchern waren‹, versteht der Herausgeber die niedrigste Klasse von Lumpen. Diese sind aber gerade die Art von Leuten, die man immer im Besitze von Taschentüchern sehen wird – selbst wenn sie nicht einmal Hemden haben. Sie müssen schon Gelegenheit gehabt haben, zu bemerken, wie geradezu unentbehrlich dem wirklichen Vagabunden in den letzten Jahren das Taschentuch geworden ist.«

»Und was haben wir von dem Artikel in ›Le Soleil‹ zu halten?« fragte ich.

»Daß es ungemein zu bedauern ist, daß sein Verfasser nicht als Papagei geboren worden – in welchem Falle er der bedeutendste Papagei seiner Zeit geworden wäre. Er hat lediglich die verschiedenen Einzelpunkte der bereits veröffentlichten Meinungen wiederholt, nachdem er sie mit lobenswertem Eifer aus diesem und jenem Blatt zusammengetragen. ›Alle diese Dinge‹, sagte er, ›haben offenbar mindestens drei bis vier Wochen dort gelegen, und es kann also kein Zweifel sein, daß man die Stelle der empörenden Gewalttat aufgefunden hat.‹ Die hier von ›Le Soleil‹ wiederangeführten Tatsachen sind weit davon entfernt, meine Zweifel in dieser Hinsicht zu beheben, und wir wollen sie späterhin in Verbindung mit einer anderen Seite unseres Themas eingehender nachprüfen.

Zunächst müssen wir uns mit anderen Beobachtungen befassen. Es muß Ihnen aufgefallen sein, wie außerordentlich oberflächlich die Untersuchung der Leiche gehandhabt wurde. Gewiß, die Frage der Identität war schnell entschieden – oder hätte es wenigstens sein müssen; aber es gab andere Dinge festzustellen. War die Leiche etwa *geplündert* worden? Hatte die Verstorbene, als sie von ihrem Hause fortging, irgendwelche Schmucksachen bei sich? Und wenn, hatte sie dieselben noch, als man ihre Leiche fand? Das sind wichtige Fragen, die bei der Untersuchung ganz übergangen wurden; und es gibt noch andere, ebenso wichtige, die unberücksichtigt blieben. Wir müssen versuchen, uns diese Fragen selbst zu beantworten. Der Fall St. Eustache muß nachgeprüft werden. Ich habe keinen Verdacht auf diesen Herrn, aber wir wollen methodisch vorgehen. Wir wollen den Wert seiner eidlichen Aussage darüber, wie und wo er den Sonntag verbracht, feststellen. In solchen Fällen sind Meineide nichts Seltenes. Sollte aber hier nichts Böses zu entdecken sein, so wollen wir St. Eustache aus unserem Forschungsgebiet ausscheiden. Sein Selbstmord, wie verdächtig er auch im Falle eines Meineids wäre, ist ohne solchen Meineid durchaus nichts so Unerklärliches, als daß es uns von der geraden Linie unserer Analyse abbringen könnte.

Mein Vorschlag geht nun dahin, den inneren sichtbaren Kern dieser Tragödie außer acht zu lassen und unserer Aufmerksamkeit weitere Grenzen zu ziehen. Ein nicht geringer Fehler bei solcher Nachforschung ist das Beschränken derselben auf die unmittelbaren Ereignisse, unter völliger Nichtachtung der mittelbaren, nebensächlichen Umstände. Es ist eine üble Angewohnheit der Gerichte, Beweisaufnahme und Zeugenverhör auf das anscheinend Wichtige zu beschränken. Denn Erfahrung hat gezeigt, daß ein großer – vielleicht der größere Teil der Wahrheit aus dem scheinbar Unwichtigen geschöpft wird. Diesem Grundsatz folgend hat sich die heutige Wissenschaft entschlossen, mit dem *Unvorhergesehenen zu rechnen.* Doch vielleicht verstehen Sie mich nicht. Die Geschichte menschlicher Erkenntnis hat uns so unausgesetzt gezeigt, wie wir den unrichtigen, nebensächlichen, zufälligen Ereignissen die wertvollsten Entdeckungen schulden, daß es schließlich nötig geworden ist, im weitesten Sinne den zufälligen Vermutungen, wenn sie auch ganz abseits vom gewöhnlichen Wege liegen, Beachtung zu schenken. Der *Zufall* ist als ein grundlegender Teil zur weiteren Nachforschung anerkannt worden; das Unvorhergesehene, Unvermutete legen wir den mathematischen Formeln zugrunde.

Ich wiederhole: es ist Tatsache, daß der größere Teil aller Wahrheiten aus dem Nebensächlichen gewonnen wurde; und in der Überzeugung von der Bedeutsamkeit dieser Erkenntnis möchte ich die Nachforschungen in unserem Fall hier von dem vielbegangenen und bisher unfruchtbaren Boden des Ereignisses selbst auf die ihm eng verknüpften Begleitumstände ablenken. Während Sie die Zeugeneide auf ihre Wahrhaftigkeit nachprüfen, will ich die Zeitungen in weiterem Sinne durchsuchen, als Sie es bisher getan haben. Bis jetzt haben wir nur das Feld für unsere Nachforschungen festgestellt; aber es wäre wirklich sonderbar, wenn eine verständnisvolle Durchsicht der öffentlichen Blätter, wie ich sie beabsichtige, uns nicht einige winzige Andeutungen für die einzuschlagende *Richtung* unserer Suche einbrächte.«

Dupins Anregung folgend, unterzog ich die eidlichen Aussagen einer sorgfältigen Nachprüfung. Das Resultat war meine feste Überzeugung von ihrer Wahrhaftigkeit und demnach von der Unschuld St. Eustaches. Währenddessen beschäftigte sich mein Freund mit einer Durchsicht der verschiedensten Zeitungsblätter, was mir als eine höchst überflüssige Umständlichkeit erschien. Nach Verlauf einer Woche legte er mir folgende Auszüge vor:

»Vor etwa dreieinhalb Jahren ereignete sich ein Fall, der mit dem vorliegenden große Ähnlichkeit hat. Jene selbe

Marie Rogêt verschwand auch damals aus dem Parfümerieladen des Herrn Le Blanc im Palais Royal. Nach Ablauf einer Woche erschien sie jedoch wieder wohlbehalten im Geschäft, nur daß sie ungewöhnlich bleich war. Durch Herrn
Le Blanc und ihre Mutter wurde bekanntgegeben, daß sie
eine Freundin auf dem Lande besucht habe, und die ganze
Angelegenheit wurde so schnell als möglich niedergeschlagen. Wir nehmen an, daß ihr diesmaliges Verschwinden einer ähnlichen Laune entspringt und daß nach Verlauf einer
Woche oder auch eines Monats Marie wieder auftaucht.«
– *Abendzeitung, Montag, 23. Juni.*

»Ein gestriges Abendblatt erinnert an ein früheres geheimnisvolles Verschwinden des Fräulein Rogêt. Es ist bekannt, daß sie die Woche ihrer Abwesenheit aus Herrn Le
Blancs Parfümerieladen in Gesellschaft eines jungen Mari-
neoffiziers, der einen Ruf als leichtsinniger Verführer hat,
verbrachte. Ein Streit, so mutmaßt man, war die Ursache
ihrer Rückkehr nach Hause. Wir kennen den Namen des in
Frage stehenden Lothario, der gegenwärtig in Paris statio-
niert ist, unterlassen aber aus naheliegenden Gründen, ihn
zu nennen.« – *Le Mercure, Dienstag, 24. Juni, morgens.*

»Eine abscheuliche Gewalttat wurde vorgestern in der
Nähe der Stadt verübt. Ein Herr, in Begleitung von Frau
und Tochter, ließ sich in der Dämmerung von sechs jungen
Leuten, die auf der Seine ziellos umherruderten, in ihrem
Boote übersetzen. Am anderen Ufer angekommen, stiegen
die drei Passagiere aus und waren dem Boot bereits außer
Sicht, als die Tochter gewahr wurde, daß sie ihren Sonnenschirm darin zurückgelassen. Sie kehrte um, ihn zu holen,
wurde von der Bande ergriffen, in den Strom hinausge-
schleppt, geknebelt, vergewaltigt und schließlich nicht weit

von der Stelle, wo sie mit ihren Eltern das Boot bestiegen, an Land gesetzt. Die Schurken sind entkommen, aber die Polizei ist auf ihrer Spur, und mehrere werden bald gefaßt sein.« – *Morgenzeitung, 25. Juni.*

»Wir haben einige Zuschriften erhalten, die das jüngst begangene Verbrechen einem gewissen Mennais zur Last legen. Da dieser Herr aber bei näherer Untersuchung seine Unschuld nachweisen konnte und da die Beweisführungen jener verschiedenen Korrespondenten mehr Übereifer als Scharfsinn zeigen, halten wir es nicht für ratsam, sie zu veröffentlichen.« – *Morgenzeitung, 28. Juni.*

»Es sind uns von anscheinend verschiedenen Seiten mehrere Zuschriften zugegangen, die in bestimmtestem Ton behaupten, die unglückliche Marie Rogêt sei das Opfer einer der zahlreichen Banden von Herumstreichern geworden, die des Sonntags die Umgebung der Stadt unsicher machen. Dies stimmt mit unserer eigenen Meinung vollkommen überein. Wir werden versuchen, demnächst für einige dieser Beweisführungen hier Raum zu finden.« – *Abendzeitung, Montag, 30. Juni.*

»Am Sonntag sah einer der beim Zolldienst beschäftigten Bootsknechte ein leeres Boot auf der Seine treiben. Die Segel lagen auf dem Boden des Bootes. Der Knecht vertäute es unterhalb des Zollgebäudes. Am andern Morgen war es von dort wieder verschwunden, ohne daß einer der Beamten darüber Rechenschaft zu geben wußte. Das Steuerruder liegt im Zollgebäude.« – *Le Diligence, Donnerstag, 26. Juni.*

Als ich diese verschiedenen Auszüge las, schienen sie mir nicht nur nebensächlich, sondern ich konnte auch nicht einsehen, wie sie zu der vorliegenden Sache in Beziehung zu bringen sein sollten. Ich erwartete Dupins Erklärungen.

»Es ist vorläufig nicht meine Absicht«, sagte er, »bei dem ersten und zweiten dieser Auszüge zu verweilen. Ich habe sie hauptsächlich deshalb herausgeschrieben, um Ihnen die geradezu verblüffende Nachlässigkeit der Polizei zu zeigen, die, soweit ich den Präfekt richtig verstanden habe, sich überhaupt nicht mit einem Verhör des betreffenden Marine-Offiziers befaßt hat. Dennoch ist es wirklich Torheit anzunehmen, daß zwischen dem ersten und zweiten Verschwinden Maries keine *Möglichkeit* eines Zusammenhangs bestehe. Nehmen wir an, das erstmalige Entweichen des Mädchens habe mit einem Streit zwischen den Liebenden und der Rückkehr der Enttäuschten geendet. Nun sind wir vorbereitet, ein zweites Entweichen (falls wir *wissen,* daß ein Entweichen stattgefunden) eher als die Folge eines Wiederanknüpfungsversuchs des ersten Verführers anzusehen, als daß wir etwa neue Anträge einer zweiten Person annehmen – wir glauben eher an ein Wiederanspinnen des alten Liebesverhältnisses als an den Beginn eines neuen. Die Wahrscheinlichkeit ist wie zehn zu eins, daß eher der, der schon einmal mit Marie entflohen war, sie zum zweiten Mal zur Flucht auffordern würde, als daß ihr, der schon einmal jemand einen derartigen Antrag gemacht, nun wieder ein anderer denselben Vorschlag machen sollte. Und hier lassen Sie mich Ihre Aufmerksamkeit darauf hinweisen, daß die Zeit zwischen dem ersten festgestellten und dem zweiten vermuteten Fluchtversuch gerade ein paar Monate mehr ist, als eine Seefahrt unserer Marinesoldaten zu dauern pflegt. Ist der Liebhaber bei seinem ersten Bubenstreich dadurch, daß er zur See mußte, gestört worden und hat er den ersten Augenblick der Rückkehr dazu benutzt, die noch nicht ganz erfüllten bösen Absichten oder die *von ihm* noch nicht ganz erfüllten bösen Absichten nun wahr zu machen? Von alledem wissen wir nichts.

Sie werden nun aber sagen, beim zweiten Fall handle es sich um keine Entführung. Gewiß nicht – doch können wir mit Bestimmtheit die vereitelte Absicht dazu verneinen? Außer St. Eustache und vielleicht Beauvais sehen wir keine anerkannten, keine ernsthaften Verehrer Maries. Von keinem anderen wird je gesprochen. Wer ist denn da der geheimnisvolle Liebhaber, von dem die Verwandten und Bekannten (wenigstens die meisten von ihnen) nichts wissen, doch mit dem Marie am Sonntag morgen zusammentrifft und der so sehr ihr Vertrauen genießt, daß sie keine Bedenken trägt, mit ihm in den einsamen Gehölzen an der Barrière du Roule zu verweilen, bis die Abenddämmerung sinkt? Wer ist dieser geheimnisvolle Liebhaber, frage ich, von dem wenigstens die *meisten* Bekannten nichts wissen? Und was bedeutet die seltsame Prophezeiung Frau Rogêts am Morgen von Maries Fortgang: ›Ich fürchte, ich werde Marie nie wiedersehen.‹?

Doch wenn wir uns auch nicht vorstellen, daß Frau Rogêt von dem Entführungsplan gewußt habe, können wir nicht wenigstens bei dem Mädchen dieses Wissen vermuten? Als sie das Haus verließ, gab sie zu verstehen, daß sie ihre Tante in der Rue des Drômes besuchen wolle, und St. Eustache wurde ersucht, sie bei Dunkelwerden abzuholen. Diese Tatsache spricht allerdings auf den ersten Blick gegen meine Vermutung, doch lassen Sie uns nachdenken. Daß sie *wirklich* mit einem Begleiter zusammentraf und mit ihm über den Fluß setzte und erst um drei Uhr nachmittags an der Barrière du Roule ankam, ist bekannt. Als sie aber zustimmte, den Betreffenden zu begleiten (ganz gleich, aus welchem Grunde und ob ihre Mutter davon wußte oder nicht), mußte sie sich erinnern, welche Absicht sie beim Verlassen des Hauses ausgesprochen; sie mußte sich das Erstaunen und den Argwohn St. Eustaches, ihres erklärten Bräutigams, denken können, wenn er, zur angegebenen Stunde in der Rue des Drômes vorsprechend, entdecken würde, daß sie gar nicht dagewesen war, und wenn er überdies, mit dieser beunruhigenden Botschaft in die Pension zurückkehrend, gewahr werden würde, daß sie noch immer nicht heimgekommen. Ich sage, sie muß an diese Dinge gedacht haben. Sie muß den Kummer St. Eustaches, den Argwohn aller vorausgesehen haben. Sie kann nicht vorgehabt haben, zurückzukehren und diesem Argwohn standzuhalten; wenn wir aber annehmen, daß sie *nicht* zurückzukehren beabsichtigte, so sehen wir, daß ihr der Argwohn der anderen gleichgültig sein konnte.

Ihr Gedankengang wird etwa so gewesen sein: ›Ich will mit einer bestimmten Person zusammentreffen, um mit ihr zu entfliehen – oder aus andern nur mir bekannten Gründen. Es ist nötig, jede Möglichkeit einer Störung fernzuhalten – wir müssen Zeit genug haben, der Verfolgung auszuweichen – ich werde zu verstehen geben, daß ich den Tag bei meiner Tante in der Rue des Drômes verbringen will – ich werde St. Eustache sagen, mich nicht vor Dunkelwerden abzuholen – auf diese Weise wird meine Abwesenheit von zu Hause für einen möglichst langen Zeitraum erklärt, ohne Verdacht oder Beunruhigung zu wecken, und ich gewinne mehr Zeit, als wenn ich irgend etwas anderes vorgegeben hätte. Wenn ich St. Eustache bitte, mich bei Dunkelwerden abzuholen, wird er bestimmt nicht früher kommen; wenn ich aber ganz unterlasse, ihn dazu aufzufordern, verringert sich meine Zeit zur Flucht, da man meine Rückkehr früher erwarten, mein Fernbleiben also früher Beunruhigung wekken wird. Wenn ich nun überhaupt zurückzukehren beabsichtige – wenn ich nur den einen Tag in Gesellschaft des Betreffenden verbringen wollte –, wäre es unklug von mir, St. Eustache zu bitten, mich abzuholen; denn wenn er es tut, entdeckt er mit *Bestimmtheit,* daß ich ihn hintergangen habe – was ich ihm vollkommen verbergen könnte, wenn ich fortginge, ohne ein Ziel anzugeben, vor Dunkelwerden zurückkäme und dann angäbe, ich hätte meine Tante in der Rue des Drômes besucht. Da es aber meine Absicht ist, *nie* zurückzukehren – oder wenigstens für mehrere Wochen nicht – oder nicht, ehe gewisse Dinge geschehen sind –, ist das einzige, um was ich mich jetzt zu kümmern brauche, Zeit zu gewinnen.‹

Sie haben aus Ihren Notizen ersehen, daß die allgemeine Auffassung in dieser traurigen Angelegenheit von Anfang an dahin geht, das Mädchen sei ein Opfer von Herumstreichern geworden. Nun ist die Volksmeinung in gewisser Beziehung keineswegs zu mißachten. Wenn sie aus sich selbst entsteht – sich in spontaner Weise äußert –, sollten wir sie wie eine Intuition einschätzen. In neunundneunzig von hundert Fällen würde ich für ihr sicheres Urteil eintreten. Aber es ist auffallend, daß wir hier keine Art *Eingebung* bemerken. So eine Ansicht muß durchaus *im Volke selbst entstanden,* seine eigenste Meinung sein; und der Unterschied ist oft äußerst schwer zu sehen und festzuhalten. Im vorliegenden Falle scheint es mir, als sei die ›öffentliche Meinung‹ bezüglich einer Bande von Herumstreichern sehr beeinflußt durch den gleichzeitigen Vorfall, der in der dritten meiner Notizen dargelegt wird. Ganz Paris ist in Aufregung über die gefundene Leiche der Marie, eines jungen, schönen und vielgekannten

Mädchens. Diese Leiche wird mit schweren Verletzungen im Strome aufgefischt. Nun ist aber bekanntgeworden, daß zur selben Zeit, in der die Ermordung des Mädchens angenommen wird, eine ähnliche, wenn auch weniger grausame Untat, wie man sie an diesem jungen Mädchen festgestellt, von einer Bande Herumstreicher an einem anderen jungen Mädchen verübt worden ist. Ist es verwunderlich, daß die *eine* bekanntgewordene Schändlichkeit das öffentliche Urteil über die *andere* beeinflußt hat? Man brauchte für dieses Urteil eine Richtung, und die eine Tat schien sie auch für die andere anzugeben! Marie war im Fluß gefunden worden, und auf diesem selben Fluß war die andere Untat begangen worden. Die beiden Ereignisse miteinander in Beziehung zu bringen, war so naheliegend, daß es ein Wunder gewesen wäre, wenn das Volk dies unterlassen hätte. In der Tat aber ist – wenn irgend etwas – gerade die eine begangene Tat ein Beweis, daß der sich fast zu gleicher Zeit abspielende zweite Fall *nicht* so verlaufen ist. Es wäre doch wirklich mehr als seltsam, wenn zur selben Zeit in derselben Stadt und an demselben Ort, da eine Bande Rohlinge eine unerhörte Schandtat verübte, unter denselben Umständen eine andere Bande ganz das gleiche getan haben sollte! Dies Wundersame aber ist es, was die Volksmeinung uns glauben machen will.

Ehe wir weiter urteilen, wollen wir die angebliche Mordstelle im Gehölz an der Barrière du Roule betrachten. Dieses Dickicht war ganz nahe an einer öffentlichen Straße. Es befanden sich dort drei oder vier große Steine, die eine Art Sitz mit Lehne und Fußbank bildeten. Auf dem oberen Stein lag ein weißer Unterrock, auf dem zweiten eine seidene Schärpe. Auch ein Sonnenschirm, Handschuhe und ein Taschentuch wurden hier gefunden. Das Taschentuch trug den Namen ›Marie Rogêt‹. An den benachbarten Büschen hingen Kleiderfetzen. Die Erde war zerstampft, die Zweige waren geknickt, und alles deutete auf einen stattgehabten Kampf.

Ungeachtet der Einmütigkeit, mit der die Presse dieses Dickicht als den Mordplatz ansah, muß gesagt werden, daß die Sache doch anzuzweifeln war. Ich mag nun glauben oder nicht glauben, daß dies der Platz war – jedenfalls gab es hervorragenden Grund zu zweifeln. Wäre, wie ›Le Commercial‹ annahm, die *wahre* Mordstelle in der Nähe der Rue Pavée Sainte Andrée gewesen, so hätten es die Verbrecher, falls sie noch in Paris weilten, erschrecken müssen, die öffentliche Aufmerksamkeit so ganz auf den richtigen Weg gebracht zu sehen, und in bestimmten Seelen wäre sofort der Gedanke an die Notwendigkeit aufgestiegen, diese Aufmerksamkeit abzulenken. Und da das Dickicht an der Barrière du Roule schon in Verdacht gezogen war, mag man leicht darauf verfallen sein, die Dinge dahinzulegen, wo sie dann gefunden worden sind. Obgleich ›Le Soleil‹ annimmt, die Sachen hätten wochenlang dagelegen, so ist doch kein wirklicher Beweis dafür vorhanden, daß es mehr als einige Tage waren; wohingegen es sehr wahrscheinlich ist, daß sie nicht die zwanzig Tage zwischen dem betreffenden Sonntag und dem Nachmittag, als die Knaben sie fanden, dagelegen haben konnten, ohne gesehen zu werden. ›Sie waren sämtlich vom Regen durchfeuchtet und *modrig* geworden und klebten zusammen vor *Moder*‹, sagt ›Le Soleil‹. ›Das eine oder andere war hoch von Gras überwachsen. Die Seide des Sonnenschirms war kräftig, aber so verwittert und *modrig,* daß sie beim Öffnen des Schirms zerfiel.‹ Was nun das Gras anlangt, von dem sie ›überwachsen‹ waren, so wissen wir, daß man diese Tatsache nur den Worten und also dem Gedächtnis zweier kleiner Knaben entnahm; denn diese Knaben nahmen die Sachen fort und trugen sie heim, ehe sie von dritter Seite gesehen worden waren. Aber Gras wächst sehr rasch, und besonders bei warmen und feuchtem Wetter (wie es zur Mordzeit herrschte) kann es in einem einzigen Tage zwei bis drei Zoll wachsen. Ein Sonnenschirm, der auf einem kurzgeschorenen Rasen liegt, kann in einer einzigen Woche durch das aufschießende Gras den Blicken entzogen sein. Der Moder aber, von dem ›Le Soleil‹ so überzeugt ist, daß er das Wort in dem kurzen Absatz nicht weniger als dreimal gebraucht – weiß das Blatt wirklich nicht, was dieser Moder ist? Muß ihm gesagt werden, daß er zu einer jener zahlreichen Pilzarten gehört, deren Hauptmerkmal das Aufschießen und Vergehen innerhalb vierundzwanzig Stunden ist?

So sehen wir also mit einem Blick alles, was triumphierend zur Bekräftigung der Mutmaßung, daß die Sachen wenigstens drei oder vier Wochen dagelegen hätten, angeführt wurde, vollständig null und nichtig werden, sobald man den Tatsachen nachgeht. Andrerseits ist es ungeheuer schwer zu glauben, daß die Sachen länger als eine Woche – länger als von einem Sonntag zum andern – dort gelegen haben sollten. Wer die Umgebung von Paris kennt, weiß, wie außerordentlich schwer es ist, dort *Einsamkeit* zu finden. So etwas wie ein unentdecktes oder auch nur selten besuchtes Plätzchen inmitten der Wälder und Haine ist überhaupt nicht anzunehmen. Lassen Sie irgendeinen Naturschwärmer, den die Pflicht an Staub und Hitze der Großstadt fesselt – lassen Sie ihn selbst wochentags versuchen, seinen Durst nach Einsamkeit in der lieblichen Natur, die uns so nahe umgibt, zu stillen – auf Schritt und Tritt wird er den

Zauber durch die Stimme und das Erscheinen eines Vagabunden oder einer Rotte betrunkener Strolche gestört finden. Im dichtesten Buschwerk wird er vergeblich Alleinsein
suchen. Hier eben sind die Orte, zu denen sich die schlechten Elemente hingezogen fühlen – hier sind ihre verrufenen
Tempel. Mit Leid im Herzen wird der Wanderer ins sündi-
ge Paris zurückfliehen, als zu dem weniger schlimmen, weil
weniger naturwidrigen Pfuhl der Verderbnis. Wenn aber die
Umgebung der Stadt an Werktagen so bevölkert ist, wieviel mehr an Feiertagen! Denn nun, befreit von den Forde-
rungen der Arbeit, oder der werktäglichen Gelegenheiten
zum Verbrechen beraubt, sucht der Strolch die nahen Wälder auf – nicht aus Liebe zum Landleben, das er in seinem
Herzen verachtet, sondern um beengenden Schranken zu
entfliehen. Es verlangt ihn weniger nach frischer Luft und
grünen Bäumen als nach der völligen Freiheit dort draußen.
Hier, im Wirtshaus an der Landstraße oder unterm Blätter-
dach, gibt er sich, verborgen vor allen unliebsamen Blicken,
in Gesellschaft seiner Genossen einer künstlich geschaffe-
nen Heiterkeit hin – den vereinten Folgen der Ungebun-
denheit und des Branntweins. Ich sage nicht mehr, als was
jedem objektiven Beobachter einleuchten muß, wenn ich
wiederhole: die Tatsache, daß die fraglichen Dinge länger
als von einem Sonntag zum andern in irgendeinem Dickicht
der nächsten Umgebung von Paris gelegen haben sollten,
wäre mehr als ein Wunder. ·

Aber wir bedürfen keiner weiteren Gründe für die Vermutung, daß die Gegenstände in der Absicht im Dickicht
niedergelegt wurden, die Aufmerksamkeit von der wahren
Mordstätte abzulenken. Lassen Sie mich zuerst auf das *Datum* der Auffindung der Dinge hinweisen. Vergleichen Sie

dasselbe mit jenem des fünften Auszugs, den ich aus den Zeitungen gemacht habe. Sie werden finden, daß die Entdeckung fast sofort nach den der Abendzeitung zugegangenen Hinweisen erfolgte. Diese Zuschriften, die aus verschiedenen Quellen stammen sollten, liefen alle in einen Punkt zusammen – in den Hinweis, daß eine Herumstreicherbande die Tat verübt und daß die Gegend der Barrière du Roule der Tatort sei. Nun ist der Verdacht hier natürlich nicht der, daß die Sachen als Folge dieser Mitteilungen oder der von ihnen beeinflußten öffentlichen Meinung von den Knaben gefunden worden seien; doch der Verdacht liegt nahe, daß die Sachen nicht *früher* von den Knaben gefunden wurden, weil sie eben früher nicht in dem Dickicht gelegen haben, sondern erst am Tage der betreffenden Mitteilungen oder kurz vor diesem Tage von den Verfassern der Zuschriften selbst hingelegt worden waren.

Dieses Dickicht war von besonderer Art. Es war ungewöhnlich dicht. Hinter seinen grünen Wällen befanden sich drei seltsame Steine, *die eine Art Sitz mit Lehne und Fußbank bildeten.* Und dieses so anmutige Plätzchen lag in der nächsten Nähe – nur wenige Ruten entfernt – von der Behausung der Frau Deluc, deren Knaben die umliegenden Gebüsche nach der Rinde des Sassafras zu durchstöbern pflegten. Wäre es übereilt, eine Wette einzugehen, daß *nie* ein Tag verging, ohne daß wenigstens einer der Jungens auf dem natürlichen Thron in der schattigen Laube gesessen? Wer zögern würde, diese Wette anzunehmen, ist entweder selbst nie ein Junge gewesen, oder er hat die kindliche Natur vergessen. Ich wiederhole: es ist kaum zu begreifen, daß die Sachen mehr als ein oder zwei Tage unentdeckt in jenem Dickicht gelegen haben sollten, und daher haben wir trotz der Unwissenheit des ›Soleil‹ allen Grund, anzunehmen, daß sie an einem verhältnismäßig späten Datum an der Fundstelle niedergelegt wurden.

Doch es gibt noch andere und triftigere Gründe für diese Annahme, als ich bisher vorgebracht habe. Lassen Sie mich auf die so überaus auffällige Anordnung der Gegenstände hinweisen. Auf dem *oberen* Steine lag ein weißer Unterrock; auf dem zweiten eine seidene Schärpe; rundum verstreut lagen ein Sonnenschirm, Handschuhe und ein Taschentuch mit dem Namen ›Marie Rogêt‹. Hier haben wir so recht eine Anordnung, wie sie einer vorgenommen haben würde, der den Anschein erwecken wollte, daß die Sachen seit dem Morde dagelegen hätten. Mir schiene es natürlicher, wenn die Sachen alle am Boden gelegen und zertrampelt gewesen wären. Bei dem engen Raum in jenem Buschwerk wäre es kaum möglich gewesen, daß Unterrock und Schärpe während des Hin und Her mehrerer miteinander ringender Menschen auf den Steinen liegen geblieben wären. ›Alle Anzeichen‹ so heißt es, ›deuteten auf einen stattgehabten Kampf, die Erde war zerstampft, die Zweige waren geknickt‹ – aber Unterrock und Schärpe werden gefunden, als hätten sie weit aus dem Bereich des Kampfes gelegen. ›Die an den Büschen hängenden Kleiderfetzen hatten eine Größe von drei zu sechs Zoll. Ein Fetzen war der Saum des Kleides und war geflickt; ein anderer war ein Stück vom Unterrock, aber nicht der Saum. Sie *glichen* abgerissenen Streifen.‹ Hier hat ›Le Soleil‹ unbeabsichtigt eine sehr verdächtige Wendung gebraucht. Die beschriebenen Stücke gleichen in der Tat abgerissenen Streifen – aber absichtlich und mit der Hand abgerissen. Es ist einer der seltensten Zufälle, daß von irgendeinem der genannten Kleidungsstücke ein Fetzen durch einen *Dorn heraus*gerissen wird. Bei der Art solcher Stoffe aber wird ein Dorn oder Nagel, der sich in sie verfängt, sie rechtwinklig auseinanderreißen – in zwei längliche Risse, die da, wo der Dorn eingedrungen, zusammentreffen – aber es ist kaum je möglich, das Stück ›herausgerissen‹ zu sehen. Weder Sie noch ich haben das je erlebt. Um aus solchen Stoffen ein Stück *heraus*zureißen, bedarf es wohl immer zweier verschiedener Kräfte, die in zwei verschiedenen Richtungen tätig sind. Wenn der Stoff zwei Enden hat – wenn es zum Beispiel ein Taschentuch wäre, von dem man einen Fetzen abzureißen wünschte –, dann und nur dann würde die eine Kraft genügen. Doch im vorliegenden Falle handelt es sich um ein Kleid, das nur *einen* Rand hat. Nur ein Wunder konnte bewirken, daß Dornen aus den inneren Stoffteilen, wo kein Rand sich bietet, einen Fetzen herauszureißen imstande wären – und ein *einzelner* Dorn würde es nie fertig bringen. Doch selbst wo ein Rand vorhanden ist, bedarf es zweier Dornen, von denen der eine in zwei verschiedenen und der andere in einer Richtung arbeitet – und das unter der Voraussetzung, daß der Rand eingesäumt ist. Ist ein Saum vorhanden, so ist es beinahe ein Unding. Wir sehen also die zahlreichen und großen Hindernisse, die dem ›Herausreißen‹ von Fetzen durch ›Dornen‹ im Wege stehen; dennoch sollen wir glauben, daß nicht nur ein Stück, sondern viele so herausgerissen worden. Und eins der Stücke war dazu der Saum! Ein anderes war aus dem Unterrock, nicht der Saum – war also aus dem inneren Stoffteil mittels Dornen vollständig herausgerissen! Dies, sage ich, sind Dinge, denen mit Unglauben zu begegnen verzeihlich ist. Dennoch bilden sie zusammengenommen vielleicht weniger Gründe zum Argwohn, als der eine verblüffende Umstand, daß die Dinge von Mördern, die vorsichtig genug waren, die Leiche fortzuschaffen, in diesem Dickicht zurückgelassen sein sollten. Sie hätten mich aber falsch verstanden, wenn Sie meinen, ich beabsichtigte nachzuweisen, daß das Dikkicht als Tatort nicht in Frage komme. Das Unrecht mag *hier* oder wahrscheinlicher bei Frau Deluc geschehen sein. Doch das ist im Grunde ein nebensächlicher Punkt. Wir machen nicht den Versuch, den Tatort zu entdecken, sondern die Täter. Was ich anführte, geschah, ungeachtet der peinlichen Sorgfalt, mit der es geschah, erstens, um die Albernheit der positiven und überstürzten Behauptungen des ›Soleil‹ nachzuweisen; zweitens aber und hauptsächlich, um auf allernatürlichstem Wege Zweifel in Ihnen zu wecken, daß dieser Mord das Werk einer Bande von Strolchen gewesen ist.

Wir wollen diese Frage beantworten, indem wir uns der empörenden Einzelheiten erinnern, die der mit der Untersuchung betraute Wundarzt feststellte. Es braucht nur gesagt zu werden, daß seine veröffentlichten *Schlußfolgerungen* hinsichtlich der Zahl der Strolche als ungerechtfertigt und unbegründet ehrlich verlacht worden sind – und zwar von den angesehensten Anatomen von Paris. Nicht, daß die Sache *nicht so gewesen sein dürfte* wie er gefolgert, sondern daß überhaupt kein Grund vorhanden war, so zu folgern – war das nicht Grund genug zu einer anderen Vermutung?

Prüfen wir nun die ›Spuren eines Kampfes‹, und lassen Sie mich fragen, was diese Spuren beweisen sollten. Eine Bande Strolche! Aber beweisen sie nicht gerade das Gegenteil? Welch ein *Kampf* konnte stattgefunden haben – ein Kampf, so heftig und langdauernd, daß er nach allen Seiten Spuren hinterließ – zwischen einem schwachen und wehrlosen Mädchen und einer Bande Strolche? Ein paar kräftige Arme

zum Zupacken – und alles wäre erledigt gewesen! Das Opfer wäre ihrem Willen vollständig unterworfen gewesen. Sie
müssen im Auge behalten, daß die gegen das Dickicht als
Tatort vorgebrachten Argumente nur dann stichhaltig sind,
wenn es sich um *mehr als einen* Täter handeln sollte. Wenn wir
nur einen Mörder annehmen, so können wir begreifen, daß
ein Kampf stattgefunden hat, heftig genug, um sichtbare
Spuren zu hinterlassen.

Und noch einmal! Ich erwähnte schon, daß diese Vermutung vor allem durch die Tatsache erweckt wird, daß die
fraglichen Gegenstände im Dickicht belassen wurden. Es
scheint geradezu ausgeschlossen, daß diese Schuldbeweise zufällig am Fundort liegengeblieben seien. Es war (so
scheint es) Geistesgegenwart genug vorhanden, die Leiche fortzuschaffen; und da sollte man einen weit überzeu-
genderen Beweis als die Leiche selbst (deren Züge infolge
Verwesung schnell unkenntlich geworden wären) offen am
Mordplatz liegen lassen? Ich meine das Taschentuch der
Verstorbenen. Wenn das ein Zufall war, so konnte dieser
Zufall unmöglich bei einer ganzen Bande von Mordbuben
vorgekommen sein. Wir können ein solches Versehen nur
einem einzelnen zutrauen. Lassen Sie sehen! Ein einzelner
hat den Mord begangen. Er ist allein mit dem Geist der Ab-
geschiedenen. Er ist entsetzt über den regungslosen Körper
da vor ihm. Die Raserei der Leidenschaft ist vorbei, und sein
Herz hat Raum genug für die natürliche Folge der Tat – für
das Entsetzen. Ihm fehlt die Zuversicht, die die Gegenwart
anderer dem einzelnen verleiht. Er ist *allein* mit der Toten.
Er zittert und ist fassungslos. Dennoch ist es nötig, sich der
Leiche zu entledigen. Er trägt sie zum Fluß, läßt aber die
anderen Schuldbeweise hinter sich; denn es ist schwer, wenn

nicht unmöglich, die ganze Last auf einmal zu tragen, und es wird leicht sein, wiederzukommen und das Zurückgelassene zu holen. Doch während seiner mühsamen Wanderung zum Wasser verdoppeln sich seine Ängste. Nachtgeräusche umtönen seinen Weg. Ein dutzendmal hört er den Schritt eines Spähers – glaubt ihn zu hören. Selbst die Lichter der Stadt erschrecken ihn. Endlich aber und nach langen und häufigen Pausen halber Ohnmacht erreicht er das Ufer des Flusses und entledigt sich seiner gespenstischen Last – vielleicht mit Hilfe eines Bootes. Doch *nun* – welchen Schatz böte die Welt – welche Rachedrohung könnte sie haben, die Macht hätte, den einsamen Mörder zu bewegen, auf jenem qualvollen und gefährlichen Pfad nach dem Dickicht und seinen grauenhaften Gegenständen zurückzukehren? Er geht *nicht* zurück, mögen die Folgen sein, welche sie wollen. Sein einziger Gedanke ist sofortige Flucht. Er wendet jenem furchtbaren Buschwerk *für immer* den Rücken und enteilt wie von Furien gejagt.

Doch wie nun eine ganze Bande? Ihre Zahl würde sie mit Zuversicht erfüllt haben, wenn überhaupt je in der Brust des Strolches an Zuversicht Mangel wäre. Ihre Zahl, sage ich, würde den verwirrenden und lähmenden Schrecken, der den einzelnen befallen, gar nicht haben aufkommen lassen. Könnten wir uns bei einem oder zweien oder dreien ein zufälliges Versehen denken – ein vierter würde es wieder gutgemacht haben! Sie würden nichts hinter sich gelassen haben; denn ihre Zahl hätte es ihnen ermöglicht, *alles* auf einmal zu tragen. Sie hätten nicht nötig gehabt, *zurückzukehren.*

Bedenken Sie ferner den Umstand, daß ›aus dem Oberkleid ein Streifen von etwa einem Fuß Breite vom unteren

Saum bis zur Taille auf –, aber nicht abgerissen war. Er war dreimal um die Hüften geschlungen und im Rücken zu einer Art Henkel verknotet«. Dies war in der offenbaren Absicht geschehen, einen *Handgriff* zu schaffen, an dem die Leiche sich tragen ließe. Doch würden *mehrere* Männer auf den Einfall gekommen sein, sich solch ein Hilfsmittel zu schaffen? Dreien oder vieren hätten die Arme und Beine der Leiche nicht nur einen genügenden, sondern den allerbesten Halt geboten. Der Einfall kann nur einem einzelnen gekommen sein, und dies führt uns auf die Erscheinung, daß ›zwischen Dickicht und Fluß die Hecken umgebrochen waren und der Boden zeigte, daß hier eine schwere Last entlanggeschleppt worden war‹. Aber würden *mehrere* Männer sich die überflüssige Mühe gemacht haben, eine Hecke umzubrechen, um eine Leiche hindurchzuzerren, die sie mit Leichtigkeit über jede Hecke hätten hinüberheben können? Würden *mehrere* Männer eine Leiche überhaupt so *geschleift* haben, daß davon deutlich sichtbare Beweise zurückgeblieben?

Und hier müssen wir uns einer Bemerkung des ›Commercial‹ zuwenden, über die ich bereits in etwa mein Urteil abgegeben. ›Aus dem Unterrock der Unglücklichen‹, heißt es da, ›war ein zwei Fuß langes und ein Fuß breites Stück herausgerissen und ihr um Kopf und Kinn gebunden, vermutlich um sie am Schreien zu verhindern. Das müssen Leute getan haben, die nicht im Besitze von Taschentüchern waren.‹

Ich sprach schon vorhin die Vermutung aus, daß ein echter Herumtreiber *nie ohne* Taschentuch sei. Doch nicht auf diese Tatsache will ich jetzt besonders hinweisen. Daß es nicht der Mangel eines Taschentuchs war, weshalb dieses Band geknüpft worden, ist durch das im Dickicht gelassene

Taschentuch ersichtlich; und daß das Band auch nicht geknüpft worden, ›um sie am Schreien zu verhindern‹, zeigt
sich auch eben daran, daß es dem dazu so viel besser geeigneten Taschentuch vorgezogen worden. Aber die Beweisaufnahme sagt von jenem Streifen: ›Er lag lose um den Hals
und war mit festem Knoten geschlossen.‹ Diese Worte sind
unklar genug, weichen aber von denen des ›Commercial‹ einigermaßen ab. Der Streifen war achtzehn Zoll breit und
mußte darum, obgleich von Musselin, der Länge nach zusammengefaltet eine kräftige Fessel bilden. Und so gefaltet
wurde er gefunden.

Meine Folgerung ist so: nachdem der einsame Mörder die
Leiche eine Strecke lang an dem um die Taille angebrachten
Henkelband getragen hatte (sei es nun vom Dickicht oder
von sonstwoher), schien ihm der Transport der Last auf
diese Weise zu schwer. Er beschloß, sie zu schleifen – die
Beweise zeigen, daß er das *getan hat*. Da er also diese Absicht
hatte, war es notwendig, so etwas wie einen Strick an einem
der Glieder zu befestigen. Am besten ließ sich dergleichen
am Halse anbringen, wo der Kopf ein Abrutschen verhindern würde. Und nun fiel dem Mörder ohne Frage das Band
um die Hüften ein. Er würde dieses genommen haben, wäre
es nicht so fest um den Leib geschlungen gewesen, auch
war der Henkel daran hinderlich und ferner die Tatsache,
daß dieser Streifen ja nicht ›abgerissen‹ war, sondern noch
im Kleide festsaß. Es war einfacher, einen neuen Streifen
aus dem Unterrock zu reißen. Das tat er, befestigte ihn um
den Hals und schleifte so sein Opfer zum Flußufer. Daß
diese Schlinge, die nur mit Mühe und Zeitverlust zu erlangen gewesen und wenig zweckentsprechend war – daß diese
Schlinge *überhaupt* gebraucht wurde, beweist, daß die Um-

stände, die ihre Anwendung notwendig machten, erst eintraten, als das Taschentuch nicht mehr erreichbar war, das heißt, eintraten, nachdem das Dickicht (falls es das Dickicht war) bereits verlassen worden – also auf dem Weg zwischen Dickicht und Fluß.

Aber, werden Sie sagen, das Zeugnis Frau Delucs weist ausdrücklich auf die Anwesenheit einer Bande von Strolchen in der Gegend des Dickichts und zur ungefähren Mordzeit hin. Das gebe ich zu. Es soll mich wundern, wenn nicht in der Gegend der Barrière du Roule und zu jener Zeit ein Dutzend Banden, wie Frau Deluc sie beschrieben, sich herumgetrieben haben sollten. Aber die Bande, die sich die Ungnade Frau Delucs zugezogen, ist laut der verspäteten und zweifelhaften Aussage der alten Dame die *einzige,* die ihren Kuchen gegessen und ihren Schnaps getrunken, ohne dafür zu bezahlen. Et hinc illae irae?

Doch was *besagt* die bestimmte Aussage der Frau Deluc? Eine Bande übler Subjekte erschien bei ihr, benahm sich frech, aß und trank, ohne zu zahlen, ging in der Richtung davon, die vorher das Pärchen eingeschlagen, kam *zur Dämmerzeit* zurück und setzte in großer Eile über den Fluß.

Nun erschien dieser Rückzug Frau Deluc sicher *eiliger,* als er in Wirklichkeit war, eilig, weil sie noch immer auf Bezahlung gehofft hatte. Wie hätte sie sonst etwas an der Eile der Leute finden können, da es doch *zur Dämmerzeit* war! Es ist doch wahrlich nichts Verwunderliches, daß selbst Herumtreiber Eile haben, heimzukommen, wenn ein breiter Fluß in kleinen Booten überquert werden muß, wenn ein Sturm heraufzieht und wenn die Nacht naht.

Ich sage *naht;* denn *noch* war sie *nicht* da. Es war erst *Dämmerzeit,* als die unhöfliche Eile der ›Bösewichter‹ die gute

Frau Deluc beleidigte. Aber uns wurde gesagt, daß Frau Deluc und ihr ältester Sohn an *demselben* Abend ›in der Nähe des Gasthofs eine Frauenstimme schreien hörten‹. Und mit welchen Worten bezeichnet Frau Deluc die Abendzeit, zu der diese Schreie vernommen worden? Es war ›*bald nach Dunkelwerden*‹, sagte sie. Aber bald *nach Dunkelwerden* ist zum mindesten *dunkel,* und ›*zur Dämmerzeit*‹ ist bestimmt noch bei Tageslicht. Es ist also vollkommen klar, daß die Bande die Barrière du Roule verlassen hatte, *ehe* Frau Deluc jene Schreie vernahm. Und obgleich bei den zahlreichen Wiedergaben der Zeugenberichte die von den Zeugen gebrauchten Ausdrücke deutlich und unverändert angewendet wurden, genau wie ich sie in diesem Gespräch mit Ihnen angewendet habe, ist doch weder von den öffentlichen Blättern noch von der Polizei der Unterschied in den beiden Ausdrücken der Zeugin festgestellt worden.

Ich will den *gegen* eine größere Bande angeführten Gründen nur noch einen hinzufügen, dieser *eine* aber fällt, wenigstens für meine Begriffe, entscheidend ins Gewicht. Unter den vorliegenden Umständen einer ungeheuer großen Belohnung und völliger Straffreiheit kann keinen Moment angenommen werden, daß ein Mitglied einer *Bande* gemeiner Strolche überhaupt seine Schuldgenossen nicht verraten haben sollte. Jeder einzelne solch einer Bande ist weniger auf die Belohnung oder die Straffreiheit versessen, als *ängstlich, verraten zu werden.* Er verrät schnell und ohne Besinnen, damit *er selbst nicht verraten werde.* Daß das Geheimnis nicht aufgedeckt worden, ist der allerbeste Beweis dafür, daß es eben wirklich ein Geheimnis ist. Die Schrecken dieser dunklen Tat sind außer Gott nur *einem* oder zwei lebenden Wesen bekannt.

Lassen Sie uns nun die mageren, doch einwandfreien Früchte unserer langen Analyse zusammenzählen. Wir sind dahingekommen, entweder einen Unfall unter dem Dache der Frau Deluc oder einen im Dickicht an der Barrière du Roule begangenen Mord anzunehmen – einen Mord, den ein Liebhaber oder wenigstens ein intimer und geheimer Freund der Verstorbenen begangen. Dieser Freund ist von dunkler Hautfarbe. Diese Farbe, der ›Henkel‹ am Tragband und der ›Seemanns-Knoten‹, mit dem die Hutbänder zusammengebunden waren, deuten auf einen Seemann. Sein Verhältnis zu der Verstorbenen, einem verwegenen, aber nicht verworfenen Mädchen, kennzeichnete ihn als über dem gemeinen Matrosen stehend. Hierin bestärken uns die gut und überzeugend geschriebenen Mitteilungen, die den Zeitungen zugegangen sind. Der Umstand jener ersten Entführung legt den Gedanken nahe, diesen Seemann mit jenem von ›Le Mercure‹ erwähnten ›Marine-Offizier‹, der damals das Mädchen zu unrechtem Tun verleitet, zu identifizieren.

Und hierher paßt nun sehr gut die auffallende Tatsache, daß jener Mann mit der dunklen Gesichtsfarbe bisher nicht wieder aufgetaucht ist. Ich möchte nochmals bemerken, daß er von dunkler Gesichtsfarbe ist – sie muß schon außergewöhnlich dunkel sein, da sie das *einzige* Merkmal bildet, das sowohl Valence als Frau Deluc für den Betreffenden anzugeben wissen. Aber warum ist dieser Mann abwesend? Wurde er von der Bande gemordet? Und wenn, wieso waren nur Spuren des *Mädchens* zu finden? Der Tatort für beide Morde muß natürlich als ein und derselbe angenommen werden. Und wo ist seine Leiche? Die Mörder hätten sich doch wahrscheinlich beider Leichen in gleicher Weise ent-

ledigt. Man könnte aber sagen, der Mann lebt und meldet
sich nicht, aus Angst, daß ihm der Mord zur Last gelegt werde. Diese Betrachtung könnte ihm jetzt – zu so später Zeit
– gekommen sein, nachdem ausgesagt worden, daß man ihn
mit Marie gesehen habe, sie hätte aber zur Zeit der Tat keine Bedeutung gehabt. Der erste Impuls eines Unschuldigen
hätte doch sein müssen, die Untat anzuzeigen und zur Feststellung der Mordbuben mitzuwirken. Diese Klugheit hätte
ihn gerettet. Er war mit dem Mädchen gesehen worden. Er
hatte mit ihr in einem öffentlichen Fährboot den Fluß gekreuzt. Die Denunzierung der Mörder hätte selbst einem
Idioten als sicherstes und einziges Mittel erscheinen müssen, sich selbst vom Verdacht zu reinigen. Wir können nicht
annehmen, daß er an den Ereignissen jener Sonntagnacht
erstens unschuldig sei und zweitens auch von der Greueltat
nichts wisse. Dennoch ist nur unter solchen Umständen die
Tatsache zu erklären, daß er – falls er am Leben – die Denunzierung der Mörder unterließ.

Und welche Mittel besitzen wir, die Wahrheit zu ergründen? Wir werden sehen, wie diese Mittel während unseres
Fortschreitens sich multiplizieren und klarere Gestalt annehmen. Wir müssen die Geschichte der ersten Entführung
bis zu Ende verfolgen, müssen das ganze Leben und Treiben des ›Offiziers‹, seine gegenwärtige Tätigkeit, sein Tun
und Lassen zur Zeit des Mordes in Erfahrung bringen. Wir
müssen die der ›Abendzeitung‹ zugegangenen Zuschriften,
sowohl Stil wie Handschrift, sorgfältig miteinander und mit
den schon früher der ›Morgenzeitung‹ zugegangenen vergleichen, die so heftig darauf bestanden, daß Mennais der
Schuldige sei. Und all dies getan, müssen wir diese sämtli-
chen Schreiben mit der wohlbekannten Handschrift jenes

Offiziers vergleichen. Wir müssen versuchen, aus Frau Deluc und ihren Knaben sowie dem Omnibuskutscher Valence
etwas mehr über die äußere Erscheinung und das Benehmen des ›Mannes mit der dunklen Gesichtsfarbe‹ herauszubekommen. Es muß klug gestellten Fragen gelingen, von
diesem oder jenem Informationen über diesen speziellen
Punkt oder auch über andere zu erhalten – Informationen,
von denen die Leute selbst nicht einmal wissen mögen,
daß sie sie besitzen. Doch wenden wir uns nun *dem Boot*
zu, das der Bootsknecht am Montagmorgen, am dreiund-
zwanzigsten Juni, aufgriff, und das, ohne daß die wachtha-
benden Offiziere etwas bemerkten und *ohne Steuerruder* kurz
vor Auffindung der Leiche vom Zollgebäude wieder verschwunden war. Mit genügender Um- und Vorsicht müssen wir unfehlbar das Boot ausfindig machen; denn nicht
nur, daß der Bootsmann, der es aufgriff, es identifizieren
kann – wir haben auch das *Steuerruder als Beweis.* Einer mit
einem ruhigen Gewissen hätte wohl kaum das Steuerruder
eines Segelbootes so ohne weiteres im Stich gelassen. Und
hier lassen Sie mich eine Frage aufwerfen. Über die Auffindung des Bootes wurde nichts bekanntgegeben; es wurde stillschweigend am Zollgebäude angekettet und ebenso
heimlich wieder fortgeholt. Wie aber *konnte* sein Besitzer,
ohne Mitteilung erhalten zu haben, schon am Dienstagmor-
gen wissen, wo am Montag das Boot aufgegriffen worden
war, wenn wir nicht annehmen, daß der Betreffende mit der
Seine-Schiffahrt Bescheid wußte, daß dauernde persönliche
Beziehungen ihm hier die Kenntnis aller lokalen Geschehnisse sofort verschafften?

Als ich davon sprach, wie der einsame Mörder seine Last
zum Ufer schleifte, erwähnte ich schon die Möglichkeit, daß

er sich ein Boot verschafft habe. Das ist sehr wahrscheinlich der Fall gewesen. Die Leiche durfte den seichten Wassern am Ufer nicht anvertraut werden. Die eigentümlichen Wunden auf Rücken und Schultern des Opfers stammen von den Bodenrippen eines Bootes. Daß die Leiche ohne Belastung gefunden wurde, trägt zu meiner Ansicht bei. Wäre sie vom Ufer aus ins Wasser geworfen worden, so wäre eine Belastung gewiß nicht unterblieben. Wir können uns das Fehlen einer solchen nur so erklären, daß der Mörder es versäumt hatte, sich, ehe er vom Ufer abstieß, mit Ballast zu versehen. Als er die Leiche dem Wasser übergab, wird er zweifellos das Versäumnis bemerkt haben; doch da war nichts mehr zur Hand. Man wollte lieber die Gefahr auf sich nehmen, als noch einmal ans fluchbeladene Ufer zurückkehren. Als er sich seiner unheimlichen Last entledigt hatte, trieb es den Mörder zur Stadt zurück. An dunkler, geeigneter Stelle sprang er an Land. Aber das Boot – würde er es festgelegt haben? Er wird es zu eilig gehabt haben, um sich um so etwas zu kümmern. Und außerdem, hätte er es am Landungsplatz verankert, so hätte er damit selbst Zeugnis gegen sich abgelegt. Sein natürlicher Gedanke mußte sein, so weit wie möglich alles von sich zu werfen, was zu seinem Verbrechen in Beziehung stand. Er wird nicht nur eilends vom Landungsplatz entflohen sein, sondern auch das Boot nicht dort zurückgelassen haben; er wird es in den Fluß zurückgestoßen haben. – Weiter. Am Morgen wird der Schurke von unaussprechlichem Entsetzen erfaßt, als er das Boot an einem Orte angekettet findet, den er täglich aufzusuchen pflegt – den aufzusuchen vielleicht zu seiner Pflicht gehört. In der folgenden Nacht bringt er das Boot fort – ohne es *gewagt* zu haben, das *Steuerruder einzufordern.* Wo ist nun dieses steuerlose Boot? Es wird eine unserer ersten Aufgaben sein, das ausfindig zu machen. Sowie wir eine Spur davon entdecken, beginnt unser Erfolg zu tagen. Dies Boot wird uns mit einer Schnelligkeit, über die sogar wir selbst staunen werden, zu ihm führen, der es in jener unheilvollen Sonntagnacht benutzte. Klarer und klarer wird eins sich aus dem anderen ergeben, und der Mörder wird gefunden sein.«

(Aus Gründen, auf die wir nicht näher eingehen wollen, die aber vielen Lesern klar sein werden, haben wir uns die Freiheit genommen, aus dem in unsere Hände gelegten Manuskript hier das fortzulassen, was sich auf die Verfolgung des von Dupin gegebenen Fingerzeiges bezieht. Wir halten es für ratsam, nur kurz zu erwähnen, daß der erwünschte Erfolg erzielt wurde, und daß der Präfekt, wenn auch widerwillig, den Bedingungen seines mit dem Chevalier geschlossenen Vertrages nachkam. Herrn Poes Erzählung schließt mit den hier folgenden Bemerkungen. – Die Redaktion[1]

Man wird verstehen, daß ich von seltsamem *Zusammentreffen* spreche und von *nichts weiter.* Was ich oben über diesen Gegenstand gesagt, muß genügen. In meinem eigenen Herzen lebt kein Glaube an Übernatürliches. Daß Natur und Gott zweierlei ist, wird kein denkender Mensch verneinen. Daß letzterer, der die erstere geschaffen hat, diese nach Wunsch meistern und ändern kann, steht ebenfalls außer Frage. Ich sage »nach Wunsch«, denn es handelt sich hier um den Wunsch und nicht, wie eine unsinnige Logik meinte, um die Macht. Nicht daß die Gottheit ihre Gesetze nicht ändern *könnte,* sondern wir beleidigen sie, indem wir die Notwendigkeit einer Änderung überhaupt voraussetzen.

---

[1] der Zeitschrift, in der die Erzählung ursprünglich veröffentlicht wurde.

Von vornherein sind ihre Gesetze so beschaffen, daß sie *alle* Möglichkeiten, die je im Schoße der Zukunft ruhen konnten, umfassen. Bei Gott ist alles *Jetzt*.

Ich wiederhole also, daß ich jene Dinge nur als Zusammentreffen erwähne. Und ferner: Man wird aus meinem Bericht ersehen, daß zwischen dem Schicksal der unseligen Mary Cecilia Rogers, soweit man dieses Schicksal kennt, und dem einer gewissen Marie Rogêt bis zu einem bestimmten Punkt eine Parallele besteht, deren wundersame Genauigkeit die Vernunft verwirren könnte. Ich sage, alles dies wird man sehen. Möge man aber nicht einen Augenblick annehmen, daß es meine versteckte Absicht gewesen sei, im weiteren Verlauf dieser Geschichte und in der Wiedergabe der Aufdeckung ihres Geheimnisses diese Parallele zu verlängern oder anzudeuten, daß die in Paris zur Entdeckung des Mörders einer Grisette angewandten Maßnahmen nun in einem ähnlichen Falle ein ähnliches Resultat zeitigen würden.

Denn hinsichtlich dieser letzteren Annahme sollte man bedenken, daß die unbedeutendste Abweichung in den Einzelheiten der beiden Fälle zu den bedeutsamsten Fehlschlüssen führen könnte, da sie den Lauf der beiden Geschehnisse ganz voneinander treiben würde; gleich wie in der Arithmetik ein an sich unwesentlicher Fehler schließlich durch die Macht der Multiplikation an allen Enden ein Resultat zeitigt, das von der Richtigkeit ungeheuer abweicht. Und was die erstere Annahme anlangt, so müssen wir im Auge behalten, daß gerade die Wahrscheinlichkeitsrechnung, auf die ich hingewiesen, jeden Gedanken an die weitere Ausdehnung der Parallele verbietet: – verbietet mit einer Positivität, die um so strenger ist, als diese Parallele bereits lang und genau verlaufen ist. Dies ist einer jener sonderbaren Sätze,

die scheinbar einer höchst unmathematischen Denkwei-
se entspringen, auf die aber gerade nur der Mathematiker
einzugehen weiß. Nichts zum Beispiel ist schwerer, als den
Durchschnittsleser zu überzeugen, daß man beim Würfel-
spiel, nachdem einer zweimal hintereinander die Sechs geworfen hat, die höchste Wette darauf eingehen kann, daß
derselbe Spieler die Sechs nicht zum drittenmal werfen wird.
Der Verstand kann im allgemeinen einen Grund dafür nicht
einsehen. Es scheint unmöglich, daß die beiden erledigten
Würfe, die schon ganz der Vergangenheit angehören, auf
den Wurf Einfluß haben könnten, der noch in der Zukunft
liegt. Die Aussichten auf einen Wurf der Sechs scheinen genau dieselben zu sein, wie sie jederzeit gewesen – das heißt,
abhängig nur von den verschiedenen anderen Würfen, die
mit dem Würfel gemacht werden können. Und dies ist eine
Betrachtung, die so einleuchtend ist, daß Versuche, sie zu
widerlegen, häufiger einem spöttischen Lächeln als ach-
tungsvoller Aufmerksamkeit begegnen. Den hierin enthaltenen Irrtum – ein großer unheilvoller Irrtum – darzulegen,
kann ich innerhalb der mir hier gezogenen Grenzen nicht
versuchen, und dem philosophisch Denkenden braucht er
nicht dargetan zu werden. Es mag genügen, hier zu sagen,
daß er ein Glied einer endlosen Kette von Irrtümern ist, die
auf dem Wege der Vernunft entstehen, weil diese den Trieb
hat, im Kleinen der Wahrheit nachzuspüren.

EDGAR ALLAN POE

# Wassergrube und Pendel

*Impia tortorum longas hic turba furores*
*Sanguinis innocui, non satiata, aluit.*
*Sospite nunc patria, fracto nunc funeris antro*
*Mors ubi dira fuit, vita salusque patent.*

Inschrift für ein Markttor, das für den Platz des Jakobiner-Hauses in Paris bestimmt war.

Ich war krank – erschöpft und todkrank infolge der langen Todesangst –, und als man mir die Fesseln löste und mir erlaubte niederzusitzen, fühlte ich, daß mir die Sinne schwanden. Das Urteil, das entsetzliche Todesurteil war der letzte Ausspruch, den meine Ohren deutlich vernahmen. Hiernach schmolzen die Stimmen der Richter in ein traumhaftes, ununterbrochenes Summen zusammen, das in meiner Seele die Vorstellung eines Kreislaufs erweckte – vielleicht, weil es an das Sausen eines Mühlrades erinnerte. Das dauerte nur kurze Zeit, denn bald hörte ich nichts mehr. Doch *sah* ich noch eine Zeitlang – aber in welch seltsamer, schrecklicher Verzerrtheit erschien mir alles! Ich sah die Lippen der schwarzgekleideten Richter. Sie erschienen mir weiß – weißer als das Blatt, auf das ich diese Worte schreibe – und dünn bis zur Groteske; dünn und grausam fest geschlossen, dünn in unbeweglicher Härte, in strenger Verachtung aller Menschenleiden. Ich sah, daß Aussprüche, die mein Schicksal bedeuteten, noch immer über diese Lippen kamen, sah, wie sie sich im Sprechen des Todesurteils verzerrten. Ich sah sie die Silben meines Namens bilden, und ich schauderte, weil kein Laut zu hören war. Ich sah auch für ein paar Augenblicke wahnsinnigen Schreckens das leise, kaum wahrnehmbare Schwanken der schwarzen Stoffe, mit

120

denen die Wände des Gemachs bekleidet waren; und dann
fiel mein Blick auf die sieben hohen Kerzen auf dem Tisch.
Zuerst blickten sie mitleidig drein und glichen schlanken
weißen Engeln, die mich retten würden. Doch dann – ganz
plötzlich – wurde mein Geist todmüde, jeder Nerv in mir
erbebte, als hätte ich den Draht einer galvanischen Batterie
berührt; die Engelsgestalten wurden gleichgültige Gespenster, deren Kopf eine Flamme war, und ich sah, daß von
ihnen keine Hilfe kommen konnte. Und dann stahl sich in
meine Seele gleich einem vollen tröstenden Akkord der Gedanke, wie köstlich die Ruhe im Grabe sein müsse. Der Gedanke kam sanft und verstohlen, und es dauerte lange, bis er
in voller Klarheit vor mir stand; doch gerade, als mein Geist
ihn ganz begriff, ihn gleichsam innig fühlte, verschwanden
wie durch Zauberschlag die Richter vor meinen Blicken; die
hohen Kerzen versanken ins Nichts, ihre Flammen loschen
aus; schwarze Finsternis siegte; alle Empfindungen gingen
unter in einem tollen, rasenden Sturz – als falle die Seele in
den Hades. Dann war meine Welt nur Schweigen und Stille
und Nacht.

Ich lag in Ohnmacht, doch kann ich nicht sagen, daß mein
Bewußtsein geschwunden war. Wieviel davon noch blieb, will
ich nicht versuchen zu enträtseln oder zu beschreiben; doch
war nicht *alles* geschwunden. Im tiefsten Schlummer – nein!
Im Delirium – nein! In Ohnmacht und Betäubung – nein!
Im Tode – nein! Selbst im Grabe ist nicht *alles Bewußtsein* geschwunden. Sonst gäbe es keine Unsterblichkeit. Aus dem
tiefsten Schlummer erwachend, zerreißen wir das Spinnge-
webe eines Traumes; aber eine Sekunde später – so zart ist
das Gewebe oft – wissen wir schon nicht mehr, daß wir
geträumt haben. Bei dem Erwachen aus einer Ohnmacht

gibt es zwei Stadien: zuerst das Gefühl geistigen oder seelischen – dann das Bewußtsein körperlichen Daseins. Es
ist wahrscheinlich, daß wir, falls es uns gelänge, im zweiten Zustand die Eindrücke des ersten zurückzurufen, diese
Eindrücke voll fänden von Erinnerungen aus dem Abgrund
des Jenseits. Und dieser Abgrund ist – was? Wie sollen wir
seine Schatten von denen des Grabes unterscheiden? Wenn
nun aber die Eindrücke dessen, was ich den ersten Zustand
nannte, nicht willkürlich hervorgerufen werden können,
kommen sie nicht – nach langer Pause oft – ungerufen und
uns befremdend? Wer nie in Ohnmacht lag, der gehört nicht
zu denen, die oft in der Kohlenglut seltsame Paläste und
merkwürdig bekannte Gesichter erschauen; gehört nicht zu
denen, die in der Luft düstere Visionen erblicken, die der
Menge verborgen bleiben; gehört nicht zu denen, die über
den Duft einer neuen Blume tiefsinnig grübeln; gehört nicht
zu denen, deren Hirn sich nach dem geheimnisvollen Sinn
irgendeiner musikalischen Strophe abmüht, die nie vorher
ihre Aufmerksamkeit erregte.

Bei meinen häufigen bewußten Anstrengungen, mich zu
erinnern, bei meinen gewaltsamen Mühen, irgendein Merkmal aus dem Zustand scheinbaren Nichtseins, in den meine Seele entglitten, ins klare Bewußtsein herüberzuretten,
gab es Augenblicke, in denen ich ein Gelingen träumte; es
gab kurze, sehr kurze Momente, in denen ich Erinnerungen
heraufbeschworen, die mir in der hellen Vernunft späteren
völligen Wachseins als unbedingt jenem Zustand scheinba-
rer Bewußtlosigkeit entstammend erschienen. Diese Schatten eines Erinnerns reden undeutlich von hohen Gestalten,
die mich aufhoben und schweigend abwärts trugen, hinab –
hinab – und tiefer hinab, bis ein furchtbares Schwindelge-

fühl mich erfaßte bei dem bloßen Gedanken der Unend-
lichkeit des Niedergleitens. Sie reden auch von dumpfem
Schreckgefühl im Herzen, weil dieses Herz so unnatürlich
still war. Dann kommt ein Empfinden völliger Unbewegt-
heit aller Dinge, als ob die, die mich trugen – ein gespenstischer Zug – in ihrem Abwärtsdringen die Grenzen des
Grenzenlosen überschritten hätten und nun ausruhten von
der Mühsal ihres Werks. Hiernach erinnere ich mich an ein
flach ausgestrecktes Liegen, an feuchten Dunst; und dann
ist alles Wahnsinn – Wahnsinn eines Bewußtseins, das sich
mit dem Unfaßbaren, dem Verbotenen abmüht.

Ganz plötzlich empfand meine Seele wieder Bewegung
und Klang: die stürmischen Schläge des Herzens – und in
den Ohren ihren Widerhall. Dann eine Pause, in der alles
nichts war. Dann wieder Klang und Bewegung und Gefühl,
ein Prickeln durch den ganzen Körper. Dann das bloße Bewußtsein des Daseins, ohne jeglichen Gedanken – ein Zustand, der lange dauerte. Dann, ganz plötzlich, das *Denken*
und schaudernder Schrecken und ernstliches Mühen, meine wahre Lage zu erfassen. Dann ein gieriges Verlangen, in
Fühllosigkeit zurückzusinken. Dann ein heftiges Neuerwa-
chen der Seele und ein erfolgreicher Versuch zur Bewegung.
Und nun ein volles Erinnern an das Verhör, an die Richter,
an die düsteren Wandbehänge, an den Urteilsspruch, an die
Ohnmacht. Dann völliges Vergessen alles Folgenden: alles
dessen, was ein späterer Tag und eifriges Bemühen mir unklar wieder ins Gedächtnis rief.

Bis dahin hatte ich die Augen nicht geöffnet. Ich fühlte,
daß ich ungefesselt auf dem Rücken lag. Ich streckte die
Hand aus, und sie fiel schwer auf etwas Feuchtes und Hartes.
Da ließ ich sie viele Minuten liegen, während ich versuchte,

mir vorzustellen, *wo* und *was* ich wohl sei. Ich hätte gern die
Augen geöffnet, aber ich wagte es nicht. Ich fürchtete den
ersten Blick auf meine Umgebung. Es war nicht Furcht, etwas Entsetzliches zu erblicken, sondern das Grauen, *nichts*
zu sehen. Endlich, mit wilder Verzweiflung im Herzen, öffnete ich schnell die Augen. Meine schlimmsten Ahnungen
bestätigten sich. Schwarze, ewige Nacht umgab mich. Die
Dichtigkeit der Finsternis lastete auf mir und ließ mich erstarren. Die Luft war unerträglich dumpf. Ich lag immer
noch still und strengte mich an, meine Vernunft in Gang
zu bringen. Ich rief mir den Verlauf der Gerichtsverhand-
lung ins Gedächtnis zurück und versuchte von da aus meine
jetzige Lage abzuleiten. Das Urteil war gesprochen, und es
schien mir, als sei seitdem eine lange Zeit vergangen. Dennoch nahm ich keinen Augenblick an, daß ich tot sei. Solch
eine Vorstellung ist, was auch darüber geschrieben sein mag,
völlig unvereinbar mit dem wirklichen Leben. Doch wo und
in welcher Verfassung war ich? Ich wußte, die zum Tode
Verurteilten endeten in einem Autodafé, und ein solches
war in der Nacht, die meiner Verurteilung folgte, abgehalten worden. War ich in den Kerker geführt worden, um die
nächste Hinopferung abzuwarten, die erst in einigen Mona-
ten stattfinden würde? Das konnte nicht sein. Es war geradezu ein Mangel an Opfern gewesen. Auch entsann ich mich,
daß mein Kerker, wie alle Gefängniszellen in Toledo, einen
Steinboden hatte und nicht ganz ohne Lichtzutritt war.

  Ein fürchterlicher Gedanke trieb plötzlich mein Blut in
Wogen zum Herzen, und für kurze Zeit sank ich von neuem
in Bewußtlosigkeit. Als ich mich erholt hatte, sprang ich sofort auf die Füße; jeder Nerv in mir zuckte. Ich streckte die
Arme in die Höhe und rundum nach allen Seiten. Ich fühlte

nichts und fürchtete dennoch, einen Schritt zu machen, aus Angst, an die Mauern eines *Grabes* zu stoßen. Der Angstschweiß brach mir aus allen Poren und stand in großen kalten Tropfen auf meiner Stirn.

Die Angst der Ungewißheit wurde schließlich unerträglich, und ich bewegte mich vorsichtig mit ausgebreiteten Armen vorwärts; meine Augen drangen fast aus ihren Höhlen, so gierig hoffte ich, einen schwachen Lichtstrahl zu erhaschen. Ich machte viele Schritte vorwärts, doch noch immer war alles Finsternis und Leere. Ich atmete freier. Es war offenbar, daß meiner wenigstens nicht das scheußlichste Geschick harrte.

Und nun, während ich mich vorsichtig weiter tastete, drängten sich tausend unbestimmte Gerüchte über die Schrecken von Toledo meinem Gedächtnis auf. Seltsame Geschichten waren über die Kerker im Umlauf – unwahr hatte ich sie immer genannt –, aber sie waren furchtbar und so grausig, daß man nur davon flüsterte. Hatte man mich für den Hungertod in dieser ewigen unterirdischen Nacht bestimmt, oder welches vielleicht noch gräßlichere Schicksal erwartete mich? Daß das Ende Tod sein würde, und zwar ein Tod von mehr als gewöhnlicher Bitternis, schien mir, der ich den Charakter meiner Richter kannte, gewiß. Die Art und die Stunde des Sterbens war das einzige, was mich noch beschäftigte und beunruhigte.

Meine ausgestreckten Hände fanden endlich ein festes Hemmnis. Es war eine Mauer – sehr glatt, schlüpfrig und kalt. Ich folgte ihr mit all der mißtrauischen Vorsicht, die gewisse Berichte uralter Begebenheiten in mir erweckt hatten. Dieses Vorgehen brachte mir aber keinen Aufschluß über den Umfang meines Kerkers; denn ich konnte, ohne es zu wissen, seinen ganzen Umkreis umschritten haben und wieder am Ausgangspunkt angelangt sein – so glatt und gleichmäßig schien die Mauer. Ich suchte daher nach dem Messer, das sich in meiner Tasche befunden hatte, als man mich in das Untersuchungszimmer geführt; es war fort. Man hatte meine Kleider gegen eine Umhüllung von grober Wolle vertauscht. Ich hatte beabsichtigt, die Klinge in irgendeinen feinen Spalt des Mauerwerks zu stoßen, um so einen Ausgangspunkt festzustellen. Dies war übrigens nicht so schwierig, als es mir anfangs in meiner Sinnesverwirrung erschien. Ich riß ein Stückchen von meinem Kleidersaum und legte den Fetzen in voller Länge rechtwinklig zur Mauer auf den Boden. Wenn ich meinen Weg rund um mein Gefängnis machte, mußte ich selbstredend bei Vollendung des Umkreises wieder auf den Fetzen stoßen. So dachte ich wenigstens. Aber ich hatte weder mit der Ausdehnung des Kerkers noch mit meiner eigenen Schwäche gerechnet. Der Boden war feucht und schlüpfrig. Ich war eine Zeitlang vorwärts getappt, als ich strauchelte und fiel. Meine ungeheure Müdigkeit zwang mich, ausgestreckt liegen zu bleiben, und bald befiel mich in dieser Lage der Schlaf.

Als ich erwachte und den Arm ausstreckte, fand ich neben mir ein Stück Brot und einen Krug Wasser. Ich war zu erschöpft, um über diesen Umstand nachzudenken; sofort aß und trank ich gierig. Bald darauf vollendete ich meinen Rundgang in dem Gefängnis und kam nach vieler Mühe wieder bei dem Wollfetzen an. Bis zu dem Augenblick, da ich hinfiel, hatte ich zweiundfünfzig Schritte gezählt, und als ich nun meinen Gang fortsetzte, zählte ich achtundvierzig, bis ich bei meinem Zeichen wieder ankam. Das ergab zusammen hundert Schritte, und indem ich je zwei Schritte

als einen Meter rechnete, schloß ich, daß mein Kerker einen
Umfang von fünfzig Meter habe. Doch ich hatte eine Menge Winkel in der Mauer gefunden hat und konnte mir daher keine Vorstellung über die Form der Gruft bilden – denn eine Gruft war es nach meinem Dafürhalten.

Ich fand wenig Sinn – jedenfalls keine Hoffnung – in diesen Nachforschungen, aber eine unbestimmte Neugier veranlaßte mich, sie fortzusetzen. Ich verließ die Wand und beschloß, den Raum zu durchqueren. Zuerst ging ich mit äußerster Vorsicht voran, denn obgleich der Boden anscheinend aus festem Material war, war er doch äußerst schlüpfrig. Endlich aber faßte ich Mut und zögerte nicht, sicher auszuschreiten, wobei ich mich bemühte, in möglichst gerader Linie hinüberzugelangen. Auf diese Weise war ich zehn oder zwölf Schritte vorwärts gekommen, als der zerrissene Saum meines Gewandes sich an meinen Füßen verfing. Ich trat darauf und fiel mit voller Gewalt vornüber zu Boden.

In der ersten Verwirrung bemerkte ich nicht sogleich einen befremdenden Umstand, der jetzt, ein paar Sekunden später und während ich noch ausgestreckt dalag, meine Aufmerksamkeit erregte. Es war folgendes: Mein Kinn ruhte auf dem Boden des Kerkers, meine Lippen aber und der obere Teil des Kopfes, die meinem Gefühl nach tiefer lagen als das Kinn, *berührten nichts*. Gleichzeitig schien meine Stirn in klebrigen Dämpfen zu baden, und der unverkennbare Geruch verwesender Schwämme drang mir in die Nase. Ich streckte den Arm aus und schauderte, als ich fand, daß ich genau am Rande einer kreisrunden Brunnenöffnung hingefallen war, deren Umkreis festzustellen natürlich gegenwärtig nicht in meiner Macht lag. Es gelang mir, von dem feuchten Mauerrand ein Steinchen loszubröckeln; ich ließ es in den Abgrund fallen. Viele Sekunden lang horchte ich dem Widerhall, den sein Anschlagen an die Seitenwände verursachte; endlich hörte ich ein dumpfes Aufklatschen im Wasser, dem ein vielfältiges Echo folgte. Im selben Augenblick ertönte ein Geräusch wie das rasche Öffnen und Wiederzuschlagen einer Türe mir zu Häupten, während ein schwacher Lichtschimmer durch das Dunkel huschte und ebenso schnell wieder verschwand.

Ich erkannte, welches Los man mir zugedacht hatte, und beglückwünschte mich zu dem rechtzeitigen Unfall, der mich rettete. Noch einen Schritt weiter vor meinem Sturz – und die Welt hätte mich nicht wiedergesehen! Die Form der Urteilsvollstreckung, der ich soeben durch einen Zufall entronnen war, entsprach ganz den mir bekannten Berichten über die Inquisition, die ich jedoch stets als Erfindung und alberne Übertreibung angesehen hatte. Ihren Opfern blieb nur die Wahl zwischen Sterben unter entsetzlichen Körperqualen und Sterben unter unerhörten Geistesschrecken. Mich hatte man für diese aufbewahrt. Durch lange Leiden waren meine Nerven so zerrüttet, daß ich beim Klang meiner eigenen Stimme erbebte und in jeder Hinsicht ein geeignetes Objekt für die auserlesenen Martern geworden war, die man mir zugedacht.

An allen Gliedern zitternd, tastete ich meinen Weg zur Mauer zurück. Ich war entschlossen, lieber dort zu sterben, als mich in die Schrecken der Brunnen zu wagen; meine Phantasie malte sich jetzt aus, daß ihrer viele hier im Raum verteilt seien. In anderer Seelenverfassung hätte ich vielleicht den Mut gehabt, mein Elend durch einen Sprung in solch einen Abgrund zu enden, jetzt aber war ich der Feigste der Feigen. Auch konnte ich nicht vergessen, was ich über diese

Brunnen gelesen: daß das sofortige Auslöschen des Lebens keineswegs in der Absicht derer lag, die diese entsetzlichen Gruben angelegt hatten.

Die Seelenaufregung hielt mich viele lange Stunden wach. Schließlich aber schlief ich wieder ein. Als ich erwachte, fand ich wie vorher ein Stück Brot und einen Krug voll Wasser neben mir. Brennender Durst erfaßte mich, und ich leerte das Gefäß auf einen Zug. Dem Wasser mußte ein Schlafmittel beigemengt sein, denn kaum hatte ich ausgetrunken, als mich unwiderstehliche Schlafsucht befiel. Ich sank in eine Art Todesschlummer. Wie lange er währte, weiß ich natürlich nicht; als ich aber wieder die Augen öffnete, waren die Dinge um mich her sichtbar. Ein seltsamer schwefliger Glanz, dessen Ursprung ich zunächst nicht feststellen konnte, gestattete mir, den Umfang und das Aussehen meines Kerkers wahrzunehmen.

In seiner Größe hatte ich mich gewaltig geirrt. Die ganze Mauerrundung umfaßte nicht mehr als fünfundzwanzig Meter. Minutenlang verursachte mir diese Tatsache eine Welt von überflüssiger Beunruhigung; wirklich überflüssig – denn was war unter den Schrecken, die mich umgaben, bedeutungsloser als der Umfang meiner Zelle? Doch meine Seele nahm ein merkwürdiges Interesse an Kleinigkeiten, und ich plagte mich sehr, den Irrtum aufzudecken, der mich zu so falscher Messung veranlaßt hatte. Endlich fand ich die Ursache. Bei meinem ersten Versuch zur Erforschung des Raumes hatte ich bis zu meinem Hinfallen zweiundfünfzig Schritte gezählt; ich mußte damals nur noch zwei oder drei Schritte von dem Wollstreifen entfernt gewesen sein und also den Umkreis beinahe vollendet gehabt haben. Dann schlief ich ein, und nach dem Erwachen muß ich meine

Schritte rückwärts gelenkt haben, das heißt, ich durchmaß nochmals die vorher bereits zurückgelegte Strecke und berechnete so den Umfang doppelt so groß, als er tatsächlich war. Meine Geistesverwirrung war schuld, daß es mir nicht auffiel, daß ich bei Beginn des Rundgangs die Mauer links, bei der Fortsetzung dagegen rechts gehabt hatte.

Auch über die Form des Gefängnisses hatte ich mich getäuscht. Beim Abtasten der Mauer hatte ich viele Winkel gefunden und so den Eindruck großer Unregelmäßigkeit erhalten – so sehr kann völlige Dunkelheit jenen täuschen, der aus Ohnmacht oder Schlaf erwacht! Die Winkel waren nichts als leichte Vertiefungen, die der Zahn der Zeit in unregelmäßigen Zwischenräumen in die Mauer gefressen hatte. Die Grundform des Gefängnisses war ein Viereck. Was ich zuerst für Steinmauern gehalten, schien mir jetzt Eisen oder sonst ein Metall zu sein, dessen große Platten da, wo sie aneinandergenietet waren, die leichten Vertiefungen bildeten. Die ganze Fläche dieser erzenen Wände war mit groben Zeichnungen bemalt, mit all den abscheulichen und abstoßenden Darstellungen, wie der Aberglaube der Mönche sie erfunden. Drohende Teufelsfratzen auf Totenskeletten und andere noch viel gräßlichere Gestalten bedeckten und verunzierten die Wände. Ich stellte fest, daß die Umrisse dieser Ungeheuerlichkeiten ziemlich klar, die Farben dagegen, anscheinend infolge der Einwirkung einer feuchten Atmosphäre, verblichen und fleckig waren. Ich betrachtete nun auch den Fußboden, der von Stein war. In seiner Mitte gähnte das runde Brunnenloch, dessen Schlund ich entronnen; es war indes nur dieses einzige im Kerker.

Nur undeutlich und mit vieler Mühe konnte ich dies alles erblicken, denn während meines Schlafes hatte sich meine

Lage sehr verändert. Ich lag jetzt lang ausgestreckt auf einer
Art niedrigem Holzrahmen. Ich lag auf dem Rücken und
war mit einem langen Riemen, der einem Sattelgurt glich, an
das Holz festgebunden. Der Riemen war mir vielemal um
Leib und Glieder geschlungen und ließ nur dem Kopf und
dem linken Arm so viel Bewegungsfreiheit, daß ich mich
mit vieler Anstrengung aus einer irdenen Schüssel am Boden mit Nahrung versehen konnte. Ich sah zu meinem Entsetzen, daß man den Krug fortgenommen hatte; ich sage: zu
meinem Entsetzen, denn ich war von unerträglichem Durst
geplagt. Diesen Durst zu erwecken, schien in der Absicht
meiner Peiniger zu liegen, denn das mir gebotene Mahl bestand aus scharfgewürztem Fleisch.

Aufwärts blickend betrachtete ich die Decke meines Gefängnisses. Sie war etwa dreißig bis vierzig Fuß hoch und
aus demselben Material wie die Seitenwände. Auf einem
der Deckenfelder erregte eine sonderbare Figur meine ganze Aufmerksamkeit. Es war eine gemalte Gestalt der *Zeit,*
so wie sie gewöhnlich dargestellt wird, nur daß sie anstatt
der Sichel etwas in den Händen hielt, was ich auf den ersten Blick als ein gemaltes Pendel ansah, dergleichen man
oft auf alten Uhren findet. Dennoch war da etwas in der
Erscheinung des Instruments, was mich veranlaßte, es auf-
merksamer zu betrachten. Während ich nun senkrecht hin-
aufstarrte – denn es befand sich genau über mir –, bildete
ich mir ein, daß es sich bewege. Eine Minute später bestätigte sich meine Einbildung. Seine Schwingungen waren kurz
und selbstredend langsam. Ich beobachtete es einige Minuten etwas ängstlich, doch vor allem verwundert. Schließlich
ermüdeten mich aber die langsamen Bewegungen, und ich
wandte meine Blicke anderen Dingen zu.

Ein leises Geräusch erregte meine Aufmerksamkeit; ich sah auf den Boden und gewahrte mehrere riesenhafte Ratten. Sie waren aus dem Brunnen gekommen, der rechter Hand gerade meinen Blicken sichtbar war. Noch während ich hinstarrte, kamen sie scharenweise und hastig herauf, und ihre Augen suchten gierig nach dem Fleisch, das sie gerochen. Es bedurfte vieler Mühe und Aufmerksamkeit, sie von der Schüssel abzuhalten.

Es mochte eine halbe Stunde vergangen sein, vielleicht sogar eine ganze Stunde – denn ich konnte die Zeit nur unvollkommen berechnen –, als ich meine Augen wieder aufwärts wandte. Was ich nun sah, verwunderte und entsetzte mich. Die Schwingungen des Pendels hatten an Ausdehnung fast um einen Meter zugenommen. Als natürliche Folge war auch die Schnelligkeit viel größer; was mich aber hauptsächlich beunruhigte, war die Tatsache, daß es sich merklich *herabgesenkt* hatte. Ich bemerkte jetzt mit namenlosem Schrecken, daß sein unterer Teil in einem Halbmond aus blitzendem Stahl bestand, der von einem Horn zum andern etwa einen Fuß maß; die Hörner waren nach oben gerichtet, und die untere Kante schien scharf wie ein Rasiermesser. Das Pendel schien auch so massiv und schwer wie ein solches, denn es verdickte sich nach oben zusehends. Es hing an einem dicken Messingstab, und das Ganze zischte beim Durchschneiden der Luft.

Ich konnte nicht länger zweifeln, welche neue Todesmarter die in Grausamkeit so erfinderischen Mönche für mich ausgewählt hatten. Es war den Knechten der Inquisition nicht entgangen, daß ich den Brunnen entdeckt hatte – den Brunnen, dessen Schrecken für mich verstockten Ketzer bestimmt gewesen, – den Brunnen, diesen Höllenpfuhl, von dem das Gerücht ging, daß er das schlimmste aller ihrer Marterinstrumente sei. Dem Sturz in den Brunnen war ich durch einen bloßen Zufall entronnen, und ich wußte, daß zum Wesen dieser schauerlichen Kerkertode eine Geißelung durch immer wieder neue Schrecken gehörte. Da ich dem Sturz entgangen war, hatten meine Henker, die mich nicht etwa gewaltsam hinabstürzen würden, von jenem teuflischen Plane Abstand genommen, und es erwartete mich also eine andere, mildere Todesart. Milder! Ich mußte trotz meines Grauens über diese Bezeichnung lächeln.

Was nützt es, die langen, langen Stunden übermenschlichen Entsetzens zu schildern, in denen ich die sausenden Schwingungen des scharfen Stahles zählte! Zoll um Zoll – Linie um Linie – mit einer allmählichen Senkung, die nur in großen Zwischenräumen, die mir wie Jahre schienen, zu bemerken war – kam es herab und immer tiefer herab! Tage vergingen – es können viele Tage gewesen sein –, ehe es so dicht über mich hinfegte, daß mich sein heißer Atem fächelte. Der Geruch des scharfen Stahls drang mir in die Nase. Ich betete – ich beschwor den Himmel, ein schnelleres Ende zu machen. Ich wurde toll und rasend und strengte mich an, um mich dem Schwung der fürchterlichen Schneide entgegenzuheben. Und dann wurde ich plötzlich ruhig und lag und lächelte auf zu dem glitzernden Tod, wie ein Kind wohl ein seltsames Spielzeug anlächelt.

Wieder befiel mich Bewußtlosigkeit; sie dauerte nicht lange, denn als ich wieder zu mir kam, war keine wesentliche Senkung des Pendels zu bemerken. Sie konnte allerdings trotzdem lange gedauert haben, denn ich wußte, daß die Teufel mich beobachteten und die Schwingungen nach Willkür gehemmt haben konnten. Nach meinem Wiedererwachen fühlte ich mich – oh! unaussprechlich schwach und elend, als hätte ich lange gehungert. Selbst inmitten solcher Todesqualen verlangte die Natur ihre Rechte. Mit schmerzvoller Anstrengung streckte ich den linken Arm aus, soweit meine Fesseln es erlaubten, und ergriff den kleinen Rest der Speise, den mir die Ratten noch übriggelassen hatten. Als ich ein Stückchen in den Mund schob, durchzuckte es mich wie eine Ahnung von Freude – von Hoffnung. Dennoch, welchen Grund hatte ich zur Hoffnung? Es war, wie ich sagte, nur eine Ahnung, ein halber Gedanke, wie er den Menschen manchmal überkommt, aber ich fühlte auch, daß sich dieses Empfinden zu keinem klaren Begriff formen ließ. Vergebens mühte ich mich darum; langes Leiden hatte meine Geisteskräfte untergraben. Ich war ein Dummkopf, ein Idiot.

Die Schwingungen des Pendels liefen rechtwinklig zu meiner Körperlänge. Ich sah, daß der Halbmond bestimmt war, mir quer durchs Herz zu schneiden. Er würde den Stoff meines Kleides schlitzen; er würde zurückschwingen und den Schnitt wiederholen – wieder und wieder. Ungeachtet seiner schrecklich weiten Schwingung (einige dreißig Fuß oder mehr) und der pfeifenden Gewalt im Niedersausen, die wohl sogar diese Eisenwände zu durchschneiden vermochte, würde das Pendel doch minutenlang nur meine Kleider schlitzen, und bei diesem Gedanken hielt ich inne. Ich wagte nicht weiter zu denken. Ich prüfte ihn mit hartnäckiger Aufmerksamkeit – als ob ich bei dem Verweilen gerade hier den Stahl aufhalten könnte. Ich zwang mich, mir den Ton auszumalen, mit dem der Halbmond das Gewand durchschneiden würde – das eigentümlich fröstelnde Empfinden, das das Zerschneiden von Stoff auf unsere Nerven auszuüben pflegt. Ich grübelte über alle diese Kleinigkeiten, bis meine Zähne klapperten.

Nieder – langsam und stetig kroch es nieder! Ich fand ein wahnsinniges Vergnügen darin, die Schnelligkeit der Schwingungen nach oben und nach unten miteinander zu vergleichen. Nach rechts – nach links – auf und ab – mit dem Kreischen einer verdammten Seele! Los auf mein Herz mit dem schleichenden Tritt des Tigers! Ich lachte und heulte abwechselnd, je nachdem die eine oder andere Vorstellung in mir die Oberhand gewann.

Nieder – nieder ohne Erbarmen! Nur noch drei Zoll über meiner Brust sauste es dahin. Ich mühte mich wild – rasend –, um meinen linken Arm ganz frei zu bekommen; er war nur vom Ellbogen bis zur Hand frei. Letztere konnte ich mit großer Anstrengung vom Teller neben mir zum Munde führen, weiter aber nicht. Hätte ich die Gurte über dem Ellbogen sprengen können, so würde ich das Pendel erfaßt und versucht haben, es zum Stehen zu bringen. Gerade so gut hätte ich versuchen können, eine Lawine aufzuhalten!

Nieder – unaufhaltsam – unerbittlich nieder! Der Atem versagte mir, und ein Krampf schüttelte mich bei jeder Schwingung. Meine Augen folgten der Aufwärtsbewegung mit dem Eifer sinnlosester Verzweiflung; sie schlossen sich krampfhaft beim Niedersausen, obgleich Tod eine unaussprechliche Erlösung gewesen wäre. Und dennoch erbebte ich in jedem Nerv bei dem Gedanken, welch eines geringen Sinkens der Maschinerie es noch bedurfte, um den scharfen gleißenden Stahl durch meine Brust zu treiben. Es war *Hoffnung,* die meine Nerven erschauern – meinen Körper zusammenzucken ließ. Es war Hoffnung – Hoffnung, die über die Foltern triumphierte –, die selbst den zum Tode

Verurteilten in den Kerkern der Inquisition von neuem Leben raunt.

Ich sah, daß weitere zehn oder zwölf Schwingungen den Stahl nun tatsächlich in Berührung mit meinen Kleidern bringen würden, und bei dieser Beobachtung überkam meinen Geist ganz plötzlich die klare gesammelte Ruhe der Verzweiflung. Zum ersten Male seit vielen Stunden oder vielleicht Tagen *dachte* ich. Ich gewahrte jetzt, daß die Riemen oder Gurte, die mich umschlangen, aus einem einzigen Stück bestanden. Ich war nirgends mit einem besonderen Seile festgebunden. Der erste Schnitt des rasiermesserscharfen Halbmondes würde also meine gesamten Fesseln derart lösen, daß ich sie mit Hilfe meiner linken Hand abwinden konnte. Doch wie gefahrvoll war in diesem Fall die Schärfe des Stahls! Die Folge des geringsten Aufbäumens war der Tod. War es übrigens anzunehmen, daß meine Marterknechte jene Möglichkeit nicht vorausgesehen und ihr vorgebeugt hatten? War es wahrscheinlich, daß die Fesseln gerade an der Stelle meine Brust kreuzten, die das Pendel berühren würde? Besorgt, meine schwache, und, wie es schien, letzte Hoffnung zerstört zu sehen, hob ich den Kopf so hoch, daß ich meine Brust deutlich überblicken konnte. Die Gurte umwanden Glieder und Körper nach allen Richtungen – *nur nicht in der Schnittbahn des störenden Pendels!*

Kaum war mein Kopf in seine frühere Lage zurückgesunken, als in meiner Seele etwas aufleuchtete, was ich nicht anders beschreiben kann, als daß ich es die zweite Hälfte jenes vorerwähnten Gedankens an Befreiung nenne, der mir damals, als ich die Speise an die Lippen führte, nur unklar vorgeschwebt. Jetzt hatte sich der ganze Gedanke klar geformt – zaghaft, unsicher, kaum faßbar –, aber dennoch klar und ganz. Ich begann sofort mit der Willenskraft der Verzweiflung an seine Ausführung zu gehen.

Seit vielen Stunden wimmelten die Ratten um den niedrigen Holzrahmen, auf dem ich lag. Sie waren wild, frech, zudringlich, ihre roten Augen glühten mich an, als warteten sie nur darauf, daß ich mich nicht mehr rührte, um über mich herzufallen. ›An welche Nahrung‹, dachte ich, ›mochten sie im Brunnenloch gewöhnt gewesen sein?‹

Trotz aller meiner Anstrengungen, sie davon abzuhalten, hatten sie den Inhalt meines Speisenapfes bis auf einen geringen Rest aufgezehrt. Ich hatte die Hand unausgesetzt über dem Napf hin und her geschwenkt, und schließlich hatte die unbewußte Gleichmäßigkeit der Bewegung diese ihrer Wirkung beraubt. In seiner Habgier hatte das Ungeziefer häufig seine scharfen Zähne in meine Finger geschlagen. Mit den Stückchen des fettigen und stark gewürzten Fleisches, das mir noch geblieben, rieb ich nun die Gurte überall da ein, wo sie mir erreichbar waren; dann zog ich die Hand zurück und lag atemlos still.

Zuerst waren die raubgierigen Tiere darüber, daß die Bewegung der Hand aufgehört hatte, verblüfft und erschreckt. Sie flohen in Scharen zurück; viele eilten zum Brunnen. Doch nur für einen Augenblick. Ich hatte nicht umsonst auf ihre Gefräßigkeit gerechnet. Als sie bemerkten, daß ich regungslos verharrte, sprangen ein oder zwei der kühnsten auf den Holzrahmen und schnüffelten an den Gurten. Dies schien das Signal zu einem allgemeinen Sturm. Aus dem Brunnen ergoß es sich in neuen Schwärmen. Sie klammerten sich ans Holz, stürzten darüber her und sprangen zu Hunderten auf mich herauf. Das gleichmäßige Schwingen des Pendels störte sie nicht im mindesten. Seinen Streichen ausweichend, befaßten sie sich mit den eingefetteten Gurten; sie stürmten mich, sie ergossen sich auf mich in immer neuen Scharen; sie krochen über meinen Hals; ihre kalten Lippen suchten die meinen; der immer zunehmende Druck erstickte mich fast. Ein Ekel, für den es keine Worte gibt, hob meine Brust und legte sich wie eisige Klammern um mein Herz. Doch ich fühlte: noch eine Minute – und der Kampf war zu Ende! Deutlich empfand ich, wie sich die Fesseln lockerten. Ich wußte, daß sie an mehr als an einer Stelle schon zernagt sein mußten. Mit übermenschlicher Willenskraft lag ich still.

Ich hatte mich in meiner Berechnung nicht geirrt, ich hatte nicht umsonst ausgehalten. Ich fühlte endlich, daß ich *frei* war. Die Gurte hingen in Fetzen um meinen Leib. Aber das schwingende Pendel berührte schon meine Brust. Es hatte den Stoff meines Kleides geschlitzt. Es hatte das Hemd durchschnitten. Zwei weitere Schwingungen machte es, und ein stechender Schmerz zuckte mir durch alle Nerven. Aber der Augenblick der Befreiung war gekommen. Auf einen schnellen Wink mit der Hand jagten meine Befreier entsetzt von dannen. Ruhig und vorsichtig, mich seitwärts zusammenkrümmend, entglitt ich langsam den umschlingenden Bändern und dem Bereich der stählernen Schneide. Für den Augenblick wenigstens *war ich frei.*

Frei! – Und in den Klauen der Inquisition! Ich war kaum von meinem hölzernen Marterbett auf den Steinboden der Zelle getreten, als die Bewegung der Höllenmaschine aufhörte und ich gewahrte, wie sie von irgendeiner unsichtbaren Kraft zur Decke emporgezogen wurde. Das war eine Lehre, die mir verzweifelt zu Herzen ging. Jede meiner Bewegungen wurde offenbar überwacht. Frei! – Ich war nur einer Todesart entgangen, um nun vielleicht Schlimmeres als Tod zu finden. Bei diesem Gedanken prüften meine angstvollen Blicke die Eisenwände, die mich einschlossen. Irgend etwas Ungewöhnliches – eine Veränderung, die ich zunächst nicht genau feststellen konnte – hatte unverkennbar hier stattgefunden. Viele Minuten lang quälte ich mich in tiefer Versonnenheit mit vergeblichen Vermutungen. In dieser Zeit gewahrte ich zum erstenmal die Quelle des schwefeligen Scheines, der meine Zelle erhellte. Er drang aus einem Spalt von etwa eines halben Zolles Breite, der am Boden der Kerkerwände um den ganzen Raum lief und so Wände und Fußboden völlig trennte. Ich versuchte natürlich vergeblich, durch diese Fuge hinunterzuspähen.

Als ich mich nach diesem Versuch wieder erhob, begriff ich auf einmal die geheimnisvolle Veränderung des Raumes. Ich erwähnte schon, daß die Konturen der auf den Wänden befindlichen Darstellungen deutlich hervortraten, daß aber die Farben verblaßt und unklar schienen. Diese Farben erstrahlten jetzt von Augenblick zu Augenblick in immer stärker werdendem Glanze, der den gespenstischen Teufelsfratzen ein Ansehen gab, das auch stärkere Nerven als meine angegriffen haben dürfte. Seltsam gespensterhafte Augen glotzten mich von tausend Seiten an – die vorher gar nicht dagewesen waren – und glühten im schauerlichen Glanze eines Feuers, das hinter den Wänden flammen mußte, so sehr ich mir auch einzureden suchte, es bestände nur in meiner Einbildung.

*Einbildung!* Bei jedem Atemzug drang in meine Nase der Dunst von glühendem Eisen. Ein erstickender Geruch beherrschte den ganzen Raum. Immer tiefer erglühten die tausend Augen, die meines Todeskampfes harrten. Ein satteres

Karmin ergoß sich über die blutigen Gemälde. Ich keuchte. Ich rang nach Atem. An der Absicht meiner Peiniger war nicht zu zweifeln – oh erbarmungslose, oh satanische Menschen! Ich flüchtete vor dem glühenden Metall in die Mitte der Zelle. Gegenüber der Vernichtung durch das Feuer, die meiner wartete, erschien mir der Gedanke an die Kühle des Brunnens wie lindernder Balsam. Ich eilte an seinen gefahrvollen Rand; ich spähte gespannt hinunter. Der Glutschein von der glühenden Decke erleuchtete seine verborgensten Winkel. Dennoch – eine verzweifelte Minute lang – sträubte sich mein Geist, den Sinn zu erfassen, was ich da unten sah. Doch endlich zwang – wand es sich in meine Seele –, brannte es sich ein in meinen schaudernden Verstand. Oh entsetzliches Begreifen! Oh wortloser Ekel! – Oh Grauen über alles Maß! – »Alle andern Schrecken, nur nicht diese!« ächzte ich und stürzte schreiend vom Brunnenrande fort; ich vergrub das Gesicht in die Hände und weinte bitterlich.

Die Hitze nahm rasch zu, und wiederum hob ich den Blick, halb wahnsinnig, zur Decke. Eine neue Veränderung hatte sich vollzogen – eine Veränderung an der Form der Zelle. Wie vorher war es vergeblich, daß ich mich bemühte, den Vorgang zu begreifen und einzusehen, was damit beabsichtigt war. Doch nicht lange ließ man mich im Zweifel. Zweimal war ich dem Tode entronnen, die Rachsucht der Inquisitoren war aufs äußerste angestachelt, man zögerte nicht, mich nun gewaltsam mit dem König der Schrecken bekannt zu machen. Der Raum war quadratisch gewesen. Jetzt sah ich, daß zwei seiner Eisenecken spitzwinklig geworden waren. Die schreckliche Veränderung ging mit leisem Knarren immer weiter vorwärts. Einen Augenblick später hatte der Raum die Gestalt eines schiefen Vierecks. Aber die

141

Bewegung hielt hier nicht inne – ich hoffte und wünschte dies nicht einmal. Ich hätte die rotglühenden Wände an meine Brust ziehen mögen, wie ein Gewand ewiger Ruhe. »Tot!« sagte ich. »Willkommen jeder Tod, nur nicht der im Brunnen!« Narr, der ich war! Mußte ich nicht wissen, daß es der einzige Zweck des brennenden Eisens war, *mich in den Brunnen zu drängen?* Konnte ich denn der Glut Widerstand leisten? Und wenn ich es gekonnt – mußte ich nicht seiner pressenden Kraft nachgeben? Und jetzt – enger und immer enger schob sich das Viereck zusammen mit einer Schnelligkeit, die mir keine Zeit zum Überlegen ließ. Seine Mitte und also auch sein weitester Raum bildete sich genau über dem gähnenden Abgrund. Ich wich zurück – aber die schließenden Wände preßten mich Schritt um Schritt vorwärts. Endlich gab es für meinen wunden, zuckenden Körper keinen Zoll Raum mehr auf dem festen Boden. Ich kämpfte nicht länger, aber die Todesangst meiner Seele schrie auf in einem einzigen langen, lauten, verzweifelten Schrei. Ich fühlte, wie ich auf dem Brunnenrande wankte – ich wandte die Augen ab.

Ein verworrenes Geräusch wie von Menschenstimmen! Ein lauter Ton wie gewaltiger Trompetenstoß! Ein Dröhnen und Krachen wie tausendfacher Donner! Die feurigen Wände wichen zurück! Ein Arm packte den meinigen, als ich ohnmächtig in den Abgrund zu fallen drohte. Es war der Arm des Generals Lasalle. Die französische Armee war in Toledo eingezogen. Die Inquisition befand sich in den Händen ihrer Feinde.

EDGAR ALLAN POE

# Die schwarze
Katze

Daß man den so unheimlichen und doch so natürlichen Geschehnissen, die ich jetzt berichten will, Glauben schenkt, erwarte ich nicht, verlange es auch nicht. Ich müßte wirklich wahnsinnig sein, wenn ich da Glauben verlangen wollte, wo ich selbst das Zeugnis meiner eigenen Sinne verwerfen möchte. Doch wahnsinnig bin ich nicht – und sicherlich träume ich auch nicht. Morgen aber muß ich sterben, und darum will ich heute meine Seele entlasten. Aller Welt will ich kurz und sachlich eine Reihe von rein häuslichen Begebenheiten enthüllen, deren Wirkungen mich entsetzt – gemartert – vernichtet haben. Ich will jedoch nicht versuchen, sie zu deuten. Mir brachten sie die fürchterlichste Qual – anderen werden sie vielleicht nicht mehr scheinen als groteske Zufälligkeiten. Es ist wohl möglich, daß später einmal irgendein besonderer Geist sich findet, der meine anscheinend phantastischen Berichte als nüchterne Selbstverständlichkeiten zu erklären vermag – ein klarer und scharfer Geist, weniger exaltiert als ich, der in den Umständen, die ich mit bebender Scheu enthülle, nichts weiter sieht als die einfache Folge ganz natürlicher Ursachen und Wirkungen.

Seit meiner Kindheit galt ich als ein weichherziger und anschmiegsamer Mensch. Ja, meine hingebende Herzlichkeit trat so offen hervor, daß sie oft den Spott meiner Kameraden herausforderte. Da ich eine ganz besondere Zuneigung für die Tiere empfand, beglückten mich meine Eltern gern mit allerlei Lieblingen. Mit diesen verbrachte ich all meine freie Zeit, und nie war ich glücklicher, als wenn ich sie fütterte und liebkoste. Diese Liebhaberei wuchs mit mir heran, und noch im Mannesalter war sie mir eine Hauptquelle meiner Freuden. Wer jemals für einen treuen und klugen Hund wahre Zärtlichkeit hegte, den brauche ich nicht auf die innige Dankbarkeit, die das Tier uns dafür entgegenbringt, hinzuweisen. In der selbstlosen und opferfreudigen Liebe eines Tieres ist etwas, das jedem tief zu Herzen gehen muß, der je Gelegenheit hatte, die armselige ›Freundschaft‹ und geschwätzige Treue des ›erhabenen‹ Menschen zu erproben.

Ich heiratete früh und war herzlich froh, in meinem Weibe ein mir verwandtes Gemüt zu finden. Als sie meine Liebhaberei für allerlei zahmes Getier erkannt hatte, versäumte sie keine Gelegenheit, solche Hausgenossen der angenehmsten Art anzuschaffen. Wir besaßen Vögel, Goldfische, einen schönen Hund, Kaninchen, einen kleinen Affen und – eine Katze.

Diese letztere war ein auffallend großes und schönes Tier, ganz schwarz und erstaunlich klug. Wenn wir auf ihre Intelligenz zu sprechen kamen, gedachte meine Frau, die übrigens nicht im geringsten abergläubisch war, manchmal des alten Volksglaubens, daß Hexen oft die Gestalt schwarzer Katzen anzunehmen pflegen. Nicht, daß sie damit jemals eine ernstliche Anspielung hätte machen wollen – ich erwähne es nur, weil ich gerade jetzt daran denken mußte.

Die Katze war mein bevorzugter Freund und Spielkamerad. Ich selbst fütterte sie, und wo ich im Hause stand und ging, war sie bei mir. Nur schwer konnte ich sie davon zurückhalten, mir auch auf die Straße zu folgen.

So bestand und bewährte sich unsere Freundschaft mehrere Jahre lang. In dieser Zeit aber hatte mein Charakter infolge meiner teuflischen Trunksucht – ich erröte bei diesem Bekenntnis – eine völlige Wandlung zum Bösen durchgemacht. Ich wurde von Tag zu Tag mürrischer, reizbarer, rücksichtsloser gegen die Gefühle anderer. Ich erlaubte mir selbst meiner Frau gegenüber rohe Worte. Schließlich schlug ich sie sogar. Meine Tiere mußten unter meiner Verkommenheit selbstverständlich ganz besonders leiden. Ich vernachlässigte sie nicht nur, sondern mißhandelte sie auch. Auf die Katze indessen nahm ich noch immer so viel Rücksicht, daß ich sie nicht ebenso schlecht behandelte wie die Kaninchen, den Affen und auch den Hund, die ich bei jeder Gelegenheit mißhandelte, wenn sie mir zufällig oder aus alter Anhänglichkeit in den Weg liefen. Doch mein Leiden wuchs – denn welches Leiden ist lebenszäher als der Hang zum Alkohol! –, und endlich mußte selbst die Katze, die jetzt alt und daher etwas grämlich wurde, die Ausbrüche meiner Übellaunigkeit fühlen.

Eines Nachts, als ich schwer betrunken aus einer meiner Schnapsspelunken nach Hause kam, schien es mir so, als ob die Katze mir ausweiche. Ich packte sie – und da, wahrscheinlich erschreckt durch meine Heftigkeit, riß sie mir mit den Zähnen eine leichte Schramme über die Hand. Im Augenblick geriet ich in wahnsinnige Wut. Ich war nicht mehr ich selbst. Mein wahres Wesen war plötzlich entflohen, und an seiner Stelle spannte eine viehische, trunkene Bosheit jeden Nerv in mir. Ich nahm aus der Westentasche ein Federmesser, öffnete es, riß das arme Tier am Halse empor und bohrte bedachtsam eins seiner Augen aus der Augenhöhle heraus! – Die brennende Glut der Scham und kalte Schauer des Entsetzens überfallen mich jetzt, da ich jener höllischen Verruchtheit gedenke.

Am andern Morgen, nachdem ich meinen Rausch verschlafen hatte und mir die Vernunft zurückgekehrt war, empfand ich halb Grauen, halb Reue über das Verbrechen, dessen ich mich schuldig gemacht hatte; aber es war das nur ein schwaches, oberflächliches Gefühl, und meine Seele

blieb unbewegt. Ich stürzte mich aufs neue in wüste Aus-
schweifungen, und bald war im Wein jede Erinnerung an
meine Untat ersäuft.

Inzwischen erholte sich die Katze langsam. Die leere Augenhöhle bot allerdings einen schrecklichen Anblick, aber
Schmerzen schien das Tier nicht mehr zu haben. Wie früher
ging es im Hause umher, floh aber, wie nicht anders zu erwarten, in wahnsinniger Angst davon, sobald ich in seine Nähe
kam. Es war mir noch immer so viel von meinem Gefühl geblieben, daß ich diese offenbare Abneigung eines Geschöp-
fes, das mich vordem so geliebt hatte, anfangs schmerzlich
empfand. Doch dieses Empfinden wich bald einem anderen – der Erbitterung. Und dann kam, wie zu meiner endgültigen und unaufhaltsamen Vernichtung, noch der Geist
des *Eigensinns* hinzu. Diesen Geist beachtet die Philosophie
nicht, und dennoch bin ich wie von dem Leben meiner Seele
davon überzeugt, daß Eigensinn eine der ursprünglichsten
Regungen des menschlichen Wesens ist – eine der elementa-
ren, primären Eigenschaften oder Empfindungen, die dem
Charakter des Menschen seine Richtung geben. Wer hat
nicht schon hundertmal eine gemeine oder dumme Handlung begangen, einzig und allein weil er wußte, daß er eigentlich *nicht* so handeln sollte! Haben wir nicht eine beständige
Neigung, das *Gesetz* zu übertreten, nur weil wir eben wissen,
daß es ›Gesetz‹ ist? Ich sage, dieser Geist des Eigensinns war
es, der mich endgültig umwarf. Es war jene unergründliche
Gier der Seele, sich selbst zu quälen und im Trotz gegen ihre
erhabene Reinheit allein um des Bösen willen das Böse zu
tun, die mich antrieb, meine Schuld an der wehrlosen Katze
noch zu erweitern, so weit nur eben möglich. So legte ich ihr
eines Morgens eine Schlinge um den Hals und knüpfte sie

an einem Baumast auf; ich erhängte sie unter strömenden Tränen und bittersten Gewissensqualen; erhängte sie, eben *weil* ich wußte, daß sie mich geliebt hatte, und *weil* ich fühlte, daß sie mir keinen Grund zu dieser Greueltat gegeben hatte; erhängte sie, *weil* ich wußte, daß ich damit eine Sünde beging – eine Todsünde, die meine unsterbliche Seele so befleckte, daß, wenn irgendeine Sünde *nicht* vergeben werden könnte, die unendliche Gnade des allbarmherzigen Gottes sich *meiner* Seele nicht erbarmen könnte.

In der auf diese grausame Tat folgenden Nacht wurde ich durch Feuerlärm aus dem Schlafe aufgeschreckt. Meine Bettvorhänge brannten. Das ganze Haus stand in Flammen. Mit knapper Not entrannen wir, meine Frau, unsere Magd und ich, dem Feuertode. Alles wurde vernichtet. Meine ganze irdische Habe war dahin, und ich überließ mich von nun an haltloser Verzweiflung.

Ich habe nicht die Schwäche, zwischen meiner Schandtat und diesem Unglück einen Zusammenhang, wie etwa Ursache und Wirkung, suchen zu wollen. Da ich aber eine Kette von Tatsachen anführe, so glaube ich, auch das allerkleinste Glied nicht unerwähnt lassen zu dürfen. An dem Tage nach dem Brande besichtigte ich die Trümmerstätte. Die Mauern waren bis auf eine eingestürzt. Dies war eine nicht sehr starke Scheidewand, ungefähr aus der Mitte des Hauses, gegen die das Kopfende meines Bettes gelehnt hatte. Sie hatte der Einwirkung des Feuers hartnäckig widerstanden, eine Tatsache, die ich dem Umstand zuschrieb, daß dort der Bewurf erst kürzlich erneuert worden war. Vor dieser Mauer stand eine dichte Menschenmenge, und einzelne Personen schienen eine bestimmte Stelle eingehend und aufmerksam zu untersuchen. Die Worte ›sonderbar!‹ ›seltsam!‹ und andere

149

ähnliche Ausrufe erregten meine Neugier. Ich trat heran –
und sah auf die helle Fläche eingedrückt das Reliefbild einer
großen Katze. Der Abdruck war erstaunlich naturgetreu.
Um den Hals des Tieres lag ein Strick.

Als ich zuerst diesen Höllenspuk erblickte – denn für etwas anderes konnte ich es nicht halten –, geriet ich außer
mir vor Staunen und Entsetzen. Schließlich aber kam mir
die Überlegung zu Hilfe. Der Garten, in dem ich die Katze
erhängt hatte, lag dicht bei dem Hause. Auf den Feuerlärm
hin war sofort eine Menschenmenge in den Garten eingedrungen, und irgendeiner mußte dort das Tier abgeschnitten und durch das offenstehende Fenster in mein Zimmer
geworfen haben, wahrscheinlich in der guten Absicht, mich
dadurch aus dem Schlaf zu wecken. Durch stürzendes Mau-
erwerk war das Opfer meiner Grausamkeit in die Masse des
frisch aufgetragenen Bewurfs eingedrückt worden, und der
Kalk dieses letzteren in Verbindung mit der Brandglut und
dem Ammoniak des Kadavers hatten dann das Reliefbild so
wunderbar geprägt, wie es nun zu sehen war.

Obgleich ich dieser eigenen vernünftigen Erklärung bereitwillig Glauben schenkte, konnte mein Gewissen sich
nicht so leicht beruhigen, und das Ereignis lastete schwer
auf meiner Seele. Monatelang beschäftigte sich meine Phantasie mit der Katze, und es erwachte in mir ein Gefühl, das
beinahe Reue sein konnte. Es kam so weit, daß ich den Verlust des Tieres bedauerte und mich in den Spelunken, in
denen ich mich jetzt meistens herumtrieb, nach einer anderen Katze umsah, die der ermordeten möglichst ähnlich
sein und deren Platz bei mir ausfüllen sollte.

Als ich einmal in der Nacht halb stumpfsinnig vor Trun-
kenheit in einer ganz gemeinen Schnapskneipe saß, wurde

ich plötzlich auf einen schwarzen Gegenstand aufmerksam, der oben auf einem riesenhaften Oxhoft Branntwein oder Rum, dem Hauptmöbel der dunstigen Höhle, thronte. Da ich schon einige Minuten lang stier auf die Höhe des Fasses geblickt hatte, war ich jetzt erstaunt darüber, daß ich den Gegenstand dort oben nicht schon früher bemerkt hatte. Es war eine schwarze Katze – eine sehr große – gerade so groß wie die ermordete und dieser auch in allem ähnlich – bis auf eins: die meine hatte nicht ein einziges weißes Haar an ihrem ganzen Körper, diese Katze aber hatte einen großen, allerdings nicht scharf abgegrenzten weißen Fleck, der fast die ganze Brust bedeckte.

Als ich sie berührte, erhob sie sich sofort, schnurrte laut, rieb sich an meiner Hand und schien von der Beachtung, die ich ihr schenkte, entzückt zu sein. Das war also ganz ein Geschöpf, wie ich es suchte. Ich bot dem Wirt sofort an, ihm das Tier abzukaufen; der aber erhob keinen Anspruch auf die Katze: er kenne sie gar nicht – habe sie nie vorher gesehen.

Ich liebkoste das Tier, und als ich mich zum Heimgehen anschickte, zeigte es Lust, mich zu begleiten. Das erlaubte ich ihm. Unterwegs beugte ich mich manchmal zu ihm nieder und streichelte es. In meinem Hause fühlte sich die Katze sofort heimisch, und auch mit meiner Frau war sie vom ersten Tage an sehr befreundet.

In mir aber regte sich bald eine Abneigung gegen die Katze; das war gerade das Gegenteil dessen, was ich erwartet hatte, aber – ich weiß nicht, wie und weshalb es so kam – ihre aufdringliche Liebe zu mir war mir unangenehm, ja sogar zuwider. Nach und nach steigerte sich dieses Gefühl der Abneigung und des Ekels bis zu bitterstem Haß. Ich ging dem Vieh aus dem Wege; was mich davon zurückhielt, es zu mißhandeln, war allein ein gewisses Schamgefühl und die Erinnerung an meine frühere Greueltat. Einige Wochen lang konnte ich mich noch so weit beherrschen, die Katze weder zu schlagen noch sonstwie absichtlich schlecht zu behandeln, aber allmählich – mit jedem Tage mehr – sah ich sie nur noch mit unaussprechlichem Abscheu und floh bei ihrem unerträglichen Anblick entsetzt davon, wie vor dem Gifthauch der Pestilenz.

Was meinen Haß gegen das Katzenvieh zweifellos genährt hatte, war eine Entdeckung gewesen, die ich sofort, nachdem ich es zu mir genommen, gemacht hatte – die Entdeckung, daß es, wie die erste Katze, um eins seiner Augen beraubt war. Für meine Frau hingegen, die, wie ich schon sagte, jene unendliche Herzensgüte besaß, die auch mich einst auszeichnete und mir viele reine und harmlose Freuden gebracht hatte, war dies nur ein Grund mehr, das Tier zu lieben.

Mit meiner Abneigung gegen die Katze schien deren Vorliebe für mich nur zu wachsen. Sie folgte meinen Schritten mit einer unbeschreiblichen Beharrlichkeit, von der man sich kaum einen Begriff machen kann. Wenn ich mich setzte, kroch sie unter meinen Stuhl oder sprang auf meine Knie und belästigte mich mit ihren widerwärtigen Liebkosungen. Wenn ich aufstand, um fortzugehen, lief sie mir zwischen die Beine, so daß ich in Gefahr geriet, hinzufallen, oder sie hing sich mit ihren langen und scharfen Krallen in meine Kleider und kletterte mir bis zur Brust hinauf. Obwohl ich mich dann stets versucht fühlte, sie mit einem Faustschlag umzubringen, schreckte ich doch davor zurück, teils im Gedanken an mein früheres Verbrechen, hauptsächlich

aber – ich will es nur gleich bekennen – aus sinnloser Angst
vor der Bestie.

Diese Angst war nicht gerade Furcht davor, daß mir das
Tier irgendeine Verletzung zufügen könnte, aber ich wüßte
auch nicht, wie ich sie anders erklären sollte. Ich kann nur
mit Beschämung gestehen – ja, selbst in dieser Verbrecher-
zelle schäme ich mich dessen –, daß die Gefühle des Schrek-
kens und Entsetzens, die das Tier in mir hervorrief, durch
ein Hirngespinst, wie man sich kaum eines närrischer denken kann, maßlos gesteigert wurden. Meine Frau hatte mich
mehr als einmal auf die Form des weißen Brustfleckes aufmerksam gemacht, von dem ich bereits gesprochen habe,
und der das einzig sichtbare Unterscheidungsmerkmal zwischen dieser fremden und der von mir umgebrachten Katze
bildete. Man wird sich meiner obigen Beschreibung entsinnen, wonach dieser Fleck, obschon er ziemlich groß war, ursprünglich nur undeutlich hervortrat; doch nach und nach,
in kaum merklich fortschreitendem Wachstum – einem
Vorgang, den meine Vernunft lange Zeit als reine Augen-
täuschung zu verwerfen strebte –, wurde dieses Zeichen in
scharfen Umrissen deutlich sichtbar. Es hatte nun die Form
eines Gegenstandes, den ich nur mit Grausen nennen kann
und dessen Abbild mich mehr als alles andere schreckte und
entsetzte, so daß ich das Scheusal am liebsten umgebracht
hätte, wenn ich nur den Mut dazu hätte finden können. Es
war das Bild – so sei es denn herausgesagt – eines *Galgens!* –
Oh schrecklich drohendes Werkzeug des greuelhaften Mor-
dens – des martervollen Todes!

Und jetzt war ich wirklich elend – elend weit über alles
Menschenelend hinaus. Und ein vernunftloses Vieh – von
dessen Geschlecht ich eines verächtlich umgebracht hatte –

ein vernunftloses Vieh konnte *mich* – mich, den Menschen, das Ebenbild Gottes – so unsäglich elend machen! Ach, ich kannte nicht mehr den Segen der Ruhe, weder bei Tag noch bei Nacht! Bei Tage ließ das Tier mich nicht einen Augenblick allein, und in der Nacht fuhr ich fast jede Stunde aus qualvollen Angstträumen empor, um den heißen Atem des Viehes über mein Gesicht wehen zu fühlen und den Druck seines schweren Gewichts – wie die Verkörperung eines Alpgespenstes, das ich nicht abzuschütteln vermochte – auf meiner Brust zu tragen.

Unter der Wucht solcher Qualen erlag in mir der schwache Rest des Guten. Böse Gedanken wurden die Vertrauten meiner Seele – schwarze, ekle Höllengedanken! Meine bisherige Stimmung schwoll an zu bösem Haß gegen alles in der Welt und gegen die ganze Menschheit; und meistens war es nun, ach! mein schweigend duldendes Weib, die das unglückliche Opfer meiner häufigen, plötzlichen und zügellosen Wutausbrüche wurde.

Eines Tages begleitete sie mich irgendeines häuslichen Geschäftes wegen in den Keller des alten Gebäudes, das wir in unserer Armut zu bewohnen genötigt waren. Die Katze folgte mir die Stufen der steilen Treppe hinab und war mir dabei so hinderlich, daß ich beinahe kopfüber hinuntergestürzt wäre. Das machte mich rasend. In sinnlosem Zorn vergaß ich die kindische Furcht, die meine Hand bisher zurückgehalten hatte, ergriff eine Axt und führte einen Hieb nach dem Tier, der augenblicklich tödlich gewesen wäre, wenn er sein Ziel getroffen hätte. Aber meine Frau fiel mir in den Arm. Diese Einmischung brachte mich in wahrhaft teuflische Wut. Ich entwand mich ihrem Griff und schlug die Axt tief in ihren Schädel ein. Sie brach lautlos zusammen.

Nachdem dieser gräßliche Mord geschehen war, machte ich mich sogleich und mit voller Überlegung daran, den Leichnam zu verbergen. Ich wußte, daß ich ihn weder am Tage noch in der Nacht aus dem Hause schaffen konnte, ohne dabei Gefahr zu laufen, von den Nachbarn beobachtet zu werden. Mancherlei Pläne schossen mir durch den Sinn. Zuerst dachte ich daran, den Körper in kleine Stücke zu zerhacken und diese durch Feuer zu vernichten. Dann beschloß ich, ihm im Boden des Kellers ein Grab zu graben. Ich überlegte mir aber auch, ob ich ihn nicht lieber im Hof in den Brunnen werfen sollte – oder ob ich ihn wie eine Ware in eine mit unauffälligen Aufschriften versehene Kiste packen und diese durch einen Träger fortschaffen lassen sollte. Endlich kam ich auf einen Gedanken, der mir der richtige Ausweg zu sein schien: ich entschloß mich, die Leiche in den Keller einzumauern – ganz so, wie es alten Erzählungen zufolge die Mönche des Mittelalters mit ihren bedauernswerten Opfern gemacht haben mochten.

Zur Ausführung gerade dieses Plans war der Keller sehr geeignet. Die Mauern waren leicht gebaut und erst kürzlich mit einem groben Mörtel beworfen worden, der infolge der Feuchtigkeit der Kellerluft noch nicht hart geworden war. Überdies war an einer der Mauern ein Vorsprung, hinter dem sich ein unbenutzter Rauchschlot oder eine Feuerstelle befand und der neuerdings wieder ausgefüllt und den übrigen Wänden des Kellers gleichgemacht worden war. Ich zweifelte nicht daran, daß es mir leicht möglich sein würde, an dieser Stelle die Ziegelsteine herauszunehmen, den Leichnam in die Höhlung hineinzubringen und die Wand wieder zuzumauern, so daß kein Mensch etwas Verdächtiges entdecken könnte.

Und diese Berechnung täuschte mich nicht. Mit Hilfe eines Brecheisens gelang es mir mühelos, die Steine zu lokkern; nachdem ich den Leichnam mit aller Vorsicht aufrecht gegen die innere Wand gelehnt hatte, stützte ich ihn in dieser Stellung fest und füllte das Mauerloch ohne Schwierigkeit wieder aus, genau so, wie es zuvor gewesen war. Ich hatte mir in aller Stille Mörtel, Sand und Haar zu verschaffen gewußt und stellte daraus einen Bewurf her, der von dem der anderen Wände nicht zu unterscheiden war; mit diesem bestrich ich sehr sorgfältig die neue Vermauerung. Als ich damit fertig war, fand ich zu meiner Befriedigung, daß nun alles in Ordnung sei. Man sah der Mauer nicht im geringsten an, daß sie aufgebrochen worden war. Den Schutt am Boden hatte ich mit peinlichster Sorgfalt entfernt. Triumphierend sah ich auf mein Werk und sagte zu mir selbst: »Hier wenigstens ist deine Arbeit nicht umsonst gewesen.«

Das nächste, was ich nun tat, war, mich nach der Bestie umzusehen, die so viel Elend veranlaßt hatte, denn ich hatte ihr inzwischen längst das Urteil gesprochen: sie mußte sterben! Hätte sie sich jetzt vor mir blicken lassen, so wäre es zweifellos sofort um sie geschehen gewesen; aber es schien, als ob das verschlagene Tier, noch beunruhigt durch meinen heftigen Wutanfall, es mit Absicht vermied, mir in meiner gegenwärtigen Stimmung vor die Augen zu kommen. Es ist unmöglich zu beschreiben oder auch nur sich vorzustellen, wie tief beruhigend das Gefühl der Erlösung war, das ich über die Abwesenheit der verhaßten Katze empfand. Auch in der Nacht ließ sie sich nicht blicken – und so schlief ich, seitdem ich sie in mein Haus gebracht hatte, wenigstens eine Nacht hindurch tief und ruhig; ja, ich *schlief,* selbst mit der Last des Mordes auf der Seele.

Der zweite und der dritte Tag vergingen, ohne daß mein Quälgeist zurückkehrte. Ich atmete wieder auf wie ein Befreiter. Der Schrecken hatte das Ungeheuer für immer vertrieben. Ich sollte es nie mehr erblicken! Meine Seligkeit war grenzenlos! Das Bewußtsein meiner schwarzen Tat störte mich nur wenig. Ein paar Nachfragen, die erhoben worden waren, hatte ich schlagfertig beantwortet. Selbst eine Haussuchung hatte stattgefunden – aber natürlich war nichts zu entdecken gewesen. Ich brauchte also für die Zukunft nichts mehr zu befürchten.

Am vierten Tage nach dem spurlosen Verschwinden meiner Frau kam ganz unerwartet eine Polizeikommission und begann von neuem, alle Räumlichkeiten gründlich zu durchsuchen. Ich war jedoch nicht im geringsten darüber beunruhigt, da ich sicher war, daß die Leiche in ihrem geheimen Versteck nicht entdeckt werden konnte. Die Beamten forderten mich auf, sie bei der Durchsuchung zu begleiten. Sie übersahen keinen Winkel, kein Versteck. Schließlich stiegen sie zum dritten- oder viertenmal in den Keller hinab. Ich blieb ruhig wie Stein. Mein Herz schlug so friedlich wie das eines Menschen, der in Unschuld schläft. Ich folgte den Herren von einem Ende des Kellers bis zum andern. Die Arme über der Brust verschränkt, ging ich festen Schrittes einher. Die Beamten waren vollkommen beruhigt und schickten sich an, fortzugehen. Die Freude meines Herzens war zu groß – ich mußte sie irgendwie äußern! Ich brannte darauf, wenigstens ein Wort des Triumphes auszurufen, das zugleich aber auch die Herren in ihrer Überzeugung von meiner Unschuld bestärken sollte.

»Meine Herren,« sagte ich, als sie bereits wieder die Kellerstufen emporstiegen, »ich bin entzückt, Ihren Verdacht zerstreut zu haben. Ich wünsche Ihnen viel Glück und ein wenig mehr Höflichkeit. Nebenbei bemerkt, meine Herren, dies – dies ist ein sehr gut gebautes Haus« (in dem verrückten Wunsch, irgend etwas Herausforderndes zu sagen, wußte ich kaum, was ich überhaupt redete), »ich möchte sagen, ein hervorragend gut gebautes Haus. Diese Mauern – gehen Sie schon, meine Herren? –, diese Mauern sind solide aufgeführt.« Und hier – rein aus tollem Übermut – schlug ich mit einem Stock, den ich gerade bei der Hand hatte, kräftig auf die Stelle des Mauerwerks, hinter der sich die Leiche meines einst so geliebten Weibes befand.

Aber – möge Gott mir gnädig sein und mich retten aus den Krallen meines Erzfeindes! – kaum war der Schall meiner Schläge verhallt, als eine Stimme aus dem Grabe mir Antwort gab. Es war ein Schreien, zuerst erstickt und abgebrochen wie das Weinen eines Kindes, dann aber schwoll es an zu einem ununterbrochenen, durchdringenden und unheimlichen Gekreisch, das keiner menschlichen Stimme mehr zu vergleichen war – zu einem bald jammervoll klagenden, bald höhnisch johlenden Geheul, wie es nur aus der Hölle kommen kann, wenn das Wehklagen der zu ewiger Todespein Verdammten sich mit dem Frohlocken der Höllengeister zu einem Schall vereint.

Es ist wohl überflüssig, noch davon zu sprechen, was ich in diesem Augenblick empfand. Ohnmächtig taumelte ich an die gegenüberliegende Mauer. Die Leute auf der Treppe standen regungslos, von Schreck und Entsetzen gelähmt. Im nächsten Moment aber arbeitete ein Dutzend kräftiger Hände daran, die Mauer einzureißen. Sie fiel. Der schon stark in Verwesung übergegangene und mit geronnenem Blut bedeckte Leichnam stand aufrecht vor den Augen der Männer. Auf seinem Kopfe saß, mit weit aufgesperrtem roten Rachen und dem einen glühenden Auge, die fürchterliche Katze, deren teuflische Gewalt mich zum Mörder gemacht und deren Stimme mich nun den Henkern überlieferte. Ich hatte das Scheusal in das Grab mit eingemauert.

Edgar Allan Poe

# Lebendig begraben

Es gibt Themen, die für unsern Geist stets von Interesse sein werden, die aber zu entsetzlich sind, als daß die Dichtung sie behandeln könnte. Der Romanschreiber muß sie vermeiden, wenn er nicht in die Gefahr geraten will, Abscheu und Ekel zu erwecken. Sie sind nur dann möglich, wenn Ernst und Majestät des Todes sie heiligen und stützen. Welch »angenehmes Gruseln« fühlen wir z.B. bei dem Bericht des Überganges über die Beresina, des Erdbebens von Lissabon, der Pest in London, der Metzeleien der Bartholomäusnacht oder des Erstickungstodes der hundertdreiundzwanzig Gefangenen im »Schwarzen Loch« von Kalkutta. Doch in allen diesen Berichten ist es die Tatsache – ist es die Wirklichkeit – das geschichtliche Ereignis, das aufregt. Als Dichtungen würden wir sie nur mit Abscheu betrachten.

Ich habe hier einige wenige der großen und folgenreichen Unglücksfälle erwähnt; in diesen aber ist es ebensosehr die Größe wie die Art des Unglücks, was auf unsere Phantasie so lebhaften Eindruck macht. Ich brauche dem Leser nicht vorzuhalten, daß ich aus dem langen und schaurigen Register menschlichen Elends manchen Einzelfall hätte herausgreifen können, der leidvoller gewesen ist als irgendeiner dieser Massentode. Das wahre Elend – das tiefste Weh – erlebt der einzelne, nicht die Gesamtheit. Und daß das Fürchterlichste, der Todeskampf, vom einzelnen und nicht von der Gesamtheit getragen wird – dafür laßt uns dem barmherzigen Gott danken!

Lebendig begraben zu werden, ist ohne Frage die grauenvollste aller Martern, die je dem Sterblichen beschieden wurde. Daß es häufig, sehr häufig vorgekommen ist, wird von keinem Denkenden bestritten werden. Die Grenzen,

162

die Leben und Tod scheiden, sind unbestimmt und dunkel. Wer kann sagen, wo das eine endet und das andere beginnt? Wir wissen, daß es Krankheitsfälle gibt, in denen ein völliger Stillstand all der sichtbaren Lebensfunktionen eintritt, und dennoch ist dieser Stillstand nur eine Pause, nur ein zeitweiliges Aussetzen des unbegreiflichen Mechanismus. Einige Zeit vergeht – und eine unsichtbare, geheimnisvolle Ursache setzt die zauberhaften Schwingen, das gespenstische Räderwerk wieder in Bewegung. Die silberne Saite war nicht zerrissen, der goldene Bogen war nicht unrettbar zerbrochen. Wo aber war währenddessen die Seele?

Doch abgesehen von der logischen Schlußfolgerung *a priori,* daß solche Ereignisse auch ihre Folgen haben müssen, daß diese wohlbekannten Fälle von Scheintod selbstredend hier und da zu einem vorzeitigen Begräbnis führen müssen – abgesehen von dieser Betrachtung haben wir das direkte Zeugnis der Ärzte und der Erfahrung als Beweis, daß zahlreiche solcher Begräbnisse stattgefunden haben. Ich kann auf Verlangen sofort hundert authentisch erwiesene Fälle anführen. Einer derselben, dessen eigenartige Umstände einigen meiner Leser noch frisch im Gedächtnis sein dürften, ereignete sich vor nicht allzulanger Zeit in der benachbarten Stadt Baltimore, wo er in allen Kreisen tiefe und schmerzliche Aufregung hervorrief.

Die Frau eines der angesehensten Bürger – berühmten Advokaten und Kongreßmitgliedes – wurde von einer plötzlichen und unerklärlichen Krankheit befallen, an der die Kunst der Ärzte scheiterte. Nach schrecklichen Leiden starb sie oder wurde wenigstens für tot gehalten. Nicht einer vermutete, daß sie nur scheintot sei – nicht einer hatte Grund dazu. Sie zeigte alle üblichen Merkmale des Todes. Das Gesicht hatte die bekannten verkniffenen und eingesunkenen Züge; die Lippen hatten Marmorblässe; die Augen waren glanzlos. Sie hatte weder Blutwärme noch Pulsschlag. Drei Tage blieb der Körper unbeerdigt, und in dieser Zeit war er zu Eiseskälte erstarrt. Man beeilte die Bestattung, weil die vermeintliche Zersetzung so rasche Fortschritte machte.

Die Dame wurde in der Familiengruft beigesetzt, und drei Jahre lang blieb diese unberührt. Nach Ablauf dieser Frist wurde sie zur Aufnahme eines Sarkophags geöffnet; – aber ach! welch furchtbarer Schlag erwartete den Gatten, der eigenhändig das Tor aufschloß! Als die Türflügel nach außen aufflogen, sank ein weißgekleidetes Etwas ihm klappernd in die Arme. Es war das Totenskelett seines Weibes in dem noch unverwesten Leichenkleid.

Sorgfältige Nachforschungen ergaben, daß sie zwei Tage nach ihrem Begräbnis wieder erwacht und daß der Sarg infolge ihrer verzweifelten Befreiungsversuche von der Bahre herabgestürzt und zerbrochen war, so daß sie ihm entsteigen konnte. Eine Öllampe, die zufällig gefüllt in der Gruft zurückgelassen worden war, stand leer; das Öl konnte aber auch verdunstet sein. Auf der obersten Stufe der Treppe, die zur Totenkammer hinabführte, lag ein Teil des Sarges, mit dem sie wahrscheinlich gegen das Eisentor geschlagen hatte, um die Aufmerksamkeit auf sich zu lenken. Bei dieser Tätigkeit hatte sie vermutlich eine Ohnmacht – oder auch infolge des Grauens der Tod befallen; beim Niedersinken verfing sich ihr Leichenhemd in irgendeinem vorstehenden Eisenteil des Tores. So blieb sie, und so verweste sie – aufrecht.

Im Jahre 1810 ereignete sich in Frankreich ein vorzeitiges Begräbnis von so seltsamen Umständen, daß sie die

Behauptung rechtfertigen: die Wirklichkeit ist oft seltsamer als alle Dichtung. Die Heldin der Geschichte war ein Fräulein Victorine Lafourcade, ein junges und sehr schönes Mädchen aus vornehmer und wohlhabender Familie. Unter ihren zahlreichen Verehrern war auch ein Herr Julien Bossuet, ein armer Gelehrter oder Literat aus Paris. Sein Talent und sein einnehmendes Wesen hatten die Aufmerksamkeit der Erbin erregt, die ihn aufrichtig geliebt zu haben scheint; ihr Familienstolz bewog sie schließlich aber doch, ihn abzuweisen und einen Herrn Renelle zu heiraten, einen Bankier und gewandten Diplomaten. Nach der Hochzeit aber vernachlässigte sie der Gatte – ja mißhandelte sie wohl gar, und nach einigen leidvollen Jahren starb sie – wenigstens glich ihr Zustand so ganz dem Tod, daß jeder, der sie sah, sich täuschen ließ. Sie wurde begraben – nicht in einer Gruft, sondern in einer gewöhnlichen Grabstätte ihres Heimatdorfes. Voll Verzweiflung und entflammt von der Erinnerung an ihre tiefe Zuneigung reist der abgewiesene Freier von der Hauptstadt nach der entlegenen Provinz, zu jenem Dorf, in der romantischen Absicht, die Leiche auszugraben und sich in den Besitz ihrer wunderbaren Locken zu setzen. Er findet das Grab. Um Mitternacht legt er den Sarg von der Erde bloß, öffnet ihn und ist dabei, das Haar abzuschneiden, als er innehält – denn die geliebten Augen öffnen sich. Man hatte die junge Frau lebendig begraben. Die Lebenskraft war noch nicht ganz entwichen, und die Liebkosungen ihres Getreuen erweckten sie aus der Lethargie, die man irrtümlich für Tod gehalten. In wahnsinniger Freude trug er sie zu seiner Wohnung im Dorf, wo er, der einige medizinische Kenntnisse hatte, ihr allerlei Belebungsmittel einflößte. Endlich erholte sie sich. Sie erkannte ihren Erretter. Sie blieb bei ihm, bis sie ihre frühere Gesundheit wieder erlangt hatte. Ihr Frauenherz war nicht von Eisen, und dieser letzte Liebesbeweis erweichte es; sie gab es Bossuet zu eigen. Sie kehrte nicht zu ihrem Gatten zurück, sondern verbarg ihm ihre Auferstehung und entfloh mit dem Geliebten nach Amerika. Zwanzig Jahre später kamen die beiden wieder nach Frankreich, in der Überzeugung, die Zeit habe das Äußere der Frau so sehr verändert, daß ihre Angehörigen sie nicht wiedererkennen würden. Sie irrten sich jedoch, denn bei der ersten Begegnung erkannte Herr Renelle sein Weib und erhob Anspruch auf sie. Sie weigerte sich aber, zu ihm zurückzukehren, und das Gericht gab ihr recht, indem es entschied, daß die besonderen Umstände und die lange Reihe von Jahren nicht nur billigerweise, sondern auch gesetzlich die Rechte des Gatten ausgelöscht hätten.

Die Leipziger »Chirurgische Zeitung« – eine bedeutende und angesehene Zeitschrift, von der man wünschen möchte, daß sie, in unsere Sprache übersetzt, auch in Amerika erschiene – berichtet in einer der letzten Nummern ein ähnliches Ereignis furchtbarer Art.

Ein Artillerieoffizier, von prächtiger Gestalt und von robuster Gesundheit, wurde von einem störrischen Pferde abgeworfen und trug eine äußerst schwere Kopfwunde davon, die ihm sofort das Bewußtsein nahm; er hatte eine leichte Schädelfraktur, doch schien keine direkte Gefahr vorhanden. Die Trepanierung war erfolgreich; man ließ ihm zur Ader, und viele andere Linderungsmittel wurden angewandt. Trotzalledem nahm die Betäubung, die Erstarrung mehr und mehr zu, und schließlich hielt man ihn für tot.

Es war warmes Wetter, und er wurde mit fast unziemlicher Eile zu Grabe getragen. Das geschah an einem Donnerstag.

Am darauffolgenden Sonntag war der Friedhof wie üblich sehr besucht, und um die Mittagszeit brachte ein Bauer die ganze Menge in Aufruhr mit der Behauptung, während er auf dem Grabe des Offiziers gesessen, habe sich die Erde unter ihm bewegt, als suche sich jemand herauszuarbeiten. Zunächst schenkte man der Versicherung des Mannes keinen Glauben, aber sein sichtliches Entsetzen und die Hartnäckigkeit, mit der er bei seiner Aussage verblieb, machten zum Schluß doch Eindruck auf die Menge. Man schaffte eilends Spaten herbei, und das nur oberflächlich zugeschüttete Grab war in wenigen Minuten so weit bloßgelegt daß der Kopf des Eingesargten sichtbar ward. Er schien tot zu sein, aber er saß aufrecht in seinem Sarg, dessen Deckel er bei seinen wütenden Befreiungsversuchen teilweise abgehoben hatte.

Er wurde sofort ins nächste Hospital gebracht, wo man konstatierte, daß er, wenngleich in tiefer Ohnmacht, noch am Leben sei. Nach einigen Stunden erwachte er, erkannte die an sein Lager geeilten Freunde und sprach in abgerissenen Sätzen von seinen Befreiungsversuchen im Grabe.

Aus dem, was er sagte, ging hervor, daß er im Grabe mehr als eine Stunde wach gewesen sein mußte, ehe in das Bewußtsein verließ. Das Grab war nur oberflächlich mit sehr lockerer Erde angefüllt und ließ daher der Luft etwas Zutritt. Er hörte die Schritte der Menge über sich und versuchte seinerseits, sich hörbar zu machen. Er war der Meinung, das Geräusch der vielen Schritte habe ihn erweckt, doch kaum erwacht, gewahrte er mit namenlosem Entsetzen seine schreckliche Lage.

Dieser Patient – hieß es in dem Bericht weiter – erholte sich wieder, und es schien, als werde er ganz gesunden, da

167

wurde er das Opfer eines medizinischen Experiments. Man wendete die galvanische Batterie bei ihm an, und er verstarb plötzlich in einem Paroxysmus, wie dieses Verfahren ihn manchmal zur Folge hat.

Bei Erwähnung der galvanischen Batterie fällt mir ein wohlbekannter und ganz seltsamer Fall ein, die Tatsache nämlich, daß ihre Anwendung bei einem jungen Londoner Advokaten, der bereits zwei Tage begraben gelegen hatte, diesen wieder ins Leben zurückrief. Das geschah im Jahre 1831 und machte überall, wo davon die Rede war, großes Aufsehen.

Der Patient, Herr Eduard Stapleton, war anscheinend an Typhus gestorben, doch unter eigenartigen Begleitumständen, welche die Neugier seiner Ärzte erregt hatten. Nach seinem Hinscheiden ersuchte man die Verwandten, eine Sezierung der Leiche zu gestatten, was aber abgelehnt wurde. Wie das nach solcher Weigerung oft geschieht, beschlossen die Ärzte, den Leichnam auszugraben und dennoch heimlich zu sezieren. Man einigte sich mit einer Bande von Leichenräubern, wie sie in London nicht selten sind, und in der dritten Nacht nach dem Begräbnis wurde die angebliche Leiche aus ihrem acht Fuß tiefen Grabe hervorgeholt und in das Operationszimmer eines Privatspitals gebracht.

Ein ziemlich großer Schnitt in den Unterleib zeigte, daß das Fleisch noch frisch und unverwest war, und brachte die Ärzte auf den Einfall, die galvanische Batterie anzuwenden. Ein Experiment folgte dem andern und hatte die üblichen Wirkungen, die nur in zwei Fällen den konvulsivischen Zukkungen ein mehr als gewöhnliches Leben gaben.

Es wurde spät. Der Tag dämmerte, und man hielt es für ratsam, endlich die Sektion vorzunehmen. Ein Student jedoch, der gern eine eigene Theorie erproben wollte, bestand darauf, die Batterie auf einen der Brustmuskel anzuwenden. Man machte schnell einen Schnitt und brachte einen Draht in Kontakt mit dem Muskel. Da plötzlich erhob sich der Patient mit einer schnellen, doch keineswegs konvulsivischen Bewegung vom Tisch, schritt in die Mitte des Zimmers, blickte sekundenlang unsicher umher und sprach. Was er sagte, war nicht zu verstehen; aber er äußerte Worte, bildete Silben. Als er gesprochen hatte, fiel er schwer zu Boden.

Einen Augenblick waren alle gelähmt von Entsetzen; doch das Bewußtsein, daß hier rasch eingegriffen werden müsse, gab ihnen bald die Geistesgegenwart zurück. Man entdeckte, daß Herr Stapleton ohnmächtig, aber am Leben war. Nach Anwendung von Äther erwachte er und konnte schnell wiederhergestellt und seinen Verwandten zurückgegeben werden. Ihr Erstaunen – ihre namenlose Verwunderung sei hier verschwiegen.

Das Unerhörteste aber an dem ganzen Ereignis ist das, was Herr Stapleton selbst berichtet. Er erklärt, die ganze Zeit über nie völlig besinnungslos gewesen zu sein, sondern – wenn auch unklar und verwirrt – alles gewußt zu haben, was mit ihm vorging – vom Augenblick an, da die Ärzte ihn für »tot« erklärten, bis zu dem, da er im Hospital ohnmächtig zu Boden sank. »Ich lebe« waren die unverständlichen Worte, die er, als er vom Seziertisch heruntertaumelte, in seiner äußersten Not herausstieß.

Es wäre ein leichtes, noch viele solcher Geschichten anzuführen; ich unterlasse es aber, denn wir bedürfen ihrer nicht zur Feststellung der Tatsache, daß verfrühte Begräbnisse stattfinden. Wenn wir bedenken, wie selten es naturgemäß in unserer Macht liegt, solche Fälle aufzudecken, so müssen wir zugeben, daß sie häufig genug ohne unser Wissen vorkommen. Tatsächlich finden kaum je in einem Friedhof umfangreiche Umgrabungen statt, ohne daß Skelette aufgefunden werden, deren Haltung die fürchterlichsten Vermutungen rechtfertigt.

Fürchterlich die Vermutung, doch fürchterlicher noch das Schicksal selbst! Es ist nicht zu viel gesagt mit der Behauptung, daß kein Ereignis so grauenvoll geeignet ist, Leib und Seele aufs äußerste zu schrecken, wie das Lebendigbegrabensein. Der unerträgliche, atemraubende Druck – die erstickenden Dünste der feuchten Erde – das hemmende Leichengewand – die harte Enge des schmalen Hauses – das Dunkel vollkommener Nacht – die alles verschlingende Woge ewiger Stille – die unsichtbare, doch fühlbare Nähe des Eroberers Wurm – diese Dinge und der Gedanke, daß droben die Gräser im Winde wehn, und die Erinnerung an liebe Freunde, die, wenn sie nur unser Schicksal ahnten, zu unserer Rettung herbeieilen würden, und das Bewußtsein, daß sie dies Schicksal nie erfahren werden – daß wir ohne alle Hoffnung zu den wirklich Toten zählen – diese Betrachtungen, sage ich, tragen in das noch pulsende Herz ein so namenloses Grauen, wie selbst die stärkste Phantasie es nicht beschreiben kann. Gibt es auf Erden ähnlich Grauenvolles – können wir uns selbst für die tiefste Hölle solche Schrecken träumen? Und daher begegnet man derartigen Berichten mit so besonderem Interesse – aber einem Interesse, das ganz von unserem Glauben an die Wahrheit des geschilderten Ereignisses abhängig ist. Was ich jetzt erzählen will, habe ich selbst am eigenen Leibe erfahren.

Ich war jahrelang den Anfällen jener seltsamen Krankheit unterworfen, der die Ärzte in Ermangelung einer treffen-

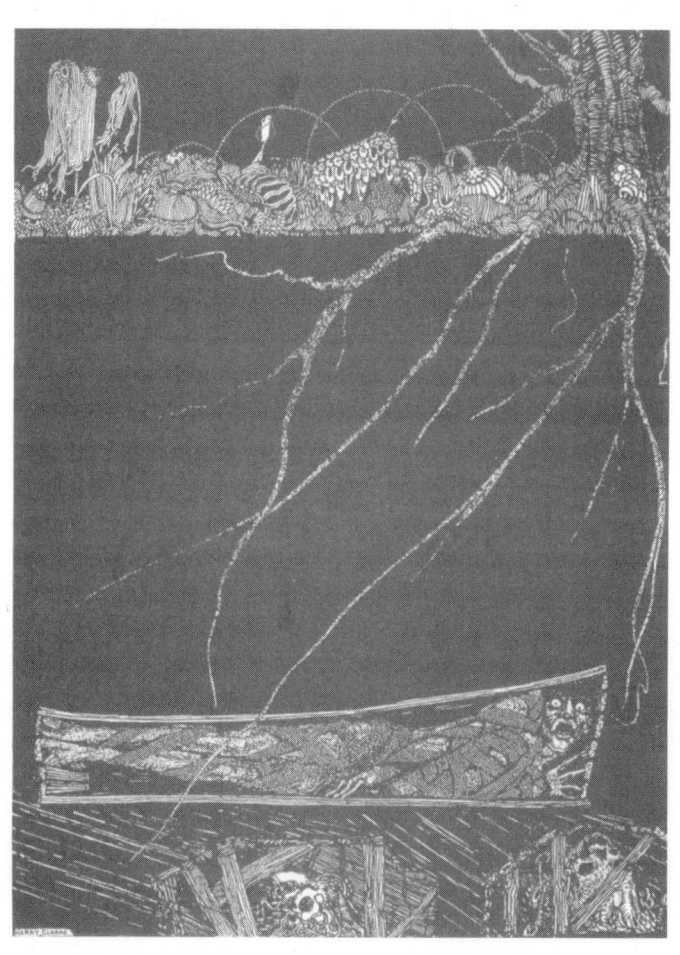

den Bezeichnung den Namen Katalepsie gegeben haben.
Obgleich die mittelbaren und unmittelbaren Ursachen fast
unbekannt sind, ja sogar die Krankheitsdiagnose selbst
noch dunkel ist, so sind doch ihre äußerlich wahrnehmbaren Merkmale zur Genüge bekannt. Ihre Haupteigenschaft
besteht in der Verschiedenartigkeit ihrer Anfälle. Manchmal
liegt der Patient nur einen Tag oder selbst kürzere Zeit in
vollständiger Lethargie. Er ist gefühllos und regungslos,
aber der Herzschlag ist noch schwach fühlbar, der Körper
ist noch ein wenig warm, ein leichtes Rot färbt die Wangen,
und wenn man den Lippen einen Spiegel nähert, so kann
man ein träges, unregelmäßiges Atmen wahrnehmen. Dann
wieder dauert dieser Zustand Wochen – ja Monate, und dann
vermögen die sorgfältigsten ärztlichen Untersuchungen
nicht mehr einen Unterschied festzustellen zwischen dem
Zustand des Kranken und dem, was wir als Tod bezeichnen. Sehr häufig wird er nur dadurch vor vorzeitigem Begrabenwerden bewahrt, daß seine Freunde von früheren kataleptischen Anfällen wissen und daher argwöhnisch sind,
und vor allem dadurch, daß keine Verwesung eintritt. Die
Krankheit macht glücklicherweise nur langsame Fortschritte; schon ihre ersten Anzeichen sind unzweideutiger Natur.
Nach und nach werden die Anfälle stärker und dauern von
Mal zu Mal länger. Hierin hauptsächlich liegt die Sicherheit
vor einem allzufrühen Begrabenwerden. Der Unglückselige,
dessen erster Anfall bereits die Heftigkeit des letzten hätte,
würde unvermeidlich lebendig zu Grabe getragen.

Mein eigener Fall wich in nichts von den in medizinischen
Büchern geschilderten Fällen ab. Ohne ersichtliche Ursache
überfiel mich hie und da ein ohnmachtartiger Zustand, in
dem ich ohne Schmerzen und regungslos, ja ohne Denk-

vermögen verharrte, immer aber mit dem schwachen Bewußtsein dessen, was an meinem Lager vorging, bis ich ganz plötzlich wieder zu vollem Bewußtsein erwachte. Zu anderen Zeiten packte es mich rasch und ungestüm. Mir wurde übel, mich fröstelte, und ein Schwindelanfall warf mich rasch zu Boden. Dann war wochenlang alles um mich her leer und stumm und schwarz, und das Weltall wurde zum Nichts. Es war der vollkommene Tod. Aus diesen letzteren Anfällen aber erwachte ich weit langsamer, als ich davon befallen wurde. Gleichwie dem freund- und heimatlosen Bettler, der die lange einsame Winternacht durch die Straßen irrt, die Morgendämmerung nur zögernd, nur ganz allmählich und doch wie beglückend erscheint – geradeso kehrte das Licht meiner Seele zurück.

Abgesehen von diesen kataleptischen Anfällen schien mein Gesundheitszustand gut und keiner Beeinflussung durch diese Krankheit unterworfen – bis auf eine gewisse Eigentümlichkeit meines gewöhnlichen Schlafes. Wenn ich erwachte, war ich nie sofort Herr meiner Sinne, sondern blieb minutenlang erschreckt und verwirrt; die geistigen Fähigkeiten, besonders das Gedächtnis, waren wie gelähmt.

In all meinem Leiden gab es kaum physische Schmerzen, aber eine unerträgliche seelische Depression. Meine Phantasie sah nichts als Leichen. Ich sprach von Würmern, Grab und Leichenstein. Ich versank in Träumereien über den Tod und war von der düsteren Ahnung erfaßt, einmal lebendig begraben zu werden. Diese gespenstische Gefahr verfolgte mich Tag und Nacht; bei Tag quälten mich grausige Grübeleien, des Nachts war ich dem Wahnsinn nahe. Wenn Dunkelheit sich über die Erde breitete, schreckten mich die Gedanken, und ich bebte – bebte wie die schwankenden

Federn auf den Köpfen der Pferde beim Leichenbegängnis. Wenn ich mich nicht mehr wach halten konnte, so kostete es mich einen Kampf, schlafen zu gehen, – denn mir grauste bei dem Gedanken, ich könne mich beim Erwachen im Grabe finden. Und wenn ich schließlich in Schlummer sank, so vermochte ich es nur, um sogleich in einem Meer von Phantasien zu versinken, das überschattet wurde von den riesigen, schwarzen Schwingen jenes einen Grabgedankens.

Aus den zahllosen düstern Bildern, die mich in Träumen ängsteten, will ich nur eine einzige Vision berichten. Mir war, als läge ich in einer Erstarrung, die tiefer war und länger dauerte als je vorher. Da plötzlich legte sich eine eisige Hand auf meine Stirn, und eine ungeduldige Stimme rasselte mir ins Ohr. »Steh auf!«

Ich saß aufrecht. Es war völlig finster. Ich konnte die Gestalt nicht sehen, die mich geweckt hatte. Ich konnte mich weder erinnern, wann dieser Anfall mich erfaßt hatte noch wo ich mich überhaupt befand. Ich harrte regungslos und mühte mich, meine Gedanken zu sammeln, aber die kalte Faust packte mich wild am Handgelenk und schüttelte mich, und die rasselnde Stimme sagte von neuem:

»Steh auf! Gebot ich dir nicht, aufzustehen?«

»Wer bist du?« fragte ich.

»Ich habe keinen Namen dort wo ich hause,« erwiderte die Stimme klagend; »ich war sterblich und bin doch Dämon. Ich war unbarmherzig und bin mitleidig. Du fühlst, daß ich schaudere. Meine Zähne klappern – aber nicht, weil die Nacht so frostig ist – die endlose Nacht. Doch dies Grauen, dieser Ekel ist unerträglich! Wie kannst du ruhig schlafen? Ich kann nicht Ruhe finden vor dem Schrei der Todesängste. Diese Seufzer sind mehr, als ich ertragen kann.

Steh auf! Komm mit mir hinaus in die Nacht und laß mich dir die Gräber öffnen. Ist dieser Anblick nicht ein furchtbar Weh? – Sieh!«

Ich blickte; und die unsichtbare Gestalt, die mich noch immer an der Hand hielt, hatte die Gräber der ganzen Menschheit aufgeworfen, und aus einem jeden drang ein schwacher Phosphorschein der Verwesung, so daß ich in den tiefsten Schlund hinabsehen und die eingesargten Leichen in ihrem trauervollen Schlafe mit den Würmern schauen konnte. Aber ach! der wirklichen Schläfer waren es Millionen weniger als der Wachenden; und da war ein Kämpfen und Wehren und eine allgemeine schmerzliche Unruhe; und aus den Tiefen der zahllosen Gruben drang das melancholische Rauschen der Totenhemden; und unter denen, die still zu ruhen schienen, sah ich, daß viele mehr oder weniger die kalte, unbequeme Lage, in der man sie hinabgesenkt, verändert hatten. Und wie ich blickte, sagte die Stimme von neuem: »Ist es nicht – oh, ist es nicht ein schmerzlicher Anblick?« Doch ehe ich die Antwort finden konnte, hatte die Gestalt meine Hand losgelassen, der Phosphorschein erlosch, und die Gräber schlossen sich plötzlich; aus ihrem Innern aber hob sich ein Chaos verzweifelter Schreie, und wieder klang es: »Ist es nicht – oh Gott! ist es nicht ein schmerzlicher Anblick?«

Solche Nachtphantasien übten auch auf meine wachen Stunden ihren entsetzlichen Einfluß. Meine Nerven waren völlig zerrüttet, und ich war die Beute ewigen Grauens. Ich wagte mich weder zu Fuß noch zu Pferd aus dem Hause, von dem ich mich nicht mehr entfernen wollte, um stets in der Nähe derer zu sein, die meine Neigung zu kataleptischen Anfällen kannten; hätte es sich andernfalls nicht ereignen können, daß ich begraben wurde, ehe mein wahrer Zustand festgestellt werden konnte? Ich fürchtete, ein Anfall von außergewöhnlich langer Dauer könne sie an meinem Wiedererwachen zweifeln lassen. Ich ging sogar so weit, zu argwöhnen, man werde sich freuen, in einem besonders hartnäckigen Anfall willkommene Gelegenheit zu finden, sich meiner zu entledigen. Vergebens versuchten sie mich mit feierlichen Versprechungen zu beruhigen. Ich nahm ihnen die heiligsten Schwüre ab, mich unter keinen Umständen eher zu begraben, als bis die Verwesung so weit fortgeschritten wäre, daß ein längeres Lagern unmöglich sei; und selbst dann noch wollte meine tödliche Angst keiner Vernunft gehorchen, keinen Trost annehmen. Ich traf eine Reihe mühsamer Vorsichtsmaßregeln. Unter anderem ließ ich die Familiengruft so umbauen, daß sie von innen leicht geöffnet werden konnte. Der leiseste Druck auf einen langen Hebel, der tief in die Grabkammer hineinreichte, ließ die eisernen Tore auffliegen. Auch traf ich Vorsorge, daß Luft und Licht freien Zutritt hatten und daß dicht bei dem Sarge, der mich aufnehmen sollte, Gefäße für Speise und Trank bereitstanden. Der Sarg selbst war weich und warm gefüttert und mit einem Deckel versehen, der nach Art der Grufttür eingerichtet war, nur daß hier schon die leiseste Körperbewegung genügte, um den Deckel zu lüften. Überdies hing von der Decke der Grabkammer eine große Glokke herab, deren Seil durch ein Loch im Sarge hineingeführt und an der Hand der Leiche befestigt werden sollte. Aber ach! Was vermag alle Vorsicht gegen das Schicksal. Selbst diese wohlbedachten Maßregeln vermochten nicht, einen Unglücklichen, der dazu voraus bestimmt worden war, vor den unerhörten Schrecken des Lebendigbegrabenwerdens zu bewahren!

Es kam eine Zeit, da ich – wie schon so oft – aus völliger Bewußtlosigkeit zum ersten schwachen Daseinsgefühl wieder erwachte. Langsam – schneckenlangsam – dämmerte meiner Seele der Tag. Träge Unbehaglichkeit; dumpfes Schmerzgefühl; keine Sorgen – kein Hoffen – kein Wollen. Dann, nach langer Pause, Ohrensausen; dann, nach noch längerer Pause, ein stechendes, prickelndes Gefühl in den Gliedern. Dann eine ewiglange Zeit frohen Behagens, während das erwachende Bewußtsein nach Gedanken ringt; dann ein kurzes Zurücksinken ins Nichts; dann wieder plötzliches Erholen. Endlich leises Erbeben der Augenlider und gleich darauf ein Schreck wie ein elektrischer Schlag, tödlich und endlos, der das Blut von den Schläfen zum Herzen peitscht. Und nun der erste positive Versuch, zu denken. Und nun der Versuch, sich zu erinnern. Und nun habe ich das Gedächtnis so weit zurückerlangt, daß ich mir in gewissem Grade von meinem Zustand Rechenschaft geben kann. Ich fühle, daß es nicht ein gewöhnlicher Schlaf ist, aus dem ich erwache. Ich entsinne mich, einen kataleptischen Anfall gehabt zu haben. Und nun überflutet meine schaudernde Seele wie ein rasendes Meer die eine grausige Angst – der eine gespenstische und herrschende Gedanke.

Minutenlang, nachdem diese Vorstellung mich erfaßt, verblieb ich regungslos. Und warum? Ich konnte den Mut nicht finden, mich zu rühren. Ich wagte nicht, die Bewegung zu machen, die mir mein Schicksal offenbart hätte, und dennoch flüsterte eine Stimme in meinem Herzen: »Es ist so!« Verzweiflung – wie keine andere Lage sie schaffen kann – Verzweiflung veranlaßte mich nach langer Unentschlossenheit, die schweren Augenlider zu heben. Es war finster – ganz finster. Ich wußte, der Anfall war vorüber. Ich wußte, die Krisis meiner Krankheit war lange vorbei. Ich wußte, daß ich jetzt den vollen Gebrauch meines Gesichtssinnes wiedererlangt hatte – und dennoch war es finster – ganz finster – die tiefe Dunkelheit ewiger Nacht.

Ich versuchte zu schreien, und meine Lippen und meine verdorrte Zunge mühten sich vereint und krampfhaft – aber keine Stimme entrang sich den hohlen Lungen, die, wie von Bergeslast bedrückt, bei jedem mühevollen Atemzug gemeinsam mit dem Herzen grausam aufzuckten.

Die Bewegung der Kinnbacken bei der Anstrengung des Rufenwollens zeigte mir, daß sie von Kinn zu Kopf mit einem Tuch umwunden waren, wie das bei Leichen zu geschehen pflegt. Auch fühlte ich, daß ich auf etwas Hartem lag, und auch meine Seiten wurden von etwas Hartem eingeengt. Bis jetzt hatte ich nicht gewagt, ein Glied zu rühren – nun aber warf ich heftig die Arme empor, die bisher mit gekreuzten Händen dalagen. Sie berührten eine feste Holzmasse, die sich über meinem Körper in einer Höhe von kaum sechs Zoll hinzog. Ich konnte nicht länger zweifeln, daß ich im Sarg lag.

Und nun, inmitten all meines namenlosen Elends, nahte sich mir der süße Engel der Hoffnung – denn ich dachte an meine Vorsichtsmaßregeln. Ich rührte mich und machte krankhafte Versuche, den Deckel aufzuzwängen; er bewegte sich nicht. Ich suchte an meinen Handgelenken nach der Glockenschnur; sie war nicht zu finden. Und nun entfloh der Tröster für immer, und eine noch tiefere Verzweiflung gewann die Oberhand. Ich bemerkte, daß die von mir gewünschte Polsterung fehlte, und in meine Nase stieg der eigenartig herbe Geruch feuchter Erde. Die Schlußfolgerung war unumgänglich: Ich befand mich nicht in der Gruft. Ich war während einer Abwesenheit von Hause – unter Fremden – von einem Anfall griffen worden; an ein Wann oder Wie wußte ich mich nicht zu entsinnen. Und diese Fremden hatten mich begraben wie einen Hund – in irgendeinen Sarg gesteckt, den sie vernagelt und tief, tief und für immer in ein gewöhnliches und namenloses Grab gesenkt hatten.

Als diese gräßliche Überzeugung sich im geheimsten Fach meiner Seele gebildet hatte, versuchte ich von neuem, laut aufzuschreien; und dieser zweite Versuch gelang. Ein langer, wilder und anhaltender Schrei, ein Todesgellen, echote durch die Reiche der unterirdischen Nacht.

»Hallo, hallo, was gibt's?« gab eine rauhe Stimme Antwort. »Was zum Teufel ist denn los?« sagte eine zweite. »Heraus mit Euch!« sagte eine dritte. »Was soll das heißen, daß Ihr losheult wie ein Kettenhund?« sagte eine vierte. Und hierauf ward ich ergriffen und minutenlang unsanft von einer Gruppe wüstblickender Gesellen geschüttelt. Sie holten mich nicht etwa aus dem Schlaf – denn ich war hellwach, als ich schrie – aber sie setzten mich wieder in den Besitz meines Gedächtnisses.

Dieses Abenteuer ereignete sich in der Nähe von Richmond in Virginia. In Begleitung eines Freundes hatte ich eine Jagdexpedition an den Ufern des James-Flusses unternommen. Die Nacht kam, und ein Sturm überraschte uns. Die Kabine einer kleinen Schaluppe, die im Strom vor Anker lag und mit Gartenerde geladen war, bot uns den einzigen Schutz. Wir behalfen uns also, so gut es ging, und verbrachten die Nacht an Bord. Ich schlief in einer der zwei einzigen Kojen, die das Schiff aufzuweisen hatte – und die Kojen einer Schaluppe von sechzig bis siebzig Tonnen sind in ihrer Kleinheit kaum zu beschreiben. Die meinige hatte überhaupt kein Lager. Ihre größte Breite betrug achtzehn Zoll. Die Entfernung vom Boden zum Dach war genau dieselbe. Es wurde mir sehr schwer, mich hineinzuzwängen. Trotzdem schlief ich fest, und meine ganze Vision – denn es war kein Traum und kein Alp – entsprang natürlich den eigentümlichen Umständen meiner Lage, meinem gewohnten Gedankengang und der erwähnten Schwierigkeit, unter der ich litt, meine Sinne zu sammeln, besonders nach langem Schlaf das Gedächtnis wiederzuerlangen. Die Männer, die mich schüttelten, waren die Bemannung des Schiffes und ein paar Ladearbeiter. Von der Last selbst rührte der Erdgeruch her. Das Tuch um die Kinnladen war ein seidenes Taschentuch, das ich mir in Ermangelung meiner gewohnten Nachtmütze um den Kopf geschlungen hatte.

Die erduldeten Martern aber waren unzweifelhaft jenen des Lebendigbegrabenseins völlig gleich. Sie waren schrecklich – sie waren unsagbar grauenhaft. Doch der schlimme Umstand hatte eine günstige Folge. Meine Seele bekam Ruhe und Haltung. Ich ging auf Reisen. Ich unterwarf mich körperlichen Anstrengungen. Ich atmete freie Himmelsluft. Ich dachte an andere Dinge als Tod. Ich entfernte meine medizinischen Bücher. »Buchan« verbrannte ich. Ich las keine »Nachtgedanken«, keine bombastischen Kirchhofsmärchen und Schauergeschichten – wie diese hier. Binnen kurzem wurde ich ein neuer Mensch und führte ein männliches Leben. Seit jener denkwürdigen Nacht verlor ich für immer meine Todesgedanken, und mit ihnen verschwanden meine kataleptischen Zustände, von denen sie vielleicht weniger die Folge als die Ursache gewesen waren.

Es gibt Augenblicke, wo selbst dem klugen Auge der Vernunft die Welt unseres traurigen Menschendaseins als Hölle erscheint; aber die Phantasie des Menschen vermag ihre ewigen Grüfte nicht ungestraft zu durchstreifen! Weh! Die grausigen Legionen der Grabesschrecken sind keine Hirngespinste; doch gleich den Dämonen, in deren Gesellschaft Afrasiab den Oxus hinabschiffte, müssen sie schlafen, oder sie verschlingen uns – muß man sie schlummern lassen, oder wir gehen zugrunde.

E.T.A. Hoffmann

# Der Sandmann

# Nathanael an Lothar

Gewiß seid Ihr alle voll Unruhe, daß ich so lange – lange nicht geschrieben. Mutter zürnt wohl, und Clara mag glauben, ich lebe hier in Saus und Braus und vergesse mein holdes Engelsbild, so tief mir in Herz und Sinn eingeprägt, ganz und gar. – Dem ist aber nicht so; täglich und stündlich gedenke ich Eurer aller und in süßen Träumen geht meines holden Clärchens freundliche Gestalt vorüber und lächelt mich mit ihren hellen Augen so anmutig an, wie sie wohl pflegte, wenn ich zu Euch hineintrat. – Ach wie vermochte ich denn Euch zu schreiben, in der zerrissenen Stimmung des Geistes, die mir bisher alle Gedanken verstörte! – Etwas Entsetzliches ist in mein Leben getreten! – Dunkle Ahnungen eines gräßlichen mir drohenden Geschicks breiten sich wie schwarze Wolkenschatten über mich aus, undurchdringlich jedem freundlichen Sonnenstrahl. – Nun soll ich Dir sagen, was mir widerfuhr. Ich muß es, das sehe ich ein, aber nur es denkend, lacht es wie toll aus mir heraus. – Ach mein herzlieber Lothar! Wie fange ich es denn an, Dich nur einigermaßen empfinden zu lassen, daß das, was mir vor einigen Tagen geschah, denn wirklich mein Leben so feindlich zerstören konnte! Wärst Du nur hier, so könntest Du selbst schauen; aber jetzt hältst Du mich gewiß für einen aberwitzigen Geisterseher. – Kurz und gut, das Entsetzliche, was mir geschah, dessen tödlichen Eindruck zu vermeiden ich mich vergebens bemühe, besteht in nichts anderem, als daß vor einigen Tagen, nämlich am 30. Oktober mittags um 12 Uhr, ein Wetterglashändler in meine Stube trat und mir seine Ware anbot. Ich kaufte nichts und drohte, ihn die Treppe herabzuwerfen, worauf er aber von selbst fortging.

Du ahnest, daß nur ganz eigene, tief in mein Leben eingreifende Beziehungen diesem Vorfall Bedeutung geben können, ja, daß wohl die Person jenes unglückseligen Krämers gar feindlich auf mich wirken muß. So ist es in der Tat. Mit aller Kraft fasse ich mich zusammen, um ruhig und geduldig Dir aus meiner früheren Jugendzeit so viel zu erzählen, daß Deinem regen Sinn alles klar und deutlich in leuchtenden Bildern aufgehen wird. Indem ich anfangen will, höre ich Dich lachen und Clara sagen: »Das sind ja rechte Kindereien!« – Lacht, ich bitte Euch, lacht mich recht herzlich aus! – ich bitt Euch sehr! – Aber Gott im Himmel! die Haare sträuben sich mir und es ist, als flehe ich Euch an, mich auszulachen, in wahnsinniger Verzweiflung, wie Franz Moor den Daniel. – Nun fort zur Sache!

Außer dem Mittagsessen sahen wir, ich und meine Geschwister, tagsüber den Vater wenig. Er mochte mit seinem Dienst viel beschäftigt sein. Nach dem Abendessen, das alter Sitte gemäß schon um sieben Uhr aufgetragen wurde, gingen wir alle, die Mutter mit uns, in des Vaters Arbeitszimmer und setzten uns um einen runden Tisch. Der Vater rauchte Tabak und trank ein großes Glas Bier dazu. Oft erzählte er uns viele wunderbare Geschichten und geriet darüber so in Eifer, daß ihm die Pfeife immer ausging, die ich, ihm brennendes Papier hinhaltend, wieder anzünden mußte, welches mir denn ein Hauptspaß war. Oft gab er uns aber Bilderbücher in die Hände, saß stumm und starr in seinem Lehnstuhl und blies starke Dampfwolken von sich, daß wir alle wie im Nebel schwammen. An solchen Abenden war die Mutter sehr traurig und kaum schlug die Uhr neun, so sprach sie: »Nun Kinder! – zu Bette! zu Bette! der Sandmann kommt, ich merk es schon.« Wirklich hörte ich dann jedesmal etwas schweren langsamen Tritts die Treppe heraufpoltern; das mußte der Sandmann sein. Einmal war mir jenes dumpfe Treten und Poltern besonders graulich; ich frug die Mutter, indem sie uns fortführte: »Ei Mama! wer ist denn der böse Sandmann, der uns immer von Papa forttreibt? – wie sieht er denn aus?« – »Es gibt keinen Sandmann, mein liebes Kind«, erwiderte die Mutter: »wenn ich sage, der Sandmann kommt, so will das nur heißen, ihr seid schläfrig und könnt die Augen nicht offen behalten, als hätte man euch Sand hineingestreut.« – Der Mutter Antwort befriedigte mich nicht, ja in meinem kindischen Gemüt entfaltete sich deutlich der Gedanke, daß die Mutter den Sandmann nur verleugne, damit wir uns vor ihm nicht fürchten sollten, ich hörte ihn ja immer die Treppe heraufkommen. Voll Neugierde, Näheres von diesem Sandmann und seiner Beziehung auf uns Kinder zu erfahren, frug ich endlich die alte Frau, die meine jüngste Schwester wartete: was denn das für ein Mann sei, der Sandmann? »Ei Thanelchen«, erwiderte diese, »weißt du das noch nicht? Das ist ein böser Mann, der kommt zu den Kindern, wenn sie nicht zu Bett gehen wollen und wirft ihnen Händevoll Sand in die Augen, daß sie blutig zum Kopf herausspringen, die wirft er dann in den Sack und trägt sie in den Halbmond zur Atzung für seine Kinderchen; die sitzen dort im Nest und haben krumme Schnäbel, wie die Eulen, damit picken sie der unartigen Menschenkindlein Augen auf.« – Gräßlich malte sich nun im Innern mir das Bild des grausamen Sandmanns aus; sowie es abends die Treppe heraufpolterte, zitterte ich vor Angst und Entsetzen. Nichts als den unter Tränen hergestotterten

Ruf. »Der Sandmann! der Sandmann!« konnte die Mutter aus mir herausbringen. Ich lief darauf in das Schlafzimmer, und wohl die ganze Nacht über quälte mich die fürchterliche Erscheinung des Sandmanns. – Schon alt genug war ich geworden, um einzusehen, daß das mit dem Sandmann und seinem Kindernest im Halbmonde, so wie es mir die Wartefrau erzählt hatte, wohl nicht ganz seine Richtigkeit haben könne; indessen blieb mir der Sandmann ein fürchterliches Gespenst, und Grauen – Entsetzen ergriff mich, wenn ich ihn nicht allein die Treppe heraufkommen, sondern auch meines Vaters Stubentür heftig aufreißen und hineintreten hörte. Manchmal blieb er lange weg, dann kam er öfter hintereinander. Jahrelang dauerte das, und nicht gewöhnen konnte ich mich an den unheimlichen Spuk, nicht bleicher wurde in mir das Bild des grausigen Sandmanns. Sein Umgang mit dem Vater fing an meine Fantasie immer mehr und mehr zu beschäftigen: den Vater darum zu befragen hielt mich eine unüberwindliche Scheu zurück, aber selbst – selbst das Geheimnis zu erforschen, den fabelhaften Sandmann zu sehen, dazu keimte mit den Jahren immer mehr die Lust in mir empor. Der Sandmann hatte mich auf die Bahn des Wunderbaren, Abenteuerlichen gebracht, das so schon leicht im kindlichen Gemüt sich einnistet. Nichts war mir lieber, als schauerliche Geschichten von Kobolten, Hexen, Däumlingen usw. zu hören oder zu lesen; aber obenan stand immer der Sandmann, den ich in den seltsamsten, abscheulichsten Gestalten überall auf Tische, Schränke und Wände mit Kreide, Kohle, hinzeichnete. Als ich zehn Jahre alt geworden, wies mich die Mutter aus der Kinderstube in ein Kämmerchen, das auf dem Korridor unfern von meines Vaters Zimmer lag. Noch immer mußten wir uns, wenn auf den Schlag neun Uhr sich jener Unbekannte im Hause hören ließ, schnell entfernen. In meinem Kämmerchen vernahm ich, wie er bei dem Vater hineintrat und bald darauf war es mir dann, als verbreite sich im Hause ein feiner seltsam riechender Dampf. Immer höher mit der Neugierde wuchs der Mut, auf irgend eine Weise des Sandmanns Bekanntschaft zu machen. Oft schlich ich schnell aus dem Kämmerchen auf den Korridor, wenn die Mutter vorübergegangen, aber nichts konnte ich erlauschen, denn immer war der Sandmann schon zur Türe hinein, wenn ich den Platz erreicht hatte, wo er mir sichtbar werden mußte. Endlich von unwiderstehlichem Drange getrieben, beschloß ich, im Zimmer des Vaters selbst mich zu verbergen und den Sandmann zu erwarten.

An des Vaters Schweigen, an der Mutter Traurigkeit merkte ich eines Abends, daß der Sandmann kommen werde; ich schützte daher große Müdigkeit vor, verließ schon vor neun Uhr das Zimmer und verbarg mich dicht neben der Türe in einen Schlupfwinkel. Die Haustür knarrte, durch den Flur ging es, langsamen, schweren, dröhnenden Schrittes nach der Treppe. Die Mutter eilte mit dem Geschwister an mir vorüber. Leise – leise öffnete ich des Vaters Stubentür. Er saß, wie gewöhnlich, stumm und starr den Rücken der Türe zugekehrt, er bemerkte mich nicht, schnell war ich hinein und hinter der Gardine, die einem gleich neben der Türe stehenden offenen Schrank, worin meines Vaters Kleider hingen, vorgezogen war. – Näher – immer näher dröhnten die Tritte – es hustete und scharrte und brummte seltsam draußen. Das Herz bebte mir vor Angst und Erwartung. – Dicht, dicht vor der Türe ein scharfer Tritt – ein heftiger Schlag auf die Klinke, die Tür springt rasselnd auf! – Mit

Gewalt mich ermannend gucke ich behutsam hervor. Der
Sandmann steht mitten in der Stube vor meinem Vater,
der helle Schein der Lichter brennt ihm ins Gesicht! – Der
Sandmann, der fürchterliche Sandmann ist der alte Advokat
Coppelius, der manchmal bei uns zu Mittage ißt!

Aber die gräßlichste Gestalt hätte mir nicht tieferes Entsetzen erregen können, als eben dieser Coppelius. – Denke
Dir einen großen breitschultrigen Mann mit einem unförm-
lich dicken Kopf, erdgelbem Gesicht, buschigen grauen
Augenbrauen, unter denen ein Paar grünliche Katzenaugen
stechend hervorfunkeln, großer, starker über die Oberlip-
pe gezogener Nase. Das schiefe Maul verzieht sich oft zum
hämischen Lachen; dann werden auf den Backen ein paar
dunkelrote Flecke sichtbar und ein seltsam zischender Ton
fährt durch die zusammengekniffenen Zähne. Coppelius
erschien immer in einem altmodisch zugeschnittenen asch-
grauen Rocke, eben solcher Weste und gleichen Beinklei-
dern, aber dazu schwarze Strümpfe und Schuhe mit kleinen
Steinschnallen. Die kleine Perücke reichte kaum bis über
den Kopfwirbel heraus, die Kleblocken standen hoch über
den großen roten Ohren und ein breiter verschlossener
Haarbeutel starrte von dem Nacken weg, so daß man die
silberne Schnalle sah, die die gefältelte Halsbinde schloß.
Die ganze Figur war überhaupt widrig und abscheulich; aber
vor allem waren uns Kindern seine großen knotigten, haa-
rigten Fäuste zuwider, so daß wir, was er damit berührte,
nicht mehr mochten. Das hatte er bemerkt und nun war
es seine Freude, irgend ein Stückchen Kuchen, oder eine
süße Frucht, die uns die gute Mutter heimlich auf den Teller
gelegt, unter diesem, oder jenem Vorwande zu berühren,
daß wir, helle Tränen in den Augen, die Näscherei, der wir

uns erfreuen sollten, nicht mehr genießen mochten vor Ekel
und Abscheu. Ebenso machte er es, wenn uns an Feiertagen
der Vater ein klein Gläschen süßen Weins eingeschenkt hatte. Dann fuhr er schnell mit der Faust herüber, oder brachte
wohl gar das Glas an die blauen Lippen und lachte recht
teuflisch, wenn wir unseren Ärger nur leise schluchzend
äußern durften. Er pflegte uns nur immer die kleinen Be-
stien zu nennen; wir durften, war er zugegen, keinen Laut
von uns geben und verwünschten den häßlichen, feindlichen Mann, der uns recht mit Bedacht und Absicht auch die
kleinste Freude verdarb. Die Mutter schien ebenso, wie wir,
den widerwärtigen Coppelius zu hassen; denn so wie er sich
zeigte, war ihr Frohsinn, ihr heiteres unbefangenes Wesen
umgewandelt in traurigen, düstern Ernst. Der Vater betrug
sich gegen ihn, als sei er ein höheres Wesen, dessen Unarten
man dulden und das man auf jede Weise bei guter Laune
erhalten müsse. Er durfte nur leise andeuten und Lieblings-
gerichte wurden gekocht und seltene Weine kredenzt.

Als ich nun diesen Coppelius sah, ging es grausig und
entsetzlich in meiner Seele auf, daß ja niemand anders, als
er, der Sandmann sein könne, aber der Sandmann war mir
nicht mehr jener Popanz aus dem Ammenmärchen, der dem
Eulennest im Halbmonde Kinderaugen zur Atzung holt –
nein! – ein häßlicher gespenstischer Unhold, der überall, wo
er einschreitet, Jammer – Not – zeitliches, ewiges Verderben
bringt.

Ich war fest gezaubert. Auf die Gefahr entdeckt, und,
wie ich deutlich dachte, hart gestraft zu werden, blieb ich
stehen, den Kopf lauschend durch die Gardine hervor-
gestreckt. Mein Vater empfing den Coppelius feierlich.
»Auf! – zum Werk«, rief dieser mit heiserer, schnurrender

Stimme und warf den Rock ab. Der Vater zog still und finster seinen Schlafrock aus und beide kleideten sich in lange
schwarze Kittel. Wo sie die hernahmen, hatte ich überse-
hen. Der Vater öffnete die Flügeltür eines Wandschranks;
aber ich sah, daß das, was ich solange dafür gehalten, kein
Wandschrank, sondern vielmehr eine schwarze Höhlung
war, in der ein kleiner Herd stand. Coppelius trat hinzu und
eine blaue Flamme knisterte auf dem Herde empor. Allerlei
seltsames Geräte stand umher. Ach Gott! – wie sich nun
mein alter Vater zum Feuer herabbückte, da sah er ganz
anders aus. Ein gräßlicher krampfhafter Schmerz schien
seine sanften ehrlichen Züge zum häßlichen widerwärtigen Teufelsbilde verzogen zu haben. Er sah dem Coppelius
ähnlich. Dieser schwang die glutrote Zange und holte damit
hellblinkende Massen aus dem dicken Qualm, die er dann
emsig hämmerte. Mir war es als würden Menschengesichter
ringsumher sichtbar, aber ohne Augen – scheußliche, tiefe
schwarze Höhlen statt ihrer. »Augen her, Augen her!« rief
Coppelius mit dumpfer dröhnender Stimme. Ich kreischte
auf von wildem Entsetzen gewaltig erfaßt und stürzte aus
meinem Versteck heraus auf den Boden. Da ergriff mich
Coppelius, »kleine Bestie! – kleine Bestie!« meckerte er zäh-
nefletschend! – riß mich auf und warf mich auf den Herd,
daß die Flamme mein Haar zu sengen begann: »Nun haben
wir Augen – Augen – ein schön Paar Kinderaugen.« So flüsterte Coppelius, und griff mit den Fäusten glutrote Kör-
ner aus der Flamme, die er mir in die Augen streuen wollte. Da hob mein Vater flehend die Hände empor und rief.
»Meister! Meister! laß meinem Nathanael die Augen – laß
sie ihm!« Coppelius lachte gellend auf und rief. »Mag denn
der Junge die Augen behalten und sein Pensum flennen in

191

der Welt; aber nun wollen wir doch den Mechanismus der Hände und der Füße recht observieren.« Und damit faßte er mich gewaltig, daß die Gelenke knackten, und schrob mir die Hände ab und die Füße und setzte sie bald hier, bald dort wieder ein. »'s steht doch überall nicht recht! 's gut so wie es war! – Der Alte hat's verstanden!« So zischte und lispelte Coppelius; aber alles um mich her wurde schwarz und finster, ein jäher Krampf durchzuckte Nerv und Gebein – ich fühlte nichts mehr. Ein sanfter warmer Hauch glitt über mein Gesicht, ich erwachte wie aus dem Todesschlaf, die Mutter hatte sich über mich hingebeugt. »Ist der Sandmann noch da?« stammelte ich. »Nein, mein liebes Kind, der ist lange, lange fort, der tut dir keinen Schaden!« – So sprach die Mutter und küßte und herzte den wiedergewonnenen Liebling.

Was soll ich Dich ermüden, mein herzlieber Lothar! was soll ich so weitläufig einzelnes hererzählen, da noch so vieles zu sagen übrig bleibt? Genug! – ich war bei der Lauscherei entdeckt, und von Coppelius mißhandelt worden. Angst und Schrecken hatten mir ein hitziges Fieber zugezogen, an dem ich mehrere Wochen krank lag. »Ist der Sandmann noch da?« – Das war mein erstes gesundes Wort und das Zeichen meiner Genesung, meiner Rettung. – Nur noch den schrecklichsten Moment meiner Jugendjahre darf ich Dir erzählen; dann wirst Du überzeugt sein, daß es nicht meiner Augen Blödigkeit ist, wenn mir nun alles farblos erscheint, sondern, daß ein dunkles Verhängnis wirklich einen trüben Wolkenschleier über mein Leben gehängt hat, den ich vielleicht nur sterbend zerreiße.

Coppelius ließ sich nicht mehr sehen, es hieß, er habe die Stadt verlassen.

Ein Jahr mochte vergangen sein, als wir der alten unveränderten Sitte gemäß abends an dem runden Tische saßen. Der Vater war sehr heiter und erzählte viel Ergötzliches von den Reisen, die er in seiner Jugend gemacht. Da hörten wir, als es neune schlug, plötzlich die Haustür in den Angeln knarren und langsame eisenschwere Schritte dröhnten durch den Hausflur die Treppe herauf. »Das ist Coppelius«, sagte meine Mutter erblassend. »Ja! – es ist Coppelius«, wiederholte der Vater mit matter gebrochener Stimme. Die Tränen stürzten der Mutter aus den Augen. »Aber Vater, Vater!« rief sie, »muß es denn so sein?« – »Zum letzten Male!« erwiderte dieser, »zum letzten Male kommt er zu mir, ich verspreche es dir. Geh nur, geh mit den Kindern! – Geht – geht zu Bette! Gute Nacht!«

Mir war es, als sei ich in schweren kalten Stein eingepreßt – mein Atem stockte! – Die Mutter ergriff mich beim Arm als ich unbeweglich stehen blieb: »Komm Nathanael, komme nur!« Ich ließ mich fortführen, ich trat in meine Kammer. »Sei ruhig, sei ruhig, lege dich ins Bette! – schlafe – schlafe«, rief mir die Mutter nach; aber von unbeschreiblicher innerer Angst und Unruhe gequält, konnte ich kein Auge zutun. Der verhaßte abscheuliche Coppelius stand vor mir mit funkelnden Augen und lachte mich hämisch an, vergebens trachtete ich sein Bild los zu werden. Es mochte wohl schon Mitternacht sein, als ein entsetzlicher Schlag geschah, wie wenn ein Geschütz losgefeuert würde. Das ganze Haus erdröhnte, es rasselte und rauschte bei meiner Türe vorüber, die Haustüre wurde klirrend zugeworfen. »Das ist Coppelius!« rief ich entsetzt und sprang aus dem Bette. Da kreischte es auf in schneidendem trostlosen Jammer, fort stürzte ich nach des Vaters Zimmer, die Türe stand offen, erstickender Dampf quoll mir entgegen, das Dienstmädchen schrie: »Ach, der Herr! – der Herr!« – Vor dem dampfenden Herde auf dem Boden lag mein Vater tot mit schwarz verbranntem gräßlich verzerrtem Gesicht, um ihn herum heulten und winselten die Schwestern – die Mutter ohnmächtig daneben! – »Coppelius, verruchter Satan, du hast den Vater erschlagen!« – So schrie ich auf, mir vergingen die Sinne. Als man zwei Tage darauf meinen Vater in den Sarg legte, waren seine Gesichtszüge wieder mild und sanft geworden, wie sie im Leben waren. Tröstend ging es in meiner Seele auf, daß sein Bund mit dem teuflischen Coppelius ihn nicht ins ewige Verderben gestürzt haben könne.

Die Explosion hatte die Nachbarn geweckt, der Vorfall wurde ruchtbar und kam vor die Obrigkeit, welche den Coppelius zur Verantwortung vorfordern wollte. Der war aber spurlos vom Orte verschwunden.

Wenn ich Dir nun sage, mein herzlieber Freund! daß jener Wetterglashändler eben der verruchte Coppelius war, so wirst Du mir es nicht verargen, daß ich die feindliche Erscheinung als schweres Unheil bringend deute. Er war anders gekleidet, aber Coppelius' Figur und Gesichtszüge sind zu tief in mein Innerstes eingeprägt, als daß hier ein Irrtum möglich sein sollte. Zudem hat Coppelius nicht einmal seinen Namen geändert. Er gibt sich hier, wie ich höre, für einen piemontesischen Mechanikus aus, und nennt sich Giuseppe Coppola.

Ich bin entschlossen es mit ihm aufzunehmen und des Vaters Tod zu rächen, mag es denn nun gehen wie es will.

Der Mutter erzähle nichts von dem Erscheinen des gräßlichen Unholds – Grüße meine liebe holde Clara, ich schreibe ihr in ruhigerer Gemütsstimmung. *Lebe wohl etc. etc.*

## CLARA AN NATHANAEL

Wahr ist es, daß Du recht lange mir nicht geschrieben hast, aber dennoch glaube ich, daß Du mich in Sinn und Gedanken trägst. Denn meiner gedachtest Du wohl recht lebhaft, als Du Deinen letzten Brief an Bruder Lothar absenden wolltest und die Aufschrift, statt an ihn an mich richtetest. Freudig erbrach ich den Brief und wurde den Irrtum erst bei den Worten inne: »Ach mein herzlieber Lothar!« – Nun hätte ich nicht weiter lesen, sondern den Brief dem Bruder geben sollen. Aber, hast Du mir auch sonst manchmal in kindischer Neckerei vorgeworfen, ich hätte solch ruhiges, weiblich besonnenes Gemüt, daß ich wie jene Frau, drohe das Haus den Einsturz, noch vor schneller Flucht ganz geschwinde einen falschen Kniff in der Fenstergardine glattstreichen würde, so darf ich doch wohl kaum versichern, daß Deines Briefes Anfang mich tief erschütterte. Ich konnte kaum atmen, es flimmerte mir vor den Augen. – Ach, mein herzgeliebter Nathanael! was konnte so Entsetzliches in Dein Leben getreten sein! Trennung von Dir, Dich niemals wiedersehen, der Gedanke durchfuhr meine Brust wie ein glühender Dolchstich. – Ich las und las! – Deine Schilderung des widerwärtigen Coppelius ist gräßlich. Erst jetzt vernahm ich, wie Dein guter alter Vater solch entsetzlichen, gewaltsamen Todes starb. Bruder Lothar, dem ich sein Eigentum zustellte, suchte mich zu beruhigen, aber es gelang ihm schlecht. Der fatale Wetterglashändler Giuseppe Coppola verfolgte mich auf Schritt und Tritt und beinahe schäme ich mich, es zu gestehen, daß er selbst meinen gesunden, sonst so ruhigen Schlaf in allerlei wunderlichen Traumgebilden zerstören konnte. Doch bald, schon den andern Tag, hatte sich alles anders in mir gestaltet. Sei mir nur nicht böse, mein Inniggeliebter, wenn Lothar Dir etwa sagen möchte, daß ich trotz Deiner seltsamen Ahnung, Coppelius werde Dir etwas Böses antun, ganz heiteren unbefangenen Sinnes bin, wie immer.

Geradeheraus will ich es Dir nur gestehen, daß, wie ich meine, alles Entsetzliche und Schreckliche, wovon Du sprichst, nur in Deinem Innern vorging, die wahre wirkliche Außenwelt aber daran wohl wenig teilhatte. Widerwärtig genug mag der alte Coppelius gewesen sein, aber daß er Kinder haßte, das brachte in Euch Kindern wahren Abscheu gegen ihn hervor.

Natürlich verknüpfte sich nun in Deinem kindischen Gemüt der schreckliche Sandmann aus dem Ammenmärchen mit dem alten Coppelius, der Dir, glaubtest Du auch nicht an den Sandmann, ein gespenstischer, Kindern vorzüglich gefährlicher, Unhold blieb. Das unheimliche Treiben mit Deinem Vater zur Nachtzeit war wohl nichts anders, als daß beide insgeheim alchimistische Versuche machten, womit die Mutter nicht zufrieden sein konnte, da gewiß viel Geld unnütz verschleudert und obendrein, wie es immer mit solchen Laboranten der Fall sein soll, des Vaters Gemüt ganz von dem trügerischen Drange nach hoher Weisheit erfüllt, der Familie abwendig gemacht wurde. Der Vater hat wohl gewiß durch eigne Unvorsichtigkeit seinen Tod herbeigeführt, und Coppelius ist nicht schuld daran: Glaubst Du, daß ich den erfahrenen Nachbar Apotheker gestern frug, ob wohl bei chemischen Versuchen eine solche augenblicklich tötende Explosion möglich sei? Der sagte: »Ei allerdings«

und beschrieb mir nach seiner Art gar weitläufig und um-
ständlich, wie das zugehen könne, und nannte dabei so viel
sonderbar klingende Namen, die ich gar nicht zu behalten
vermochte. – Nun wirst Du wohl unwillig werden über Deine Clara, Du wirst sagen: »In dies kalte Gemüt dringt kein
Strahl des Geheimnisvollen, das den Menschen oft mit unsichtbaren Armen umfaßt; sie erschaut nur die bunte Oberfläche der Welt und freut sich, wie das kindische Kind über
die goldgleißende Frucht, in deren Innern tödliches Gift
verborgen.«

Ach mein herzgeliebter Nathanael! glaubst Du denn nicht,
daß auch in heiteren – unbefangenen – sorglosen Gemütern die Ahnung wohnen könne von einer dunklen Macht,
die feindlich uns in unserem eigenen Selbst zu verderben
strebt? – Aber verzeih es mir, wenn ich einfältig Mädchen
mich unterfange, auf irgend eine Weise Dir anzudeuten, was
ich eigentlich von solchem Kampfe im Innern glaube. – Ich
finde wohl gar am Ende nicht die rechten Worte und Du
lachst mich aus, nicht, weil ich was Dummes meine, sondern
weil ich mich so ungeschickt anstelle, es zu sagen.

Gibt es eine dunkle Macht, die so recht feindlich und ver-
räterisch einen Faden in unser Inneres legt, woran sie uns
dann festpackt und fortzieht auf einem gefahrvollen ver-
derblichen Wege, den wir sonst nicht betreten haben würden – gibt es eine solche Macht, so muß sie in uns sich,
wie wir selbst gestalten, ja unser Selbst werden; denn nur *so*
glauben wir an sie und räumen ihr den Platz ein, dessen sie
bedarf, um jenes geheime Werk zu vollbringen. Haben wir
festen, durch das heitere Leben gestärkten, Sinn genug, um
fremdes feindliches Einwirken als solches stets zu erkennen
und den Weg, in den uns Neigung und Beruf geschoben,

ruhigen Schrittes zu verfolgen, so geht wohl jene unheimliche Macht unter in dem vergeblichen Ringen nach der Ge-
staltung, die unser eigenes Spiegelbild sein sollte. Es ist auch
gewiß, fügt Lothar hinzu, daß die dunkle psychische Macht,
haben wir uns durch uns selbst ihr hingegeben, oft fremde
Gestalten, die die Außenwelt uns in den Weg wirft, in unser
Inneres hineinzieht, so, daß wir selbst nur den Geist entzün-
den, der, wie wir in wunderlicher Täuschung glauben, aus
jener Gestalt spricht. Es ist das Phantom unseres eigenen
Ichs, dessen innige Verwandtschaft und dessen tiefe Einwirkung auf unser Gemüt uns in die Hölle wirft, oder in den
Himmel verzückt. – Du merkst, mein herzlieber Nathanael!
daß wir, ich und Bruder Lothar uns recht über die Materie
von dunklen Mächten und Gewalten ausgesprochen haben,
die mir nun, nachdem ich nicht ohne Mühe das Hauptsäch-
lichste aufgeschrieben, ordentlich tiefsinnig vorkommt. Lothars letzte Worte verstehe ich nicht ganz, ich ahne nur, was
er meint, und doch ist es mir, als sei alles sehr wahr. Ich bitte
Dich, schlage Dir den häßlichen Advokaten Coppelius und
den Wetterglasmann Giuseppe Coppola ganz aus dem Sinn.
Sei überzeugt, daß diese fremden Gestalten nichts über Dich
vermögen; nur der Glaube an ihre feindliche Gewalt kann
sie Dir in der Tat feindlich machen. Spräche nicht aus jeder
Zeile Deines Briefes die tiefste Aufregung Deines Gemüts,
schmerzte mich nicht Dein Zustand recht in innerster Seele,
wahrhaftig, ich könnte über den Advokaten Sandmann und
den Wetterglashändler Coppelius scherzen. Sei heiter – heiter! – Ich habe mir vorgenommen, bei Dir zu erscheinen,
wie Dein Schutzgeist, und den häßlichen Coppola, sollte er
es sich etwa beikommen lassen, Dir im Traum beschwerlich zu fallen, mit lautem Lachen fortzubannen. Ganz und

gar nicht fürchte ich mich vor ihm und vor seinen garstigen
Fäusten, er soll mir weder als Advokat eine Näscherei, noch
als Sandmann die Augen verderben.

*Ewig, mein herzinnigstgeliebter Nathanael etc. etc. etc.*


## NATHANAEL AN LOTHAR


Sehr unlieb ist es mir, daß Clara neulich den Brief an Dich
aus, freilich durch meine Zerstreutheit veranlagtem, Irrtum
erbrach und las. Sie hat mir einen sehr tiefsinnigen philosophischen Brief geschrieben, worin sie ausführlich beweiset,
daß Coppelius und Coppola nur in meinem Innern existie-
ren und Phantome meines Ichs sind, die augenblicklich zer-
stäuben, wenn ich sie als solche erkenne. In der Tat, man
sollte gar nicht glauben, daß der Geist, der aus solch hellen
holdlächelnden Kindesaugen, oft wie ein lieblicher süßer
Traum, hervorleuchtet, so gar verständig, so magistermäßig
distinguieren könne. Sie beruft sich auf Dich. Ihr habt über
mich gesprochen. Du liesest ihr wohl logische Kollegia,
damit sie alles fein sichten und sondern lerne. – Laß das
bleiben! – Übrigens ist es wohl gewiß, daß der Wetterglashändler Giuseppe Coppola keinesweges der alte Advokat
Coppelius ist. Ich höre bei dem erst neuerdings angekom-
menen Professor der Physik, der, wie jener berühmte Naturforscher, Spalanzani heißt und italienischer Abkunft ist,
Kollegia. Der kennt den Coppola schon seit vielen Jahren
und überdem hört man es auch seiner Aussprache an, daß
er wirklich Piemonteser ist. Coppelius war ein Deutscher,
aber wie mich dünkt, kein ehrlicher. Ganz beruhigt bin ich

nicht. Haltet Ihr, Du und Clara, mich immerhin für einen düstern Träumer, aber nicht los kann ich den Eindruck werden, den Coppelius' verfluchtes Gesicht auf mich macht. Ich bin froh, daß er fort ist aus der Stadt, wie mir Spalanzani sagt. Dieser Professor ist ein wunderlicher Kauz. Ein kleiner rundlicher Mann, das Gesicht mit starken Backenknochen, feiner Nase, aufgeworfenen Lippen, kleinen stechenden Augen. Doch besser, als in jeder Beschreibung, siehst Du ihn, wenn Du den Cagliostro, wie er von Chodowiecki in irgend einem Berlinischen Taschenkalender steht, anschauest. – So sieht Spalanzani aus. – Neulich steige ich die Treppe herauf und nehme wahr, daß die sonst einer Glastüre dicht vorgezogene Gardine zur Seite einen kleinen Spalt läßt. Selbst weiß ich nicht, wie ich dazu kam, neugierig durchzublicken. Ein hohes, sehr schlank im reinsten Ebenmaß gewachsenes, herrlich gekleidetes Frauenzimmer saß im Zimmer vor einem kleinen Tisch, auf den sie beide Ärme, die Hände zusammengefaltet, gelegt hatte. Sie saß der Türe gegenüber, so, daß ich ihr engelschönes Gesicht ganz erblickte. Sie schien mich nicht zu bemerken, und überhaupt hatten ihre Augen etwas Starres, beinahe möchte ich sagen, keine Sehkraft, es war mir so, als schliefe sie mit offenen Augen. Mir wurde ganz unheimlich und deshalb schlich ich leise fort ins Auditorium, das daneben gelegen. Nachher erfuhr ich, daß die Gestalt, die ich gesehen, Spalanzanis Tochter, Olimpia war, die er sonderbarer und schlechter Weise einsperrt, so, daß durchaus kein Mensch in ihre Nähe kommen darf. – Am Ende hat es eine Bewandtnis mit ihr, sie ist vielleicht blödsinnig oder sonst. – Weshalb schreibe ich Dir aber das alles? Besser und ausführlicher hätte ich Dir das mündlich erzählen können. Wisse nämlich, daß ich über

vierzehn Tage bei Euch bin. Ich muß mein süßes liebes Engelsbild, meine Clara, wiedersehen. Weggehaucht wird dann
die Verstimmung sein, die sich (ich muß das gestehen) nach
dem fatalen verständigen Briefe meiner bemeistern wollte.
Deshalb schreibe ich auch heute nicht an sie.

*Tausend Grüße etc. etc. etc.*

Seltsamer und wunderlicher kann nichts erfunden werden, als dasjenige ist, was sich mit meinem armen Freunde, dem jungen Studenten Nathanael, zugetragen, und was
ich dir, günstiger Leser zu erzählen unternommen. Hast
du, Geneigtester wohl jemals etwas erlebt, das deine Brust,
Sinn und Gedanken ganz und gar erfüllte, alles andere daraus verdrängend? Es gärte und kochte in dir, zur siedenden
Glut entzündet sprang das Blut durch die Adern und färbte
höher deine Wangen. Dein Blick war so seltsam als wolle er
Gestalten, keinem andern Auge sichtbar, im leeren Raum
erfassen und die Rede zerfloß in dunkle Seufzer. Da frugen
dich die Freunde: »Wie ist Ihnen, Verehrter? – Was haben
Sie, Teurer?« Und nun wolltest du das innere Gebilde mit
allen glühenden Farben und Schatten und Lichtern aussprechen und mühtest dich ab, Worte zu finden, um nur anzufangen. Aber es war dir, als müßtest du nun gleich im ersten
Wort alles Wunderbare, Herrliche, Entsetzliche, Lustige,
Grauenhafte, das sich zugetragen, recht zusammengreifen,
so daß es, wie ein elektrischer Schlag, alle treffe. Doch jedes
Wort, alles was Rede vermag, schien dir farblos und frostig
und tot. Du suchst und suchst, und stotterst und stammelst,
und die nüchternen Fragen der Freunde schlagen, wie eisige
Windeshauche, hinein in deine innere Glut, bis sie verlö-
schen will. Hattest du aber, wie ein kecker Maler, erst mit

einigen verwegenen Strichen, den Umriß deines inneren
Bildes hingeworfen, so trugst du mit leichter Mühe immer
glühender und glühender die Farben auf und das lebendige
Gewühl mannigfacher Gestalten riß die Freunde fort und
sie sahen, wie du, sich selbst mitten im Bilde, das aus deinem Gemüt hervorgegangen! – Mich hat, wie ich es dir, geneigter Leser gestehen muß, eigentlich niemand nach der
Geschichte des jungen Nathanael gefragt; du weißt ja aber
wohl, daß ich zu dem wunderlichen Geschlechte der Auto-
ren gehöre, denen, tragen sie etwas so in sich, wie ich es vorhin beschrieben, so zumute wird, als frage jeder, der in ihre
Nähe kommt und nebenher auch wohl noch die ganze Welt:
»Was ist es denn? Erzählen Sie Liebster?« – So trieb es mich
denn gar gewaltig, von Nathanaels verhängnisvollem Leben
zu dir zu sprechen. Das Wunderbare, Seltsame davon erfüllte meine ganze Seele, aber eben deshalb und weil ich dich,
oh mein Leser! gleich geneigt machen mußte, Wunderliches
zu ertragen, welches nichts Geringes ist, quälte ich mich ab,
Nathanaels Geschichte, bedeutend – originell, ergreifend,
anzufangen: »Es war einmal« – der schönste Anfang jeder
Erzählung, zu nüchtern! – »In der kleinen Provinzialstadt S.
lebte« – etwas besser, wenigstens ausholend zum Klimax.
– Oder gleich in medias res: »»Scher er sich zum Teufel‹, rief,
Wut und Entsetzen im wilden Blick, der Student Nathanael,
als der Wetterglashändler Giuseppe Coppola« – Das hatte
ich in der Tat schon aufgeschrieben, als ich in dem wilden
Blick des Studenten Nathanael etwas Possierliches zu ver-
spüren glaubte; die Geschichte ist aber gar nicht spaßhaft.
Mir kam keine Rede in den Sinn, die nur im mindesten etwas von dem Farbenglanz des inneren Bildes abzuspiegeln
schien. Ich beschloß gar nicht anzufangen. Nimm, geneigter

Leser! die drei Briefe, welche Freund Lothar mir gütigst mitteilte, für den Umriß des Gebildes, in das ich nun erzählend immer mehr und mehr Farbe hineinzutragen mich bemühen werde. Vielleicht gelingt es mir, manche Gestalt, wie ein guter Porträtmaler, so aufzufassen, daß du es ähnlich findest, ohne das Original zu kennen, ja daß es dir ist, als hättest du die Person recht oft schon mit leibhaftigen Augen gesehen. Vielleicht wirst du, oh mein Leser! dann glauben, daß nichts wunderlicher und toller sei, als das wirkliche Leben und daß dieses der Dichter doch nur, wie in eines matt geschliffenen Spiegels dunklem Widerschein, auffassen könne.

Damit klarer werde, was gleich anfangs zu wissen nötig, ist jenen Briefen noch hinzuzufügen, daß bald darauf, als Nathanaels Vater gestorben, Clara und Lothar, Kinder eines weitläuftigen Verwandten, der ebenfalls gestorben und sie verwaist nachgelassen, von Nathanaels Mutter ins Haus genommen wurden. Clara und Nathanael faßten eine heftige Zuneigung zueinander, wogegen kein Mensch auf Erden etwas einzuwenden hatte; sie waren daher Verlobte, als Nathanael den Ort verließ um seine Studien in G. – fortzusetzen. Da ist er nun in seinem letzten Brief und hört Kollegia bei dem berühmten Professor Physices, Spalanzani.

Nun könnte ich getrost in der Erzählung fortfahren; aber in dem Augenblick steht Claras Bild so lebendig mir vor Augen, daß ich nicht wegschauen kann, so wie es immer geschah, wenn sie mich holdlächelnd anblickte. – Für schön konnte Clara keinesweges gelten; das meinten alle, die sich von Amtswegen auf Schönheit verstehen. Doch lobten die Architekten die reinen Verhältnisse ihres Wuchses, die Maler fanden Nacken, Schultern und Brust beinahe zu keusch geformt, verliebten sich dagegen sämtlich in das wunderba-

re Magdalenenhaar und faselten überhaupt viel von Battoni-
schem Kolorit. Einer von ihnen, ein wirklicher Fantast, ver-
glich aber höchstseltsamer Weise Claras Augen mit einem
See von Ruisdael, in dem sich des wolkenlosen Himmels
reines Azur, Wald- und Blumenflur, der reichen Landschaft
ganzes buntes, heiteres Leben spiegelt. Dichter und Meister
gingen aber weiter und sprachen: »Was See – was Spiegel!
– Können wir denn das Mädchen anschauen, ohne daß uns
aus ihrem Blick wunderbare himmlische Gesänge und Klänge entgegenstrahlen, die in unser Innerstes dringen, daß da
alles wach und rege wird? Singen wir selbst dann nichts
wahrhaft Gescheutes, so ist überhaupt nicht viel an uns und
das lesen wir denn auch deutlich in dem um Claras Lippen
schwebenden feinen Lächeln, wenn wir uns unterfangen,
ihr etwas vorzuquinkelieren, das so tun will als sei es Gesang, unerachtet nur einzelne Töne verworren durcheinander springen.« Es war dem so. Clara hatte die lebenskräftige
Fantasie des heiteren unbefangenen, kindischen Kindes, ein
tiefes weiblich zartes Gemüt, einen gar hellen scharf sich-
tenden Verstand. Die Nebler und Schwebler hatten bei ihr
böses Spiel; denn ohne zu viel zu reden, was überhaupt in
Claras schweigsamer Natur nicht lag, sagte ihnen der helle Blick, und jenes feine ironische Lächeln: Liebe Freunde!
wie möget ihr mir denn zumuten, daß ich eure verfließende
Schattengebilde für wahre Gestalten ansehen soll, mit Leben und Regung? – Clara wurde deshalb von vielen kalt,
gefühllos, prosaisch gescholten; aber andere, die das Leben
in klarer Tiefe aufgefaßt, liebten ungemein das gemütvol-
le, verständige, kindliche Mädchen, doch keiner so sehr, als
Nathanael, der sich in Wissenschaft und Kunst kräftig und
heiter bewegte. Clara hing an dem Geliebten mit ganzer See-

le; die ersten Wolkenschatten zogen durch ihr Leben, als er sich von ihr trennte. Mit welchem Entzücken flog sie in seine Arme, als er nun, wie er im letzten Briefe an Lothar es verheißen, wirklich in seiner Vaterstadt ins Zimmer der Mutter eintrat. Es geschah so wie Nathanael geglaubt; denn in dem Augenblick, als er Clara wiedersah, dachte er weder an den Advokaten Coppelius, noch an Claras verständigen Brief, jede Verstimmung war verschwunden.

Recht hatte aber Nathanael doch, als er seinem Freunde Lothar schrieb, daß des widerwärtigen Wetterglashändlers Coppola Gestalt recht feindlich in sein Leben getreten sei. Alle fühlten das, da Nathanael gleich in den ersten Tagen in seinem ganzen Wesen durchaus verändert sich zeigte. Er versank in düstere Träumereien, und trieb es bald so seltsam, wie man es niemals von ihm gewohnt gewesen. Alles, das ganze Leben war ihm Traum und Ahnung geworden; immer sprach er davon, wie jeder Mensch, sich frei wähnend, nur dunklen Mächten zum grausamen Spiel diene, vergeblich lehne man sich dagegen auf, demütig müsse man sich dem fügen, was das Schicksal verhängt habe. Er ging so weit, zu behaupten, daß es töricht sei, wenn man glaube, in Kunst und Wissenschaft nach selbsttätiger Willkür zu schaffen; denn die Begeisterung, in der man nur zu schaffen fähig sei, komme nicht aus dem eigenen Innern, sondern sei das Einwirken irgend eines außer uns selbst liegenden höheren Prinzips.

Der verständigen Clara war diese mystische Schwärmerei im höchsten Grade zuwider, doch schien es vergebens, sich auf Widerlegung einzulassen. Nur dann, wenn Nathanael bewies, daß Coppelius das böse Prinzip sei, was ihn in dem Augenblick erfaßt habe, als er hinter dem Vorhange lauschte, und daß dieser widerwärtige *Dämon* auf entsetzliche Weise ihr Liebesglück stören werde, da wurde Clara sehr ernst und sprach: »Ja Nathanael! du hast recht, Coppelius ist ein böses feindliches Prinzip, er kann Entsetzliches wirken, wie eine teuflische Macht, die sichtbarlich in das Leben trat, aber nur dann, wenn du ihn nicht aus Sinn und Gedanken verbannst. Solange du an ihn glaubst, *ist* er auch und wirkt, nur dein Glaube ist seine Macht.« – Nathanael, ganz erzürnt, daß Clara die Existenz des *Dämons* nur in seinem eigenen Innern statuiere, wollte dann hervorrücken mit der ganzen mystischen Lehre von Teufeln und grausen Mächten, Clara brach aber verdrüßlich ab, indem sie irgend etwas Gleichgültiges dazwischen schob, zu Nathanaels nicht geringem Ärger. *Der* dachte, kalten unempfänglichen Gemütern verschließen sich solche tiefe Geheimnisse, ohne sich deutlich bewußt zu sein, daß er Clara eben zu solchen untergeordneten Naturen zähle, weshalb er nicht abließ mit Versuchen, sie in jene Geheimnisse einzuweihen. Am frühen Morgen, wenn Clara das Frühstück bereiten half, stand er bei ihr und las ihr aus allerlei mystischen Büchern vor, daß Clara bat: »Aber lieber Nathanael, wenn ich *dich* nun das böse Prinzip schelten wollte, das feindlich auf meinen Kaffee wirkt? – Denn, wenn ich, wie du es willst, alles stehen und liegen lassen und dir, indem du liesest, in die Augen schauen soll, so läuft mir der Kaffee ins Feuer und ihr bekommt alle kein Frühstück!« – Nathanael klappte das Buch heftig zu und rannte voll Unmut fort in sein Zimmer. Sonst hatte er eine besondere Stärke in anmutigen, lebendigen Erzählungen, die er aufschrieb, und die Clara mit dem innigsten Vergnügen anhörte, jetzt waren seine Dichtungen düster, unverständlich, gestaltlos, so daß, wenn Clara schonend es auch nicht sagte, er doch wohl

fühlte, wie wenig sie davon angesprochen wurde. Nichts war
für Clara tötender, als das Langweilige; in Blick und Rede
sprach sich dann ihre nicht zu besiegende geistige Schläf-
rigkeit aus. Nathanaels Dichtungen waren in der Tat sehr
langweilig. Sein Verdruß über Claras kaltes prosaisches Gemüt stieg höher, Clara konnte ihren Unmut über Nathanaels
dunkle, düstere, langweilige Mystik nicht überwinden, und
so entfernten beide im Innern sich immer mehr voneinander, ohne es selbst zu bemerken. Die Gestalt des häßlichen
Coppelius war, wie Nathanael selbst es sich gestehen mußte,
in seiner Fantasie erbleicht und es kostete ihn oft Mühe, ihn
in seinen Dichtungen, wo er als grauser Schicksalspopanz
auftrat, recht lebendig zu kolorieren. Es kam ihm endlich
ein, jene düstere Ahnung, daß Coppelius sein Liebesglück
stören werde, zum Gegenstande eines Gedichts zu machen.
Er stellte sich und Clara dar, in treuer Liebe verbunden, aber
dann und wann war es, als griffe eine schwarze Faust in ihr
Leben und risse irgend eine Freude heraus, die ihnen aufgegangen. Endlich, als sie schon am Traualtar stehen, erscheint der entsetzliche Coppelius und berührt Claras holde
Augen; die springen in Nathanaels Brust wie blutige Funken sengend und brennend, Coppelius faßt ihn und wirft
ihn in einen flammenden Feuerkreis, der sich dreht mit der
Schnelligkeit des Sturmes und ihn sausend und brausend
fortreißt. Es ist ein Tosen, als wenn der Orkan grimmig hin-
einpeitscht in die schäumenden Meereswellen, die sich wie
schwarze, weißhauptige Riesen emporbäumen in wüten-
dem Kampfe. Aber durch dies wilde Tosen hört er Claras
Stimme: »Kannst du mich denn nicht erschauen? Coppelius
hat dich getäuscht, das waren ja nicht meine Augen, die so
in deiner Brust brannten, das waren ja glühende Tropfen

deines eigenen Herzbluts – ich habe ja meine Augen, sieh mich doch nur an!« – Nathanael denkt: Das ist Clara, und ich bin ihr eigen ewiglich. – Da ist es, als faßt der Gedanke gewaltig in den Feuerkreis hinein, daß er stehen bleibt, und im schwarzen Abgrund verrauscht dumpf das Getöse. Nathanael blickt in Claras Augen; aber es ist der Tod, der mit Claras Augen ihn freundlich anschaut.

Während Nathanael dies dichtete, war er sehr ruhig und besonnen, er feilte und besserte an jeder Zeile und da er sich dem metrischen Zwange unterworfen, ruhte er nicht, bis alles rein und wohlklingend sich fügte. Als er jedoch nun endlich fertig geworden, und das Gedicht für sich laut las, da faßte ihn Grausen und wildes Entsetzen und er schrie auf. »Wessen grauenvolle Stimme ist das?« – Bald schien ihm jedoch das Ganze wieder nur eine sehr gelungene Dichtung, und es war ihm, als müsse Claras kaltes Gemüt dadurch entzündet werden, wiewohl er nicht deutlich dachte, wozu denn Clara entzündet, und wozu es denn nun eigentlich führen solle, sie mit den grauenvollen Bildern zu ängstigen, die ein entsetzliches, ihre Liebe zerstörendes Geschick weissagten. Sie, Nathanael und Clara, saßen in der Mutter kleinem Garten, Clara war sehr heiter, weil Nathanael sie seit drei Tagen, in denen er an jener Dichtung schrieb, nicht mit seinen Träumen und Ahnungen geplagt hatte. Auch Nathanael sprach lebhaft und froh von lustigen Dingen wie sonst, so, daß Clara sagte: »Nun erst habe ich dich ganz wieder, siehst du es wohl, wie wir den häßlichen Coppelius vertrieben haben?« Da fiel dem Nathanael erst ein, daß er ja die Dichtung in der Tasche trage, die er habe vorlesen wollen. Er zog auch sogleich die Blätter hervor und fing an zu lesen: Clara, etwas Langweiliges wie gewöhnlich vermutend und sich darin ergebend, fing an, ruhig zu stricken. Aber so wie immer schwärzer und schwärzer das düstere Gewölk aufstieg, ließ sie den Strickstrumpf sinken und blickte starr dem Nathanael ins Auge. *Den* riß seine Dichtung unaufhaltsam fort, hochrot färbte seine Wangen die innere Glut, Tränen quollen ihm aus den Augen. – Endlich hatte er geschlossen, er stöhnte in tiefer Ermattung – er faßte Claras Hand und seufzte wie aufgelöst in trostlosem Jammer: »Ach! – Clara – Clara!« – Clara drückte ihn sanft an ihren Busen und sagte leise, aber sehr langsam und ernst: »Nathanael – mein herzlieber Nathanael! – wirf das tolle – unsinnige – wahnsinnige Märchen ins Feuer.« Da sprang Nathanael entrüstet auf und rief, Clara von sich stoßend: »Du lebloser, verdammter Automat!« Er rannte fort, bittere Tränen vergoß die tief verletzte Clara: »Ach er hat mich niemals geliebt, denn er versteht mich nicht«, schluchzte sie laut. – Lothar trat in die Laube; Clara mußte ihm erzählen was vorgefallen; er liebte seine Schwester mit ganzer Seele, jedes Wort ihrer Anklage fiel wie ein Funke in sein Inneres, so, daß der Unmut, den er wider den träumerischen Nathanael lange im Herzen getragen, sich entzündete zum wilden Zorn. Er lief zu Nathanael, er warf ihm das unsinnige Betragen gegen die geliebte Schwester in harten Worten vor, die der aufbrausende Nathanael ebenso erwiderte. Ein fantastischer, wahnsinniger Geck wurde mit einem miserablen, gemeinen Alltagsmenschen erwidert. Der Zweikampf war unvermeidlich. Sie beschlossen, sich am folgenden Morgen hinter dem Garten nach dortiger akademischer Sitte mit scharfgeschliffenen Stoßrapieren zu schlagen. Stumm und finster schlichen sie umher, Clara hatte den heftigen Streit gehört und gesehen, daß der Fechtmeister in der Dämmerung die Rapiere brachte. Sie ahnte was ge-

schehen sollte. Auf dem Kampfplatz angekommen hatten
Lothar und Nathanael soeben düsterschweigend die Röcke
abgeworfen, blutdürstige Kampflust im brennenden Auge
wollten sie gegeneinander ausfallen, als Clara durch die Gar-
tentür herbeistürzte. Schluchzend rief sie laut: »Ihr wilden
entsetzlichen Menschen! – stoßt mich nur gleich nieder, ehe
ihr euch anfallt; denn wie soll ich denn länger leben auf der
Welt, wenn der Geliebte den Bruder, oder wenn der Bruder
den Geliebten ermordet hat!« – Lothar ließ die Waffe sinken und sah schweigend zur Erde nieder, aber in Nathanaels
Innern ging in herzzerreißender Wehmut alle Liebe wieder
auf, wie er sie jemals in der herrlichen Jugendzeit schönsten
Tagen für die holde Clara empfunden. Das Mordgewehr
entfiel seiner Hand, er stürzte zu Claras Füßen. »Kannst du
mir denn jemals verzeihen, du meine einzige, meine herz-
geliebte Clara! – Kannst du mir verzeihen, mein herzlieber
Bruder Lothar!« – Lothar wurde gerührt von des Freundes
tiefem Schmerz; unter tausend Tränen umarmten sich die
drei versöhnten Menschen und schwuren, nicht voneinander zu lassen in steter Liebe und Treue.

Dem Nathanael war es zumute, als sei eine schwere Last,
die ihn zu Boden gedrückt, von ihm abgewälzt, ja als habe
er, Widerstand leistend der finstern Macht, die ihn befangen,
sein ganzes Sein, dem Vernichtung drohte, gerettet. Noch
drei selige Tage verlebte er bei den Lieben, dann kehrte er
zurück nach G., wo er noch ein Jahr zu bleiben, dann aber
auf immer nach seiner Vaterstadt zurückzukehren gedachte.

Der Mutter war alles, was sich auf Coppelius bezog, verschwiegen worden; denn man wußte, daß sie nicht ohne
Entsetzen an ihn denken konnte, weil sie, wie Nathanael,
ihm den Tod ihres Mannes schuld gab.

Wie erstaunte Nathanael, als er in seine Wohnung wollte und sah, daß das ganze Haus niedergebrannt war, so daß aus dem Schutthaufen nur die nackten Feuermauern hervorragten. Unerachtet das Feuer in dem Laboratorium des Apothekers, der im unteren Stocke wohnte, ausgebrochen war, das Haus daher von unten herauf gebrannt hatte, so war es doch den kühnen, rüstigen Freunden gelungen, noch zu rechter Zeit in Nathanaels im oberen Stock gelegenes Zimmer zu dringen, und Bücher, Manuskripte, Instrumente zu retten. Alles hatten sie unversehrt in ein anderes Haus getragen, und dort ein Zimmer in Beschlag genommen, welches Nathanael nun sogleich bezog. Nicht sonderlich achtete er darauf, daß er dem Professor Spalanzani gegenüber wohnte, und ebensowenig schien es ihm etwas Besonderes, als er bemerkte, daß er aus seinem Fenster gerade hinein in das Zimmer blickte, wo oft Olimpia einsam saß, so, daß er ihre Figur deutlich erkennen konnte, wiewohl die Züge des Gesichts undeutlich und verworren blieben. Wohl fiel es ihm endlich auf, daß Olimpia oft stundenlang in derselben Stellung, wie er sie einst durch die Glastüre entdeckte, ohne irgend eine Beschäftigung an einem kleinen Tische saß und daß sie offenbar unverwandten Blickes nach ihm herüberschaute; er mußte sich auch selbst gestehen, daß er nie einen schöneren Wuchs gesehen; indessen, Clara im Herzen, blieb ihm die steife, starre Olimpia höchst gleichgültig und nur zuweilen sah er flüchtig über sein Kompendium herüber nach der schönen Bildsäule, das war alles. – Eben schrieb er an Clara, als es leise an die Türe klopfte; sie öffnete sich auf seinen Zuruf und Coppolas widerwärtiges Gesicht sah hinein. Nathanael fühlte sich im Innersten erbeben; eingedenk dessen, was ihm Spalanzani über den Landsmann Coppola

gesagt und was er auch rücksichts des Sandmanns Coppelius der Geliebten so heilig versprochen, schämte er sich aber
selbst seiner kindischen Gespensterfurcht, nahm sich mit
aller Gewalt zusammen und sprach so sanft und gelassen,
als möglich: »Ich kaufe kein Wetterglas, mein lieber Freund!
gehen Sie nur!« Da trat aber Coppola vollends in die Stube
und sprach mit heiserem Ton, indem sich das weite Maul
zum häßlichen Lachen verzog und die kleinen Augen unter den grauen langen Wimpern stechend hervorfunkelten:
»Ei, nix Wetterglas, nix Wetterglas! – hab auch sköne Oke
– sköne Oke!« – Entsetzt rief Nathanael: »Toller Mensch,
wie kannst du Augen haben? – Augen – Augen? –« Aber in
dem Augenblick hatte Coppola seine Wettergläser beiseite
gesetzt, griff in die weiten Rocktaschen und holte Lorgnet-
ten und Brillen heraus, die er auf den Tisch legte. – »Nu
– Nu – Brill – Brill auf der Nas su setze, das sein meine Oke
– sköne Oke!« – Und damit holte er immer mehr und mehr
Brillen heraus, so, daß es auf dem ganzen Tisch seltsam zu
flimmern und zu funkeln begann. Tausend Augen blickten und zuckten krampfhaft und starrten auf zum Nathanael; aber er konnte nicht wegschauen von dem Tisch, und
immer mehr Brillen legte Coppola hin, und immer wilder
und wilder sprangen flammende Blicke durcheinander und
schossen ihre blutrote Strahlen in Nathanaels Brust. Übermannt von tollem Entsetzen schrie er auf.- »Halt ein! halt
ein, fürchterlicher Mensch!« – Er hatte Coppola, der eben
in die Tasche griff, um noch mehr Brillen herauszubringen,
unerachtet schon der ganze Tisch überdeckt war, beim Arm
festgepackt. Coppola machte sich mit heiserem widrigen
Lachen sanft los und mit den Worten: »Ah! – nix für Sie
– aber hier sköne Glas« – hatte er alle Brillen zusammenge-

rafft, eingesteckt und aus der Seitentasche des Rocks eine
Menge großer und kleiner Perspektive hervorgeholt. Sowie
die Brillen fort waren, wurde Nathanael ganz ruhig und an
Clara denkend sah er wohl ein, daß der entsetzliche Spuk
nur aus seinem Innern hervorgegangen, sowie daß Coppola
ein höchst ehrlicher Mechanikus und Optikus, keineswegs
aber Coppelii verfluchter Doppeltgänger und Revenant sein
könne. Zudem hatten alle Gläser, die Coppola nun auf den
Tisch gelegt, gar nichts Besonderes, am wenigsten so etwas
Gespenstisches wie die Brillen und, um alles wieder gutzu-
machen, beschloß Nathanael dem Coppola jetzt wirklich etwas abzukaufen. Er ergriff ein kleines sehr sauber gearbeite-
tes Taschenperspektiv und sah, um es zu prüfen, durch das
Fenster. Noch im Leben war ihm kein Glas vorgekommen,
das die Gegenstände so rein, scharf und deutlich dicht vor
die Augen rückte. Unwillkürlich sah er hinein in Spalanzanis Zimmer; Olimpia saß, wie gewöhnlich, vor dem kleinen
Tisch, die Arme darauf gelegt, die Hände gefaltet. – Nun
erschaute Nathanael erst Olimpias wunderschön geformtes Gesicht. Nur die Augen schienen ihm gar seltsam starr
und tot. Doch wie er immer schärfer und schärfer durch
das Glas hinschaute, war es, als gingen in Olimpias Augen
feuchte Mondesstrahlen auf. Es schien, als wenn nun erst die
Sehkraft entzündet würde; immer lebendiger und lebendiger flammten die Blicke. Nathanael lag wie festgezaubert im
Fenster, immer fort und fort die himmlisch-schöne Olimpia
betrachtend. Ein Räuspern und Scharren weckte ihn, wie
aus tiefem Traum. Coppola stand hinter ihm: »Tre Zechini –
drei Dukat« – Nathanael hatte den Optikus rein vergessen,
rasch zahlte er das Verlangte. »Nick so? – sköne Glas – sköne Glas!« frug Coppola mit seiner widerwärtigen heiseren

213

Stimme und dem hämischen Lächeln. »Ja ja, ja!« erwiderte
Nathanael verdrießlich. »Adieu, lieber Freund!« – Coppola
verließ nicht ohne viele seltsame Seitenblicke auf Nathanael, das Zimmer. Er hörte ihn auf der Treppe laut lachen.
»Nun ja«, meinte Nathanael, »er lacht mich aus, weil ich ihm
das kleine Perspektiv gewiß viel zu teuer bezahlt habe – zu
teuer bezahlt!« – Indem er diese Worte leise sprach, war es,
als halle ein tiefer Todesseufzer grauenvoll durch das Zimmer, Nathanaels Atem stockte vor innerer Angst. – Er hatte
ja aber selbst so aufgeseufzt, das merkte er wohl. »Clara«,
sprach er zu sich selber, »hat wohl recht, daß sie mich für
einen abgeschmackten Geisterseher hält; aber närrisch ist es
doch – ach wohl mehr, als närrisch, daß mich der dumme
Gedanke, ich hätte das Glas dem Coppola zu teuer bezahlt,
noch jetzt so sonderbar ängstigt; den Grund davon sehe ich
gar nicht ein.« – Jetzt setzte er sich hin, um den Brief an
Clara zu enden, aber ein Blick durchs Fenster überzeugte
ihn, daß Olimpia noch dasäße und im Augenblick, wie von
unwiderstehlicher Gewalt getrieben, sprang er auf, ergriff
Coppolas Perspektiv und konnte nicht los von Olimpias
verführerischem Anblick, bis ihn Freund und Bruder Siegmund abrief ins Kollegium bei dem Professor Spalanzani.
Die Gardine vor dem verhängnisvollen Zimmer war dicht
zugezogen, er konnte Olimpia ebensowenig hier, als die beiden folgenden Tage hindurch in ihrem Zimmer, entdecken,
unerachtet er kaum das Fenster verließ und fortwährend
durch Coppolas Perspektiv hinüberschaute. Am dritten
Tage wurden sogar die Fenster verhängt. Ganz verzweifelt
und getrieben von Sehnsucht und glühendem Verlangen lief
er hinaus vors Tor. Olimpias Gestalt schwebte vor ihm her
in den Lüften und trat aus dem Gebüsch, und guckte ihn an

mit großen strahlenden Augen, aus dem hellen Bach. Claras
Bild war ganz aus seinem Innern gewichen, er dachte nichts,
als Olimpia und klagte ganz laut und weinerlich: »Ach du
mein hoher herrlicher Liebesstern, bist du mir denn nur aufgegangen, um gleich wieder zu verschwinden, und mich zu
lassen in finstrer hoffnungsloser Nacht?«

Als er zurückkehren wollte in seine Wohnung, wurde er
in Spalanzanis Hause ein geräuschvolles Treiben gewahr.
Die Türen standen offen, man trug allerlei Geräte hinein,
die Fenster des ersten Stocks waren ausgehoben, geschäftige Mägde kehrten und stäubten mit großen Haarbesen
hin- und herfahrend, inwendig klopften und hämmerten
Tischler und Tapezierer. Nathanael blieb in vollem Erstaunen auf der Straße stehen; da trat Siegmund lachend zu ihm
und sprach: »Nun, was sagst du zu unserem alten Spalanzani?« Nathanael versicherte, daß er gar nichts sagen könne,
da er durchaus nichts vom Professor wisse, vielmehr mit
großer Verwunderung wahrnehme, wie in dem stillen düsteren Hause ein tolles Treiben und Wirtschaften losgegangen;
da erfuhr er denn von Siegmund, daß Spalanzani morgen
ein großes Fest geben wolle, Konzert und Ball, und daß die
halbe Universität eingeladen sei. Allgemein verbreite man,
daß Spalanzani seine Tochter Olimpia, die er so lange jedem
menschlichen Auge recht ängstlich entzogen, zum erstenmal erscheinen lassen werde.

Nathanael fand eine Einladungskarte und ging mit hoch-
klopfendem Herzen zur bestimmten Stunde, als schon die
Wagen rollten und die Lichter in den geschmückten Sälen
schimmerten, zum Professor. Die Gesellschaft war zahl-
reich und glänzend. Olimpia erschien sehr reich und ge-
schmackvoll gekleidet. Man mußte ihr schöngeformtes Ge-

sicht, ihren Wuchs bewundern. Der etwas seltsam eingebogene Rücken, die wespenartige Dünne des Leibes schien von zu starkem Einschnüren bewirkt zu sein. In Schritt und Stellung hatte sie etwas Abgemessenes und Steifes, das manchem unangenehm auffiel; man schrieb es dem Zwange zu, den ihr die Gesellschaft auflegte. Das Konzert begann. Olimpia spielte den Flügel mit großer Fertigkeit und trug ebenso eine Bravour-Arie mit heller, beinahe schneidender Glasglockenstimme vor. Nathanael war ganz entzückt; er stand in der hintersten Reihe und konnte im blendenden Kerzenlicht Olimpias Züge nicht ganz erkennen. Ganz unvermerkt nahm er deshalb Coppolas Glas hervor und schaute hin nach der schönen Olimpia. Ach! – da wurde er gewahr, wie sie voll Sehnsucht nach ihm herübersah, wie jeder Ton erst deutlich aufging in dem Liebesblick, der zündend sein Inneres durchdrang. Die künstlichen Rouladen schienen dem Nathanael das Himmelsjauchzen des in Liebe verklärten Gemüts, und als nun endlich nach der Kadenz der lange Trillo recht schmetternd durch den Saal gellte, konnte er wie von glühenden Armen plötzlich erfaßt sich nicht mehr halten, er mußte vor Schmerz und Entzücken laut aufschreien: »Olimpia!« – Alle sahen sich um nach ihm, manche lachten. Der Domorganist schnitt aber noch ein finstreres Gesicht, als vorher und sagte bloß: »Nun nun!« – Das Konzert war zu Ende, der Ball fing an. »Mit ihr zu tanzen! – mit ihr!« das war nun dem Nathanael das Ziel aller Wünsche, alles Strebens; aber wie sich erheben zu dem Mut, sie, die Königin des Festes, aufzufordern? Doch! – er selbst wußte nicht wie es geschah, daß er, als schon der Tanz angefangen, dicht neben Olimpia stand, die noch nicht aufgefordert worden, und daß er, kaum vermögend einige Worte zu stammeln, ihre Hand ergriff. Eiskalt war Olimpias Hand, er fühlte sich durchbebt von grausigem Todesfrost, er starrte Olimpia ins Auge, das strahlte ihm voll Liebe und Sehnsucht entgegen und in dem Augenblick war es auch, als fingen an in der kalten Hand Pulse zu schlagen und des Lebensblutes Ströme zu glühen. Und auch in Nathanaels Innerem glühte höher auf die Liebeslust, er umschlang die schöne Olimpia und durchflog mit ihr die Reihen. – Er glaubte sonst recht taktmäßig getanzt zu haben, aber an der ganz eignen rhythmischen Festigkeit, womit Olimpia tanzte und die ihn oft ordentlich aus der Haltung brachte, merkte er bald, wie sehr ihm der Takt gemangelt. Er wollte jedoch mit keinem anderen Frauenzimmer mehr tanzen und hätte jeden, der sich Olimpia näherte, um sie aufzufordern, nur gleich ermorden mögen. Doch nur zweimal geschah dies, zu seinem Erstaunen blieb darauf Olimpia bei jedem Tanze sitzen und er ermangelte nicht, immer wieder sie aufzuziehen. Hätte Nathanael außer der schönen Olimpia noch etwas anderes zu sehen vermocht, so wäre allerlei fataler Zank und Streit unvermeidlich gewesen; denn offenbar ging das halbleise, mühsam unterdrückte Gelächter, was sich in diesem und jenem Winkel unter den jungen Leuten erhob, auf die schöne Olimpia, die sie mit ganz kuriosen Blicken verfolgten, man konnte gar nicht wissen, warum? Durch den Tanz und durch den reichlich genossenen Wein erhitzt, hatte Nathanael alle ihm sonst eigene Scheu abgelegt. Er saß neben Olimpia, ihre Hand in der seinigen und sprach hochentflammt und begeistert von seiner Liebe in Worten, die keiner verstand, weder er, noch Olimpia. Doch diese vielleicht; denn sie sah ihm unverrückt ins Auge und seufzte einmal übers andere: »Ach – Ach – Ach!« – worauf denn

Nathanael also sprach: »Oh du herrliche, himmlische Frau! – du Strahl aus dem verheißenen Jenseits der Liebe – du tiefes Gemüt, in dem sich mein ganzes Sein spiegelt« und noch mehr dergleichen, aber Olimpia seufzte bloß immer wieder: »Ach, Ach!« – Der Professor Spalanzani ging einige Male bei den Glücklichen vorüber und lächelte sie ganz seltsam zufrieden an. Dem Nathanael schien es, unerachtet er sich in einer ganz anderen Welt befand, mit einem Mal, als würd es hienieden beim Professor Spalanzani merklich finster; er schaute um sich und wurde zu seinem nicht geringen Schreck gewahr, daß eben die zwei letzten Lichter in dem leeren Saal herniederbrennen und ausgehen wollten. Längst hatten Musik und Tanz aufgehört. »Trennung, Trennung«, schrie er ganz wild und verzweifelt, er küßte Olimpias Hand, er neigte sich zu ihrem Munde, eiskalte Lippen begegneten seinen glühenden! – So wie, als er Olimpias kalte Hand berührte, fühlte er sich von innerem Grausen erfaßt, die Legende von der toten Braut ging ihm plötzlich durch den Sinn; aber fest hatte ihn Olimpia an sich gedrückt, und in dem Kuß schienen die Lippen zum Leben zu erwärmen. – Der Professor Spalanzani schritt langsam durch den leeren Saal, seine Schritte klangen hohl wieder und seine Figur, von flackernden Schlagschatten umspielt, hatte ein grauliches gespenstisches Ansehen. »Liebst du mich – liebst du mich Olimpia? – Nur dies Wort! – Liebst du mich?« So flüsterte Nathanael, aber Olimpia seufzte, indem sie aufstand, nur: »Ach – Ach!« – »Ja du mein holder, herrlicher Liebesstern«, sprach Nathanael, »bist mir aufgegangen und wirst leuchten, wirst verklären mein Inneres immerdar!« – »Ach, ach!« replizierte Olimpia fortschreitend. Nathanael folgte ihr, sie standen vor dem Professor. »Sie haben sich außerordentlich lebhaft mit meiner Tochter unterhalten«, sprach dieser lächelnd: »Nun, nun, lieber Herr Nathanael, finden Sie Geschmack daran, mit dem blöden Mädchen zu konvergieren, so sollen mir Ihre Besuche willkommen sein.« – Einen ganzen hellen strahlenden Himmel in der Brust schied Nathanael von dannen. Spalanzanis Fest war der Gegenstand des Gesprächs in den folgenden Tagen. Unerachtet der Professor alles getan hatte, recht splendid zu erscheinen, so wußten doch die lustigen Köpfe von allerlei Unschicklichem und Sonderbarem zu erzählen, das sich begeben, und vorzüglich fiel man über die todstarre, stumme Olimpia her, der man, ihres schönen Äußeren unerachtet, totalen Stumpfsinn andichten und darin die Ursache finden wollte, warum Spalanzani sie so lange verborgen gehalten. Nathanael vernahm das nicht ohne inneren Grimm, indessen schwieg er; denn, dachte er, würde es wohl verlohnen, diesen Burschen zu beweisen, daß eben ihr eigener Stumpfsinn es ist, der sie Olimpias tiefes herrliches Gemüt zu erkennen hindert? »Tu mir den Gefallen, Bruder«, sprach eines Tages Siegmund, »tu mir den Gefallen und sage, wie es dir gescheuten Kerl möglich war, dich in das Wachsgesicht, in die Holzpuppe da drüben zu vergaffen?« Nathanael wollte zornig auffahren, doch schnell besann er sich und erwiderte: »Sage *du* mir Siegmund, wie deinem, sonst alles Schöne klar auffassenden Blick, deinem regen Sinn, Olimpias himmlischer Liebreiz entgehen konnte? Doch eben deshalb habe ich, Dank sei es dem Geschick, dich nicht zum Nebenbuhler; denn sonst müßte einer von uns blutend fallen.« Siegmund merkte wohl, wie es mit dem Freunde stand, lenkte geschickt ein, und fügte, nachdem er geäußert, daß in der Liebe niemals über den Gegenstand zu richten sei, hinzu: »Wunderlich ist es doch, daß viele von uns über Olimpia ziemlich gleich urteilen. Sie ist uns – nimm es nicht übel, Bruder! – auf seltsame Weise starr und seelenlos erschienen. Ihr Wuchs ist regelmäßig, so wie ihr Gesicht, das ist wahr! – Sie könnte für schön gelten, wenn ihr Blick nicht so ganz ohne Lebensstrahl, ich möchte sagen, ohne Sehkraft wäre. Ihr Schritt ist sonderbar abgemessen, jede Bewegung scheint durch den Gang eines aufgezogenen Räderwerks bedingt. Ihr Spiel, ihr Singen hat den unangenehm richtigen geistlosen Takt der singenden Maschine und ebenso ist ihr Tanz. Uns ist diese Olimpia ganz unheimlich geworden, wir mochten nichts mit ihr zu schaffen haben, es war uns als tue sie nur so wie ein lebendiges Wesen und doch habe es mit ihr eine eigene Bewandtnis.« – Nathanael gab sich dem bitteren Gefühl, das ihn bei diesen Worten Siegmunds ergreifen wollte, durchaus nicht hin, er wurde Herr seines Unmuts und sagte bloß sehr ernst: »Wohl mag euch, ihr kalten prosaischen Menschen, Olimpia unheimlich sein. Nur dem poetischen Gemüt entfaltet sich das gleich organisierte! – Nur *mir* ging ihr Liebesblick auf und durchstrahlte Sinn und Gedanken, nur in Olimpias Liebe finde ich mein Selbst wieder. Euch mag es nicht recht sein, daß sie nicht in platter Konversation faselt, wie die anderen flachen Gemüter. Sie spricht wenig Worte, das ist wahr; aber diese wenigen Worte erscheinen als echte Hieroglyphe der inneren Welt voll Liebe und hoher Erkenntnis des geistigen Lebens in der Anschauung des ewigen Jenseits. Doch für alles das habt ihr keinen Sinn und alles sind verlorene Worte.« – »Behüte dich Gott, Herr Bruder«, sagte Siegmund sehr sanft, beinahe wehmütig, »aber mir scheint es, du seist auf bösem Wege. Auf mich kannst du rechnen, wenn alles – Nein, ich mag nichts weiter sagen! —« Dem Nathanael war es plötzlich, als meine der kalte prosaische Siegmund es sehr treu mit ihm, er schüttelte daher die ihm dargebotene Hand recht herzlich.

Nathanael hatte rein vergessen, daß es eine Clara in der Welt gebe, die er sonst geliebt; – die Mutter – Lothar – alle waren aus seinem Gedächtnis entschwunden, er lebte nur für Olimpia, bei der er täglich stundenlang saß und von seiner Liebe, von zum Leben erglühter Sympathie, von psychischer Wahlverwandtschaft fantasierte, welches alles Olimpia mit großer Andacht anhörte. Aus dem tiefsten Grunde des Schreibpults holte Nathanael alles hervor, was er jemals geschrieben. Gedichte, Fantasien, Visionen, Romane, Erzählungen, das wurde täglich vermehrt mit allerlei ins Blaue fliegenden Sonetten, Stanzen, Kanzonen, und das alles las er der Olimpia stundenlang hintereinander vor, ohne zu ermüden. Aber auch noch nie hatte er eine solche herrliche Zuhörerin gehabt. Sie stickte und strickte nicht, sie sah nicht durchs Fenster, sie fütterte keinen Vogel, sie spielte mit keinem Schoßhündchen, mit keiner Lieblingskatze, sie drehte keine Papierschnitzchen, oder sonst etwas in der Hand, sie durfte kein Gähnen durch einen leisen erzwungenen Husten bezwingen – kurz! – stundenlang sah sie mit starrem Blick unverwandt dem Geliebten ins Auge, ohne sich zu rücken und zu bewegen und immer glühender, immer lebendiger wurde dieser Blick. Nur wenn Nathanael endlich aufstand und ihr die Hand, auch wohl den Mund küßte, sagte sie: »Ach, Ach!« – dann aber: »Gute Nacht, mein Lieber!« – »Oh du herrliches, du tiefes Gemüt«, rief Nathanael auf seiner Stube: »nur von dir, von dir allein werd ich ganz verstanden.« Er erbebte vor innerm Entzücken, wenn er bedachte, welch wunderbarer Zusammenklang sich in seinem und Olimpias Gemüt täglich mehr offenbare; denn es schien ihm, als habe Olimpia über seine Werke, über seine Dichtergabe überhaupt recht tief aus seinem Innern gesprochen, ja als habe die Stimme aus seinem Innern selbst herausgetönt. Das mußte denn wohl auch sein; denn mehr Worte als vorhin erwähnt, sprach Olimpia niemals. Erinnerte sich aber auch Nathanael in hellen nüchternen Augenblicken, z. B. morgens gleich nach dem Erwachen, wirklich an Olimpias gänzliche Passivität und Wortkargheit, so sprach er doch: »Was sind Worte – Worte! – Der Blick ihres himmlischen Auges sagt mehr als jede Sprache hienieden. Vermag denn überhaupt ein Kind des Himmels sich einzuschichten in den engen Kreis, den ein klägliches irdisches Bedürfnis gezogen?« – Professor Spalanzani schien hocherfreut über das Verhältnis seiner Tochter mit Nathanael; er gab diesem allerlei unzweideutige Zeichen seines Wohlwollens und als es Nathanael endlich wagte von ferne auf eine Verbindung mit Olimpia anzuspielen, lächelte dieser mit dem ganzen Gesicht und meinte: er werde seiner Tochter völlig freie Wahl lassen. – Ermutigt durch diese Worte, brennendes Verlangen im Herzen, beschloß Nathanael, gleich am folgenden Tage Olimpia anzusehen, daß sie das unumwunden in deutlichen Worten ausspreche, was längst ihr holder Liebesblick ihm gesagt, daß sie sein eigen immerdar sein wolle. Er suchte nach dem Ringe, den ihm beim Abschiede die Mutter geschenkt, um ihn Olimpia als Symbol seiner Hingebung, seines mit ihr aufkeimenden, blühenden Lebens darzureichen. Claras, Lothars Briefe fielen ihm dabei in die Hände; gleichgültig warf er sie beiseite, fand den Ring, steckte ihn ein und rannte herüber zu Olimpia. Schon auf der Treppe, auf dem Flur, vernahm er ein wunderliches Getöse; es schien aus Spalanzanis Studierzimmer herauszuschallen. – Ein Stampfen – ein Klirren – ein Stoßen – Schlagen gegen die Tür, dazwischen Flüche und Verwünschungen. Laß los – laß los – Infamer – Verruchter! – Darum Leib und Leben daran gesetzt? – ha ha ha ha! – so haben wir nicht gewettet – ich, ich hab die Augen gemacht – ich das Räderwerk – dummer Teufel mit deinem Räderwerk – verfluchter Hund von einfältigem Uhrmacher – fort mit dir – Satan – halt – Peipendreher – teuflische Bestie! – halt – fort – laß los! – Es waren Spalanzanis und des gräßlichen Coppelius Stimmen, die so durcheinander schwirrten und tobten. Hinein stürzte Nathanael von namenloser Angst ergriffen. Der Professor hatte eine weibliche Figur bei den Schultern gepackt, der Italiener Coppola bei den Füßen, die zerrten und zogen sie hin und her, streitend in voller Wut um den Besitz. Voll tiefen Entsetzens prallte Nathanael zurück, als er die Figur für Olimpia erkannte; aufflammend in wildem Zorn wollte er den Wütenden die Geliebte entreißen, aber in dem Augenblick wand Coppola sich mit Riesenkraft drehend die Figur dem Professor aus den Händen und versetzte ihm mit der Figur selbst einen fürchterlichen Schlag, daß er rücklings über den Tisch, auf dem Phiolen, Retorten, Flaschen, gläserne Zylinder standen, taumelte und hinstürzte; alles Gerät klirrte in tausend Scherben zusammen. Nun warf Coppola die Figur über die Schulter und rannte mit fürchterlich gellendem Gelächter rasch fort die Treppe herab, so daß die häßlich herunterhängenden Füße der Figur auf den Stufen hölzern klapperten und dröhnten. – Erstarrt stand Nathanael – nur zu deutlich hatte er gesehen, Olimpias toderbleichtes Wachsgesicht hatte keine Augen, statt ihrer schwarze Höhlen; sie war eine leblose Puppe. Spalanzani wälzte sich auf der Erde, Glasscherben hatten ihm Kopf, Brust und Arm zerschnitten, wie aus Springquellen strömte das Blut empor. Aber er raffte seine Kräfte zusammen. – »Ihm nach – ihm nach, was zauderst du? – Coppelius – Coppelius, mein bestes Automat hat er mir geraubt – Zwanzig Jahre daran gearbeitet – Leib und Leben daran gesetzt – das Räderwerk – Sprache – Gang – mein – die Augen – die Augen dir gestohlen. – Verdammter – Verfluchter – ihm nach – hol mir Olimpia – da hast du die Augen! –« Nun sah Nathanael, wie ein Paar blutige Augen auf dem Boden liegend ihn anstarrten, die ergriff Spalanzani mit der unverletzten Hand und warf sie nach ihm, daß sie seine Brust trafen. – Da packte ihn der Wahnsinn mit glühenden Krallen und fuhr in sein Inneres hinein Sinn und Gedanken zerreißend. »Hui – hui – hui! – *Feuerkreis – Feuerkreis!* dreh dich *Feuerkreis* – lustig – lustig! – Holzpüppchen hui schön Holzpüppchen dreh dich –« damit warf er sich auf den Professor und drückte ihm die Kehle zu. Er hätte ihn erwürgt, aber das Getöse hatte viele Menschen herbeigelockt, die drangen ein, rissen den wütenden Nathanael auf und retteten so den Professor, der gleich verbunden wurde. Siegmund, so stark er war, vermochte nicht den Rasenden zu bändigen; der schrie mit fürchterlicher Stimme immerfort: »Holzpüppchen dreh dich« und schlug um sich mit geballten Fäusten. Endlich gelang es der vereinten Kraft mehrerer, ihn zu überwältigen, indem sie ihn zu Boden warfen und banden. Seine Worte gingen unter in entsetzlichem tierischen Gebrüll. So in gräßlicher Raserei tobend wurde er nach dem Tollhause gebracht.

Ehe ich, günstiger Leser! dir zu erzählen fortfahre, was sich weiter mit dem unglücklichen Nathanael zugetragen, kann ich dir, solltest du einigen Anteil an dem geschickten Mechanikus und Automat-Fabrikanten Spalanzani nehmen, versichern, daß er von seinen Wunden völlig geheilt wurde. Er mußte indes die Universität verlassen, weil Nathanaels Geschichte Aufsehen erregt hatte und es allgemein für gänzlich unerlaubten Betrug gehalten wurde, vernünftigen Teezirkeln (Olimpia hatte sie mit Glück besucht) statt der lebendigen Person eine Holzpuppe einzuschwärzen. Juristen nannten es sogar einen feinen und um so härter zu bestrafenden Betrug, als er gegen das Publikum gerichtet und so schlau angelegt worden, daß kein Mensch (ganz kluge Studenten ausgenommen) es gemerkt habe, unerachtet jetzt alle weise tun und sich auf allerlei Tatsachen berufen wollten, die ihnen verdächtig vorgekommen. Diese letzteren brachten aber eigentlich nichts Gescheites zutage. Denn konnte z. B. wohl irgend jemanden verdächtig vorgekommen sein, daß nach der Aussage eines eleganten Teeisten Olimpia gegen alle Sitte öfter genieset, als gegähnt hatte? Ersteres, meinte der Elegant, sei das Selbstaufziehen des verborgenen Triebwerks gewesen, merklich habe es dabei geknarrt usw. Der Professor der Poesie und Beredsamkeit nahm eine Prise, klappte die Dose zu, räusperte sich und sprach feierlich: »Hochzuverehrende Herren und Damen! merken Sie denn nicht, wo der Hase im Pfeffer liegt? Das Ganze ist eine Allegorie – eine fortgeführte Metapher! – Sie verstehen mich! – Sapienti sat!« Aber viele hochzuverehrende Herren beruhigten sich nicht dabei; die Geschichte mit dem Automat hatte tief in ihrer Seele Wurzel gefaßt und es schlich sich in der Tat abscheuliches Mißtrauen gegen menschliche Figuren ein. Um nun ganz überzeugt zu werden, daß man keine Holzpuppe liebe, wurde von mehrern

Liebhabern verlangt, daß die Geliebte etwas taktlos singe
und tanze, daß sie beim Vorlesen sticke, stricke, mit dem
Möpschen spiele usw. vor allen Dingen aber, daß sie nicht
bloß höre, sondern auch manchmal in der Art spreche, daß
dies Sprechen wirklich ein Denken und Empfinden vor-
aussetze. Das Liebesbündnis vieler wurde fester und dabei
anmutiger, andere dagegen gingen leise auseinander. »Man
kann wahrhaftig nicht dafür stehen«, sagte dieser und jener. In den Tees wurde unglaublich gegähnt und niemals
genieset, um jedem Verdacht zu begegnen. – Spalanzani
mußte, wie gesagt, fort, um der Kriminaluntersuchung wegen [des] der menschlichen Gesellschaft betrüglicherweise
eingeschobenen Automats zu entgehen. Coppola war auch
verschwunden.

Nathanael erwachte wie aus schwerem, fürchterlichem
Traum, er schlug die Augen auf und fühlte wie ein unbe-
schreibliches Wonnegefühl mit sanfter himmlischer Wärme
ihn durchströmte. Er lag in seinem Zimmer in des Vaters
Hause auf dem Bette, Clara hatte sich über ihn hingebeugt
und unfern standen die Mutter und Lothar. »Endlich, endlich, oh mein herzlieber Nathanael – nun bist du genesen
von schwerer Krankheit – nun bist du wieder mein!« – So
sprach Clara recht aus tiefer Seele und faßte den Nathanael
in ihre Arme. Aber dem quollen vor lauter Wehmut und
Entzücken die hellen glühenden Tränen aus den Augen und
er stöhnte tief auf. »Meine – meine Clara!« – Siegmund, der
getreulich ausgeharrt bei dem Freunde in großer Not, trat
herein. Nathanael reichte ihm die Hand: »Du treuer Bruder
hast mich doch nicht verlassen.« – Jede Spur des Wahnsinns
war verschwunden, bald erkräftigte sich Nathanael in der
sorglichen Pflege der Mutter, der Geliebten, der Freunde.

Das Glück war unterdessen in das Haus eingekehrt; denn ein alter karger Oheim, von dem niemand etwas gehofft, war gestorben und hatte der Mutter nebst einem nicht unbedeutenden Vermögen ein Gütchen in einer angenehmen Gegend unfern der Stadt hinterlassen. Dort wollten sie hinziehen, die Mutter, Nathanael mit seiner Clara, die er nun zu heiraten gedachte, und Lothar. Nathanael war milder, kindlicher geworden, als er je gewesen und erkannte nun erst recht Claras himmlisch reines, herrliches Gemüt. Niemand erinnerte ihn auch nur durch den leisesten Anklang an die Vergangenheit. Nur, als Siegmund von ihm schied, sprach Nathanael: »Bei Gott Bruder! ich war auf schlimmen Wege, aber zu rechter Zeit leitete mich ein Engel auf den lichten Pfad! – Ach es war ja Clara! –« Siegmund ließ ihn nicht weiter reden, aus Besorgnis, tief verletzende Erinnerungen möchten ihm zu hell und flammend aufgehen. – Es war an der Zeit, daß die vier glücklichen Menschen nach dem Gütchen ziehen wollten. Zur Mittagsstunde gingen sie durch die Straßen der Stadt. Sie hatten manches eingekauft, der hohe Ratsturm warf seinen Riesenschatten über den Markt. »Ei!« sagte Clara: »steigen wir doch noch einmal herauf und schauen in das ferne Gebirge hinein!« Gesagt, getan! Beide, Nathanael und Clara, stiegen herauf, die Mutter ging mit der Dienstmagd nach Hause, und Lothar, nicht geneigt, die vielen Stufen zu erklettern, wollte unten warten. Da standen die beiden Liebenden Arm in Arm auf der höchsten Galerie des Turmes und schauten hinein in die duftigen Waldungen, hinter denen das blaue Gebirge, wie eine Riesenstadt, sich erhob.

»Sieh doch den sonderbaren kleinen grauen Busch, der ordentlich auf uns los zu schreiten scheint«, frug Clara.

– Nathanael faßte mechanisch nach der Seitentasche; er fand Coppolas Perspektiv, er schaute seitwärts – Clara stand vor dem Glase! – Da zuckte es krampfhaft in seinen Pulsen und Adern – totenbleich starrte er Clara an, aber bald glühten und sprühten Feuerströme durch die rollenden Augen, gräßlich brüllte er auf, wie ein gehetztes Tier; dann sprang er hoch in die Lüfte und grausig dazwischen lachend schrie er in schneidendem Ton: »Holzpüppchen dreh dich – Holzpüppchen dreh dich« – und mit gewaltiger Kraft faßte er Clara und wollte sie herabschleudern, aber Clara krallte sich in verzweifelnder Todesangst fest an das Geländer. Lothar hörte den Rasenden toben, er hörte Claras Angstgeschrei, gräßliche Ahnung durchflog ihn, er rannte herauf, die Tür der zweiten Treppe war verschlossen – stärker hallte Claras Jammergeschrei. Unsinnig vor Wut und Angst stieß er gegen die Tür, die endlich aufsprang – Matter und matter wurden nun Claras Laute: » Hilfe – rettet – rettet –« so erstarb die Stimme in den Lüften. »Sie ist hin – ermordet von dem Rasenden«, so schrie Lothar. Auch die Tür zur Galerie war zugeschlagen. – Die Verzweiflung gab ihm Riesenkraft, er sprengte die Tür aus den Angeln. Gott im Himmel – Clara schwebte von dem rasenden Nathanael erfaßt über der Galerie in den Lüften – nur mit einer Hand hatte sie noch die Eisenstäbe umklammert. Rasch wie der Blitz erfaßte Lothar die Schwester, zog sie hinein, und schlug im demselben Augenblick mit geballter Faust dem Wütenden ins Gesicht, daß er zurückprallte und die Todesbeute fallen ließ.

Lothar rannte herab, die ohnmächtige Schwester in den Armen. – Sie war gerettet. – Nun raste Nathanael herum auf der Galerie und sprang hoch in die Lüfte und schrie »*Feuerkreis* dreh dich – *Feuerkreis* dreh dich« – Die Menschen

228

liefen auf das wilde Geschrei zusammen; unter ihnen ragte riesengroß der Advokat Coppelius hervor, der eben in die Stadt gekommen und gerades Weges nach dem Markt geschritten war. Man wollte herauf, um sich des Rasenden zu bemächtigen, da lachte Coppelius sprechend: »Ha ha – wartet nur, der kommt schon herunter von selbst«, und schaute wie die übrigen hinauf. Nathanael blieb plötzlich wie erstarrt stehen, er bückte sich herab, wurde den Coppelius gewahr und mit dem gellenden Schrei: »Ha! Sköne Oke – Sköne Oke«, sprang er über das Geländer.

Als Nathanael mit zerschmettertem Kopf auf dem, Steinpflaster lag, war Coppelius im Gewühl verschwunden.

Nach mehreren Jahren will man in einer entfernten Gegend Clara gesehen haben, wie sie mit einem freundlichen Mann, Hand in Hand vor der Türe eines schönen Landhauses saß und vor ihr zwei muntere Knaben spielten. Es wäre daraus zu schließen, daß Clara das ruhige häusliche Glück noch fand, das ihrem heiteren lebenslustigen Sinn zusagte und das ihr der im Innern zerrissene Nathanael niemals hätte gewähren können.

E.T.A. HOFFMANN

# Der unheimliche Gast

Der Sturm brauste durch die Lüfte, den heranziehenden Winter verkündigend, und trieb die schwarzen Wolken vor sich her, die zischende, prasselnde Ströme von Regen und Hagel hinabschleuderten.

»Wir werden«, sprach, als die Wanduhr sieben schlug, die Obristin von G. zu ihrer Tochter, Angelika geheißen, »wir werden heute allein bleiben, das böse Wetter verscheucht die Freunde. Ich wollte nur, daß mein Mann heimkehrte.« In dem Augenblick trat der Rittmeister Moritz von R. hinein. Ihm folgte der junge Rechtsgelehrte, der durch seinen geistreichen, unerschöpflichen Humor den Zirkel belebte, der sich jeden Donnerstag im Hause des Obristen zu versammeln pflegte, und so war, wie Angelika bemerkte, ein einheimischer Kreis beisammen, der die größere Gesellschaft gern vermissen ließ. – Es war kalt im Saal, die Obristin ließ Feuer im Kamin anschüren und den Teetisch hinanrücken: »Euch beiden Männern«, sprach sie nun, »euch beiden Männern, die ihr mit wahrhaft ritterlichem Heroismus durch Sturm und Braus zu uns gekommen, kann ich wohl gar nicht zumuten, daß ihr vorliebnehmen sollt mit unserem nüchternen, weichlichen Tee, darum soll euch Mademoiselle Marguerite das gute nordische Getränk bereiten, das allem bösen Wetter widersteht.«

Marguerite, Französin, der Sprache, anderer weiblicher Kunstfertigkeiten halber, Gesellschafterin des Fräuleins Angelika, dem sie an Jahren kaum überlegen, erschien und tat, wie ihr geheißen.

Der Punsch dampfte, das Feuer knisterte im Kamin, man setzte sich enge beisammen an den kleinen Tisch. Da fröstelten und schauerten alle, und so munter und laut man erst im Saal auf und nieder gehend gesprochen, entstand jetzt eine augenblickliche Stille, in der die wunderlichen Stimmen, die der Sturm in den Rauchfängen aufgestört hatte, recht vernehmbar pfiffen und heulten.

»Es ist«, fing Dagobert, der junge Rechtsgelehrte, endlich an, »es ist nun einmal ausgemacht, daß Herbst, Sturmwind, Kaminfeuer und Punsch ganz eigentlich zusammengehören, um die heimlichsten Schauer in unserem Innern aufzuregen.« – »Die aber gar angenehm sind«, fiel ihm Angelika in die Rede. »Ich meinesteils kenne keine hübschere Empfindung, als das leise Frösteln, das durch alle Glieder fährt, und indem man, der Himmel weiß wie, mit offenen Augen einen jähen Blick in die seltsamste Traumwelt hineinwirft.« »Ganz recht«, fuhr Dagobert fort, »ganz recht. Dieses angenehme Frösteln überfiel uns eben jetzt alle, und bei dem Blick, den wir dabei unwillkürlich in die Traumwelt werfen mußten, wurden wir ein wenig stille. Wohl uns, daß das vorüber ist, und daß wir so bald aus der Traumwelt zurückgekehrt sind in die schöne Wirklichkeit, die uns dies herrliche Getränk darbietet!« Damit stand er auf und leerte, sich anmutig gegen die Obristin verneigend, das vor ihm stehende Glas. »Ei«, sprach nun Moritz, »ei, wenn du, so wie das Fräulein, so wie ich selbst, alle Süßigkeit jener Schauer, jenes träumerischen Zustandes empfindest, warum nicht gerne darin verweilen?« – »Erlaube«, nahm Dagobert das Wort, »erlaube, mein Freund, zu bemerken, daß hier von jener Träumerei, in welcher der Geist sich in wunderlichem wirren Spiel selbst erlustigt, gar nicht die Rede ist. Die echten Sturmwind-, Kamin- und Punschschauer sind nichts anders, als der erste Anfall jenes unbegreiflichen geheimnisvollen Zustandes, der tief in der menschlichen Natur begründet ist, gegen den der Geist sich vergebens auflehnt, und vor dem man sich wohl hüten muß. Ich meine das Grauen – die Gespensterfurcht. Wir wissen alle, daß das unheimliche Volk der Spukgeister nur des Nachts, vorzüglich gern aber bei bösem Unwetter der dunklen Heimat entsteigt und seine irre Wanderung beginnt; billig ist's daher, daß wir zu solcher Zeit irgendeines grauenhaften Besuchs gewärtig sind.« »Sie scherzen«, sprach die Obristin, »Sie scherzen Dagobert, und auch das darf ich Ihnen nicht einräumen, daß das kindische Grauen, von dem wir manchmal befallen, ganz unbedingt in unserer Natur begründet sein sollte, vielmehr rechne ich es den Ammenmärchen und tollen Spukgeschichten zu, mit denen uns in der frühesten Jugend unsere Wärterinnen überschütteten.«

»Nein«, rief Dagobert lebhaft, »nein, gnädige Frau! Nie würden jene Geschichten, die uns als Kinder doch die allerliebsten waren, so tief und ewig in unserer Seele widerhallen, wenn nicht die widertönenden Saiten in unserem eigenen Innern lägen. Nicht wegzuleugnen ist die geheimnisvolle Geisterwelt, die uns umgibt, und die oft in seltsamen Klängen, ja in wunderbaren Visionen sich uns offenbart. Die Schauer der Furcht, des Entsetzens mögen nur herrühren von dem Drange des irdischen Organismus. Es ist das Weh des eingekerkerten Geistes, das sich darin ausspricht.« »Sie sind«, sprach die Obristin, »ein Geisterseher wie alle Menschen von reger Fantasie. Gehe ich aber auch wirklich ein in Ihre Ideen, glaube ich wirklich, daß es einer unbekannten Geisterwelt erlaubt sei, in vernehmbaren Tönen, ja in Visionen sich uns zu offenbaren, so sehe ich doch nicht ein, warum die Natur die Vasallen jenes geheimnisvoller Reichs so feindselig uns gegenübergestellt haben sollte, daß sie nur Grauen, zerstörendes Entsetzen über uns zu bringen vermögen.« »Vielleicht«, fuhr Dagobert fort, »vielleicht liegt darin die Strafe der Mutter, deren Pflege, deren Zucht wir entartete Kinder entflohen. Ich meine, daß in jener goldenen Zeit, als unser Geschlecht noch im innigsten Einklange mit der ganzen Natur lebte, kein Grauen, kein Entsetzen uns verstörte, eben weil es in dem tiefsten Frieden, in der seligsten Harmonie alles Seins keinen Feind gab, der dergleichen über uns bringen konnte. Ich sprach von seltsamen Geisterstimmen, aber wie kommt es denn, daß alle Naturlaute, deren Ursprung wir genau anzugeben wissen, uns wie der schneidendste Jammer tönen und unsere Brust mit dem tiefsten Entsetzen erfüllen? – Der merkwürdigste jener Naturtöne ist die Luftmusik oder sogenannte Teufelsstimme auf Ceylon und in den benachbarten Ländern, deren Schubert in seinen Ansichten von der Nachtseite der Naturwissenschaft gedenkt. Diese Naturstimme läßt sich in stillen heiteren Nächten, den Tönen einer tiefklagenden Menschenstimme ähnlich, bald wie aus weiter – weiter Ferne daherschwebend, bald ganz in der Nähe schallend, vernehmen. Sie äußert eine solche tiefe Wirkung auf das menschliche Gemüt, daß die ruhigsten, verständigsten Beobachter sich eben des tiefsten Entsetzens nicht erwehren können.« »So ist es«, unterbrach hier Moritz den Freund, »so ist es in der Tat. Nie war ich auf Ceylon, noch in den benachbarten Ländern, und doch hörte ich jenen entsetzlichen Naturlaut, und nicht ich allein, jeder, der ihn vernahm, fühlte die Wirkung, wie sie Dagobert beschrieben.« »So wirst du«, erwiderte Dagobert, »mich recht erfreuen und am besten die Frau Obristin überzeugen, wenn du erzählst, wie sich alles begeben.«

»Sie wissen«, begann Moritz, »daß ich in Spanien unter Wellington wider die Franzosen focht. Mit einer Abteilung spanischer und englischer Kavallerie biwakierte ich vor der Schlacht bei Viktoria zur Nachtzeit auf offenem Felde. Ich war von dem Marsch am gestrigen Tage, bis zum Tode ermüdet, fest eingeschlafen, da weckte mich ein schneidender Jammerlaut. Ich fuhr auf, ich glaubte nichts anderes, als daß sich dicht neben mir ein Verwundeter gelagert, dessen Todesseufzer ich vernommen, doch schnarchten die Kameraden um mich her, und nichts ließ sich weiter hören. Die ersten Strahlen des Frührots brachen durch die dicke Finsternis, ich stand auf und schritt über die Schläfer wegsteigend weiter vor, um vielleicht den Verwundeten oder Sterbenden zu finden. Es war eine stille Nacht, nur leise, leise fing sich der Morgenwind an zu regen und das Laub zu schütteln. Da ging zum zweitenmal ein langer Klagelaut durch die Lüfte und verhallte dumpf in tiefer Ferne. Es war, als schwängen sich die Geister der Erschlagenen von den Schlachtfeldern empor und riefen ihr entsetzliches Weh durch des Himmels weiten Raum. Meine Brust erbebte, mich erfaßte ein tiefes namenloses Grauen. – Was war aller Jammer, den ich jemals aus menschlicher Kehle ertönen gehört, gegen diesen herzzerschneidenden Laut! Die Kameraden zappelten sich nun auf aus dem Schlafe. Zum drittenmal erfüllte stärker und gräßlicher der Jammerlaut die Lüfte. Wir erstarrten im tiefsten Entsetzen, selbst die Pferde wurden unruhig und schnaubten und stampften. Mehrere von den Spaniern sanken auf die Knie nieder und beteten laut. Ein englischer Offizier versicherte, daß er dies Phänomen, das sich in der Atmosphäre erzeuge, und elektrischen Ursprungs sei, schon öfters in südlichen Gegenden bemerkt habe, und daß wahrscheinlich die Witterung sich ändern werde. Die Spanier, zum Glauben an

das Wunderbare geneigt, hörten die gewaltigen Geisterstimmen überirdischer Wesen, die das Ungeheure verkün-
deten, das sich nun begeben werde. Sie fanden ihren Glauben bestätigt, als folgenden Tages die Schlacht mit all ihren
Schrecken daherdonnerte.«

»Dürfen wir«, sprach Dagobert, »dürfen wir denn nach
Ceylon gehen oder nach Spanien, um die wunderbaren Kla-
getöne der Natur zu vernehmen? Kann uns das dumpfe Geheul des Sturmwinds, das Geprassel des herabstürzenden
Hagels, das Ächzen und Krächzen der Windfahnen nicht
ebensogut, wie jener Ton mit tiefem Grausen erfüllen? – Ei!
Gönnen wir doch nur ein geneigtes Ohr der tollen Musik,
die hundert abscheuliche Stimmen hier im Kamin aborgeln,
oder horchen wir doch nur was weniges auf das gespenstische Liedlein, das eben jetzt die Teemaschine zu singen
beginnt!«

»Oh herrlich!« rief die Obristin, »oh überaus herrlich! – Sogar in die Teemaschine bannt unser Dagobert Gespenster,
die sich uns in grausigen Klagelauten offenbaren sollen!«
»Ganz unrecht«, nahm Angelika das Wort, »ganz unrecht,
liebe Mutter, hat unser Freund doch nicht. Das wunderliche
Pfeifen und Knattern und Zischen im Kamin könnte mir
wirklich Schauer erregen, und das Liedchen, was die Teemaschine so tiefklagend absingt, ist mir so unheimlich, daß
ich nur gleich die Lampe auslöschen will, damit es schnell
ende.«

Angelika stand auf, ihr entfiel das Tuch, Moritz bückte
sich schnell darnach und überreichte es dem Fräulein. Sie
ließ den seelenvollen Blick ihrer Himmelsaugen auf ihn ruhen, er ergriff ihre Hand und drückte sie mit Inbrunst an
die Lippen.

In demselben Augenblicke zitterte Marguerite, wie berührt von einem elektrischen Schlag, heftig zusammen,
und ließ das Glas Punsch, das sie soeben eingeschenkt und
Dagobert darreichen wollte, auf den Boden fallen, daß es
in tausend Stücke zerklirrte. Laut schluchzend warf sie sich
der Obristin zu Füßen, nannte sich ein dummes ungeschick-
tes Ding, und bat sie, zu vergönnen, daß sie sich in ihr Zimmer entferne. Alles was eben jetzt erzählt worden, habe ihr,
unerachtet sie es keinesweges ganz verstanden, innerlichen
Schauer erregt; ihre Angst hier am Kamin sei unbeschreiblich, sie fühle sich krank, sie wolle sich ins Bett legen. – Und
dabei küßte sie der Obristin die Hände, und benetzte sie mit
den heißen Tränen, die ihr aus den Augen stürzten.

Dagobert fühlte das Peinliche des ganzen Auftritts und die
Notwendigkeit, der Sache einen anderen Schwung zu geben.
Auch er stürzte plötzlich der Obristin zu Füßen und flehte
mit der weinerlichsten Stimme, die ihm nur zu Gebote stand,
um Gnade für die Verbrecherin, die sich unterfangen, das
köstlichste Getränk zu verschütten, das je eines Rechtsgelehrten Zunge genetzt und sein frostiges Herz erwärmt. Was
den Punschfleck auf dem gebohnten Fußboden betreffe, so
schwöre er morgenden Tages sich Wachsbürsten unter die
Füße zu schrauben und in den göttlichsten Touren, die jemals in eines Hoftanzmeisters Kopf und Beine gekommen,
eine ganze Stunde hindurch den Saal zu durchrutschen.

Die Obristin, die erst sehr finster Marguerite angeblickt,
erheiterte sich bei Dagoberts klugem Beginnen. Sie reichte lachend beiden die Hände und sprach: »Steht auf, und
trocknet eure Tränen, ihr habt Gnade gefunden vor meinem strengen Richterstuhl! – Du, Marguerite, hast es allein
deinem geschickten Anwalt und seiner heroischen Aufop-

ferung rücksichts des Punschflecks zu verdanken, daß ich dein ungeheures Verbrechen nicht schwer ahnde. Aber ganz erlassen kann ich dir die Strafe nicht. Ich befehle daher, daß du ohne an Kränkelei zu denken, fein im Saal bleibest, unseren Gästen fleißiger als bisher Punsch einschenkest, vor allen Dingen aber deinem Retter zum Zeichen der innigsten Dankbarkeit einen Kuß gibst!«

»So bleibt die Tugend nicht unbelohnt«, rief Dagobert mit komischem Pathos, indem er Margueritens Hand ergriff. »Glauben Sie«, sprach er dann, »glauben Sie nur, Holde! daß es noch auf der Erde heroische Juriskonsulten gibt, die sich rücksichtslos aufopfern für Unschuld und Recht! – Doch! – geben wir nun unserer strengen Richterin nach – vollziehen wir ihr Urteil, von dem keine Appellation möglich.« Damit drückte er einen flüchtigen Kuß auf Margueritens Lippen, und führte sie sehr feierlich auf den Platz zurück, den sie vorher eingenommen. Marguerite über und über rot, lachte laut auf, indem ihr noch die hellen Tränen in den Augen standen. »Alberne Törin«, rief sie auf französisch, »alberne Törin, die ich bin! – muß ich denn nicht alles tun, was die Frau Obristin befiehlt? Ich werde ruhig sein, ich werde Punsch einschenken und von Gespenstern sprechen hören, ohne mich zu fürchten.« »Bravo«, nahm Dagobert das Wort, »bravo englisches Kind, mein Heroismus hat dich begeistert, und mich die Süßigkeit deiner holden Lippen! – Meine Fantasie ist neu beschwingt und ich fühle mich aufgelegt, das Schauerlichste aus dem *regno di pianto* aufzutischen zu unserer Ergötzlichkeit.« »Ich dächte«, sprach die Obristin, »ich dächte, wir schwiegen von dem fatalen unheimlichen Zeuge.« »Bitte«, fiel ihr Angelika ins Wort, »bitte, liebe Mutter, lassen Sie unseren Freund Dagobert gewähren. Gestehen will ich's nur, daß ich recht kindisch bin, daß ich nichts lieber hören mag, als hübsche Spukgeschichten, die so recht durch alle Glieder frösteln.« »Oh wie mich das freut«, rief Dagobert, »oh wie mich das freut! Nichts ist liebenswürdiger bei jungen Mädchen, als wenn sie recht graulich sind, und ich möchte um alles in der Welt keine Frau heiraten, die sich nicht vor Gespenstern recht tüchtig ängstigt.« »Du behauptetest«, sprach Moritz, »du behauptetest, lieber Freund Dagobert, vorhin, daß man sich vor jedem träumerischen Schauer, als dem ersten Anfall der Gespensterfurcht, wohl hüten müsse, und bist uns die nähere Erklärung weshalb noch schuldig.« »Es bleibt«, erwiderte Dagobert, »sind nur die Umstände darnach, niemals bei jenen angenehmen träumerischen Schauern, die der erste Anfall herbeiführt. Ihnen folgt bald Todesangst, haarsträubendes Entsetzen und so scheint jenes angenehme Gefühl nur die Verlockung zu sein, mit der uns die unheimliche Geisterwelt bestrickt. Wir sprachen erst von uns erklärlichen Naturtönen und ihrer gräßlichen Wirkung auf unsere Sinne. Zuweilen vernehmen wir aber seltsamere Laute, deren Ursache uns durchaus unerforschlich ist, und die in uns ein tiefes Grauen erregen. Alle beschwichtigenden Gedanken, daß irgendein verstecktes Tier, die Zugluft oder sonst etwas jenen Ton auf ganz natürliche Art hervorbringen könne, hilft durchaus nichts. Jeder hat es wohl erfahren, daß in der Nacht das kleinste Geräusch, was in abgemessenen Pausen wiederkehrt, allen Schlaf verjagt, und die innerliche Angst steigert und steigert bis zur Verstörtheit aller Sinne. – Vor einiger Zeit stieg ich auf der Reise in einem Gasthof ab, dessen Wirt mir ein hohes, freundliches Zimmer einräumte. Mitten in der Nacht erwachte ich plötzlich aus dem Schlafe. Der Mond warf sei-

240

ne hellen Strahlen durch die unverhüllten Fenster, so daß
ich alle Möbel, auch den kleinsten Gegenstand im Zimmer
deutlich erkennen konnte. Da gab es einen Ton, wie wenn
ein Regentropfen hinabfiele in ein metallenes Becken. Ich
horchte auf! – In abgemessenen Pausen kehrte der Ton wieder. Mein Hund, der sich unter dem Bette gelagert, kroch
hervor und schnupperte winselnd und ächzend im Zimmer
umher und kratzte bald an den Wänden, bald an dem Boden. Ich fühlte, wie Eisströme mich durchglitten, wie kalte
Schweißtropfen auf meiner Stirne hervortröpfelten. Doch,
mich mit Gewalt ermahnend, rief ich erst laut, sprang dann
aus dem Bette und schritt vor bis in die Mitte des Zimmers.
Da fiel der Tropfe dicht vor mir, ja wie durch mein Inneres nieder in das Metall, das in gellendem Laut erdröhnte.
Übermannt von dem tiefsten Entsetzen taumelte ich nach
dem Bett, und barg mich halb ohnmächtig unter der Decke.
Da war es, als wenn der immer noch in gemessenen Pausen zurückkehrende Ton leiser und immer leiser hallend in
den Lüften verschwebe. Ich fiel in tiefen Schlaf, aus dem
ich erst am hellen Morgen erwachte, der Hund hatte sich
dicht an mich geschmiegt, und sprang erst, als ich mich auf-
richtete, herab vom Bette lustig blaffend, als sei auch ihm
jetzt erst alle Angst entnommen. Mir kam der Gedanke, daß
vielleicht *mir* nur die ganz natürliche Ursache jenes wunderbaren Klangs verborgen geblieben sein könne, und ich
erzählte dem Wirt mein wichtiges Abenteuer, dessen Grausen ich in allen Gliedern fühlte. Er werde, schloß ich, gewiß
mir alles erklären können und habe Unrecht getan, mich
nicht darauf vorzubereiten. Der Wirt erblaßte, und bat mich
um des Himmels willen, doch niemanden mitzuteilen, was
sich in jenem Zimmer begeben, da er sonst Gefahr laufe,

seine Nahrung zu verlieren. Mehrere Reisende, erzählte er, hätten schon vormals über jenen Ton, den sie in mondhellen Nächten vernommen, geklagt. Er habe alles auf das genaueste untersucht, ja selbst die Dielen in diesem Zimmer und den anstoßenden Zimmern aufreißen lassen, so wie in der Nachbarschaft emsig nachgeforscht, ohne auch im mindesten der Ursache jenes grauenvollen Klangs auf die Spur kommen zu können. Schon seit beinahe Jahresfrist sei es still geblieben, und er habe geglaubt, von dem bösen Spuk befreit zu sein, der nun, wie er zu seinem großen Schrekken vernehmen müsse, sein unheimliches Wesen aufs neue treibe. Unter keiner Bedingung werde er mehr irgendeinen Gast in jenem verrufenen Zimmer beherbergen!«

»Ach«, sprach Angelika, indem sie sich wie im Fieberfrost schüttelte, »das ist schauerlich, das ist sehr schauerlich, nein ich wäre gestorben, wenn mir dergleichen begegnet. Oft ist es mir aber schon geschehen, daß ich aus dem Schlaf plötzlich erwachend eine unbeschreibliche innere Angst empfand, als habe ich irgend etwas Entsetzliches erfahren. Und doch hatte ich auch nicht die leiseste Ahnung davon, ja nicht einmal die Erinnerung irgendeines fürchterlichen Traumes, vielmehr war es mir, als erwache ich aus einem völlig bewußtlosen todähnlichen Zustande.«

»Diese Erscheinung kenne ich wohl«, fuhr Dagobert fort. »Vielleicht deutet gerade das auf die Macht fremder psychischer Einflüsse, denen wir uns willkürlos hingeben müssen. So wie die Somnambule sich durchaus nicht ihres somnambulen Zustandes erinnert und dessen, was sich in demselben mit ihr begeben, so kann vielleicht jene grauenhafte Angst, deren Ursache uns verborgen bleibt, der Nachhall irgendeines gewaltigen Zaubers sein, der uns selbst entrückte.«

»Ich erinnere mich«, sprach Angelika, »noch sehr lebhaft, wie ich, es mögen wohl vier Jahre her sein, in der Nacht meines vierzehnten Geburtstages in einem solchen Zustande erwachte, dessen Grauen mich einige Tage hindurch lähmte. Vergebens rang ich aber danach, mich auf den Traum zu besinnen, der mich so entsetzt hatte. Deutlich bin ich mir bewußt, daß ich eben auch im Traum jenen schrecklichen Traum diesem, jenem, vor allen aber meiner guten Mutter öfters erzählt habe, aber nur, daß ich jenen Traum erzählt hatte, ohne mich auf seinen Inhalt besinnen zu können, war mir beim Erwachen erinnerlich.« »Dieses wunderbare psychische Phänomen«, erwiderte Dagobert, »hängt genau mit dem magnetischen Prinzip zusammen.« »Immer ärger«, rief die Obristin, »immer ärger wird es mit unserem Gespräch, wir verlieren uns in Dinge, an die nur zu denken mir unerträglich ist. Ich fordere Sie auf, Moritz, sogleich etwas recht Lustiges, Tolles zu erzählen, damit es nun mit den unheimlichen Spukgeschichten einmal ende.«

»Wie gern«, sprach Moritz, »wie gern will ich mich Ihrem Befehl, Frau Obristin, fügen, wenn es mir erlaubt ist, nur noch einer einzigen schauerlichen Begebenheit zu gedenken, die mir schon lange auf den Lippen schwebt. Sie erfüllt in diesem Augenblick mein Inneres so ganz und gar, daß es ein vergebliches Mühen sein würde, von andern heiteren Dingen zu sprechen.«

»So entladen Sie sich denn«, erwiderte die Obristin, »alles Schauerlichen, von dem Sie nun einmal befangen. Mein Mann muß bald heimkehren, und dann will ich in der Tat recht gern irgendein Gefecht noch einmal mit euch durchkämpfen, oder mit verliebtem Enthusiasmus von schönen Pferden sprechen hören, um nur aus der Spannung zu kommen, in die mich das spukhafte Zeug versetzt, wie ich nicht leugnen mag.«

»In dem letzten Feldzuge«, begann Moritz, »machte ich die Bekanntschaft eines russischen Obristlieutenants, Livländers von Geburt, kaum dreißig Jahre alt, die, da der Zufall es wollte, daß wir verlängere Zeit hindurch vereint dem Feinde gegenüberstanden, sehr bald zur engsten Freundschaft wurde. *Bogislav*, so war der Obristlieutenant mit Vornamen geheißen, hatte alle Eigenschaften, um sich überall die höchste Achtung, die innigste Liebe zu erwerben. Er war von hoher, edler Gestalt, geistreichem, männlich schönem Antlitz, seltener Ausbildung, die Gutmütigkeit selbst, und dabei tapfer wie ein Löwe. Er konnte vorzüglich bei der Flasche sehr heiter sein, aber oft übermannte ihn plötzlich der Gedanke an irgend etwas Entsetzliches, das ihm begegnet sein mußte, und das die Spuren des tiefsten Grams auf seinem Gesicht zurückgelassen hatte. Er wurde dann still, verließ die Gesellschaft und streifte einsam umher. Im Felde pflegte er nachts rastlos von Vorposten zu Vorposten zu reiten, nur nach der erschöpfendsten Anstrengung überließ er sich dem Schlaf. Kam nun noch hinzu, daß er oft ohne dringende Not sich der drohendsten Gefahr aussetzte, und den Tod in der Schlacht zu suchen schien, der ihn floh, da im härtsten Handgemenge ihn keine Kugel, kein Schwertstreich traf, so war es wohl gewiß, daß irgendein unersetzlicher Verlust, ja wohl gar eine rasche Tat sein Leben verstört hatte.

Wir nahmen auf französischem Gebiet ein befestigtes Schloß mit Sturm, und harrten dort ein paar Tage, um den erschöpften Truppen Erholung zu gönnen. Die Zimmer, in denen sich Bogislav einquartiert hatte, lagen nur ein paar Schritte von dem meinigen entfernt. In der Nacht weckte

244

mich ein leises Pochen an meine Stubentüre. Ich forschte, man rief meinen Namen, ich erkannte Bogislavs Stimme, stand auf und öffnete. Da stand Bogislav vor mir im Nachtgewande, den Leuchter mit der brennenden Kerze in der Hand, entstellt – bleich wie der Tod – bebend an allen Gliedern – keines Wortes mächtig! – ›Um des Himmels willen – was ist geschehen – was ist dir, mein teuerster Bogislav!‹ So rief ich, führte den Ohnmächtigen zum Lehnstuhl, schenke ihm zwei – drei – Gläser von dem starken Wein ein, der gerade auf dem Tische stand, hielt seine Hand in der meinigen fest, sprach tröstende Worte, wie ich nur konnte, ohne die Ursache seines entsetzlichen Zustandes zu wissen.

Bogislav erholte sich nach und nach, seufzte tief auf und begann mit leiser, hohler Stimme: ›Nein! – Nein! – Ich werde wahnsinnig, faßt mich nicht der Tod, dem ich mich sehnend in die Arme werfe! – Dir, mein treuer Moritz, vertraue ich mein entsetzliches Geheimnis. – Ich sagte dir schon, daß ich mich vor mehreren Jahren in Neapel befand. Dort sah ich die Tochter eines der angesehensten Häuser und kam in glühende Liebe. Das Engelsbild gab sich mir ganz hin, und von den Eltern begünstigt wurde der Bund geschlossen, von dem ich alle Seligkeit des Himmels hoffte. Schon war der Hochzeittag bestimmt, da erschien ein sizilianischer Graf, und drängte sich zwischen uns mit eifrigen Bewerbungen um meine Braut. Ich stellte ihn zur Rede, er verhöhnte mich. Wir schlugen uns, ich stieß ihm den Degen durch den Leib. Nun eilte ich zu meiner Braut. Ich fand sie in Tränen gebadet, sie nannte mich den verruchten Mörder ihres Geliebten, stieß mich von sich mit allen Zeichen des Abscheus, schrie auf in trostlosem Jammer, sank ohnmächtig nieder wie vom giftigen Skorpion berührt, als ich ihre Hand faßte!

– Wer schildert mein Entsetzen! Den Eltern war die Sinnes-
änderung ihrer Tochter ganz unerklärlich. Nie hatte sie den
Bewerbungen des Grafen Gehör gegeben. Der Vater versteckte mich in seinem Palast, und sorgte mit großmütigem
Eifer dafür, daß ich unentdeckt Neapel verlassen konnte.
Von allen Furien gepeitscht, floh ich in einem Strich fort
bis nach Petersburg! – Nicht die Untreue meiner Geliebten,
nein! – ein furchtbares Geheimnis ist es, das mein Leben
verstört! – Seit jenem unglücklichen Tage in Neapel verfolgt
mich das Grauen, das Entsetzen der Hölle! – Oft bei Tage,
doch öfter zur Nachtzeit vernehme ich bald aus der Ferne, bald dicht neben mir ein tiefes Todesächzen. Es ist die
Stimme des getöteten Grafen, die mein Innerstes mit dem
tiefsten Grausen durchbebt. Durch den stärksten Kanonen-
donner, durch das prasselnde Musketenfeuer der Bataillo-
ne, vernehme ich dicht vor meinen Ohren den gräßlichen
Jammerton, und alle Wut, alle Verzweiflung des Wahnsinns
erwacht in meinem Busen! – Eben in dieser Nacht‹ – Bogislav hielt inne und mich, wie ihn, faßte das Entsetzen, denn
ein lang ausgehaltener herzzerschneidender Jammerton ließ
sich, wie vom Gange herkommend, vernehmen. Dann war
es, als raffe sich jemand ächzend und stöhnend mühsam
vorn Boden empor, und nahe sich schweren, unsicheren
Trittes. Da erhob sich Bogislav plötzlich von aller Kraft be-
seelt vom Lehnstuhl und rief, wilde Glut in den Augen, mit
donnernder Stimme: ›Erscheine mir, Verruchter! wenn du
es vermagst – ich nehm es auf mit dir und mit allen Geistern der Hölle, die dir zu Gebote stehn –‹ Nun geschah ein
gewaltiger Schlag.« –

In dem Augenblick sprang die Türe des Saals auf mit
dröhnendem Gerassel.

– Sowie Ottmar diese Worte las, sprang auch die Türe des Gartensaals wirklich dröhnend auf und die Freunde erblickten eine dunkle verhüllte Gestalt, die sich langsam mit unhörbaren Geisterschritten nahte. Alle starrten etwas entsetzt hin, jedem stockte der Atem.

»Ist es recht«, schrie endlich Lothar, als der volle Schein der Lichter der Gestalt ins Gesicht fiel und den Freund Cyprianus erkennen ließ, »ist es recht, ehrbare Leute foppen zu wollen mit schnöder Geisterspielerei? – Doch ich weiß es, Cyprian, du begnügst dich nicht mit Fenstern und allerlei seltsamen Visionen und tollem Spuk zu hantieren, du möchtest selbst gern manchmal ein Spuk, ein Gespenst sein. Aber sage, wo kamst du so plötzlich her, wie hast du uns hier auffinden können?« »Ja! das sage, das sage!« wiederholten Ottmar und Lothar.

»Ich komme«, begann Cyprian, »heute von meiner Reise zurück, ich laufe zu Theodor, zu Lothar, zu Ottmar, keinen treffe ich an! In vollem Unmut renne ich heraus ins Freie und der Zufall will, daß ich, nach der Stadt zurückkehrend, den Weg einschlage, der bei dem Gartenhause dicht vorbeiführt. Es ist mir, als höre ich eine wohlbekannte Stimme, ich gucke durchs Fenster und erblicke meine würdigen Serapions-Brüder und höre meinen Ottmar den unheimlichen Gast vorlesen.«

»Wie«, unterbrach Ottmar den Freund, »wie du kennst schon meine Geschichte?«

»Du vergissest«, fuhr Cyprian fort, »daß du die Ingredienzien zu dieser Erzählung von mir selbst empfingest. Ich bin es, der dich mit der Teufelsstimme, mit der Luftmusik bekannt machte, der dir sogar die Idee der Erscheinung des unheimlichen Gastes gab, und ich bin begierig, wie du mein

Thema ausgeführt hast. Übrigens werdet ihr finden, daß als Ottmar die Türe des Saals aufspringen ließ, ich notwendig ein Gleiches tun und euch erscheinen mußte.«

»Doch«, nahm Theodor das Wort, »doch gewiß nicht als unheimlicher Gast, sondern als treuer Serapions-Bruder, der, unerachtet er mich, wie ich gern gestehen will, nicht wenig erschreckt hat, mir tausendmal willkommen sein soll.«

»Und wenn«, sprach Lothar, »er durchaus heute ein Geist sein will, so soll er wenigstens nicht zu den unruhigen Geistern gehören, sondern sich niederlassen Tee trinkend, ohne zu sehr mit der Tasse zu klappern, dem Freunde Ottmar zuhorchen, auf dessen Geschichte ich um so begieriger bin, da er diesmal ein ihm gegebenes fremdes Thema bearbeitet hat.«

Auf Theodor, der von seiner Krankheit her noch sehr reizbar, hatte der Scherz des Freundes in der Tat mehr gewirkt als dienlich. Er war totenbleich und man gewahrte, daß er sich einige Gewalt antun mußte, um heiter zu scheinen.

Cyprian bemerkte dies und war nun über das, was er begonnen, nicht wenig betreten. »In der Tat«, sprach er, »ich dachte nicht daran, daß mein teurer Freund kaum von einer bösen Krankheit erstanden. Ich handelte gegen meinen eigenen Grundsatz, welcher total verbietet, dergleichen Scherz zu treiben, da es sich oft schon begeben, daß der fürchterliche Ernst der Geisterwelt eingriff in diesen Scherz und das Entsetzliche gebar. Ich erinnere mich zum Beispiel —«

»Halt, halt«, rief Lothar, »ich leide durchaus keine längere Unterbrechung. Cyprian steht im Begriff, uns nach seiner gewöhnlichen Weise zu entführen in seinen einheimischen schwarzen Zauberwald. Ich bitte dich, Ottmar, fahre fort.«

Ottmar las weiter:

Hinein trat ein Mann von Kopf bis zu Fuß schwarz gekleidet, bleichen Antlitzes, ernsten, festen Blickes. Er nahte sich mit dem edelsten Anstande der vornehmen Welt der Obristin, und bat in gewählten Ausdrücken um Verzeihung, daß er früher geladen, so spät komme, ein Besuch, den er nicht loswerden können, habe ihn zu seinem Verdruß aufgehalten. – Die Obristin, nicht fähig, sich von dem jähen Schreck zu erholen, stammelte einige unvernehmliche Worte, die ungefähr andeuten sollten, der Fremde möge Platz nehmen. Er rückte einen Stuhl dicht neben der Obristin, Angelika gegenüber, hin, setzte sich, ließ seinen Blick den Kreis durchlaufen. Keiner vermochte, wie gelähmt, ein Wort hervorzubringen. Da begann der Fremde: doppelt müsse er sich entschuldigen, einmal daß er in so später Stunde, und dann daß er mit so vielem Ungestüm eingetreten sei. Nicht seine Schuld sei aber auch das letzte, da nicht *er*, sondern der Diener, den er auf dem Vorsaal getroffen, die Türe so heftig aufgestoßen. Die Obristin, mit Mühe das unheimliche Gefühl, von dem sie ergriffen, bekämpfend, fragte, wen sie bei sich zu sehen das Vergnügen habe. Der Fremde schien die Frage zu überhören auf Marguerite achtend, die, in ihrem ganzen Wesen plötzlich verändert, laut auflachte, dicht an den Fremden hinantänzelte, und immerfort kichernd auf französisch erzählte, daß man sich eben in den schönsten Spukgeschichten erlustigt, und daß nach dem Willen des Herrn Rittmeisters eben ein böses Gespenst erscheinen soll, als er, der Fremde, hineingetreten. Die Obristin, das Unschickliche fühlend, soll den Fremden, der sich als eingeladen angekündigt, nach Stand und Namen zu fragen, mehr aber noch von seiner Gegenwart beängstigt,

wiederholte nicht ihre Frage, verwies Marguerite nicht ein
Betragen, das beinahe den Anstand verletzte. Der Fremde
machte Margueritens Geschwätz ein Ende, indem er sich
zur Obristin, dann zu den übrigen wendend von irgendeiner gleichgültigen Begebenheit zu sprechen begann, die sich
gerade am Orte zugetragen. Die Obristin antwortete, Dagobert versuchte sich ins Gespräch zu mischen, das endlich in
einzelnen abgebrochenen Reden mühsam fortschlich. Und
dazwischen trillerte Marguerite einzelne Couplets französi-
scher Chansons und figurierte, als besönne sie sich auf die
neuesten Touren einer Gavotte, während die anderen sich
nicht zu regen vermochten. Jeder fühlte seine Brust beengt,
jeden drückte wie eine Gewitterschwüle die Gegenwart des
Fremden, jedem erstarb das Wort auf den Lippen, wenn er
in das todbleiche Antlitz des unheimlichen Gastes schaute.
Und doch hatte dieser in Ton und Gebärde durchaus nichts
Ungewöhnliches, vielmehr zeigte sein ganzes Betragen den
vielerfahrenen gebildeten Weltmann. Der fremde scharfe
Akzent, mit dem er deutsch und französisch sprach, ließ mit
Recht schließen, daß er weder ein Deutscher, noch ein Fran-
zose sein konnte.

Aufatmete die Obristin, als endlich Reiter vor dem Hause
hielten, und die Stimme des Obristen sich vernehmen ließ.

Bald darauf trat der Obrist in den Saal. Sowie er den
Fremden erblickte, eilte er auf ihn zu und rief: »Herzlich
willkommen in meinem Hause, lieber Graf! – Auf das herz-
lichste willkommen.« Dann sich zur Obristin wendend:
»Graf S—i, ein teurer, treuer Freund, den ich mir im tiefen
Norden erwarb, und im Süden wiederfand.«

Die Obristin, der nun erst alle Bangigkeit entnommen,
versicherte dem Grafen mit anmutigem Lächeln, nur der

Schuld ihres Mannes, der unterlassen, sie auf seinen Besuch vorzubereiten, habe er es beizumessen, wenn er vielleicht etwas seltsam und gar nicht auf die Weise, wie es dem vertrauten Freunde gebühre, empfangen worden. Dann erzählte sie dem Obristen, wie den ganzen Abend über von nichts anderem, als von Spukereien und unheimlichem Wesen die Rede gewesen sei, wie Moritz eine schauerliche Geschichte erzählt, die ihm und einem seiner Freunde begegnet, wie eben in dem Augenblick, als Moritz gesprochen: »Nun geschah ein entsetzlicher Schlag«, die Türe des Saals aufgesprungen und der Graf eingetreten sei.

»Allerliebst!« rief der Obrist laut lachend, »allerliebst, man hat Sie, lieber Graf, für ein Gespenst gehalten! In der Tat mir scheint, als wenn meine Angelika noch einige Spuren des Schrecks im Gesicht trüge, als wenn der Rittmeister sich noch nicht ganz von den Schauern seiner Geschichte erholen könnte, ja als wenn sogar Dagobert seine Munterkeit verloren. Sagen Sie, Graf! ist es nicht arg, Sie für einen Spuk, für einen schnöden Revenant zu nehmen?«

»Sollte ich«, erwiderte der Graf mit seltsamen Blick, »sollte ich vielleicht etwas Gespenstisches an mir tragen? – Man spricht ja jetzt viel von Menschen, die auf andere vermöge eines besonderen psychischen Zaubers einzuwirken vermögen, daß ihnen ganz unheimlich zumute werden soll. Vielleicht bin ich gar solchen Zaubers mächtig.«

»Sie scherzen, lieber Graf«, nahm die Obristin das Wort, »aber wahr ist es, daß man jetzt wieder Jagd macht auf die wunderlichsten Geheimnisse.«

»So wie«, erwiderte der Graf, »so wie man überhaupt wieder an Ammenmärchen und wunderlichen Einbildungen kränkelt. Ein jeder hüte sich vor dieser sonderbaren Epidemie. – Doch ich unterbrach den Herrn Rittmeister bei dem spannendsten Punkt seiner Erzählung und bitte ihn, da niemand von seinen Zuhörern den Schluß – die Auflösung gern missen würde, fortzufahren.«

Dem Rittmeister war der fremde Graf nicht nur unheimlich, sondern recht im Grunde der Seele zuwider. Er fand in seinen Worten, zumal da er recht fatal dabei lächelte, etwas Verhöhnendes und erwiderte mit flammendem Blick und scharfem Ton, daß er befürchten müsse, durch sein Ammenmärchen die Heiterkeit, die der Graf in den düster gestimmten Zirkel gebracht, zu verstören, er wolle daher lieber schweigen.

Der Graf schien nicht sonderlich des Rittmeisters Worte zu beachten. Mit der goldenen Dose, die er zur Hand genommen, spielend, wandte er sich an den Obristen mit der Frage, ob die aufgeweckte Dame nicht eine geborne Französin sei?

Er meinte Marguerite, die immerfort trällernd im Saal herumhüpfte. Der Obrist trat an sie heran und fragte halblaut, ob sie wahnsinnig geworden sei? Marguerite schlich erschrocken an den Teetisch, und setzte sich still hin.

Der Graf nahm nun das Wort und erzählte auf anziehende Weise von diesem, jenem, was sich in kurzer Zeit begeben. – Dagobert vermochte kaum ein Wort herauszubringen. Moritz stand da über und über rot, mit blitzenden Augen, wie das Zeichen zum Angriff erwartend. Angelika schien ganz in die weibliche Arbeit vertieft, die sie begonnen, sie schlug kein Auge auf! – Man schied in vollem Mißmut auseinander.

»Du bist ein glücklicher Mensch«, rief Dagobert, als er sich mit Moritz allein befand, »zweifle nicht länger, daß

Angelika dich innig liebt. Tief habe ich es heute in ihren Blicken erschaut, daß sie ganz und gar in Liebe ist zu dir. Aber der Teufel ist immer geschäftig und säet sein giftiges Unkraut unter den schön blühenden Weizen. Marguerite ist entbrannt in toller Leidenschaft. Sie liebt dich mit allem wütenden Schmerz, wie er nur ein brünstiges Gemüt zerreißen kann. Ihr heutiges wahnsinniges Beginnen war der nicht niederzukämpfende Ausbruch der rasendsten Eifersucht. Als Angelika das Tuch fallen ließ, als du es ihr reichtest, als du ihre Hand küßtest, kamen die Furien der Hölle über die arme Marguerite. Und daran bist du schuld. Du bemühtest dich sonst mit aller möglichen Galanterie um die bildhübsche Französin. Ich weiß, daß du immer nur Angelika meintest, daß alle Huldigungen, die du an Marguerite verschwendetest, nur ihr galten, aber die falsch gerichteten Blitze trafen und zündeten. – Nun ist das Unheil da und ich weiß in der Tat nicht, wie das Ding enden soll ohne schrecklichen Tumult und gräßlichen Wirrwarr!«

»Geh doch nur«, erwiderte der Rittmeister, »geh doch nur mit Marguerite. Liebt mich Angelika wirklich – ach! woran ich wohl noch zweifle – so bin ich glücklich und selig, und frage nichts nach allen Marguerite in der Welt mitsamt ihrer Tollheit! Aber eine andere Furcht ist in mein Gemüt gekommen! Dieser fremde unheimliche Graf, der wie ein dunkles düsteres Geheimnis eintrat, der uns alle verstörte, scheint er nicht sich recht feindlich zwischen uns zu stellen? – Es ist mir, als träte aus dem tiefsten Hintergrunde eine Erinnerung – fast möcht ich sagen – ein Traum hervor, der mir diesen Grafen darstellt unter grauenvollen Umständen! Es ist mir, als müsse da, wo er sich hinwendet, irgendein entsetzliches Unheil von ihm beschworen aus dunkler Nacht vernichtend hervorblitzen. – Hast du wohl bemerkt, wie oft sein Blick auf Angelika ruhte, und wie dann ein fahles Rot seine bleichen Wangen färbte, und schnell wieder verschwand? Auf meine Liebe hat es der Unhold abgesehen, darum klangen die Worte, die er an mich richtete, so höhnend, aber ich stelle mich ihm entgegen auf den Tod!«

Dagobert nannte den Grafen einen gespenstischen Patron, dem man aber keck unter die Augen treten müsse, doch vielleicht sei auch, meinte er, viel weniger dahinter, als man glaube und alles unheimliche Gefühl nur der besonderen Spannung zuzuschreiben, in der man sich befand, als der Graf eintrat. »Laß uns«, so schloß Dagobert, »allem verstörenden Wesen mit festem Gemüt, mit unwandelbarem Vertrauen auf das Leben begegnen. Keine finstere Macht wird das Haupt beugen, was sich kräftig und mit heiterem Mut emporhebt!« –

Längere Zeit war vergangen. Der Graf hatte sich, immer öfter und öfter das Haus des Obristen besuchend, beinahe unentbehrlich gemacht. Man war sich darüber einig, daß der Vorwurf des unheimlichen Wesens auf die zurückfalle, die ihm diesen Vorwurf gemacht. »Konnte«, sprach die Obristin, »konnte der Graf nicht mit Recht uns selbst mit unseren blassen Gesichtern, mit unserem seltsamen Betragen unheimliche Leute nennen?« – Der Graf entwickelte in jedem Gespräch einen Schatz der reichhaltigsten Kenntnisse, und sprach er, Italiener von Geburt, zwar im fremden Akzent, so war er doch des geübtesten Vortrags vollkommen mächtig. Seine Erzählungen rissen in lebendigem Feuer unwiderstehlich hin, so daß selbst Moritz und Dagobert, so feindlich sie gegen den Fremden gesinnt, wenn er sprach und über sein blasses, aber schön geformtes ausdrucksvolles Gesicht ein anmutiges Lächeln flog, allen Groll vergaßen, und wie An-gelika, wie alle übrige, an seinen Lippen hingen.

Des Obristen Freundschaft mit dem Grafen war auf eine Weise entstanden, die diesen als den edelmütigsten Mann darstellte. Im tiefen Norden führte beide der Zufall zusam-men, und hier half der Graf den Obristen auf die uneigen-nützigste Weise aus einer Verlegenheit, die was Geld und Gut, ja was den guten Ruf und die Ehre betrifft, die ver-drüßlichsten Folgen hätte haben können. Der Obrist, tief fühlend was er dem Grafen verdankte, hing an ihm mit gan-zer Seele.

»Es ist«, sprach der Obrist eines Tages zu der Obristin, als sie sich eben allein befanden, »es ist nun an der Zeit, daß ich dir sage, was es mit dem Hiersein des Grafen für eine tiefere Bewandtnis hat. – Du weißt, daß wir, ich und der Graf in P., wo ich mich vor vier Jahren befand, uns immer enger und enger aneinander geschlossen, so daß wir zuletzt zusammen in aneinanderstoßenden Zimmern wohnten. Da geschah es, daß der Graf mich einst an einem frühen Morgen be-suchte, und auf meinem Schreibtisch das kleine Miniatur-bild Angelikas gewahrte, das ich mitgenommen. Sowie er es schärfer anblickte, geriet er auf seltsame Weise außer al-ler Fassung. Nicht vermögend, mir zu antworten, starrte er es an, er konnte den Blick nicht mehr davon abwenden, er rief begeistert aus: Nie habe er ein schöneres, herrlicheres Weib gesehen, nie habe er gefühlt, was Liebe sei, die erst jetzt tief in seinem Herzen in lichten Flammen aufgelodert. Ich scherzte über die wunderbare Wirkung des Bildes, ich nannte den Grafen einen neuen Kalaf und wünschte ihm Glück, daß meine gute Angelika wenigstens keine Turandot sei. Endlich gab ich ihm nicht undeutlich zu verstehen, daß

in seinen Jahren, da er, wenn auch nicht gerade im Alter
vorgerückt, doch kein Jüngling mehr zu nennen, mich diese
romantische Art, sich urplötzlich in ein Bild zu verlieben,
ein wenig befremde. Nun schwor er aber mit Heftigkeit, ja
mit allen Zeichen des leidenschaftlichen Wahnsinns, wie er
seiner Nation eigen, daß er Angelika unaussprechlich liebe und daß ich, solle er nicht in den tiefsten Abgrund der
Verzweiflung stürzen, ihm erlauben müsse, sich um Angelikas Liebe, um ihre Hand zu bewerben. Deshalb ist nun der
Graf hieher und in unser Haus gekommen. Er glaubt der
Zuneigung Angelikas gewiß zu sein, und hat gestern seine
Bewerbung förmlich bei mir angebracht. Was hältst du von
der Sache?«

Die Obristin wußte selbst nicht, warum des Obristen letzte Worte sie wie ein jäher Schreck durchbebten. »Um des
Himmels willen«, rief sie, »der fremde Graf unsere Angelika?«

»Fremd«, erwiderte der Obrist mit verdüsterter Stirn, »der
Graf *fremd*, dem ich Ehre, Freiheit, ja vielleicht das Leben
selbst verdanke? – Ich gestehe ein, daß er im hohen Mannesalter, vielleicht rücksichts der Jahre, nicht ganz für unser
blutjunges Täubchen paßt, aber er ist ein edler Mensch, und
dabei reich – sehr reich –«

»Und ohne Angelika zu fragen?« fiel ihm die Obristin ins
Wort, »und ohne Angelika zu fragen, die vielleicht gar nicht
solche Neigung zu ihm hegt, als er sich in verliebter Torheit
einbildet.«

»Habe ich«, rief der Obrist, indem er vom Stuhle aufsprang, und sich mit glühenden Augen vor die Obristin
hinstellte, »habe ich dir jemals Anlaß gegeben, zu glauben,
daß ich, ein toller, tyrannischer Vater, mein liebes Kind auf

schnöde Weise verkuppeln könnte? – Aber mit euren romanhaften Empfindeleien und euren Zartheiten bleibt mir vom Halse. Es ist gar nichts Überschwengliches, das tausend fantastische Dinge voraussetzt, wenn sich ein Paar heiratet! – Angelika ist ganz Ohr, wenn der Graf spricht, sie blickt ihn an mit der freundlichsten Güte, sie errötet, wenn er die Hand, die sie gern in der seinigen läßt, an die Lippen drückt. So spricht sich bei einem unbefangenen Mädchen die Zuneigung aus, die den Mann wahrhaft beglückt. Es bedarf keiner romanesker Liebe, die manchmal auf recht verstörende Weise in euren Köpfen spukt!«

»Ich glaube«, nahm die Obristin das Wort, »ich glaube, daß Angelikas Herz nicht mehr so frei ist, als sie vielleicht noch selbst wähnen mag.«

»Was?« – rief der Obrist erzürnt, und wollte eben heftig losbrechen, in dem Augenblick ging die Türe auf, und Angelika trat ein mit dem holdseligsten Himmelslächeln der unbefangensten Unschuld.

Der Obrist, plötzlich von allem Unmut, von allem Zorn verlassen, ging auf sie zu, küßte sie auf die Stirn, faßte ihre Hand, führte sie in den Sessel, setzte sich traulich hin dicht neben das liebe süße Kind. Nun sprach er von dem Grafen, rühmte seine edle Gestalt, seinen Verstand, seine Sinnesart, und fragte dann, ob Angelika ihn wohl leiden möge? Angelika erwiderte, daß der Graf anfangs ihr gar fremd und unheimlich erschienen sei, daß sie dies Gefühl aber ganz überwunden und ihn jetzt recht gern sähe!

»Nun«, rief der Obrist voller Freude, »nun, dem Himmel sei es gedankt, so mußt es kommen zu meinem Trost, zu meinem Heil! – Graf S—i, der edle Mann liebt dich, mein holdes Kind, aus dem tiefsten Grunde seiner Seele, er be-

wirbt sich um deine Hand, du wirst sie ihm nicht verwei-
gern –« kaum sprach aber der Obrist diese Worte, als Angelika mit einem tiefen Seufzer wie ohnmächtig zurücksank.
Die Obristin faßte sie in ihre Arme, indem sie einen bedeutenden Blick auf den Obristen warf, der verstummt das
arme todbleiche Kind anstarrte. – Angelika erholte sich, ein
Tränenstrom stürzte ihr aus den Augen, sie rief mit herzzerschneidender Stimme: »Der Graf – der schreckliche Graf!
– Nein, nein – nimmermehr!«

Mit aller Sanftmut fragte der Obrist ein Mal über das andere, warum in aller Welt der Graf ihr so schrecklich sei? Da
gestand Angelika, in dem Augenblick, als der Obrist es ausgesprochen, daß der Graf sie liebe, sei ihr mit vollem Leben
der fürchterliche Traum in die Seele gekommen, den sie vor
vier Jahren in der Nacht ihres vierzehnten Geburtstages geträumt und aus dem sie in entsetzlicher Todesangst erwacht,
ohne sich auf seine Bilder auch nur im mindesten besinnen
zu können. »Es war mir«, sprach Angelika, »als durchwandle
ich einen sehr anmutigen Garten, in dem fremdartige Büsche
und Blumen standen. Plötzlich stand ich vor einem wunderbaren Baum mit dunklen Blättern und großen, seltsam duftenden Blüten beinahe dem Holunder ähnlich. Der rauschte
mit seinen Zweigen so lieblich, und winkte mir zu, wie mich
einladend in seine Schatten. Von unsichtbarer Kraft unwiderstehlich hingezogen, sank ich hin auf die Rasen unter dem
Baume. Da war es, als gingen seltsame Klagelaute durch die
Lüfte und berührten, wie Windeshauch, den Baum, der in
bangen Seufzern aufstöhnte. Mich befing ein unbeschreibli-
ches Weh, ein tiefes Mitleid regte sich in meiner Brust, selbst
wußte ich nicht weshalb. Da fuhr plötzlich ein brennender
Strahl in mein Herz, wie es zerspaltend! – Der Schrei, den

ich ausstoßen wollte, konnte sich nicht der, mit namenloser Angst belasteten Brust entwinden, er wurde zum dumpfen Seufzer. Der Strahl, der mein Herz durchbohrt, war aber der Blick eines menschlichen Augenpaars, das mich aus dem dunklen Gebüsch anstarrte. In dem Augenblick standen die Augen dicht vor mir, und eine schneeweiße Hand wurde sichtbar, die Kreise um mich her beschrieb. Und immer enger und enger wurden die Kreise und umspannen mich mit Feuerfaden, daß ich zuletzt in dem dichten Gespinst mich nicht regen und bewegen konnte. Und dabei war es, als erfasse nun der furchtbare Blick der entsetzlichen Augen mein innerstes Wesen und bemächtige sich meines ganzen Seins; der Gedanke, an dem es nur noch, wie an einer schwachen Faser, hing, war mir marternde Todesangst. Der Baum neigte seine Blüten tief zu mir herab und aus ihnen sprach die liebliche Stimme eines Jünglings: ›Angelika, ich rette dich – ich rette dich!‹ – Aber –«

Angelika wurde unterbrochen; man meldete den Rittmeister von R., der den Obristen in Geschäften sprechen wollte. Sowie Angelika des Rittmeisters Namen nennen hörte, rief sie, indem ihr aufs neue die Tränen aus den Augen strömten, mit dem Ausdruck des schneidendsten Wehs, mit der Stimme, die nur aus der vom tiefsten Liebesschmerz wunden Brust stöhnt: »Moritz – ach Moritz!«

Der Rittmeister hatte eintretend diese Worte gehört. Er erblickte Angelika, in Tränen gebadet, die Arme nach ihm ausstreckend. Wie außer sich stieß er das Kaskett vom Haupte, daß es klirrend zu Boden fiel, stürzte Angelika zu Füßen, faßte sie, als sie von Wonne und Schmerz übermannt niedersank, in seine Arme, drückte sie mit Inbrunst an seine Brust. – Der Obrist betrachtete sprachlos vor Erstaunen die

Gruppe. »Ich habe geahnet«, lispelte die Obristin leise, »ich habe es geahnet, daß sie sich lieben, aber ich wußte kein Wort davon.«

»Rittmeister von R.«, fuhr nun der Obrist zornig heraus, »was haben Sie mit meiner Tochter?«

Moritz, schnell zu sich selbst kommend, ließ die halbtote Angelika sanft in den Lehnstuhl nieder, dann raffte er das Kaskett vom Boden auf, trat glutrot im Antlitz mit niedergesenktem Blick vor den Obristen hin, und versicherte auf Ehre, daß er Angelika unaussprechlich, aus der Tiefe seines Herzens liebe, daß aber auch bis zu diesem Augenblick nicht das leiseste Wort, das einem Geständnisse seines Gefühls gleiche, über seine Lippen gekommen sei. Nur zu sehr habe er gezweifelt, daß Angelika sein Gefühl erwidern könne. Erst dieser Moment, dessen Anlaß er nicht zu ahnen vermöge, habe ihm alle Seligkeit des Himmels erschlossen, und er hoffe nicht von dem edelmütigsten Mann, von dem zärtlichsten Vater zurückgestoßen zu werden, wenn er ihn anflehe, einen Bund zu segnen, den die reinste, innigste Liebe geschlossen.

Der Obrist maß den Rittmeister, maß Angelika mit finstern Blicken, dann schritt er, die Arme übereinandergeschlagen, im Zimmer schweigend auf und ab, wie einer, der ringt, irgendeinen Entschluß zu fassen. Er blieb stehen vor der Obristin, die Angelika in die Arme genommen und ihr tröstend zuredete. »Was für einen Bezug«, sprach er dumpf mit zurückgehaltenem Zorn, »was für einen Bezug hat dein alberner Traum auf den Grafen?«

Da warf sich Angelika ihm zu Füßen, küßte seine Hände, benetzte sie mit Tränen, sprach mit halb erstickter Stimme: »Ach mein Vater! – mein geliebtester Vater, jene entsetzlichen Augen, die mein Innerstes erfaßten, es waren die Augen des Grafen, *seine* gespenstische Hand umwob mich mit dem Feuergespinst! – Aber die tröstende Jünglingsstimme, die mir zurief aus den duftenden Blüten des wunderbaren Baums – das war Moritz – mein Moritz!«

»*Dein* Moritz?« rief der Obrist, indem er sich rasch umwandte, so daß Angelika beinahe zu Boden gestürzt. Dann sprach er dumpf vor sich hin: »Also kindischen Einbildungen, verstohlener Liebe wird der weise Beschluß des Vaters, die Bewerbung eines edlen Mannes geopfert!« – Wie zuvor schritt er nun schweigend im Zimmer auf und ab. Endlich zu Moritz: »Rittmeister von R., Sie wissen, wie hoch ich Sie achte, keinen lieberen Eidam, als eben Sie, hätte ich mir gewünscht, aber ich gab mein Wort dem Grafen von S—i, dem ich verpflichtet bin, wie es nur ein Mensch sein kann dem anderen. Doch glauben Sie ja nicht, daß ich den eigensinnigen tyrannischen Vater spielen werde. Ich eile hin zum Grafen, ich entdecke ihm alles. Ihre Liebe wird mir eine blutige Fehde, vielleicht das Leben kosten, doch es sei nun einmal so – ich gebe mich! – Erwarten Sie hier meine Zurückkunft!«

Der Rittmeister versicherte mit Begeisterung, daß er lieber hundertmal in den Tod gehen, als dulden werde, daß der Obrist sich auch nur der mindesten Gefahr aussetze. Ohne ihm zu antworten, eilte der Obrist von dannen.

Kaum hatte der Obrist das Zimmer verlassen, als die Liebenden im Übermaß des Entzückens sich in die Arme fielen, und sich ewige unwandelbare Treue schworen. Dann versicherte Angelika, erst in dem Augenblick, als der Obrist sie mit der Bewerbung des Grafen bekannt gemacht, habe sie es in der tiefsten Seele gefühlt, wie unaussprechlich sie

Moritz liebe, und daß sie lieber sterben, als eines anderen
Gattin werden könne. Es sei ihr gewesen, als wisse sie ja
längst, daß auch Moritz sie ebensosehr liebe. Nun erinnerten sich beide jedes Augenblicks, in dem sie ihre Liebe verraten, und waren entzückt, alles Widerspruchs, alles Zorns des
Obristen vergessend, und jauchzten wie frohe selige Kinder.
Die Obristin, die die aufkeimende Liebe längst bemerkt und
mit vollem Herzen Angelikas Neigung billigte, gab tief gerührt ihr Wort, ihrerseits alles aufzubieten, daß der Obrist
abstehe von einer Verbindung, die sie, selbst wisse sie nicht
warum, verabscheue.

Es mochte eine Stunde vergangen sein, als die Türe aufging, und zum Erstaunen aller, der Graf S—i eintrat. Ihm
folgte der Obrist mit leuchtenden Blicken. Der Graf näherte sich Angelika, ergriff ihre Hand, blickte sie mit bitterem
schmerzlichem Lächeln an. Angelika bebte zusammen und
murmelte kaum hörbar einer Ohnmacht nahe: »Ach – diese
Augen!«

»Sie verblassen«, begann nun der Graf, »Sie verblassen,
mein Fräulein, wie damals, als ich zum erstenmal in diesen
Kreis trat. – Bin ich Ihnen denn wirklich ein grauenhaftes Gespenst? – Nein! – entsetzen Sie sich nicht, Angelika! fürchten Sie nichts von einem harmlosen Mann, der Sie
mit allem Feuer, mit aller Inbrunst des Jünglings liebte, der
nicht wußte, daß Sie Ihr Herz verschenkt, der töricht genug
war, sich um Ihre Hand zu bewerben. – Nein! – selbst das
Wort des Vaters gibt mir nicht das kleinste Recht auf eine
Seligkeit, die *Sie* nur zu spenden vermögen. Sie sind frei,
mein Fräulein! – Selbst mein Anblick soll Sie nicht mehr
an die trüben Augenblicke erinnern, die ich Ihnen bereitet.
Bald, vielleicht morgen schon kehre ich zurück in mein Va-

terland!« – »Moritz – mein Moritz«, rief Angelika im Jubel der höchsten Wonne, und warf sich dem Geliebten an die Brust. Durch alle Glieder zuckte es den Grafen, seine Augen glühten auf in ungewöhnlichem Feuer, seine Lippen bebten, er stieß einen leisen unartikulierten Laut aus. Sich schnell zur Obristin mit einer gleichgültigen Frage wendend, gelang es ihm, sein aufwallendes Gefühl niederzukämpfen.

Aber der Obrist rief ein Mal über das andere: »Welch ein Edelmut! – welch hoher Sinn! wer gleicht diesem herrlichen Mann! – meinem Herzensfreunde immerdar!« – Dann drückte er den Rittmeister, Angelika, die Obristin an sein Herz, und versicherte lachend, er wolle nun von dem garstigen Komplott, das sie im Augenblick gegen ihn geschmiedet, nichts weiter wissen, und hoffe übrigens, daß Angelika fürder nicht mehr Leid erfahren werde von gespenstischen Augen.

Es war hoher Mittag worden, der Obrist lud den Rittmeister, den Grafen ein, das Mahl bei ihm einzunehmen. Man schickte hin nach Dagobert, der sich bald in voller Freude und Fröhlichkeit einstellte.

Als man sich zu Tische setzen wollte, fehlte Marguerite. Es hieß, daß sie sich in ihr Zimmer eingeschlossen und erklärt habe, sie fühle sich krank und sei unfähig in der Gesellschaft zu erscheinen. »Ich weiß nicht«, sprach die Obristin, »was sich mit Marguerite seit einiger Zeit begibt, sie ist voll der eigensinnigsten Launen, sie weint und lacht ohne Ursache, ja voller seltsamer Einbildung kann sie es oft bis zum Unerträglichen treiben.« »Dein Glück«, lispelte Dagobert dem Rittmeister leise ins Ohr, »dein Glück ist Marguerites Tod!« »Geisterseher«, erwiderte der Rittmeister ebenso leise, »Geisterseher, störe mir nicht meinen Frieden.«

Nie war der Obrist froher gewesen, nie hatte auch die Obristin, manchmal wohl um ihr liebes Kind besorgt und nun dieser Sorge entnommen, sich so in tiefer Seele glücklich gefühlt. Kam nun noch hinzu, daß Dagobert in heller Fröhlichkeit schwelgte, daß der Graf, den Schmerz der ihm geschlagenen Wunde vergessend, das vollste Leben seines vielgewandten Geistes herausstrahlen ließ, so konnt es nicht fehlen, daß alle sich um das selige Paar schlossen, wie ein heiterer, herrlich blühender Kranz.

Die Dämmerung war eingebrochen, der edelste Wein perlte in den Gläsern, man trank jubelnd und jauchzend auf das Wohl des Brautpaars. Da ging die Türe des Vorsaals leise auf und hinein schwankte Marguerite, im weißen Nachtkleide, mit herabhängenden Haaren, bleich, entstellt wie der Tod. »Marguerite, was für Streiche«, rief der Obrist, doch ohne auf ihn zu achten, schritt Marguerite langsam gerade los auf den Rittmeister, legte ihre eiskalte Hand auf seine Brust, drückte einen leisen Kuß auf seine Stirne, murmelte dumpf und hohl: »Der Kuß der Sterbenden bringt Heil dem frohen Bräutigam!« und sank hin auf den Boden.

»Da haben wir das Unheil«, sprach Dagobert leise zu dem Grafen, »die Törin ist verliebt in den Rittmeister.« »Ich weiß es«, erwiderte der Graf, »wahrscheinlich hat sie die Narrheit so weit getrieben, Gift zu nehmen.« »Um Gottes willen!« schrie Dagobert entsetzt, sprang auf und eilte hin zu dem Lehnsessel, in den man die Arme hineingetragen. Angelika und die Obristin waren um sie beschäftigt, sie besprengend, ihr die Stirn reibend mit geistigen Wassern. Als Dagobert hinzutrat, schlug sie gerade die Augen auf. Die Obristin sprach: »Ruhig, mein liebes Kind, du bist krank, es wird vorübergehen!« Da erwiderte Marguerite mit dumpfer hohler

Stimme: »Ja! bald ist es vorüber – ich habe Gift!« – Angelika, die Obristin schrien laut auf, der Obrist rief wild: »Tausend Teufel, die Wahnsinnige! – Man renne nach dem Arzt
– fort! den ersten besten, der aufzutreiben ist, hergebracht
zur Stelle!« – Die Bedienten, Dagobert selbst wollten fort-
eilen. – »Halt!« – rief der Graf, der bisher ruhig geblieben
war, und mit Behaglichkeit den mit seinem Lieblingswein,
dem feurigen Syrakuser, gefüllten Pokal geleert hatte, »halt!
– Hat Marguerite Gift genommen, so bedarf es keines Arztes, denn ich bin in diesem Fall der beste, den es geben kann.
Man lasse mich gewähren.« Er trat zu Marguerite, die in tiefer Ohnmacht lag und nur zuweilen krampfhaft zuckte. Er
bückte sich über sie hin, man bemerkte, daß er ein kleines
Futteral aus der Tasche zog, etwas heraus und zwischen die
Finger nahm, und leise hinstrich über Marguerites Nacken
und Herzgrube. Dann sprach der Graf, indem er von ihr
abließ, zu den übrigen: »Sie hat Opium genommen, doch
ist sie zu retten durch besondere Mittel, die mir zu Gebote
stehen.« Marguerite wurde auf des Grafen Geheiß in ihr
Zimmer heraufgebracht, er blieb allein bei ihr. – Die Kammerfrau der Obristin hatte indessen in Marguerites Gemach
das Fläschchen gefunden, in dem die Opiumtropfen, die der
Obristin vor einiger Zeit verschrieben, enthalten waren, und
das die Unglückliche ganz geleert hatte.

»Der Graf«, sprach Dagobert mit etwas ironischem Ton,
»der Graf ist wahrhaftig ein Wundermann. Er hat alles erraten. Wie er Marguerite nur erschaute, wußte er gleich, daß
sie Gift genommen, und dann erkannte er gar von welcher
Sorte und Farbe.«

Nach einer halben Stunde trat der Graf in den Saal und
versicherte, daß alle Gefahr für Marguerites Leben vorüber

sei. Mit einem Seitenblick auf Moritz setzte er hinzu, daß er auch hoffe, den Grund alles Übels aus ihrem Innern wegzubannen. Er wünsche, daß die Kammerfrau bei Marguerite wache, er selbst werde die Nacht über in dem anstoßenden Zimmer bleiben, um so bei jedem Zufall, der sich noch etwa ereignen sollte, gleich bei der Hand sein zu können. Zu dieser ärztlichen Hilfe wünschte er sich aber noch durch ein paar Gläser edlen Weins zu stärken.

Damit setzte er sich zu den Männern an den Tisch, während Angelika und die Obristin im Innersten ergriffen von dem Vorgang sich entfernten.

Der Obrist ärgerte sich über den verfluchten Narrenstreich, wie er Marguerites Beginnen nannte, Moritz, Dagobert fühlten sich auf unheimliche Weise verstört. Je verstimmter aber diese waren, desto mehr ließ der Graf eine Lustigkeit ausströmen, die man sonst gar nicht an ihm bemerkt hatte, und die in der Tat etwas Grauenhaftes in sich trug.

»Dieser Graf«, sprach Dagobert zu seinem Freunde, als sie nach Hause gingen, »bleibt mir unheimlich auf seltsame Weise. Es ist, als wenn es irgendeine geheimnisvolle Bewandtnis mit ihm habe.«

»Ach!« erwiderte Moritz, »zentnerschwer liegt es mir auf der Brust – die finstere Ahnung irgendeines Unheils, das meiner Liebe droht, erfüllt mein Inneres!«

Noch in derselben Nacht wurde der Obrist durch einen Kurier aus der Residenz geweckt. Anderen Morgens trat er etwas bleich zur Obristin: »Wir werden«, sprach er mit erzwungener Ruhe, »wir werden abermals getrennt, mein liebes Kind! – Der Krieg beginnt nach kurzer Ruhe von neuem. In der Nacht erhielt ich die Order. Sobald als es

nur möglich ist, vielleicht schon in künftiger Nacht, breche
ich auf mit dem Regiment.« Die Obristin erschrak heftig,
sie brach in Tränen aus. Der Obrist sprach tröstend, daß er
überzeugt sei, wie dieser Feldzug ebenso glorreich enden
werde, als der frühere, daß der frohe Mut im Herzen ihn an
kein Unheil denken lasse, das ihm widerfahren könne. »Du
magst«, setzte er dann hinzu, »du magst indessen, bis wir
den Feind aufs neue gedemütigt und der Friede geschlossen, mit Angelika auf unsere Güter gehen. Ich gebe euch
einen Begleiter mit, der euch alle Einsamkeit, alle Abgeschiedenheit eures Aufenthalts vergessen lassen wird. Der
Graf S—i geht mit euch!« – »Wie«, rief die Obristin, »um
des Himmels willen! Der Graf soll mit uns gehen? Der verschmähte Bräutigam? – der ränkesüchtige Italiener, der tief
im Innersten seinen Groll zu verschließen weiß, um ihn bei
der besten Gelegenheit mit aller Macht ausströmen zu lassen? Dieser Graf, der mir in seinem ganzen Wesen, selbst
weiß ich nicht warum, seit gestern wieder aufs neue wider-
wärtiger geworden ist, als jemals!« – »Nein«, fiel der Obrist
ihr ins Wort, »nein, es ist nicht auszuhalten mit den Einbildungen, mit den tollen Träumen der Weiber! – Sie begreifen nicht die Seelengröße eines Mannes von festem Sinn!
– Der Graf ist die ganze Nacht, so wie er sich vorgesetzt,
in dem Nebenzimmer bei Marguerite geblieben. Er war der
erste, dem ich die Nachricht brachte vom neuen Feldzuge.
Seine Rückkehr ins Vaterland ist nun kaum möglich. Er war
darüber betreten. Ich bot ihm den Aufenthalt auf meinen
Gütern an. Nach vieler Weigerung entschloß er sich dazu
und gab mir sein Ehrenwort, alles aufzubieten, euch zu be-
schirmen, euch die Zeit der Trennung zu verkürzen, wie es
nur in seiner Macht stehe. Du weißt, was ich dem Grafen

schuldig, meine Güter sind ihm jetzt eine Freistatt, darf ich *die* versagen?« – Die Obristin konnte – durfte hierauf nichts mehr erwidern. – Der Obrist hielt Wort. Schon in der folgenden Nacht wurde zum Aufbruch geblasen, und aller namenlose Schmerz und herzzerschneidende Jammer der Trennung kam über die Liebenden.

Wenige Tage darauf, als Marguerite völlig genesen, reiste die Obristin mit ihr und Angelika nach den Gütern. Der Graf folgte mit mehrerer Dienerschaft.

Mit der schonendsten Zartheit ließ sich der Graf in der ersten Zeit nur bei den Frauen sehen, wenn sie es ausdrücklich wünschten, sonst blieb er in seinem Zimmer, oder machte einsame Spaziergänge.

Der Feldzug schien erst dem Feinde günstig zu sein, bald wurden aber glorreiche Siege erfochten. Da war nun der Graf immer der erste, der die Siegesbotschaften erhielt, ja der die genauesten Nachrichten über die Schicksale des Regiments hatte, das der Obrist führte. In den blutigsten Kämpfen hatte weder den Obristen, noch den Rittmeister eine Kugel, ein Schwertstreich getroffen; die sichersten Briefe aus dem Hauptquartier bestätigten das.

So erschien der Graf bei den Frauen immer wie ein Himmelsbote des Sieges und des Glücks. Dazu kam, daß sein ganzes Betragen die innigste reinste Zuneigung aussprach, die er für Angelika hegte, daß er sich wie der zärtlichste, um ihr Glück besorgteste Vater zeigte. Beide, die Obristin und Angelika, mußten sich gestehen, daß der Obrist wohl den bewährten Freund richtig beurteilt hatte, und daß jenes Vorurteil gegen ihn die lächerlichste Einbildung gewesen. Auch Marguerite schien von ihrer törichten Leidenschaft geheilt, sie war wieder ganz die muntere gesprächige Französin.

Ein Brief des Obristen an die Obristin, dem ein Brief vom Rittmeister an Angelika beilag, verscheuchte den letzten Rest der Besorgnis. Die Hauptstadt des Feindes war genommen, der Waffenstillstand geschlossen.

Angelika schwamm in Wonne und Seligkeit, und immer war es der Graf, der mit hinreißender Lebendigkeit von den kühnen Waffentaten des braven Moritz, von dem Glück sprach, das der holden Braut entgegenblühe. Dann ergriff er Angelikas Hand, und drückte sie an seine Brust und fragte, ob er ihr denn noch so verhaßt sei, als ehemals? Vor Scham hoch errötend, Tränen im Auge versicherte Angelika, sie armes Kind habe ja niemals gehaßt, aber zu innig, zu sehr mit ganzer Seele ihren Moritz geliebt, um sich nicht vor jeder anderen Bewerbung zu entsetzen. Sehr ernst und feierlich sprach dann der Graf: »Sieh mich an, Angelika, für deinen treuen väterlichen Freund«, und hauchte einen leisen Kuß auf ihre Stirne, welches sie, ein frommes Kind, gern litt, da es ihr war, als sei es ihr Vater selbst, der sie auf diese Weise zu küssen pflegte.

Man konnte beinahe hoffen, der Obrist werde wenigstens auf kurze Zeit in das Vaterland zurückkehren, als ein Brief von ihm anlangte, der das Gräßlichste enthielt. Der Rittmeister war, als er mit seinem Reitknecht ein Dorf passierte, von bewaffneten Bauern angefallen worden, die ihn an der Seite des braven Reuters, dem es gelang sich durchzuschlagen, niederschossen und fortschleppten. – So wurde die Freude, die das ganze Haus beseelte, plötzlich in Entsetzen, in tiefes Leid, in trostlosen Jammer verkehrt.

Das ganze Haus des Obristen war in geräuschvoller Bewegung. Treppauf treppab liefen die in reicher Staatslivrei geputzten Diener, rasselnd fuhren die Wagen auf den

Schloßhof mit den geladenen Gästen, die der Obrist, die neuen Ehrenzeichen auf der Brust, die ihm der letzte Feldzug erworben, feierlich empfing.

Oben im einsamen Zimmer saß Angelika bräutlich geschmückt in der vollendetesten Schönheit üppiger Jugendblüte prangend, neben ihr die Obristin.

»Du hast«, sprach die Obristin, »du hast mein liebes Kind, in voller Freiheit den Grafen S—i zu deinem Gatten gewählt. So sehr ehemals dein Vater diese Verbindung wünschte, so wenig hat er jetzt nach dem Tode des unglücklichen Moritz darauf bestanden. Ja, es ist mir jetzt, als teile er mit mir dasselbe schmerzliche Gefühl, das ich dir nicht verhehlen darf. – Es bleibt mir unbegreiflich, daß du so bald deinen Moritz vergessen konntest. – Die entscheidendste Stunde naht. – Du gibst deine Hand dem Grafen – prüfe wohl dein Herz – noch ist es Zeit! – Möge nie das Andenken an den Vergessenen wie ein finsterer Schatten dein heiteres Leben vertrüben!«

»Niemals!« rief Angelika, indem Tränen wie Tautropfen in ihren Augen perlten, »niemals werde ich meinen Moritz vergessen, ach niemals mehr lieben, wie ich ihn geliebt. Das Gefühl, was ich für den Grafen hege, mag wohl ein ganz anderes sein! – Ich weiß nicht, wie der Graf meine innigste Zuneigung so ganz und gar gewonnen! Nein! – ich liebe ihn nicht, ich kann ihn nicht lieben, wie ich Moritz liebte, aber es ist mir, als könne ich ohne ihn gar nicht leben, ja nur durch ihn denken – empfinden! Eine Geisterstimme sagt es mir unaufhörlich, daß ich mich ihm als Gattin anschließen muß, daß sonst es kein Leben mehr hienieden für mich gibt – Ich folge dieser Stimme, die ich für die geheimnisvolle Sprache der Vorsehung halte –«

Die Kammerfrau trat herein mit der Nachricht, daß man Marguerite, die seit dem frühen Morgen vermißt worden, noch immer nicht gefunden, doch habe der Gärtner soeben ein kleines Briefchen an die Obristin gebracht, das er von Marguerite erhalten mit der Anweisung, es abzugeben, wenn er seine Geschäfte verrichtet und die letzten Blumen nach dem Schlosse getragen.

In dem Billett, das die Obristin öffnete, stand:

Sie werden mich nie wiedersehen. – Ein düsteres Verhängnis treibt mich fort aus Ihrem Hause. Ich flehe Sie an, Sie, die mir sonst eine teuere Mutter waren, lassen Sie mich nicht verfolgen, mich nicht zurückbringen mit Gewalt. Der zweite Versuch, mir den Tod zu geben, würde besser gelingen als der erste. – Möge Angelika das Glück genießen, in vollen Zügen, das mir das Herz durchbohrt. Leben Sie wohl auf ewig – Vergessen Sie die unglückliche Marguerite.

»Was ist das«, rief die Obristin heftig, »was ist das? Hat es die Wahnsinnige darauf abgesehen, unsere Ruhe zu verstören? – Tritt sie immer feindselig dazwischen, wenn du die Hand reichen willst dem geliebten Gatten? – Möge sie hinziehen, die undankbare Törin, die ich wie meine Tochter gehegt und gepflegt, möge sie hinziehen, nie werd ich mich um sie kümmern.«

Angelika brach in laute Klagen aus um die verlorene Schwester, die Obristin bat sie um des Himmels willen, nicht Raum zu geben dem Andenken an eine Wahnsinnige in diesen wichtigen entscheidenden Stunden. – Die Gesellschaft war im Saal versammelt, um, da eben die bestimmte Stunde schlug, nach der kleinen Kapelle zu ziehen, wo ein katholischer Geistlicher das Paar trauen sollte. Der Obrist führte die Braut herein, alles erstaunte über ihre Schönheit, die

271

noch erhöht wurde durch die einfache Pracht des Anzuges. Man erwartete den Grafen. Eine Viertelstunde verging nach der anderen, er ließ sich nicht blicken. Der Obrist begab sich nach seinem Zimmer. Er traf auf den Kammerdiener, welcher berichtete, der Graf habe sich, nachdem er völlig angekleidet, plötzlich unwohl gefühlt und einen Gang nach dem Park gemacht, um sich in freier Luft zu erholen, ihm, dem Kammerdiener, aber zu folgen verboten.

Selbst wußte er nicht, warum ihm des Grafen Beginnen so schwer aufs Herz fiel, warum ihm der Gedanke kam, irgend etwas Entsetzliches könne dem Grafen begegnen.

Er ließ hineinsagen, der Graf würde in weniger Zeit erscheinen, und den berühmten Arzt, der sich in der Gesellschaft befand, insgeheim herausrufen. Mit diesem und dem Kammerdiener ging er nun in den Park, um den Grafen aufzusuchen. Aus der Hauptallee ausbiegend, gingen sie nach einem von dichtem Gebüsch umgebenen Platz, der, wie sich der Obrist erinnerte, der Lieblingsaufenthalt des Grafen war. Da saß der Graf ganz schwarz gekleidet, den funkelnden Ordensstern auf der Brust, mit gefalteten Händen auf einer Rasenbank, den Rücken an den Stamm eines blühenden Holunderbaums gelehnt, und starrte sie regungslos an. Sie erbebten vor dem gräßlichen Anblick, denn des Grafen hohle, düster funkelnde Augen schienen ohne Sehkraft. »Graf S—i! – was ist geschehen!« rief der Obrist, aber keine Antwort, keine Bewegung, kein leiser Atemzug! – Da sprang der Arzt hinzu, riß dem Grafen die Weste auf, die Halsbinde, den Rock herab, rieb ihm die Stirne – Er wandte sich zum Obristen mit den dumpfen Worten: »Hier ist menschliche Hilfe nutzlos – er ist tot – der Nervenschlag hat ihn getroffen in diesem Augenblick« – der Kammerdie-

ner brach in lauten Jammer aus. Der Obrist, mit aller Man-
neskraft sein tiefes Entsetzen niederkämpfend, gebot ihm
Ruhe. »Wir töten Angelika auf der Stelle, wenn wir nicht mit
Vorsicht handeln.« So sprach der Obrist, packte die Leiche
an, trug sie auf einsamen Nebenwegen zu einem entfernten
Pavillon, dessen Schlüssel er bei sich hatte, ließ sie dort unter Acht des Kammerdieners, begab sich mit dem Arzt nach
dem Schlosse zurück. Von Entschluß zu Entschluß wan-
kend, wußte er nicht, ob er der armen Angelika das Entsetzliche, was geschehen, verschweigen, ob er es wagen sollte,
ihr alles mit ruhiger Fassung zu sagen.

Als er in den Saal trat, fand er alles in größter Angst und
Bestürzung. Mitten im heiteren Gespräch hatte Angelika
plötzlich die Augen geschlossen, und war in tiefer Ohnmacht niedergesunken. Sie lag in einem Nebenzimmer auf
dem Sofa. – Nicht bleich – nicht entstellt, nein höher, frischer als je blühten die Rosen ihrer Wangen, eine unbeschreibliche Anmut, ja die Verklärung des Himmels war
auf ihrem ganzen Gesicht verbreitet. Sie schien von der
höchsten Wonne durchdrungen. – Der Arzt, nachdem er
sie lange mit gespannter Aufmerksamkeit betrachtet, versicherte, es sei hier nicht die mindeste Gefahr vorhanden,
das Fräulein befinde sich, freilich auf eine unbegreifliche
Weise, in einem magnetischen Zustande. Sie gewaltsam zu
erwecken, getraue er sich nicht, sie werde bald von selbst
erwachen.

Indessen entstand unter den Gästen ein geheimnisvolles
Flüstern. Der jähe Tod des Grafen mochte auf irgendeine
Weise bekannt geworden sein. Alle entfernten sich nach und
nach still und düster, man hörte die Wagen fortrollen.

Die Obristin, über Angelika hingebeugt, fing jeden ihrer

Atemzüge auf. Es war, als lispele sie leise Worte, die nie-manden verständlich. Der Arzt litt nicht, daß man Angelika entkleide, ja daß man sie auch nur von den Handschuhen befreie, jede Berührung könne ihr schädlich sein.

Plötzlich schlug Angelika die Augen auf, fuhr in die Höhe, sprang mit dem gellenden Ruf: »Er ist da – er ist da!« – vom Sofa, rannte in voller Furie zur Türe heraus – durch den Vorsaal – die Stiegen herab – »Sie ist wahnsinnig«, schrie die Obristin entsetzt, »oh Herr des Himmels, sie ist wahnsin-nig!« – »Nein, nein«, tröstete der Arzt, »das ist nicht Wahn-sinn, aber irgend etwas Unerhörtes mag sich begeben!« Und damit stürzte er dem Fräulein nach!

Er sah wie Angelika durch das Tor des Schlosses auf dem breiten Landweg mit hoch emporgestreckten Armen pfeil-schnell fortlief, daß das reiche Spitzengewand in den Lüften flatterte und das Haar sich losnestelte, ein Spiel der Winde.

Ein Reiter sprengte ihr entgegen, warf sich herab vom Pferde, als er sie erreicht, schloß sie in seine Arme. Zwei andere Reiter folgten, hielten und stiegen ab.

Der Obrist, der in voller Hast dem Arzte gefolgt, stand in sprachlosem Erstaunen vor der Gruppe, rieb sich die Stirne, als mühe er sich die Gedanken festzuhalten!

Moritz war es, der Angelika fest gedrückt hielt an seiner Brust; bei ihm standen Dagobert und ein junger schöner Mann in reicher russischer Generalsuniform.

»Nein«, rief Angelika ein Mal über das andere, indem sie den Geliebten umklammerte, »nein! niemals war ich dir un-treu, mein geliebter, teurer Moritz!« Und Moritz: »Ach ich weiß es ja! – ich weiß es ja! Du mein holdes Engelsbild. Er hat dich verlockt durch satanische Künste!«

Und damit trug mehr, als führte er Angelika nach dem

Schlosse, während die andern schweigend folgten. Erst im Tor des Schlosses seufzte der Obrist tief auf, als gewänne er nun erst seine Besinnung wieder, und rief sich mit fragenden Blicken umschauend: »Was für Erscheinungen, was für Wunder!«

»Alles wird sich aufklären«, sprach Dagobert und stellte dem Obristen den Fremden vor als den russischen General Bogislav von S–en, des Rittmeisters vertrautesten innigsten Freund.

In den Zimmern des Schlosses angekommen, fragte Moritz, ohne der Obristin schreckhaftes Staunen zu beachten, mit wildem Blick: »Wo ist der Graf S—i?« »Bei den Toten!« erwiderte der Obrist dumpf, »vor einer Stunde traf ihn der Nervenschlag!« – Angelika bebte zusammen. »Ja«, sprach sie, »ich weiß es, in demselben Augenblick, als er starb, war es mir, als bräche in meinem Innern ein Kristall klingend zusammen – ich fiel in einen sonderbaren Zustand – ich mag wohl jenen entsetzlichen Traum fortgeträumt haben, denn als ich mich wieder besann, hatten die furchtbaren Augen keine Macht mehr über mich, das Feuergespinst zerriß – ich fühlte mich frei – Himmelsseligkeit umfing mich – ich sah Moritz – meinen Moritz – er kam – ich flog ihm entgegen!« – Und damit umklammerte sie den Geliebten, als fürchte sie, ihn aufs neue zu verlieren.

»Gelobt sei Gott«, sprach die Obristin mit zum Himmel gerichteten Blick, »nun ist mir die Last vom Herzen genommen, die mich beinahe erdrückte, ich bin frei von der unaussprechlichen Angst, die mich überfiel in dem Augenblick, als Angelika ihre Hand dem unseligen Grafen reichen sollte. Immer war es mir, als würde mein Herzenskind mit dem Trauringe unheimlichen Mächten geweiht.«

Der General von S—en verlangte die Leiche zu sehen, man führte ihn hin. Als man die Decke, womit der Leichnam verhüllt, hinabzog und der General das zum Tode erstarrte Antlitz des Grafen schaute, bebte er zurück, indem er laut ausrief »Er ist es! – Bei Gott im Himmel, er ist es!« – In des Rittmeisters Arme war Angelika in sanften Schlaf gesunken. Man brachte sie zur Ruhe. Der Arzt meinte, daß nichts wohltätiger über sie kommen könne, als dieser Schlaf, der die bis zur Überspannung gereizter Lebensgeister wieder beruhige. So entgehe sie gewiß bedrohlicher Krankheit.

Keiner von den Gästen war mehr im Schlosse. »Nun ist es«, rief der Obrist, »nun ist es einmal Zeit, die wunderbaren Geheimnisse zu lösen. Sage, Moritz, welch ein Engel des Himmels rief dich wieder ins Leben.«

»Sie wissen«, begann Moritz, »auf welche meuchelmörderische Weise ich, als schon der Waffenstillstand geschlossen, in der Gegend von S. überfallen wurde. Von einem Schuß getroffen, sank ich entseelt vom Pferde. Wie lange ich in tiefer Todesohnmacht gelegen haben mag, weiß ich nicht. Im ersten Erwachen des dunklen Bewußtseins hatte ich die Empfindung des Fahrens. Es war finstere Nacht. Mehrere Stimmen flüsterten leise um mich her. Es war Französisch, was sie sprachen. Also schwer verwundet und in der Gewalt des Feindes! – Der Gedanke faßte mich mit allen Schrecken, und ich versank abermals in tiefe Ohnmacht. Nun folgte ein Zustand, der mir nur einzelne Momente des heftigsten Kopfschmerzes als Erinnerung zurückgelassen hat. Eines Morgens erwachte ich zum hellsten Bewußtsein. Ich befand mich in einem sauberen, beinahe prächtigen Bette mit seidenen Gardinen und großen Quasten und Troddeln verziert. So war auch das hohe Zimmer mit seidenen Tapeten und

schwer vergoldeten Tischen und Stühlen auf altfränkische
Weise ausstaffiert. Ein fremder Mensch schaute mir, ganz
hingebeugt, ins Gesicht und sprang dann an eine Klingel-
schnur, die er stark anzog. Wenige Minuten hatte es gewährt, als die Türe aufging und zwei Männer hineintraten,
von denen der bejahrtere ein altmodisch gesticktes Kleid
und das Ludwigskreuz trug. Der jüngere trat auf mich zu,
fühlte meinen Puls und sprach zu dem Älteren auf französisch: ›Alle Gefahr ist vorüber – er ist gerettet!‹

Nun kündigte sich mir der Ältere als den Chevalier von T.
an, in dessen Schloß ich mich befände. Auf einer Reise begriffen, so erzählte er, kam er durch das Dorf gerade in dem
Augenblick, als die meuchelmörderischen Bauern mich nie-
dergestreckt hatten und mich auszuplündern im Begriff
standen. Es gelang ihm, mich zu befreien. Er ließ mich auf
einen Wagen packen und nach seinem Schloß, das weit entfernt aus aller Kommunikation mit den Militärstraßen lag,
bringen. Hier unterzog sich sein geschickter Haus-Chirur-
gus mit Erfolg der schwierigen Kur meiner bedeutenden
Kopfwunde. Er liebe, beschloß er, meine Nation, die ihm
einst in der verworrenen bedrohlichen Zeit der Revolution
Gutes erzeigt, und freue sich, daß er mir nützlich sein könne. Alles, was zu meiner Bequemlichkeit, zu meinem Trost
gereichen könne, stehe mir in seinem Schloß zu Diensten,
und dulden werde er unter keiner Bedingung, daß ich ihn
früher verlasse, als bis alle Gefahr, die meine Wunde sowohl,
als die fortdauernde Unsicherheit der Straßen herbeiführe,
vorüber sei. Er bedauerte übrigens die Unmöglichkeit, meinen Freunden zur Zeit Nachricht von meinem Aufenthalt
zu geben.

Der Chevalier war Witwer, seine Söhne abwesend, so daß

nur er allein mit dem Chirurgus und zahlreicher Dienerschaft das Schloß bewohnte. Ermüden könnt es nur, wenn
ich weitläuftig erzählen wollte, wie ich unter den Händen
des grundgeschickten Chirurgus immer mehr und mehr ge-
sundete, wie der Chevalier alles aufbot, mir das einsiedleri-
sche Leben angenehm zu machen. Seine Unterhaltung war
geistreicher und sein Blick tiefer, als man es sonst bei seiner
Nation findet. Er sprach über Kunst und Wissenschaft, vermied aber so wie es nur möglich war, sich über die neu-
en Ereignisse auszulassen. Darf ich's denn versichern, daß
mein einziger Gedanke Angelika war, daß es in meiner Seele
brannte, sie in Schmerz versunken zu wissen über meinen
Tod! – Ich lag dem Chevalier unaufhörlich an, Briefe von
mir zu besorgen nach dem Hauptquartier. Er wies das von
der Hand, indem er für die Richtigkeit der Besorgung nicht
einstehen könne, zumal der neue Feldzug so gut als gewiß
sei. Er vertröstete mich, daß er, sowie ich nur ganz genesen, dafür sorgen werde, mich, geschehe auch was da wolle, wohlbehalten in mein Vaterland zurückzubringen. Aus
seinen Äußerungen mußte ich beinahe schließen, daß der
Krieg wirklich aufs neue begonnen und zwar zum Nachteil
der Verbündeten, was er mir aus Zartgefühl verschwiege.

Doch nur der Erwähnung einzelner Momente bedarf es,
um die seltsamen Vermutungen zu rechtfertigen, die Dagobert in sich trägt.

Beinahe fieberfrei war ich schon, als ich auf einmal zur
Nachtzeit in einen unbegreiflichen träumerischen Zustand
verfiel, vor dem ich noch erbebe, unerachtet mir nur die
dunkle Erinnerung daran blieb. Ich sah Angelika, aber es
war, als verginge die Gestalt in zitternden Schimmer, und
vergebens ränge ich danach sie festzuhalten. Ein anderes

Wesen drängte sich dazwischen und legte sich an meine Brust, und erfaßte in meinem Innersten, mein Herz, und in der glühendsten Qual untergehend, wurde ich durchdrungen von einem fremden wunderbaren Wonnegefühl. – Andern Morgens fiel mein erster Blick auf ein Bild, das dem Bette gegenüber hing, und das ich dort niemals bemerkt. Ich erschrak bis in tiefster Seele, denn es war Marguerite, die mich mit ihren schwarzen, lebendigen Augen anstrahlte. Ich fragte den Bedienten, wo das Bild herkomme und wen es vorstelle? Er versicherte, es sei des Chevaliers Nichte, die Marquise von T. und das Bild habe immer da gehangen, nur sei es von mir bisher nicht bemerkt worden, weil es erst gestern vom Staube gereinigt. Der Chevalier bestätigte dies. Sowie ich nun Angelika, wachend, träumend erschauen wollte, stand Marguerite vor mir. Mein eigenes Ich schien mir entfremdet, eine fremde Macht gebot über mein Sein, und in dem tiefen Entsetzen, das mich erfaßte, war es mir, als könne ich Marguerite nicht lassen. Nie vergesse ich die Qual dieses grauenhaften Zustandes.

Eines Morgens liege ich im Fenster, mich erlabend in den süßen Düften, die der Morgenwind mir zuweht; da erschallen in der Ferne Trompetenklänge. – Ich erkenne den fröhlichen Marsch russischer Reiterei, mein ganzes Herz geht mir auf in heller Lust, es ist, als wenn auf den Tönen freundliche Geister zu mir wallen und zu mir sprechen mit lieblichen tröstenden Stimmen, als wenn das wiedergewonnene Leben mir die Hände reicht, mich aufzurichten aus dem Sarge, in dem mich eine feindliche Macht verschlossen! – Mit Blitzesschnelle sprengen einzelne Reuter daher – auf den Schloßhof! – Ich schaue herab – ›Bogislav! – mein Bogislav!‹ schrie ich auf im Übermaß des höchsten Entzückens! – Der

Chevalier tritt ein, bleich – verstört – von unverhoffter Ein-
quartierung – ganz fataler Unruhe stammelnd! – Ohne auf
ihn zu achten, stürze ich herab und liege meinem Bogislav
in den Armen!

Zu meinem Erstaunen erfuhr ich nun, daß der Friede
schon längst geschlossen und der größte Teil der Truppen
in vollem Rückmarsch begriffen. Alles das hatte mir der
Chevalier verschwiegen und mich auf dem Schlosse wie seinen Gefangenen gehalten. Keiner, weder ich noch Bogislav
konnten irgendein Motiv dieser Handlungsweise ahnen, aber
jeder fühlte dunkel, daß hier irgend Unlauteres im Spiel sein
müsse. Der Chevalier war von Stund an nicht mehr derselbe, bis zur Unart mürrisch, langweilte er uns mit Eigensinn
und Kleinigkeitskrämerei, ja, als ich im reinsten Gefühl der
Dankbarkeit mit Enthusiasmus davon sprach, wie er mir das
Leben gerettet, lächelte er recht hämisch dazwischen und
gebärdete sich, wie ein launischer Grillenfänger.

Nach achtundvierzigstündiger Rast brach Bogislav auf,
ich schloß mich ihm an. Wir waren froh, als wir die alt-
väterische Burg, die mir nun vorkam, wie ein düsteres unheimliches Gefängnis, im Rücken hatten. – Aber nun fahre
du fort, Dagobert, denn recht eigentlich ist nun an dir die
Reihe, die seltsamen Ereignisse, die uns betroffen, fortzu-
spinnen.«

»Wie mag«, begann Dagobert, »wie mag man doch nur das
wunderbare Ahnungsvermögen bezweifeln, das tief in der
menschlichen Natur liegt. Nie habe ich an meines Freundes Tod geglaubt. Der Geist, der in Träumen verständlich
aus dem Innern zu uns spricht, sagte es mir, daß Moritz
lebe, und daß die geheimnisvollsten Bande ihn irgendwo
umstrickt hielten. Angelikas Verbindung mit dem Grafen

zerschnitt mir das Herz. – Als ich vor einiger Zeit herkam, als ich Angelika in einer Stimmung fand, die mir, ich gestehe es, ein inneres Entsetzen erregte, weil ich, wie in einem magischen Spiegel, ein fürchterliches Geheimnis zu erblicken glaubte – ja! da reifte in mir der Entschluß, das fremde Land so lange zu durchpilgern, bis ich meinen Moritz gefunden. – Kein Wort von der Seligkeit, von dem Entzücken, als ich schon in A. auf deutschem Grund und Boden meinen Moritz wiederfand und mit ihm den General von S–en.

Alle Furien der Hölle erwachten in meines Freundes Brust, als er Angelikas Verbindung mit dem Grafen vernahm. Aber alle Verwünschungen, alle herzzerschneidende Klagen, daß Angelika ihm untreu geworden, schwiegen, als ich ihm gewisse Vermutungen mitteilte, als ich ihm versicherte, daß es in seiner Macht stehe, alles Unwesen auf einmal zu zerstören. Der General S–en bebte zusammen, als ich den Namen des Grafen nannte, und als ich auf sein Geheiß, sein Antlitz, seine Figur beschrieben, rief er aus: ›Ja, kein Zweifel mehr, er ist es, er ist es selbst.‹«

»Vernehmen Sie«, unterbrach hier der General den Redner, »vernehmen Sie mit Erstaunen, daß Graf S—i mir vor mehreren Jahren in Neapel eine teure Geliebte raubte durch satanische Künste, die ihm zu Gebote standen. Ja, in dem Augenblick, als ich ihm den Degen durch den Leib stieß, erfaßte sie und mich ein Höllenblendwerk, das uns auf ewig trennte! – Längst wußte ich, daß die Wunde, die ich ihm beigebracht, nicht einmal gefährlich gewesen, daß er sich um meiner Geliebten Hand beworben, ach! daß sie an demselben Tage, als sie getraut werden sollte, vom Nervenschlag getroffen, niedersank!«

»Gerechter Gott«, rief die Obristin, »drohte denn nicht

wohl gleiches Schicksal meinem Herzenskinde? – Doch wie komme ich denn darauf, dies zu ahnen?«

»Es ist«, sprach Dagobert, »es ist die Stimme des ahnenden Geistes, Frau Obristin, die wahrhaft zu Ihnen spricht.«

»Und die gräßliche Erscheinung«, fuhr die Obristin fort, »von der uns Moritz erzählte an jenem Abende, als der Graf so unheimlich bei uns eintrat?«

»Es fiel«, nahm Moritz das Wort, »es fiel, so erzählte ich damals, ein entsetzlicher Schlag, ein eiskalter Todeshauch wehte mich an, und es war als rausche eine bleiche Gestalt in zitternden, kaum kenntlichen Umrissen durch das Zimmer. Mit aller Kraft des Geistes bezwang ich mein Entsetzen. Ich behielt die Besinnung, mein Bogislav war erstarrt zum Tode. Als er nach vielem Mühen zu sich selbst gebracht wurde vom herbeigerufenen Arzt, reichte er mir wehmütig die Hand und sprach: ›Bald – morgen schon enden meine Leiden!‹ – Es geschah, wie er vorausgesetzt, aber wie die ewige Macht des Himmels es beschlossen, auf ganz andere Weise, als er es wohl gemeint. Im dicksten wütendsten Gefecht am anderen Morgen traf ihn eine matte Kartätschenkugel auf die Brust, und warf ihn vom Pferde. Die wohltätige Kugel hatte das Bild der Ungetreuen, das er noch immer auf der Brust trug, in tausend Stücken zersplittert. Leicht war die Kontusion geheilt, und seit der Zeit hat mein Bogislav niemals etwas Unheimliches verspürt, das verstörend in sein Leben getreten sein sollte.«

»So ist es«, sprach der General, »und selbst das Andenken an die verlorene Geliebte erfüllt mich nur mit dem milden Schmerz, der dem inneren Geist so wohl tut. – Doch mag unser Freund Dagobert nur erzählen, wie es sich weiter mit uns begab.«

»Wir eilten«, nahm Dagobert das Wort, »wir eilten fort
von A. Heute in der frühesten Morgendämmerung trafen wir
ein in dem kleinen Städtchen P., das sechs Meilen von hier
entfernt. Wir gedachten einige Stunden zu rasten, und dann
weiterzureisen geradesweges hierher. Wie ward uns, meinem
Moritz und mir, als aus einem Zimmer des Gasthofes uns
Marguerite entgegenstürzte, den Wahnsinn im bleichen Antlitz. Sie fiel dem Rittmeister zu Füßen, umschlang heulend
seine Knie, nannte sich die schwärzeste Verbrecherin, die
hundertmal den Tod verdient, flehte ihn an, sie auf der Stelle zu ermorden. Moritz stieß sie mit dem tiefsten Abscheu
von sich und rannte fort.« – »Ja!« fiel der Rittmeister dem
Freunde ins Wort, »ja, als ich Marguerite zu meinen Füßen
erblickte, kamen alle Qualen jenes entsetzlichen Zustandes,
den ich im Schlosse des Chevaliers erlitten, über mich und
entzündeten eine nie gekannte Wut in mir. Ich war im Begriff Marguerite den Degen durch die Brust zu stoßen, als
ich mich mit Gewalt bezähmend, davonrannte.«

»Ich hob«, fuhr Dagobert fort, »ich hob Marguerite von
der Erde auf, ich trug sie in das Zimmer, es gelang mir, sie
zu beruhigen und in abgerissenen Reden von ihr zu erfahren, was ich geahnet. Sie gab mir einen Brief, den sie von
dem Grafen gestern um Mitternacht erhalten. Hier ist er!«

Dagobert zog einen Brief hervor, schlug ihn auseinander
und las:

»Fliehen Sie, Marguerite! – Alles ist verloren! – Er naht
der Verhaßte. Alle meine Wissenschaft reicht nicht hin gegen das dunkle Verhängnis, das mich erfaßt am höchsten
Ziel meines Seins. – Marguerite! ich habe Sie in Geheimnisse eingeweiht, die das gewöhnliche Weib, das danach strebte, vernichtet haben würden. Aber mit besonderer geistiger

Kraft, mit festem starken Willen ausgerüstet, waren Sie eine würdige Schülerin des tief erfahrenen Meisters. Sie haben mir beigestanden. Durch Sie herrschte ich über Angelikas Gemüt, über ihr ganzes inneres Wesen. Dafür wollt ich Ihnen das Glück des Lebens bereiten, wie es in Ihrer Seele lag, und betrat die geheimnisvollsten gefährlichsten Kreise, begann Operationen, vor denen ich oft mich selbst entsetzte. Umsonst! – fliehen Sie, sonst ist Ihr Untergang gewiß – Bis zum höchsten Moment trete ich kühn der feindlichen Macht entgegen. Aber ich fühl es, dieser Moment gibt mir den jähen Tod! – Ich werde einsam sterben. Sowie der Augenblick gekommen, wandere ich zu jenem wunderbaren Baum, unter dessen Schatten ich oft von den wunderbaren Geheimnissen zu Ihnen sprach, die mir zu Gebote stehen. Marguerite! – entsagen Sie für immer diesen Geheimnissen. Die Natur, die grausame Mutter, die abhold geworden den entarteten Kindern, wirft den vorwitzigen Spähern, die mit kecker Hand an ihrem Schleier zupfen, ein glänzendes Spielzeug hin, das sie verlockt und seine verderbliche Kraft gegen sie selbst richtet. – Ich erschlug einst ein Weib, in dem Augenblick, als ich wähnte, es in der höchsten Inbrunst aller Liebe zu umfangen. Das lähmte meine Kraft, und doch hoffte ich wahnsinniger Tor, noch auf irdisches Glück! – Leben Sie wohl, Marguerite! – Gehen Sie in Ihr Vaterland zurück. – Gehen Sie nach S. Der Chevalier von T. wird für Ihr Glück sorgen – Leben Sie wohl!«

Als Dagobert den Brief gelesen, fühlten sich alle von innerem Schauer durchbebt.

»So muß ich«, begann endlich die Obristin leise, »so muß ich an Dinge glauben, gegen die sich mein innerstes Gemüt sträubt. Aber gewiß ist es, daß es mir ganz unbegreiflich blieb, wie Angelika so bald ihren Moritz vergessen und sich ganz dem Grafen zuwenden konnte. Nicht entgangen ist mir indessen, daß sie sich fast beständig in einem exaltierten Zustande befand, und eben dies erfüllte mich mit den quälendsten Besorgnissen. Ich erinnere mich, daß sich Angelikas Neigung zum Grafen zuerst äußerte auf besondere Weise. Sie vertraute mir nämlich, wie sie beinahe in jeder Nacht von dem Grafen sehr lebhaft und angenehm träume.«

»Ganz recht«, nahm Dagobert das Wort, »Marguerite gestand mir ein, daß sie auf des Grafen Geheiß Nächte über bei Angelika zugebracht und leise, leise, mit lieblicher Stimme ihr des Grafen Namen ins Ohr gehaucht. Ja, der Graf selbst sei manchmal um Mitternacht in die Türe getreten, habe minutenlang den starren Blick auf die schlafende Angelika gerichtet, und sich dann wieder entfernt. – Doch bedarf es jetzt, da ich des Grafen bedeutungsvollen Brief vorgelesen, wohl noch eines Kommentars? – Gewiß ist es, daß er darauf ausging, durch allerlei geheime Künste auf das innere Gemüt psychisch zu wirken, und daß ihm dies vermöge besonderer Naturkraft gelang. Er stand mit dem Chevalier von T. in Verbindung, und gehörte zu jener unsichtbaren Schule, die in Frankreich und Italien einzelne Glieder zählt, und aus der alten P-schen Schule entstanden sein soll. – Auf seinen Anlaß hielt der Chevalier den Rittmeister fest in seinem Schlosse, und übte an ihm allerlei bösen Liebeszauber. – Ich könnte weiter eingehen in die geheimnisvollen Mittel, vermöge der, der Graf wußte, sich des fremden psychischen Prinzips zu bemeistern, wie sie Marguerite mir entdeckte, ich könnte manches erklären aus einer Wissenschaft, die mir nicht unbekannt, deren Namen ich aber nicht nennen mag, aus Furcht mißverstanden zu werden – doch man erlasse

mir dieses wenigstens für heute.« – »Oh für immer«, rief die
Obristin mit Begeisterung, »nichts mehr von dem finsteren
unbekannten Reich, wo das Grauen wohnt und das Entsetzen! – Dank der ewigen Macht des Himmels, die mein liebes
Herzenskind gerettet, die uns befreit hat von dem unheimlichen Gast, der so zerstörend in unser Haus trat.« – Man
beschloß andern Tages nach der Stadt zurückzukehren. Nur
der Obrist und Dagobert blieben, um die Beerdigung des
Grafen zu besorgen.

Längst war Angelika des Rittmeisters glückliche Gattin.
Da geschah es, daß an einem stürmischen Novemberabend
die Familie mit Dagobert in demselben Saal am lodernden
Kaminfeuer saß wie damals, als Graf S—i so gespenstisch
durch die Türe hineinschritt. Wie damals heulten und pfiffen
wunderliche Stimmen durcheinander, die der Sturmwind in
den Rauchfängen aus dem Schlafe aufgestört. »Wißt ihr wohl
noch«, fragte die Obristin mit leuchtenden Blicken – »erinnert ihr euch noch?« – »Nur keine Gespenstergeschichten!«
rief der Obrist, aber Angelika und Moritz sprachen davon,
was sie an jenem Abende empfunden, und wie sie schon damals sich über alle Maßen geliebt, und konnten nicht aufhören, des kleinsten Umstandes zu erwähnen, der sich damals
begeben, wie in allem nur der reine Strahl ihrer Liebe sich
abgespiegelt, und wie selbst die süßen Schauer des Grauens
sich nur aus liebender sehnsüchtiger Brust erhoben, und
wie nur der unheimliche Gast, von den gespenstischen Un-
kenstimmen verkündigt, alles Entsetzen über sie gebracht.
»Ist es«, sprach Angelika, »ist es mein Herzens-Moritz, denn
nicht so, als wenn die seltsamen Töne des Sturmwindes, die
sich eben jetzt hören lassen, gar freundlich zu uns von unserer Liebe sprächen?« »Ganz recht«, nahm Dagobert das

Wort, »ganz recht, und selbst das Pfeifen und Zirpen und Zischen der Teemaschine klingt gar nicht im mindesten mehr graulich, sondern, wie mich dünkt, ungefähr so, als besänne sich das darin verschlossene artige Hausgeistlein auf ein hübsches Wiegenlied.«

Da barg Angelika das in hellen Rosenflammen aufglühende Antlitz, im Busen des überglücklichen Moritz. *Der* schlang aber den Arm um die holde Gattin und lispelte leise: »Gibt es denn noch hienieden eine höhere Seligkeit als diese?«

»Ich merk es wohl«, sprach Ottmar, als er die Erzählung geendet hatte und die Freunde in mürrischem Stillschweigen verharrten, »ich merk es wohl, ihr seid von meinem Geschichtlein eben nicht sonderlich erbaut. Wir wollen daher nicht weiter viel darüber reden, sondern es der Vergessenheit hingeben.«

»Das beste, was wir tun können«, erwiderte Lothar.

»Und doch«, nahm Cyprian das Wort, »und doch muß ich meinen Freund in Schutz nehmen. Zwar könntet ihr sagen, daß ich in gewisser Art Partei bin, da Ottmar zu seinem Gericht manches Gewürz von mir empfing und diesmal ganz eigentlich in meiner Küche kochte, mir also gar kein Urteil anmaßen darf, indessen werdet ihr doch selbst, wollt ihr nicht echte Radamanthen, alles schonungslos verdammen, zugestehen müssen, daß manches in Ottmars Erzählung für serapiontisch gelten kann, wie zum Beispiel gleich der Anfang —«

»Ganz recht«, unterbrach Theodor den Freund, »die Gesellschaft bei der Teemaschine mag für lebendig gelten, so wie manches andere im Verlauf der Geschichte, aber aufrichtig gestanden, mit dergleichen gespenstischen unheimlichen Gestalten, wie der fremde Graf, sind wir schon ein wenig stark geschoren worden, und es möchte schwerfallen, ihnen noch fürder Neuheit und Originalität zu geben. Der fremde Graf gleicht dem Alban in dem Magnetiseur (ihr kennt die Geschichte), so wie überhaupt diese Erzählung mit Ottmars seiner eigentlich dieselbe Basis hat. Ich möchte daher sowohl unseren Ottmar als dich mein Cyprianus bitten, dergleichen Unholde künftig ganz aus dem Spiel zu lassen. Ottmar wird das möglich sein, dir Cyprian aber, glaub ich niemals. Dir werden wir daher wohl erlauben müssen, dann und wann solch einen Spuk aufzustellen, und nur die Bedingung machen können, daß er wahrhaft serapiontisch, das heißt, recht aus der Tiefe deiner Fantasie hervorgegangen sei. Außerdem aber *scheint* der Magnetiseur rhapsodisch, der unheimliche Gast ist es aber in der Tat.«

»Auch hier«, sprach Cyprian, »muß ich meinen Freund in Schutz nehmen. – Wißt, daß unlängst hier ganz in der Nähe sich wirklich eine Begebenheit zutrug, die Ähnliches hat mit dem Inhalt des unheimlichen Gastes. In einen stillen gemütlichen Familienkreis trat, als eben allerlei Gespenstergeschichten aufgetischt wurden, plötzlich ein Fremder, der allen unheimlich und grauenhaft erschien, seiner scheinbaren Flachheit und Alltäglichkeit unerachtet. Dieser Fremde verstörte aber durch sein Erscheinen nicht nur den frohen Abend, sondern dann das Glück, die Ruhe der ganzen Familie auf lange Zeit. Ein glückliches Weib ergreifen noch heute Todesschauer, wenn sie an die Arglist und Bosheit denkt, mit der jener Fremde sie in sein Netz verlocken wollte. Diese Begebenheit erzählte ich nun damals Ottmar und nichts wirkte auf ihn mehr, als der Moment, wie der Fremde plötzlich gespenstisch hineintritt und mit dem jähen Schreck, zu dem das aufgeregte Gemüt geneigt, die Ahnung des feindlichen Prinzips alle ergreift. Dieser Moment ging lebendig auf in Ottmars Innern und schuf die ganze Erzählung.«

»Da aber«, unterbrach Ottmar lächelnd den Freund, »ein einzelner Moment, eine Situation noch lange keine Erzählung ist, vielmehr diese in ihrem ganzen Umfange mit allen Einzelheiten, Beziehungen u.s. fix und fertig hervorspringen muß wie Minerva aus Jupiters Haupt, so konnte das Ganze nicht besonders geraten und es half mir wenig, daß ich einzelne Züge aus der Wirklichkeit nutzte und doch vielleicht nicht ohne alles Geschick in das Fantastische hineinschob.«

»Ja«, sprach Lothar, »du hast recht, mein Freund! Ein einzelner frappanter Moment ist noch lange keine Erzählung, so wie eine einzelne glücklich erfundene dramatische Situation noch lange kein Theaterstück. Mir fällt dabei die Art ein, wie ein Theaterdichter, der nicht mehr auf der Erde wandelt und dessen Schauer und Entsetzen erregender Tod wohl seine ärgsten Widersacher versöhnt, sein Schuldbuch vertilgt haben mag, wie *der* seine Theaterstücke zu fabrizieren pflegte. In einer Gesellschaft, der ich selbst beiwohnte, gestand er ohne Hehl, daß er irgendeine gute dramatische Situation, die ihm aufgegangen, erfasse, und dann dieser allein zu Gefallen irgendeinen Kanevas zusammenleime, gleichsam *so drum herum* hinge. – Seine eigenen Worte! – Diese Erklärung gab mir den vollständigsten Aufschluß über das innerste Wesen, den eigentümlichsten Charakter der Stükke jenes Dichters, vorzüglich aus der letzten Zeit. Keinem derselben fehlt es an irgendeiner sehr glücklich, ja oft genial erfundenen Situation. Um diese herum sind aber die Szenen, welche einen mageren alltäglichen Stoff mühsam fortschleppen, gewoben wie ein lockeres loses Gespinst, jedoch

ist die im Technischen vielgeübte Hand des Webers niemals
zu verkennen.«

»Niemals?« sprach Theodor, »ich dächte doch jedesmal
da, wo der nur Gemeinplätzen und alltäglicher Erbärm-
lichkeit huldigende Dichter sich ins Romantische, wahrhaft
Poetische versteigen wollte. Das merkwürdigste traurigste
Beispiel davon gibt das sogenannte romantische Schauspiel
Deodata, ein kurioser Wechselbalg, an dem ein wackerer
Komponist nicht gute Musik hätte verschwenden sollen.
Es gibt kein naiveres Bekenntnis des gänzlichen Mangels an
innerer Poesie, des gänzlichen Nichtahnens höheren drama-
tischen Lebens, als wenn der Dichter der Deodata in dem
Vorwort die Oper deshalb verwirft, weil es unnatürlich sei,
daß die Leute auf dem Theater sängen und dann versichert,
er habe sich bemüht in folgendem, romantischen Schauspiel
den Gesang, den er eingemischt, natürlich herbeizuführen.«

»Laß ruhn, laß ruhn die Toten«, rief Cyprian.

»Und das«, sprach Lothar, »und das um so mehr, als wie
mich dünkt, schon die Mitternachtsstunde naht, die der selige Mann nutzen könnte, uns wie er es im Leben seinen Re-
zensenten anzutun pflegte, einige Ohrfeigen zuzuteilen mit
unsichtbarer Krallenfaust.« In dem Augenblick rollte der
Wagen heran, den Lothar des noch entkräfteten Theodors
halber herausbestellt hatte und in dem die Freunde zurück-
kehrten nach der Stadt.

# Nikolaj Vasilevič Gogol

# Die Nase

# I

Am 25. März geschah in Petersburg etwas ungewöhnlich Seltsames. Der Barbier Iwan Jakowlewitsch, der auf dem Wosnessenskij-Prospekt wohnte (sein Familienname ist in Vergessenheit geraten und selbst auf seinem Ladenschilde, das einen Herrn mit einer eingeseiften Wange und der Inschrift: »Und wird auch zur Ader gelassen« darstellt, nicht erwähnt), der Barbier Iwan Jakowlewitsch erwachte ziemlich früh am Morgen und roch den Duft von warmem Brot. Er setzte sich im Bette auf und sah, wie seine Gattin, eine recht ehrenwerte Dame, die sehr gerne Kaffee trank, frischgebakkene Brote aus dem Ofen nahm.

»Heute möchte ich keinen Kaffee, Praskowja Ossipowna,« sagte Iwan Jakowlewitsch, »statt dessen möchte ich warmes Brot mit Zwiebeln.« (Das heißt, Iwan Jakowlewitsch wollte wohl das eine und das andere, er wußte aber, daß es unmöglich war, beides auf einmal zu verlangen, denn Praskowja Ossipowna mochte solche Launen nicht.) – Soll nur der Dummkopf Brot essen, umso besser für mich, – sagte sich die Gattin: – so bleibt mehr Kaffee für mich übrig. – Und sie warf ein Brot auf den Tisch.

Iwan Jakowlewitsch zog des Anstandes halber einen Frack über sein Hemd, setzte sich an den Tisch, nahm etwas Salz, schnitt zwei Zwiebeln zurecht, ergriff das Messer, machte eine wichtige Miene und begann das Brot zu zerteilen. Als er es in zwei Hälften geschnitten hatte, blickte er hinein und sah darin zu seinem Erstaunen etwas Weißliches. Iwan Jakowlewitsch kratzte vorsichtig mit dem Messer und tastete mit dem Finger. – Es ist etwas Festes, – sagte er sich, was kann es sein?

Er bohrte mit den Fingern und zog eine Nase heraus! …
Iwan Jakowlewitsch ließ die Hände sinken; er fing an, sich
die Augen zu reiben und es zu betasten: eine Nase, tatsächlich eine Nase! Sie kam ihm sogar bekannt vor. Iwan Jakowlewitschs Gesicht zeigte Entsetzen. Dieses Entsetzen war
aber nichts im Vergleich mit der Empörung, die sich seiner
Gattin bemächtigte.

»Wo hast du diese Nase abgeschnitten, du Unmensch?«
schrie sie ihn wütend an. »Verbrecher! Trunkenbold! Ich
selbst werde dich bei der Polizei anzeigen. Du Räuber! Drei
Herren haben mir schon gesagt, daß du beim Rasieren so
heftig an den Nasen ziehst, daß sie fast abreißen.«

Iwan Jakowlewitsch war aber mehr tot als lebendig: er
erkannte, daß die Nase dem Kollegien-Assessor Kowaljow
gehörte, den er jeden Mittwoch und Samstag zu rasieren
pflegte.

»Halt, Praskowja Ossipowna! Ich will sie in einen Lappen
einwickeln und in die Ecke legen: sie wird dort eine Zeitlang
liegen, und dann trage ich sie weg.«

»Ich will davon nichts wissen! Niemals werde ich dulden,
daß in meiner Wohnung eine abgeschnittene Nase herum-
liegt! … Du angebrannter Zwieback, du! Du kannst nur mit
dem Messer auf dem Streichriemen herumfahren, wirst
aber bald deine Pflichten nicht mehr erfüllen können, du
Taugenichts, du Vagabund! Soll ich mich vielleicht deinet-
wegen vor der Polizei verantworten? … Du Schmierfink,
du Dummkopf! Hinaus mit ihr, hinaus! Trag sie, wohin du
willst! Daß ich von ihr nicht mehr höre!«

Iwan Jakowlewitsch stand wie zerschmettert da. Er überlegte und überlegte und wußte nicht, was er sich denken
sollte. »Weiß der Teufel, wie das nur möglich ist,« sagte er

endlich und kratzte sich hinter dem Ohre: »Ob ich gestern betrunken heimgekommen bin oder nicht, weiß ich nicht mehr. Es scheint doch eine außergewöhnliche Sache zu sein, denn das Brot ist etwas Gebackenes, die Nase aber etwas ganz anderes. Ich kann gar nichts verstehen!«

Iwan Jakowlewitsch verstummte. Der Gedanke, daß die Polizei bei ihm die Nase entdecken und ihn zur Verantwortung ziehen könnte, bedrückte ihn furchtbar. Ihm schwebte schon ein roter, schön mit Silber gestickter Kragen und ein Degen vor … und er bebte am ganzen Leibe. Endlich griff er nach seinen Unterkleidern und seinen Stiefeln, zog sich an, wickelte die Nase, unter gewichtigen Ermahnungen Praskowja Ossipownas, in einen Lappen und trat auf die Straße.

Er wollte sie entweder irgendwo liegen lassen, zum Beispiel auf einem Pfosten vor einem Tore, oder sie wie zufällig verlieren und dann in eine Seitengasse einbiegen. Er begegnete aber unglücklicherweise Bekannten, die ihn sofort fragten: »Wohin gehst du?« oder: »Wen willst du so früh rasieren?,« und Iwan Jakowlewitsch konnte keinen geeigneten Augenblick erwischen. Einmal hatte er die Nase schon verloren, aber ein Schutzmann winkte ihm von weitem mit der Hellebarde und sagte: »Heb auf, was du weggeworfen hast!« Iwan Jakowlewitsch mußte die Nase aufheben und in die Tasche stecken. Ihn überfiel Verzweiflung, umso mehr, als das Publikum auf der Straße beständig zunahm, je mehr Geschäfte und Läden geöffnet wurden.

Er beschloß, zu der Isaaksbrücke zu gehen: vielleicht gelingt es ihm, die Nase in die Newa zu werfen? … Aber ich fühle mich schuldig, weil ich noch gar nichts über Iwan Jakowlewitsch, diesen in vielen Beziehungen ehrenwerten Menschen, gesagt habe.

Iwan Jakowlewitsch war wie jeder ordentliche russische Handwerker ein furchtbarer Trunkenbold und, obwohl er jeden Tag fremde Bärte rasierte, immer unrasiert. Der Frack Iwan Jakowlewitschs (Iwan Jakowlewitsch trug niemals einen gewöhnlichen Rock) war gescheckt, das heißt schwarz, voller gelblichbrauner und grauer Flecken; der Kragen glänzte, und an Stelle von drei Knöpfen waren nur Fädchen zu sehen. Iwan Jakowlewitsch war ein großer Zyniker, und wenn der Kollegien-Assessor Kowaljow ihm beim Rasieren sagte: »Deine Hände stinken immer, Iwan Jakowlewitsch!,« so antwortete Iwan Jakowlewitsch mit der Frage: »Warum sollten sie stinken?« – »Ich weiß es nicht, mein Bester, aber sie stinken,« entgegnete der Kollegien-Assessor, worauf ihm Iwan Jakowlewitsch, nachdem er eine Prise genommen, die Wangen und die Stellen unter der Nase, hinter den Ohren und unter dem Kinne, kurz alles, was ihm einfiel, einseifte.

Dieser ehrenwerte Bürger stand schon auf der Isaaksbrücke. Er sah sich um, beugte sich dann über das Geländer, als ob er sehen wollte, ob viele Fische unter der Brücke schwimmen, und warf das Läppchen mit der Nase vorsichtig ins Wasser. Es war ihm, als hätte er sich von einer Last von zehn Pud befreit. Iwan Jakowlewitsch lächelte. Statt sich auf den Weg zu machen, um die Beamten zu rasieren, ging er auf ein Lokal mit der Inschrift »Speisen und Tee« auf dem Schilde zu, um sich dort ein Glas Punsch geben zu lassen, als er plötzlich am Ende der Brücke einen Revieraufseher von vornehmem Aussehen, mit breitem Backenbart, einem Dreimaster und einem Degen stehen sah. Iwan Jakowlewitsch erstarrte, aber der Revieraufseher winkte ihm mit dem Finger und sagte: »Komm mal her, mein Bester!« Iwan Jakowlewitsch wußte, was sich gehört: er zog schon von weitem die Mütze, kam schnell heran und sagte: »Ich begrüße Euer Wohlgeboren!«

»Nein, nein, Bruder, nichts von Wohlgeboren, sag mir lieber, was du dort auf der Brücke gemacht hast!«

»Bei Gott, Herr, ich ging zum Rasieren und wollte nur nachsehen, ob das Wasser schnell fließt.«

»Du lügst, du lügst, so kommst du mir nicht davon. Antworte bitte!«

»Ich will Euer Gnaden zwei-, sogar dreimal in der Woche unentgeltlich rasieren,« antwortete Iwan Jakowlewitsch.

»Nein, Freund, das sind Dummheiten! Ich werde schon so von drei Barbieren rasiert, und sie rechnen sich dies zur Ehre an. Sag mir lieber, was du dort getan hast!«

Iwan Jakowlewitsch erbleichte … Hier hüllen sich aber die Geschehnisse in einen Nebel, und es ist vollkommen unbekannt, was da weiter geschah.

# II

Der Kollegien-Assessor Kowaljow erwachte ziemlich früh und machte mit seinen Lippen »Brrr … ,« wie er es stets beim Erwachen tat, ohne den Grund dafür angeben zu können. Kowaljow streckte sich und ließ sich den kleinen Spiegel geben, der auf dem Tische stand. Er wollte sich den Pickel ansehen, der am Tage vorher auf seiner Nase erblüht war; zu seinem größten Erstaunen sah er aber an Stelle der Nase eine vollkommen glatte Fläche! Kowaljow erschrak, ließ sich Wasser geben und rieb sich die Augen mit dem Handtuch: die Nase war wirklich weg! Er fing an, die Stelle mit der Hand zu befühlen, kniff sich auch ins Fleisch, um festzustellen, ob er nicht schlafe: nein, er schlief wohl nicht. Der Kollegien-Assessor Kowaljow sprang aus dem Bette und schüttelte sich – die Nase war noch immer weg! ... Er ließ sich sofort seine Kleider geben und machte sich auf den Weg, direkt zum Ober-Polizeimeister.

Indessen muß ich aber einiges über Kowaljow sagen, damit der Leser erfahre, welcher Art Kollegien-Assessor er war. Die Kollegien-Assessoren, die diesen Grad dank ihren Bildungszeugnissen erlangen, lassen sich gar nicht mit den Kollegien-Assessoren vergleichen, die es im Kaukasus geworden sind. Es sind zwei völlig verschiedene Arten. Die gebildeten Kollegien-Assessoren ... Rußland ist aber ein sehr merkwürdiges Land, und wenn man etwas über einen Kollegien-Assessor sagt, so werden es alle Kollegien-Assessoren von Riga bis Kamtschatka unbedingt auf sich beziehen; ebenso ist es auch mit allen anderen Titeln und Graden. Kowaljow war ein kaukasischer Kollegien-Assessor. Er bekleidete diesen Rang erst seit zwei Jahren und mußte daher immer daran denken; um sich noch mehr Ansehen und Gewicht zu verleihen, nannte er sich niemals einfach Kollegien-Assessor, sondern stets Major. »Hör mal, meine Liebe,« sagte er zu einem Weibe, das auf der Straße Vorhemden feilbot: »Komm zu mir in die Wohnung; ich wohne in der Ssadowajastraße, und frage bloß nach dem Major Kowaljow – ein jeder wird es dir zeigen.« Begegnete er aber einer jungen Schönen, so gab er ihr außerdem einen geheimen Auftrag und fügte hinzu: »Frag nur nach der Wohnung des Majors Kowaljow, mein Kind!« Aus diesem Grunde wollen auch wir den Kollegien-Assessor in Zukunft Major nennen.

Der Major Kowaljow pflegte jeden Tag auf dem Newskij-
Prospekt spazieren zu gehen. Sein Hemdkragen war stets
außerordentlich sauber und sorgfältig gestärkt. Sein Backenbart war von jener Art, wie ihn auch jetzt noch die Gouver-
nements – und Kreislandmesser, die Architekten und Re-
gimentsärzte, auch die Beamten für verschiedene Aufträge
tragen, überhaupt alle Männer, die volle und rote Wangen
haben und sehr gut Boston spielen: dieser Backenbart geht
mitten durch die Wange und reicht bis zu der Nase. Der Major Kowaljow trug an seiner Uhrkette eine Menge von Pet-
schaften aus Karneol, die teils Wappen und teils Inschriften
trugen, wie »Mittwoch,« »Donnerstag,« »Montag« und so weiter. Der Major Kowaljow war nach Petersburg in Geschäften
gekommen, und zwar, um eine seinem Grade entsprechende
Stellung zu suchen: womöglich das Amt eines Vize-Gouver-
neurs, sonst aber das eines Exekutors an irgendeinem ange-
sehenen Departement. Der Major Kowaljow war auch gar
nicht abgeneigt zu heiraten, aber nur in dem Falle, wenn die
Braut zweihunderttausend Rubel mitbekäme. Nun kann der
Leser selbst urteilen, wie es diesem Major zumute war, als
er statt seiner recht hübschen und mäßig großen Nase eine
ganz dumme, glatte Fläche gewahrte. Zum Unglück ließ sich
keine einzige Droschke auf der Straße blicken, und so mußte er zu Fuß gehen, in seinen Mantel gehüllt, das Gesicht
mit dem Taschentuch verdeckt, als ob er Nasenbluten hätte.
– Vielleicht ist es mir nur so vorgekommen: es kann ja nicht
sein, daß die Nase so dumm verschwindet – dachte er sich
und trat in eine Konditorei, um einen Blick in den Spiegel
zu werfen. Glücklicherweise waren in der Konditorei keine
Besucher; die Kellner kehrten die Stuben und stellten die
Stühle auf; andere, mit verschlafenen Augen, trugen heiße

Pasteten herein; auf den Tischen und Stühlen lagen die mit Kaffee begossenen Zeitungen vom gestrigen Tage. »Gott sei Dank, es ist niemand da,« sagte er, »nun kann ich in den Spiegel schauen.« Er ging ängstlich zum Spiegel und blickte hinein. »Teufel, so eine Gemeinheit!« sagte er und spie aus. »Wenn doch an Stelle der Nase wenigstens etwas anderes wäre, aber so nichts, gar nichts! ... «

Er biß die Zähne verdrießlich zusammen und trat aus der Konditorei auf die Straße, entschlossen, entgegen seiner Gepflogenheit niemand anzusehen und niemand zuzulächeln. Plötzlich blieb er wie angewurzelt vor der Einfahrt eines Hauses stehen; vor seinen Augen geschah etwas Unfaßbares: vor der Einfahrt hielt eine Equipage, der Schlag wurde geöffnet, ein Herr in Uniform sprang gebückt aus dem Wagen und eilte die Treppe hinauf. Wie groß war der Schreck und zugleich das Erstaunen Kowaljows, als er in ihm seine eigene Nase erkannte! Bei diesem ungewöhnlichen Anblick drehte sich alles vor seinen Augen um; er fühlte, daß er kaum noch stehen könne; aber er entschloß sich, koste es, was es wolle, zu warten, bis jener wieder in die Equipage steigen würde; dabei bebte er am ganzen Leibe wie im Fieber. Nach zwei Minuten trat die Nase wieder aus dem Hause. Sie trug eine goldgestickte Uniform mit hohem Stehkragen, Beinkleider aus Sämischleder und einen Degen an der Seite. An dem Hut mit dem Federbusch konnte man ersehen, daß sie im Range eines Staatsrates stand. Alles wies darauf hin, daß sie gerade Besuche machte. Sie sah nach rechts und nach links, rief dem Kutscher: »Fahr zu!,« stieg ein und fuhr davon.

Der arme Kowaljow war beinahe von Sinnen. Er wußte nicht, was er von einem so seltsamen Ereignis denken sollte. Wie war es bloß möglich, daß die Nase, die sich noch gestern in seinem Gesicht befunden hatte und die weder fahren noch gehen konnte, eine Uniform trug! Er lief der Equipage nach, die glücklicherweise nicht weit fuhr und vor dem Kaufhause hielt.

Er stürzte ins Kaufhaus und drängte sich durch die Reihe alter Bettelweiber mit verbundenen Gesichtern und zwei Löchern für die Augen, über die er sich früher so oft lustig gemacht hatte. Im Kaufhause waren nur wenig Leute. Kowaljow war so aufgeregt, daß er keinen Entschluß fassen konnte und nur nach jenem Herrn ausspähte; endlich sah er ihn vor einem Laden stehen. Die Nase hielt ihr Gesicht in dem hohen Stehkragen verborgen und betrachtete mit tiefem Interesse irgendwelche Waren.

– Wie soll ich sie ansprechen? – dachte sich Kowaljow. – An allem, an der Uniform und dem Hut ist zu erkennen, daß sie im Range eines Staatsrates steht. Weiß der Teufel, wie man das macht! – Er fing an, zu hüsteln; die Nase verharrte aber in ihrer Stellung.

»Mein Herr,« sagte Kowaljow, sich innerlich Mut zusprechend: »Mein Herr … «

»Was wünschen Sie?« fragte die Nase, indem sie sich umdrehte.

»Es erscheint mir so merkwürdig, mein Herr … ich denke … Sie sollten doch wissen, wo Sie hingehören. Plötzlich finde ich Sie, und wo? … Sie werden doch zugeben … «

»Verzeihen Sie, ich kann unmöglich verstehen, wovon Sie sprechen … Fassen Sie sich bitte klarer.«

– Wie soll ich es ihr klar machen? dachte sich Kowaljow. Dann faßte er sich ein Herz und begann: »Ich kann natürlich … übrigens bin ich Major. Sie werden doch zugeben, daß es sich für mich nicht schickt, ohne Nase zu sein. Eine Händlerin, die auf der Woskressenskij-Brücke geschälte Orangen verkauft, kann sich noch ohne Nase behelfen; aber ich, der ich die Aussicht auf eine Anstellung habe ... und außerdem in vielen Häusern verkehre und mit Damen bekannt bin: mit der Frau Staatsrat Tschechtarjowa und anderen ... Urteilen Sie selbst ... Ich weiß nicht, mein Herr (bei diesen Worten zuckte der Major Kowaljow die Achseln) ... verzeihen Sie ... wenn man es vom Standpunkte des Pflichtbewußtseins und des Ehrgefühls ansieht ... Sie können es selbst verstehen ... «

»Ich verstehe gar nichts,« antwortete die Nase. »Fassen Sie sich klarer.«

»Mein Herr,« sagte Kowaljow mit Würde, »ich weiß nicht, wie ich Ihre Worte auffassen soll ... Die ganze Angelegenheit erscheint mir doch klar ... oder Sie wollen nicht ... Sie sind doch meine eigene Nase!«

Die Nase sah den Major an und zog die Brauen zusammen.

»Sie täuschen sich, mein Herr: ich lebe ganz für mich. Außerdem können zwischen uns keinerlei intime Beziehungen bestehen. Nach den Knöpfen Ihrer Uniform zu schließen, gehören Sie zu einem ganz anderen Ressort.« Mit diesen Worten wandte sich die Nase von ihm weg.

Kowaljow war gänzlich verwirrt und wußte nicht, was er tun und sogar was er sich denken sollte. In diesem Augenblick hörte er das angenehme Rascheln eines Damenkleides: eine ältere Dame mit vielen Spitzen an der Toilette, näherte sich ihm, von einem jungen Mädchen gefolgt. Letztere trug ein weißes Kleid, das wunderschön auf ihrer schlanken Figur saß, und einen gelben Hut, so leicht wie ein Schaumkuchen.

Hinter ihnen stand ein baumlanger Haiduck mit mächtigem Backenbart und einem ganzen Dutzend von Mantelkragen.

Kowaljow kam näher. Er zog den Kragen seines Batisthcmdes hervor, ordnete die Petschafte an seiner goldenen Uhrkette und wandte seine Aufmerksamkeit der graziösen jungen Dame zu, die gebeugt wie eine Frühlingsblume, das weiße Händchen mit den durchscheinenden Fingern an die Stirne führte. Kowaljow lächelte noch heiterer, als er unter ihrem Hut ein rundliches, schneeweißes Kinn und einen Teil der in der Farbe der ersten Frühlingsrosen leuchtenden Wange gewahrte; aber plötzlich prallte er zurück, wie wenn er sich verbrannt hätte. Er erinnerte sich, daß er an Stelle der Nase absolut nichts mehr hatte, und Tränen entströmten seinen Augen. Er drehte sich um, um dem Herrn in der Uniform zu sagen, daß er sich bloß als Staatsrat verstelle, daß er ein Spitzbube und ein Schuft sei und nichts weiter als seine eigene Nase … Die Nase war aber schon verschwunden: sie hatte sich verflüchtigt, wahrscheinlich um noch einige Besuche zu machen.

Dies versetzte Kowaljow in Verzweiflung. Er ging zurück und blieb eine Minute lang in der Säulenhalle stehen, gespannt nach allen Seiten blickend, ob er die Nase nicht wiederfinden würde. Er erinnerte sich sehr gut, daß sie einen mit Federn geschmückten Hut und eine goldgestickte Uniform trug; aber er hatte sich weder ihren Mantel, noch die Farbe der Equipage und der Pferde gemerkt und wußte sogar nicht, ob hinten ein Lakai und in was für einer Livree gestanden hatte. Außerdem fuhren hier so viele Equipagen und so schnell vorbei, daß es schwer war, sich eine zu merken; und selbst wenn er sie erkannt hätte, wäre es ihm unmöglich gewesen, sie anzuhalten. Der Tag war schön und sonnig. Auf dem Newskij-Prospekt wimmelte es von Menschen; eine ganze Blumenkaskade von Damen wogte über das Trottoir von der Polizei – bis zur Anitschkin-Brücke. Da sieht er einen ihm bekannten Hofrat, den er, besonders in Gegenwart von Fremden, Oberstleutnant zu titulieren pflegt. Da ist Jaryschkin, Abteilungsvorstand im Senat, ein guter Freund von ihm, der im Boston-Spiel immer verliert, wenn er acht spielt. Und da ist ein anderer Major, der seinen Assessorgrad im Kaukasus erworben hat und der ihn mit der Hand zu sich heranwinkt …

»Hol ihn der Teufel!« sagte Kowaljow:

»He, Kutscher, fahr mich direkt zum Polizeimeister!«

Kowaljow stieg in die Droschke und rief dem Kutscher jeden Augenblick zu: »Fahr so schnell du kannst!«

»Ist der Polizeimeister anwesend?« fragte er, in den Flur tretend.

»Zu Befehl, nein,« antwortete der Portier: »Der Herr Polizeimeister sind eben ausgefahren.«

»Was!«

»Jawohl,« fügte der Portier hinzu: »Es ist zwar noch nicht lange her, aber er ist ausgefahren; wären Sie um eine Minute früher gekommen, so hätten Sie ihn vielleicht noch erwischt.«

Kowaljow stieg, ohne das Taschentuch vom Gesicht zu nehmen, wieder in die Droschke und rief mit verzweifelter Stimme: »Fahr zu!«

»Wohin?« fragte der Kutscher.

»Geradeaus!«

»Wie, geradeaus … ? Hier müssen wir wenden: nach rechts oder nach links?« Diese Frage brachte Kowaljow zur Besinnung und zwang ihn, wieder nachzudenken. Er hätte sich wohl vor allem an die Polizeiverwaltung wenden müssen, nicht etwa weil seine Lage in irgendeiner direkten Beziehung zur Polizei stünde, sondern weil die letztere ihre Anordnungen schneller treffen könnte, als irgendein anderes Ressort. Genugtuung von dem Ressort zu verlangen, in dem die Nase, nach ihrer Behauptung, diente, wäre unklug gewesen, da man schon aus den eigenen Worten der Nase ersehen konnte, daß es für sie nichts Heiliges gab und sie auch in diesem Falle ebenso lügen würde, wie sie schon gelogen hatte, als sie behauptete, Kowaljow noch nie gesehen zu haben. Kowaljow wollte schon dem Kutscher den Befehl geben, zur Polizeiverwaltung zu fahren, als ihm wieder der Gedanke kam, daß dieser Gauner und Spitzbube, der sich schon bei der ersten Begegnung so gewissenlos benommen hatte, den günstigen Augenblick benützen und die Stadt verlassen könnte, – dann wäre alles Suchen vergebens, oder es könnte auch, Gott behüte, einen ganzen Monat dauern. Endlich gab ihm wohl der Himmel selbst einen guten Gedanken. Er beschloß, sich an die Zeitungsexpedition zu wenden und rechtzeitig eine Anzeige aufzugeben mit genauer Personalbeschreibung der Nase, damit jeder, der ihr begegnete, sie ihm wiederbringen oder wenigstens ihren Aufenthaltsort angeben könnte. Als er diesen Entschluß gefaßt hatte, befahl er dem Kutscher, nach der Zeitungsexpedition zu fahren; er bearbeitete während der ganzen Fahrt den Rücken des Kutschers mit der Faust und feuerte ihn an: »Schneller, du Spitzbube! Schneller, du Schurke!« – »Ach, Herr!« sagte der Kutscher, den Kopf schüttelnd und sein Pferd, das langhaarig wie ein Bologneser war, mit dem Zügel schlagend. Die Droschke hielt endlich, und Kowaljow stürzte atemlos in ein kleines Zimmer, wo ein grauhaariger

Beamter im alten Frack, mit einer Brille auf der Nase, hinter einem Tische saß und, einen Gänsekiel zwischen den Zähnen, die eingenommenen Kupfermünzen zählte.

»Wo gibt man hier Anzeigen auf?« rief Kowaljow. »Ah, guten Tag!«

»Meine Hochachtung!« entgegnete der grauhaarige Beamte, die Augen hebend. Dann richtete er sie wieder auf die Geldhaufen.

»Ich habe eine Anzeige … «

»Entschuldigen Sie, wollen Sie bitte etwas warten,« sagte der Beamte, indem er mit der Rechten eine Zahl auf das Papier schrieb und mit dem Finger der Linken zwei Kugeln auf dem Rechenbrett verschob. Ein galonierter Lakai von einem recht sauberen Äußeren, das von einer langen Dienstzeit in einem aristokratischen Hause zeugte, stand mit einem Zettel in der Hand neben dem Tisch und hielt es für angebracht, seine Bildung zu zeigen: »Glauben Sie es mir, mein Herr, der Hund ist keine achtzig Kopeken wert, das heißt ich würde für ihn auch keine vier Kopeken geben, aber die Gräfin liebt ihn! Darum verspricht sie dem Finder hundert Rubel! Wenn man sich höflich ausdrücken will, wie zum Beispiel wir beide uns ausdrücken, so sind die Geschmäcker der Menschen ganz unberechenbar. Wenn man schon ein Hundeliebhaber ist, so halte man sich einen Jagdhund oder einen Pudel; man gebe fünfhundert Rubel aus, man gebe sogar tausend Rubel aus, dafür soll es aber ein guter Hund sein!«

Der ehrenwerte Beamte hörte ihm mit ernster Miene zu und zählte zugleich die Buchstaben auf dem Zettel, den der Lakai mitgebracht hatte. Rechts und links standen noch eine Menge alter Frauen, Handlungsgehilfen und Hausknechte mit Zetteln in den Händen. Auf einem dieser Zettel hieß es,

daß ein nüchterner Kutscher von seinem Besitzer in fremde
Dienste gegeben werde; in einem anderen wurde eine wenig
benutzte, im Jahre 1814 aus Paris mitgebrachte Equipage
feilgeboten; hier wurde ein leibeigenes Mädel von neunzehn
Jahren, das waschen konnte und auch für andere Arbeiten
taugte, ausgeschrieben; dort eine solide Droschke, an der
eine der beiden Federn fehlte; ein junger, feuriger Apfel-
schimmel von siebzehn Jahren; neue, aus London bezogene
Rüben- und Radieschensamen; ein Landgut mit allem Zu-
behör: mit einem Stall für zwei Pferde und einem Platz, auf
dem man einen prachtvollen Birken- oder Tannengarten
anlegen konnte; eine Anzeige über den Verkauf alter Stie-
felsohlen nebst Aufforderung, sich zwischen 8 und 3 Uhr
bei der Versteigerung derselben einzufinden. Das Zimmer,
in dem sich diese ganze Gesellschaft befand, war klein und
die Luft darin außerordentlich stickig; aber der Kollegien-
Assessor Kowaljow konnte es nicht spüren, da er sich das
Taschentuch vors Gesicht hielt und auch, weil seine Nase
sich Gott weiß wo befand.

»Mein Herr, darf ich Sie bitten ... Ich habe Eile ... « sagte
er schließlich mit Ungeduld.

»Gleich, gleich! ... Zwei Rubel dreiundvierzig Kopeken!
... Einen Augenblick! ... Ein Rubel vierundsechzig Kopeken!« sagte der grauhaarige Herr, indem er den alten Weibern und den Hausknechten die Zettel ins Gesicht warf.
»Was wünschen Sie?« fragte er endlich, sich an Kowaljow
wendend.

»Ich bitte ... « sagte Kowaljow: »es liegt ein Schwindel
oder ein Betrug vor, ich weiß es noch nicht. Ich bitte Sie nur
zu annoncieren, daß derjenige, der mir diesen Spitzbuben
herbeischafft, eine beträchtliche Belohnung erhalten wird.«

»Darf ich Sie fragen: wie ist Ihr Familienname?«

»Nein, was brauchen Sie meinen Familiennamen? Ich kann ihn nicht angeben. Ich habe viele Bekannte: die Frau Staatsrat Tschechtarjowa, die Frau Stabsoffizier Pelageja Grigorjewna Podtotschina … Wenn sie es, Gott behüte, erfahren! Sie können einfach schreiben: ein Kollegien-Assessor oder noch besser: Ein Herr im Majorsrange.«

»Ist Ihnen ein Leibeigener entlaufen?«

»Ach was, Leibeigener! Das wäre noch keine so große Gemeinheit! Mir ist die … Nase ausgerückt …«

»Hm! Ein sonderbarer Familienname! Hat Sie dieser Herr Nase um eine große Summe bestohlen?«

»Das heißt die Nase … Sie haben mich nicht richtig verstanden! Die Nase, meine Nase ist unbekannt wohin verschwunden. Der Teufel hat mir einen Streich spielen wollen!«

»Ja, auf welche Weise ist sie verschwunden? Ich kann es nicht verstehen.«

»Auch ich kann Ihnen nicht sagen, auf welche Weise; das Wichtigste aber ist, daß sie jetzt in der Stadt umherfährt und sich Staatsrat tituliert. Darum bitte ich Sie zu annoncieren, daß derjenige, der sie einfangen sollte, sie mir unverzüglich bringen möchte. Bedenken Sie doch selbst: wie soll ich ohne diesen so wichtigen Körperteil leben? Das ist doch keine kleine Zehe, die im Stiefel steckt und deren Fehlen kein Mensch bemerkt. Ich bin jeden Donnerstag bei der Frau Staatsrat Tschechtarjowa; die Frau Stabsoffizier Pelageja Grigorjewna Podtotschina, – sie hat ein hübsches Töchterchen, – ist auch eine gute Bekannte von mir; urteilen Sie selbst, was soll ich jetzt machen … Ich kann mich doch bei diesen Damen unmöglich sehen lassen.«

Der Beamte überlegte sich den Fall: seine fest zusammengekniffenen Lippen wiesen darauf hin.

»Nein, ich kann eine solche Anzeige nicht einrücken,« sagte er endlich nach langem Schweigen.

»Wie? Warum?«

»So. Die Zeitung könnte um ihren guten Ruf kommen. Wenn jeder schreiben wollte, daß ihm seine Nase ausgerückt sei, so … Man spricht auch so schon genug, daß viel zu viele sinnlose und falsche Gerüchte gedruckt werden.«

»Warum sollte denn diese Sache sinnlos sein? Ich kann es wirklich nicht einsehen … «

»Sie können es nicht einsehen. Aber in der vorigen Woche hatten wir folgenden Fall. Es kam ein Beamter, genauso wie Sie jetzt kommen, und brachte einen Zettel mit einer Anzeige, für die ihm zwei Rubel dreiundsiebzig Kopeken berechnet wurden; die Anzeige lautete, daß ein schwarzer Pudel entlaufen sei. Man sollte doch meinen, es sei nichts dabei. Aber das Ganze war ein Pasquill: mit dem Pudel war der Kassierer, ich weiß nicht mehr welcher Behörde, gemeint.«

»Meine Anzeige handelt aber nicht von einem Pudel, sondern von meiner eigenen Nase; und das ist doch fast dasselbe, wie wenn sie von mir selbst handelte.«

Nein, eine solche Anzeige kann ich nicht aufnehmen.«

»Wenn ich aber wirklich die Nase verloren habe?«

»Wenn Sie sie verloren haben, so geht es einen Arzt an. Man sagt, es gäbe solche, die einem eine beliebige Nase ansetzen können. Ich sehe übrigens, daß Sie ein lustiger Herr sind und in Gesellschaft gern scherzen.«

»Ich schwöre Ihnen, bei Gott! Wenn es nicht anders geht, so will ich es Ihnen zeigen.«

»Warum die Mühe!« sagte der Beamte, indem er eine Prise nahm. Wenn es Ihnen übrigens keine Mühe macht,« fügte er neugierig hinzu, »so möchte ich es mir doch anschauen.«

Der Kollegien-Assessor nahm sich das Taschentuch vom Gesicht.

»In der Tat, sehr merkwürdig!« sagte der Beamte: »Die Stelle ist so vollkommen glatt wie ein frischgebackener Pfannkuchen. Ganz unwahrscheinlich glatt!«

»Nun, jetzt werden Sie wohl nicht mehr widersprechen? Nun sehen Sie selbst, daß Sie die Anzeige aufnehmen müssen. Ich werde Ihnen sehr dankbar sein und bin froh, daß diese Gelegenheit mir das Vergnügen verschafft hat, Sie kennenzulernen.« Der Major ließ sich, wie man daraus ersehen kann, zu einer gemeinen Schmeichelei herab.

»Abdrucken kann ich es wohl, das ist nicht schwer,« sagte der Beamte, »aber ich kann darin keinen Nutzen für Sie erblicken. Wenn Sie wollen, so lassen Sie es von jemand, der sich darauf versteht, als ein seltenes Naturereignis beschreiben und in der ›Nordischen Biene‹ veröffentlichen (hier nahm er wieder eine Prise), zur Belehrung der Jugend (er schneuzte sich), oder zur allgemeinen Unterhaltung.«

Der Kollegien-Assessor war nun ganz niedergeschlagen. Sein Blick fiel auf den unteren Teil des Zeitungsblattes, wo sich die Theateranzeigen befanden; er wollte schon lächeln, als er auf den Namen einer hübschen Schauspielerin stieß, und seine Hand fuhr schon in die Tasche, um nachzusehen, ob er noch einen blauen Lappen habe, da doch Personen im Stabsoffiziersrange seiner Meinung nach nur im Parkett sitzen dürfen; aber der Gedanke an die Nase verdarb alles!

Der Beamte selbst schien durch die schwierige Lage Kowaljows gerührt. Er wollte seinen Kummer wenigstens etwas lindern und hielt es für angebracht, seine Teilnahme in einigen Worten auszudrücken: »Es tut mir wirklich sehr leid, daß Ihnen so etwas passiert ist. Wollen Sie nicht eine Prise nehmen? Dies hilft gegen Kopfweh und Melancholie; selbst gegen Hämorrhoiden ist es gut.« Mit diesen Worten reichte der Beamte Kowaljow seine Tabaksdose, indem er den Deckel mit dem Bildnis einer hutgeschmückten Dame sehr geschickt aufklappte.

Diese unüberlegte Handlung brachte Kowaljow um seine Geduld. »Ich verstehe nicht, wie Sie jetzt spaßen können,« sagte er erregt: »Sehen Sie denn nicht, daß mir gerade das fehlt, womit ich schnupfen könnte? Hol der Teufel Ihren Tabak! Ich kann ihn gar nicht sehen, nicht nur Ihren schlechten Beresin-Tabak, sondern selbst wenn Sie mir einen echten Rapé angeboten hätten!« Mit diesen Worten verließ er tief gekränkt die Zeitungsexpedition und begab sich zum Polizeikommissär.

Kowaljow kam zum Polizeikommissär in dem Augenblick, als dieser sich streckte und sagte: »Ach, wie gut werde ich jetzt an die zwei Stunden schlafen!« Daraus kann man ersehen, daß der Kollegien-Assessor ihm ziemlich ungelegen kam. Der Polizeikommissär war ein Beschützer aller Künste und Handwerke, zog aber eine Reichsbanknote allen anderen Dingen vor. »Das ist ein Gegenstand,« pflegte er zu sagen, »es gibt nichts Besseres als diesen Gegenstand: er braucht nicht gefüttert zu werden, er nimmt wenig Platz ein, findet in jeder Tasche Unterkunft und zerbricht nicht, wenn man ihn fallen läßt.«

Der Polizeikommissär empfing Kowaljow ziemlich kühl und sagte, daß die Zeit nach dem Mittagessen für eine Untersuchung nicht geeignet sei; die Natur selbst hätte bestimmt, daß der Mensch nach dem Essen ausruhen müsse (der Kollegien-Assessor konnte daraus ersehen, daß dem Polizeikommissär die Aussprüche der Weisen des Altertums nicht unbekannt waren); einem ordentlichen Menschen werde aber niemand die Nase abbeißen.

Er traf damit den wundesten Punkt. Es ist zu bemerken, daß Kowaljow außerordentlich empfindlich war. Alles, was man über ihn selbst sagte, konnte er noch verzeihen, er vergab aber nichts, was seinen Titel oder Dienstgrad verletzte. Er glaubte sogar, daß in den Theaterstücken alles erlaubt sei, was sich auf die Subaltern-Offiziere bezieht, die Stabsoffiziere dürfe man aber in keiner Weise antasten. Der Empfang durch den Polizeikommissär verwirrte ihn so, daß er den Kopf schüttelte, die Hände etwas spreizte und, im Bewußtsein seiner Würde, erklärte: »Offen gestanden, habe ich nach so beleidigenden Äußerungen nichts mehr zu sagen … « Und mit diesen Worten ging er.

Er kam nach Hause, müde und abgespannt. Es dunkelte schon. So traurig und häßlich erschien ihm seine Wohnung nach all diesem vergeblichen Suchen. Als er ins Vorzimmer trat, erblickte er auf dem schmutzigen Ledersofa seinen Lakai Iwan; er lag auf dem Rücken und spuckte an die Zimmerdecke, wobei er ziemlich geschickt immer die gleiche Stelle traf. Diese Gleichgültigkeit machte ihn rasend; er schlug ihn mit seinem Hute auf den Kopf und sagte: »Schwein, du machst doch auch immer Dummheiten!«

Iwan sprang sofort auf und beeilte sich, ihm aus dem Mantel zu helfen.

Der Major trat müde und traurig in sein Zimmer, ließ sich in einen Sessel sinken und sagte endlich, nachdem er einige Mal geseufzt hatte:

»Mein Gott! Mein Gott! Womit habe ich dieses Unglück verdient? Wenn mir ein Arm oder ein Bein fehlte, so wäre es immer noch besser; aber ohne die Nase ist der Mensch weiß der Teufel was: kein Vogel und kein Bürger, man möchte ihn einfach packen und zum Fenster hinauswerfen! Hätte man sie mir doch im Kriege abgeschnitten oder im Duell, oder hätte ich es selbst verschuldet; sie ist aber um nichts und wieder nichts verschwunden, ganz dumm! … Aber nein, es kann nicht sein,« fügte er nach einigem Nachdenken hinzu: »Es ist nicht wahrscheinlich, daß eine Nase verschwinden kann, es ist ganz unwahrscheinlich. Ich träume wohl, oder es kommt mir nur so vor; vielleicht habe ich aus Versehen statt Wasser den Branntwein getrunken, mit dem ich mir nach dem Rasieren das Kinn einreibe. Dieser dumme Iwan hat ihn nicht weggestellt, und so habe ich ihn wohl getrunken.« Um sich zu überzeugen, daß er nicht betrunken sei, kniff sich der Major so schmerzhaft ins Fleisch, daß er selbst aufschrie. Dieser Schmerz überzeugte ihn vollkommen davon, daß er im Wachen handle und lebe. Er trat vorsichtig vor den Spiegel und machte erst die Augen zu, in der Hoffnung, daß die Nase vielleicht doch noch auf ihrem Platze erscheinen werde; aber im gleichen Augenblick taumelte er zurück und sagte: »So eine Karikatur!«

Es war einfach unbegreiflich. Wenn ihm noch ein Knopf, ein silberner Löffel, eine Uhr oder etwas Ähnliches abhanden gekommen wäre, – aber so etwas und das in seiner eigenen Wohnung! … Der Major Kowaljow zog alle Umstände in Betracht und kam zum Schluß, das Wahrscheinlichste sei, daß die Frau Stabsoffizier Podtotschina, die ihn gerne zum Schwiegersohn haben wollte, die Schuld am Unglück trage. Er selbst machte wohl dieser Tochter gerne den Hof, vermied aber die Konsequenzen. Als die Frau Stabsoffizier ihm unumwunden erklärte, daß sie ihre Tochter mit ihm verheiraten wolle, zog er sich mit seinen Komplimenten vorsichtig zurück, unter der Behauptung, daß er zu jung sei und noch an die fünf Jahre dienen müsse, um genau zweiundvierzig Jahre alt zu werden. Darum hatte sich die Frau Stabsoffizier wohl aus Rachedurst entschlossen, sein Äußeres zu verunstalten, und dies irgendeiner alten Hexe bestellt; es war ja auf keine Weise anzunehmen, daß die Nase einfach abgeschnitten worden sei: niemand war in seinem Zimmer gewesen, und der Barbier Iwan Jakowlewitsch hatte ihn schon am Mittwoch rasiert; die Nase war aber am Mittwoch und sogar Donnerstag noch da – das wußte er sehr genau; außerdem hätte er doch einen Schmerz gespürt, und die Wunde wäre nicht so schnell zugeheilt und so glatt wie ein Pfannkuchen geworden. Er schmiedete Pläne: ob er die Frau Stabsoffizier in aller Form vors Gericht laden oder persönlich zu ihr gehen sollte, um sie zur Rechenschaft zu ziehen. Seine Gedanken wurden durch den Lichtschein unterbrochen, der in allen Ritzen der Türe aufleuchtete und ankündigte, daß Iwan die Kerze im Vorzimmer angezündet hatte. Bald erschien Iwan selbst mit der Kerze in der Hand, die das Zimmer hell beleuchtete. Die erste Bewegung Kowaljows war, das Taschentuch zu ergreifen und die Stelle zu verhüllen, wo sich noch gestern die Nase befunden hatte, damit der dumme Kerl nicht das Maul aufreiße, wenn er seinen Herrn in einem so sonderbaren Zustande sähe.

Iwan war noch nicht in seine Kammer gegangen, als im Vorzimmer eine unbekannte Stimme ertönte: »Wohnt hier der Kollegien-Assessor Kowaljow?«

»Treten Sie näher, der Major Kowaljow wohnt hier,« sagte

Kowaljow, indem er aufsprang und die Türe öffnete.

Herein trat ein Polizeibeamter von sympathischem Aussehen, mit einem nicht zu hellen und nicht zu dunklen Backenbart und ziemlich vollen Wangen; es war derselbe, der zu Beginn unserer Erzählung am Ende der Isaaksbrücke gestanden hatte.

»Sie haben Ihre Nase zu verlieren geruht?«

»Gewiß.«

»Sie ist gefunden worden.«

»Was sagen Sie?« rief der Major Kowaljow. Er war vor Freude sprachlos. Er starrte den vor ihm stehenden Revieraufseher an, auf dessen vollen Lippen und Wangen der helle Widerschein des Kerzenlichtes zitterte. »Auf welche Weise?«

»Auf eine höchst sonderbare Weise: man hat sie kurz vor ihrer Abreise erwischt. Sie stieg eben in die Postkutsche, um nach Riga zu fahren. Sie hatte auch schon längst einen auf den Namen irgendeines Beamten ausgestellten Paß in Händen. Merkwürdigerweise habe ich sie selbst erst für einen Herrn gehalten; zum Glück hatte ich aber meine Brille bei mir und merkte sofort, daß es eine Nase war. Ich bin ja kurzsichtig, und wenn Sie vor mir stehen, so sehe ich wohl, daß Sie ein Gesicht haben, kann aber die Nase und den Bart nicht unterscheiden. Meine Schwiegermutter, das heißt die Mutter meiner Frau, sieht ebenfalls nichts.«

Kowaljow geriet außer sich. »Wo ist sie denn? Wo? Ich will gleich hinlaufen.«

»Bemühen Sie sich bitte nicht. Ich wußte, daß Sie sie sehr vermissen, und habe sie darum gleich mitgebracht. Merkwürdig ist auch, daß der Hauptbeteiligte an dieser Sache der spitzbübische Barbier von dem Wosnessenskij-Prospekt ist, der bereits im Arrest sitzt. Ich hatte ihn schon längst der Trunksucht und Gaunerei verdächtigt; erst vorgestern hat er in einem Laden ein Dutzend Knöpfe gestohlen. Ihre Nase ist aber ganz unverändert.« Mit diesen Worten steckte der Revieraufseher die Hand in die Tasche und holte die in ein Papier eingewickelte Nase hervor.

»Ja, das ist sie!« rief Kowaljow. »Ja, das ist sie! Trinken Sie doch mit mir heute ein Täßchen Tee!«

»Ich würde es für eine große Ehre halten, aber es geht leider nicht: ich muß mich von hier sofort ins Zuchthaus begeben ... Alle Lebensmittelpreise sind übrigens beträchtlich gestiegen ... Ich habe aber meine Schwiegermutter, das heißt die Mutter meiner Frau, auf dem Halse und auch meine Kinder; der älteste berechtigt zu den schönsten Hoffnungen und ist sehr klug; aber ich habe gar keine Mittel, um ihm eine ordentliche Erziehung zu geben ... «

Als der Revieraufseher gegangen war, verharrte der Kollegien-Assessor einige Minuten in einer seltsamen Gemütsverfassung und konnte fast nichts sehen oder fühlen: die plötzliche Freude hatte ihm fast das Bewußtsein geraubt. Er ergriff die wiedergefundene Nase vorsichtig mit beiden Händen und sah sie noch einmal aufmerksam an.

»Ja, das ist sie! Ja, das ist sie!« sagte Major Kowaljow. »Da ist auch das Pickelchen links, das sich gestern gezeigt hat.« Der Major lachte fast vor Freude. Aber auf dieser Welt ist nichts von Dauer, darum ist auch die Freude in der zweiten Minute niemals so lebhaft wie in der ersten; in der dritten Minute schwindet sie noch mehr und geht dann unmerklich in der gewöhnlichen Stimmung unter, wie auch der von einem ins Wasser geworfene Stein erzeugte Kreis schließlich auf der glatten Oberfläche verschwindet. Kowaljow wurde nachdenklich und begriff, daß die Sache noch nicht erledigt war: die Nase ist wohl wieder da, aber man muß sie noch auf ihren Platz setzen.

»Was, wenn sie nicht festsitzen wird?«

Bei dieser Frage, die er an sich selbst richtete, erbleichte der Major.

Mit einer unbeschreiblichen Angst stürzte er zum Tisch und rückte den Spiegel heran, um die Nase nicht schief anzusetzen. Seine Hände zitterten. Ganz vorsichtig hielt er sie an den alten Platz. Oh, Schrecken! Die Nase wollte nicht halten! … Er führte sie an den Mund, erwärmte sie ein wenig mit dem Atem und setzte sie wieder auf die glatte Stelle zwischen seinen Wangen: aber die Nase wollte nicht halten.

»Na, na! Sitz doch, du Dumme!« sagt er zu ihr; die Nase war aber wie hölzern, und wenn sie auf den Tisch fiel, gab es einen seltsamen Ton, als ob es ein Stück Kork wäre. Die Züge Kowaljows verzerrten sich wie im Krampfe. »Wird sie denn nicht anwachsen?« sagte er sich voller Angst. Aber sooft er sie auch an ihren Platz setzte, seine Mühe blieb immer erfolglos.

Er rief Iwan und schickte ihn nach dem Arzt, der in der schönsten Wohnung im ersten Stock des gleichen Hauses wohnte.

Der Arzt, ein stattlicher Mann, nannte einen wunderschönen pechschwarzen Backenbart und eine frische, gesunde Gattin sein eigen, pflegte morgens frische Äpfel zu essen und hielt seinen Mund ungewöhnlich sauber: er spülte ihn jeden Morgen fast dreiviertel Stunden lang und putzte die Zähne mit Bürsten von fünf verschiedenen Sorten. Der Arzt kam augenblicklich. Er erkundigte sich, vor wieviel Tagen das Unglück geschehen, ergriff den Major Kowaljow am

Kinn und gab ihm mit dem Daumen einen Nasenstüber auf
die Stelle, wo sich früher die Nase befunden hatte, so daß
der Major den Kopf in den Nacken warf und ihn ziemlich
heftig an die Mauer schlug. Der Medikus erklärte, das habe
nichts auf sich; er empfahl ihm, von der Wand wegzurücken
und ließ ihn den Kopf erst nach rechts neigen; er betastete
die Stelle, wo früher die Nase gesessen hatte, sagte: »Hm!,«
ließ ihn dann den Kopf nach links wenden, sagte wieder:
»Hm!« und gab ihm zum Schluß wieder einen Nasenstüber
mit dem Daumen, so daß der Major Kowaljow den Kopf
zurückwarf wie ein Gaul, dem man die Zähne untersucht.
Nach dieser Probe schüttelte der Medikus den Kopf und
sagte: »Nein, es wird nicht gehen. Bleiben Sie lieber so wie
Sie sind, sonst kann es noch schlimmer werden. Die Nase
kann man wohl befestigen; ich könnte es sogar jetzt gleich
tun, aber ich versichere Ihnen, es wäre für Sie schlimmer.«

»Das ist ja wunderschön! Wie soll ich ohne die Nase leben?« sagte Kowaljow. »Schlimmer als jetzt kann es doch
nicht werden. Da soll doch der Teufel dreinfahren! Wo kann
ich mich mit einem solchen Pasquillgesicht zeigen? Ich komme in gute Gesellschaft: auch heute abend muß ich zwei
Besuche machen. Ich habe viele Bekannte: die Frau Staatsrat Tschechtarjowa, die Frau Stabsoffizier Podtotschina …
wenn ich auch mit ihr jetzt nur noch durch Vermittlung der
Polizei verkehre. Haben Sie Erbarmen!« fuhr Kowaljow mit
flehender Stimme fort: »Gibt es denn kein Mittel? Befestigen Sie sie doch irgendwie, wenn auch nicht gut, daß sie nur
irgendwie festsitzt; ich kann sie ja in schwierigen Fällen mit
der Hand festhalten. Zudem tanze ich nicht und kann daher
keine unvorsichtige Bewegung machen, die schaden könnte.
Und was das Honorar für Ihren Besuch betrifft, so seien Sie

versichert, daß ich bereit bin, soweit es meine Mittel gestatten … «

»Glauben Sie mir,« sagte der Arzt weder zu laut noch zu leise, doch außerordentlich überzeugend und eindringlich: »ich praktiziere nicht aus Habgier. Ich nehme für die Besuche wohl Geld, aber nur, um niemand durch die Weigerung zu kränken. Gewiß, ich kann Ihnen die Nase wohl ansetzen; aber ich gebe Ihnen mein Ehrenwort, wenn Sie es mir so nicht glauben wollen, daß es für Sie schlimmer wäre. Verlassen Sie sich auf das Walten der Natur. Waschen Sie die Stelle öfter mit kaltem Wasser, und ich versichere Ihnen, daß Sie dann ohne Nase ebenso gesund sein werden, wie mit der Nase. Ich rate Ihnen, die Nase in Spiritus zu legen, oder, noch besser, zwei Eßlöffel starken Branntwein und warmen Essig hineinzutun dann können Sie sie recht vorteilhaft verkaufen. Ich will sie Ihnen sogar selbst abnehmen, wenn Sie nicht zuviel verlangen.«

»Nein, nein! Ich verkaufe sie um nichts in der Welt!« schrie der Major Kowaljow verzweifelt: »Dann soll sie schon lieber zugrunde gehen!«

»Verzeihen Sie!« sagte der Arzt aufbrechend: »Ich wollte Ihnen nützlich sein … Was kann ich tun! Jedenfalls haben Sie meinen guten Willen gesehen.« Mit diesen Worten ging der Arzt in schöner Haltung aus dem Zimmer. Kowaljow hatte in seiner tiefen Erregung sein Gesicht gar nicht gesehen und nur die aus den Ärmeln seines schwarzen Fracks hervorlugenden schneeweißen Manschetten bemerkt.

Am nächsten Tag entschloß er sich, bevor er eine Klage einreichte, der Frau Stabsoffizier zu schreiben: ob sie nicht bereit wäre, ihm kampflos das, was ihm gehörte, zurückzugeben. Der Brief lautete wie folgt:

*Sehr geehrte Alexandra Grigorjewna!*

Ich kann Ihre Handlungsweise, die für einen Unbeteiligten so befremdend ist, unmöglich begreifen. Seien Sie versichert, daß Sie, wenn Sie so handeln, gar nichts erreichen und mich keineswegs zwingen können, Ihre Tochter zu heiraten. Glauben Sie mir: die Geschichte mit der Nase ist mir gut bekannt, genau wie der Umstand, daß Sie und niemand anders die Hauptschuldige sind. Das plötzliche Verschwinden derselben von ihrem Platze, ihre Flucht und ihr Auftauchen erst in der Gestalt eines Beamten, dann in ihrer eigenen Gestalt ist nur eine Folge der Hexereien, die von Ihnen oder von anderen, die sich gleich Ihnen mit dergleichen Dingen beschäftigen, betrieben werden. Ich meinerseits halte es für meine Pflicht, Ihnen zu erklären: wenn die erwähnte Nase sich nicht noch heute auf ihrem Platze befindet, werde ich mich gezwungen sehen, den Schutz der Gesetze anzurufen.

Im übrigen verbleibe ich in vorzüglicher Hochachtung
*Ihr ergebenster Diener Piaton Kowaljow.*

*Sehr geehrter Herr Platon Kusmitsch!*

Ihr Brief hat mich in höchstes Erstaunen versetzt. Ich muß Ihnen offen gestehen, daß ich es von Ihnen niemals erwartet hätte, am allerwenigsten aber Ihre ungerechten Anklagen. Ich versichere Ihnen, daß ich den Beamten, von dem Sie sprechen, weder in einer Maskierung, noch in seiner wahren Gestalt bei mir empfangen habe. Mich hat wohl Philipp Iwanowitsch Potantschikow besucht. Er hat sich zwar wirklich um die Hand meiner Tochter beworben, aber ich habe ihm, obwohl er ein trefflicher, nüchterner Mensch und sehr gebildet ist, keinerlei Hoffnung gegeben. Sie sprechen auch noch von der Nase. Wenn Sie damit meinen, ich hätte Ihnen

eine Nase drehen, das heißt Sie abweisen wollen, so wundere ich mich, daß Sie selbst davon sprechen, während ich, wie
Sie selbst wissen, anderer Ansicht war: wenn Sie jetzt gleich
in üblicher Form um die Hand meiner Tochter anhalten,
so bin ich bereit, Ihren Wunsch zu erfüllen, denn dies war
immer auch mein sehnlichster Wunsch. In dieser Hoffnung
bin ich, stets zu Ihren Diensten,

*Alexandra Podtotschina.*

»Nein,« sagte Kowaljow, als er den Brief gelesen, »sie ist
unschuldig. Es kann nicht sein! Der Brief ist so abgefaßt,
wie ihn ein Mensch, der ein Verbrechen auf dem Gewissen
hat, niemals abfassen kann.« Der Kollegien-Assessor verstand sich darauf, da er im Kaukasusgebiet schon öfters an
gerichtlichen Untersuchungen teilgenommen hatte. »Auf
welche Weise mag es so gekommen sein? Da kennt sich nur
der Teufel aus!« sagte er zuletzt und ließ die Hände sinken.

Inzwischen hatte sich das Gerücht über dieses außergewöhnliche Ereignis in der ganzen Residenz verbreitet, und
zwar, wie es so geht, nicht ohne gewisse Ausschmückungen.
Damals waren alle Geister für das Übersinnliche eingenommen: das Publikum hatte sich erst vor kurzem für die Versuche mit dem Magnetismus interessiert. Auch waren die
tanzenden Stühle in der Konjuschennaja-Straße noch so
frisch in Erinnerung, daß es nicht zu verwundern ist, daß
bald darauf das Gerücht aufkam, die Nase des Kollegien-
Assessors Kowaljow spaziere um drei Uhr auf dem Newskij-Prospekt. Nun versammelte sich da jeden Tag eine Menge von Neugierigen. Jemand erzählte, die Nase halte sich im
Junckerschen Kaufladen auf, und neben Juncker entstand
ein solcher Auflauf, daß sogar die Polizei einschreiten muß-

te. Ein Spekulant von ehrwürdigem Aussehen mit Backenbart, der vor dem Theater trockenes Gebäck verkaufte, ließ schöne, feste Holzbänke anfertigen, auf denen die Neugierigen gegen Bezahlung von achtzig Kopeken stellen durften. Ein verdienter Oberst verließ eigens zu diesem Zweck seine Wohnung und drängte sich mit Mühe durch die Menge; aber zu seiner großen Entrüstung sah er im Fenster des Kaufladens statt der Nase eine ganz gewöhnliche wollene Unterjacke und eine Lithographie, die ein junges Mädchen darstellte, das seinen Strumpf in Ordnung brachte, und einen Gecken mit modischer Weste und einem Spitzbart, der sie hinter einem Baume beobachtete, eine Lithographie, die seit mehr als zehn Jahren an der gleichen Stelle hing. Der Oberst drehte sich um und sagte empört: »Wie kann man nur mit solchen albernen und unwahrscheinlichen Gerüchten das Volk verwirren?« Später kam das Gerücht auf, daß die Nase des Majors Kowaljow nicht auf dem Newskij-Prospekt, sondern im Taurischen Garten herumspaziere; sie befinde sich schon seit langer Zeit dort; auch Chosrew-Mirza habe, als er dort gewohnt, sich sehr über dieses seltsame Naturspiel gewundert. Einige Studenten der Chirurgischen Akademie begaben sich dorthin. Eine vornehme und angesehene Dame wandte sich brieflich an den Aufseher des Gartens mit der Bitte, ihren Kindern dieses seltene Phänomen zu zeigen und, wenn möglich, eine für die Jugend belehrende und nützliche Erklärung zu geben.

Alle diese Ereignisse waren den ständigen Besuchern der Empfänge in der großen Welt, die die Damen gerne unterhielten und deren Material um jene Zeit erschöpft war, ganz besonders angenehm. Eine Minderheit ehrenwerter und wohlgesinnter Leute aber war außerordentlich unzufrieden.

Ein Herr sagte empört, er könne nicht begreifen, wie sich bloß in diesem aufgeklärten Zeitalter derartige dumme Gerüchte verbreiten können, und er wundere sich nur, daß die Regierung nicht einschreite. Dieser Herr war offenbar einer von denjenigen, die die Regierung in alle Dinge einmischen möchten, sogar in ihre täglichen Streitigkeiten mit ihren Gattinnen. Bald darauf … aber hier werden die Ereignisse wieder von einem Nebel verhüllt, und es ist unbekannt, was weiter geschah.

# III

In dieser Welt kommen die unsinnigsten Dinge vor, zuweilen solche, die ganz unwahrscheinlich sind: dieselbe Nase, die als Staatsrat spazieren gefahren war und in der Stadt solches Aufsehen erregt hatte, befand sich plötzlich wieder, als ob nichts geschehen wäre, auf ihrem Platz, das heißt zwischen den beiden Wangen des Majors Kowaljow. Dies war schon am 7. April der Fall. Als der Major erwachte und in den Spiegel sah, erblickte er seine Nase! Er befühlte sie mit der Hand, – es war wirklich die Nase! »Aha!« sagte Kowaljow und wollte schon vor Freude barfuß einen Tanz aufführen, wurde aber von Iwan, der gerade ins Zimmer trat, daran verhindert. Er ließ sich sofort das Waschwasser bringen und sah beim Waschen wieder in den Spiegel die Nase war da! Als er sich abtrocknete, sah er noch einmal in den Spiegel, – die Nase war da!

»Schau mal her, Iwan, ich glaube, da sitzt ein Pickelchen auf der Nase!« sagte er und dachte bei sich: – Was, wenn

Iwan mir sagt: ›Nein, Herr, es ist gar kein Pickelchen und auch keine Nase da!‹–

Iwan sagte aber: »Es ist kein Pickelchen da: die Nase ist ganz rein!«

»Schön ist es, hol mich der Teufel!« sagte der Major zu sich selbst und knipste mit den Fingern. In diesem Moment blickte der Barbier Iwan Jakowlewitsch ins Zimmer, aber so scheu wie eine Katze, die man eben wegen Entwendung eines Stückes Speck gezüchtigt hat.

»Sag es mir gleich: sind deine Hände sauber?« schrie ihm Kowaljow schon von weitem zu.

»Ja, sie sind sauber.«

»Du lügst!«

»Bei Gott, sie sind sauber, Herr!«

»Nun, paß auf!«

Kowaljow setzte sich. Iwan Jakowlewitsch band ihm eine Serviette um und verwandelte in einem Augenblick sein ganzes Kinn und einen Teil seiner Wange mittels des Pinsels in eine Creme, wie man sie bei Namenstagsfeiern in Kaufmannshäusern aufträgt. »Ja, sieh mal an!« sagte Iwan Jakowlewitsch zu sich selbst, indem er die Nase ansah; dann wandte er seinen Kopf und blickte die Nase von der Seite an. »Sieh mal an! Wenn man es sich überlegt,« fuhr er fort und betrachtete lange die Nase. Endlich hob er ganz leicht und mit der größten Vorsicht zwei Finger, um die Nasenspitze zu erwischen. Iwan Jakowlewitsch hatte schon einmal dieses System.

»Na, na, paß auf!« rief Kowaljow. Iwan Jakowlewitsch ließ die Hände sinken, verlor jeden Mut und wurde so verwirrt wie noch nie. Schließlich fing er an, mit dem Rasiermesser ganz behutsam unter dem Kinn zu kitzeln, wie unbequem es auch war und wie schwer es ihm auch fiel, ohne den Stützpunkt auf dem Geruchsorgan zu rasieren; endlich überwand er doch alle Hindernisse, indem er seinen rauhen Daumen gegen die Wange und den Unterkiefer stemmte, und rasierte den Major glücklich zu Ende.

Als alles fertig war, kleidete Kowaljow sich rasch an, mietete eine Droschke und fuhr in eine Konditorei. Beim Eintreten rief er schon von weitem: »Kellner, eine Tasse Schokolade!« Dann lief er zum Spiegel: die Nase war da. Er wandte sich lustig um und musterte ironisch, mit einem Auge blinzelnd, zwei Offiziere, deren einer eine Nase kaum so groß wie einen Westenknopf hatte. Darauf begab er sich in die Kanzlei des Departements, in dem er sich um einen Vize-Gouverneurs-Posten, oder wenigstens um den eines Exekutors bewarb. Als er das Empfangszimmer durchschritt, blickte er in den Spiegel – die Nase war da. Dann besuchte er einen anderen Kollegien-Assessor, oder Major, einen großen Spötter, dem er schon mehr als einmal auf dessen spöttische Bemerkungen gesagt hatte: »Ich kenne dich, du bist immer so giftig!« Unterwegs dachte er sich: – Wälzt sich der Major, wenn er mich sieht, nicht vor Lachen, so ist es ein sicherer Beweis dafür, daß alles sich auf seinem Platze befindet. – Aber der Kollegien-Assessor sagte nichts. »Wie schön, hol mich der Teufel!« sagte Kowaljow zu sich selbst. Unterwegs begegnete er der Frau Stabsoffizier Podtotschina nebst Tochter; er machte eine Verbeugung und wurde mit freudigen Ausrufen begrüßt; also war alles in bester Ordnung. Er unterhielt sich mit ihnen sehr lange, nahm sogar seine Tabaksdose aus der Tasche und stopfte sich absichtlich vor ihren Augen sehr lange Schnupftabak in beide Löcher, wobei er zu sich selbst sagte: »Seht ihr es, ihr dummen

Hennen! Die Tochter werde ich aber doch nicht heiraten. So einfach, par amour, dagegen, – mit Vergnügen!«

Von nun an zeigte sich der Major Kowaljow, als ob nichts vorgefallen wäre, auf dem Newskij-Prospekt, in den Theatern und überall. Auch seine Nase saß, als wäre nichts vorgefallen, auf ihrem Platz und man konnte ihr nicht anmerken, daß sie sich von ihm entfernt hatte. Man sah jetzt den Major Kowaljow immer in bester Laune; er lächelte, verfolgte alle hübschen Damen und blieb sogar einmal vor einem Laden im Großen Kaufhaus stehen und kaufte sich ein Ordensband; wozu er es kaufte, blieb unbekannt, denn er hatte gar kein Recht auf irgendeinen Orden.

So eine Geschichte hat sich in der nordischen Residenz unseres ausgedehnten Vaterlandes ereignet! Wenn wir uns jetzt alle Umstände überlegen, sehen wir, daß an ihr vieles unwahrscheinlich ist. Schon ganz abgesehen davon, daß ein solches unnatürliches Verschwinden einer Nase und ihr Auftauchen an verschiedenen Orten in der Gestalt eines Staatsrates sehr sonderbar ist, – wie konnte es Kowaljow nicht eingesehen haben, daß man den Verlust einer Nase nicht gut durch die Zeitungsexpedition anzeigen kann? Ich will damit nicht gesagt haben, daß er für die Anzeige zu teuer bezahlt hätte; das ist unwesentlich, und ich bin gar nicht so habgierig; aber es ist unanständig, unpassend, unschön! Und dann: wie ist die Nase in das gebackene Brot geraten und was hatte Iwan Jakowlewitsch damit zu tun? … Nein, ich verstehe es nicht, absolut nicht! Was ich aber am allerwenigsten verstehe, ist, daß sich ein Autor ein solches Thema wählen kann. Ich finde es, offen gestanden, ganz unbegreiflich! Das ist wirklich … Nein, nein, ich kann es nicht verstehen! Erstens bringt es auch nicht den geringsten Nutzen

dem Vaterlande, zweitens … aber auch zweitens bringt es
keinen Nutzen. Ich weiß einfach nicht, was es ist …

Und doch, wenn man das eine, das andere und das dritte
auch zugeben kann, sogar daß … und wo gibt es keinen Unsinn? Wenn man es sich aber überlegt, so steckt doch etwas
dahinter. Man mag sagen, was man will, solche Ereignisse
kommen wirklich vor, – selten, aber sie kommen vor.

Nikolaj Vasilevič Gogol

# Der Mantel

An einer Ministerialabteilung … ich will die Ministerialabteilung nicht genauer bezeichnen. Es gibt nichts Unange-
nehmeres, als mit Angehörigen einer Ministerialabteilung,
eines Regiments, einer Kanzlei, kurz, mit irgendeiner Amts-
person zu tun zu haben. Jeder Privatmensch glaubt heut-
zutage, man wolle in seiner Person die ganze Korporation
beleidigen.

Man erzählt, vor kurzem sei eine Beschwerde eines Ka-
pitän-Isprawniks, ich weiß nicht mehr genau von welcher
Stadt, eingelaufen, in der er beweist, daß alle staatlichen
Institutionen zugrunde gehen, und daß sogar sein geheilig-
ter Name mißbraucht werde: als Beleg fügte er seiner Be-
schwerdeschrift einen sehr dicken Band eines Romans bei,
in dem mindestens alle zehn Seiten ein Kapitän-Isprawnik
auftritt, stellenweise sogar in vollständig betrunkenem Zustand.

Zur Vermeidung etwaiger Unannehmlichkeiten ziehe ich
es vor, die Ministerialabteilung, von der die Rede ist, »eine
Ministerialabteilung« zu nennen.

An »einer Ministerialabteilung« war also »ein Beamter«
angestellt. Man kann nicht behaupten, daß es ein irgendwie bemerkenswerter Beamter war: er war klein, etwas
pockennarbig, etwas rothaarig und anscheinend auch etwas
kurzsichtig, er hatte eine kleine Glatze, runzlige Wangen
und eine sogenannte hämorrhoidale Gesichtsfarbe … Da
ist schon einmal das Petersburger Klima daran schuld. Was
seinen Beamtenrang betrifft, so war er das, was man einen
ewigen Titularrat nennt, einer jener Unglücklichen, über die
schon verschiedene Schriftsteller, welche den lobenswerten
Grundsatz haben, nur Wehrlose anzugreifen – ihre Witze
gerissen haben. Sein Name war Baschmatschkin.

Dieser Name[1] stammt offenbar von einem Schuh ab; der Zusammenhang läßt sich aber nicht mehr genau feststellen. Sein Vater und sein Großvater, sogar sein Schwager – kurz, alle Baschmatschkins trugen nur Stiefel, die sie dreimal im Jahre besohlen ließen.

Mit dem Vor- und Vatersnamen hieß er Akakij Akakijewitsch. Mancher Leser wird diesen Namen sonderbar und gesucht finden, ich kann aber versichern, daß man ihn durchaus nicht gesucht hatte: die Umstände hatten sich so gefügt, daß es unmöglich ein anderer Name sein konnte. Dies geschah so: Akakij Akakijewitsch kam zur Welt, wenn mich mein Gedächtnis nicht täuscht, in der Nacht zum 23. März. Seine selige Mutter, eine brave Beamtenfrau, wollte, wie sich's gehört, den Taufnamen wählen. Ihr Bett stand der Türe gegenüber, rechts von ihr saß der Pate – der Senatsbeamte Iwan Iwanowitsch Jeroschkin, ein trefflicher Mensch, links die Patin – Arina Ssemjonowna Bjelobrjuschkowa, Polizeioffiziersgattin, eine Dame von hervorragenden Tugenden. Der Wöchnerin wurden drei Namen vorgeschlagen: Mokius, Sossius und Chosdasates. »Nein«, meinte die selige Mutter, »die Namen sind etwas bunt.« Man tat ihr den Gefallen und schlug den Kalender an einer andern Stelle auf, da fand man wieder drei Namen: Trifilius, Dula und Barachasius.

»So ein Pech!« sagte die Alte, »schon wieder solche Namen. Ich habe noch nie solche nennen hören. Wenn es noch Baradates oder Baruch wäre, aber mein Gott: Trifilius und Barachasius!«

Man blätterte weiter und kam auf die Namen Pausikachius und Bachtisius. »Nun, ich seh' schon«, sagte die Alte, »daß es ihm so bestimmt ist. Dann soll er schon lieber wie

---

[1] Baschmak heißt russisch – Schuh

sein Vater heißen. Sein Vater hieß Akakij, so wollen wir ihn auch Akakij taufen.« So kam der Name Akakij Akakijewitsch zustande.

Während der Taufzeremonien machte das Kind eine sehr saure Miene, als ob es schon wüßte, daß es nur bis zum Titularrat kommen würde. So ging alles zu, und ich habe es absichtlich mit dieser Ausführlichkeit geschildert, damit der Leser selbst einsieht, daß unser Held keinen andern Namen tragen konnte.

Es läßt sich nicht mehr feststellen, wann Akakij Akakijewitsch in die Kanzlei eintrat und durch wessen Vermittlung er diesen Posten erhielt. Viele Kanzleivorstände hatten einander abgelöst, er saß aber immer auf dem gleichen Platz und bekleidete immer das gleiche Amt eines Kopisten; man mußte glauben, daß er schon ganz fertig mit der Glatze und mit der Beamtenuniform zur Welt gekommen sei. Von seinen Kollegen wurde er mit wenig Rücksicht behandelt, und selbst die Bürodiener erhoben sich nicht von ihren Plätzen, wenn er vorbeiging; sie schenkten ihm so viel Beachtung, wie einer gewöhnlichen Fliege, die durchs Wartezimmer fliegt. Die Vorgesetzten behandelten ihn kühl und despotisch. So ein Gehilfe des Amtsvorstandes schob ihm die Papiere einfach vor die Nase, ohne die Worte: »Machen Sie eine Abschrift davon«, oder: »Da ist eine interessante, nette Akte«, oder sonst eine angenehme Bemerkung, wie sie in vornehmen Ämtern üblich sind. Er nahm die Akten, ohne hinzusehen, wer ihm den Auftrag gab, und ob der betreffende überhaupt dazu berechtigt war, und machte sich gleich an die Arbeit.

Die jüngeren Beamten machten ihn zur Zielscheibe ihrer Witze und Streiche, soweit ihr Witz eben reichte. Sie erzählten in seiner Gegenwart unglaubliche Geschichten, in denen er als Held auftrat; sie behaupteten, daß er von seiner Wirtin, einer siebzigjährigen Alten, geschlagen würde, und fragten ihn, wann er sie endlich heiraten wolle; sie schütteten ihm auch Papierschnitzel auf den Kopf und nannten dies Schnee. Akakij Akakijewitsch sagte aber zu all dem kein Wort, als ob sie alle für ihn Luft wären. Sogar die Güte seiner Abschriften wurde dadurch nicht beeinträchtigt, und trotz aller Ablenkungen und Belästigungen sah man nie einen Schreibfehler in seinen Arbeiten. Wenn es schon gar zu arg wurde, wenn man ihn am Arm zupfte oder sonstwie am Schreiben hinderte, sagte er: »Lassen Sie mich doch! Warum quälen Sie mich?« Diese Worte klangen so rührend und mitleiderregend, daß ein junger Beamter, der dem Beispiel der anderen folgend, ihn einmal verhöhnen wollte, unter dem Eindruck dieser Worte wie vom Blitze getroffen innehielt und seit diesem Vorfalle plötzlich alles in einem anderen Licht zu sehen begann. Eine seltsame Macht trennte ihn von allen seinen Kollegen, die er früher für anständige und wohlerzogene Menschen gehalten hatte. Und noch lange nachher, selbst in den fröhlichsten Stunden, tauchte vor ihm oft das Bild des kleinen kahlköpfigen Beamten auf mit den rührenden Worten: »Lassen Sie mich doch! Warum quälen Sie mich?« In diesen Worten klang aber der Ausruf: »Ich bin ja dein Bruder.« Und der arme junge Beamte bedeckte sein Gesicht mit den Händen und zuckte zusammen, wenn er sah, wie unmenschlich oft ein Mensch ist, wie roh und grausam die gebildetsten und erzogensten Menschen sein können, ja, selbst solche, die allgemein für edel und gut gelten …

Man findet wohl kaum einen Beamten, der so sehr seinem Dienste zugetan ist, wie es Akakij Akakijewitsch war.

Er versah seinen Dienst nicht nur mit Eifer – auch mit Liebe. In der ewigen Anfertigung von Abschriften sah er eine abwechslungsreiche und prächtige Welt vor sich. Manchmal strahlte sein Gesicht; unter den Buchstaben hatte er einzelne Lieblinge, und wenn solche vorkamen, war er ganz außer sich vor Freude, er lächelte ihnen freundlich zu, und man konnte in seinem Gesicht wirklich lesen, welchen Buchstaben er gerade schrieb. Wenn die Beförderungen nur vom Eifer der Beamten abhingen, so wäre er zu seinem eigenen Erstaunen wohl längst Staatsrat geworden; alles, was er erreichte, war aber, wie sich seine Kollegen ausdrückten, ein Ehrenzeichen für langjährige treue Dienste nebst den dazu gehörenden Hämorrhoiden.

Man kann übrigens nicht sagen, daß ihn niemand zu würdigen verstand. Ein Amtsvorstand, der ihn in seiner Herzensgüte für die langen Dienstjahre belohnen wollte, ließ ihm einmal eine Arbeit anvertrauen, die wichtiger war, als das gewöhnliche Abschreiben: er sollte nämlich aus einem fertig vorliegenden Bericht einen neuen für eine andere Behörde machen. Die Arbeit bestand nur in der Abänderung der Überschrift und in der Transponierung der Zeitwörter aus der ersten in die dritte Person. Diese Arbeit strengte ihn so sehr an, daß der Schweiß nur so herunterlief; endlich sagte er:

»Nein, geben Sie mir lieber etwas zum Abschreiben.«

Von nun an ließ man ihn nur Abschriften machen. Außer dieser Arbeit hatte er für nichts in der Welt Interesse. Er sah auch nie auf seine Kleidung: sein Rock hatte längst die vorschriftsmäßige grüne Farbe verloren und war nun mehlig-braun. Er trug einen engen, ganz niedrigen Kragen, und sein Hals, der eigentlich gar nicht übermäßig lang war, erschien aus diesem Grunde so lang wie bei den Gipskatzen mit den nickenden Köpfen, die von russischen »Italienern« dutzendweise auf den Köpfen herumgetragen werden. An seinem Rock blieb immer etwas kleben oder hängen, bald ein Endchen Faden, bald ein Heuhalm. Er hatte ferner die ungewöhnliche Fähigkeit, an einem Fenster just in dem Augenblick vorbeizugehen, wenn aus ihm gerade irgendwelcher Unrat auf die Straße geschüttet wurde, und so trug er auf seinem Hut Melonenrinden und ähnliche Abfälle davon. Dem Leben auf der Straße schenkte er nie Beachtung und stach in dieser Beziehung von den jüngeren Beamten ab, die sich freilich etwas zu viel für die Vorgänge auf der Straße interessierten und oft sogar schmunzelnd feststellten, daß bei einem Herrn, der auf der anderen Straßenseite ging, eine Hosenstrippe sich losgemacht hatte und baumelte.

Akakij Akakijewitsch sah überall die gleichmäßig geschriebenen Zeilen vor sich und nur wenn über seiner Schulter plötzlich ein Pferdekopf auftauchte und ihn mit heißem Atem anpustete, bemerkte er, daß er sich nicht mitten in einer Zeile, sondern mitten auf der Straße befand. Zu Hause angelangt, setzte er sich sofort zu Tisch und verschlang seine Kohlsuppe und sein Zwiebelfleisch, ohne auf den Geschmack dieser Speisen zu achten; er aß sie mit den Fliegen und sonstigen Beilagen, die Gott gerade spendete. Sobald er sich gesättigt hatte, zog er ein Tintenfaß hervor und begann Abschriften von mitgebrachten Akten anzufertigen. Wenn fürs Amt gerade nichts zu tun war, machte er Abschriften zu seinem eigenen Vergnügen, mit besonderer Vorliebe von solchen Aktenstücken, die an eine hochstehende oder eine neu ernannte Persönlichkeit gerichtet waren; auf die schöne Fassung und auf den Inhalt sah er weniger.

Selbst in jenen Stunden, wo der graue Petersburger Himmel dunkel wird und das ganze Beamtenvolk seinen Hunger je nach seinem Gehalt und nach seinen Neigungen gestillt hat; wenn alle ausgeruht haben vom Federgekritzel in den Kanzleien, vom Herumrennen in eigenen und fremden Geschäften und von aller Mühe, die der Mensch sich freiwillig, und oft mehr als gut ist, auferlegt; wenn die Beamten zu Vergnügungen eilen, mit denen sie den Rest des Tages ausfüllen; der eine rennt ins Theater, der andere geht einfach auf die Straße, um den Damen unter die Hüte zu schauen, mancher sucht eine Abendgesellschaft auf, um einem jungen Mädchen – einem Stern des engen Beamtenhimmels – die Cour zu schneiden; die meisten begeben sich zu einem Kollegen, der irgendwo im vierten oder dritten Stock in einer Wohnung von zwei bescheidenen Zimmern nebst Küche oder Vorzimmer haust, die mit einigem modernen Komfort ausgestattet ist – einer Lampe oder einem anderen Luxusgegenstand, der manche Entbehrung gekostet hat; mit einem Wort, selbst in jenen Stunden, wenn die Beamten Whist spielen, Tee trinken, billigen Zwieback knuspern, ihre langen Pfeifen rauchen und in den Spielpausen irgendeinen Klatsch aus der besseren Gesellschaft, für die der Russe in allen Lebenslagen Interesse hat, erörtern, oder aus Ermangelung eines anderen Gesprächsstoffes die alte Anekdote vom Kommandanten, dem gemeldet wurde, jemand habe dem Denkmal Peters des Großen den Schwanz abgehackt, wiedererzählen; kurz, wenn alle Zerstreuung suchen, machte Akakij Akakijewitsch eine Ausnahme. Nie sah man ihn in einer Gesellschaft. Nachdem er sich satt geschrieben, ging er zu Bett und lächelte selig beim Gedanken: was werde ich wohl morgen zum Abschreiben bekommen.

So floß das friedliche Leben dieses Menschen dahin, der bei vierhundert Rubeln Jahresgehalt mit seinem Los zufrieden war; es hätte vielleicht bis ins hohe Alter so fließen können, wenn es nicht verschiedene Mißgeschicke gäbe, mit denen nicht nur der Lebensweg eines Titularrats besät ist, sondern auch der eines Geheimen, eines Wirklichen Geheimen, eines Hofrats wie überhaupt eines jeden Rats, und selbst solcher Leute, die niemand Rat erteilen und niemand um Rat fragen.

In Petersburg haben alle diejenigen, die an die vierhundert Rubel Jahresgehalt bekommen, einen grimmigen Feind: es ist unser nordischer Frost, von dem übrigens behauptet wird, er sei der Gesundheit zuträglich. Um neun Uhr morgens, gerade um die Stunde, wenn die Ministerialbeamten ins Amt gehen, verteilt er an alle, ohne Ansehung der Person, so heftige Nasenstüber, daß die armen Menschen gar nicht wissen, wo sie ihre Nasen hintun sollen. Und wenn der Frost selbst den höchststehenden Beamten so zusetzt, daß sie Kopfschmerzen bekommen und daß ihre Augen tränen, dann sind die armen Titularräte ganz schutzlos. Sie rennen, in ihre dünnen Mäntel gehüllt, was sie rennen können, die fünf, sechs Straßen bis zum Amt und trampeln dann im Portierzimmer so lange mit den Beinen, bis sie sich erwärmen und die eingefrorene Begabung zur amtlichen Tätigkeit wieder auftaut.

Akakij Akakijewitsch spürte seit einiger Zeit heftiges Stechen im Rücken und in der einen Schulter, obwohl er den festgesetzten Weg von der Wohnung in die Kanzlei immer im schnellsten Tempo zurücklegte. Und da fiel es ihm ein, sein Mantel müsse nicht ganz in Ordnung sein. Er unterzog ihn gleich einer eingehenden Untersuchung und stellte fest,

daß der Stoff an einigen Stellen, und zwar gerade im Rücken
und auf der Schulter, so dünn wie Kanevas geworden war:
das Tuch war ganz durchgewetzt und auch das Futter war
arg zerrissen. Es muß hier erwähnt werden, daß dieser Mantel von den Kollegen arg bekrittelt wurde; sie würdigten ihn
nicht einmal der Bezeichnung »Mantel« und nannten ihn
verächtlich »Morgenrock«. Der Mantel hatte auch wirklich
ein ganz eigentümliches Aussehen: der Kragen wurde von
Jahr zu Jahr kleiner, denn er mußte zum Flicken anderer
schadhafter Stellen herhalten. Diese Ausbesserungen zeug-
ten von einer nicht allzu großen Kunstfertigkeit des Schnei-
ders und nahmen sich wenig schön aus.

Akakij Akakijewitsch kam zum Entschluß, den Mantel
dem Schneider Petrowitsch in Behandlung zu geben. Dieser wohnte irgendwo im vierten Stock eines Hinterhauses
und befaßte sich, trotz seines schielenden Auges und seines pockennarbigen Gesichts, mit ziemlichem Erfolg mit
dem Ausbessern von Hosen und Fräcken der Beamten
und auch anderer Menschen: natürlich, wenn er nicht gerade betrunken war oder andere Gedanken im Kopfe hatte.
Dieser Schneider verdient eigentlich gar nicht, daß ich von
ihm viel spreche; da es aber einmal Sitte ist, alle handelnden
Personen einer Erzählung genau zu beschreiben, so muß
ich auch diesen Petrowitsch vorführen. Vor Jahren, als er
noch Leibeigener war, hieß er einfach Grigorij; den Namen
Petrowitsch legte er sich erst dann zu, als er frei wurde und
an den Feiertagen – zunächst nur an den großen, später aber
an allen Tagen, die im Kalender mit einem Kreuz bezeichnet sind – zu trinken begann. In dieser Beziehung war er
den Sitten seiner Väter treu, und wenn er darüber mit seiner
Frau polemisierte, schalt er sie eine weltliche Person und

eine Deutsche. Da schon einmal von der Frau die Rede ist, so müßte ich auch ihr einige Worte widmen; das einzige, was ich sagen kann, ist aber nur das: Petrowitsch hatte eine Frau, sie trug statt eines Kopftuches ein Häubchen und war anscheinend nicht sonderlich schön: wenn sie durch die Straße ging, schenkten ihr höchstens Gardesoldaten einige Beachtung, und selbst diese drehten den Schnurrbart und gaben einen eigentümlichen Laut von sich, sobald sie ihr unter die Haube geschaut hatten.

Akakij Akakijewitsch ging also zu Petrowitsch hinauf; die Treppe war schmutzig und feucht und von einem Schnapsduft erfüllt, der allen Petersburger Hintertreppen eigen ist. Unterwegs überlegte er sich, wieviel wohl Petrowitsch für die Arbeit verlangen würde; er war entschlossen, keineswegs mehr als zwei Rubel zu zahlen. Die Wohnungstür stand offen, denn Frau Petrowitsch bereitete gerade irgendein Fischgericht, und die Küche war so voller Rauch, daß man selbst die Schaben nicht unterscheiden konnte. Akakij Akakijewitsch passierte die Küche, ohne von der Frau gesehen zu werden, und kam in einen Raum, wo Petrowitsch selbst auf einem einfachen Tisch, mit untergeschlagenen Beinen wie ein türkischer Pascha thronte, und zwar, wie alle Schneider bei der Arbeit, mit nackten Füßen; das erste, was Akakij Akakijewitsch in die Augen sprang, war die große Zehe, deren verstümmelter Nagel an eine Schildkrötenschale gemahnte. Er hatte mehrere Fitzen Zwirn und Nähseide um den Hals hängen und arbeitete gerade an einem außerordentlich zerlumpten Kleidungsstück. Seit drei Minuten mühte er sich mit einem Faden ab, der durchaus nicht in das Nadelöhr gehen wollte; er schimpfte auf die Dunkelheit und auf den Faden: »Er will nicht, der Hund! Der Halunke bringt mich noch ins Grab!«

Akakij Akakijewitsch tat es leid, daß er Petrowitsch in
so schlechter Laune antraf: er liebte es, seine Aufträge ihm
dann zu erteilen, wenn der Schneider etwas angeheitert,
oder, wie seine Frau sich ausdrückte, »stinkbesoffen wie ein
Teufel« war. In diesem Zustande war er sehr entgegenkom-
mend und nachgiebig, er machte sogar höfliche Verbeugun-
gen und dankte für den Auftrag. Allerdings kam dann später
die Frau mit der Behauptung, er sei betrunken gewesen und
habe nur daher diesen billigen Preis gemacht: mit einem
Zehnkopekenstück war aber auch sie zu besänftigen. Jetzt
schien Petrowitsch nüchtern, und in solchen Augenblicken
war er stets hart und eigensinnig und machte ganz wahnsinnige Preise. Akakij Akakijewitsch überblickte gleich die Situation und wollte eigentlich abziehen; es war aber zu spät.
Petrowitsch sah ihn mit seinem einzigen Auge durchdrin-
gend an, und Akakij Akakijewitsch murmelte verlegen:

»Guten Tag, Petrowitsch!«

»Recht guten Tag, Herr ...« erwiderte Petrowitsch und
schielte auf die Hände des Gastes, um zu sehen, was er mitgebracht habe.

»Ich komme, Petrowitsch, um ... das heißt ...«

Akakij Akakijewitsch gebrauchte mit besonderer Vorliebe
Präpositionen, Adverbien, und ganz bedeutungslose Partikel. War die Sache aber irgendwie schwierig, so pflegte er
seinen Satz nicht zu Ende zu sprechen; er begann oft seine
Rede mit den Worten: »Dies ist wirklich ganz, sozusagen
...« und blieb dann stehen, in der Meinung, er habe seine
Gedanken klar ausgedrückt.

»Was gibt's denn?« fragte Petrowitsch und musterte dabei
mit seinem einzigen Auge die ganze Kleidung Akakij Aka-

kijewitschs vom Kragen bis zu den Ärmeln, Rockschößen und Knopflöchern; dies alles war ihm wohlbekannt, denn es war seine eigene Arbeit; die Schneider sind einmal so, daß sie immer zuerst die Kleidung betrachten.

»Ich komme also, Petrowitsch ... weißt du, dieser Mantel da ... das heißt, das Tuch ist ja ganz gut; es ist nur etwas verstaubt und sieht daher alt aus, es ist aber ganz neu; aber da, an einer Stelle, im Rücken, und auch hier in der Schulter, ist es etwas abgerieben, und auch auf der anderen Schulter, siehst du? Das wäre alles. Die Arbeit ist ja nicht groß ...«

Petrowitsch nahm den Morgenrock in die Hand, breitete ihn auf dem Tische aus und griff nach seiner runden Tabaksdose, deren Deckel mit dem Bildnis eines Generals geschmückt war; wer der dargestellte General war, ließ sich nicht mehr feststellen, denn gerade auf der Stelle des Gesichts hatte der Deckel ein von einem Finger herrührendes Loch, das nun mit einem viereckigen Stück Papier überklebt war. Petrowitsch nahm eine Prise, betrachtete den Morgenrock von neuem, hielt ihn gegen das Licht und schüttelte den Kopf. Darauf wandte er seine Aufmerksamkeit dem Futter zu und schüttelte abermals den Kopf; dann öffnete er wieder die Dose mit dem überklebten Generalskopf, nahm eine tüchtige Prise, stellte die Dose weg und sagte endlich:

»Nein, da ist nichts zu machen. Der Mantel taugt nichts.«

Bei diesen Worten bekam Akakij Akakijewitsch Herzklopfen.

»Warum denn, Petrowitsch?« fragte er mit flehender, kindlicher Stimme. »Er ist ja nur an den Schultern etwas abgerieben; du wirst doch schon einen passenden Flicken finden, um es auszubessern ...«

»Ja, ein Flicken läßt sich wohl finden«, sagte Petrowitsch, »aber wie soll ich ihn annähen? Das Tuch ist ja schon ganz faul, wenn man es mit der Nadel anrührt, fällt es auseinander.«

»Nun, wo's auseinanderfällt, da setzt du gleich einen Flicken hin.«

»Worauf soll ich denn den Flicken befestigen? Der Stoff ist zu sehr abgetragen. Sie können es meinetwegen Tuch nennen, das Zeug fliegt aber beim ersten Windstoß in Fetzen auseinander.«

»Versuch's einmal. Wie wäre es denn sonst wirklich …«

»Nein!« sagte Petrowitsch sehr entschieden. »Da kann ich nichts machen, die Sache ist hoffnungslos. Machen sie sich lieber Fußlappen daraus für den Winter; denn Strümpfe halten ja nicht genügend warm, die Deutschen haben sie erfunden, um mehr Geld zu verdienen. (Petrowitsch liebte von Zeit zu Zeit Ausfälle gegen die Deutschen zu machen.) Was aber den Mantel betrifft, so müssen Sie sich halt einen neuen machen lassen.«

Beim Worte »neu« wurde es Akakij Akakijewitsch ganz schwindelig, das ganze Zimmer drehte sich um ihn; das einzige, was er noch deutlich sah, war der mit Papier überklebte General auf Petrowitschs Tabaksdose.

»Einen neuen?« sagte er wie im Traume. »Ich habe ja kein Geld.«

»Jawohl, einen neuen Mantel«, bestätigte Petrowitsch mit grausamer Gelassenheit.

»Nun, und wenn es unbedingt ein neuer sein muß, wie wäre es dann …«

»Sie meinen, was er kosten würde?«

»Ja.«

»Ja, da müßten Sie schon hundertfünfzig Rubel anlegen«, sagte Petrowitsch und kniff dabei seine Lippen bedeutungsvoll zusammen. Er liebte überhaupt starke Effekte und setzte gern einen in Verlegenheit, um dann den Gesichtsausdruck des so Überrumpelten zu beobachten.

»Was! Hundertfünfzig Rubel für einen Mantel!« schrie der arme Akakij Akakijewitsch auf; er schrie wohl überhaupt zum erstenmal in seinem Leben, denn er zeichnete sich sonst durch seinen ruhigen stillen Ton aus.

»Jawohl«, sagte Petrowitsch, »und dann kommt es noch auf die Güte des Mantels an. Wenn wir einen Marderkragen nehmen und die Kapuze mit Seide füttern, so können es wohl auch zweihundert werden.«

»Petrowitsch, ich bitte dich«, flehte Akakij Akakijewitsch, die auf einen Effekt berechneten Ausführungen Petrowitschs ignorierend, »versuch's doch mit einer Reparatur; vielleicht kann mir der Mantel doch noch eine kurze Zeit dienen.«

»Nein, es wäre schade um die Arbeit und auch ums Geld«, sagte Petrowitsch. Diese Antwort wirkte auf den Armen ganz niederschmetternd, und er ging fort. Petrowitsch blieb noch eine Zeitlang in der gleichen Haltung mit zusammengekniffenen Lippen müßig sitzen; er freute sich, daß er nicht nachgegeben und auch das ehrsame Schneiderhandwerk nicht herabgewürdigt hatte.

Akakij Akakijewitsch ging durch die Straße wie ein Nachtwandler. »So stehen die Sachen«, sprach er zu sich selbst, »ich hätte wirklich nicht erwartet, daß sie so stehen …« Nach einer Pause fügte er noch hinzu: »Also, so ist's! So weit ist es gekommen! Ich hätte es wirklich nicht erwartet.« Nach einer weiteren Pause sagte er noch: »So, so! Ganz unerwar-

tet kommt es … Es ist schon so eine Sache …« Er wollte
eigentlich nach Hause, ging aber in einer ganz verkehrten
Richtung. Unterwegs streifte ein Kaminkehrer seine Schulter, die nun ganz schwarz wurde; von einem Neubau fiel
ihm eine ganze Ladung Mörtel auf den Kopf. Er sah und
hörte nichts und kam erst dann einigermaßen zur Besinnung, als er gegen einen Polizeisoldaten anprallte, der seine
Hellebarde zur Seite gestellt hatte und gerade im Begriff
war, eine Prise Schnupftabak zu nehmen.

»Was rennst du einem in die Schnauze hinein?« schrie
ihn dieser an. »Kannst du denn nicht auf dem Trottoir gehen?« Diese Bemerkung rüttelte ihn auf; er kehrte um und
war bald zu Hause. Hier sammelte er seine Gedanken und
überblickte mit klarem Auge die Lage; er setzte sein Selbst-
gespräch fort, aber nicht mehr in abrupten Ausrufen, wie
vorhin, sondern in vernünftigen Sätzen, wie man mit einem
klugen Freunde über eine intime Angelegenheit spricht:

»Mit dem Petrowitsch kann man ja jetzt gar nicht reden;
er ist wohl etwas … Seine Frau hat ihn offenbar vorhin ge-
prügelt. Ich will ihn lieber noch einmal, und zwar Sonntag
früh, aufsuchen: da wird er noch vom Samstag abend etwas
verkatert sein und sich stärken wollen; die Frau wird ihm
aber kein Geld hergeben; wenn ich ihm da ein Zehnkopekenstück in die Hand drücke, wird er mit sich schon reden
lassen und dann …«

Am nächsten Sonntag machte er sich wirklich auf den Weg;
er sah Frau Petrowitsch gerade das Haus verlassen und stürzte sofort die vier Treppen hinauf. Petrowitsch sah wirklich
so aus, wie Akakij Akakijewitsch erwartet hatte: er war ganz
verschlafen und konnte kaum den Kopf halten. Als er aber
erfuhr, um was es sich handelte, wurde er wieder ganz wild.

»Nein, daraus wird nichts. Sie müssen schon einen neuen bestellen.«

Nun drückte ihm Akakij Akakijewitsch die zehn Kopeken in die Hand.

»Ich danke ergebenst«, sagte der Schneider. »Ich werde für Ihr Wohl etwas zu mir nehmen; was aber den Mantel betrifft, so können Sie ganz beruhigt sein: mit ihm ist nichts anzufangen. Dafür will ich Ihnen einen ganz vorzüglichen neuen machen.« Akakij Akakijewitsch machte noch einen schüchternen Versuch, über die Instandsetzung des alten zu sprechen. Petrowitsch ließ ihn aber gar nicht ausreden.

»Einen neuen will ich Ihnen gern machen und werde mir die größte Mühe geben, Sie zufrieden zu stellen. Man könnte ihn auch nach der ganz neuen Mode machen: mit versilberten Haken am Kragen.«

Jetzt erst sah Akakij Akakijewitsch ein, daß er unbedingt einen neuen Mantel brauche, und diese Einsicht betrübte ihn außerordentlich. Woher sollte er denn das Geld dafür nehmen? Zu Weihnachten würde es allerdings eine Gratifikation geben, über diese Summe hatte er aber schon längst verfügt: er brauchte neue Beinkleider, schuldete dem Schuster für das Ansetzen eines neuen Oberleders zu alten Stiefeln und wollte sich noch drei Hemden und zwei jener Wäschestücke, die man in einem Buche nicht gut nennen kann, machen lassen. Kurz, die ganze Gratifikation hatte bereits ihre feste Bestimmung; selbst wenn der Direktor ihm statt der üblichen vierzig Rubel, fünfundvierzig oder gar fünfzig bewilligte, so würde auch das im Vergleich zu der nötigen Summe ein Tropfen im Meere sein.

Petrowitsch pflegte allerdings oft einen so horrenden Preis zu fordern, daß selbst seine Frau dagegen protestierte:

»Bist du denn verrückt? Manchmal arbeitest du ganz umsonst und jetzt verlangst du einen Preis, den du selbst nicht
wert bist!«

Es war also zu erwarten, daß Petrowitsch seine Forderung
auf achtzig Rubel herabsetzte; wo aber die achtzig Rubel
hernehmen? Die Hälfte davon wäre noch aufzutreiben gewesen, sogar etwas mehr als die Hälfte; wo aber die andere
Hälfte hernehmen? – Hier muß der Leser erfahren, wo Akakij Akakijewitsch die erste Hälfte hernehmen wollte. Von
jedem ausgegebenen Rubel pflegte er nämlich eine halbe
Kopeke in eine Sparbüchse zu tun. Am Ende eines jeden
Semesters nahm er die Kupfermünzen heraus und wechselte
sie gegen Silber um. So machte er es seit vielen Jahren, und
die ersparte Summe betrug nun etwas über vierzig Rubel.
Die Hälfte war also vorhanden. Es fehlten aber noch immer
vierzig Rubel. Akakij Akakijewitsch dachte lange nach und
entschloß sich endlich, ein Jahr lang seine täglichen Ausgaben aufs möglichste herabzusetzen, also abends keinen Tee
zu trinken und kein Licht zu machen, die Schreibarbeiten
aber im Zimmer der Wirtin zu verrichten; bei den Gängen
in der Stadt die Füße recht vorsichtig zu setzen und so die
Schuhe zu schonen; schließlich zu Hause als einzige Bekleidung seinen alten baumwollenen Schlafrock, der so ehrwür-
dig alt war, daß ihn selbst der Zahn der Zeit verschonte,
zu tragen und möglichst wenig Wäsche zum Waschen zu
geben.

Diese Entbehrungen kamen ihn anfangs schwer an; er ge-
wöhnte sich aber allmählich an diese Lebensweise und kam
schließlich ganz gut auch ohne Abendessen aus; dafür aber
hatte er geistige Nahrung in den ewigen Gedanken an den
neuen Mantel. Sein Leben wurde reicher und inhaltsvoller,

als ob er plötzlich geheiratet hätte und seinen Lebensweg nicht mehr allein ginge: ein neuer Lebensgefährte begleitete ihn auf allen Wegen, und dies war ein gut wattierter, dauerhafter, neuer Mantel. Er wurde viel lebhafter, und sein Charakter festigte sich, denn nun hatte er ein Lebensziel. Seine Schüchternheit, Unentschlossenheit und Unbeholfenheit waren ganz verschwunden. Seine Augen leuchteten, und durch seinen Kopf zogen ganz verwegene Gedanken: »Soll ich mir vielleicht doch einen Marderkragen machen lassen?«

Alle diese Gedanken lenkten ihn so sehr ab, daß er einmal beim Abschreiben beinahe einen Fehler gemacht hätte. Er kam aber noch rechtzeitig zu sich, seufzte auf und bekreuzigte sich. Mindestens einmal im Monat suchte er Petrowitsch auf, um mit ihm über den Mantel zu konferieren: es wurde erörtert, wo man das Tuch am vorteilhaftesten kaufen und wieviel man dafür zahlen solle. Er ging dann immer etwas besorgt, aber befriedigt heim und träumte von dem Tag, an dem er endlich den Mantel bekommen würde.

Die Sache ging viel schneller, als er erwartete. Die Gratifikation betrug zu seiner großen Überraschung weder vierzig, noch fünfundvierzig, sondern sechzig Rubel. Vielleicht ahnte der Direktor, daß Akakij Akakijewitsch einen Mantel brauchte, oder war es nur ein reiner Zufall? Jedenfalls wurde dadurch die Sache sehr beschleunigt: er brauchte nun nur noch zwei bis drei Monate zu hungern, um die achtzig Rubel beisammen zu haben. Sein sonst so ruhiges Herz pochte lebhaft. Als die achtzig Rubel endlich da waren, ging er sofort mit Petrowitsch in einen Tuchladen.

Sie kauften ganz vorzüglich ein; – das fiel ihnen nicht schwer, denn sie hatten seit einem halben Jahr sämtliche

Tuchläden abgesucht und alle Preise erfragt; Petrowitsch behauptete, es gäbe gar kein besseres Tuch als dieses. Zum Futter nahmen sie Baumwollzeug, aber von der allerbesten Sorte; Petrowitsch meinte, es sei viel besser und sogar eleganter als Seide. Auf den Marderkragen mußten sie verzichten, denn der Preis war wirklich zu hoch; sie nahmen dafür Katzenfell, ebenfalls von der besten Sorte; man konnte es aus einiger Entfernung für Marder halten.

Petrowitsch brauchte zur Anfertigung des Mantels zwei Wochen; es war nämlich viel Stepparbeit dabei, sonst wäre der Mantel früher fertig gewesen. Die Arbeit sollte zwölf Rubel kosten; dies war auch das Alleräußerste, denn alles war mit Seide genäht, und jede Naht wurde von Petrowitsch mit den Zähnen geglättet, die im Tuch verschiedene eingepreßte Ornamente zurückließen.

Es war an einem ... ich weiß nicht mehr, welcher Wochentag es war, jedenfalls war es aber der feierlichste Tag in Akakijs Leben, als er seinen Mantel bekam. Petrowitsch brachte ihn früh morgens gerade um die Stunde, als Akakij Akakijewitsch ins Amt gehen wollte. Es war die passendste Zeit, denn die Kälte war schon recht empfindlich und wurde von Tag zu Tag strenger. Petrowitsch kam mit dem Mantel so feierlich an, wie es einem tüchtigen Schneider ziemt. Sein Gesicht hatte einen so ernsten und bedeutungsvollen Ausdruck, wie es Akakij Akakijewitsch bei ihm noch nie gesehen hatte. Er war sich der Wichtigkeit seines Werkes wohl bewußt und schien den Abgrund zu messen, der einen Flickschneider von einem solchen trennt, der neue Sachen anfertigt. Der Mantel war in ein reines Taschentuch gehüllt, das soeben von der Waschfrau gekommen war; erst, nachdem der Mantel ausgepackt war, steckte Petrowitsch das

Tuch zum weiteren Gebrauch in die Tasche. Er nahm den
Mantel mit beiden Händen und warf ihn sehr elegant Akakij
Akakijewitsch auf die Schultern, dann zog er ihn mit einer
geschickten Bewegung hinten zurecht; hierauf drapierte er
ihn etwas legerer. Akakij Akakijewitsch wollte den Mantel
auch richtig, wie es einem älteren Herrn ziemt, mit den Ärmeln anprobieren; auch die Ärmel saßen vorzüglich. Mit einem Worte: der Mantel paßte wunderbar. Petrowitsch ließ
sich nicht die Gelegenheit zu der Bemerkung entgehen, er
habe den billigen Preis nur darum gemacht, weil er ohne
Firmenschild in einer Nebengasse wohne und weil er Akakij Akakijewitsch so gut kenne; auf dem Newskij-Prospekt
hätte die Arbeit allein mindestens fünfundsiebzig Rubel gekostet.

Akakij Akakijewitsch wollte aber jede Diskussion über
diesen Gegenstand vermeiden, auch machten ihm die hohen Ziffern, mit denen Petrowitsch nur so herumwarf,
ordentlich angst. Er bezahlte, dankte und ging sofort, mit
dem neuen Mantel angetan, ins Amt. Petrowitsch begleitete
ihn hinunter und blieb dann auf der Straße stehen, um den
Mantel aus einiger Entfernung zu betrachten, dann rannte
er durch ein Seitengäßchen vor, so daß er Akakij Akakijewitsch überholte, um den Mantel wieder von einer anderen
Seite in Augenschein zu nehmen.

Akakij Akakijewitsch ging seinen Weg zum Amt in der ro-
sigsten Laune. Bei jedem Schritt fühlte er den neuen Mantel
auf seinen Schultern sitzen und lächelte still in sich hinein.
Zwei Vorteile sprangen ihm besonders in die Augen: erstens
war der Mantel warm, zweitens war er schön.

Mit diesem Gedanken beschäftigt, kam er in die Kanzlei,
legte den Mantel im Vorzimmer ab, betrachtete ihn noch

einmal von allen Seiten und übergab ihn endlich dem Portier mit der Weisung, auf ihn ganz besonders acht zu geben. Die Nachricht, daß Akakij Akakijewitsch einen neuen Mantel habe, und daß der Morgenrock nicht mehr existiere, verbreitete sich unter den Beamten wie ein Lauffeuer. Alle begaben sich ins Portierzimmer, um den Mantel zu begutachten. Akakij Akakijewitsch mußte von allen Seiten Gratulationen entgegennehmen; anfangs strahlte er dabei, wurde aber dann verlegen. Man bestürmte ihn, er müsse doch unbedingt die Neuanschaffung, wie es sich gehört, einweihen und ein Fest veranstalten; da wurde er ganz verlegen und wußte nicht, wie er dem entrinnen solle. Er war ganz rot und machte den Versuch, den Kollegen einzureden, der Mantel sei gar nicht neu, es sei vielmehr der alte Mantel.

Einer der Vorgesetzten, der offenbar zeigen wollte, daß er es nicht verschmähe, mit seinen Untergebenen zu verkehren, nahm sich seiner an und sagte:

»Ich will statt Akakij Akakijewitsch ein kleines Fest veranstalten und lade Sie hiermit für heute abend zum Tee ein; außerdem ist heute zufällig mein Namenstag.«

Die Beamten gratulierten nun auch dem Vorgesetzten und nahmen die Einladung mit Dank an. Akakij Akakijewitsch wollte anfangs ablehnen, als man ihm aber bewies, daß es sich nicht schicke, willigte er ein. Der Gedanke, daß er nun die Gelegenheit haben werde, auch abends den neuen Mantel zu tragen, machte ihm sogar große Freude. Dieser ganze Tag war für ihn ein Festtag. Auch nach Hause zurückgekehrt, bewahrte er die gleiche rosige Stimmung. Er hängte den Mantel sorgfältig auf einen Wandhaken, betrachtete noch einmal das schöne Tuch und das Futter und nahm dann noch seinen alten, gänzlich unbrauchbaren

Mantel vor, um Vergleiche anzustellen. Der Unterschied
war wirklich so groß, daß er lachen mußte. Und auch während
seiner Mahlzeit lächelte er beim Gedanken an den
desperaten Zustand seines alten Morgenrocks. Er aß mit
gutem Appetit. Nach beendeter Mahlzeit ließ er für diesmal
seine gewohnte Abschreibearbeit ruhen und rekelte sich selig auf seinem Bett, bis der Abend anbrach. Dann kleidete
er sich rasch um, zog seinen Mantel an und machte sich auf
den Weg.

Wo der Vorgesetzte wohnte, der die Beamten zu sich
eingeladen hatte, kann ich leider nicht angeben. Mein Gedächtnis hat sich etwas getrübt, und alle Straßen und Gas-
sen Petersburgs sind in meinem Kopf durcheinandergera-
ten. Eines steht fest: der Beamte wohnte in einem besseren
Stadtteil, folglich in ziemlich großer Entfernung von der
Wohnung des Akakij Akakijewitsch. Er ging anfangs durch
ganz leere und spärlich beleuchtete Straßen; je mehr er sich
aber dem Ziele näherte, um so belebter und vornehmer
wurde die Gegend. Es begegneten ihm immer mehr Passanten, darunter auch solche mit teuren Biberkragen auf ihren Mänteln, auch viele elegante Damen sah er auf seinem
Weg; die einfachen messingbeschlagenen Vorstadtschlitten
wurden immer seltener, dagegen tauchten viele elegant lak-
kierte Schlitten mit Bärenfelldecken auf, die von Kutschern
mit roten Samtmützen gelenkt wurden. Alles kam unserem
Akakij Akakijewitsch ganz neu vor; er war seit vielen Jahren wieder zum erstenmal abends auf der Straße. Er blieb
neugierig vor der Auslage einer Bilderhandlung stehen und
versenkte sich in die Betrachtung eines Bildes, auf dem eine
schöne Dame dargestellt war, die sich gerade einen Schuh
auszog und dabei ihr wirklich schönes Füßchen zeigte, wäh-

355

rend ein Herr mit Backenbart sie durch eine hinter ihrem
Rücken befindliche Türe beobachtete.

Akakij Akakijewitsch schüttelte den Kopf und ging lächelnd weiter. Warum lächelte er? Weil er in eine Welt hin-
eingeschaut hatte, die ihm zwar fremd war, für die aber doch
ein jeder etwas Interesse hat, oder weil ihm der übliche Gedanke durch den Kopf ging: »Nein, diese Franzosen! Wenn
die schon etwas machen, so ist es sozusagen...« Vielleicht
dachte er auch gar nicht daran; ich konnte ihm ja nicht ins
Herz sehen und seine Gedanken lesen.

Endlich erreichte er die Wohnung seines Vorgesetzten.
Dieser lebte auf einem großen Fuß: die Wohnung befand
sich im zweiten Stock, und die Stiege war sogar beleuchtet.
Im Vorzimmer stand bereits eine lange Reihe Galoschen,
daneben dampfte und summte ein Samowar. An der Wand
hingen viele Mäntel und Paletots, darunter auch solche mit
Biberkragen und Samtaufschlägen. Aus dem Nebenzimmer
drangen Stimmen und Geräusche, die ganz deutlich wurden, als sich die Tür öffnete und ein Diener herauskam, der
ein Tablett mit leeren Tassen, einem Milchtopf und einem
Zwiebackkorb trug. Die Beamten waren wohl vollzählig versammelt und hatten anscheinend die erste Tasse Tee geleert.
Akakij Akakijewitsch hängte nun seinen Mantel eigenhändig
an die Wand und trat ein; er sah Kerzen, Beamte, Kartenti-
sche und Pfeifen vor sich und hörte den Lärm vieler Stimmen und umhergerückter Stühle. Er blieb verlegen mitten
im Zimmer stehen und wußte nicht, was er nun anfangen
sollte. Man hatte ihn aber bereits bemerkt; die Kollegen be-
grüßten ihn stürmisch und gingen dann alle ins Vorzimmer
hinaus, um den Mantel noch einmal in Augenschein zu nehmen. Akakij Akakijewitsch wurde ganz rot vor Verlegenheit,

doch freute es ihn aufrichtig, daß der Mantel allen so gut gefiel. Die Kollegen ließen natürlich sehr bald ihn und seinen Mantel in Ruhe und wandten sich dem Whist zu. Der Lärm, das Stimmengewirr und die vielen Leute, kurz all das Ungewohnte wirkten auf den schüchternen Akakij direkt betäubend; er wußte nicht, wie er sich zu benehmen hatte und wo er seine Hände und seine ganze Gestalt hintun solle. Endlich ließ er sich an einem der Spieltische nieder und begann den Spielern in die Karten zu schauen. Dies langweilte ihn auf die Dauer, und bald begann er zu gähnen, denn die Stunde, um die er gewöhnlich zu Bett ging, war längst vorüber. Er wollte sich verabschieden, man hielt ihn aber mit Gewalt zurück: er müsse noch unbedingt zur Feier des Tages Champagner trinken.

Bald kam das Abendessen, das aus einem Fleischsalat, kaltem Kalbsbraten, einer Pastete, Kuchen und Champagner bestand. Akakij Akakijewitsch mußte zwei Glas davon trinken; dies heiterte ihn etwas auf, doch vergaß er für keinen Augenblick, daß es schon zwölf Uhr war und daß er eigentlich längst im Bett ein sollte. Er fürchtete, wieder mit Gewalt zurückgehalten zu werden und schlich sich unbemerkt ins Vorzimmer. Er fand da seinen Mantel auf dem Boden liegen, was ihn sehr betrübte. Er hob ihn auf, putzte ihn sorgfältig und war bald auf der Straße.

Auf der Straße herrschte noch immer reges Leben. Viele Gemischtwarenläden – diese Versammlungslokale der Dienerschaft und auch anderer Menschen waren noch geöffnet; andere Läden waren geschlossen, doch verriet der durch die Türspalten dringende Lichtschein, daß inwendig noch Leben herrschte und daß manche Dienstmädchen ihren Klatsch noch nicht beendet hatten. Akakij Akakije-

witsch ging seinen Weg in der besten Gemütsverfassung
und ließ sich sogar hinreißen, eine Zeitlang einer Dame zu
folgen, bei der jeder Körperteil ungewöhnliche Beweglich-
keit verriet; sie verschwand aber wie ein Blitz aus seinem
Gesichtskreis. Er wunderte sich selbst über seine Unter-
nehmungslust und ging zu seiner früheren gemächlichen
Gangart über. Er kam allmählich in die stilleren entlegeneren Straßen, die auch bei Tageslicht wenig anheimelnd sind,
um so weniger aber nachts. Die Laternen wurden immer
seltener, und ihr Licht wurde trüber, denn in der Vorstadt
sparte man offenbar mit dem Öl. Endlose Bretterzäune
zogen sich hin, und weit und breit war kein Mensch zu sehen. Man sah nur noch glitzernden Schnee und die kleinen
Häuschen, in denen alles schlief. Er näherte sich der Stelle,
wo die lange Straße auf einen ungeheuer weiten Platz mün-
dete. Der Platz war so weit, daß man die Häuser auf der
anderen Seite kaum sehen konnte.

Irgendwo in der Ferne flackerte die Laterne eines Schil-
derhäuschens, das am Ende der Welt zu stehen schien. Die
Stimmung Akakij Akakijewitschs schlug etwas um. Eine
seltsame Angst bemächtigte sich seiner, als er diesen weiten
Platz betrat, und sein Herz empfand etwas wie drohendes
Unheil. Er blickte nach allen Seiten und fühlte sich plötzlich
wie auf dem Meere. Er beschloß, lieber gar nicht hinzu-
schauen und ging mit geschlossenen Augen weiter. Als er
sie öffnete, um festzustellen, wie weit es noch bis zum Ende
des Platzes sei, erblickte er vor seiner Nase mehrere Männer
mit langen Schnurrbärten. Es wurde ihm dunkel vor den
Augen, und sein Herz begann zu zittern.

»Der Mantel gehört mir!« schrie ihn einer der Unbekannten an, ihn am Kragen packend.

Akakij Akakijewitsch wollte um Hilfe schreien, ein Mann hielt ihm aber seine Faust in der Größe eines Beamtenkopfes vor die Nase und sagte:

»Versuch nur zu schreien!«

Akakij Akakijewitsch fühlte noch, wie ihm der Mantel vom Leibe gerissen wurde und wie man ihm einen tüchtigen Fußtritt versetzte. Dann taumelte er, fiel in den Schnee und verlor das Bewußtsein. Als er nach einigen Minuten zu sich kam, war er wieder allein. Es war kalt, und der Mantel war fort. Er begann zu schreien; seine Stimme konnte aber nicht bis ans Ende des Platzes dringen. Er lief verzweifelt und schreiend auf das Schilderhäuschen zu. Der Wachsoldat erwartete ihn, auf seine Hellebarde gestützt, voller Neugier; es interessierte ihn, warum dieser Mensch so rannte und schrie. Akakij Akakijewitsch fragte ihn mit keuchender Stimme, warum er auf seinem Posten schlafe und gemütlich zuschaue, wie ein Mensch ausgeraubt werde.

Der Wachsoldat erklärte, nichts gesehen zu haben; er habe wohl gesehen, wie Akakij Akakijewitsch mitten auf dem Platze von zwei Männern gestellt worden sei, doch glaubte er, es seien seine Freunde gewesen; was aber den Mantel beträfe, so möchte er, statt zu schreien, sich lieber morgen zum Revieraufseher bemühen, dieser werde den Mantel und die Diebe schon ausfindig machen.

Akakij Akakijewitsch erreichte endlich seine Wohnung in einem schrecklichen Zustand: die wenigen Haare, die er noch an den Schläfen und im Nacken hatte, waren zerzaust, und seine ganze Kleidung war mit Schnee bedeckt. Die alte Wirtin eilte auf sein heftiges Pochen zur Türe, mit nur einem Schuh bekleidet und das Hemd vorne verschämt mit der Hand zusammenhaltend. Sie sah Akakij Akakijewitschs

Zustand und taumelte erschrocken zurück. Als er ihr den Sachverhalt erklärt hatte, schlug sie die Hände zusammen und meinte, er müsse sich an den Polizeiinspektor wenden; der Revieraufseher würde ihn nur mit leeren Versprechungen abspeisen; mit dem Polizeiinspektor sei sie dagegen bekannt, denn ihre frühere Köchin, die Finnin Anna, sei jetzt bei ihm als Kindermädchen angestellt; sie sähe ihn fast täglich auf der Straße und jeden Sonntag in der Kirche – er sei also offenbar ein guter und ordentlicher Mensch. Akakij Akakijewitsch ging traurig zu Bett, und jedermann, der sich in eine fremde Lage versetzen kann, wird wohl begreifen, wie er diese Nacht zubrachte.

Am nächsten Morgen ging er ganz früh zum Polizeiinspektor; man sagte ihm, dieser schlafe noch. Er kam um zehn wieder – der Polizeiinspektor schlief noch immer. Als er um elf kam – war der Inspektor ausgegangen. Schließlich kam er um die Mittagszeit; die Schreiber wollten ihn nicht vorlassen und verlangten zu wissen, in welcher Angelegenheit er käme. Akakij Akakijewitsch zeigte nun zum ersten Mal in seinem Leben, daß auch er energisch sein konnte, und erklärte, er müsse den Polizeiinspektor unbedingt persönlich sprechen; es handle sich um eine wichtige amtliche Angelegenheit, und wenn sie ihn nicht vorließen, wolle er sich beschweren. Die Schreiber mußten nachgeben, und einer von ihnen holte den Polizeiinspektor. Dieser nahm die Erzählung Akakij Akakijewitschs höchst sonderbar auf. Er zeigte wenig Interesse für seinen Mantel, begann ihn dagegen auszufragen, was er denn überhaupt in der späten Stunde auf der Straße zu suchen gehabt hätte, und ob er nicht gar in einem verdächtigen Hause gewesen sei. Diese Fragen machten ihn erröten und er ging heim, ohne erfahren zu haben, ob der Polizeiinspektor in der Sache etwas zu unternehmen gedenke.

An diesem Tage ging er nicht ins Amt, was ihm zum erstenmal im Leben passierte. Am nächsten Tag ging er aber doch hin, und zwar wieder in seinem alten Morgenrock, der noch trauriger aussah als je. Einzelne Beamte rissen selbst bei dieser traurigen Geschichte ihre Witze; die meisten waren aber so gerührt, daß sie sogar eine Kollekte für einen neuen Mantel veranstalteten. Da die Beamtenschaft kurze Zeit vorher durch zwei andere Kollekten – für ein Bildnis des Direktors und für die Subskription auf ein Werk, das ein Freund des Direktors verfaßt hatte – ausgeplündert worden war, ergab diese Kollekte ein überaus trauriges Resultat. Ein Kollege gab aber Akakij Akakijewitsch den Rat, er möchte sich doch nicht an den Revieraufseher wenden: dieser würde das Gestohlene vielleicht wiederfinden, um den Vorgesetzten seine Tüchtigkeit zu beweisen, doch werde der Mantel in den Händen der Polizei bleiben, es habe ja keiner einen gesetzlichen Beweis, daß der Mantel ihm gehöre. Er möchte sich doch an »einen gewissen Würdenträger« wenden, der bei seinen guten Beziehungen die Sache erfolgreicher durchführen könne.

Akakij Akakijewitsch entschloß sich also, jenen »Würdenträger« aufzusuchen. Welches Amt diese Person bekleidete, ist auch heute noch nicht aufgeklärt. Es muß bemerkt werden, daß der »Würdenträger« seine Würde erst seit kurzem erhalten hatte; vorher hatte er gar keine. Das Amt, das diese Persönlichkeit bekleidete, war übrigens gar nicht so hervorragend, denn es gibt noch viel höhere Ämter. Manche Leute sind aber stets geneigt, auch das minder Bedeutende für sehr bedeutend zu halten. Der betreffende Be-

amte gab sich auch die größte Mühe, den Anschein einer
sehr bedeutenden Persönlichkeit zu erwecken; so hatte er
verfügt, daß ihn die Untergebenen jeden Morgen unten an
der Treppe erwarteten, und daß niemand ohne Anmeldung
vorgelassen werde. Überall mußte die strengste Ordnung
herrschen: der Kollegien-Registrator hatte jedes Gesuch
dem Gouvernements-Sekretär vorzulegen, dieser meldete
es dem Titularrat und so kam die Sache schließlich auch in
seine Hand. Es ist schon einmal so in unserem heiligen Rußland, daß jeder Beamte bestrebt ist, es seinen Vorgesetzten
gleichzutun. So hat einmal ein Titularrat, der zum Vorstand
einer kleinen Kanzlei ernannt wurde, in seinem Amtslokal
ein eigenes kleines Kämmerchen als »Sitzungssaal« eingerichtet; an der Tür dieses Zimmers standen zwei galonierte
Diener mit roten Aufschlägen, die wie Logenschließer aus-
sahen und jeden Besucher zu melden hatten, obwohl der
»Sitzungssaal« so klein war, daß in ihm ein gewöhnlicher
Schreibtisch kaum Platz hatte.

Der »Würdenträger« waltete seines Amtes mit großer
Würde und Wichtigkeit. Das System beruhte in erster Linie
auf Strenge. »Strenge, Strenge und – Strenge«, so pflegte er
seinen Untergebenen immer einzuschärfen; dies war aber
ganz überflüssig, denn die wenigen Beamten, die er unter
sich hatte, waren auch so genügend eingeschüchtert. Wenn
er durch die Kanzlei ging, ließen alle die Arbeit ruhen und
sprangen ehrerbietig auf. Im Verkehr mit den Untergebenen
gebrauchte er eigentlich nur folgende drei Redewendun-
gen: »Wie unterstehen Sie sich? Wissen Sie auch, mit wem
Sie sprechen? Denken Sie daran, vor wem Sie stehen?« Im
Grunde genommen war er sehr gutmütig, freundlich und
liebenswürdig, der Geheimratstitel hatte ihm aber ganz den

Kopf verdreht. Wenn er mit Gleichgestellten verkehrte, gab er sich sehr einfach und natürlich und machte den Eindruck eines anständigen und gescheiten Menschen. Kaum sah er aber einen Menschen vor sich, der im Dienstrange etwas unter ihm stand, so wurde er schweigsam und verschlossen und machte einen recht jämmerlichen Eindruck. Er hatte oft Lust, an einem interessanten Gespräch teilzunehmen, aber gleich kam ihm der Gedanke: wird es meine Würde nicht beeinträchtigen, wenn ich mich so familiär und herablassend zeige? Und so schwieg er meistens und galt daher für sehr langweilig.

Zu diesem »Würdenträger« kam nun Akakij Akakijewitsch mit seinem Anliegen, und zwar in einem Augenblick, der für ihn höchst ungünstig war; dem Würdenträger kam der Besuch aber sehr gelegen. Er unterhielt sich gerade mit einem zugereisten Jugendfreund, den er seit Jahren nicht gesehen hatte, als ihm der Besuch eines gewissen Baschmatschkin gemeldet wurde.

»Wer ist's?« fragte er kurz.

»Ein Beamter.«

»So! Der kann warten, ich habe jetzt keine Zeit.«

Ich muß bemerken, daß der Würdenträger log, denn er hatte Zeit im Überfluß. In der Unterhaltung mit dem Jugendfreund waren alle Gesprächsstoffe längst erschöpft, und sie bestand nun darin, daß sie sich abwechselnd auf die Schultern klopften und dazu sagten: »So ist's, Iwan Abramowitsch.« – »Ja, ja, Stepan Warlamowitsch!« Er ließ aber den Besuch warten, um den Freund, der seit Jahren auf dem Lande lebte und alle Herrlichkeiten des Staatsdienstes vergessen hatte, zu zeigen, wie die Beamten bei ihm antichambrieren müssen. Endlich war diese Unterhaltung beendet, beide saßen rauchend in höchst bequemen Lehnsesseln, als dem Geheimrat plötzlich der vorhin gemeldete Besuch einfiel. Er sagte dem Sekretär, der ihm Papiere zur Unterschrift gebracht hatte und in ehrerbietiger Haltung an der Türe stand:

»Ich glaube, dort wartet irgendein Beamter. Sagen Sie ihm, er möchte eintreten.«

Als der Würdenträger die klägliche Gestalt und die schäbige Uniform des Akakij Akakijewitsch erblickte, herrschte er ihn brüsk an:

»Sie wünschen?«

Diesen brüsken Ton hatte er noch acht Tage vor seiner Ernennung zum Geheimrat vor einem Spiegel eingeübt.

Akakij Akakijewitsch, der auch ohnehin ganz verschüchtert war, verlor nun ganz die Fassung. Er erzählte, so gut er konnte, seine gewohnten Partikel öfter als sonst gebrauchend, er hätte einen ganz neuen Mantel gehabt, der nun gestohlen worden sei, und darum wende er sich an seine Exzellenz mit der Bitte, dem Polizeipräsidenten über die Sache zu schreiben und so bei der Suche nach dem Mantel behilflich zu sein. Diese Zumutung kam dem Geheimrat etwas bunt vor.

»Kennen Sie denn die Vorschriften nicht? Wo stehen Sie jetzt? Wissen Sie denn nicht, daß die Gesuche an die Kanzlei zu richten sind, wo sie vom Kanzleivorstand entgegengenommen werden, der sie dem Abteilungsvorstand vorlegt, und dann vom Sekretär mir überbracht werden?«

»Ew. Exzellenz«, stotterte Akakij Akakijewitsch mit dem Aufwand seiner ganzen Geistesgegenwart und aus allen Poren schwitzend, »ich wagte es, mich direkt an Ew. Exzellenz

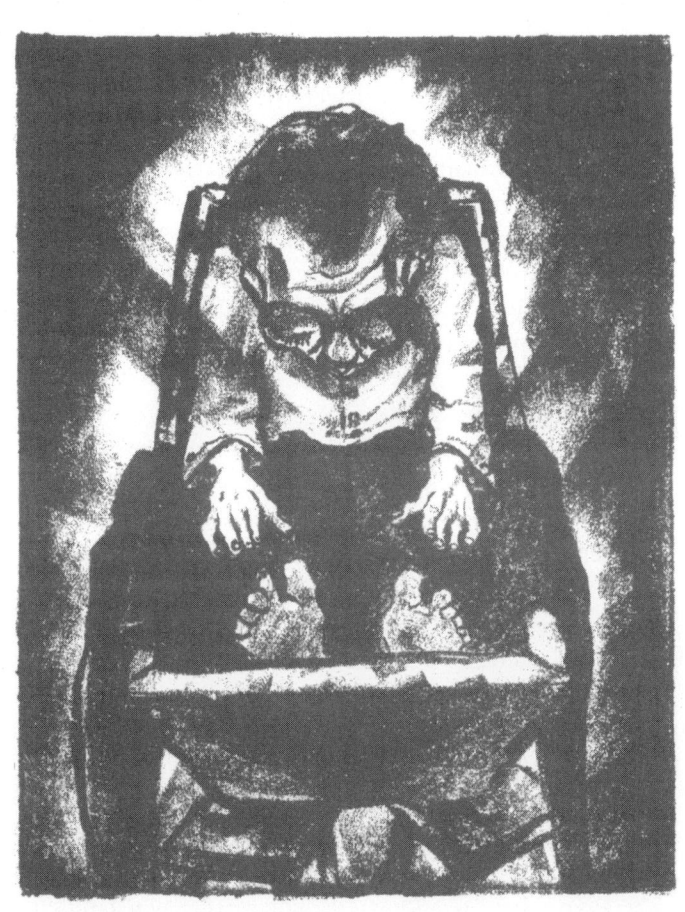

zu wenden, weil auf die Sekretäre – sozusagen kein Verlaß
ist ...«

»Was?« schrie der Geheimrat auf. »Wo haben Sie sich mit
solchem Geiste angesteckt? Wo haben Sie diese Ideen her?
Wie unterstehen Sie sich, als junger Beamter hier solche Reden zu führen?«

Der »Würdenträger« schien gar nicht zu bemerken, daß
Akakij Akakijewitsch hoch in den Fünfzigern stand und
höchstens noch im Vergleich zu ihm selbst, der etwa siebzig
Jahre alt war, »jung« genannt werden konnte.

»Wissen Sie auch, mit wem Sie reden? Begreifen Sie, wen
Sie vor sich haben? Begreifen Sie es? Ich frage Sie, ob Sie es
begreifen?«

Er stampfte mit dem Fuße und schrie so laut, daß auch
jeder andere Mensch an der Stelle des Akakij Akakijewitsch
erschrocken wäre. Auf Akakij Akakijewitsch machte dieser
Auftritt aber einen solchen Eindruck, daß er am ganzen Leibe bebte und taumelte; wenn ihn zwei herbeigeeilte Diener nicht gestützt hätten, wäre er zu Boden gefallen. Der
»Würdenträger« war mit dem erzielten Effekt, der alle seine
Erwartungen übertraf, sehr zufrieden; er warf einen Seitenblick auf den Freund, um zu sehen, welchen Eindruck
dieser von der großartigen Szene hatte und stellte mit Genugtuung fest, daß auch dieser verdutzt und sogar etwas erschrocken war.

Wie Akakij Akakijewitsch die Treppe hinunterkam und
wie er auf die Straße gelangte – das konnte er später selbst
nicht begreifen; eine solche Rüge hatte er noch nie im Leben bekommen, und noch dazu von einem Geheimrat eines
fremden Ressorts. Er ging mit offenem Mund und taumelnd
durch den Schneesturm, der draußen wütete, ohne auf den

Weg zu achten. Der kalte Wind wehte ihn nach Petersburger Art von allen vier Seiten zugleich an. Er bekam auch sofort eine Halsentzündung, und als er endlich zu Hause anlangte und sich ins Bett legte, hatte er bereits die Sprache verloren. Solche Wirkungen kann manchmal eine tüchtige Rüge haben!

Am nächsten Tage hatte er hohes Fieber. Mit der großmütigen Unterstützung des Petersburger Klimas entwickelte sich die Krankheit rapider, als man erwarten konnte. Der herbeigerufene Arzt betastete seinen Puls und verschrieb ihm heiße Umschläge, damit dem Kranken wenigstens etwas von den Wohltaten der Medizin zuteil werde; zugleich erklärte er ihm, er habe höchstens zwei Tage zu leben. Der Wirtin sagte er aber:

»Verlieren Sie keine Zeit und bestellen Sie gleich einen Fichtensarg; ein Eichensarg wird wohl zu teuer kommen.«

Ob Akakij Akakijewitsch diese Worte gehört hatte, und, wenn er sie gehört hatte, ob sie auf ihn einen Eindruck machten, ob es ihm da um sein armseliges Leben leid tat – weiß kein Mensch, denn er hatte hohes Fieber und phantasierte. Seltsame Gesichte verfolgten ihn unaufhörlich. Er sah den Schneider Petrowitsch, bei dem er einen neuen Mantel mit Fangeisen für die Diebe bestellte; er glaubte sich von Dieben umgeben, und er flehte die Wirtin an, sie möchte doch einen Dieb, der sich zu ihm unter die Decke geschlichen hätte, herausziehen; er fragte, warum der alte Morgenrock vor ihm hänge, da er doch einen neuen Mantel habe; zuweilen kam es ihm vor, als stehe er noch immer vor dem Geheimrat, der ihm eine Rüge erteilte, und da wiederholte er immer: »Ich bitte Ew. Exzellenz um Verzeihung!« Dann schimpfte er wieder in so unflätigen Ausdrücken, daß

die alte Wirtin, die von ihm noch nie derartige Worte vernommen hatte, sich erschrocken bekreuzigte, um so mehr,
weil diese Ausdrücke immer der Anrede »Ew. Exzellenz«
folgten. Dann redete er ganz unsinniges Zeug; das einzige,
was man daraus verstehen konnte, war, daß seine Gedanken sich immer um den Mantel drehten. Schließlich gab der
arme Akakij Akakijewitsch seinen Geist auf.

Sein Zimmer wurde nicht versiegelt und von seinem
Nachlaß wurde keine Inventur aufgenommen: erstens hatte
er keine Erben und zweitens bestand der ganze Nachlaß aus
einem Bündel Gänsefedern, einem Buch, weißen Kanzlei-
papiers, drei Paar Socken, einigen Hosenknöpfen und dem
alten Morgenrock, den der Leser schon kennt. Wem diese
Gegenstände zufielen, ist unbekannt; ich habe mich dafür
nicht interessiert. Akakij Akakijewitsch wurde begraben,
und Petersburg schien ihn gar nicht zu vermissen. So verschwand ein Wesen, das ganz schutzlos war, dem niemand
eine Träne nachweinte und für das sich niemand interessierte, selbst die Naturforscher nicht, die auch eine gewöhnliche
Fliege einfangen, um sie mit dem Mikroskop zu betrachten;
ein Geschöpf, das jeden Spott voller Demut über sich erge-
hen ließ, das so mir nichts dir nichts zugrunde ging, das aber
vor seinem Lebensende einen lichten Gast empfangen hatte
– in Gestalt des Mantels, der sein armseliges Leben für einen Augenblick mit hellem Glanz erfüllte – und das schließlich vom Unglück zermalmt wurde, das auch die Mächtigen
der Erde nicht verschont.

Einige Tage nach seinem Tode kam ein Bürodiener in sei-
ne Wohnung mit dem Befehl, er möchte doch sofort ins
Amt kommen: der Herr Amtsvorstand brauche ihn. Der
Bote kehrte aber unverrichteter Dinge zurück und richtete

aus, Akakij Akakijewitsch werde nicht mehr kommen. Auf die Frage »Warum?« sagte er:

»Er ist gestorben. Vor vier Tagen war die Beerdigung.« Auf diese Weise erfuhr man in der Ministerialabteilung von seinem Hinscheiden; am nächsten Tage saß auf seinem Platz ein neuer Beamter, der viel größer war als der Verstorbene und der die Buchstaben nicht so steil, sondern viel schräger setzte.

Wer hätte sich gedacht, daß die Geschichte von Akakij Akakijewitsch noch nicht zu Ende ist, und daß es ihm vergönnt war, noch einige Tage nach seinem Tode Aufsehen zu erregen, wohl als Entgelt für sein unbemerkt gebliebenes Leben? So war es in der Tat, und hier nimmt unsere traurige Geschichte eine phantastische Wendung.

In Petersburg verbreitete sich das Gerücht, in der Gegend der Kalinkin-Brücke treibe sich jede Nacht ein Gespenst in einer Beamtenuniform herum, das einen ihm gestohlenen Mantel suche und unter diesem Vorwande allen Passanten, ohne Ansehen der Person, die Mäntel herunterreiße: Mäntel mit Watte, mit Katzen-, Biber-, Fuchs-, Bären- und Nerzfell, kurz, mit allen Fellen und Häuten, mit denen die Menschen die eigene Haut bedecken. Ein Ministerialbeamter hatte das Gespenst mit eigenen Augen gesehen und in ihm den verstorbenen Akakij Akakijewitsch erkannt; er bekam solche Angst, daß er wie verrückt davonlief und nur noch sah, wie ihm das Gespenst mit dem Finger drohte. Unausgesetzt liefen Klagen, nicht nur von Titular-, sondern auch von Hofräten ein, das Gespenst habe ihnen den Mantel abgenommen und sie hätten sich dadurch bedenkliche Erkältungen zugezogen.

An die Polizei erging der Befehl, den Toten tot oder lebendig einzufangen und exemplarisch zu bestrafen. Es wäre ihr auch beinahe geglückt: in der Kirjuschkin-Gasse erwischte ein Wachsoldat den Toten gerade in dem Augenblick, als dieser im Begriff war, einem ausgedienten Musikanten, der vor Jahren Flöte geblasen hatte, seinen Friesmantel wegzunehmen. Er hatte das Gespenst am Kragen gepackt und der Obhut zweier herbeigerufener Kameraden übergeben; er selbst holte seine Tabaksdose hervor, um seine Nase, die schon sechsmal eingefroren war, mit einer Prise zu beleben. Der Tabak war wohl auch für einen Toten zu stark, denn kaum hatte sich der Wachsoldat ein Quantum Tabak in die Nase gestopft, als das Gespenst so heftig zu niesen begann, daß alle drei die Augen schließen mußten. Während sich die Soldaten die Augen rieben, war das Gespenst spurlos verschwunden, und sie zweifelten später, ob sie es überhaupt in den Händen gehabt hatten. Von nun an bekamen alle Wachsoldaten solche Angst vor Toten, daß sie selbst lebende Verbrecher zu verhaften fürchteten und ihnen nur von weitem zuriefen: »Na, du!! Mach, daß du weiterkommst!« Das Gespenst des toten Beamten wurde infolgedessen ganz frech und zeigte sich zuweilen auch diesseits der Kalinkin-Brücke.

Nun wollen wir zu dem »Würdenträger« zurückkehren, der eigentlich den phantastischen Verlauf unserer, übrigens höchst wahrhaften Geschichte verursacht hatte. Zur Steuer der Wahrheit sei hier festgestellt, daß er bald nach dem Auftritt mit Akakij Akakijewitsch etwas wie Mitleid verspürte. Denn Mitgefühl war diesem Beamten nicht fremd, und nur sein hoher Rang hinderte ihn, seine Herzensregungen zum Durchbruch kommen zu lassen. Sobald der zugereiste Freund gegangen war, fiel ihm wieder der Titularrat ein. Dann verfolgte ihn fast täglich das Bild des bleichen Akakij Akakijewitsch, für den die Rüge so traurige Folgen gehabt hatte. Endlich entschloß er sich, einen seiner Beamten hinzuschicken, um zu erfahren, wie es ihm gehe und ob ihm nicht irgendwie zu helfen wäre. Als er nun erfuhr, daß Akakij Akakijewitsch ganz plötzlich gestorben war, fühlte er Gewissensbisse und war auch dann den ganzen Tag schlechter Laune.

Um diese Laune zu vertreiben und sich etwas zu zerstreuen, begab er sich abends zu einem seiner Freunde, wo er eine sehr angenehme Gesellschaft antraf: lauter Herren des gleichen Dienstranges wie er, so daß er sich ganz ungezwungen benehmen konnte. Dies übte auf ihn einen wunderbaren Einfluß: er wurde gesprächig und liebenswürdig und verbrachte den ganzen Abend in der besten Stimmung. Beim Souper trank er zwei Glas Champagner, der bekanntlich recht günstig auf die Stimmung wirkt. Der Champagner weckte in ihm die Lust zu einigen Extravaganzen: er beschloß nämlich, nach dem Souper nicht gleich nach Hause zurückzukehren, sondern eine Dame, mit der er recht intim befreundet war, zu besuchen; sie hieß Karolina Iwanowna und war, wenn ich nicht irre, deutscher Herkunft. Der »Würdenträger« war übrigens nicht mehr jung, und galt als musterhafter Gatte und Familienvater.

Zwei Söhne, von denen der eine bereits im Staatsdienst war, und eine sechzehnjährige Tochter mit einem etwas gebogenen, aber hübschen Näschen küßten ihm jeden Morgen die Hand mit dem Gruße: »Bon jour, Papa!«

Seine Gattin, eine gut konservierte und stattliche Dame, ließ ihn zuerst ihre Hand küssen und küßte dann die seinige.

Er war also in seinem Familienleben recht glücklich, und doch pflegte er freundschaftlichen Verkehr mit einer Dame, die in einem anderen Stadtteil wohnte und die weder schöner noch jünger war als seine Frau; solche Rätsel kommen alle Tage vor, und wir wollen sie hier nicht näher untersuchen.

Der »Würdenträger« ging die Treppe hinunter, setzte sich in seinen Schlitten und befahl dem Kutscher: »Zu Karolina Iwanowna!« In seinen warmen Pelzmantel gehüllt, befand er sich in jenem glückseligen Zustand, den der Russe so sehr liebt: man denkt an nichts, und die angenehmsten Gedanken kommen einem ganz von selbst in den Kopf, so daß man ihnen gar nicht nachzulaufen braucht. Er dachte an den so vergnügt verbrachten Abend und an alle guten Witze, die da aufgetischt wurden; er wiederholte sie jetzt leise vor sich hin und fand sie noch immer so gelungen und wirkungsvoll wie vorhin. Zuweilen wurde er durch den höchst lästigen Wind abgelenkt, der ohne ersichtlichen Grund von irgendwo kam, ihn mit Schnee überschüttete, schmerzhaft ins Gesicht zwickte und den Pelzkragen wie ein Segel aufblähte, so daß er mit ihm ordentlich zu kämpfen hatte.

Plötzlich fühlte sich der »Würdenträger« am Kragen gepackt. Als er sich umwandte, erblickte er einen älteren Beamten, in dem er zu seiner Bestürzung Akakij Akakijewitsch erkannte. Das Gesicht des Beamten war leichenblaß. Der Schreck des Würdenträgers steigerte sich aber ins Grenzenlose, als der Tote den Mund, dem der kalte Hauch des Grabes entströmte, öffnete und die Worte sprach:

»Da bist du ja! Endlich hab' ich dich beim Kragen erwischt! Deinen Mantel suche ich ja eben. Du wolltest dich nicht meines Mantels annehmen und hast mir noch obendrein eine Rüge erteilt, jetzt wirst du mir dafür den deinigen hergeben!«

Der arme »Würdenträger« war halb tot. Er, der in seiner Kanzlei vor seinen Untergebenen so energisch aufzutreten verstand, war jetzt so außer sich vor Schreck, daß er einen Ohnmachtsanfall befürchtete; so geht es übrigens in ernsten Augenblicken vielen, die sonst ein imposantes Auftreten haben. Er zog sich selbst den Mantel von seinen Schultern und schrie dem Kutscher mit wilder Stimme zu: »Rasch nach Hause!« Als der Kutscher diesen Ton hörte, der gewöhnlich von noch wirksameren Ausbrüchen begleitet war, duckte er sich und schlug wütend auf die Pferde ein. In sechs Minuten hielt der Schlitten vor dem Hause. So kam der »Würdenträger« bleich, erschrocken und seines Mantels beraubt, statt zur Karolina Iwanowna – nach Hause. Er ging sofort in sein Zimmer, wo er eine ganz schreckliche Nacht verbrachte. Am nächsten Morgen sah er so schlecht aus, daß seine Tochter ihm beim Morgengruß sagte:

»Du bist ja heute ganz blaß, Papa!«

Der Papa erwiderte aber darauf gar nichts und erzählte auch kein Wort davon, wo er die letzte Nacht gewesen war und was er noch vorgehabt hatte. Dieser Vorfall machte auf ihn einen starken Eindruck. Seine Untergebenen bekamen jetzt viel seltener die Worte: »Wie unterstehen Sie sich? Wissen Sie, mit wem Sie reden?« zu hören; wenn er diese Worte auch noch zuweilen gebrauchte, so doch erst immer nach Anhörung der Sache.

Das Merkwürdigste aber war, daß das Gespenst von jenem Tage an sich nicht mehr sehen ließ: der Mantel des »Würdenträgers« schien ihm ausgezeichnet zu passen. Wenigstens hörte man nichts mehr von neuen Manteldiebstählen. Viele

Leute konnten sich aber noch immer nicht beruhigen und behaupteten, das Gespenst tauche noch immer hier und da in den entlegeneren Stadtbezirken auf. Ein Wachsoldat aus der Kolomna-Vorstadt hatte das Gespenst des toten Titularrats auch wirklich noch einmal gesehen. Dieser Soldat war von Natur etwas schwächlich, so daß ihn einmal ein junges Schwein, das ihm unter die Füße lief, zum größten Gaudium der Droschkenkutscher zum Fallen brachte; sie mußten ihm auch später dafür, daß sie über ihn gelacht hatten, je eine halbe Kopeke Entschädigung zahlen. Dieser Wachsoldat war also so schwach, daß er sich nicht traute, das Gespenst zu stellen. Er verfolgte es nur schweigend durch die finsteren Straßen, bis es sich umwandte und fragte:

»Was willst du denn?«, wobei es ihm eine so mächtige Faust zeigte, wie sie auch bei lebenden Menschen nicht oft vorkommt.

Der Wachsoldat murmelte: »Gar nichts ...« und machte sofort kehrt.

Das Gespenst war aber viel größer gewachsen, als es Akakij Akakijewitsch bei Lebzeiten war, und hatte einen mächtigen Schnurrbart. Es schlug anscheinend die Richtung zur Obuchowschen Brücke ein und verschwand in der Nacht.

GUSTAV MEYRINK

# Das Wachsfiguren-kabinett

»Es war ein guter Gedanke von dir, Melchior Kreuzer zu telegraphieren! – Glaubst du, daß er unserer Bitte Folge leisten wird, Sinclair? Wenn er den ersten Zug benutzt hat,« – Sebaldus sah auf seine Uhr – »muß er jeden Augenblick hier sein.«

Sinclair war aufgestanden und deutete statt jeder Antwort durch die Fensterscheibe.

Und da sah man einen langen schmächtigen Menschen eilig die Straße heraufkommen.

»Manches Mal gleiten Sekunden an unserem Bewußtsein vorbei, die uns die alltäglichen Vorgänge so schreckhaft neu erscheinen lassen –, hast du es auch zuweilen, Sinclair? – Es ist, als sei man plötzlich aufgewacht und sofort wieder eingeschlafen und habe währenddessen einen Herzschlag lang in bedeutsame rätselvolle Begebnisse hineingeblickt.«

Sinclair sah seinen Freund aufmerksam an. »Was willst du damit sagen?«

»Es wird wohl der verstimmende Einfluß sein, der mich in dem Wachsfigurenkabinett befiel,« fuhr Sebaldus fort, »ich bin unsäglich empfindlich heute, – als soeben Melchior von weitem herankam und ich seine Gestalt immer mehr und mehr wachsen sah, je näher sie kam, – da lag etwas, was mich quälte, etwas – wie soll ich nur sagen – Nicht-Heimliches für mich darin, daß die Entfernung alle Dinge zu verschlingen vermag, ob es jetzt Körper sind oder Töne, Gedanken, Phantasien oder Ereignisse. Oder umgekehrt, wir sehen sie zuerst winzig von weitem, und langsam werden sie größer, – alle, alle, – auch die, die unstofflich sind und keine räumliche Strecke zurücklegen müssen. – Aber ich finde nicht die rechten Worte, fühlst du nicht, wie ich es meine? – So scheinen alle unter demselben Gesetze zu stehen!«

Der andere nickte nachdenklich mit dem Kopfe.

»Ja, und manche Ereignisse und Gedanken, die schleichen verstohlen heran, – als ob es ›dort‹ – etwas wie Bodenerhebungen oder dergleichen gäbe, hinter denen sie sich verborgen halten könnten. – Plötzlich springen sie dann hinter einem Versteck hervor und stehen unerwartet, riesengroß vor uns da.« –

Man hörte die Türe gehen und gleich darauf trat Dr. Kreuzer zu ihnen in die Weinschenke.

»Melchior Kreuzer – Christian Sebaldus Obereit, Chemiker,« stellte Sinclair die beiden einander vor.

»Ich kann mir schon denken, weshalb Sie mir telegraphiert haben,« sagte der Angekommene. – »Frau Lukretias alter Gram! Auch mir fuhr es in die Glieder, als ich den Namen Mohammed Daraschekoh gestern in der Zeitung las. Haben Sie schon etwas herausgebracht? Ist es derselbe?«

Auf dem ungepflasterten Marktplatz stand der Zeltbau des Wachsfigurenkabinetts, und aus den hundert kleinen zackigen Spiegeln, die auf dem Leinwandgiebel in Rosettenschrift die Worte formten:

*Mohammed Daraschekohs orientalisches Panoptikum,*
*vorgeführt von Mr. Congo-Brown*

glitzerte rosa der letzte Widerschein des Abendhimmels.

Die Segeltuchwände des Zeltes, mit wilden aufregenden

Szenen grell bemalt, schwankten leise und bauschten sich wie hautüberspannte Wangen auf, wenn im Innern jemand umherhantierte und sich an sie lehnte.

Zwei Holzstufen führten zum Eingang empor, und oben stand unter einem Glassturz die lebensgroße Wachsfigur eines Weibes in Flittertrikot.

Das fahle Gesicht mit den Glasaugen drehte sich langsam und sah in die Menge hinab, die sich um das Zelt drängte, – von einem zum andern; blickte dann zur Seite, als erwarte es einen heimlichen Befehl von dem dunkelhäutigen Ägypter, der an der Kassa saß, und schnellte dann mit drei zitternden Rucken in den Nacken, daß das lange schwarze Haar flog, um nach einer Weile wieder zögernd zurückzukehren, trostlos vor sich hinzustarren und die Bewegungen von neuem zu beginnen.

Von Zeit zu Zeit verdrehte die Figur plötzlich Arme und Beine wie unter einem heftigen Krampfe, warf hastig den Kopf zurück und beugte sich nach hinten, bis die Stirne die Fersen berührte.

»Der Motor dort hält das Uhrwerk im Gang, das diese scheußlichen Verrenkungen bewirkt,« sagte Sinclair halblaut und wies auf die blanke Maschine an der andern Seite des Eingangs, die, in Viertakt arbeitend, ein schlapfendes Geräusch erzeugte.

»*Electrissiti,* Leben ja, lebendig alles ja,« leierte der Ägypter oben und reichte einen bedruckten Zettel herunter. »In halb' Stunde Anfang ja.«

»Halten Sie es für möglich, daß dieser Farbige etwas über den Aufenthalt des Mohammed Daraschekoh weiß?« fragte Obereit.

Melchior Kreuzer aber hörte nicht. Er war ganz in das

Studium des Zettels vertieft und murmelte die Stellen, die
besonders hervorstachen, herunter.

»Die magnetischen Zwillinge Vayu und Dhanándschaya
(mit Gesang), was ist das? Haben Sie das gestern auch gesehen?« fragte er plötzlich.

Sinclair verneinte. »Die lebendigen Darsteller sollen erst
heute auftreten und —«

»Nicht wahr, Sie kannten doch Thomas Charnoque, Lukretias Gatten, persönlich, Dr. Kreuzer?« unterbrach Selbal-
dus Obereit.

»Gewiß, wir waren jahrelang Freunde.«

»Und fühlten Sie nicht, daß er etwas Böses mit dem Kinde
vorhaben könne?«

Dr. Kreuzer schüttelte den Kopf. – »Ich sah wohl eine
Geisteskrankheit in seinem Wesen langsam herankommen,
aber niemand konnte ahnen, daß sie so plötzlich ausbrechen
würde. – Er quälte die arme Lukretia mit schrecklichen Ei-
fersuchtsszenen, und wenn wir Freunde ihm das Grundlose
seines Verdachtes vorhielten, so hörte er kaum zu. – Es war
eine fixe Idee in ihm! – Dann, als das Kind kam, dachten
wir, es werde besser mit ihm werden. – Es hatte auch den
Anschein, als wäre dem so. – Sein Mißtrauen war aber nur
noch tiefer geworden, und eines Tages erhielten wir die
Schreckensbotschaft, es sei plötzlich der Wahnsinn über sie
gekommen, er habe getobt und geschrien, habe den Säugling aus der Wiege gerissen und sei auf und davon.

Und jede Nachforschung blieb vergeblich. – Irgend jemand wollte ihn noch mit Mohammed Daraschekoh zusammen auf einem Stationsbahnhof gesehen haben. – Einige Jahre später kam wohl aus Italien die Nachricht, ein
Fremder namens Thomas Charnoque, den man oft in Be-

gleitung eines kleinen Kindes und eines Orientalen gesehen, sei erhenkt gefunden worden. – Von Daraschekoh und dem Kinde keine Spur.

Und seitdem haben wir umsonst gesucht! – Deshalb kann ich auch nicht glauben, daß die Aufschrift auf diesem Jahrmarktszelt mit dem Asiaten zusammenhängt. – Andererseits wieder der merkwürdige Name Congo-Brown!? – Ich kann den Gedanken nicht loswerden, Thomas Charnoque müsse ihn früher hie und da haben fallen lassen. – Mohammed Daraschekoh aber war ein Perser von vornehmer Abkunft und verfügte über ein geradezu beispielloses Wissen, wie käme der zu einem Wachsfigurenkabinett?!«

»Vielleicht war Congo-Brown sein Diener und jetzt mißbraucht er den Namen seines Herrn?« – riet Sinclair.

»Kann sein! Wir müssen der Fährte nachgehen. – Ich lasse es mir auch nicht nehmen, daß der Asiat in Thomas Charnoque die Idee, das Kind zu rauben, geschürt, sie vielleicht sogar angeregt hat. –

Lukretia haßte er grenzenlos. Aus Worten zu schließen, die sie fallen ließ, scheint es mir, als habe er sie unaufhörlich mit Anträgen verfolgt, trotzdem sie ihn verabscheute. – Es muß aber noch ein anderes, viel tieferes Geheimnis dahinter stecken, das Daraschekohs Rachsucht erklären könnte! – Doch aus Lukretia ist nichts weiter herauszubekommen, und sie wird vor Aufregung fast ohnmächtig, wenn man das Gebiet auch nur flüchtig berührt.

Überhaupt war Daraschekoh der böse Dämon dieser Familie. Thomas Charnoque hatte vollständig in seinem Bann gestanden und uns oft anvertraut, er halte den Perser für den einzigen Lebenden, der in die grauenvollen Mysterien einer Art präadamitischer geheimer Kunstfertigkeit, wonach man den Menschen zu irgendwelchen unbegreiflichen Zwecken in mehrere lebende Bestandteile zerlegen könne, eingeweiht sei. Natürlich hielten wir Thomas für einen Phantasten und Daraschekoh für einen bösartigen Betrüger, aber es wollte nicht glücken, Beweise und Handhaben zu finden –

Doch ich glaube, die Produktion beginnt. – Zündet nicht schon der Ägypter die Flammen rings um das Zelt an?«

Die Programmnummer »Fatme, die Perle des Orients« war vorüber, und die Zuschauer strömten hin und her oder sahen durch die Gucklöcher an den mit rotem Tuch bespannten Wänden in ein roh bemaltes Panorama hinein, das die Erstürmung von Delhi darstellte.

Stumm standen andere vor einem Glassarg, in dem ein sterbender Turko lag, schweratmend, die entblößte Brust von einer Kanonenkugel durchschossen, – die Wundränder brandig und bläulich.

Wenn die Wachsfigur die bleifarbenen Augenlider aufschlug, drang das Knistern der Uhrfeder leise durch den Kasten, und manche legten das Ohr an die Glaswände, um es besser hören zu können.

Der Motor am Eingang schlapfte sein Tempo und trieb ein orgelähnliches Instrument.

Eine stolpernde, atemlose Musik spielte, – mit Klängen, die, laut und dumpf zugleich, etwas Sonderbares, Aufgeweichtes hatten, als tönten sie unter Wasser.

Geruch von Wachs und schwelenden Öllampen lag im Zelt.

»Nr. 311 Obeah Wanga-Zauberschädel der Voudous,« las Sinclair erklärend aus seinem Zettel und betrachtete mit Sebaldus in einer Ecke drei abgeschnittene Menschenköpfe, die unendlich wahrheitsgetreu – Mund und Augen weit aufgerissen – mit gräßlichem Ausdruck aus einem Wandkästchen starrten.

»Weißt du, daß sie gar nicht aus Wachs, sondern echt sind!« sagte Obereit erstaunt und zog eine Lupe hervor, – »ich begreife nur nicht, wie sie präpariert sein mögen. – Merkwürdig, die ganze Schnittfläche der Hälse ist mit Haut bedeckt oder überwachsen. – Und ich kann keine Naht entdecken! – Es sieht förmlich so aus, als wären sie wie Kürbisse frei gewachsen und hätten niemals auf menschlichen Schultern gesessen. –Wenn man nur die Glasdeckel ein wenig aufheben könnte!«

»Alles Wachs, ja, lebendig Wachs ja, Leichenkopf zu teuer und riechen – phi –,« sagte plötzlich hinter ihnen der Ägypter. Er hatte sich in ihre Nähe geschlichen, ohne daß sie ihn bemerkt hätten; und sein Gesicht zuckte, als unterdrücke er ein tolles Lachen.

Die beiden sahen sich erschreckt an.

»Wenn der Nigger nur nichts gehört hat; vor einer Sekunde noch sprachen wir von Daraschekoh,« sagte Sinclair nach einer Weile. –

»Ob es Dr. Kreuzer wohl gelingen wird, Fatme auszufragen?! – Schlimmstenfalls müßten wir sie abends zu einer Flasche Wein einladen. Er steht immer noch draußen und spricht mit ihr.«

Einen Augenblick hörte die Musik auf zu spielen, jemand schlug auf einen Gong, und hinter einem Vorhang rief eine gellende Frauenstimme:

»Vayu und Dhanándschaya, magnetische Zwillinge, 8 Jahre alt, – das größte Weltwunder. – Ssie ssingen!«

Die Menge drängte sich an das Podium, das im Hintergrunde des Zeltes stand.

Dr. Kreuzer war wieder hereingekommen und faßte Sinclairs Arm. »Ich habe die Adresse schon,« flüsterte er, »der Perser lebt in Paris unter fremdem Namen – hier ist sie.«

Und er zeigte den beiden Freunden verstohlen einen kleinen Papierstreifen. »Wir müssen mit dem nächsten Zug nach Paris!«

»Vayu und Dhanándschaya –ssie ssingen« – kreischte die Stimme wieder.

Der Vorhang schob sich zur Seite und, als Page gekleidet, ein Bündel im Arm, trat auf das Podium mit wankenden Schritten ein Geschöpf von grauenhaftem Aussehen.

Die lebendig gewordene Leiche eines Ertrunkenen in bunten Samtlappen und goldenen Tressen.

Eine Welle des Abscheus ging durch die Menge.

Das Wesen war von der Größe eines Erwachsenen, hatte aber die Züge eines Kindes, Gesicht, Arme, Beine, – der ganze Körper – selbst die Finger waren in unerklärlicher Weise aufgedunsen.

Aufgeblasen, wie dünner Kautschuk, schien das ganze Geschöpf.

Die Haut der Lippen und Hände farblos, fast durchscheinend, als wären sie mit Luft oder Wasser gefüllt, und die Augen erloschen und ohne Zeichen von Verständnis.

Ratlos starrte es umher.

»Vayu, där gressere Brudär,« sagte erklärend die Frauenstimme in einem fremdartigen Dialekt; und hinter dem Vorhang, eine Geige in der Hand, trat ein Weibsbild hervor im Kostüm einer Tierbändigerin mit pelzverbrämten, roten polnischen Stiefeln.

»Vayu,« sagte die Person nochmals und deutete mit dem Geigenbogen auf das Kind. Dann klappte sie ein Heft auf und las laut vor:

*»Diese beiden männlichen Kindär ssind nunmehr 8 Jahre alt und das greßte Weltwunder. Sie ssind nur durch eine Nabelschnur verbunden, die 3 Ellen lang und ganz durchsichtig ist, und wenn man den einen abschneidet, mißte auch der andere sterben. Es ist das Erstaunen aller Gelehrten. Vayu, er ist weit über sein Alter. Entwickelt. Aber geistig zurückgeblieben, während Dhanándschaya von durchdringender Verstandesschärfe ist, aber so klein. Wie ein Säugling. Denn er ist ohne Haut geboren und kann nichts wachsen. Er muß aufgehoben werden in einer Tierblase mit warmem Schwammwassser. Ihre Eltern sind immer unbekannt gewesen. Es ist das greßte Naturspiel.«*

Sie gab Vayu ein Zeichen, worauf dieser zögernd das Bündel in seinem Arm öffnete.

Ein faustgroßer Kopf mit stechenden Augen kam zum Vorschein.

Ein Gesicht, von einem bläulichen Adernetz überzogen, ein Säuglingsgesicht, doch greisenhaft in den Mienen und mit einem Ausdruck, so tückisch haßverzerrt und boshaft und voll so unbeschreiblicher Lasterhaftigkeit, daß die Zuschauer unwillkürlich zurückfuhren.

»Me – me – mein Bruder D –D – Dhanándschaya,« stammelte das aufgedunsene Geschöpf und sah wieder ratlos ins Publikum. –

»Führen Sie mich hinaus, ich glaube, ich werde – ohnmächtig – Gott im Himmel,« flüsterte Melchior Kreuzer.

Sie geleiteten den Halbbewußtlosen langsam durch das Zelt an den lauernden Blicken des Ägypters vorbei.

Das Weibsbild hatte die Geige angesetzt, und sie hörten noch, wie sie ein Lied fiedelte und der Gedunsene mit halb erloschener Stimme dazu sang:

>>*Ich att einen Ka – me – la – den*
*ei – nen – bee – seln finx du nit.*<<

Und der Säugling – unfähig die Worte zu artikulieren – gellte mit schneidenden Tönen bloß die Vokale dazwischen:

>>*Iiii ha – ejheeh – hahehaa – he*
*eiije – hee – e jiii hu ji.*<<

Dr. Kreuzer stützte sich auf Sinclairs Arm und atmete heftig die frische Luft ein.

Aus dem Zelte hörte man das Klatschen der Zuschauer.

>>Es ist Charnoques Gesicht!! – Diese grauenhafte Ähnlichkeit,<< stöhnte Melchior Kreuzer, – >>wie ist es nur – ich kann es nicht fassen. Mir drehte sich alles vor den Augen, ich fühlte, ich müsse ohnmächtig werden. – Sebaldus, bitte – holen Sie mir einen Wagen. – Ich will zur Behörde. – Es muß irgend etwas geschehen, und fahren Sie beide sogleich nach Paris! – Mohammed Daraschekoh – Ihr müßt ihn auf dem Fuße verhaften lassen.<<

Wiederum saßen die beiden Freunde beisammen und sahen durch die Fenster der einsamen Weinstube Melchior

Kreuzer eiligen Schrittes die Straße heraufkommen.

»Es ist genau wie damals,« sagte Sinclair, – »wie das Schicksal manchmal mit seinen Bildern geizt!«

Man hörte das Schloß zufallen, Dr. Kreuzer trat ins Zimmer und sie schüttelten einander die Hände.

»Sie sind uns eigentlich einen langen Bericht schuldig,« sagte endlich Sebaldus Obereit, nachdem Sinclair ausführlich geschildert, wie sie zwei volle Monate in Paris vergeblich nach dem Perser gefahndet hatten, – »Sie sandten uns immer nur so wenige Zeilen!«

»Mir ist das Schreiben bald vergangen, – beinahe auch das Reden,« entschuldigte sich Melchior Kreuzer.

»Ich fühle mich so alt geworden seit damals. – Sich von immer neuen Rätseln umgeben zu sehen, es zermürbt einen mehr als man denkt. – Die große Menge kann gar nicht erfassen, was es für manchen Menschen bedeutet, ein ewig unlösbares Rätsel in seiner Erinnerung mitschleppen zu müssen! – Und dann, täglich die Schmerzensausbrüche der armen Lukretia mit ansehen zu müssen!

Vor kurzem starb sie, – das schrieb ich euch –, aus Gram und Leid.

Congo-Brown entsprang aus dem Untersuchungsgefängnis und die letzten Quellen, aus denen man hätte Wahrheit schöpfen können, sind versiegt.

Ich will euch später einmal ausführlich alles erzählen, bis die Zeit die Eindrücke gemildert hat, – es griffe mich jetzt noch zu sehr an.«

»Ja, aber hat man denn gar keinen Anhaltspunkt gefunden?« fragte Sinclair.

»Es war ein wüstes Bild, das sich da entrollte, – Dinge, die unsere Gerichtsärzte nicht glauben konnten oder durften.

– Finsterer Aberglauben, Lügengewebe, hysterischer Selbst-
betrug, hieß es immer, und doch lagen manche Dinge so
erschreckend klar dar.

Ich ließ damals alle kurzerhand verhaften. Congo-Brown
gestand zu, die Zwillinge, – überhaupt das ganze Panoptikum
von Mohammed Daraschekoh als Lohn für frühere Dienste geschenkt bekommen zu haben. – Vayu und Dhanándschaya seien ein künstlich erzeugtes Doppelgeschöpf, das
der Perser vor acht Jahren aus einem einzigen Kinde (dem
Kinde Thomas Charnoques) präpariert habe, ohne die Le-
benstätigkeit zu vernichten. – Er habe nur verschiedene magnetische Strömungen, die jedes menschliche Wesen besitze
und die man durch gewisse geheime Methoden voneinander
trennen könne, – zerlegt und es dann durch Zuhilfenahme
tierischer Ersatzstoffe schließlich zuwege gebracht, daß aus
einem Körper – zwei mit ganz verschiedenen Bewußtseins-
oberflächen und Eigenschaften geworden wären.

Überhaupt habe sich Daraschekoh auf die sonderbarsten
Künste verstanden. – Auch die gewissen drei Obeah Wan-
ga-Schädel seien nichts anderes als Überbleibsel von Expe-
rimenten, und – früher lange Zeit lebendig gewesen. – Das
bestätigen auch Fatme, Congo-Browns Geliebte, und alle
anderen, die übrigens harmloser Natur waren.

Ferner gab Fatme an, Congo-Brown wäre epileptisch, und
zur Zeit gewisser Mondphasen käme eine sonderbare Aufregung über ihn, ihn der er sich einbilde, selber Mohammed Daraschekoh zu sein. – In diesem Zustand stünden
ihm Herz und Atem still und seine Züge veränderten sich
angeblich derart, daß man glaube, Daraschekoh (den sie früher öfter in Paris gesehen) vor sich zu haben. – Aber mehr
noch, er strahlte dann eine solch unüberwindliche magne-

tische Kraft aus, daß er, ohne irgendein befehlendes Wort auszusprechen, jeden Menschen zwingen könne, ihm sofort alle die Bewegungen und Verdrehungen nachzuahmen, die er vormachte.

Es wirke wie Veitstanz ansteckend auf einen, – unwiderstehlich. Er besäße eine Gelenkigkeit sondersgleichen und beherrsche zum Beispiel alle die sonderbaren Derwischverrenkungen vollkommen, vermittelst derer man die rätselhaftesten Erscheinungen und Bewußtseinsverschiebungen hervorbringen könne – der Perser habe sie ihn selbst gelehrt –, und die so schwierig seien, daß sie kein Schlangenmensch der Welt nachzuahmen imstande sei.

Auf ihrer gemeinsamen Reise mit dem Wachsfigurenkabinett von Stadt zu Stadt sei es auch zuweilen vorgekommen, daß Congo-Brown versucht habe, diese magnetische Kraft zu verwenden, um Kinder auf solche Art zu Schlangenmenschen abzurichten. Den meisten wäre aber dabei das Rückgrat gebrochen, bei den andern habe es wieder zu stark auf das Gehirn gewirkt und sie seien blödsinnig geworden.

Unsere Ärzte schüttelten zu Fatmas Angaben natürlich den Kopf, was aber später vorfiel, muß ihnen wohl sehr zu denken gegeben haben. – Congo-Brown entwich nämlich aus dem Verhörzimmer durch einen Nebenraum, und der Untersuchungsrichter erzählt, gerade als er mit dem Nigger ein Protokoll aufnehmen wollte, habe ihn dieser plötzlich angestarrt und befremdliche Bewegungen mit den Armen gemacht. Von einem Verdacht ergriffen, hätte der Untersuchungsrichter um Hilfe läuten wollen, aber schon sei er in Starrkrampf verfallen, seine Zunge habe sich automatisch in einer Weise verdreht, an die er sich nicht mehr erinnern könne (– überhaupt müsse der Zustand von der Mundhöhle aus seinen Anfang genommen haben –), und dann sei er bewußtlos geworden.«

»Konnte man denn gar nichts über die Art und Weise erfahren, wie Mohammed Daraschekoh das Doppelgeschöpf zustande brachte, ohne das Kind zu töten?« unterbrach Sebaldus.

Dr. Kreuzer schüttelte den Kopf. »Nein. Mir ging aber vieles durch den Kopf, was mir früher Thomas Charnoque erzählt hat.

Das Leben des Menschen ist etwas anderes, als wir denken, sagte er immer, es setzt sich aus mehreren magnetischen Strömungen zusammen, die teils innerhalb, teils außerhalb des Körpers kreisen; und unsere Gelehrten irren, wenn sie sagen, ein Mensch, dem die Haut abgezogen ist, müsse aus Mangel an Sauerstoff sterben. Das Element, das die Haut aus der Atmosphäre auszieht, sei etwas ganz anderes als Sauerstoff. – Auch saugt die Haut dieses Fluidum gar nicht an, – sie ist nur eine Art Gitter, das dazu dient, jener Strömung die Oberflächenspannung zu ermöglichen. Ungefähr so wie ein Drahtnetz – taucht man es in Seifenwasser – sich von Zwischenraum zu Zwischenraum mit Seifenblase überzieht.

Auch die seelischen Eigenschaften des Menschen erhielten ihr Gepräge je nach dem Vorherrschen der einen oder anderen Strömung, sagte er. – So wäre durch das Übergewicht besonders der einen Kraft das Entstehen eines Charakters von solcher Verworfenheit denkbar, – daß es unser Fassungsvermögen übersteige.«

Melchior schwieg einen Augenblick und hing seinen Gedanken nach.

»Und wenn ich mich daran erinnere, welch fürchterliche Eigenschaften der Zwerg Dhanándschaya besaß, wodurch sich überhaupt die Quelle seines Lebens verjüngte, so finde ich in all dem nur eine entsetzliche Bestätigung dieser Theorie.«

»Sie sprechen, als ob die Zwillinge tot wären, sind sie denn gestorben?« fragte Sinclair erstaunt.

»Vor einigen Tagen! – Und es ist das beste so, – die Flüssigkeit, in der eine den größten Teil des Tages schwamm, trocknete aus, und niemand kannte ihre Zusammensetzung.«

Melchior Kreuzer starrte vor sich hin und schauderte. »Da waren noch Dinge, – so grauenvoll, so namenlos entsetzlich, – ein Segen des Himmels, daß Lukretia sie nie erfuhr, daß ihr das wenigstens erspart geblieben ist! – Der bloße Anblick des fürchterlichen Doppelgeschöpfes schon warf sie zu Boden! Es war, als sei das Muttergefühl in zwei Hälften zerrissen worden.

Lassen Sie mich für heute von all dem schweigen! Das Bild von Vayu und Dhanándschaya – es macht mich noch wahnsinnig –.« Er brütete vor sich hin, dann sprang er plötzlich auf und schrie:

»Schenkt mir Wein ein – – ich will nicht mehr daran denken. Schnell irgend etwas anderes. – Musik – irgendwas – nur andere Gedanken! Musik –!«

Und er taumelte zu einem polierten Musikautomaten, der an der Wand stand, und warf eine Münze hinein.

Tsin.

Man hörte das Geldstück innen niederfallen.

Es surrte der Apparat.

Dann stiegen drei verlorene Töne auf. Einen Augenblick später klimperte laut durchs Zimmer das Lied:

> *»Ich hatt' einen Kameraden,*
> *Einen bessern findst du nit.«*

CHARLES DICKENS

# Die Silvesterglocken

*Ein Geisterreigen*

*Sie läuten aus das alte Jahr,*
*die Glocken,*
*und läuten ein – ein neues –*

## ERSTES VIERTEL

Es gibt der Leute nicht viele, die da gern in einer Kirche
schliefen. Es ist wünschenswert, daß ein Geschichtenerzäh-
ler und seine Zuhörer so rasch wie möglich sich verständigen, und daher bitte ich, zu bemerken, daß ich diese Behauptung nicht auf einige wenige beschränke, auf junges Volk
oder kleines Volk, sondern auf Leute jeder Beschaffenheit
ausdehne, auf groß und klein, alt und jung, auf solche, die
noch wachsen, oder solche, die schon wieder kleiner werden! Kurz und gut, es gibt nicht viele Leute, die gern in einer
Kirche schliefen. Ich meine nicht zur Predigtzeit bei warmen Wetter (das soll schon vorgekommen sein), sondern in
der Nacht und allein. Alles würde sich riesig wundern, wenn
ich sagen würde: am hellichten Tage. Ich meine aber: bei
Nacht. Und ich kann meine Behauptung aufrechterhalten,
in der ersten besten stürmischen Winternacht, beim ersten
besten, der allein mit mir auf einen alten Kirchhof gehen
will zu einer alten Kirchentür und mir erlauben, ihn bis zum
frühen Morgen einzuschließen.

Der Nachtwind hat eine böse Art, um ein Gebäude solcher
Gattung herumzustreichen, dabei zu seufzen und zu klagen

und mit unsichtbarer Hand an Fenster und Türen zu rütteln, um ein Luftloch zu finden, durch das er hineinkommen
kann. Und wenn er sich eingeschlichen hat, wimmert und
heult er, als ob er etwas suche und nicht finden könne, will
wieder hinaus und gibt sich nicht zufrieden damit, durch die
Gänge zu fahren und um die Pfeiler zu sausen und auf die
brummende Orgel zu schlagen – nein, er möchte auch noch
hinauf und das Sparrenwerk zertrümmern. Dann wirft er
sich wieder verzweifelt auf den steinernen Fußboden hin
und steigt murmelnd in die Grabgewölbe. Heimlich kommt
er wieder herauf, schleicht die Mauern entlang und liest leise
flüsternd die Inschriften der Toten. Bei der einen bricht er in
schrilles Gelächter aus, bei der nächsten klagt er und seufzt
er. Es klingt so gespenstisch, wenn er sich hinter dem Altare
versteckt und wilde Weisen singt von Übeltat und Mord,
von der Anbetung der Götzen zum Trotze der Gesetzestafeln, die so glatt und schön aussehen und doch so oft schon
besudelt und gebrochen wurden. Hu! Der Himmel bewahre
uns und lasse uns ruhig und traulich am Feuer sitzen. Er hat
eine grauenhafte Stimme, der Wind, um Mitternacht, wenn
er in einer Kirche singt.

Und gar erst oben im Turm! Da saust und pfeift der ungeschlachte Geselle hoch oben im Glockenstuhl, wo er frei aus
und ein kann durch luftige Bogen und Mauerritzen und sich
um die Wendeltreppe wickeln und den kreischenden Wetterhahn umherwirbeln und den Turm selber zittern und beben machen kann. Hoch oben im Kirchturm, wo der Glokkenbalken steht und die Eisenriegel der Rost zernagt, wo die
Platten von Blei und Kupfer, gerunzelt vom wechselnden
Wetter, sich krachend biegen unter ungewohntem Tritt und
die Vögel schmutzige Nester in die Ecken der alten eiche-

nen Sparren und Balken stopfen; wo der Staub alt und grau
liegt und gesprenkelte Spinnen, faul und fett geworden in
träger Ruhe, bei den zitternden Schwingungen der Glocken,
ohne den Halt zu verlieren, in ihren aus feinen Fäden in die
Luft gesponnenen Schlössern schwanken oder wie Matrosen emporklimmen oder sich hinablassen – aufgeschreckt
– und ein Gewimmel von Beinen veranstalten, wenn es gilt,
das bißchen Leben zu retten.

Hoch oben im Turm einer alten Kirche, hoch über dem
Glanz und dem Murren der Stadt und tief unter den jagenden Wolken, ist es schaurig und gespenstisch nachts. Und
hoch oben im Turm einer alten Kirche, da hängen die Glok-
ken, von denen ich erzählen will. Es waren alte Glocken, das
sag ich euch. Vor Jahrhunderten hatten Bischöfe sie getauft,
vor soviel Jahrhunderten, daß die Urkunden darüber lange
schon verlorengegangen waren und niemand mehr ihre Namen wußte. Sie hatten ihre Gevattern und Gevatterinnen
und ihre Taufpaten gehabt – ich für meinen Teil würde auch
lieber einer Glocke als einem Jungen Pate stehen – und gewiß auch ihre silbernen Becher besessen. Aber die Zeit hat
ihre Paten hingemäht und Heinrich VIII. ihre Becher ein-
geschmolzen, und so hängen sie nun da im Kirchturm, der
Becher und der Namen beraubt ...

Doch nicht ihrer Sprache! Oh nein! Sie hatten eine klare,
laute, klangvolle Stimme, diese Glocken, und weithin konnte
man sie hören im Winde. Dabei waren sie viel zu breitschul-
terige Glocken, als daß der Sturm ihnen etwas hätte anha-
ben können, und wenn er böser Laune war, dann läuteten
sie kühnlich gegen ihn an und sandten königlich und stolz
ihre fröhlichen Klänge herab in die Ohren der Menschen.
Und wenn sie sich's in den Kopf gesetzt, in einer stürmi-

schen Nacht von einer armen Mutter gehört zu werden, die bei ihrem kranken Kinde wachte, oder von einem verlassenen Weibe, deren Mann auf See war, dann sollen sie sogar den heulenden Nordwest überbrüllt haben, wie Toby Veck behauptete.

Toby Veck, der immer Trotty Veck genannt wurde, obwohl niemand ohne besonderen Parlamentsbeschluß an seinem Namen etwas ändern durfte, da er zu seiner Zeit ebenso gesetzmäßig getauft worden wie die Glocken zu der ihrigen, wenn auch nicht unter demselben Gepränge und mit derselben Feierlichkeit. Ich für meinen Teil stehe blind ein für Toby Vecks Behauptung, weil ich weiß, daß er genug Gelegenheit hatte, sich seine Überzeugung zu bilden, und was Toby Veck sagte, das sage ich auch und stelle mich an seine Seite, wiewohl er den ganzen Tag – ein schweres Stück Arbeit – vor der Kirchentüre stehen mußte.

Toby Veck war nämlich Dienstmann und wartete dort auf Aufträge. Im Winter zu warten war's freilich eine windige Stelle, wo man Gänsehaut bekam, rote Augen und blaue Nasen, und sich Zähneklappern und erfrorene Zehen holen konnte. Toby Veck wußte davon ein Lied zu singen. Der Wind blies pfeifend um die Ecke, besonders der Ost. Als wenn er von den äußersten Grenzen der Erde daherkäme, um Toby anzublasen. Und manchmal schien er ihn früher angetroffen zu haben, als er vermutet, denn wenn er um die Ecke kam und an Toby vorüberfuhr, kehrte er plötzlich wieder um, als wollte er sagen, aha, da ist er ja schon. Dann zog er ihm seine kleine, weiße Schürze über den Kopf wie einem nichtsnutzigen Buben das Röckchen, und dann zitterten Toby die Beine, und sein kleiner, schwacher Rohrstock rang vergebens gegen die Stöße und bog sich auf dem Boden krumm. Toby wurde hin und her gebeutelt, gezerrt und gezaust, geschoben und gehoben, bis er ganz schief stand, daß nicht viel mehr fehlte, und er wäre wie ein Frosch, eine Schnecke oder ein anderes tragbares Geschöpf durch die Luft geführt und wieder herabgeregnet worden in einem fremden Erdteil zum großen Erstaunen wilder Eingeborener, denen ein Dienstmann etwas Unbekanntes ist.

Trotzdem war windiges Wetter für Toby, wenn es ihn auch hart mitnahm, so eine Art Feiertag. Tatsache! Die Zeit, bis er wieder einen Sixpence verdiente, wurde ihm bei Wind nicht so lang wie bei anderer Witterung. Seine Aufmerksamkeit, wenn er mit dem ungestümen Element zu kämpfen hatte, war nicht so gespannt. Und es erfrischte ihn förmlich, wenn er hungrig und mißmutig werden wollte. Scharfer Frost oder Schneefall gehörten auch zu den »Ereignissen« und schienen ihm in ihrer Art gutzutun, wiewohl es schwer ist, zu sagen, in welcher. Also Wind und Frost und Schnee und vielleicht auch ein handfester Hagelsturm waren in Toby Vecks Kalender rotangestrichene Tage.

Bloß Regenwetter war ihm das ärgste. Die kalte, feuchte, klamme Nässe hüllte ihn dann wie in einen feuchten Mantel, die einzige Art von Mantel, die sich Toby leisten durfte, deren Entbehrung aber zu seiner Behaglichkeit nur beigetragen hätte. Nasse Tage, wenn der Regen langsam, dick und hartnäckig niederfiel, wenn die Straßen voll Nebel staken, daß er fast erstickte, und dunstende Regenschirme hin und her liefen und rotierten, wie Kreisel auf den dichtgedrängten Trottoirs aneinanderprallten und kleine Wirbel lästigen Sprühwassers von sich schleuderten; nasse Tage, wo die Rinnsteine rauschten und die vollen Dachrinnen lärmten, wo die Nässe von den vorspringenden Kanten des Kirchendachs trip, trip, trip auf Toby tropfte und das Bündel Stroh, auf dem er stand, in Schlamm verwandelte. Ja, das waren Tage, die seine Geduld arg auf die Probe stellten. Dann sah er aus seinem Versteck in der Ecke der Kirchenmauer, dem dürftigen Obdach, das in der Sommerszeit kaum so viel Schatten warf wie ein mäßiger Spazierstock, sehnsuchtsvoll bekümmert und mit langem Gesicht hervor. Wenn er aber eine Minute später herauskam, um sich durch Bewegung zu erwärmen, und einige Dutzende Male auf und nieder getrabt war, dann hellten sich seine Mienen bald wieder auf, und er kehrte versöhnt in seine Nische zurück.

Man nannte ihn Trotty oder Trotter nach seiner Gangart, die darauf zugeschnitten war, den Anschein großer Schnelligkeit vorzutäuschen. Mit ruhigen Schritten hätte er wahrscheinlich viel schneller gehen können, aber hätte man Toby seinen Trab genommen, er wäre bettlägerig geworden und gestorben. Das Traben bespritzte ihn mit Schmutz bei kotigem Wetter, es kostete ihn unsäglich mehr Mühe und Plage als ein ruhiger, bequemer Gang, aber gerade das war ein Grund, weshalb er so hartnäckig an ihm festhielt. Ein schwacher, kleiner, dünner alter Mann in körperlicher Hinsicht, war Toby ein wahrer Herkules an gutem Willen. Es machte ihm Freude, sein Geld schwer zu verdienen, es machte ihm Vergnügen, zu glauben – er war sehr arm, und mit dem »Vergnügen« sah es spärlich aus –, daß er seinen Mann stellte. Hatte er für einen Shilling oder achtzehn Pence eine Botschaft zu besorgen oder ein kleines Paket zu tragen, dann schwoll ihm der Kamm. Wenn er dahertrabte, rief er den Eilpostboten, die vor ihm hergingen, zu, sie möchten ihm doch aus dem Wege gehen, da er davon durchdrungen war, er müsse sie selbstverständlich überholen und über den

Haufen rennen. Ebenso war er der felsenfesten Überzeugung, wenn er auch nie in Versuchung kam, sich auf die Probe zu stellen, daß er alles zu tragen vermochte, was ein Sterblicher vom Boden zu lüpfen imstande sei.

So trabte Toby selbst dann, wenn er auf ein paar Schritte bei nassem Wetter aus seinem Winkel hervorkam, um sich zu wärmen. Mit seinem schadhaften Schuhwerk eine krumme Linie von aufgeweichten Fußstapfen im Straßenschmutz hinterlassend, die erstarrten Hände blasend und reibend, die von der eindringenden Kälte nur spärlich durch fadenscheinige graue Wollfäustlinge mit einer besonderen Abteilung für den Daumen und einem gemeinschaftlichen Raume für die übrigen Finger geschützt waren, mit krummen Knien und dem Rohrstock unter dem Arm, trabte Toby rastlos. Auch wenn er auf die Straße trat, um nach den Glocken zu sehen, wenn es läutete – trabte er.

Diese Sorte Ausflug machte er mehrmals am Tage, denn sie waren seine Gefährten, die Glocken, und wenn er ihre Stimme hörte, dann zog es ihn, hinaufzublicken und darüber nachzusinnen, wie sie in Bewegung gesetzt wurden und wie wohl die Hämmer aussehen möchten, die auf sie schlügen. Vielleicht interessierten ihn die Glocken auch deswegen, weil ihr Leben so viel Berührungspunkte mit dem seinigen hatte. Sie hingen dort bei Wetter und Wind, durften bloß die Außenseite der Häuser anschauen und kamen nie in die Nähe der lodernden Feuer, die durch die Fenster schimmerten oder aus den Schornsteinen heraustoben. Sie hatten auch keinen Anteil an all den guten Dingen, die dort von der Straße durch die Türen oder durch die Gitter der Küchenfenster schwelgerischen Köchen überantwortet wurden. Und zeigten sich zuweilen an den Fenstern Gesichter und

verschwanden wieder – manchmal hübsche, junge, liebliche
Gesichter, manchmal das Gegenteil –, Toby konnte ebensowenig – und wenn er noch so über all das nachdachte – wie
die Glocken dahinterkommen, woher sie kamen oder wohin sie gingen oder ob sie ihn meinten, wenn sie freundlich
die Lippen bewegten. Toby war kein Kasuist – wenigstens
wußte er es nicht, und ich will nicht behaupten, daß er alle
diese Betrachtungen eine nach der anderen anstellte oder
mit seinen Gedanken eine Art Heerschau abgehalten hätte,
aber was ich sagen will, ist, daß – wie zum Beispiel seine
leiblichen Funktionen ohne sein Wissen und seine spezielle
Erlaubnis arbeiteten –, so auch seine geistigen Fähigkeiten,
und daß sie seine Sympathie zu den Glocken stets lebendig
hielten.

Und wenn ich gesagt hätte: »Seine Liebe lebendig erhielten«, so würde ich das Wort nicht zurücknehmen, wenn es
auch seine komplizierten Empfindungen nicht vollständig
ausgedrückt haben würde. Als schlichter Mann umkleide-
te er die Glocken mit fremdartigen und feierlichen Eigenschaften. Sie waren so geheimnisvoll. Man hörte sie oft und
sah sie nie, sie hingen so hoch oben, waren so weit weg
und doch so voll von tiefer, kräftiger Melodie, daß er sie
mit einer Art Ehrfurcht betrachtete und, wenn er aufsah zu
dem dunklen Bogenfenster im Turm, so halb und halb erwartete, etwas, was zwar keine Glocke, aber doch dasjenige
wäre, was er so oft im Glockengeläute klingen hörte, werde
ihm winken. Und deswegen trat Toby mit Entrüstung den
Gerüchten, die im Umlaufe waren, nämlich, daß es bei den
Glocken spuke, als etwas Gehässigem und Sündhaftem entgegen. Kurz, sie klangen ihm oft in den Ohren und noch
öfter im Herzen, aber immer im besten Sinn, und oft be-

405

kam er einen so steifen Hals, wenn er zu lange mit offenem Munde nach dem Turme gegafft hatte, daß er nachher einmal oder zweimal mehr Trab laufen mußte, um ihn wieder loszuwerden.

Er hatte das an einem kalten Tage eben wieder getan, als der letzte schläfrige Klang der zwölften Stunde wie eine melodische Riesenbiene – aber keine geschäftige – durch den Glockenstuhl summte.

»Mittagszeit – aha«, sagte Toby und trabte vor der Kirche auf und ab. »Aha!«

Tobys Nase war sehr rot, und seine Augenlider auch. Er zwinkerte viel und zog seine Schultern so nah wie möglich an die Ohren, und seine Beine waren sehr steif, kurz, er war außerordentlich durchfroren.

»Aha, Mittagszeit«, wiederholte Toby, indem er sich mit seinen Fäustlingen wie mit Boxhandschuhen auf die Brust schlug. Zur Strafe, weil sie so kalt war. »Aha – ha – ha.«

Dann trabte er ein oder zwei Minuten schweigend auf und ab.

»Es ist nichts los«, sagte Toby, blieb dann plötzlich stehen und befühlte bestürzt seine Nase ihrer ganzen Länge nach. Da er nicht viel von einer Nase hatte, war er damit bald fertig.

»Ich dachte schon, sie wäre weg«, sagte Toby und trabte weiter. »Es ist aber alles in Ordnung. Ich hätte ihr keinen Vorwurf machen können. Sie hat einen harten Dienst bei diesem kalten Wetter und wenig vom Leben, denn – ich schnupfe nicht. Sie hat einen schweren Stand, das arme Ding, denn wenn sie einmal etwas Gutes riecht, was nicht oft geschieht, so kommt's gewöhnlich von anderer Leute Mittagessen. Es ist nichts regelmäßiger«, fuhr er fort, »als die Wiederkehr der Mittagszeit, und nichts unregelmäßiger als das Mittagessen. Da liegt der große Unterschied zwischen beiden. Ich habe lange gebraucht, um das so klar zu erfassen. Ich möchte gerne wissen, ob es sich für einen Gentleman verlohnte, diese Observatschon an die Zeitung zu verkaufen oder vors Parlament zu bringen.«

Toby meinte es nicht ernst, denn er schüttelte den Kopf dazu.

»Die Zeitungen sind voll von Observatschonen wie diese und das gleiche ist's mit dem Parlament. Hier das letzte Wochenblatt«, und er nahm eine sehr schmutzige Zeitung aus der Tasche und hielt sie vor sich hin. »Voll von Observatschonen! Voll von Observatschonen! Ich lese die Zeitungen so gern wie nur irgend jemand«, sagte Toby langsam, legte das Blatt noch kleiner zusammen und steckte es wieder in die Tasche. »Aber jetzt geht's mir schon gegen den Strich. Es jagt mir beinah Schrecken ein. Ich weiß nicht, was aus uns armen Leuten werden soll. Gott gebe, daß wir's im neuen Jahr etwas besser haben.«

»Vater, Vater!« sagte eine liebliche Stimme ganz in der Nähe.

Aber Toby hörte sie nicht und trabte auf und nieder, sinnend und mit sich selbst sprechend:

»Mir scheint, wir haben uns verirrt, gehen irr oder sind irr. Ich hatte nicht viel Schule, als ich jung war, und kann nicht ins reine kommen, haben wir etwas auf der Erde zu schaffen oder nicht? Manchmal denke ich, es müsse doch so der Fall sein. Ein bißchen wenigstens. Dann wieder denke ich, wir müssen uns hier nur so eingeschlichen haben. Manchmal bin ich so irr, daß ich nicht einmal herauskriegen kann, ob überhaupt etwas Gutes an uns ist oder ob wir von Natur böse sind. Es heißt, wir verüben schreckliche Dinge, geben Anlaß zur Klage, verbreiten Wirrnis überall, – man müsse sich vor uns in acht nehmen. Immer ist die Zeitung voll von uns. Neujahrsgespräch sind wir«, sagte Toby traurig. »Ich kann so viel schleppen wie irgend jemand auf der Welt und mehr als die meisten, denn ich bin stark wie ein Löwe; die anderen sind's nicht. Aber wenn wir wirklich kein Recht auf ein neues Jahr haben und uns wirklich nur eingeschlichen haben –«

»Aber Vater, Vater!« rief die liebliche Stimme wieder. Diesmal hörte es Toby, fuhr zusammen, stand still und sah sich wieder aus seinem Nachdenken über die Möglichkeit eines aufdämmernden Lichts im kommenden Jahr in die Gegenwart zurückversetzt und seiner Tochter gegenüber. Er sah ihr in die Augen – glänzende Augen –, in denen eine Welt lag von unergründlicher Tiefe. Dunkle Augen, die die Blicke spiegelten, die sie ergründen wollten; klare, ruhige, ehrliche Augen von beständigem Glanz wie das Himmelslicht. Schöne, treue Augen, die von Hoffnung glänzten – von junger, frischer Hoffnung –, von einer Hoffnung, so erhebend kräftig und leuchtend, trotz zwanzig Jahren Arbeit und Armut, daß sie für Trotty Veck zu einer Stimme wurden und sagten: »Ich denke doch, wir haben auf Erden etwas zu schaffen – ein klein wenig.«

Trotty küßte die Lippen, die zu den Augen gehörten, und nahm das blühende Gesicht zwischen seine Hände.

»Nun, Herzblatt«, sagte Trotty, »was gibt's? Ich hab' dich heute nicht erwartet, Meg.«

»Ich dachte auch nicht, daß ich kommen könnte, Vater«, sagte das Mädchen und nickte mit dem Kopf und lächelte. »Aber da bin ich, und nicht allein; nicht allein!«

»Du willst doch nicht sagen«, bemerkte Toby und blickte neugierig auf einen verdeckten Korb, den sie in der Hand trug, »daß du —«

»Riech doch, lieber Vater«, sagte Margaret, »riech nur.«

Trotty wollte sofort den Deckel aufheben, doch sie hielt scherzend ihre Hand darauf.

»Nein, nein, nein«, sagte sie, übermütig wie ein Kind, »zieh's noch ein bißchen in die Länge. Ich werde nur den Rand ein wenig wegschieben, den – den Rand«, sagte Meg und tat es mit größter Vorsicht und sprach so leise, als ob sie fürchtete, von irgend etwas im Korbe gehört zu werden. »Nun? Was ist drin?« Toby schnupperte, dann rief er voll Entzücken aus: »Das ist ja was Heißes!«

»Kochend heiß«, jauchzte Meg, »ha, ha, ha, siedend heiß.«

»Hahaha«, lachte Toby und machte einen Luftsprung, »siedend heiß.«

»Aber was ist drin, Vater?« fragte Meg. »Komm, du hast noch nicht geraten, was drin ist. Du mußt doch raten. Ich nehm es nicht eher heraus, bis du nicht erraten hast, was drin ist. Nur nicht so schnell, warte ein bißchen. Ich will dir den Deckel ein wenig mehr aufmachen. So, jetzt rate.«

Meg hatte die größte Angst, daß er am Ende zu bald darauf kommen könnte, und zuckte immer wieder zurück, wenn sie ihm den Korb hinhielt, zog ihre hübschen Schultern in die Höhe und hielt sich das Ohr mit der Hand zu, als könne sie dadurch das rechte Wort in Tobys Mund zurückdrängen, und lachte immerfort leise in sich hinein.

Inzwischen beugte sich Toby, auf jedem Knie eine Hand, mit der Nase nach dem Korbe nieder und tat an dem Deckel einen langen Zug.

Sein verwirrtes Gesicht nahm einen Ausdruck an, als atme er Lachgas ein.

»Ah, das ist ja was Hochfeines«, sagte Toby, »es sind doch nicht am Ende gar polnische Würste?«

»Nein, nein, nein!« schrie Meg entzückt. »Es sind nicht polnische Würste.«

»Nein«, sagte Toby und tat einen neuen Zug. »Es ist milder als Polnische. Es riecht fabelhaft fein, es riecht immer besser und besser. Es riecht zu scharf für Kalbshaxen. Was?«

Meg war in Ekstase. Er konnte nicht noch mehr danebenraten als mit Kalbshaxen oder gar mit Polnischen.

»Leber«, sagte Toby und ging mit sich selbst zu Rate. »Nein, soviel Milde hat Leber nicht. Schweinsknöchel? Nein, es ist nicht schwach genug für Schweinsknöchel. Und für Hahnenköpfe fehlt's ihm an Schärfe. Bratwürste sind's nicht, das weiß ich. Ich will dir sagen, was es ist. Es sind – Kaldaunen!«

»Keine Spur!« schrie Meg, außer sich vor Entzücken. »Keine Spur!«

»Was mir alles durch den Kopf schießt«, sagte Toby und nahm plötzlich eine Stellung an, so schief, wie es die Gesetze der Anziehungskraft der Erde nur irgend erlaubten, »ich werde nächstens schon nicht mehr wissen, wie ich heiße. Ha! Kuttelfleck ist's.«

Richtig, Kuttelfleck war es, und Margaret versicherte hocherfreut, in einer halben Minute werde er sagen, es seien die besten Kuttelflecke, die jemals gedämpft worden seien.

»Und jetzt«, sagte Meg und machte sich vergnügt mit dem Korb zu schaffen, »will ich aufdecken, Vater, denn ich habe die Kuttelflecke in einer Schüssel gebracht und ein Taschentuch drumgebunden, und wenn ich einmal so hochfahrend bin und benütze es als Tischtuch und nenne es so, so verstößt das gegen kein Gesetz, oder doch, Vater?«

»Nicht daß ich wüßte, mein Liebling«, sagte Toby, »Wiewohl immer neue Gesetze aufkommen.«

»Weißt du noch, was ich dir neulich aus der Zeitung vorlas, Vater, was der Richter sagte! Wir armen Leute müßten alle Gesetze kennen! Nein, so was, du meine Güte, für wie gescheit sie uns halten!«

»Ja, mein Liebling!« rief Trotty, »und wie sie uns dann gerne hätten, wenn wir sie alle wüßten. Fett würden wir von der Arbeit, die wir bekämen, und heiß geliebt von den Vornehmen wären wir. Und wie!«

»Man hätte dann immer ein Mittagessen, das so gut röche wie dieses«, sagte Meg lustig. »Mach schnell, denn es ist auch eine heiße Kartoffel dabei und ein Quart Bier in der Flasche. Wo willst du essen, Vater? Auf dem Geländer oder auf den Stufen dort? Was wir für große Leute sind! Zwischen zwei Plätzen können wir wählen!«

»Heute auf den Stufen, Herzblatt«, sagte Trotty. »Bei trocknem Wetter auf den Stufen – auf dem Geländer, wenn's regnet. Auf den Stufen ist's viel bequemer von wegen des Sitzens, bei feuchtem Wetter, da gäbe es Rheumatismus.«

»Also hier«, sagte Margaret und klatschte in die Hände, nachdem sie alles vorbereitet. »Hier, hier steh's! Und wie fein es aussieht! Komm, Vater, setz dich!«

Seitdem Trotty drauf gekommen war, was der Korb enthielt, hatte er dagestanden und zerstreut sie angesehen und ebenso gesprochen, was bewies, daß, obgleich sie mit Ausschluß sogar der Kuttelflecke ihm vor Augen und Gedanken stand, er sie dennoch nicht sah, wie sie in diesem Augenblicke war, sondern daß offenbar irgendein phantastisches Bild, ein unbestimmtes Drama ihres zukünftigen Lebens ihm vorschwebte. Von ihrer muntern Aufforderung aus seinem Traum gerissen, wollte er eben melancholisch den Kopf schütteln, bezwang sich aber und trat an ihre Seite, da läuteten gerade, wie er sich niedersetzen wollte, die Glocken.

»Amen!« sagte Trotty, nahm den Hut ab und blickte empor.

»Amen? Den Glocken, Vater?« fragte Margaret.

»Sie fielen ein wie zum Gebet, mein Liebling«, sagte Trotty und setzte sich. »Ich bin überzeugt, sie sprächen ein gutes Gebet, wenn sie's nur könnten. Viele freundliche Dinge sagen sie mir oft.«

»Die Glocken?« lachte Meg, als sie die Schüssel, Messer und Gabel vor ihm hinsetzte. »So, so.«

»Ja, bestimmt, mein Liebling«, sagte Trotty und fiel über seine Mahlzeit her. »Wenn ich sie nur höre, was ist da für ein Unterschied, ob sie da sprechen oder nicht. – Gott segne dich, mein Kind!« fuhr Toby fort und deutete mit der Gabel nach dem Turm und wurde immer lebendiger durch das Essen. »Wie oft hab' ich diese Glocken sagen hören: Toby Veck, Toby, sei guten Muts, Toby, Toby Veck, Toby Veck, sei guten Muts, Toby! Tausende Male und öfter noch.«

»So, so, ich nicht!« rief Meg.

Und doch hatte sie's aber- und abermal gehört, denn es war doch das ewige Gesprächsthema Tobys.

»Wenn die Geschäfte schlecht gehen, so ganz schlecht, ich meine, so schlecht wie nur überhaupt möglich, dann klingt's von dort her: Toby Veck, Toby Veck, bald kommt was.«

»Und es kommt auch was schließlich, Vater!« sagte Meg mit einem Anflug von Traurigkeit in ihrer lieblichen Stimme.

»Immer«, antwortete der arglose Toby. »Niemals bleibt's aus.«

Während dieser ganzen Unterhaltung setzte Toby ohne Unterlaß seinen Angriff auf das duftige Mahl fort, das vor ihm stand, und schnitt und aß, und schnitt und trank, und schnitt und kaute, und stach mit der Gabel vom Kuttelfleck nach den Erdäpfeln und von den Erdäpfeln nach dem Kuttelfleck mit nimmer ermüdendem Appetit. Als er aber seinen Blick für den Fall, daß irgend jemand aus irgendeiner Tür oder einem Fenster nach einem Dienstmann winken sollte, rings um die Straße schweifen ließ, da fielen seine Augen auch auf Meg, die mit verschränkten Armen gegenüber saß und ihm mit glücklichem Lächeln beim Essen zusah.

»Gott vergebe mir«, sagte Toby und ließ Messer und Gabel sinken, »Meg, mein Täubchen, warum machst du mich nicht aufmerksam, was ich für eine Bestie bin!«

»Wieso, Vater?«

»Ich sitze hier«, sagte Toby reuevoll, »und pfropfe und stopfe mich voll und fresse mich tot, und du sitzest vor mir und fastest und hast nichts zu essen, während –«

»Ich habe doch schon gegessen, Vater«, unterbrach ihn seine Tochter lachend, »habe schon längst mein Essen unten.«

»Unsinn«, sagte Trotty, »zwei Mittagessen an einem Tag, so was gibt's nicht. – Du könntest mir ebensogut weismachen, daß zwei Silvester zusammenfielen oder daß ich einen Goldfuchs gehabt und ihn nie gewechselt hätte.«

»Trotzdem habe ich mein Mittagessen doch schon gegessen, Vater«, sagte Meg und trat näher an ihn heran. »Und wenn du weiteressen willst, werde ich dir dabei erzählen, wo und wie, und wie ich zu deinem Mittagsmahl kommen konnte und es dir herbringen und – sonst noch etwas.«

Toby schien noch immer ungläubig, aber sie blickte ihm ins Gesicht mit ihren klaren Augen, legte ihm die Hand auf die Schulter und bat ihn, doch nicht aufzuhören, solange es noch heiß sei. Da nahm Trotty Messer und Gabel wieder zur Hand und ging wieder ans Werk, aber viel langsamer als vorher und kopfschüttelnd, als sei er mit sich gar nicht zufrieden.

»Vater«, sagte Meg nach einigem Zaudern, »ich habe mit – Richard gegessen. Er machte zeitig Mittag, und da er sein Essen mitbrachte, als er mich besuchte, da – da haben wir es miteinander geteilt, Vater.«

Trotty nahm einen Schluck Bier und schnalzte mit den Lippen. Dann sagte er: »Oh!« – Weil sie wartete.

»Und Richard sagt –«, nahm Meg wieder das Wort und zögerte.

»Was sagt Richard denn, Meg?« fragte Toby.

»Richard sagt, Vater«, und wieder zögerte sie.

»Daß Richard so lange braucht, um etwas zu sagen!« meinte Toby.

»Er sagt also, Vater«, fuhr Meg fort mit deutlicher Stimme, die aber ein wenig zitterte, und schlug ihre Augen auf, »er sagt, es sei schon wieder ein Jahr um, und was das für einen Nutzen hätte, von Jahr zu Jahr zu warten, wo es doch so unwahrscheinlich sei, daß wir jemals in bessere Verhältnisse kämen. Er sagt, wir wären jetzt arm, Vater, und würden es auch später sein. Jetzt aber wären wir noch jung, und die Zeit würde uns alt machen, ehe wir es merkten. Er sagte, wenn Leute wie wir warteten, bis der Weg geebnet sei, dann würde er uns gerade zum Grabe geebnet sein.«

Es hätte ein Mann von größerer Kühnheit dazu gehört als Toby Veck, um darauf etwas Stichhaltiges erwidern zu können. Daher schwieg er.

»Und wie hart ist's, Vater, alt zu werden und zu sterben
und denken zu müssen, wir hätten einander erfreuen und
beistehen können. Wie hart, uns unser Leben lang zu lieben
und jedes für sich allein zu arbeiten und sich abzuhärmen
und abzuzehren und einander alt und grau werden zu sehen.
Selbst wenn ich's über mich brächte – was ich nie könnte – und ihn vergäße, oh lieber Vater, wie hart ist's doch,
ein Herz im Leibe zu haben, so voll wie das meine, und es
langsam verdorren zu lassen, ohne auch nur einen einzigen
glücklichen Augenblick in dem Leben des Weibes gehabt zu
haben, der mich trösten und besser machen könnte.«

Trotty saß ganz still. Meg trocknete ihre Augen und sagte
lachend und seufzend zugleich: »Das sagt Richard, Vater.
Da er nun für einige Zeit gesicherte Arbeit hat und weil
ich ihn liebe und schon drei Jahre liebe – viel länger als er
weiß –, so wollen wir uns am Neujahrstag, dem besten und
glücklichsten Tag im Jahr, heiraten. Weil das sicher Glück
bringen muß. Es ist freilich eine kurze Frist, Vater, nicht
wahr? Aber es braucht ja nicht erst mein Vermögen geordnet oder mein Brautkleid gemacht zu werden wie bei großen
Damen, Vater! Nicht wahr? Das sagte er alles und sagte es
in seiner Weise, fest und entschlossen und doch so gut und
freundlich, daß ich ihm versprach, mit dir zu reden. Und
da man mir ganz unerwartet diesen Morgen meine Arbeit
bezahlt hat und du eine ganze Woche so spärlich gelebt hast,
so wollte ich uns aus dem heutigen Tag einen Feiertag machen und brachte dir ein kleines Festessen mit, lieber Vater,
um dich zu überraschen.«

»Schau nur, wie kalt er es auf der Treppe werden läßt.« Es
war die Stimme des besagten Richard, der unbemerkt her-

angekommen war und vor Vater und Tochter stand und auf
sie niederblickte, mit einem Gesicht so rot wie das Eisen,
auf das tagaus, tagein sein gewaltiger Schmiedehammer nie-
dersauste. Ein hübscher, wohlgebauter, kraftvoller, junger
Bursche war er, mit Augen, die sprühten wie die glühenden
Funken der Esse, und schwarzen Haaren, die sich prächtig
um seine gebräunten Schläfen lockten, und mit einem Lächeln, das Megs Lobeshymnen in sehr begreiflichem Licht
erscheinen ließ.

»Schau nur, wie er es auf den Stufen kalt werden läßt«,
sagte Richard. »Meg weiß nicht einmal, was er gerne ißt.«

Trotty, ganz Feuer und Flamme, reichte Richard sogleich
die Hand und wollte eben etwas in großer Hast sagen, als
sich die Haustüre unversehens öffnete und ein Bedienter
beinahe in die Kuttelflecke trat.

»Aus dem Weg da. Müßt Ihr Euch immer auf unsere Treppen setzen! Könnt Ihr nicht einmal mit dem Haus daneben
abwechseln, was! Werdet Ihr Euch wohl aus dem Weg scheren oder nicht!«

Die letzte Frage war überflüssig, denn es war bereits geschehen.

»Was gibt's? Was gibt's?« fragte der Herr, dem die Tür
aufgemacht wurde und der mit dem geheuchelt mühelosen
Schritt aus dem Hause trat, der einen Gentleman verrät. Einen, der mit knarrenden Stiefeln, einer Uhrkette und weißer
Wäsche den Berg des Lebens bereits wieder hinabsteigt und
stets eine Würde zur Schau trägt und sich immer den Anschein gibt, als stäke er mitten in wichtigen und ernsten Geschäften. »Was gibt's? Was gibt's?«

»Kniefällig soll man Euch vielleicht bitten, daß Ihr unsere
Treppe in Ruhe laßt«, sagte der Bediente in großer Erregung

417

zu Toby Veck. »Ihr könnt sie nicht in Ruhe lassen. Es kann und darf nicht sein, was?«

»Na, ist schon gut, ist schon gut«, sagte der Herr. »Hallo, Sie da! Dienstmann!« Und er winkte Toby Veck mit dem Kopfe. »Kommen Sie mal her. Was ist das? Euer Mittagessen?«

»Ja, Sir«, sagte Trotty und ließ es in einer Ecke stehen.

»Lassen Sie's nicht dort stehen. Bringen Sie es her, bringen Sie es her! So, das ist also Euer Mittagessen, was?«

»Ja, Sir«, erwiderte Trotty und blickte mit starrem Auge und wässerigem Mund nach dem Stück Kuttelfleck, das er sich als letzten Leckerbissen aufgehoben hatte und das der Herr jetzt mit der Gabel aufspießte und umdrehte.

Zwei andere Herren waren mit jenem zugleich aus dem Hause getreten. Der eine war ein niedergeschlagener Gentleman von mittleren Jahren mit dürftiger Kleidung und unzufriedenem Gesicht; er hatte beständig die Hände in den Taschen seiner pfeffer- und salzfarbigen, engen Hose, die infolge dieser Gewohnheit weit abstanden wie Ohren. Er war nicht besonders rein gewaschen und gebürstet. Der dritte Herr dagegen war von gewichtiger Statur und sorgfältig geschniegelt. Er trug einen blauen Frack mit blanken Knöpfen und eine weiße Halsbinde. Sein Gesicht war sehr rot, als ob das ganze Blut des Körpers in seinem Kopfe kreiste. Man hatte das Gefühl, als ob er aus diesem Grunde ein kaltes Herz haben müsse.

Derjenige, der Tobys Mittagsmahl auf der Gabel herumdrehte, rief den ersten unter dem Namen Filer an, und beide steckten jetzt die Köpfe zusammen. Da Mr. Filer außerordentlich kurzsichtig war, so mußte er so nahe mit dem Gesicht an das Überbleibsel von Tobys Mittagessen heran, um es zu erkennen, daß sich dem armen Trotty fast das Herz im

Leibe umdrehte. Aber Mr. Filer aß es nicht.

»Es ist eine Art animalischen, eßbaren Stoffes, Alderman«, sagte Filer und bohrte mit dem Bleistift kleine Löcher hinein, »der der Arbeiterklasse dieses Landes unter dem Namen Kuttelfleck bekannt ist.«

Der Alderman lachte und zwinkerte mit einem Auge, denn er war ein gar spaßhafter Herr, der Alderman Cute. Und ein Schlaukopf obendrein. Ein Eingeweihter! Einer, der alles wußte und alles kannte. Der tief hineinsah in des Volkes Herz. Wenn es je einer durchschaut hatte, so war es Cute.

»Wer aber ißt Kuttelfleck?« sagte Mr. Filer und blickte umher. »Kuttelfleck ist ohne Ausnahme der wenigst ökonomische, verschwenderischste Konsumartikel, den die Märkte dieses Landes möglicherweise produzieren können – überhaupt nur produzieren können. Man hat herausgefunden, daß ein Pfund Kuttelfleck beim Kochen sieben Achtel an Gewicht verliert, ein Fünftel mehr als irgendeine andere animalische Substanz. Kuttelflecke sind im eigentlichen Sinn des Wortes luxuriöser als Treibhausananas. Wenn man die Zahl der Rinder rechnet, die jährlich nur innerhalb des Stadtweichbildes geschlachtet werden, und die Quantität der Kuttelflecke, die die Leiber dieser Rinder ergeben, noch so niedrig anschlägt und den Wegfall gar nicht berechnet, so ergibt sich, daß von dem Verluste der Kuttelflecke, der durch das Kochen entsteht, eine Garnison von fünfhundert Mann fünf einunddreißigtägige Monate und einen Februar lang leben könnte. Diese Verschwendung! Diese Verschwendung!«

Trotty stand mit offenem Munde da, und die Knie schlotterten ihm. Er sah aus, als wenn er eine Garnison von fünfhundert Mann eigenhändig ausgehungert hätte.

»Wer ißt Kuttelflecke?« fragte Mr. Filer mit Wärme. »Wer ißt Kuttelflecke?«

Trotty verbeugte sich kläglich.

»Ihr? Ihr?« fragte Mr. Filer. »Dann will ich Euch etwas sagen, mein Freund. Ihr schnappt Eure Kuttelflecke den Witwen und Waisen vor dem Munde weg.«

»Ich hoffe doch nicht«, sagte Trotty schüchtern. »Da möchte ich lieber Hungers sterben!«

»Dividieren Sie die vorher erwähnte Zahl von Kuttelfleck«, fuhr Mr. Filer fort, »mit der ungefähren Zahl der Witwen und Waisen, und ein Gramm Kuttelfleck wird auf jede einzelne entfallen, Alderman! Und nicht ein Jota bleibt für den Mann übrig! Folglich ist er ein Räuber!«

Trotty war so erschüttert, daß es ihn gar nicht bekümmerte, als der Alderman das Stückchen Kuttelfleck selber verzehrte. Er war fast froh, es los zu sein.

»Und was sagen *Sie*?« fragte der Alderman aufgeräumt den Herrn mit dem roten Gesicht und dem blauen Frack. »Sie haben Freund Filer gehört. Was sagen Sie dazu?«

»Was kann man dazu sagen?« entgegnete der Gentleman. »Was läßt sich da sagen? Was soll einen an einem Kerl wie diesem«, er deutete auf Trotty, »interessieren in einer Zeit des Verfalles wie der unsrigen. Schauen Sie ihn nur an. Was für ein Geschöpf! Oh die gute, alte Zeit, die grandiose, alte Zeit! Die trefflichen alten Zeiten! Das waren so die rechten Zeiten für einen kühnen Bauernstand. Das war noch eine Zeit, mit der man etwas anfangen konnte. Heute gibt's das nicht mehr. Ach, die guten, alten Zeiten! Die guten, alten Zeiten!«

Er sprach sich nicht näher aus, was für Zeiten er meinte. Auch wollte er nicht etwa in einer Anwandlung von Selbstlosigkeit sagen, er mache der Gegenwart Vorwürfe, weil sie nichts Wichtigeres als seine Person hervorgebracht.

»Die guten, alten Zeiten! Die guten, alten Zeiten!« wiederholte er in einem fort. »Das waren noch Zeiten! Zeiten, einzig in ihrer Art! Was soll man da noch von anderen Zeiten reden oder gar diskutieren! Was für ein Volk jetzt lebt! Sie werden das doch nicht eine ›Zeit‹ nennen wollen, was jetzt ist. Sehen Sie nur einmal Strutts Trachtenbilder an, und Sie werden wissen, was ein Dienstmann war. Im guten, alten England!«

»Wenn's einem Dienstmann noch so gut ging, hatte er nicht einmal ein Hemd über den Buckel zu ziehen oder einen Strumpf auf dem Fuß, und kaum ein Gewächs in ganz England wuchs ihm für den Schnabel«, warf Mr. Filer ein. »Ich kann es durch Tabellen beweisen.«

Aber immer noch pries der Gentleman mit dem roten Gesicht die guten, alten Zeiten, die großen, alten Zeiten, die grandiosen, alten Zeiten. Er ließ sich nichts dreinreden. Er drehte sich im Kreise seiner Phrasen wie ein Eichhörnchen in seiner Käfigmühle, deren Mechanismus es ebensowenig begreift, wie der Herr mit dem roten Gesicht etwas Genaues über sein verschwundenes tausendjähriges Reich wußte.

In Trottys armem Kopf staken möglicherweise auch noch Reste von Ehrerbietung vor diesen nebelhaften, alten Zeiten, denn es war ihm ganz wirr zumute. Eins aber war ihm klar in seinem großen Trübsal, nämlich: wenn auch diese Herren untereinander verschiedener Meinung waren, seine alten Ahnungen von heute und gestern waren also doch begründet. »Nein, nein, nein, wir haben uns verirrt vom rechten Wege«, dachte er voller Verzweiflung, »es steckt nichts Gutes in uns. Wir sind böse von Natur.«

Aber Trotty hatte auch ein väterliches Herz in der Brust, das sich trotz solchem Schicksalsbeschluß an den rechten Fleck verirrt haben mußte, denn er konnte es nicht ertragen, daß Margaret mitten in ihre Hochzeitsfreude von diesem weisen Herrn das Schicksal gesagt bekam. »Gott schütze sie«, dachte er, »sie wird's noch zeitig genug erfahren.«

Er gab daher dem jungen Schmied hastig einen Wink, er möge sie wegführen. Aber dieser war so vertieft in ein zärtliches Gespräch mit Meg, daß er erst aufmerksam wurde, als ihn bereits der Alderman Cute erblickt.

Hier hatte der Alderman seine Weisheit noch nicht anbringen können. Er war ein Philosoph, und was für ein praktischer; und da er keinen Zuhörer verlieren wollte, rief er: »Halt!«

»Sie wissen«, sagte der Alderman zu seinen beiden Freunden mit seinem gewohnten, selbstgefälligen Lächeln, »ich bin ein gerader Mann und ein Praktiker und gehe geradeaus und praktisch zu Werke. Das ist so meine Art. Für jemanden, der's versteht, mit dieser Sorte Leuten umzugehen und in ihrer eigenen Weise mit ihnen zu sprechen, ist gar kein Geheimnis dabei. Sie da, Dienstmann, kommen Sie oder sonst jemand Ihresgleichen mir nicht damit, daß Sie nicht genug zu essen hätten oder nicht vom Besten, denn ich weiß das besser. Ich habe Ihre Kuttelflecke gekostet. Mich leimen Sie nicht. Sie wissen doch, was ›leimen‹ heißt, was? Das ist gerade das richtige Wort, was? Hahaha, lieber Himmel!« und der Alderman wandte sich wieder an seine Freunde. »Es ist blitzeinfach, mit dieser Sorte Leuten umzuspringen. Man muß sie nur zu behandeln verstehen.«

Ein ausgezeichneter Mann für die niederen Volksschichten, der Alderman Cute!

Immer aufgeräumt und guter Laune, ein Gentleman, und doch immer leutselig und umgänglich!

»Schaut her, Freund! Was für Unsinn wird da geschwatzt über Entbehrungen und ›harte Zeiten‹. Ihr kennt doch die Redensart. Hahaha, ich werde sie ausrotten. Es wird da gefaselt von Hungersnot. Ich werde das schon ausrotten. So steht die Sache. Lieber Himmel«, fuhr der Alderman fort und wandte sich wieder an seine Freunde. »Man kann bei dieser Sorte Volk alles ausrotten, man muß es nur geschickt anfangen.«

Trotty nahm Margarets Hand und zog sie, ohne sich klar zu sein warum, durch seinen Arm.

»Eure Tochter, was?« fragte der Alderman und griff dem Mädchen vertraulich unter das Kinn.

Immer leutselig mit den arbeitenden Klassen, der Alderman Cute! Er wußte, was ihnen gefiel, und war nicht im geringsten stolz.

»Und wo ist ihre Mutter?« fragte der würdige Gentleman.

»Tot«, sagte Toby. »Ihre Mutter war Wäscherin und wurde in den Himmel berufen, als das Kind geboren wurde.«

»Doch nicht, um dort Wäsche zu waschen?« scherzte der Alderman.

Mochte Toby imstande sein oder nicht, sich seine Frau im Himmel von ihrer alten Beschäftigung getrennt zu denken, so muß man sich doch fragen, wenn Mr. Alderman Cutes Gattin im Himmel gewesen wäre, hätte sie vielleicht dort die Würde einer Frau Bürgermeisterin innegehabt?

»Und Ihr macht ihr wohl den Hof, was?« sagte Cute zu dem jungen Schmied.

»Ja«, sagte Richard kurz, denn ihn ärgerte die Frage, »wir werden am Neujahrstag heiraten.«

»Was? Heiraten?« fragte Filer scharf.

»Nun ja, daran denken wir, Meister«, sagte Richard. »Wir haben es eilig, wie Sie sehen. Damit wir nicht früher – ausgerottet werden.«

»Ach«, seufzte Filer tief auf, »rotten Sie *das* doch aus, Alderman. Damit täten Sie etwas Großes! Heiraten! Heiraten! Diese Unkenntnis der ersten Grundsätze der Nationalökonomie bei diesem Volk! Diese Unüberlegtheit und Niedertracht ist, beim Himmel, genügend, um – Sehen Sie sich nur einmal dieses Paar an, tun Sie mir den Gefallen.«

Sie waren allerdings des Ansehens wert, und eine Ehe schien etwas so Vernünftiges und Anständiges für sie zu sein wie nur irgend etwas.

»Man kann so alt werden wie Methusalem«, sagte Filer, »und sich das ganze Leben abplagen und Daten auf Zahlen, Zahlen auf Daten häufen, ganze Berge hoch, und Hopfen und Malz ist verloren, wenn man ihnen dann klarmachen will, daß sie kein Recht haben zu heiraten. Und daß sie kein Recht haben, geboren zu werden. Wir wissen längst, daß sie kein Recht dazu haben. Wir haben das längst mathematisch erfaßt und zur mathematischen Gewißheit erhoben.«

Alderman Cute amüsierte sich köstlich und legte seinen Zeigefinger an die Nase, als wollte er damit seinen beiden Freunden sagen: Jetzt gebt einmal acht, was ich tun werde. Seht einmal den Praktiker! Und er rief Meg zu sich.

»Komm hierher, Mädel«, sagte Alderman Cute.

Das Blut war während der letzten Minuten Megs Geliebtem heiß in den Kopf gestiegen, und er wollte sie nicht gehen lassen. Doch bezwang er sich und trat mit vor, als sie hinging, und stellte sich neben sie. Trotty hielt noch immer ihre Hand in seinem Arm, sah aber so verstört von einem

Gesicht zum anderen wie ein Träumender.

»Ich will dir mit ein paar Worten einen guten Rat geben, Mädel«, sagte der Alderman in seiner bekannt leutseligen Weise. »Es ist mein Beruf, Rat zu erteilen, denn ich bin eine Justizperson. Du weißt, daß ich eine Justizperson bin, nicht wahr?« Meg bejahte schüchtern. Jedermann wußte doch, daß Alderman Cute eine Justizperson war, und was für eine emsige. Der Stolz der Öffentlichkeit, der Alderman Cute!

»Du willst dich also verheiraten«, fuhr der Alderman fort, »recht unschicklich und ungeziemend, da du dem weiblichen Geschlecht angehörst. Doch davon wollen wir absehen. Wenn du aber verheiratet bist, wirst du dich mit deinem Mann herumzanken und ein elendes, unglückliches Weib sein. Du bedenkst das nicht, aber es wird so kommen, weil ich es dir sage. Ich warne dich, weil ich mich entschlossen habe, die elenden und unglücklichen Weiber auszurotten. Laß dich also in solcher Gestalt nicht vor mir sehen. Du wirst Kinder haben. Sagen wir, Jungen. Diese Jungen werden natürlich wild aufwachsen und in den Straßen Unfug treiben, barfuß und in Lumpen. Merk dir, mein gutes Kind: Ich werde sie summarisch bestrafen, jeden einzelnen, denn ich bin fest entschlossen, Jungen ohne Schuhe und Strümpfe auszurotten. Vielleicht – sogar höchstwahrscheinlich – wird dein Mann jung sterben und dich mit einem Wickelkind zurücklassen. Dann wirst du vor die Tür gesetzt und treibst dich in den Straßen herum. Dann laß dich nur ja nicht so vor mir sehen, meine Liebe, denn ich bin fest entschlossen, obdachlose Mütter auszurotten. Es ist überhaupt mein Entschluß, alle jungen Mütter aufzuräumen. Komme mir dann nicht etwa mit Krankheit oder kleinen Kindern als Entschuldigungsgrund, denn alle Kranken und kleinen Kinder – ich hoffe, du kennst den Kirchengesang, ich fürchte, du kennst ihn nicht – werde ich ausrotten. Und solltest du vielleicht dich gar unterstehen, in undankbarer, gottloser und heuchlerischer Weise den Versuch zu machen, dich aufzuhängen oder zu ersäufen, so rechne nicht auf mein Mitleid, denn ich habe mich verschworen, den Selbstmord auszurotten. Untersteh dich also nicht. So liegen die Verhältnisse! Wir verstehen uns, was! Haha.«

Toby wußte nicht, ob er vor Schreck in die Erde sinken oder aufjauchzen sollte, als er sah, daß Meg, totenblaß geworden, die Hand ihres Geliebten losgelassen hatte.

»Und was dich angeht, junger Hund«, sagte der Alderman und wandte sich mit noch größerer Leutseligkeit und bürgerlicher Herablassung an den jungen Schmied, »warum willst du denn mit aller Gewalt heiraten? Weshalb brauchst du denn zu heiraten, du einfältiger Bursche. Wenn ich ein junger, hübscher, kräftiger Kerl wäre wie du, ich würde mich schämen, ein solcher Schwachkopf zu sein und mich an eine Schürze zu hängen. Wetter noch einmal! Sie ist ein altes Weib, wenn du in den besten Jahren bist. Das wird ein hübsches Bild geben, wenn eine Schlampe von Frauenzimmer und eine Herde von Schreihälsen dir auf Schritt und Tritt nachlaufen werden.«

Oh, Alderman Cute verstand gut mit gewöhnlichem Volk umzuspringen!

»Und marsch fort jetzt«, sagte der Alderman, »und geht in euch. Laßt die Dummheit bleiben, am Neujahrstag zu heiraten. Ihr werdet ganz anders denken, wenn das nächste neue Jahr kommt. Ein hübscher, junger Bursche wie du, dem alle Mädel nachschauen! Also, marsch, fort mit euch!« Und sie gingen. Nicht Arm in Arm oder Hand in Hand oder fröhliche Blicke wechselnd, sondern sie in Tränen, er düster und niedergeschlagen. Waren das die Herzen, die noch vor kurzem aus Trübseligkeit gerissen und vor Freude außer Rand und Band waren? Nein, nein! Der Alderman, Gottes Segen auf sein Haupt, hatte ihre Freude ausgerottet.

»Da Ihr gerade hier seid«, fuhr der Alderman zu Toby gewendet fort, »könnt Ihr mir einen Brief besorgen. Könnt Ihr schnell laufen? Ihr seid ein alter Mann.«

Toby, der ganz geistesabwesend Meg nachgeblickt, beteuerte, daß er sehr schnell und außerordentlich kräftig sei.

»Wie alt?« verhörte ihn der Alderman.

»Ich bin über sechzig, Sir«, antwortete Toby.

»Oh, dieser Mann ist ein gutes Stück über das mittlere Alter hinaus«, rief Mr. Filer in einem Tone aus, als ob auch das seine Geduld auf eine harte Probe stelle und die Sache denn doch zu weit treiben heiße.

»Ich fürchte, ich bin Ihnen lästig, Sir«, sagte Toby, »ich befürchtete es schon heute morgen. Oh mein Gott!«

Der Alderman schnitt ihm kurz das Wort ab und nahm einen Brief aus der Tasche. Toby würde auch einen Shilling bekommen haben, da aber Mr. Filer klar bewies, daß man in diesem Falle eine gegebene Anzahl Personen um soundso viel per Kopf berauben würde, so bekam er nur einen Sixpence. Er war noch zu Tod froh, daß er den bekam.

Dann hängte sich der Alderman in seine beiden Freunde ein und stieg davon – aufgeblasen wie ein Truthahn. Gleich darauf aber kam er allein zurück, als hätte er etwas vergessen:

»Dienstmann!«

»Sir?«

»Haben Sie ein Auge auf Ihre Tochter. Sie ist viel zu

hübsch.«

Selbst ihr hübsches Gesicht muß sie wohl jemand gestohlen haben, dachte Toby und sah sich den halben Shilling in seiner Hand an und dachte über den Kuttelfleck nach. Sie hat wahrscheinlich fünfhundert Damen jeder einen Reiz gestohlen. Es ist wirklich schrecklich.

»Sie ist viel zu hübsch, Mann«, wiederholte der Alderman. »Das wird kein gutes Ende nehmen. Passen Sie auf, was ich sage. Nehmen Sie sie gut in acht.«

Damit eilte er wieder fort.

»Unheil auf allen Wegen und Stegen – Unheil, wohin man auch blickt«, sagte Trotty und rang die Hände. »In Sünden geboren, es ist kein Geschäft auf der Welt.«

Da fielen die Glocken dröhnend ein, mit lautem, tiefem Klang. Aber sie gössen keinen Trost in sein Herz. Nein, nicht einen Tropfen.

»Sie haben einen andern Klang«, jammerte der alte Mann, »es ist kein Wort mehr drin von all den schönen Träumen. Und wozu denn auch. Es ist kein Geschäft hier unten. Im neuen Jahr nicht und nicht im alten. Ich möchte mich hinlegen und sterben.«

Und immer noch dröhnten die Glocken, daß die Luft erbebte.

»Rottet aus, gute Zeit, alte Zeit, Daten und Zahlen, Daten und Zahlen. Rottet aus, rottet aus.« Immer wieder heulten sie es in die Luft, bis Toby ganz schwindlig wurde. Er preßte seinen wirren Kopf, der ihm zu zerspringen drohte, zwischen die beiden Hände. Und das geschah zur rechten Zeit, denn in der einen Hand fand Toby den Brief, der ihn an seinen Auftrag erinnerte. Da fiel er mechanisch in seinen Trott und trabte davon.

# ZWEITES VIERTEL

Der Brief, den Toby vom Alderman Cute bekommen, war an einen großen Mann in dem großen Bezirk der Stadt adressiert, in dem größten Bezirk der Stadt besser gesagt, denn er hieß bei seinen Bewohnern allgemein die »Welt«. Der Brief schien schwerer zu wiegen als je ein anderer Brief. Nicht weil der Alderman ihn mit einem großen Wappen und einer Menge Siegellack gesiegelt hatte, sondern wegen des gewichtigen Namens auf der Adresse und der schweren Menge Gold und Silber, das sich an ihn knüpfte.

»Wie verschieden von uns«, dachte Toby in tiefem Ernst und großer Einfalt, als er seine Blicke in die Richtung des Bezirkes warf. »Dividiere die Zahl der lebendigen Schildkröten im Weichbild durch die Zahl der Vornehmen, die sie kaufen können, und auf jeden fällt der richtige Teil. Den Leuten die Kuttelflecke vom Munde wegzunehmen – dazu sind sie zu erhaben.«

Mit unwillkürlicher Ehrfurcht vor der bedeutenden Person legte Toby einen Zipfel seiner Schürze zwischen den Brief und seine Finger.

»Seine Kinder –«, sagte Trotty, und ein Nebel schwamm vor seinen Augen, »seine Töchter – vornehme Herren können sich um ihre Herzen bewerben und sie heiraten, sie dürfen glückliche Frauen und Mütter werden und schön sein, wie meine liebe Me –«

Er konnte ihren Namen nicht aussprechen, der letzte Buchstabe quoll in seiner Kehle auf zur Größe des ganzen Alphabets.

»Macht nichts«, dachte der arme Trotty, »ich weiß schon,
was ich meine. Das ist mehr als genug für mich«, und mit
diesem ungemein tröstlichen Gedanken trabte er weiter.

Es war bitterkalt an diesem Tage. Die Luft war scharf,
schneidend und klar. Die Wintersonne schien hell, wenn
auch ohne Wärme, herab auf das Eis, das zu schmelzen sie
zu schwach war, und warf einen strahlenden Glanz darüber
hin. Ein andermal hätte Trotty aus der Wintersonne eine
Lehre gezogen, die auf arme Leute gepaßt hätte, aber heute
ging es ihm nicht zusammen.

Das Jahr war steinalt an diesem Tag. Es hatte geduldig
die Vorwürfe und Lästerungen seiner Verleumder ertragen
und getreulich seine Arbeit verrichtet. Frühling, Sommer,
Herbst und Winter. Es hatte den vorgeschriebenen Kreis
durchlaufen und legte jetzt müde sein Haupt nieder, um
zu sterben. Ohne neue Hoffnungen, ohne heiße Triebe,
ohne eigene Glückseligkeit, wohl aber ihr Bringer gewesen
für andere, erhob es Anspruch darauf, daß man auch seine
mühevollen Tage und langweiligen Tage im Gedächtnis bewahren möge und es jetzt in Frieden sterben lasse. Trotty
hätte in dem scheidenden Jahr die Allegorie vom Leben des
armen Mannes sehen können, aber jetzt war er dafür un-
empfänglich.

Hätte nicht auch er den gleichen Anspruch erheben können? Oder jeder beliebige englische Arbeiter die ganzen
letzten siebzig verflossenen Jahre hindurch?!

Die Straßen waren voll Leben, und die Läden schimmerten bunt aufgeputzt. Das neue Jahr wurde wie ein junger
Erbe der ganzen Welt mit Willkommen und hellem Jubel
erwartet. Da gab es Bücher und Spiele fürs neue Jahr, glit-
zernde Schmucksachen fürs neue Jahr, Kleider fürs neue

Jahr, Glückskarten fürs neue Jahr, Witze und Späße. Sein
ganzes künftiges Leben war in Kalendern und Taschenbü-
chern aufgeteilt. Aufgang und Untergang des Mondes und
der Sterne, Ebbe und Flut, alles wußte man schon vorher so
genau bei Tag und Nacht wie Mr. Filer die Einwohnerzahl.

Neujahr! Neujahr, überall Neujahr! Das alte Jahr betrachtete man bereits als tot, und seine Habseligkeiten wurden
so billig losgeschlagen wie die eines ertrunkenen Matrosen.
Seine Muster und Moden galten als abgetan und wurden
verschleudert, ehe es noch den Atem ausgehaucht. Seine
Schätze waren wie Abfälle neben dem Reichtum seines noch
ungeborenen Nachfolgers.

Trotty hatte in seinen Gedanken keinen Anteil, weder an
dem neuen Jahr noch an dem alten. Rottet aus, rottet aus,
Daten und Zahlen, Daten und Zahlen, gute Zeit, alte Zeit,
rottet aus, rottet aus! Nach dieser Weise ging sein Trab, wollte sich keiner anderen anpassen.

Aber auch dieser schwermütige Trott brachte ihn endlich
an das Ende seines Wegs, an das Haus des Parlamentsmit-
glieds Sir Joseph Bowley.

Ein Portier öffnete die Tür, aber was für ein Portier!
Nichts von Tobys Art. Er war etwas ganz anderes. Auch er
trug einen Stab, aber einen anderen als Toby.

Der Portier keuchte gewaltig, ehe er ein Wort sprechen
konnte. Er war so atemlos geworden, weil er sich unvorsich-
tig schnell aus seinem Lehnstuhl erhoben hatte, ohne sich
erst Zeit zu nehmen, nachzudenken und seine Gedanken
zu sammeln. Als er die Stimme wiedergefunden, was eine
geraume Zeit kostete, denn sie war weit, weit weg und lag
unter einer schweren Last von Fleisch versteckt, sagte er mit
einem speckigen Flüstern:

»Von wem?«

Toby verriet es ihm.

»Den müssen Sie selber reintragen«, und der Portier wies nach einem Zimmer, das am Ende der Halle lag. »Heute wird alles vorgelassen. Sie kommen noch gerade recht, der Wagen steht bereits vor der Tür. Man ist bloß auf ein paar Stunden in die Stadt gekommen.«

Toby streifte seine Füße, obwohl sie ganz rein waren, mit größter Sorgfalt ab, schlug den bezeichneten Weg ein und machte im Gehen die Bemerkung, daß es ein schrecklich großes Haus war, in dem das tiefste Schweigen herrschte und alles in Decken gehüllt war, wahrscheinlich, weil die Familie auf dem Lande lebte. Als er an die Zimmertür klopfte, wurde »herein« gerufen, und bald befand er sich in einer geräumigen Bibliothek, wo an einem mit Rollen und Papieren bedeckten Tisch eine vornehme Dame im Hut saß und einem nicht sehr noblen Herrn in schwarzem Anzug etwas diktierte, während ein anderer älterer und viel stattlicherer Herr, dessen Hut und Stock auf dem Tisch lagen, mit der einen Hand an der Brust auf und nieder ging und von Zeit zu Zeit wohlgefällig nach seinem eigenen Porträt in Lebensgröße hinblickte, das über dem Kamin hing.

»Was ist das?« fragte der letztbezeichnete Gentleman. »Mr. Fish, wollen Sie wohl die Güte haben, die Angelegenheit zu erledigen.«

Mr. Fish bat um Verzeihung, nahm Toby den Brief ab und übergab ihn mit großer Ehrfurcht.

»Vom Alderman Cute, Sir Joseph.«

»Ist das alles? Sonst haben Sie nichts, Dienstmann?« verhörte ihn Sir Joseph.

Toby verneinte. »Haben Sie nicht irgendeine Rechnung

oder so was für mich – ich heiße Bowley, Sir Joseph Bowley. Irgend etwas, das man bezahlen könnte?« fragte Sir Joseph. »Wenn Sie was haben, geben Sie's her. Dort neben Mr. Fish ist das Scheckbuch. Ich dulde nicht, daß etwas ins neue Jahr verschleppt wird. Alle Rechnungen werden in diesem Hause am Schlusse des alten Jahrs beglichen, so daß, wenn der Tod meinen Lebensfaden zer – zer –«

»– reißen sollte«, half Mr. Fish.

»– schneiden sollte, Sir«, verbesserte Sir Joseph zurechtweisend und scharf, »alle meine Angelegenheiten in tadelloser Ordnung befunden werden.«

»Mein teuerer Sir Joseph«, unterbrach die Lady, die bedeutend jünger war als ihr Gatte, »wie schrecklich!«

»Mylady«, entgegnete Sir Joseph, bei manchem Worte stotternd, offenbar wegen des großen Tiefsinnes seiner Bemerkungen, »zur Zeit der Jahreswende sollen wir an uns – uns – uns – selbst denken. Wir sollen mit uns – uns – uns – abrechnen. Wir sollen fühlen und empfinden, daß jede Rückkehr dieser wichtigen Periode in den menschlichen Angelegenheiten Geschäfte mit sich bringt von höchstem Belang zwischen dem Menschen und seinem – seinem – seinem – Bankier.« Sir Joseph sprach diese Worte, als sei er tief erschüttert von dem ungeheuren sittlichen Gehalt dessen, was er sagte, und fühlte den Wunsch, daß auch Trotty Gelegenheit haben sollte, durch seine Rede gebessert zu werden. Wahrscheinlich war dies auch der Grund, weshalb er das Siegel des Briefes immer noch nicht erbrach und Trotty sagte, er möge noch eine Minute warten.

»Hegten Sie, Mylady, nicht die Absicht, Mr. Fish sollte –«, bemerkte Sir Joseph.

»Ich dachte, Mr. Fish erwähnte es bereits«, antwortete die

Lady und warf einen Blick auf den Brief. »Aber mein Wort, Sir Joseph, ich glaube nach allem doch, daß ich es nicht so aus der Hand geben kann. Es ist so ungemein teuer.«

»Was ist teuer?« fragte Sir Joseph.

»Ach, diese milde Stiftung, Geliebter. Bloß zwei Stimmen zu einer Subskription von fünf Pfund werden zugelassen. Wirklich ungeheuerlich.«

»Mylady Bowley«, entgegnete Sir Joseph, »Sie setzen mich in Erstaunen. Richtet sich die Wonne der Empfindung nach der Anzahl der Stimmen, oder rechnet nicht vielmehr ein rechtschaffenes Herz mit der Anzahl der Bittsteller und der lautern Sinnesart derselben? Ist es nicht ein Vergnügen reinster Art, zwei Stimmen unter fünfzig zur Verfügung zu haben?«

»Für mich nicht, muß ich gestehen«, antwortete die Lady. »Mir ist es eine Qual, und außerdem kann man sich seine Bekanntschaften nicht verpflichten. Freilich, Sie sind des armen Mannes Freund, Sir Joseph, Sie denken anders.«

»Ja, ich bin der armen Leute Freund«, versetzte Sir Joseph mit einem Blick auf den armen Mann, der zugegen war. »Das kann man mir zum Vorwurf machen. Das ist mir zum Vorwurf gemacht worden. Doch ich begehre keinen anderen Titel.«

»Gott segne den edlen Herrn!« dachte Trotty.

»Ich stimme zum Beispiel mit Cute hierin nicht überein«, sagte Sir Joseph und hielt den Brief in die Höhe. »Ich stimme nicht mit der Partei Filer überein. Ich stimme überhaupt nicht mit irgendeiner Partei überein. Mein Freund, der arme Mann, hat nichts mit dergleichen zu schaffen, und nichts dergleichen hat mit ihm zu schaffen. Mein Freund, der arme Mann in meinem Bezirk, ist meine Sache. Kein

Mensch und keine Körperschaft haben irgendwie ein Recht, sich zwischen meinen Freund und mich zu stellen. Das ist das Fundament, auf dem ich stehe. Ich nehme eine – eine – väterliche Stellung zu meinem Freunde ein. Ich sage, guter Mann, ich will dich behandeln wie ein Vater.«

Toby hörte mit tiefem Ernste zu, und ein Gefühl von Behaglichkeit überkam ihn.

»Sie haben nur mit mir zu tun, guter Mann«, fuhr Sir Joseph fort und sah Toby zerstreut an. »Einzig und allein nur mit mir. Sie brauchen sich sonst um nichts zu kümmern. Sie brauchen sich keine Mühe zu nehmen, selber über etwas nachzudenken. Ich will schon für Sie denken. Ich weiß, was Ihnen frommt, und bin Ihr beständiger Vater. Das ist die Ordnung einer allweisen Vorsehung. Der Zweck der Schöpfung ist nicht, daß ihr schwelgen und schlemmen und wie unvernünftige Tiere in Essen und Trinken alles sehen sollt« – Toby dachte reuevoll an seine Kuttelflecke –, »sondern daß ihr die Würde der Arbeit fühlt. Gehet hinaus in die frische Morgenluft und – und – bleibet da. Lebet streng und mäßig. Seid ehrerbietig. Übet euch in der Selbstverleugnung. Haltet eure Familie im Zaum, bezahlet eure Miete regelmäßig wie die Uhr schlägt, seid pünktlich im Bezahlen eurer Auslagen (ich gebe Ihnen ein gutes Beispiel, Sie werden Mr. Fish, meinen Geheimsekretär, stets an der Kasse sehen), – dann werdet Ihr in mir stets einen Freund und Vater finden.«

»Nette Kinder, wahrhaftig, Sir Joseph«, unterbrach die Lady mit einem Schauder. »Rheumatismus, Fieber, krumme Beine und Asthma und alle Art von Scheußlichkeiten!«

»Mylady«, entgegnete Sir Joseph feierlich, »und trotzdem bin ich des armen Mannes Freund und Vater, trotzdem soll er sich Mut holen bei mir. Jedes Quartal kann er mit Mr.

Fish in Verbindung treten. Alle Neujahrstage werde ich mit
meinen Freunden auf sein Wohl trinken. Einmal in jedem
Jahr werde ich mit meinen Freunden aus tiefstem Herzen
heraus eine Rede an ihn halten. Einmal in seinem Leben
kann er vielleicht sogar öffentlich und vor den Augen der
ganzen vornehmen Welt von meinesgleichen eine Kleinigkeit bekommen, und wenn er, von dieser Anregung und der
Würde der Arbeit nicht mehr aufrecht erhalten, dereinst in
sein stilles, behagliches Grab sinkt, dann, Mylady« – Sir Joseph blähte die Nasenflügel auf –, »dann will ich – unter
denselben Bedingungen – seinen Kindern ein Freund und
Vater sein.«

Toby war tief ergriffen.

»Oh, Sie haben eine dankbare Familie, Sir Joseph«, rief
seine Gattin.

»Mylady«, sagte Sir Joseph mit majestätischer Miene, »Un-
dankbarkeit ist bekanntlich die Erbsünde dieser Menschenklasse. Ich erwarte keinen Dank.«

»Ja! Schlecht von Geburt an!« dachte Toby. »Nichts rührt
uns.«

»Was ein Mensch tun kann, tue ich«, fuhr Sir Joseph fort.
»Ich tue meine Schuldigkeit als des armen Mannes Freund
und Vater und suche seinen Geist zu bilden, indem ich ihm
bei jeder Gelegenheit die großen, sittlichen Lehren, deren
seine Klasse bedarf, vor Augen halte, nämlich: gänzliche
Unterordnung unter mich. Ihr habt mit euch selber gar
– gar – nichts zu tun. Wenn euch schurkische und berech-
nende Personen etwas anderes sagen, und ihr werdet unge-
duldig und unzufrieden und lasset euch widersetzliches Benehmen und schwarzen Undank zuschulden kommen, was
unzweifelhaft vorkommt, so bin ich dennoch euer Freund

und Vater. So ist's bestimmt in Gottes Rat. Es liegt in der Natur der Dinge.«

Mit diesen grandiosen Worten öffnete Sir Joseph den Brief des Alderman und las ihn.

»Sehr höflich und aufmerksam, in der Tat! Mylady, der Alderman ist so liebenswürdig, mich daran zu erinnern, daß er die ausgezeichnete Ehre (sehr – sehr gut) gehabt habe, mich im Hause unseres gemeinsamen Freundes, des Bankiers Deedles, zu treffen, und er erlaubt sich anzufragen, ob es mir angenehm sei, daß Will Fern eingesteckt werde.«

»Sehr angenehm«, entgegnete Lady Bowley, »das war der Allerschlimmste. Er hat hoffentlich einen Raubüberfall verübt?«

»Das gerade nicht«, sagte Sir Joseph, »das gerade nicht, nicht so ganz, aber beinah. Er kam nach London, sich nach Arbeit umzusehen (er wollte sich verbessern, aha, da steckt der Haken), und man fand ihn nachts in einem Schuppen schlafen, nahm ihn fest und rührte ihn am nächsten Morgen vor den Alderman. Der Alderman bemerkt (sehr wichtig und vernünftig), daß er entschlossen sei, derlei gründlich auszurotten, und daß, wenn es mir angenehm wäre, es ihn glücklich machen werde, mit Will Fern einen Anfang zu machen.«

»Auf jeden Fall soll man an ihm ein Exempel statuieren, für alle Fälle«, erwiderte die Lady. »Letzten Winter, als ich das Häkeln und Stricken unter den Männern und Knaben im Dorf als hübsche Abendbeschäftigung einführte und die Verse:

> *Mit Freuden wollen wir dem Gutsherrn fronen,*
> *Nebst den Verwandten, welche bei ihm wohnen,*

*Zufrieden sein mit unseren Portionen,*
*Zum Himmel flehn, er möge uns verschonen,*
*Mit falschem Stolz und unsere Demut lohnen;*

nach dem neuen System in Musik hatte setzten lassen, damit
sie sie während der Arbeit singen sollten, da greift dieser
Fern – ich seh' ihn noch vor mir – an seinen Hut und sagt:
›Mylady, ich bitte demütig um Verzeihung, aber bin ich nicht
etwas anderes als ein großes Mädchen?‹ Ich war nicht erstaunt, denn wer kann etwas anderes als Unverschämtheit
und Undank von dieser Volksklasse erwarten. Das gehört
vielleicht nicht hierher, aber bitte statuieren Sie jedenfalls
ein Exempel an ihm, Sir Joseph.«

»Ehüm«, hüstelte Sir Joseph. »Mr. Fish, wenn Sie die Angelegenheit erledigen möchten —«

Mr. Fish ergriff eilends die Feder und schrieb nach dem
Diktat Sir Josephs: »Mein lieber Sir, ich bin Ihnen sehr verbunden für Ihre Freundlichkeit in Sachen des Subjekts Will
Fern, von dem ich zu meinem Bedauern nichts Günstiges
berichten kann. Ich hatte mich beständig als seinen Freund
und Vater betrachtet, bin aber leider wie gewöhnlich mit
Undank und fortwährender Widersetzlichkeit gegen meine guten Absichten belohnt worden. Er ist ein unruhiger,
widerspenstiger Kopf. Sein Charakter verträgt keine nähere
Prüfung. Nichts kann ihn bewegen, dort glücklich zu sein,
wo er es zu sein hat. Angesichts solcher Umstände scheint
mir, ich gestehe es, wenn er wieder vor Sie kommt, und wie
Sie mir mitteilen, hat er sich morgen zu stellen versprochen,
und ich glaube, daß man sich insoweit auf ihn verlassen kann,
seine Einsperrung für eine Zeit als Landstreicher ein der
Gesellschaft geleisteter guter Dienst zu sein, und es würde

ein warnendes Beispiel abgeben in einem Lande, wo sowohl
derer wegen, die unbekümmert um gute und böse Worte
die Freunde und Väter der Armen sind, als auch hinsichtlich
der, allgemein gesprochen, verführten Volksklassen selber,
solche Exempel sehr nötig sind. Ich bin, Sir, usw. usw.«

»Es scheint«, bemerkte Sir Joseph, als er den Brief un-
terzeichnet hatte und Mr. Fish siegelte, »als wäre dies Vorsehung. In der Tat! Am Schluß des Jahres bringe ich meine
Rechnungen in Ordnung und ziehe meine Bilanz – selbst
mit William Fern.«

Trotty, der schon längst wieder in seine trübe Stimmung
verfallen war, trat mit wehmütigem Gesicht vor und nahm
den Brief in Empfang.

»Meinen Dank und meine Empfehlung«, sagte Sir Joseph.
»Halt!«

»Halt!« rief auch das Echo Mr. Fish.

»Ihr habt vielleicht«, sagte Sir Joseph orakelhaft, »gewisse
Bemerkungen gehört, die zu machen ich mich veranlaßt sah
in Hinblick auf den feierlichen Zeitabschnitt, bei dem wir
angelangt sind, und auf die Verpflichtung, die uns obliegt,
unsere Angelegenheiten zu ordnen, um auf alles vorbereitet
zu sein. Ihr habt gehört, daß ich mich nicht hinter meiner
hohen Stellung in der Gesellschaft verstecke, sondern daß
Mr. Fish – dieser Herr hier – stets das Scheckbuch neben
sich liegen hat und deswegen hier ist, um mich in den Stand
zu setzen, ein völlig neues Blatt aufzuschlagen, um in den
vor uns liegenden Zeitabschnitt mit glatter Rechnung einzutreten. Nun, mein Freund, kann er die Hand aufs Herz
legen und sagen, daß er sich ebenfalls auf das neue Jahr
gebührend vorbereitet hat?«

»Ich fürchte sehr, Sir«, stotterte Trotty, demütig zu ihm

aufblickend, »daß ich noch ein wenig bei der Welt im Rückstande bin.«

»Im Rückstande bei der Welt?« wiederholte Sir Joseph
Bowley mit schrecklich bestimmtem Ton.

»Ich fürchte, Sir«, stotterte Trotty, »daß es sich noch so um
zehn oder zwölf Shillinge dreht bei Mrs. Chickenstalker.«

»Bei Mrs. Chickenstalker«, wiederholte Sir Joseph in gleichem Ton wie vorher.

»Die Höcklerin«, erläuterte Toby. »Und dann eine – Kleinigkeit auf den Zins. Aber nur ganz wenig, Sir. Man soll
nichts schuldig bleiben, ich weiß, aber die Not hat uns dazu
getrieben.«

Sir Joseph sah seine Gemahlin und Mr. Fish und Trotty
einen nach dem andern zweimal der Reihe nach an.

Dann machte er eine verzweifelte Bewegung mit beiden
Händen zugleich, als gebe er es jetzt ganz auf.

»Wie ein Mann, und wenn er auch zu dieser unklugen und
leichtsinnigen Menschenklasse gehört, wie ein alter Mann
mit grauem Haar dem neuen Jahr entgegensehen kann,
während seine Geschäftsangelegenheiten sich in einer derartigen Lage befinden! Wie er sich am Abend in sein Bett
legen und am Morgen wieder aufstehen kann, ohne – da,
da nehmt den Brief.« Und er drehte Trotty den Rücken zu:
»Nehmt den Brief, nehmt den Brief!«

»Ich wünschte von Herzen, es wäre anders, Sir«, sagte
Trotty, sich nach Kräften entschuldigend. »Wir sind schwer
geprüft worden.«

Sir Joseph wiederholte nur immer: »Nehmt den Brief,
nehmt den Brief!« und Mr. Fish sagte nicht bloß dasselbe,
sondern verlieh der Aufforderung noch mehr Nachdruck,
indem er Toby zur Türe drängte, so daß diesem nichts an-

deres übrigblieb, als noch schnell einen Bückling zu machen und das Haus zu verlassen. Und auf der Straße drückte der arme Trotty seinen schäbigen alten Hut über die Augen, um seinen Gram zu verbergen, weil er so gar keinen Anteil am neuen Jahr haben sollte.

Er lüftete ihn nicht einmal, um nach dem Glockenturm zu sehen, als er nach der alten Kirche zurückkam. Er blieb wohl einen Augenblick stehen aus alter Gewohnheit und erkannte, daß es dunkelte und daß der Turm sich in unbestimmten und schwachen Umrissen in die neblige Luft erhob. Er wußte auch, daß die Glocken sogleich einfallen würden und daß sie um diese Zeit in seine Träumereien wie Stimmen zu klingen pflegten. Um so mehr eilte er sich, beim Alderman den Brief abzugeben, um ihnen auszuweichen, bevor sie begännen, denn er fürchtete sich, sie zu allem noch vielleicht die Worte: »Freund und Vater! Freund und Vater!« läuten hören zu müssen.

Er entledigte sich daher seines Auftrags so schnell wie möglich und trabte heimwärts. Teils wegen seines Trabs, der auf der Straße wenigstens gar nicht angebracht war, teils infolge seines Hutes, der die Sache nicht besser machte, rannte er gegen jemand an und taumelte auf den Fahrdamm hinab.

»Ich bitte vielmals um Entschuldigung«, und er riß in so großer Verwirrung an seinem Hut, daß sein Kopf zwischen der Krempe und dem zerrissenen Futter stecken blieb wie in einer Art Bienenkorb. »Hoffentlich hab ich Sie nicht verletzt, Sir.«

Was das Verletzen anbelangt, so war Toby kein solcher Simson, daß er bei einer derartigen Gelegenheit nicht viel schlechter weggekommen wäre – und in der Tat war er weggeflogen wie ein Federball –, allein er hatte eine solche Meinung von seiner Stärke, daß er in großer Besorgnis um den anderen schwebte und noch einmal fragte: »Hoffentlich habe ich Sie doch nicht verletzt.«

Der Mann, gegen den er angerannt war, ein sonnenverbrannter, sehniger Landmann mit graumeliertem Haar und einem Stoppelbart, blickte einen Augenblick argwöhnisch jenen an, ob er ihn vielleicht verhöhnen wollte, aber als er den Ernst sah, antwortete er: »Nein, Freund, Sie haben mich nicht verletzt.«

»Und das Kind hoffentlich auch nicht?« fragte Trotty.

»Das Kind auch nicht«, antwortete der Mann. »Ich danke Ihnen herzlichst.«

Dabei warf er einen Blick auf das kleine Mädchen, das in seinen Armen schlief, bedeckte das Gesichtchen mit dem langen Zipfel seines ärmlichen Halstuchs und ging langsam weiter. Der Ton, in dem er sagte: »Ich danke Ihnen herzlichst«, ging Trotty tief zu Herzen. Der Mann war so matt und müde und so schmutzig vom Wandern und fühlte sich so fremd und verlassen in der Stadt, daß es ihm ein Trost zu sein schien, irgend jemand danken zu können, und wenn es auch für gar nichts war. Toby sah ihm nach, wie er sich mühselig weiterschleppte, während das Kind den Arm um seinen Nacken legte.

Trotty blickte, blind für die ganze übrige Straße, nur der Gestalt nach in den zerrissenen Schuhen, die nur mehr Überbleibsel waren in den rohledernen Gamaschen, in der groben Jacke und dem breitkrempigen Hut, der jenem über die Augen hing – sah nach dem Kind, das ihm die Arme um den Nacken gelegt hatte.

Ehe der Fremde in der Dunkelheit verschwand, blieb er

stehen und sah sich um. Als er Trotty noch dort erblickte, schien er unschlüssig, ob er umkehren oder weitergehen
sollte. Er schwankte eine Weile, dann kam er zurück, und
Trotty ging ihm auf halbem Weg entgegen.

»Können Sie mir vielleicht sagen«, fragte der Mann mit
einem müden Lächeln, »Ihr werdet es ja am besten wissen,
wo der Alderman Cute wohnt?«

»Gleich hier in der Nähe. Ich will Sie mit Vergnügen hin-
führen.«

»Ich sollte ihn eigentlich erst morgen und an anderem
Orte aufsuchen«, sagte der Mann und ging neben Toby her.
»Aber ich möchte mich von einem Verdacht reinigen, der
mich drückt, und dann gehen, wohin ich will und mir mein
Brot suchen, wenn ich auch noch nicht weiß, wo. So wird
er es mir nicht übelnehmen, wenn ich heut in sein Haus
gehe.«

»Sie heißen doch nicht am Ende Fern?« rief Toby und
fuhr zurück.

»Was?« rief der andere und sah den Dienstmann erstaunt
an.

»Fern? Will Fern?« sagte Trotty.

»Das ist mein Name.«

»Nun dann«, sagte Trotty faßte den Mann am Arm und
sah sich vorsichtig um, »gehen Sie um Gottes willen nicht
hin. Gehen Sie nicht hin. Er wird Euch beide zugrunde
richten, so wahr Ihr auf der Welt seid. Hier! Kommen Sie in
diese kleine Gasse, und ich will Ihnen sagen, was ich weiß.
Gehen Sie nicht zu ihm!«

Der neue Bekannte sah Toby an, als hielte er ihn für verrückt, ging aber nichtsdestoweniger mit. Als sie sicher waren, daß sie niemand beobachten konnte, erzählte Trotty,

was er wußte und wie man über Fern Bericht erstattet hatte,
und alles andere.

Will Fern hörte ihm mit erstaunlicher Ruhe zu. Er wider-
sprach nicht und unterbrach nicht ein einziges Mal. Er nickte dann und wann mit dem Kopfe, mehr zur Bekräftigung
einer längst bekannten Sache, wie es schien, als zu ihrer
Widerlegung, und schob nur ein- oder zweimal seinen Hut
zurück, um sich mit der sommersprossigen Hand über die
Stirn zu fahren, wo jede Ackerfurche, die er einst gepflügt,
ihr Abbild im kleinen zurückgelassen zu haben schien. Doch
weiter tat er nichts.

»Die Geschichte ist in der Hauptsache wahr genug, Mann«,
sagte er endlich. »Ich könnte wohl hier und da etwas hinzufügen, aber soll es schon sein, wie's ist. Was liegt daran. Ich
habe seinen Plänen zuwidergehandelt zu meinem Unglück,
und ich kann mir nicht helfen, ich würde es morgen wieder
tun. Was den Personalbericht anbelangt, so sucht und spio-
niert dieses vornehme Volk so lange herum, bis es irgendeinen kleinen Makel gefunden, bloß um keinen guten Faden
an uns zu lassen. Nun, ich hoffe, sie verlieren ihren guten
Ruf nicht so leicht wie unsereiner. Was mich betrifft, Mann,
ich habe niemals mit dieser Hand« – er streckte sie aus – »etwas genommen, was nicht mein war und habe niemals eine
Arbeit gescheut, mochte sie noch so schwer oder schlecht
bezahlt sein. Wer etwas anderes sagen kann, der soll sie mir
abhacken. Wenn mich aber die Arbeit nicht mehr nährt wie
ein menschliches Geschöpf, wenn ich so schlecht lebe, daß
ich Hunger leiden muß in und außer dem Hause, wenn ich
sehe, daß das ganze Leben nichts als solche Arbeit ist, so
anfängt und so endet, ohne Wechsel und Aussicht, dann sag
ich zu dem vornehmen Volk: Bleibt mir vom Halse, laßt

meine Hütte in Ruh. Meine Tür ist finster genug, ihr braucht
sie nicht noch mehr zu verdunkeln. Ruft mich nicht in den
Park, wenn ihr wieder einmal einen Geburtstag feiert, damit
ich euch die Menge der Zuschauer vergrößern helfen soll.
Oder wenn ihr eine feine Rede sprechen wollt oder sonst
was. Haltet eure Spiele und euren Sport ab, ohne daß ich
zuschauen muß, und freut euch darüber und amüsiert euch,
soviel ihr wollt. Aber wir haben nichts miteinander zu schaffen. Mir ist am liebsten, man läßt mich allein.«

Als er sah, daß das Kind in seinen Armen die Augen auf-
geschlagen hatte und verwundert umherblickte, hielt er inne,
um ihm ein paar liebe Worte ins Ohr zu sagen, und stellte
es neben sich auf den Boden. Dann wickelte er langsam
eine der langen Flechten um seinen Zeigefinger wie einen
Ring, während sich das Mädchen an sein bestaubtes Bein
klammerte, und sagte zu Trotty: »Ich bin keine störrische
Natur und leicht zufriedengestellt. Ich trage gegen niemand
Böses im Sinn. Ich möchte nur leben wie ein Geschöpf des
Allmächtigen. Ich kann es nicht und darf es nicht, und so ist
eine Kluft gegraben zwischen mir und denen, die's dürfen
und können. Und so wie ich bin, gibt's noch andere. Ihr
könnt sie nach Hunderten und Tausenden zählen und nicht
nach Dutzenden.«

Trotty wußte, daß Fern die Wahrheit sprach, und nickte
beistimmend mit dem Kopf.

»Ich habe mir auf diese Weise einen bösen Namen geschaffen«, sagte Fern, »und fürchte, ich werde mir wahrscheinlich keinen besseren erwerben. Es ist nicht recht, daß
man murrt, und ich murre. Gott weiß, daß ich lieber heiter
wäre und zufrieden, wenn ich könnte. Na, ich weiß nicht, ob
mir dieser Alderman viel antäte, wenn er mich einsperren

ließe. Da ich niemand zum Freunde hab, der für mich ein Wort einlegen würde, täte er es gewiß, und sehen Sie das«, – und er zeigte mit dem Finger auf das Kind.

»Sie ist sehr hübsch«, sagte Trotty.

»Oh ja«, antwortete der andere mit leiser Stimme, indem er das kleine Gesichtchen mit beiden Händen sanft dem seinen zukehrte und es lange ansah. »Mir sind schon oft mancherlei Gedanken gekommen. Es hat sich mir aufgedrängt, wenn mein Herz sehr kalt war und der Brotkorb leer. Auch neulich wieder, als sie uns wie zwei Diebe aufgegriffen haben. Aber sie – sie sollen das kleine Gesichtchen mir nicht zu oft behelligen, nicht wahr, Lilly. Es kann einen Menschen in Versuchung führen.«

Er dämpfte seine Stimme und sah das Kind so ernst und sonderbar an, daß ihn Toby fragte, um ihn auf andere Gedanken zu bringen, ob sein Weib noch lebe.

»Ich habe niemals eins gehabt«, antwortete der Mann und schüttelte den Kopf. »Sie ist das Kind von meinem Bruder, eine Waise, neun Jahre alt, wenn man's ihr auch nicht ansieht. Sie ist so müde und erschöpft jetzt. Sie hätten sich ihrer vielleicht angenommen, die vom Armenverein, achtundzwanzig Meilen von dem Ort, wo wir her sind, und hätten sie zwischen vier Wände gesperrt, wie sie's mit meinem alten Vater auch gemacht haben, als er nicht mehr arbeiten konnte. – Er hat sie nicht mehr lang belästigt. – Ich nahm das Mädchen an Kindes Statt an, und seit der Zeit hat es bei mir gelebt. Ihre Mutter hat einmal hier in London eine Freundin gehabt. Wir gaben uns alle Mühe, sie ausfindig zu machen und Arbeit zu finden, aber es ist eine große Stadt. Macht nichts. Desto mehr Platz haben wir, darin herumzugehen, Lilly.«

Er sah dem Kind mit einem Lächeln in die Augen, das Toby mehr rührte als Tränen. Er faßte Fern bei der Hand.

»Ich weiß nicht einmal Ihren Namen«, sagte der Mann, »und habe Ihnen mein Herz ausgeschüttet, denn ich bin Ihnen dankbar und habe guten Grund dazu. Ich werde Ihrem Rat folgen und mich hüten vor dieser —«

»Justizperson«, ergänzte Toby.

»So, so,« sagte der Mann. »Ist das der Name, den man ihm gibt. Also gut, vor dieser Justizperson. Und morgen will ich versuchen, ob ich vielleicht in der Umgebung von London mehr Glück habe. Gute Nacht! Glückliches neues Jahr!«

»Halt«, rief Toby und hielt die Hand fest, als sie sich losmachen wollte, »halt! Das neue Jahr könnte mir kein Glück bringen, wenn wir so auseinandergingen. Ich hätte kein Glück, wenn ich das Kind und Sie so obdachlos herumirren ließe. Kommen Sie mit mir nach Hause. Ich bin ein armer Mann und wohne ärmlich. Aber ich kann Euch ein Nachtquartier geben, ohne daß mir deswegen etwas abginge. Kommt mit mir! So. Ich will sie tragen«, rief Trotty und hob das Kind auf. »Ein hübsches Kind. Ich könnte eine zwanzigmal schwerere Last tragen, ohne es zu spüren. Sagen Sie mir, wenn ich zu rasch gehe. Ich bin nämlich ungeheuer schnell zu Fuß. Ich war es von jeher.« Trotty sprach's und machte immer sechs seiner trabenden Schritte, wenn sein ermüdeter Begleiter nur einen brauchte, und seine dünnen Beine zitterten unter der Last, die er trug.

»Wie leicht sie ist«, sagte er und hielt seine Zunge im gleichen Trab wie seine Beine, denn er wollte nicht, daß sich der andere bedanke, und wünschte keine Pause eintreten zu lassen. »Leicht wie eine Feder. Leichter als eine Pfauenfeder, noch viel leichter. Dort um die nächste Ecke rechts müssen wir, Onkel Will. An der Pumpe vorüber und links gerade die Straße hinauf dem Wirtshaus gegenüber. Quer hinüber, Onkel Will, wo der Pastetenbäcker ist. Gleich sind wir dort. Die Marställe entlang, Onkel Will, und dann Halt gemacht an der schwarzen Tür mit dem Schild: ›T. Veck, Dienstmann‹. So, jetzt sind wir da, wirklich und leibhaftig, meine liebste Meg. Was! Da staunst du!« Mit diesen Worten setzte Trotty atemlos das Kind vor seiner Tochter in der Stube nieder.

Das kleine Mädchen sah Meg an, und da es in ihrem Gesicht nur Zutrauen erweckendes sah, lief es in ihre Arme.

»Hier sind wir und hier bleiben wir«, sagte Trotty und lief hörbar keuchend in der Stube herum. »Hier, Onkel Will, ist ein Feuer, seht Ihr! Warum kommt Ihr nicht zum Feuer? So, jetzt sind wir da. Meg, lieber Schatz, wo ist der Teekessel. So – da ist er und wird sogleich kochen!« Trotty hatte wirklich den Teekessel auf seiner wilden Jagd durch die Stube erwischt und stellte ihn jetzt an das Feuer, während Meg in einer warmen Ecke vor dem Kinde kniete und ihm die Schuhe auszog und die nassen Füße mit einem Tuch abtrocknete. Ja, und sie lächelte Trotty entgegen – so fröhlich und so heiter, daß Trotty sie hätte segnen mögen, wie sie dort kniete, denn er hatte beim Eintreten wohl bemerkt, daß sie in Tränen am Feuer gesessen.

»Ei, Vater«, sagte Meg, »bist du heute abend wunderlich. Ich möchte gern wissen, was die Glocken dazu sagen würden. Arme, kleine Füße, wie kalt sie sind!«

»Oh, sie sind jetzt wärmer«, rief das Kind. »Sie sind schon ganz warm.«

»Nein, nein, nein,« sagte Meg, »wir haben sie noch lange nicht genug gerieben. Wir haben so viel zu tun, so viel, und wenn sie trocken sind, wollen wir das feuchte Haar kämmen, und dann wollen wir mit frischem Wasser wieder etwas Farbe in das kleine, bleiche Gesichtchen bringen, und dann wollen wir so munter und fröhlich und glücklich sein.« – Das Kind brach in Schluchzen aus, schlang den Arm um ihren Hals, streichelte mit der Hand ihre schönen Wangen und sagte: »Oh Meg, meine liebe Meg!«

Tobys Segen hätte nicht mehr tun können. Wer hätte mehr tun können!

»Nun, Vater?« sagte Margaret nach einer Pause.

»Hier bin ich, hier bleib' ich«, sagte Trotty, »mein Schatz.«

»Du lieber Gott«, rief Meg, »er ist wirklich verrückt geworden. Er hat die Haube des Kindes auf den Teekessel gesetzt und den Deckel an die Tür gehängt.«

»Ich hab's nicht mit Absicht getan, mein Liebling«, sagte Trotty und machte schleunigst sein Versehen wieder gut.

»Meg, mein Liebling!« Margaret blickte auf und sah, daß er sich hinter dem Stuhl seines Gastes aufgestellt hatte und ihr allerlei geheimnisvolle Zeichen machte und den halben Shilling in die Höhe hielt, den er verdient.

»Als ich vorhin hereinkam, sah ich draußen auf der Treppe eine halbe Unze Tee liegen und ein Stück Speck dabei, wenn ich nicht irre. Da ich mich nicht mehr genau erinnere, wo es war, will ich selber nachschauen gehen und es suchen.« Mit dieser unerhört schlauen Ausrede entfernte sich Trotty, um den besagten Proviant gegen bar bei Mrs. Chikkenstalker zu kaufen, und kam dann mit dem Vorwande, er habe das Gesuchte im Finstern nicht gleich finden können, wieder zurück.

»Hier ist es endlich«, und er packte aus. »Alles in Ordnung. Ich war meiner Sache ganz sicher, daß es Tee und Speck gewesen. Meg, mein Augapfel, wenn du Tee machen möchtest, während dein unwürdiger Vater den Speck röstet, werden wir schnell fertig sein. Es ist ein außerordentlich merkwürdiger Umstand«, und er machte sich mit der Röstgabel an die Arbeit, »ein höchst merkwürdiger Umstand, der aber allen meinen Freunden wohlbekannt ist, daß ich Speckschnitten und Tee absolut nicht leiden kann. – Ich freue mich, wenn es anderen schmeckt«, sagte Trotty sehr laut, damit es sein Gast hören möge, »aber selber essen könnt' ich es absolut nicht.«

Und doch sog er den Duft des zischenden Specks ein, als wenn er ihn, ach! selber nur zu gern äße. Und als er das kochende Wasser in die Teekanne goß, blickte er liebevoll hinab in die Tiefen des blanken Kessels und ließ sich den duftigen Dampf um die Nase wirbeln und sich Kopf und Gesicht in eine dichte Wolke hüllen. Trotzdem trank er nicht und aß nicht, außer am Anfang einen Bissen – der Form wegen –, der ihm unendlich behagte, wie er aber laut erklärte, nicht im geringsten schmecken wollte. Nein!

Trottys einzige Beschäftigung war, Will Fern und Lilly beim Essen und Trinken zuzusehen, und dasselbe tat auch Meg. Niemals wohl fanden Zuschauer bei einem City-Gastmahl oder bei einem Hofbankett so viel Vergnügen daran, andere speisen zu sehen, und wären es König und Papst gewesen.

Margaret lächelte Trotty an, Trotty nickte Meg zu. Meg schüttelte den Kopf und applaudierte Trotty unhörbar, und Trotty erzählte Meg in der Taubstummensprache unverständliche Geschichten, wie und wo und wann er den Besuch gefunden. Und sie waren glücklich. Sehr glücklich.

»Trotzdem«, dachte Trotty bekümmert, als er Margarets Gesicht beobachtete, »trotzdem das Verhältnis abgebrochen ist, wie ich sehe.«

»Jetzt will ich euch etwas sagen«, sagte Trotty nach dem Tee. »Die Kleine schläft natürlich bei Meg.«

»Bei der guten Meg!« rief das Kind und liebkoste sie. »Bei Meg!«

»Recht so«, sagte Trotty »ich würde mich gar nicht wundern, wenn auch Megs Vater einen Kuß bekäme. Ich bin Megs Vater.«

Mächtig entzückt war er, als das Kind schüchtern auf ihn zukam und ihn küßte, worauf es wieder zu Margaret zurückging.

»Sie ist so feinfühlig wie Salomo«, sagte Trotty, »hier sind wir und hier – nein ich versprach mich. Wir bleiben nicht – ich – was wollt' ich doch nur sagen, Meg, mein Herzblatt?«

Meg blickte den Gast an, der auf seinem Stuhle lehnte, das Gesicht abgewandt, und den Kopf des Kindes streichelte, das in ihrer Schürze halbversteckt ruhte.

»Wahrhaftig«, sagte Toby. »Wahrhaftig, ich weiß nicht, was heute mit mir los ist, meine Gedanken gehen wahrscheinlich Holz klauben im Walde. Will Fern, Ihr kommt mit mir. Ihr seid todmüde und ganz erschöpft vor Mangel an Ruhe. Ihr kommt mit mir.«

Der Mann spielte noch immer mit des Kindes Locken, lehnte immer noch auf Megs Stuhl, wandte immer noch sein Gesicht ab. Er sprach nicht, doch wie seine rauhen groben Finger zitternd in dem schönen Haar des Kindes spielten, da lag mehr Beredsamkeit in ihnen, als Worte hätten sagen können.

»Ja, ja«, sagte Trotty, unbewußt die Bitte beantwortend, die sich im Gesicht seiner Tochter ausdrückte. »Nimm sie mit dir, Meg, und bring sie zu Bett. So, fertig! Und Euch,

Will, will ich zeigen, wo Ihr liegt. Es ist nicht gerade ein feiner Platz, bloß ein Heuboden, doch ich sag' es immer, es ist einer der größten Vorteile, wenn man in einem Marstall wohnt, der einen Heuboden hat. Solange Remise und Stall nicht besser vermietet sind, wohnen wir hier billig. Es ist eine Menge weiches Heu oben, das einem Nachbarn gehört, und es ist so sauber, wie Meg es selber nicht sauberer machen könnte. Nur Mut, Mann, – Kopf hoch und frischen Mut fürs neue Jahr allerwegen.«

Die Hand hatte des Kindes Haar losgelassen, war zitternd auf Trottys Arm gefallen, und Trotty rastlos schwatzend, führte seinen Gast so zärtlich und behutsam hinauf wie ein Kind.

Schneller als Meg zurückkommend, horchte er einen Augenblick an der Tür der kleinen Kammer, die an die Stube stieß. Das Kind sprach ein einfaches Gebet, ehe es schlafen ging, und er hörte es Megs Namen zärtlich nennen und dann innehalten und nach dem seinen fragen.

Es dauerte einige Zeit, ehe der kleine, närrische Kerl sich sammeln, das Feuer schüren und seinen Stuhl an den warmen Kamin rücken konnte. Doch als er dies getan und das Licht geputzt, nahm er seine Zeitung aus der Tasche und begann zu lesen. Sorglos zuerst und die Zeilen überfliegend, bald aber mit ernster und trauriger Aufmerksamkeit. Dieses selbige gefürchtete Zeitungsblatt lenkte Trottys Gedanken wieder in das gleiche Fahrwasser, in dem sie den ganzen Tag einhergetrieben waren, seine Gedanken, die die Ereignisse des Tages so scharf gekennzeichnet hatten. Sein Interesse an den beiden müden Wanderern hatte seinem Denken eine Zeitlang eine andere Richtung gegeben und eine glücklichere, als er aber jetzt wieder allein war und von Verbrechen und Gewalttat las, da verfiel er wieder in seinen frühern Ideengang.

In dieser Stimmung geriet er auf einen Bericht – es war nicht der erste der Art, den er gelesen – von einer Frau, die in der Verzweiflung Hand an sich und ihr Kind gelegt hatte. Ein so schreckliches Verbrechen, wenn er an seine liebe Meg dachte, schien es ihm, daß er die Zeitung fallen ließ und entsetzt in den Stuhl zurücksank.

»Unnatürlich und grausam!« sagte er, »unnatürlich und grausam! Nur Leute, die von Herzen schlecht und von Natur böse sind und auf der Erde nichts zu suchen haben, können solche Taten begehen. Es ist nur zu wahr, was ich heute gehört habe, nur zu richtig. Wir sind böse von Geburt.«

Die Glocken nahmen ihm die Worte so plötzlich vom Munde, brüllten auf, so laut, klar und dröhnend, daß es Toby wie ein Blitz traf.

Und was war's, das sie sagten? »Toby Veck, Toby Veck! Wir warten deiner! Warten dein! Toby Veck! – Warten dein! warten dein! Komm zu uns! Komm zu uns! Bringt ihn her! Bringt ihn her! Plagt ihn und jagt ihn! Plagt ihn und jagt ihn! Stört ihn im Schlaf! Stört ihn im Schlaf! Toby Veck! Toby Veck! Türe auf, Toby Veck! Türe auf, Toby Veck! Türe auf! Toby! Toby! Türe auf! Toby!«

Dann fingen sie wieder von vorn an mit ihrem wilden, ungestümen Geläut und dröhnten, daß die Steine in den Wänden und der Mörtel zitterten.

Toby horchte. »Träume, Träume.« Es befiel ihn wie Reue, daß er nachmittags von ihnen weggelaufen. »Nein, nein, nein, nichts mehr dieser Art.« Aber wieder und wieder kam es, noch ein dutzendmal. »Jagt ihn und plagt ihn! Plagt ihn und jagt ihn! Bringt ihn her! Bringt ihn her!« Bis die ganze Stadt wie taub war.

»Meg«, fragte Trotty und öffnete leise ihre Tür. »Hörst du etwas?«

»Ich höre die Glocken, Vater. Sie läuten heute nacht so laut.«

»Schläft sie schon?« fragte Toby, um irgend etwas zu sagen.

»Und wie friedlich und glücklich! Sie hält meine Hand fest, ich kann noch nicht fortgehen.«

»Meg«, flüsterte Trotty, »hör nur die Glocken!«

Sie horchte, die ganze Zeit über ihr Gesicht ihm zukehrend, aber ihre Mienen veränderten sich nicht. Sie verstand die Glocken nicht. Trotty zog sich zurück, er nahm seinen Platz am Feuer wieder ein und lauschte noch einmal.

Es litt ihn nicht lange da. Er konnte es unmöglich mehr ertragen. Die Kraft der Glocken war furchtbar.

»Wenn die Turmtüre wirklich offenstünde«, sagte er, legte hastig seine Schürze ab und vergaß dabei seinen Hut, »was könnte mich hindern, hinaufzusteigen und mir Gewißheit zu verschaffen? Wenn sie verschlossen ist, brauch' ich weiter keine Gewißheit mehr. Dann weiß ich genug.«

Er war eigentlich fest überzeugt, als er leise auf die Straße hinausschlüpfte, daß die Turmtür fest verschlossen sein müsse, denn er kannte sie gar wohl und hatte sie kaum dreimal im Leben offen gesehen. Sie hatte ein niedriges, rundes Portal außen an der Kirche in einer dunkeln Ecke hinter einer Säule und so große eiserne Angeln und ein so ungeheures Schloß, daß man mehr von den Angeln und dem Schlosse sah als von der ganzen Türe. Aber wie groß war Trottys Erstaunen, als er jetzt barhäuptig zur Kirche kam, die Hand suchend in den dunkeln Winkel streckte, schaudernd vor Furcht, es könne sie jemand unversehens packen, und bereit, sie jeden Augenblick zurückzuziehen – und die Tür offen fand. Im ersten Schrecken wollte er umkehren und ein Licht oder einen Begleiter holen. – Bald jedoch fand er seinen Mut wieder.

»Was hab' ich denn zu fürchten?« fragte er sich. »Es ist doch eine Kirche, und wahrscheinlich ist der Mesner drin und hat die Tür vergessen zu schließen.«

So ging er denn hinein und tappte sich vorwärts, wie ein Blinder, denn es war stockfinster. Totenstille. Die Glocken schwiegen.

Den Staub von der Straße hatte es hereingeweht. Er lag dort fußtief, daß Toby wie auf Sammet ging. Es war etwas Beängstigendes, Unheimliches dabei. Die enge Treppe stieß so dicht an die Tür, daß Toby bei der ersten Stufe stolperte, sie im Fallen hinter sich zuwarf und dann nicht mehr aufklinken konnte.

Das war ihm nur ein Grund mehr, vorwärts zu gehen. Er tastete sich aufwärts, immer aufwärts, im Kreise herum, immer höher, immer höher und höher.

Es war eine böse Treppe, so niedrig und schmal, daß seine tastende Hand immer an etwas stieß. Und es fühlte sich so oft an wie eine gespenstische Gestalt, die aufrecht stand und ihm auswich, um nicht entdeckt zu werden, daß er oft an der glatten Mauer in die Höhe fühlte, um nach dem Gesicht zu suchen, während ihn eine Gänsehaut überlief. Zweimal oder dreimal unterbrach eine Nische, die ihm so groß vorkam wie die ganze Kirche, die einförmige Mauerfläche. Dann glaubte er am Rand eines Abgrunds zu stehen und kopfüber hinunterstürzen zu müssen, bis er die Wand wiederfand. Immer hinauf, hinauf und hinauf, im Kreise herum und hinauf, hinauf, hinauf, höher, höher und höher hinauf. Allmählich wurde die dumpfe, erstickende Luft frischer – Zugluft wehte, und endlich blies der Wind so stark, daß Toby sich kaum auf den Beinen halten konnte. Endlich gelangte er an ein Bogenfenster in dem Turm wie an eine Brustwehr und hielt sich fest und sah hinab auf die Giebel der Häuser, die rauchenden Schornsteine, auf die Lichtflekken und Strahlenmassen (in der Gegend, wo Margaret sich jetzt wahrscheinlich wunderte, wo er nur sein möchte, und vielleicht nach ihm rief, die wie in einen Teig von Nebel und Finsternis eingeknetet waren.

Das war die Glockenstube, wohin der Mesner kam. Toby hatte eins von den zerschlissenen Seilen erfaßt, die durch Öffnungen von der eichenen Decke herunterhingen. Zuerst fuhr er zurück, denn es fühlte sich an wie ein Haarbüschel. Dann zitterte er bei dem bloßen Gedanken, daß er die dumpfe Glocke aufwecken könnte.

Die Glocken selber hingen höher! Und höher hinauf tastete sich Trotty in seiner Betäubung oder unter dem Einfluß des Spuks. Über Leitern, steil und beschwerlich, wo die Füße kaum mehr Halt fanden, und hinauf, hinauf, hinauf sich klammernd und klimmend, hinauf, hinauf, hinauf, höher, höher, höher hinauf!

Bis er durch die Luke klomm und mit dem Kopf über dem Balken war. Da hing er mitten unter den Glocken. Es war kaum möglich, in der Dunkelheit ihre gewaltigen Umrisse zu unterscheiden, aber da waren sie, da hingen sie, schattenhaft, finster und stumm.

Ein bleiernes Gefühl von Furcht und Einsamkeit überfiel ihn augenblicklich, als er in dies luftige Nest von Gestein und Erz emporklomm. Ihn schwindelte. Er lauschte. Dann rief er ein wildes »Hallo!«

»Hallo!« dehnte traurig das Echo.

Schwindelnd, verwirrt, außer Atem und von Entsetzen geschüttelt, blickte Toby ins Leere und sank ohnmächtig zusammen.

## DRITTES VIERTEL

Schwarz brüten die Wolken, und es kochen die Wasser der Tiefe, wenn die tobende Gedankensee ihre Toten herausgibt nach tiefer Windstille. Ungeheuer, so wild und ungeschlacht, tauchen auf in einer vorzeitigen, lückenhaften Auferstehung, die mancherlei Glieder und Teile der verschiedensten Dinge in ein Ganzes vereint, wie der Zufall es fügt. Nach welchen Gesetzen sich die Glieder trennen, vermischen und zusammenfinden, um Sinn und Form zu bilden zu neuem Leben, das kann der Mensch nimmer erfassen, und ist er auch jetzt und immerdar der Gral des großen Mysteriums, der dieses Geheimnis birgt. Und wann und wie sich die Finsternis der nachtschwarzen Kuppel zum schimmernden Licht wandelte, wann und wieso sich der einsame Turm mit Milliarden Gestalten bevölkerte, wann und wieso das durch Trottys Schlaf und Ohnmacht wispernde »Plagt ihn und jagt ihn« zu der Stimme wurde, die in seine wachen Ohren rief: »Stört ihn im Schlaf!«; wann und wieso er aufhörte, in seiner verworrenen Vorstellung die Scharen der Dinge, die da waren, mit den Scharen der Dinge, die nur zu sein schienen, miteinander zu verwechseln, das zu erfahren, gibt es nicht

Weg noch Steg. Als er aber wieder aufgewacht mit beiden
Beinen auf den Brettern stand, da sah er folgenden gespenstischen Spuk.

Er sah den Turm, wohinauf ein Zauber seine Schritte
gelenkt, wimmeln von zwerghaften Phantomen, von den
Geistern, Kobolden und Elfen der Glocken. Er sah sie unaufhörlich und ohne Unterlaß aus den Glocken springen,
fliegen, fallen, stürzen. Er sah sie rings um sich her auf dem
Boden, über sich in der Luft –, sah sie die Seile hinabklettern;
sah, wie sie von den schweren, eisengegürteten Balken her-
niederblickten, durch die Ritzen und Löcher in den Mauern
auf ihn hereinschielten, in schwingendem Reigen wegzogen
von ihm, weiter und weiter, wie die kräuselnden Wasserringe
wegfliehen von einem plumpen Steine, der plötzlich in sie
hineinplatscht. Er sah sie in jeder Art und Gestalt, häßliche
und hübsche, verkrüppelte und schlanke; er sah sie jung, er
sah sie alt, gütig und grausam, fröhlich und mürrisch; er sah
ihren Tanz und hörte sie singen. Manche rauften sich das
Haar, und er hörte ihr Heulen. Es wimmelte die Luft von
ihnen. Er sah sie kommen und gehen ohne Unterlaß. Er sah
sie abwärts reiten und in die Höhe fliegen, sah, wie sie von
dannen segelten und dicht neben ihm hockten; alle ruhelos
und in wilder Bewegung. Granit und Ziegel, Schiefer und
Holz wurden für ihn wie für sie zu Glas. Er sah sie drinnen
in den Häusern geschäftig an der Schläfer Betten. Er sah
sie den Menschen Linderung bringen in ihre Träume, sah,
wie sie andere mit knotigen Geißeln schlugen. Er sah sie
ihnen in die Ohren gellen oder leise, zarte Musik auf ihren
Pfühlen spielen. Er sah, wie sie dem einen mit Vogelgesang
und Blumenduft das Herz froh machten, dem anderen aus
Zauberspiegeln, die sie in den Händen hielten, grauenhafte

Gesichter in die gestörte Ruhe warfen.

Er sah diese gespenstischen Wesen auch unter wachen Menschen die verschiedensten und miteinander unverträglichsten Dinge treiben und die seltsamsten Veränderungen an sich vornehmen. Er sah, wie der eine sich Flügel ohne Zahl anschnallte, um seine Geschwindigkeit zu vergrößern, und ein anderer sich mit Ketten und Gewichten beschwerte, um die seine zu hemmen. Er sah, wie manche die Zeiger an den Turmuhren vorrückten; wie andere sie festhielten, um die Zeit zum Stehen zu bringen. Er sah, wie die einen eine Hochzeit feierten und andere zum Begräbnis gingen. Wie sie hier einen Ball aufführten und dort um die Wahlurne tanzten. Und überall ruheloses und unermüdliches Hasten und Jagen.

Verwirrt von der Menge der wechselnden, sonderbaren Gestalten wie durch das Dröhnen der Glocken, die über ihm läuteten ohne Rast, ohne Ruh, klammerte sich Trotty an einen hölzernen Stützpfeiler und wandte sein kreideweißes Gesicht hierhin und dorthin in stummem versteinertem Staunen.

Und mitten in seinem Staunen hielt plötzlich das Läuten still, und blitzschnell wandelte sich das Bild. Der Schwarm zerstob, die Gestalten fielen in sich zusammen. Ihre Schnelligkeit ließ sie im Stich, sie suchten zu fliehen, aber über ihrem Fallen und Stürzen starben sie hin und zergingen in der Luft. Kein neuer Zuzug ergänzte ihre Zahl. Ein einziger Nachzügler noch sprang eilig aus der großen Glocke heraus und kam auf die Füße zu stehen. Doch er war tot und gestorben, ehe er sich umdrehen konnte. Einige von denen, die im Turme rumort und Luftsprünge gemacht hatten, blieben ein Weilchen und drehten sich noch. Doch bei jedem Sprung wurden sie schwächer und ihre Zahl kleiner und kleiner, und sie gingen bald den Weg, den alle übrigen gegangen. Der letzte von allen, das war ein kleiner Kerl mit einem Buckel; er hatte sich in einem Schallwinkel verkrochen, wo er quirlte und quirlte und sich noch lange in drehender Bewegung hielt und mit solcher Ausdauer, daß zuletzt von ihm ein Bein, dann bloß nur ein Fuß blieb, bis endlich gar nichts mehr von ihm übrig war. Dann lag der Turm in Todesschweigen. Da erblickte Trotty – was er vorher nicht gesehen – in jeder Glocke eine bärtige Gestalt, so hoch und breit wie die Glocke selbst. Etwas Unbegreifliches: eine Gestalt und doch die Glocke selbst. Von riesenhafter Größe, die ernsten, finsteren Blicke auf ihn gerichtet, wie er so an den Boden gewurzelt stand.

Geheimnisvolle und furchtbare Gestalten, die auf nichts standen, in der Nachtluft des Turmes hingen und mit ihren bedeckten und bekappten Häuptern bis an die dunkle Decke ragten, bewegungslos und schattenhaft. Schattenhaft und dunkel, wie von einem Schein umwoben, der von ihnen selbst ausging; – die verhüllte Hand auf den gespenstischen Mund gelegt. Er wollte sich schnell durch die Öffnung im Boden hinunterlassen, aber die Kraft, sich zu bewegen, war von ihm genommen. Er hätte sich kopfüber in die Tiefe gestürzt, um aus dem Bannkreis der Augen dieser schrecklichen Gestalten zu entkommen, die ihn bewachten und bewachten und den Blick nicht von ihm gewandt hätten, würde man ihnen auch die Augäpfel herausgenommen haben. Wieder und wieder schlug ihm das Grausen und Entsetzen der einsamen Stätte und der wilden, furchtbaren Nacht, die hier herrschte, wie mit Geisterhand ins Genick. Fern von jeglicher Hilfe und der lange, finstere, im Kreise gehende

Weg voll Gespenstern zwischen ihm und der Erde der Menschen, hier oben, hoch, hoch, hoch oben, in der Kuppel des Turms, den bei Tage die Vögel umkreisen in schwindelnder Höhe; abgeschnitten von allen guten Menschen, die zu solcher Stunde in ihren Betten lagen und schliefen. Eiskalt überrieselte es ihn. Nicht wie ein Gedanke: wie lebendige, körperliche Empfindung. Seine Augen hingen furchtsam an den riesigen Wächtern, die nicht wie Gestalten waren von dieser Welt, in ihren Hüllen aus tiefer Dunkelheit gewebt, in ihrem unirdischen Aussehen und in übernatürlicher Weise über dem Boden schwebend. Die dunkel und doch so deutlich waren wie die starken Sparren aus Eichenholz; die Kreuzstücke, Balken und Bäume, die hier oben standen als Stützen und Träger der Glocken. Wie in einem Walde von behauenem Holz standen die Riesen und hielten ihre düstere, reglose Wacht inmitten dieser Verschlingungen und Verkreuzungen von toten Ästen, die verdorrt waren durch die gespenstische Nähe.

Ein Luftzug, kalt und schneidend, fuhr stöhnend durch den Turm. Als er vorüber war, da hob der Geist der großen Glocke zu sprechen an:

»Was ist das für ein Gast?«

Die Stimme klang tief und dumpf, und Trotty schien es, als töne sie nach in den andern Gestalten.

»Ich dachte, man habe mich beim Namen gerufen«, sagte Trotty und hob bittend die Hände auf. »Ich weiß nicht, warum ich hier bin und warum ich kam. Ich habe auf die Glocken gehorcht so manches Jahr, und es hat mir das Herz erleichtert.«

»Und hast du ihnen gedankt?« fragte die Glocke.

»Oh tausendmal!« schrie Trotty.

»Wie?«

»Ich bin ein armer Mann«, stotterte Trotty, »und konnte bloß mit Worten danken.«

»Und hast du ihnen immer gedankt?« fragte der Geist der Glocke. »Hast du uns niemals gelästert in Worten?«

»Nie«, schrie Trotty eifrig.

»Niemals uns Schlimmes und Falsches nachgesagt und uns boshaft und böse genannt?«

»Niemals«, wollte Trotty antworten, doch schwieg er plötzlich bestürzt.

»Die Stimme der Zeit«, sagte das Phantom, »ruft dem Menschen zu: vorwärts! Die Zeit will, daß er vorwärts schreite, will, daß er sich vervollkommne und seinen Wert erhöhe, sein Glück mehre und sein Leben besser gestalte und dem Ziele zuschreite, das vor seinen Augen liegt und abgesteckt wurde, als die Zeit und er begannen. Jahre der Dunkelheit, des Greuels und der Gewalttat sind gekommen und gegangen. Unzählbare Millionen haben gelitten, gelebt und sind gestorben. Um den Weg zu zeigen, der vorwärts führt. Wer stehenbleibt und den Gang der Zeit hemmen will, der greift in eine mächtige Maschine, die alle erschlägt, die im Wege stehen, und nach dem Stillstand eines Augenblicks nur um so ungestümer und rascher vorwärts treibt.«

»Das hab ich nie getan, soviel ich weiß, Sir«, sagte Trotty. »Wenn ich es getan habe, so geschah es unabsichtlich. Ich würde so etwas bestimmt nicht tun.«

»Wer fälschlich der Zeit und ihren Dienern in den Mund einen Klageruf legt um die Tage, die geprüft und zu leicht gefunden wurden und die Spuren zurückgelassen haben, so tief, daß sie ein Blinder sehen kann – einen Klageruf, der der Gegenwart nur so weit dienen könnte, als er der Menschheit zeigt, wie sehr Hilfe not tut –, wer dies tut, der tut unrecht. Und dieses Unrecht hast du uns, den Glocken, getan.«

Trottys ärgste Furcht war geschwunden. Er hatte eine zärtliche und dankbare Neigung zu den Glocken gehabt, und als er hörte, daß man ihn einer so schweren Kränkung bezichtigte, erfüllte sich sein Herz mit Reue und Leid.

»Wenn Ihr wüßtet«, sagte Trotty und faltete inbrünstig die Hände, »– oder vielleicht wißt Ihr es –, wie oft Ihr mir Gesellschaft geleistet, wie oft Ihr mich aufgerichtet habt, wenn ich niedergeschlagen war, wie Ihr das einzige Spielzeug meiner kleinen Meg waret, als ihre Mutter gestorben und sie und ich allein zurückgeblieben, würdet Ihr mir wegen eines einzigen übereilten Wortes nicht gram sein ...«

»Wer in unserem Klang ein Echo hört menschlicher Leidenschaft und der Sorge um elende Nahrung, um die die Menschen welken und sich grämen, der fügt uns Unrecht zu. Dies Unrecht hast du uns getan«, sagte die Glocke.

»Das habe ich getan«, sagte Trotty. »Oh, verzeiht mir.«

»Wer in unserem Dröhnen jenes elende Erdgewürm reden hört, die Unterdrücker der Gedemütigten und Niedergebrochenen, die da bestimmt sind, höher erhoben zu werden, als jene Maden der Zeit kriechen können«, fuhr der Geist der Glocke fort, »wer also tut, der tut uns Unrecht. Und du hast uns Unrecht getan.«

»Nicht mit Absicht«, sagte Trotty, »in meiner Unwissenheit. Nicht mit Absicht.«

»Zuletzt und zumeist«, fuhr die Glocke fort, »wer den Gefallenen und Entstellten seiner Art und Gattung den Rücken kehrt, von ihnen als niedrig und gemein die Hand abzieht und den Abgrund nicht sehen will mit mitleidigem Auge, in den sie stürzten, in ihrem Falle noch huschend nach Büschel und Schollen von jenem Erdreich, dessen sie verlustig gingen, daran hängend, sich daran klammernd – den Abgrund, in dem sie zermalmt und sterbend liegen –, wer solches tut, der fügt dem Himmel und der Menschheit, der Zeit und der Ewigkeit Unrecht zu. Und solches Unrecht hast du auch getan.«

»Schone mich«, rief Trotty und sank in die Knie, »um der Barmherzigkeit willen.«

»Horch!« sagte der Schatten.

»Horch!« riefen die andern Schatten.

»Horch!« sagte eine klare, kindliche Stimme, die Trotty bekannt vorkam.

Die Orgel tönte leise in der Kirche unten, und ihr Ton schwoll an, und die Melodie drang zum Dache hinauf und füllte Chor und Schiff. Sie breitete sich aus, mehr und mehr, sie stieg hinauf, hinauf, hinauf, hinauf, höher und höher und höher hinauf und weckte fühlende Herzen auf in den Eichenpfeilern, in der Höhlung der Glocken, in den eisengegürteten Türen, in den Treppen aus festem Gestein, bis die Mauern des Turms sie nicht mehr fassen konnten und sie sich aufwärts schwang zum Firmament.

Kein Wunder, daß eines alten Mannes Brust den mächtigen, ungeheuern Klang nicht fassen konnte; der Schall sprengte das enge Gefängnis mit einem Strom von Tränen, und Trotty schlug die Hände vor sein Gesicht.

»Horch!« sagte der Schatten.

»Horch!« sagten die andern Schatten.

»Horch!« sagte des Kindes Stimme.

Eine feierliche, vielstimmige Weise stieg in den Turm empor. Es war eine sehr traurige, düstere Weise: ein Totenlied.

Und als Trotty lauschte, da hörte er seiner Tochter Stimme unter den Singenden.

»Sie ist tot«, schrie der alte Mann. »Meg ist tot. Ihr Geist ruft nach mir. Ich höre ihn!«

»Der Geist deines Kindes weint um die Toten und mischt sich unter die Toten mit toten Hoffnungen, toten Vorstellungen, toten Träumen der Jugend«, antwortete die Glocke. »Sie selbst aber lebt. Lerne aus ihrem Leben eine lebendige Wahrheit. Lerne von dem Wesen, das deinem Herzen am nächsten steht, wie böse die Bösen geboren sind. Sieh, wie elend und kahl der schönste Blumenstengel wird, reißt man die Knospen aus und Blatt um Blatt. Folge ihr in die Verzweiflung nach!«

Jeder der Schatten reckte den rechten Arm aus und wies niederwärts.

»Der Geist der Glocken ist dein Begleiter«, sagte die Gestalt. »Geh! Er steht hinter dir.«

Trotty sah sich um und sah – das kleine Mädchen? Das kleine Mädchen, das Will Fern durch die Straßen getragen, das kleine Mädchen, das Meg bewacht und das jetzt im Schlummer lag.

»Ich selbst trug sie, diese Nacht«, sagte Trotty »in meinen Armen.«

»Zeig ihm, was er nennt: Ich selbst«, sagten die dunklen Gestalten aus einem Munde.

Der Turm tat sich auf zu seinen Füßen. Trotty blickte nieder und sah sich selbst auf dem Boden liegen, draußen vor dem Turm, zerschmettert und regungslos.

»Nicht mehr unter den Lebenden«, schrie er auf. »Tot.«

»Tot«, sagten die Gestalten aus einem Munde.

»Barmherziger Himmel! Und das neue Jahr –«

»Vorbei«, sagten die Gestalten.

»Was!« schrie er mit Schaudern. »Ich verfehlte den Weg, trat im Finstern heraus aus dem Turm in die Nacht und fiel herab – vor einem Jahr?«

»Vor neun Jahren«, erwiderten die Gestalten.

Und wie sie diese Antworten gaben, zogen sie ihre ausgestreckten Hände zurück, und wo ihre Gestalten gewesen, da hingen die Glocken.

Und sie läuteten, da ihre Zeit wiedergekommen; und wieder erwachten ungeheure Scharen von Phantomen zum Leben, wieder wie damals geschäftig, wieder wie damals hinschwindend und in ein Nichts zusammenschrumpfend, als das Dröhnen verstummte.

»Was sind sie?« fragte Trotty seine Führerin. »Wenn ich nicht wahnsinnig werden soll, sag, was sind sie?«

»Kobolde der Glocken. Ihre Klänge auf den Fittichen der Luft«, antwortete das Kind. »Sie nehmen Form an und handeln, wie die Gedanken und Hoffnungen der Sterblichen es ihnen eingeben.«

»Und du«, sagte Trotty verwirrt, »was bist du?«

»Pst! Pst!« antwortete das Kind. »Schau her!« In einer ärmlichen niedrigen Stube an derselben Stickerei arbeitend, die er so oft und oft von ihr gesehen, zeigte sich ihm Meg, seine eigene geliebte Tochter. Er versuchte nicht, ihr Küsse auf die Wange zu drücken und sie an sein liebendes Herz zu schließen. Er wußte, daß solche Zärtlichkeit nicht mehr für ihn war. Er hielt nur seinen zitternden Atem an und wischte nur die Tränen weg, die sein Auge blendeten, damit er sie sehen könnte.

Oh wie verändert, wie verändert war sie! Das Licht des klaren Auges wie trübe! Die Rosen ihrer Wangen verwelkt. Schön war sie noch immer, aber die Hoffnung, die Hoffnung, die Hoffnung war gestorben, die Hoffnung, die fröhliche Hoffnung, die einst zu ihm gesprochen wie eine Stimme.

Sie blickte von der Arbeit auf nach ihrer Gefährtin. Der alte Mann folgte ihrem Auge und fuhr zurück.

Sofort erkannte er das jetzt erwachsene Mädchen wieder. In den langen seidenen Locken erkannte er die alten Ringel wieder, und um die Lippen schwebte noch derselbe kindliche Ausdruck. Siehe, in den Augen, die forschend auf Margarets Gesicht ruhten, strahlte noch derselbe Blick, den er in ihren Zügen gelesen, als er sie damals in sein Haus getragen hatte.

Was war aber das neben ihm? Mit Scheu in das kindliche Gesicht blickend, sah er etwas in den Zügen, ein feierliches, unbestimmtes, unerklärliches Etwas, das kaum mehr als eine Erinnerung an jenes Kind ausdrückte, das es wohl der Gestalt nach sein konnte, und doch war es dasselbe Kind, dasselbe und trug auch seine Kleidung.

Horch, sie sprachen miteinander.

»Meg«, sagte Lilly mit Zögern, »wie oft du aufblickst von deiner Arbeit, um mich anzusehen.«

»Hat sich mein Aussehen so geändert, daß es dich erschreckt?«

»Gewiß nicht, liebe Meg. Du glaubst es gewiß selbst nicht. Aber warum lächelst du nicht mehr, wenn du mich anblickst, Meg?«

»Das tue ich doch, oder nicht?« Sie antwortete und lächelte sie an.

»Jetzt wohl«, sagte Lilly »aber gewöhnlich nicht. Wenn du zuweilen denkst, ich sei beschäftigt und bemerke es nicht, dann siehst du so ängstlich und besorgt aus, daß ich kaum wage, die Augen aufzuschlagen. Wohl haben wir bei diesem harten mühseligen Leben wenig Ursache zu lächeln, aber du warst doch sonst so heiter.«

»Bin ich es nicht noch?« fragte Meg mit seltsamer Unruhe und stand auf und umarmte sie. »Mache ich dir unser mühseliges Leben noch mühseliger, Lilly?«

»Du warst doch das einzige Wesen«, sagte Lilly und küßte sie heiß, »das mir das Leben erhielt, bisweilen das einzige Wesen, dessentwegen ich weiterlebte, Meg. Diese Arbeit, diese Arbeit! Die vielen Stunden und Tage, die langen, langen Nächte hoffnungsloser, freudenarmer, nimmer endender Arbeit – nicht um Vermögen zu sammeln, vornehm oder fröhlich zu leben, nicht einmal um bescheiden, wenn auch noch so notdürftig zu leben, nur gerade, um trocknes Brot zu verdienen, um gerade so viel zu erübrigen, um davon darben zu können und in uns das Bewußtsein unseres harten Schicksals lebendig zu erhalten. Oh Meg, Meg!« schrie sie und schlang schmerzerfüllt ihre Arme um sie. »Wie kann die grausame Welt ein solches Leben so lange mit ansehen.«

»Lilly!« sagte Meg, sie beruhigend und strich ihr das Haar aus dem tränenfeuchten Gesicht. »Aber Lilly, du, so hübsch und so jung!«

»Oh Meg«, unterbrach sie Lilly und beugte sich weg von ihr auf Armeslänge und sah ihr flehend ins Gesicht. »Das ist gerade das Schlimmste von allem. Wäre ich alt, Meg, wäre ich welk und runzlig, dann wäre ich frei von den schrecklichen Gedanken, die mich so in Versuchung führen in meiner Jugend.«

Trotty wandte sich um nach seiner Führerin. Doch der Geist des Kindes hatte die Flucht ergriffen. Er war fort.

Auch er selbst blieb nicht.

Denn Sir Joseph Bowley, der Freund und Vater der Armen, hielt ein großes Fest in Bowley Hall zur Geburtstagsfeier der Lady Bowley. Und da Lady Bowley am Neujahrstag geboren war – die Lokalblätter sahen das als einen besonderen Fingerzeig der Vorsehung an und spielten darauf an, daß die Zahl »I« der Lady Bowley auch zugleich die bekannte Schöpfungszahl »I« sei –, so fand dieses Fest an einem Neujahrstage statt.

Bowley Hall war voll von Gästen. Der Gentleman mit dem roten Gesicht war da. Mr. Filer war da. Der große Alderman Cute war da. Alderman Cute hatte eine große Vorliebe für vornehme Leute, und sein Verhältnis zu Sir Joseph Bowley hatte sich infolge seines damaligen aufmerksamen Briefes außerordentlich gefestigt. Er war seit der Zeit geradezu ein Freund der Familie geworden. – Und viele Gäste waren da. Trottys Geist war da, und das arme Gespenst wanderte trübselig herum und suchte nach seiner Führerin.

In der großen Halle sollte das prunkhafte Dinner stattfinden, bei dem Sir Joseph Bowley in seiner berühmten Stellung als Freund und Vater der Armen seine große Rede halten sollte. Eine Reihe Plumpuddings sollten zuerst von seinen »Freunden« und deren Kindern in einer andern Halle gegessen werden, und auf ein gegebenes Zeichen sollten sich diese Freunde und Kinder unter ihre Freunde und Väter mischen und so eine Familienversammlung bilden, daß vor lauter Rührung nicht einmal ein männliches Auge trocken bleiben sollte.

Aber noch mehr war vorgesehen. Sogar noch mehr als das. Sir Joseph Bowley, Baronet und Parlamentsmitglied, wollte mit seinen Knechten eine Partie Kegel, eine wirkliche

Partie Kegel schieben.

»Es erinnert einen förmlich«, sagte Alderman Cute, »an die Tage des alten Königs Heinz, des starken Königs Heinz, des dicken Königs Heinz.«

»Ja, das war ein edler Charakter!«

»Ja, ein sehr edler«, sagte Mr. Filer trocken. »Besonders was das Heiraten und Ermorden seiner Frauen anbelangt. Nebenbei gesagt, gibt's mehr Frauen als Männer.«

»Nicht wahr, du wirst die schönen Damen bloß heiraten und sie nicht ermorden, was«, sagte Alderman Cute zu dem zwölfjährigen Erben Bowleys. »Ein süßer Junge. Wir werden diesen kleinen Gentleman im Parlament haben, ehe wir uns versehen«, sagte der Alderman, nahm ihn bei den Schultern und sah ihn so nachdenklich, wie er nur irgend konnte, an. »Wir werden von seinen Erfolgen bei den Wahlen hören, von seinen Reden im Parlament, von den Angeboten seitens der Regierung und seinen brillanten Leistungen auf allen Gebieten; oh wir werden ihm unsere geringen Huldigungen im Gemeinderat darbringen, das weiß ich, eher als wir denken.«

»Oh das machen die Schuhe und Strümpfe«, dachte Trotty, aber sein Herz schlug dem Kinde entgegen, um der Liebe willen zu den schuh- und strumpflosen Jungen, denen der Alderman an jenem Mittag die Laufbahn von Taugenichtsen vorausgesagt und die seiner armen Meg Kinder hätten sein können.

»Richard«, stöhnte er und durchstreifte die Gesellschaft. »Wo ist er nur? Ich kann Richard nicht finden. Wo ist Richard?«

Hier wahrscheinlich nicht, wenn er noch lebte!

Schmerz und Einsamkeit verwirrten Trotty. Er wanderte immer noch unstet in der vornehmen Gesellschaft herum, suchte seine Führerin und sagte unablässig: »Wo ist nur Richard? Zeig mir Richard!«

Als er so herumlief, begegnete er Mr. Fish, dem Geheimsekretär, der in großer Aufregung war. »Gott steh mir bei!« rief Mr. Fish. »Wo ist nur der Alderman Cute? Hat niemand den Alderman gesehen?«

Den Alderman gesehen? Lieber Himmel, wer konnte den Alderman nicht sehen. Er war so fürsorglich, so leutselig – sich des begreiflichen Wunsches der Menge, seiner ansichtig zu sein, so bewußt, daß er sich immerwährend vor allen Augen hielt. Und wo vornehme Leute waren, da war bestimmt auch Cute, angezogen von der Sympathie, die große Seelen verbindet.

Mehrere Stimmen sagten, daß er sich in dem Kreise befände, der um Sir Joseph stand. Mr. Fish bahnte sich einen Weg, fand ihn und zog ihn in eine Fensternische, um ihm heimlich etwas zu sagen. Trotty gesellte sich zu ihnen. Nicht aus eigenem Antrieb. Er fühlte, daß sich seine Schritte von selbst dorthin lenkten.

»Mein lieber Alderman Cute«, sagte Mr. Fish, »noch ein bißchen weiter zum Fenster. Etwas Schreckliches ist vorgefallen. Ich habe es in diesem Augenblick erfahren. Ich dächte, es wäre das beste, Sir Joseph nichts mitzuteilen, bis der Tag vorüber ist. Sie kennen Sir Joseph, und ich bitte Sie um Ihre Meinung. Ein außerordentlich schreckliches und beklagenswertes Ereignis!«

»Fish«, entgegnete der Alderman, »Fish, lieber Freund, was ist geschehen? Doch keine Revolution, will ich hoffen. Keine – keine Widersetzlichkeit gegen die Obrigkeit?«

»Deedles, der Bankier«, der Sekretär schnappte nach Luft,

»Gebrüder Deedles, der heute hätte hiersein sollen, der im höchsten Ansehen steht an der Börse —«

»Umgeschmissen!« sagte der Alderman. »Das kann nicht sein.«

»Erschossen hat er sich —«

»Großer Gott!«

»Hat sich eine Doppelpistole in seinem eigenen Bankhause an den Mund gesetzt«, sagte Mr. Fish, »und sich das Gehirn herausgeschossen. Und ohne Grund – fürstliche Verhältnisse.«

»Verhältnisse!« rief der Alderman aus. »Ein Mann mit fürstlichem Vermögen. Einer der allerrespektabelsten Menschen. Selbstmord, Mr. Fish. Mit eigener Hand.«

»An diesem Morgen«, entgegnete Mr. Fish.

»Oh das Gehirn, das Gehirn!« Und der fromme Alderman hob die Hände zum Himmel. »Oh die Nerven, die Nerven; die Geheimnisse der Maschine, die wir Mensch nennen. Das Unscheinbarste hebt sie aus den Angeln! Armselige Geschöpfe, die wir sind! Vielleicht eine schwerverdauliche Speise, Mr. Fish. Vielleicht das Betragen seines Sohnes, der, wie ich hörte, ein wüstes Leben führt und ohne die mindeste Erlaubnis seines Vaters Wechsel auf ihn zu ziehen pflegte! Einer der angesehensten Leute, die ich jemals kennen gelernt habe! Ein beklagenswerter Umstand, Mr. Fish. Ein öffentliches Unglück. Ich werde beantragen, daß man die tiefste Trauer trägt. Ein außerordentlich angesehener Mann, aber es lebt Einer über uns. Wir müssen uns unterwerfen, Mr. Fish. Wir müssen uns beugen in Demut.«

»Was, Alderman! Kein Wort von Ausrotten? Denke an deinen hohen sittlichen Standpunkt und deinen Stolz. Komm, Alderman! Nimm einmal die Waage. Wirf in diese Scha-

473

le, die leere – gar keine schwerverdauliche Speise, nur das
Bild der versiegten Natur, ein armes Weib ohne Brot für ihr
Kind, das doch ein Recht darauf hat seit der heiligen Mutter
Evas Zeiten. Wäge die zwei, du Daniel! Und tritt zum Richterstuhl, wenn dein Tag gekommen sein wird. Wäge sie vor
den Augen der leidenden Tausende und sie werden sich der
greulichen Posse, die du spieltest, erinnern. Oder angenommen, du verlörest deine fünf Sinne – der Weg dahin ist kür-
zer als du denkst – und legtest Hand an deine eigene Gurgel
zur Warnung für deine Genossen, wenn sie in ihrer sattge-
fressenen Verderbtheit andern vorkrächzen, was dann!«

Die Worte kamen aus Trottys Brust, wie wenn sie eine
andere Stimme in ihm gesprochen hätte. Alderman Cute
versprach Mr. Fish, daß er ihm behilflich sein wollte, die
traurige Kunde Sir Joseph beizubringen, wenn der Tag vorüber wäre. Dann, bevor sie schieden, drückte er Mr. Fish
die Hand in der Bitternis seines Schmerzes und sagte: »Ein
außerordentlich angesehener Mann!« und fügte hinzu, daß
er nicht begreifen könne (nicht einmal er), warum solche
Trübsal auf Erden zugelassen werde.

»Man könnte fast denken, wenn man es nicht besser wüßte«, sagte Alderman Cute, »daß manchmal in der allgemeinen Einrichtung des sozialen Gebäudes sich etwas wie eine
heftige Erschütterung vollzieht. Gebrüder Deedles!«

Das Kegelschieben ging unter ungeheurem Beifall vor
sich. Sir Joseph schob meisterhaft. Der junge Bowley tat
auch mit auf kürzeren Stand, und allgemein war man der
Meinung, daß jetzt, wo ein Baronet und der Sohn eines Ba-
ronets Kegel schöben, das Land unbedingt wieder auf die
Beine kommen müßte, und in so kurzer Zeit, daß man staunen werde. Genau zur üblichen Stunde wurde das Bankett

serviert. Trotty ging unfreiwillig mit den übrigen in den Saal, denn er fühlte sich von einem mächtigeren Drang als seinem eigenen Willen dorthin getrieben.

Es war ein prächtiges Schauspiel; die Damen waren sehr schön; die Gäste entzückt, fröhlich und bester Laune. Als sich die unteren Türen auftaten und das Volk hereinströmte in ländlicher Tracht, da erreichte die Schönheit der Szene ihren Höhepunkt. Nur Trotty murmelte immerwährend vor sich hin: »Wo ist nur Richard? Er soll ihr doch helfen und sie trösten. Ich kann Richard nicht sehen.«

Es wurden einige Reden gehalten und auf Lady Bowleys Gesundheit getrunken. Und Sir Joseph Bowley hatte gedankt und seine große Rede gehalten, in der er nachgewiesen, daß er der geborene Freund und Vater und so weiter sei und hatte als Toast die Freunde und Kinder und die Würde der Arbeit ausgebracht, da zog im Hintergrund des Saales eine kleine Störung Tobys Aufmerksamkeit auf sich. Nach einigem Wirrwarr, Lärm und Widerstand bahnte sich ein Mann den Weg durch die Menge und trat vor.

Es war nicht Richard, aber einer, an den Trotty schon öfter hatte denken müssen. Bei einer schwächern Beleuchtung hätte er vielleicht an der Identität des abgezehrten, alten, grauen und gebeugten Mannes gezweifelt, hier aber bei dem hellen Lichterschein, der auf den eckigen, knorrigen Kopf fiel, erkannte er sofort Will Fern, als dieser den ersten Schritt vorwärts tat.

»Was ist das?« rief Sir Joseph, sich erhebend. »Wer ließ den Mann herein? Es ist ein Verbrecher aus dem Gefängnis! Mr. Fish, möchten Sie nicht die Güte haben –«

»Eine Minute«, sagte Will Fern, »eine Minute! Mylady! Sie haben heute zugleich mit dem neuen Jahr Geburtstag. Gestatten Sie mir, nur eine Minute zu sprechen.«

Sie verwendete sich für ihn. Sir Joseph nahm seinen Sitz wieder ein mit angeborener Würde.

Der zerlumpte Gast sah sich in der Gesellschaft um und bezeigte ihr seine Ehrerbietung, indem er sich tief verbeugte.

»Vornehme Herrschaften!« sagte er. »Sie haben soeben auf das Wohl der Arbeiter getrunken. Sehen Sie auf mich!«

»Geradenwegs aus dem Gefängnis«, sagte Mr. Fish. »Geradenwegs aus dem Gefängnis«, sagte Will. »Und nicht zum ersten oder zweiten oder dritten Mal, auch nicht zum vierten Mal.«

Man hörte Mr. Filer sagen, daß viermal bereits die Durchschnittszahl übersteige. Es wäre eine Schamlosigkeit.

»Vornehme Herrschaften!« wiederholte Will Fern. »Sehen Sie mich an. Sie sehen, ich bin auf der untersten Stufe angekommen, man kann mich nicht mehr beleidigen oder mir schaden und kann mir nicht mehr helfen. Denn die Zeit, wo mir Ihre freundlichen Worte oder Taten hätten helfen können« – er schlug sich mit der Hand auf die Brust und schüttelte den Kopf – »ist vorbei wie der Duft der Bohnenblüten oder des Klees vom vergangenen Jahr. Lassen Sie mich ein Wort für diese sprechen.« Und er wies auf die Arbeiterschaft im Saal. »Und da Sie so schön beisammen sind, so hören Sie einmal die wirkliche Wahrheit an.«

»Es ist nicht ein Mensch hier«, sagte der Gastgeber, »der Euch zum Fürsprecher haben möchte.«

»Sehr möglich, Sir Joseph. Ich glaube es auch. Deswegen ist aber, was ich sage, nicht weniger wahr. Vielleicht ist es sogar ein Beweis dafür. Meine vornehmen Herrschaften! Ich habe viele Jahre in diesem Orte gelebt. Sie können die Hüt-

te von der eingefallenen Hürde drüben sehen. Ich habe die Damen sie wohl hundertmal in ihre Skizzenbücher zeichnen sehen. Sie soll sich so hübsch ausnehmen in einem Bilde. Aber bei Gemälden ist das Wetter nicht mit drauf, und wahrscheinlich ist es leichter, sie abzuzeichnen als drin zu leben. Gut. Ich lebte drin. Wie hart, wie bitter hart ich drin lebte und wohnte, davon will ich nicht reden. Jeden Tag im Jahr können Sie sich ja selbst überzeugen.«

Er sprach, wie er an dem Abend gesprochen, als Trotty ihn auf der Straße gefunden hatte. Seine Stimme war tiefer und rauher und bebte dann und wann. Doch er erhob sie niemals leidenschaftlich, und selten sprach er lauter, als es das ernste Thema erforderte.

»Es ist härter, als Sie sich denken, vornehme Gesellschaft, in Ehren aufzuwachsen, ich meine, in den allergewöhnlichsten Ehren, an einem solchen Orte. Daß ich als Mensch aufwuchs und nicht als Tier, spricht einigermaßen für mich, wenn man bedenkt, wie's mir damals ging. Wie ich jetzt dastehe, läßt sich für mich nichts mehr sagen oder tun. Ich bin darüber hinaus.«

»Ich bin sehr froh, daß dieser Mann gekommen ist«, bemerkte Sir Joseph heiter umherblickend. »Man störe ihn nicht, es scheint die Vorsehung die Hand im Spiel zu haben. Er ist ein Exempel, ein lebendes Exempel. Ich glaube und hoffe zuversichtlich und erwarte bestimmt, daß es für meine Freunde hier nicht verloren sein wird.«

»Ich schleppte mich durch«, sagte Fern nach einem Augenblick Stillschweigen, »irgendwie. Weder ich noch irgend jemand kann sagen, wie, aber so schwer, daß man es mir am Gesicht ansah, was ich war. Nun, meine Herren, Ihr Herren, die Sie zu Gericht sitzen – wenn Sie einen Mann, dem die Unzufriedenheit ins Gesicht geschrieben steht, sehen, dann sagen Sie zueinander, er ist verdächtig, ich mißtraue ihm, diesem – Will Fern. Bewacht den Kerl! Ich sage nicht, daß das nicht selbstverständlich wäre, ich sage nur, es ist so. Und von dieser Stunde an muß dem Will Fern alles schiefgehen, mag er tun oder lassen, was er will.«

Alderman Cute steckte die Daumen in seine Westentaschen, lehnte sich in seinen Stuhl zurück; lächelte – und zwinkerte in das Licht eines in der Nähe stehenden Armleuchters. Womit er soviel sagen wollte wie: Nun natürlich! Ich hab's ja immer gesagt, das gewöhnliche Gejammer. Du lieber Himmel, wir sind über derlei schon hinaus – ich und die menschliche Natur.

»Nun, Gentlemen«, sagte Will Fern, streckte seine Hände aus, und einen Augenblick stieg ihm das Blut in sein abgezehrtes Gesicht. »Sehen Sie, wie Ihre Gesetze gemacht sind, uns Fallen zu stellen und uns niederzuhetzen, wenn wir so weit gekommen sind. Ich versuche anderswo zu leben, folglich bin ich ein Vagabund. Ins Gefängnis mit mir. Ich komm wieder zurück, schlag mir in euern Wäldern ein paar Nüsse vom Baum, liegt denn was dran? Ins Gefängnis mit mir. Einer eurer Wildhüter sieht mich am hellen, lichten Tag in der Nähe meines eigenen Strichs Garten mit einer Flinte: Ins Gefängnis mit mir! Ich spreche natürlich mit dem Mann ein Wörtchen, als ich wieder freikomme: Ins Gefängnis mit mir. Ich schneide mir einen Stock ab: Ins Gefängnis mit mir. Ich esse einen faulen Apfel oder eine Rübe: Ins Gefängnis mit mir. Es ist zwanzig Meilen von hier, und als ich zurückkomme, bettle ich um eine Kleinigkeit auf der Straße: Ins Gefängnis mit mir. Kurz, der Gendarm, der Wildhüter – irgend jemand – findet mich irgendwo bei irgendwas. Also ins Gefängnis mit mir, denn ich bin doch ein Vagabund und ein bekannter Galgenvogel; und das Gefängnis ist meine einzige Heimat geworden.«

Der Alderman nickte beredt mit dem Kopfe, als wollte er sagen: »Und was für eine gute Heimat«.

»Sag ich das um meinetwillen? Wer kann mir meine Freiheit zurückgeben? Wer gibt mir meinen guten Namen zurück? Wer kann mir meine unschuldige Nichte zurückgeben? Nicht alle die Lords und Ladys im weiten England. Aber, Gentlemen, Gentlemen, wenn Ihr Euch wieder mit Menschen befaßt von meinesgleichen, dann faßt's am rechten Ende an. Gebt uns um Gottes willen bessere Wohnun-

gen als die, in denen wir liegen von der Wiege an. Gebt uns
bessere Nahrung, wenn wir uns um unser Leben schinden.
Gebt uns mildere Gesetze, daß wir zurückkönnen, wenn wir
auf falschem Wege sind. Und stellt uns nicht immer Kerker,
Kerker, Kerker hin, wohin wir uns auch wenden mögen.
Dann könnt Ihr dem Arbeiter jegliche Herablassung zeigen,
die Ihr wollt. Er wird sie so bereitwillig und dankbar hinneh-
men, wie ein Mann es nur tun kann, denn er hat ein gedul-
diges, friedliches, williges Herz. Aber Ihr müßt zuerst den
rechten Geist in ihn einpflanzen. Denn ob er nun ein Wrack
oder eine Ruine geworden sein mag wie ich, oder einer von
denen ist, die dort stehen, sein Herz ist Euch entfremdet in
der jetzigen Zeit. Bringt es zurück, Ihr Vornehmen, bringt es
zurück! Bringt es zurück, ehe der Tag kommt, wo selbst die
Worte der Bibel in seinem verirrten Sinn sich verwirren und
ihm so zu klingen scheinen, wie sie mir zuweilen zu klingen
schienen im Gefängnis: ›Wohin du gehst, da kann ich nicht
hingehen. Wo du wohnst, da wohne ich nicht. Dein Volk ist
nicht mein Volk und dein Gott ist nicht mein Gott!‹«

Ein plötzlicher Aufruhr und eine Erregung erhob sich in
dem Saale. Trotty dachte zuerst, daß sich mehrere erhoben
hätten, um den Mann hinauszuwerfen, und daher käme der
plötzliche Wandel der Szene. Aber der nächste Augenblick
zeigte ihm, daß Saal und Gesellschaft verschwunden waren
und daß seine Tochter wieder vor ihm saß, die Arbeit in der
Hand. Aber in einem ärmern, noch niedrigeren Stübchen
als vorher und ohne Lilly zur Seite.

Der Stickrahmen, an dem sie gearbeitet hatte, war beiseite gelegt und zugedeckt. Der Stuhl, in dem Lilly gesessen,
stand zur Wand gekehrt.

Eine lange Geschichte sprach aus diesen kleinen Dingen

480

und aus Megs gramgefurchtem Gesicht. Wer hätte sie nicht lesen können?

Meg heftete ihre Augen auf ihre Arbeit, bis es zu dunkel geworden war, die Fäden zu unterscheiden, und als die Nacht sank, da zündete sie die dünne Kerze an und arbeitete weiter. Noch immer stand ihr alter Vater unsichtbar bei ihr, blickte auf sie herab voll zärtlicher, inniger Liebe und sprach zu ihr von den alten Zeiten und den Glocken, wiewohl er wußte, der arme Trotty daß sie ihn nicht hören konnte.

Der Abend war zum großen Teil verstrichen, als es an die Tür klopfte. Sie öffnete: Ein Mann stand auf der Schwelle. Schlottrig, betrunken und schmutzig, von Laster und Unmäßigkeit verwüstet, mit wirrem Haar und ungeschorenem Bart.

Nur noch Spuren davon standen in seinem Gesicht, daß er einstmals in seiner Jugend ein stattlicher Mann gewesen sein mochte, gut gewachsen und mit hübschen Zügen.

Er blieb stehen, bis sie ihm erlaubte einzutreten; sie wich ein bis zwei Schritte von der offenen Tür zurück und sah ihn stumm und voller Trauer an.

Trottys Wunsch war erfüllt: Er sah Richard.

»Kann ich hereinkommen, Margaret?«

»Ja, komm herein, komm herein.«

Hätte ihn Trotty nicht vor diesen Worten schon erkannt, wäre er im Zweifel geblieben, denn nach der heiseren, rauhen Stimme hätte er ihn für einen ganz Fremden halten müssen.

Es standen nur zwei Stühle im Zimmer. Sie gab ihm ihren und blieb von ihm entfernt stehen, abwartend, was er zu sagen habe.

Er saß da und starrte mit nichtssagendem stupidem Lä-

cheln auf den Boden. Ein Bild so tiefer Herabgekommen-
heit und völliger Hoffnungslosigkeit, von so elender Verkommenheit, daß sie ihr Gesicht mit den Händen bedeckte
und sich abwandte, damit er nicht sehen sollte, wie sehr
es sie erschütterte. Durch das Rascheln ihres Kleides oder
sonst ein Geräusch erwachend, erhob er den Kopf und begann in einer Weise zu sprechen, als ob seit seinem Eintritt
gar keine Pause geherrscht hätte.

»Immer noch bei der Arbeit, Margaret? Du arbeitest
spät.«

»Ich tu es immer.«

»Auch früh?«

»Auch früh!«

» *Sie* sagte das auch; *sie* sagte, du würdest niemals müde
oder wolltest nicht eingestehen, daß du müde wärest. Die
ganze Zeitlang, als ihr zusammen lebtet. Selbst dann nicht,
wenn dich die Kraft verließ zwischen Arbeit und Hunger.
Doch das erzählte ich dir ja schon, als ich das letztemal hier
war.«

»Ja«, antwortete sie, »und ich bat dich, davon nichts mehr
zu reden. Und du versprachst es mir feierlich, Richard, daß
du davon niemals mehr sprechen wolltest.«

»Ein feierliches Versprechen«, lallte er mit einem blödsin-
nigen Lachen und ins Leere starrend. »Ein feierliches Versprechen. So, so.« Nach einiger Zeit wieder erwachend wie
vorher, sagte er mit plötzlicher Lebhaftigkeit:

»Was kann ich tun, Margaret, was kann ich dafür, sie ist
wieder bei mir gewesen.«

»Wieder«, rief Meg und krampfte die Hände. »Denkt sie
so oft an mich. Schon wieder ist sie dagewesen.«

»An die zwanzigmal«, sagte Richard, »Margaret. Sie verfolgt mich auf Schritt und Tritt. Sie kommt auf der Straße hinter mir drein und steckt es mir in die Hand. Ich höre ihren Fuß in der Asche, wenn ich bei der Arbeit bin (ha, ha, das kommt nicht oft vor), und bevor ich mich umsehen kann, flüstert mir ihre Stimme ins Ohr und sagt: ›Richard, schau dich nicht um. Um Gottes willen gib ihr das – das –.‹ Sie bringt mir's in die Wohnung, schickt es mir im Brief, sie klopft an die Scheiben und legt es aufs Fensterbrett. Was kann ich tun dagegen? Da schau her.«

Er hielt ihr eine kleine Börse hin und klimperte mit dem Gelde.

»Gib sie weg«, sagte Meg. »Gib es weg. Wenn sie wiederkommt, sag ihr, Richard, daß ich sie liebe von ganzem Herzen. Daß ich mich niemals schlafen lege, ohne sie zu segnen und für sie zu beten. Daß ich bei meiner einsamen Arbeit beständig an sie denke. Daß sie bei mir ist bei Tag und Nacht. Daß ich ihrer gedenken würde mit meinem letzten Atemzug, wenn ich morgen sterben müßte, aber daß ich's nicht mit anschauen kann.«

Er zog die Hand langsam zurück und sagte, die Börse mit den Fingern zusammendrückend, in einer Art schläfriger Nachdenklichkeit:

»Ich hab es ihr schon gesagt; ich hab es ihr gesagt, so klar und deutlich, wie man es mit Worten nur kann. Ich hab ihr das Geschenk zurückgegeben und vor ihrer Tür liegenlassen, wohl schon dutzendemal. Und wenn sie dann wiederkam und vor mir stand, Auge in Auge, was konnte ich da tun?«

»Du sahst sie«, rief Meg, »du hast sie gesehen? Oh Lilly meine liebe, süße Lilly! Lilly! Oh Lilly, Lilly!«

»Ich hab sie gesehen«, fuhr er fort, nicht als Antwort, son-

dern immer noch mit seinen eigenen Gedanken beschäftigt.
»Lilly stand da und zitterte: ›Wie sieht Meg aus, Richard?
Spricht sie noch von mir? Ist sie magerer geworden? Mein
alter Platz am Tisch! Wer sitzt an meinem Platze? Und der
Stickrahmen, auf dem sie mich die Arbeit lehrte – hat sie
ihn verbrannt, Richard?‹ – Das sagte Lilly ich hörte sie das
sagen.«

Meg unterdrückte ihr Schluchzen. Mit strömenden Tränen beugte sie sich über ihn, um zu lauschen. Nicht einen
Atemzug seines Mundes wollte sie verlieren.

Und er fuhr fort, die Arme auf die Knie gestützt und
vor sich hinstarrend, als wenn alles, was er sagte, auf dem
Fußboden stünde in halb unleserlichen Zügen und als ob
er damit beschäftigt wäre, die Schrift zu entziffern und ab-
zulesen:

»Richard‹, hat sie gesagt, ›ich bin sehr tief gesunken, und
du kannst dir denken, was ich gelitten habe, als ich das zu-
rückgeschickt bekam und doch wiederkomme, um es dir
nochmals zu geben. Doch du liebtest sie einst, wie ich mich
selbst noch erinnern kann. Andere traten zwischen euch.
Ungewißheit, Eifersucht und Zweifel und Nichtigkeiten
entfremdeten dich ihr. Doch du liebtest sie, daran kann ich
mich selbst noch erinnern.‹

Ich glaube, es ist wahr«, fügte er hinzu, sich selbst unter-
brechend, »doch das gehört nicht hierher. – ›Oh Richard,
wenn du sie jemals liebtest und noch eine Erinnerung hast
an das, was dahin und vorbei, so nimm das noch einmal und
bringe es ihr. Noch einmal! Sag ihr, wie ich dich bettelte und
bat. Sag ihr, daß ich meinen Kopf auf deine Schulter gelegt
habe, wo vielleicht ihr Haupt gelegen, und wie ich dich demütig darum bat, Richard. Sag ihr, daß du mir ins Gesicht

gesehen hast und daß die Schönheit, die sie immer so pries, verblaßt und vergangen ist, vergangen und dahin, und an ihrer Stelle magere, hohle Wangen sind, daß sie Tränen vergießen würde bei ihrem Anblick. Sag ihr alles und nimm's wieder mit, und sie wird es nicht zurückweisen. Sie wird es nicht übers Herz bringen.«

So saß er sinnend da und wiederholte die letzten Worte, bis er plötzlich wieder zu sich kam und aufstand.

»Du willst es nicht nehmen, Margaret?«

Sie schüttelte den Kopf und bat ihn durch eine Gebärde zu gehen.

»Gute Nacht, Margaret.«

»Gute Nacht.«

Er wandte sich um nach ihr und war betroffen von ihrem Schmerz und vielleicht von dem Mitleiden für ihn selber, das in ihrer Stimme zitterte. Es war eine plötzliche Regung, und für einen Augenblick belebte etwas sein Gesicht, wie ein Blitz aus seinem frühern Wesen. Doch im nächsten Moment ging er, wie er gekommen war. Das Aufglimmen eines längst erloschenen Feuers leuchtete nicht hinab in die Tiefen seiner rettungslosen Erniedrigung.

Bei jeder Stimmung, jedem Kummer, in allen Qualen des Geistes und Körpers mußte Meg fortarbeiten. Sie setzte sich wieder nieder und stickte. Nacht, Mitternacht! Immer noch saß sie an der Arbeit.

Sie hatte ein dürftiges Feuer. Die Nacht war sehr kalt, und von Zeit zu Zeit stand sie auf, es zu schüren. Die Glocken läuteten halb ein Uhr, und immer noch arbeitete sie, und als die Töne verklangen, da klopfte etwas leise an die Tür. Ehe sie noch darüber nachdenken konnte, wer es wohl sein möchte zu dieser späten Stunde noch, tat sich die Türe auf.

Sie sah die Gestalt, die hereintrat, rief ihren Namen und schrie auf: »Lilly!«

Und schon sank die Gestalt von ihr in die Knie und klammerte sich an ihr Kleid.

»Steh auf, mein Lieb, steh auf, Lilly. Mein einziger Liebling.«

»Nie mehr, Meg, nie mehr! Hier! Hier! An dich geschmiegt will ich sein, mich klammern an dich, ich will deinen lieben Atem auf meinem Gesicht fühlen.«

»Süße Lilly! Lilly, mein Liebling! Kind meines Herzens – keiner Mutter Liebe kann inniger sein – leg deinen Kopf an meine Brust.«

»Nie mehr, Meg, nie mehr! Als ich zum erstenmal dein Gesicht erblickte, knietest du vor mir. Auf meinen Knien vor dir laß mich sterben, hier sterben!«

»Du bist zurückgekommen. Mein alles! Wir wollen zusammen leben, zusammen ringen, hoffen, miteinander sterben.«

»Oh küsse meine Lippen, Meg! Lege deine Arme um mich, drück mich an deine Brust! Sieh freundlich auf mich nieder – doch hebe mich nicht auf. Laß mich hier sterben. Laß mich hier liegen auf meinen Knien, dein liebes Gesicht zum letztenmal sehen! Vergib mir, Meg! Oh Liebe, Liebe, vergib mir. Ich weiß, du tust es, ich sehe, du tust es, doch sage es mir auch, Meg.«

Und Margaret sagte es mit den Lippen auf Lillys Wangen. Und sie hielt in den Armen – sie fühlte es wohl – ein gebrochenes Herz.

»Gott segne dich, mein teuerstes Lieb! Küsse mich noch einmal! Auch Er duldete, daß sie zu Seinen Füßen saß und sie trocknete mit ihrem Haar. Oh Meg, welche Gnade und welch Erbarmen!«

Und wie sie starb, da berührte der Geist des wiederkeh-
renden Kindes unschuldig und strahlend den alten Mann
mit seiner Hand und winkte ihm zu kommen.


# VIERTES VIERTEL


Verschwommen kam es Trotty zum Bewußtsein, daß die
Glocken wieder läuteten, daß sich der Schwarm der Phantome wieder bildete und neu gestaltete, daß wieder die Gespenster aus den Glocken sprangen, bis sich die Erinnerung
an sie in dem Gewirr ihrer Zahl von selbst verlor. So etwas
wie ein Bewußtsein, das während mehrerer Jahre geschwunden gewesen sein mußte, kam über ihn, und ohne daß er
wußte wie, stand der Geist des Kindes wieder neben ihm,
und sie blickten wieder auf eine Gesellschaft von Sterblichen.

Eine frohe Gesellschaft, eine rotbackige, behäbige Gesellschaft. Es waren nur zwei Menschen, aber sie waren rotbak-
kig genug für zehn. Sie saßen an einem hellen Feuer, zwischen sich einen kleinen, niedrigen Tisch, und wenn nicht
der Duft von heißem Tee und geröstetem Brot in diesem
Zimmer länger anhielt als irgendwo anders, dann mußte
der Tisch soeben erst gedeckt worden sein. Da aber alle
Ober- und Untertassen sauber waren und auf den richtigen
Plätzen im Eckschrank standen und die kupferne Röstgabel
ruhig in ihrem Winkel hing, die vier müßigen Zinken ge-
spreizt, als wolle sie sich Maß für einen Handschuh nehmen
lassen, so blieben keine anderen sichtbaren Zeichen einer

eben beendeten Mahlzeit als höchstens die, daß sich die
schnurrende Hauskatze den Bart leckte und die Gesichter
ihrer Herrschaft vor Fröhlichkeit, wenn nicht zu sagen vor
Fett, glänzten.

Das behäbige Paar – offenbar verheiratet – hatte sich red-
lich in das Feuer geteilt und war versunken in dem Anblick
der sprühenden Funken, die durch den Rost hinabfielen.
Bald nickte es in halbem Schlummer, dann erwachte es wieder, wenn eine heiße Kohle, lauter prasselnd als die ändern,
herabfiel und einen Lärm machte, als ob das ganze Feuer
herauskommen wollte.

Es lag indessen keine Gefahr vor, daß es plötzlich auslöschen würde, denn es flackerte nicht bloß in der kleinen
Stube und auf den Glasscheiben der Tür und auf den Zug-
gardinen, die die Scheibe zur Hälfte verdeckten, sondern
leuchtete auch noch in den kleinen Laden hinein. Ein kleiner Laden, ganz vollgestopft und -gepfropft mit Vorräten,
ein geradezu gefräßiger kleiner Laden mit einem Magen,
so dehnbar und voll wie der eines Haifischs. Käse, Butter,
Feuerholz, Seife, Pökelfleisch, Dochte, Speck, Flaschenbier,
Kreisel, Zuckerwerk, Kinderdrachen, Vogelfutter, roher
Schinken, Rutenbesen, Herdkacheln, Salz, Essig, Wichse,
Salzheringe, Schreibmaterialien, Schwammsauce, Schnür-
band, Brotlaibe, Federbälle, Eier und Schiefergriffel – alles
galt als Fisch, was in das Netz dieses gierigen kleinen Ladens kam, und alles hing in Netzen herum. Wieviel andere
Arten von Kleinwaren noch da waren, ließe sich schwer sagen, doch Knäuel von Paketschnur, Ketten von Zwiebeln,
Bündel von Kerzen, Krautnetze und Bürsten hingen in Büscheln von der Decke herab wie seltene Früchte, während
verschiedene, sonderbare Töpfe, denen aromatische Düfte

entströmten, die Wahrheit der Inschrift über der Außentür bestätigten, die das Publikum belehrte, daß der Inhaber dieses kleinen Ladens ein privilegierter Tee-, Kaffee-, Tabak- , Pfeffer- und Schnupftabakhändler sei. Trotty fielen von all den Gegenständen diejenigen am meisten ins Auge, die im Schein des Feuers standen oder in dem weniger hellen Licht von zwei rauchigen Lampen, die nur trübe brannten, als ob ihnen die Vollblütigkeit des Ladens schwer auf die Lungen drückte. Er warf dann noch einen Blick auf die beiden Gesichter in der Wohnstube und hatte keine große Mühe mehr, in der umfangreichen alten Dame Mrs. Chickenstalker zu erkennen, die von jeher zur Beleibtheit geneigt hatte – in den Tagen schon, als er mit einer kleinen Rechnung noch in ihrem Schuldbuch stand.

Die Züge ihres Gefährten waren ihm weniger vertraut. Das große, breite Kinn mit Speckfalten, so tief, daß man einen Finger hätte hineinlegen können, die erstaunten Augen, die miteinander wetteiferten, so tief wie möglich in die Fettpolster des schwammigen Gesichts zu versinken – die mit der gemeinhin Stockschnupfen genannten Störung behaftete Nase, der kurze, dicke Hals und der schwer arbeitende Brustkasten in Verbindung mit anderen Schönheiten ähnlicher Art waren wohl Dinge, die geeignet schienen, sich dem Gedächtnis einzuprägen. Aber Trotty wußte zuerst doch nicht, wohin er sie in seiner Erinnerung tun sollte. Endlich erkannte er in dem Gefährten, den sich Mrs. Chickenstalker auf der krummen, exzentrischen Lebensbahn zugelegt, den frühern Portier Sir Joseph Bowleys. Eine schlagflüssige Unschuld, die er schon früher unbewußt im Geiste mit Mrs. Chickenstalker in Verbindung gebracht hatte. Wahrscheinlich deswegen, weil er in dem feinen Hause, das ihm der

Portier geöffnet, seine Verpflichtungen gegen diese Dame gebeichtet und schweren, ernsten Vorwurf deshalb auf sein unglückliches Haupt geladen hatte.

Trotty fühlte wenig Interesse an einer Veränderung wie dieser nach all den einschneidenden Erlebnissen, die er mit angesehen hatte; aber oft ist die Art, wie sich Ideen verknüpfen, sehr machtvoll, und er blickte unwillkürlich hinter die Tür, wo die Schulden der Kunden angekreidet waren. Sein Name stand nicht dort. Wohl einige andere, aber sie waren ihm fremd. Und es waren ihrer unendlich viel weniger als in früheren Zeiten, woraus er schloß, daß der Portier das Bargeschäft über alles liebte und seit seinem Eintritt ins Geschäft den Schuldnern der Mrs. Chickenstalker ziemlich scharf auf die Finger gesehen haben mußte.

Trotty war so verzweifelt und tief betrübt über das traurige Schicksal seines unglücklichen Kindes, daß es ihm neue Sorge bereitete, seinen Namen als Schuldner auf dem schwarzen Brett der Mrs. Chickenstalker ausgelöscht zu wissen.

»Was für Wetter ist denn heute nacht draußen, Anna?« fragte der frühere Portier des Sir Joseph Bowley, indem er seine Beine vor dem Feuer ausstreckte und sich kratzte, so weit er mit seinen kurzen Armen reichen konnte, und mit einer Miene, die zu sagen schien: Ich bleibe hier, wenn's draußen schlechtes Wetter ist, und selbst, wenn's gutes wäre, brauchte ich nicht hinauszugehen.

»Der Wind geht, und es graupelt«, antwortete seine Frau, »der Himmel hängt voller Schnee. Dunkel ist's und sehr kalt.«

»Ich freue mich, daß wir geröstete Semmeln gehabt haben«, sagte der ehemalige Portier, wie jemand, der sein Gewissen beruhigt weiß. »Es ist eine Nacht, wie für geröstete

Semmeln geschaffen, oder für Pfannkuchen, oder für Zwieback.« Der frühere Portier zählte noch einige Speisen auf, als wolle er sich guter Taten rühmen. Dann kratzte er sich seine fetten Beine wie zuvor und drehte sie in den Kniegelenken, um die Wärme des Feuers auch an die noch ungerösteten Fleischteile kommen zu lassen. Dabei lachte er, als ob ihn jemand kitzelte.

»Du bist heute gut aufgelegt, Tugby, mein Liebling«, bemerkte seine Frau.

Die Firma lautete jetzt: Tugby, vorm. Chickenstalker.

»Nein«, sagte Tugby, »nein. Nicht besonders. Ich bin nur ein wenig gehobener Stimmung. Die Röstschnitten waren so schön.«

Dabei gluckste er, bis er ganz schwarz im Gesicht war. Er hatte lange zu tun und mußte seine fetten Beine die wunderlichsten Verrenkungen machen lassen, bis er wieder eine bessere Farbe bekam. Er hatte auch nicht eher ein menschliches Aussehen, bis ihn Mrs. Tugby heftig in den Rücken geboxt und ihn geschüttelt hatte wie eine große Flasche.

»Gott, gütiger Himmel! Allbarmherziger Gott, erbarme dich dieses Mannes«, schrie Mrs. Tugby in großem Schrecken. »Was macht er nur?«

Mr. Tugby wischte sich die Augen und wiederholte mit schwacher Stimme, er sei nur ein wenig gehobener Stimmung.

»Dann, bitte, sei das nicht wieder«, sagte Mrs. Tugby »wenn du mich nicht zu Tod erschrecken willst mit deinem Strampeln und Herumfuchteln.«

Mr. Tugby sagte, er wolle es nicht wieder tun. Aber eigentlich war sein ganzes Dasein eine Art Gefecht, bei dem er, nach der ständig zunehmenden Kürze seines Atems und der Purpurfarbe seines Gesichts zu schließen, den Kürzeren zu ziehen schien.

»Also, draußen geht der Wind, und es graupelt, und der Himmel droht mit Schnee, und es ist dunkel und sehr kalt, nicht wahr, mein Herz«, sagte Mr. Tugby indem er ins Feuer sah und wieder an den Ursprung seiner gegenwärtigen Heiterkeit dachte.

»Ja. Rauhes Wetter, wahrhaftig«, erwiderte seine Frau und schüttelte den Kopf.

»Ja, ja, die Jahre sind wie die Christen in dieser Hinsicht«, sagte Mr. Tugby. »Einige sterben schwer und andere leicht. Das heurige hat nicht mehr viel Tage zu leben und kämpft sich doch mächtig ab dafür. Es gefällt mir deswegen nur umso besser. Es ist eine Kundschaft da, mein Schatz.«

Als Mr. Tugby die Türe knarren hörte, war Mrs. Tugby bereits aufgestanden.

»Also, was wünschen Sie denn«, sagte diese Dame und trat in den kleinen Laden hinaus. »Was wünschen Sie denn? Ach entschuldigen Sie, Sir. Ich wußte nicht, daß Sie es sind.« Sie entschuldigte sich bei einem Herrn in Schwarz, der, den Rockkragen hochgeschlagen und mit nachlässig schiefsitzendem Hute, die beiden Hände in den Taschen, sich quer über das Tafelbierfaß gesetzt hatte und zur Erwiderung nickte.

»Es steht schlecht oben, Mrs. Tugby«, sagte der Gentleman, »der Mann wird nicht am Leben bleiben.«

»Was, der Dachstübler?« fragte Mr. Tugby und kam heraus in den Laden, um an der Konferenz teilzunehmen.

»Der Dachstübler, Mr. Tugby«, sagte der Gentleman, »kommt eilig die Treppe herunter und wird bald – unterhalb des Erdgeschosses angelangt sein.«

Abwechselnd Tugby und seine Frau ansehend, klopfte der Gentleman mit den Knöcheln auf das Faß, um aus dem Ton zu schließen, wieviel Bier noch darin sei. Dann trommelte er, als er das ergründet, einen Marsch auf dem leeren Teile.

»Der Dachstübler, Mr. Tugby«, sagte er, nachdem Tugby einige Zeit in stummer Bestürzung dagestanden, »– fährt ab.«

»Dann«, sagte Tugby, zu seiner Frau gewandt, »muß er aus dem Hause raus, noch ehe er aus der Haut draußen ist.«

»Ich glaube nicht, daß Sie ihn transportieren können«, sagte der Gentleman kopfschüttelnd, »ich möchte die Verantwortung nicht übernehmen und sagen, man könne es probieren. Lassen Sie ihn lieber, wo er ist. Er kann's nicht mehr lange machen.«

»Das ist das einzige Thema«, sagte Tugby und wog so lange seine Faust in der Butterwaage ab, bis sie krachend auf den Ladentisch fiel, »über das wir uns herumgezankt haben, sie und ich; und worauf läuft's jetzt hinaus? Nun stirbt er eben doch noch hier. Stirbt auf unserem Grund und Boden. Stirbt in unserem Haus.«

»Und wo hätte er denn sonst sterben sollen, Tugby?« fragte seine Frau.

»Im Armenhaus«, gab er zur Antwort. »Wozu sind denn die Armenhäuser gebaut worden?«

»Dazu nicht«, sagte Mrs. Tugby mit großer Energie, »dazu nicht. Deswegen habe ich dich auch nicht geheiratet. Gib dich keiner Täuschung hin, Tugby. Ich will es nicht haben. Ich erlaube es nicht. Eher laß ich mich scheiden und werde dein Gesicht nie mehr wiedersehn. Als noch mein Witwenname über der Tür stand, viele Jahre hindurch, war dieses Haus als das der Mrs. Chickenstalker weit und breit bekannt, und immer stand es in gutem Ruf und großem Ansehen. Als mein Witwenname noch über der Tür stand, habe ich ihn als hübschen, kräftigen, männlichen und ungenierten Burschen gekannt; ich kannte sie als das liebenswürdigste, niedlichste Mädchen, das jemals ein Auge erblickt hat; ich kannte ihren Vater (armer Teufel, er fiel vom Turm herunter, auf den er einmal im Schlafwandeln gestiegen war) als den schlichtesten, arbeitsamsten und gutherzigsten Mann, der je geatmet hat, und wenn ich sie aus dem Hause jage, dann sollen mich die Engel dereinst aus dem Himmel jagen. Sie würden's tun. Und recht geschähe mir.«

Ihr altes Gesicht, das ehemals rund gewesen war und Grübchen in den Wangen gehabt hatte in früheren Zeiten, schien wie ehemals hervorzuleuchten aus ihren Zügen. Als sie diese Worte sagte, sich die Augen trocknete und gegen Tugby den Kopf und zugleich das Taschentuch schüttelte mit dem Ausdruck einer Entschiedenheit, der offenbar nicht leicht zu widerstehen war, da sagte Trotty: »Gott segne sie! Gott segne sie!«

Dann horchte er mit klopfendem Herzen auf das, was folgen würde, denn er wußte weiter noch nichts, als daß sie von Margaret sprachen. Wenn Tugby im Wohnzimmer drüben ein wenig gehobener Stimmung gewesen, so glich er diesen Überschuß mehr als aus dadurch, daß er jetzt im Laden nicht wenig niedergeschlagen war und seine Gattin anstarrte, ohne eine Antwort finden zu können. Im geheimen aber versenkte er, entweder in einem Anfall von Zerstreutheit oder als vorsichtige Maßregel für alle Fälle, das ganze Geld aus der Ladenkasse in seine Taschen.

Der Gentleman auf der Biertonne, der ein autorisierter Armenassistenzarzt zu sein schien, war offenbar viel zu sehr

an kleine Meinungsverschiedenheiten zwischen Mann und
Frau gewöhnt, als daß er seinerseits irgendwelche Bemerkung hätte fallenlassen. Er saß leise pfeifend auf seinem Faß
und ließ kleine Tropfen Bieres aus dem Hahn auf den Boden fallen, bis vollständiges Stillschweigen eingetreten war.
Dann erhob er den Kopf und sagte zu Mrs. Tugby, verwit-
weten Chickenstalker:

»Die Frau hat selbst jetzt noch etwas recht Interessantes.
Wie kam sie dazu, ihn zu heiraten?«

»Na, das«, sagte Mrs. Tugby und ließ sich in seiner Nähe
nieder, »ist der bitterste Teil ihrer Geschichte, Sir. Sehen
Sie, sie und Richard hielten es miteinander vor vielen Jahren. Als sie noch ein junges, schönes Paar waren, war alles
schon geordnet, und sie sollten sich an einem Neujahrstag
heiraten. Da setzte sich's Richard in den Kopf, weil es ihm
vornehme Leute eingeredet hatten, daß er was Besseres tun
könnte und daß er's bald bereuen würde. Daß sie nicht gut
genug für ihn wäre und daß ein junger Mann, der Grütze
im Kopfe hätte, etwas Gescheiteres tun könnte als heiraten.
Und die vornehmen Leute hatten ihr Angst eingejagt, daß er
sie im Stich lassen würde und daß ihre Kinder an den Gal-
gen kommen müßten und daß es gottlos wäre, zu heiraten,
und ähnliches Zeug mehr. Und kurz und gut, sie schoben's
auf und schoben's auf, und ihr Vertrauen zueinander war
begraben, und so löste sich am Ende das Verhältnis auf.
Aber durch seine Schuld. Sie hätte ihn geheiratet, Sir, mit
Freuden. Ich habe sie oft nachher gesehen, wie ihr das Herz
bebte, wenn er hochmütig und unbekümmert an ihr vorbeiging, und niemals hat sich ein Weib mehr eines Mannes
wegen gegrämt als sie sich um Richard, als er das erstemal
auf Irrwege geriet.«

»Oh, ist er auf schlechte Wege geraten?« fragte der Gentleman, den Holzstöpsel aus dem Fasse ziehend, um durch das
Spundloch hineinzuspähen.

»Sehen Sie, ich glaube, daß er nicht recht wußte, was er
wollte. Ich glaube, er hatte sich's zu Herzen genommen,
daß sie miteinander abgebrochen, und er wäre, wenn er sich
nicht der vornehmen Herren wegen geschämt hätte und
vielleicht auch weil er unsicher war, wie sie es aufnehmen
würde, gerne eine Probe eingegangen, um Margarets Hand
wiederzugewinnen. Das ist mein Glaube. Er sagte nie etwas.
Und das war desto schlimmer. Er ergab sich dem Trunke,
dem Müßiggang und schlechter Gesellschaft. Lauter Vergnügungen, die soundso viel besser für ihn sein sollten als
der häusliche Herd, den er hätte haben können. Er verlor
sein gutes Aussehen, seine Willenskraft, seine Gesundheit,
seine Körperstärke, seine Freunde, seine Arbeit, kurz: alles.«

»Er verlor nicht alles, Mrs. Tugby«, entgegnete der Gentleman, »denn er gewann eine Frau, und ich möchte gerne wissen, wie er sie gewann.«

»Ich komme schon dazu, Sir, im Augenblick. Dies ging
jahrelang so fort, er sank tiefer und tiefer. Sie, das arme Wesen, litt Not genug, bloß um das Leben zu fristen. Endlich
war er so herabgekommen, daß ihm niemand mehr Arbeit
geben wollte und Notiz von ihm nahm. Die Türen wurden
vor ihm zugeschlagen, er mochte gehen, wohin er wollte. Er
wandte sich von Ort zu Ort und von Tür zu Tür, und als
er nun zum hundertsten Male zu einem Herrn kam, der es
immer wieder mit ihm versucht hatte, denn er war ein guter
Arbeiter bis zuletzt, da sagte der Herr, der seine Geschichte kannte: ›Ich glaube, Ihr seid unverbesserlich. Es gibt nur

eine Person in der Welt, die Euch möglicherweise retten könnte. Verlangt von mir nicht eher Vertrauen, als bis sie es mit Euch versucht hat.««

»So«, sagte der Gentleman, »und weiter?«

»Nun, er ging zu ihr und kniete vor ihr nieder; sagte, es sei so und so; sagte, es sei immer so gewesen und bat sie, ihn zu retten.«

»Und sie –? Lassen Sie sich es nicht so zu Herzen gehen, Mrs. Tugby.«

»Sie kam an dem Abend zu mir und fragte mich wegen der Wohnung. ›Was er mir einst war, liegt im Grab neben dem‹, sagte sie, ›was ich ihm einst war, aber ich hab' es mir überlegt und will den Versuch machen. Hoffentlich kann ich ihn retten um der Liebe des frohherzigen Mädchens von damals willen (erinnern Sie sich ihrer?), die an einem Neujahrstag heiraten sollte und um der Liebe ihres Richard willen.‹

Und sie sagte, er wäre von Lilly zu ihr gekommen, und erzählte, wie Lilly ihm immer vertraut habe, und sie wolle das niemals vergessen. So heirateten sie denn, und als sie nach Hause kamen und ich sie sah, da wünschte ich, daß Prophezeiungen wie die, die sie auseinandergebracht hatten, als sie noch jung gewesen, nicht oft sich so erfüllen möchten, wie es in diesem Fall geschehen ist. Ich für meinen Teil möchte nicht um einen Berg Gold den Mund aufmachen, um Prophezeiungen solcher Art jemandem mit auf den Weg zu geben.«

Der Gentleman stand von dem Fasse auf und reckte sich, indem er die Bemerkung machte:

»Er mißhandelte sie wohl, als sie seine Frau geworden war?«

»Ich glaube nicht, daß er es jemals getan hat«, sagte Mrs.

Tugby, ihre Augen wischend, und schüttelte den Kopf. »Eine Zeitlang ging es besser mit ihm, aber seine Gewohnheiten waren schon zu sehr eingewurzelt, als daß er sie noch hätte ausreißen können. Er bekam Rückfälle, und es fing an, wieder mit ihm abwärtszugehen, als die Krankheit über ihn kam. Ich glaube, er hat immer ein tiefes Gefühl für Margaret gehabt. Ich weiß es. Ich hab' ihn gesehen, wie er weinend und bebend ihre Hand zu küssen suchte, und ich habe gehört, wie er sie ›Meg‹ rief und sagte, es wäre ihr neunzehnter Geburtstag; und dann lag er da, Wochen und Monate. Von ihm und ihrem kleinen Kind fortwährend in Anspruch genommen, ist sie nicht imstande gewesen, ihre alte Arbeit verrichten zu können, und da sie sie nicht regelmäßig abliefern konnte, mußte sie sie ganz verlieren, selbst wenn sie sie hätte fertigstellen können. Wie sie gelebt haben, das kann ich mir gar nicht vorstellen.«

»Ich ja« murmelte Mr. Tugby blickte auf die Kassenschublade, im Laden umher und auf seine Frau und wiegte den Kopf mit dem Ausdruck unendlicher Intelligenz. »Wie Kampfhähne.«

Ein Schrei unterbrach ihn – ein Klageruf aus dem obern Stockwerk des Hauses. Der Gentleman eilte nach der Tür:

»Meine Freunde«, sagte er und warf einen Blick zurück, »Ihr braucht Euch jetzt nicht mehr zu streiten, ob er fortgeschafft werden soll oder nicht. Er hat Euch, glaub' ich, diese Mühe erspart.«

Und schon rannte er die Treppen hinauf, Mrs. Tugby hinter ihm her; und Mr. Tugby keuchte und ächzte, kurzatmiger noch als gewöhnlich, mit dem Inhalte der Geldschublade beladen, in der sich außergewöhnlich viel Kupfer befunden hatte. Trotty mit dem Geist des Kindes an seiner Seite wehte die Stiegen hinauf wie ein Lufthauch.

»Folg ihr, folg, folg ihr.« Er hörte die gespenstigen Stimmen in den Glocken die Worte wiederholen, als er hinaufstieg. »Lern es von dem Wesen, das deinem Herzen am teuersten ist.«

Vorüber! Vorüber! Und das war sie, einst ihres Vaters Stolz und Freude, dieses hagere, abgehärmte Weib, das an der Lagerstätte, die nicht den Namen Bett verdiente, weinte und ein Kind an die Brust drückte und den Kopf auf dieses Kind hatte niedersinken lassen. Was es für ein jämmerliches, mageres, kränkliches, kleines Geschöpf war! Doch wie teuer und lieb es ihr war!

»Gott sei Dank«, sagte Toby und faltete die Hände. »Gott sei Dank, sie liebt ihr Kind!«

Der Gentleman, der weiter nicht hartherzig oder gleichgültig gegen solche Szenen war, sie nur täglich vor Augen hatte und wußte, es waren bedeutungslose Ziffern in den Filerschen Berechnungen, legte die Hand auf das Herz, das nicht mehr schlug, lauschte auf den Atem und sagte: »Sein Leid ist vorüber. Es ist besser so.« Mrs. Tugby suchte Meg mit liebevollen Worten zu trösten. Mr. Tugby mit philosophischen Gründen.

»Schauen Sie her!« sagte er, die Hände in den Taschen. »Sie dürfen nicht verzweifeln. Das nützt nichts. Sie müssen dagegen ankämpfen. Was würde aus mir geworden sein, wenn ich verzweifelt wäre, als ich noch Portier war und oft sechsmal in der Nacht im Galopp einhersausende Zweispännerequipagen vor unserem Tore hielten! Ich stützte mich auf meine Seelenstärke und machte nicht auf.«

Und wiederum hörte Trotty die Stimmen sagen: »Folge ihr!« Er wandte sich zu seiner Führerin und sah, wie sie von ihm wegschwebte und durch die Luft glitt. »Folge ihr!« sagte sie und verschwand. Trotty umschwebte Meg, setzte sich zu ihren Füßen nieder und suchte in ihrem Gesicht nach einer Spur ihres frühern Aussehens, lauschte auf einen Ton ihrer einst so lieblichen Stimme. Er umschwebte das Kind, das so schwächlich war, so frühzeitig alt, so schrecklich in seinem Ernst und so kläglich in seinem schwachen, traurigen, jammervollen Weinen. Er betete es förmlich an. Er umklammerte es als einziger Beschützer, den es hatte. Das Kind war doch das letzte unzerrissene Band, das Meg noch an das Leben fesselte. Er setzte seine väterliche Hoffnung und sein Vertrauen auf das schwache Kind und bewachte die Mutter mit jedem Blick, als sie es so in den Armen hielt, und sagte tausendmal: »Sie liebt es, Gott sei Dank! Sie liebt es!« Er sah, wie die Frau sie in der Nacht pflegte und zu ihr kam, wenn der brummende Gatte schlief und alles still war, – sie ermutigte, mit ihr weinte und ihr Nahrung reichte. Er sah den Tag kommen und die Nacht, und Tag und Nacht entschwinden und die Zeit vergehen. Er sah das Todeshaus des Toten entledigt, das Zimmer ihr und dem Kinde überlassen. Er hörte das Kleine wimmern und weinen. Er sah, wie es Meg quälte und sie wieder zum Bewußtsein ihrer Lage zurückrief, wenn sie kaum eingeschlummert war, und sie mit seinen kleinen Händen auf die Folter spannte. Doch sie war beständig mild und geduldig mit dem Kind. So geduldig. War ihm eine liebende Mutter im innersten Herzen, und sein Leben schien mit dem ihren so innig verknüpft, als wenn sie es noch unter dem Herzen trüge.

Die ganze Zeit hindurch litt sie Mangel, schmachtete in Elend und bitterster Not. Mit dem Kind im Arm wanderte sie hierhin und dorthin, immer auf der Suche nach Arbeit; und während des Kindes abgezehrtes Gesicht in ihrem Schoße lag und sie ansah, arbeitete sie für jämmerlichen Lohn einen Tag und eine Nacht für so viel Pfennige, als das Zifferblatt Stunden hat. Ob sie je das Kind gescholten, es vernachlässigt oder in augenblicklichem Hasse angesehen, ob sie es je in einem Anfall geschlagen hätte! Nie. Und Trottys Trost war: sie liebte es immer.

Sie sprach zu niemand von ihrer Not und war den ganzen Tag auf der Wanderschaft, um nicht von ihrer einzigen Freundin gefragt zu werden. Denn jede Hilfe, die sie aus ihrer Hand empfing, entfachte neuen Streit zwischen der guten Frau und ihrem Mann, und es war für Meg nur neues Leid, täglich die Veranlassung zu Hader und Zwietracht zu sein in einem Hause, dem sie so viel Dank schuldete.

Sie liebte das Kind immer noch, sie liebte es mehr und mehr, doch ihre Liebe nahm eine andere Form an, eines Nachts!

Sie sang das Kind gerade leise in Schlaf und ging auf und ab, als sich die Tür vorsichtig öffnete und ein Mann hereinsah.

»Zum letztenmal«, sagte er.

»William Fern!«

»Zum letztenmal.« Er lauschte wie jemand, der verfolgt wird, und sprach flüsternd:

»Margaret, meine Zeit ist abgelaufen. Ich wollte noch Abschied von dir nehmen, dir ein Wort des Dankes sagen, bevor's vorbei ist.«

»Was hast du getan?« fragte sie und sah ihn entsetzt an.

Er warf ihr einen Blick zu, aber gab keine Antwort.

Nach kurzem Schweigen machte er eine Handbewegung, als wollte er ihre Frage beiseite schieben oder sie weglöschen, und sagte: »Jene Nacht ist lange, lange schon vorbei, Margaret, aber sie steht noch so klar vor meinen Augen wie je. Da dachten wir nicht, daß wir uns jemals so wiedersehen würden.« Er sah um sich. »Dein Kind, Margaret? Laß mich dein Kind in die Arme nehmen!« Er legte seinen Hut auf den Boden und nahm es. Und er zitterte, als er es nahm, vom Kopf bis zu den Füßen.

»Ist es ein Mädchen?«

»Ja.«

Er bedeckte das kleine Gesicht mit der Hand.

»Sieh, wie schwach ich geworden bin, Margaret. Ich hab' nicht den Mut mehr, es anzusehen. Es ist lange her, doch – wie heißt sie?«

»Margaret«, antwortete sie schnell.

»Das freut mich! Das freut mich!« sagte er.

Er schien aufzuatmen; nach kurzer Pause nahm er die Hand weg und sah dem Kind ins Gesicht.

Doch sogleich bedeckte er es wieder.

»Margaret«, sagte er und gab ihr das Kind zurück, »es sind Lillys Züge.«

»Lillys Züge?«

»Ich hielt dasselbe Gesicht in meinen Armen, als Lillys Mutter starb und mir sie zurückließ.«

»Als Lillys Mutter starb und sie zurückließ«, wiederholte Margaret verstört.

»Wie schrill du sprichst! Warum siehst du mich so an, Margaret!?«

Meg sank auf einen Stuhl nieder, preßte das Kind an die Brust und weinte. Bisweilen ließ sie es aus ihren Armen los, um ängstlich in das kleine Gesicht zu sehen. Dann preßte sie es wieder an die Brust. Wenn sie es anblickte, dann mischte sich etwas Wildes und Schreckliches in ihre Liebe. Dann weinte ihr alter Vater.

»Folg ihr!« dröhnte es durch das Haus. »Lern es von dem Wesen, das deinem Herzen am teuersten ist!«

»Margaret«, sagte Fern, beugte sich über sie und küßte sie auf die Stirn, »ich danke dir zum letztenmal. Gute Nacht! Leb wohl! Gib mir die Hand und sag mir, daß du mich von dieser Stunde an vergessen willst und denken, es habe mit mir ein Ende genommen.«

»Was hast du getan?« fragte sie wiederum.

»Es wird heute nacht ein Feuer sein«, sagte Will Fern und trat von ihr zurück. »Es wird viele Feuer geben diesen Winter, um die – dunkeln Nächte zu erleuchten. Im Osten, Westen, Norden und Süden. Wenn du siehst, daß sich der Himmel in der Ferne rötet, dann lodern sie auf. Wenn du siehst, daß sich der Himmel in der Ferne rötet, dann denke nicht mehr an mich, oder wenn du nicht anders kannst, dann stell dir vor, daß die Flammen der Hölle in meinem Innern sich in den Wolken spiegeln. Gute Nacht! Leb wohl!«

Sie rief nach ihm, doch er war fort. Sie saß ganz stumpf da, bis ihr Kind sie aufweckte zum Bewußtsein des Hungers, der Kälte und der Dunkelheit. Sie ging im Zimmer auf und ab die ganze nicht endenwollende Nacht hindurch und wiegte es in den Armen und beruhigte es. Von Zeit zu Zeit sagte sie: »Wie Lilly, als ihre Mutter starb und sie zurückließ.« Und wenn sie diese Worte wiederholte, da wurde ihr Schritt schneller, ihr Auge so entsetzt, ihre Liebe so wild und schrecklich.

»Aber es ist Liebe immer noch«, sagte Trotty. »Es ist Liebe. Sie wird niemals aufhören, es zu lieben. Meine liebe Meg.«

Sie zog am nächsten Morgen das Kind mit ungewöhn-

licher Sorgfalt an. Eine vergebliche Mühe bei den elenden
Lumpen – und versuchte noch einmal, sich Lebensmittel zu
verschaffen. Es war der letzte Tag im alten Jahr. Sie suchte
herum, bis die Nacht anbrach, und fand keinen Bissen Brot.
Alles war vergeblich. Sie mischte sich unter die Elenden, die
harrend im Schnee standen, bis es einem Beamten, der die
öffentlichen Almosen verteilen sollte (das gesetzliche nämlich, nicht das, von dem in der Bergpredigt die Rede ist), ge-
fällig sein würde, die Leute hereinzurufen und auszufragen
und diesem zu sagen: »Geh da- und dorthin«, zu dem ändern: »Komm nächste Woche«, eine Art Fußball aus einem
ändern Unglücklichen zu machen und ihn da- und dorthin
zu treten, von Fuß zu Fuß, von Haus zu Haus, bis er matt
und müde geworden sich hinlegte, um zu sterben, oder sich
aufraffte zu einem Raub und sich dadurch zu jenem Verbre-
cherstand aufschwang, dessen Ansprüche keinen Aufschub
dulden. Auch hier war sie vergebens. Sie liebte ihr Kind und
wünschte nur noch, es an ihrem Herzen liegen zu haben.
Das war ihr schon genug.

Es war Nacht, eine frostiger finstere, schneidend kalte
Nacht, als sie, das Kind fest an sich drückend, um es zu erwärmen, an ihre Schwelle kam. Sie war so matt und schwach,
daß sie nicht sah, daß im Torweg jemand stand, und es erst
bemerkte, als sie in die Türe treten wollte. Da erkannte sie
den Eigentümer des Hauses, der sich so im Torweg hinge-
stellt hatte, daß er den ganzen Eingang ausfüllte. Bei seiner
Gestalt fiel ihm das nicht schwer.

»Oh«, sagte er leise, »Sie sind zurückgekommen?«

Sie warf einen Blick auf das Kind und nickte mit dem
Kopf.

»Glauben Sie nicht, daß Sie lange genug hier gelebt haben,

ohne Zins zu bezahlen? Glauben Sie nicht, daß Sie, ohne zu zahlen, ein recht fleißiger Kunde in meinem Laden gewesen sind?« fragte Mr. Tugby.

Sie wiederholte dieselbe stumme Bewegung.

»Wie wär's, wenn Sie versuchten, einmal anderswo zu kaufen«, sagte er. »Wie wär's, wenn Sie sich nach einer ändern Wohnung umsehen würden? Was meinen Sie dazu?«

Sie sagte mit leiser Stimme, es sei schon so spät. Morgen.

»Ich weiß schon, worauf Sie hinauswollen«, sagte Tugby, »und was Sie eigentlich vorhaben. Sie wissen ganz gut, daß Ihretwegen zwei Parteien im Hause sind, und Sie möchten gern, daß sie sich in den Haaren liegen Ihretwegen. Ich kann Streit nicht leiden und spreche leise, um Streit zu vermeiden, aber wenn Sie sich jetzt nicht fortscheren, dann will ich einmal laut sprechen und Ihnen ein paar Worte sagen, die laut genug sein werden, daß Sie sie hören können. Hereinkommen werden Sie mir nicht. Ich stehe Ihnen gut dafür.«

Sie strich ihre Haare mit der Hand zurück und warf einen jähen Blick zum Himmel hinauf und in die dunkeln, drohenden Wolken.

»Es ist der letzte Abend im alten Jahr, und ich will nicht böses Blut und Streit und Zank ins neue hinübernehmen, weder Ihnen, noch sonst jemand zu Gefallen«, sagte Tugby, der ein Freund und Vater im kleinen war – im Krämerstil. »Ich begreife nur nicht, daß Sie sich nicht schämen, Ihre Schliche und Ränke ins neue Jahr hinüberzunehmen. Wenn Sie sonst nichts in der Welt zu tun haben, als immer zu verzweifeln und immer Zwietracht zwischen Mann und Frau zu stiften, dann wäre es besser, Sie würden abfahren. Schauen Sie, daß Sie weiterkommen!«

»Folge ihr! In der Verzweiflung!«

Wieder hörte der alte Mann die Stimme. Er blickte auf und sah die Gestalten in der Luft schweben, und sie zeigten ihm den Weg, den Margaret einschlug, die dunkeln Straßen hinab.

»Sie liebt es doch«, rief er in angstvoller Fürbitte. »Ihr Glocken! Sie liebt es immer noch.«

»Folg ihr!« Die Schatten schwebten über den Weg, den sie genommen, wie Wolken.

Er folgte ihr und hielt sich dicht an ihrer Seite. Er blickte ihr ins Gesicht. Er sah, wie sich wieder der wilde, schreckliche Ausdruck in ihre Liebe mischte und in ihren Augen flackerte. Er hörte sie sagen: »Wie Lilly! Um sich zu ändern – wie Lilly!« Und sie verdoppelte ihre Eile.

»Wenn es nur etwas gäbe, um sie zu erwecken. Einen Anblick, einen Ton, einen Duft, um in ihrem fiebernden Hirn eine zärtliche Erinnerung zu erwecken. Wenn nur ein einziges freundliches Bild aus der Vergangenheit in ihr aufstiege!«

»Ich war ihr Vater, ich war ihr Vater«, schrie der alte Mann und streckte die Hände aus nach den dunklen Schatten, die über ihm hinflogen. »Habt doch Erbarmen mit ihr und mit mir. Wo geht sie hin, reißt sie zurück! Ich war ihr Vater!«

Aber sie wiesen nur auf sie, wie sie dahineilte, und sagten: »Verzweiflung! Lern es von dem Wesen, das deinem Herzen am teuersten ist.«

Hundert Stimmen hallten es wider. Die Luft bestand nur aus Atem, auf dem diese Worte schwebten. Er schien sie einzusaugen bei jeder Bewegung seiner Lungen. Sie waren überall, und es gab kein Entrinnen. Und immer noch jagte Margaret weiter, immer dasselbe flackernde Licht in den Augen, dieselben Worte auf den Lippen: »Wie Lilly! Um zu verderben wie Lilly!«

Plötzlich blieb sie stehen.

»Reißt sie zurück!« schrie der alte Mann und raufte sich das weiße Haar. »Mein Kind! Meg! Laß sie umkehren! Großer Vater, laß sie umkehren!«

Sie hüllte das Kind in ihren zerrissenen Schal. Mit fiebrigen Händen streichelte sie ihm die Glieder, rückte sein Köpfchen zurecht und ordnete die spärlichen Lappen. In ihren welken Armen hielt sie es fest, als wolle sie es nie mehr loslassen. Und mit ihren verdorrten Lippen küßte sie es im letzten Schmerz und in verzweifelter Liebe.

Sie zog die kleine Hand an sich und hielt sie fest unter den Lumpen, ganz nahe an ihr zermartertes Herz; preßte das schlafende Gesicht an sich, dicht und fest an ihre Wangen, und lief weiter hin zum Flusse.

Hin zu dem wogenden Flusse, dem schnellen und trüben, wo brütend die Winternacht saß wie der letzte finstere Gedanke vieler, die dort Zuflucht gesucht. Wo vereinzelte Lichter an den Ufern glommen, düster und rot, wie Fackeln, die brennen, um den Pfad zum Tod zu weisen. Wo keine menschlichen Wohnungen ihre Schatten warfen in die tiefe, undurchdringliche, melancholische Finsternis.

Zum Flusse hin, zu der Pforte der Ewigkeit hin eilten ihre verzweifelten Schritte, beflügelt wie die reißenden Wasser, die dem Meere zuströmen. Er wollte sie berühren, als sie an ihm vorüber zu der dunklen Fläche hinabeilte, doch die wilde, verzweifelte Gestalt im Rasen ihrer schrecklichen Liebe fegte an ihm vorbei wie der Wind. Die Verzweiflung hatte alle Hemmungen menschlichen Denkens zerrissen. Er folgte ihr. Sie stand einen Augenblick am Rande des Wassers still, ehe sie den gräßlichen Sprung tat. Er fiel auf die Knie und schrie zu den Gestalten in den Glocken, die jetzt über ihm schwebten: »Ich hab' es gelernt von dem Wesen, das meinem Herzen am teuersten ist! Oh rettet sie! Rettet sie!«

Da konnte er seine Finger in ihr Gewand einkrallen, sie festhalten. Wie die Worte seinem Munde entflohen, fühlte er seinen Tastsinn zurückkehren und wußte, daß er sie festhielt.

Die Gestalten blickten unverwandt herab auf ihn.

»Ich habe es gelernt«, rief der alte Mann. »Vergebt mir in dieser Stunde, wenn ich in meiner Liebe zu ihr, die so jung, so gut gewesen, die Natur in dem Herzen verzweifelnder Mütter verkannte. Seht nicht an meine Vermessenheit, meine Bosheit und mein Unwissen, und rettet sie!« Er fühlte, wie seine Hand, mit der er sie hielt, erlahmte. Die Gestalten schwiegen noch immer.

»Habt Erbarmen mit ihr«, schrie er. »Dies schreckliche Verbrechen wächst hervor aus verkehrter, verzerrter Liebe, aus der stärksten, tiefsten Liebe, die wir gefallenen Geschöpfe kennen. Bedenket, wie tief ihr Elend gewesen sein muß, wenn seine Saat solche Frucht trägt. Der Himmel hat sie zum Guten bestimmt. Es gibt keine lebende Mutter auf der Erde, die nicht auch zu solchem Ende käme, wenn ein solches Leben vorhergeht. Oh habt Erbarmen mit meinem Kinde, das selbst in diesem Augenblick Erbarmen mit ihrem eigenen hat und selber stirbt und ihre eigene unsterbliche Seele in die Waagschale wirft, um es zu erlösen.«

Sie lag in seinen Armen. Er hielt sie fest. Er hatte die Kraft eines Riesen. –

»Ich sehe den Geist der Glocken unter euch«, sagte der alte Mann, und seine Blicke erspähten das Kind. Er redete wie in Verzückung. »Ich weiß, daß unser Erbteil uns erwartet in den Händen der Zeit. Ich weiß, daß der Tag kommt, wo das Meer der Zeit aus seinen Ufern tritt und wie dürres Laub wegschwemmen wird alle, die uns unterdrücken und uns Unrecht tun. Ich sehe es, wie es daherflutet. Ich habe erkannt, daß wir vertrauen und hoffen müssen und nicht an uns verzweifeln sollen und an dem Guten, das in den ändern lebt. Ich hab' es gelernt von dem Wesen, das meinem Herzen am teuersten ist. Ich halte sie fest in meinen Armen. Oh ihr gütigen und erbarmensreichen Geister, meine Seele ist voll des Dankes!«

Er hätte noch weiter gesprochen, wenn nicht die Glocken, die alten, vertrauten Glocken, seine guten, treuen, beständigen Freunde – die Glocken –, ihr Freudenläuten zum neuen Jahr begonnen hätten. So fröhlich und glücklich und heiter, daß er auf die Füße sprang und damit den Zauber brach, der ihn im Bann gehalten hatte.

✳

»Niemals wieder, Vater«, sagte Meg, »darfst du mir Kuttelfleck essen, ohne vorher den Doktor zu fragen, ob sie dir auch bekommen werden. Wie hast du dich nur gebärdet! Gütiger Himmel.«

Sie saß an dem kleinen Tisch am Feuer und nähte an ihr einfaches Hochzeitskleid bunte Bänder. So selig und glücklich und in blühender Jugendfrische, so verheißungsvoll –, daß er laut aufschrie, wie wenn er einen Engel in seinem Zimmer sähe. Dann sprang er auf, um sie in seine Arme zu schließen.

Doch er verwickelte sich mit den Füßen in den Zeitungs-
blättern, die heruntergefallen waren, und jemand trat unver-
mutet ins Zimmer.

»Nein«, sagte die Stimme dieses Jemand, und es war eine
helle, fröhliche Stimme. »Oh nein, nicht du. Nicht du. Der
erste Kuß Megs im neuen Jahre gehört mein. Mein! Ich habe
draußen vor der Türe gewartet, bis die Glocken anfingen zu
läuten, und komme jetzt, mir mein Recht holen. Meg, mein
einziges Kleinod, ein glückliches neues Jahr! Ein ganzes Leben von glücklichen Jahren, mein geliebtes Weib!«

Und Richard erstickte sie fast mit seinen Küssen. Man
konnte keinen glücklicheren Menschen sehen als Trotty. Er
setzte sich auf seinen Stuhl, schlug sich auf die Knie und
weinte; er saß in seinem Stuhl, schlug sich auf die Knie und
lachte; saß in seinem Stuhl, schlug sich auf die Knie und
lachte und weinte zugleich; er sprang von seinem Stuhl auf
und umarmte Meg; er sprang von seinem Stuhl auf und
streichelte Richard; er sprang von seinem Stuhl auf und
liebkoste sie beide; er lief zu Meg hin und nahm ihr frisches
Gesicht zwischen seine Hände und küßte sie und ging rückwärts, um sie nicht aus den Augen zu verlieren, und lief
wieder auf sie zu, auf und ab wie eine Figur in einer Zau-
berlaterne – und setzte sich immer wieder in seinen Stuhl,
blieb aber nicht einen Augenblick sitzen. Genug, er war außer sich vor Freude.

»Und morgen ist dein Hochzeitstag, mein Herzblatt, dein
wirklicher, glücklicher Hochzeitstag!«

»Heute!« schrie Richard und schüttelte Trotty die Hand.
»Die Glocken läuten das neue Jahr ein. Hört ihr sie?«

Ja, sie läuteten! Gott segne ihre starken Herzen! Ja, sie
läuteten! Die großen Glocken – mit tiefem Klang und vol-

511

ler Melodie. Edle Glocken! Nicht aus gemeinem Erz, von keinem gewöhnlichen Gießer geschaffen. Wann hatten sie jemals geläutet wie heute!

»Du hattest doch, mein Herzblatt«, sagte Trotty »einen Wortwechsel heute?«

»Weil er ein so böser Mensch ist, Vater«, sagte Meg, »nicht wahr, Richard. So ein halsstarriger Gewaltsmensch! Wollte er doch mit dem großen Alderman ›aufräumen‹ und sich so wenig zurückhalten, als —«

»Dich zu küssen, Meg«, fiel ihr Richard in die Rede, und tat es sogleich.

»Nein, wahrhaftig nicht ein bißchen mehr. Doch ich wollte ihn nicht lassen, Vater. Was hätte es für einen Zweck gehabt!«

»Richard, mein Junge«, schrie Trotty. »Du warst immer ein Kapitalbursche, und das mußt du bleiben bis an dein seliges Ende! Aber du hast doch heute abend am Feuer geweint, mein Herzblatt, als ich nach Hause kam. Warum weintest du denn am Feuer?«

»Ich habe an die Jahre denken müssen, die wir zusammen verbracht haben, Vater. Bloß deswegen. Und ich dachte, du würdest mich recht vermissen und so einsam sein.«

Trotty kehrte wieder zu seinem geliebten Stuhl zurück, als das Kind, durch den Lärm aufgeweckt, halb angezogen hereinkam.

»Aber da ist sie ja!« schrie Trotty und fing sie auf. »Hier ist ja die kleine Lilly! Hahaha! Hier sind wir und hier bleiben wir, und nochmals: hier sind wir und hier bleiben wir! Und hier sind wir und hier bleiben wir. Und Onkel Will dazu.« Er unterbrach seinen Trab, um Fern herzlich zu beglückwünschen. »Oh Onkel Will, die Visionen, die ich heute nacht hatte, weil ich Euch beherbergt habe! Ach Onkel Will, wie bin ich Euch verpflichtet, daß Ihr gekommen seid, mein guter Freund.«

Ehe Will Fern die mindeste Antwort geben konnte, platzte eine Musikbande in das Zimmer in Begleitung einer Menge Nachbarn, die alle »Glückliches neues Jahr, Meg! Fröhliche Hochzeit! Noch lange Jahre!« und andere gute Wünsche in Bruchstückform hereinriefen. Die große Trommel (die ein intimer Freund Trottys war) trat einen Schritt vor und sprach:

»Trotty Veck, mein Junge, wir haben es herausgekriegt, daß deine Tochter morgen heiratet. Nicht eine Seele, die dich kennt und dir nicht alles Glück wünscht, oder die sie kennt und ihr nicht Glück wünscht, oder die euch beide kennt und nicht euch beiden alles Glück wünscht, was das neue Jahr bringen kann, und wir sind hier, um es gebührend einzuspielen und einzutanzen.«

Was mit allgemeinem Jubel aufgenommen wurde.

Die große Trommel war ein bißchen betrunken, aber man merkte es nicht.

»Was das für ein Glück ist, weiß Gott, so hochgeachtet zu sein. Wie freundschaftlich und nachbarlich sie alle zu mir sind. Es geschieht alles meiner lieben Tochter wegen. Sie verdient es!«

Man war zum Tanze gestellt in einer halben Sekunde (Meg und Richard an der Spitze). Und die große Trommel war eben im Begriff, draufloszuledern mit aller Macht, da wurde draußen ein Gemisch der wunderbarsten Töne laut, und eine stattlich aussehende lustige Frau von fünfzig Jahren oder so drum herum kam herein und neben ihr ein Mann, der ein Steingefäß von furchterregender Größe schleppte. Beiden dicht auf dem Fuß die übliche Katzenmusik mit

hohlen Knochen und Kinderklappern und Glocken. Nicht
den großen Glocken – den Silvesterglocken –, sondern trag-
baren, aus Glas, zum Trinken.

Trotty sagte: »Es ist Mrs. Chickenstalker«, und setzte sich
nieder und schlug sich wieder auf die Knie.

»Zu heiraten und mir nichts davon zu sagen«, rief die gute
Frau.

»So was! Ich hätte den letzten Abend des alten Jahres
nicht verbringen können, ohne dir Glück zu wünschen. Das
hätt' ich nicht zuweg gebracht, Meg, und wenn ich krank im
Bette gelegen wäre. So, jetzt bin ich hier, und da es Neujahr
und zugleich Polterabend ist, habe ich ein – wenig Grog
gemacht und ihn gleich mitgebracht.«

Mrs. Chickenstalkers Ansicht von ein »wenig Grog« tat
ihrem Charakter alle Ehre an. Der Steinkrug dampfte und
rauchte wie ein Vulkan. Der Mann, der ihn trug, war schon
halb ohnmächtig. »Mrs. Tugby«, sagte Trotty, der ganz entzückt um sie herumtrabte, »ich wollte sagen, Mrs. Chickenstalker, Gottes Segen auf Ihr Haupt! Ein glückliches neues
Jahr und noch viele, viele solche.« »Mrs. Tugby«, fuhr er fort,
als er sie zum Gruß geküßt hatte, »das heißt Mrs. Chickenstalker, dies sind William Fern und Lilly.« Zu seiner großen
Überraschung wurde die würdige Dame abwechselnd blaß
und rot.

»Doch nicht Lilly Fern, deren Mutter in Dorsetshire
starb?« rief sie. Lillys Onkel bejahte, und beide wechselten
schnell einige Worte miteinander, deren Ergebnis war, daß
Mrs. Chickenstalker Will die Hände schüttelte, Trotty aus
freiem Entschluß abermals auf die Wange küßte und das
Kind an ihren umfangreichen Busen zog.

»Will Fern«, sagte Trotty, indem er seinen rechten Fäustling anzog, »doch nicht das Freundesherz, das Sie zu finden hofften?«

»Freilich«, antwortete Willy und legte Trotty beide Hände auf die Schultern. »Wie es scheint, ein ebenso gutes Freundesherz, wenn das sein kann, wie ich bereits in Ihnen eins gefunden.«

»Oh«, sagte Trotty, »spielt doch endlich eins auf. Möchtet ihr nicht die Güte haben?«

Zu den Klängen der Musikbande, der Kinderklappern und der Katzenmusik und während noch die Glocken fröhlich vom Turme schallten, führte Trotty mit Mrs. Chickenstalker – nach Meg und Richard das zweite Paar – einen Tanz auf in einer Art Walzerschritt, den weder vorher noch nachher jemals ein menschliches Auge gesehen hatte und der auf dem ihm so eigentümlichen Dienstmannstrab aufgebaut schien.

Hatte Trotty geträumt? Oder sind seine Freuden und Leiden und die handelnden Personen nur ein Traum gewesen? Er selber nur ein Traum? Und der Erzähler dieser Geschichte – ein Träumer, der eben erwacht? Sollte dies auch so sein, dann präget ihr, die ihr ihm zuhörtet, die ernsten Wirklichkeiten, aus denen diese Schatten entsprangen, euerer Seele ein und sucht in euerer Sphäre – keine ist zu weit und keine zu eng für solch einen Zweck – sie besser zu gestalten und minder drückend. Möge das neue Jahr ein glückliches für euch sein und ein glückliches für alle die, deren Glück von euch abhängt. So möge denn jegliches Jahr glücklicher sein als das vorherige, und nicht der geringste unserer Brüder oder Schwestern soll ausgeschlossen bleiben von dem gerechten Anteil an Freude, zu dessen Genuß der große Schöpfer ihn schuf.

# Washington Irving

# Die Legende von der Schlafhöhle

Mitten in einer der geräumigen Buchten, welche das östliche Ufer des Hudson auszacken, an der breiten Ausdehnung des Flusses, welche die alten holländischen Schiffer Tappan Zee nannten, und wo sie immer vorsichtig ihre Segel einzogen und den Schutz des heiligen Nikolas anriefen, wenn sie darüber fuhren, liegt ein kleiner Flecken oder Dorfhafen, der von Einigen Greensburg genannt wird, eigentlich aber mehr unter dem Namen Tarry Town bekannt ist. Er erhielt, wie man sagt, diesen Namen ehedem von den guten Hausfrauen der Umgegend wegen der bösen Gewohnheit ihrer Ehemänner, an Markttagen in den Dorfwirtshäusern herumzulungern.[1] Nicht weit von diesem Dorfe, ungefähr zwei Meilen entfernt, befindet sich ein kleines Tal oder besser gesagt ein Stückchen Land, inmitten hoher Hügel, vielleicht eines der ruhigsten Plätzchen der ganzen Welt. Durch dasselbe gleitet ein schmaler Bach, dessen murmelndes Geräusch zum Schlaf einladet. Außerdem sind der Wachtelschlag oder das Klopfen eines Spechtes fast die einzigen Töne, welche die gleichförmige Ruhe unterbrechen.

Ich erinnere mich, daß, als ich noch ein junges Bürschchen war, ich meinen ersten Versuch im Eichhorn-Schießen in einem Hain von starken Walnußbäumen machte, welche die eine Seite des Tales beschatteten. Ich war in der Mittagszeit dahin gekommen, wo die ganze Natur sich der tiefsten Ruhe überläßt, und erschrak über meinen Flintenschuß, der die Sabbatstille um mich her unterbrach und durch das Echo noch verstärkt wurde. Wenn ich mir je einen einsamen Ort wünschen sollte, um in der Entfernung von der Welt und ihren Zerstreuungen zu leben und die Erinnerungen an schlimme Tage hinwegzuträumen, so wüßte ich keinen

---

[1] Bon dem Wort tarry, d. h. verweilen, zaudern.

besseren als dieses kleine Tal.

Von der einsamen Stille des Ortes und dem eigentümlichen Charakter seiner Bewohner, welche noch Abkömmlinge von den ursprünglichen holländischen Ansiedlern sind, ist dieses entlegene Tal lange unter dem Namen der *Schlafhöhle* bekannt, und die Bauernjungen heißen in der ganzen Gegend die Schlafhöhlenbuben. Eine träge, schläfrige Macht scheint über dem Land zu ruhen und die ganze Atmosphäre zu durchdringen. Einige halten dafür, daß die Gegend in der ersten Zeit der Ansiedlung durch einen mächtigen deutschen Doktor behext worden sei; Andere, daß ein alter indischer Häuptling, ein Prophet oder Zauberer seines Stammes, hier seine Zauberkünste trieb, bevor noch das Land von Hendrick Hudson entdeckt worden war. Sicher ist es, daß der Ort noch immer unter einer Art von Zaubermacht steht, welche die Gemüter des guten Volkes gefangen hält und die Ursache ist, weshalb sie in einem steten Traumzustand herumwandeln. Sie überlassen sich allen Arten von Wunderglauben, sind Verzückungen und Visionen unterworfen, haben häufig seltsame Erscheinungen und hören Musik und Stimmen in der Lust. Die ganze benachbarte Gegend ist voll von Lokalereignissen, von Orten, die nicht geheuer sind, und anderen abergläubischen Geschichten. Sternschnuppen und Meteore schießen öfter über das Tal als über einen anderen Teil des Landes, und der Alp scheint sich dasselbe zu seinem Lieblingsplatze auserwählt zu haben.

Der dominierende Geist jedoch, der diese verzauberte Gegend beunruhigt und Commandeur en chef über alle Mächte der Luft zu sein scheint, ist eine Figur ohne Kopf zu Pferd. Nach Einigen soll es der Geist eines hessischen

Reiters sein, dessen Kopf bei einer Schlacht während des Revolutionskrieges durch eine Kanonenkugel weggeschossen worden ist, und der nun in der Dunkelheit der Nacht wie auf den Fittigen des Windes dahin eilend dann und wann vom Landvolk gesehen wird. Seine nächtlichen Züge beschränken sich nicht bloß auf dieses Tal, sondern zu Zeiten auch auf die benachbarten Straßen, insbesondere auf die Umgebung einer nicht weit davon entfernten Kirche. Ja, einige der glaubwürdigsten Historiker dieser Gegend, welche die umgehenden Sagen über dieses Gespenst sorgfältig gesammelt und zusammengetragen haben, behaupten, die Leiche dieses Reiters liege in dem dortigen Kirchhof begraben, und der Geist reite des Nachts auf das Schlachtfeld, um seinen Kopf zu suchen; die Eile aber, mit der er zuweilen durch die Höhle wie ein mitternächtlicher Windstoß dahin ziehe, rühre daher, daß er sich verspätet habe und sich nun sputen müsse, um vor Tages Anbruch wieder auf den Kirchhof zurückzukommen.

Dies ist im Allgemeinen der Inhalt dieses legendenartigen Aberglaubens, der zu mancher abenteuerlichen Erzählung in dieser dunkeln Gegend das Material geliefert hat, so daß das Gespenst an jedem häuslichen Herde unter dem Namen des kopflosen Reiters aus der Schlafhöhle bekannt ist.

Merkwürdig ist dabei, daß das visionäre Vermögen, dessen wir erwähnten, sich nicht bloß auf die ursprünglichen Bewohner des Tals erstreckt, sondern sich unbewußt auch auf Alle ausdehnt, die eine Zeit lang da gewohnt haben. Wie hell und wach sie auch gewesen sein mögen, bevor sie diese schlafmachende Gegend betraten, sicher atmen sie in kurzer Zeit die bezaubernde Kraft mit der Luft ein, werden träumerisch und nachdenkend und sehen Gespenster.

Ich gedenke dieser friedlichen Stelle voll Lobes, denn in solchen verborgenen holländischen Tälern, wie man sie hier und da in dem großen Staate New York findet, erhalten sich Bevölkerung, Sitten und Gebräuche unverändert, während der große Strom der Auswanderung und Kultur, welcher so bedeutende Veränderungen in anderen Teilen dieses Landes hervorbringt, unbemerkt an ihnen dahinzieht. Sie sind wie die kleinen Winkel mit stillem Wasser am Rande eines reißenden Flusses, wo wir den Strohhalm und die Blase ruhig vor Anker liegen oder sanft in ihrem Hafen sich drehen sehen, ungestört durch den ungestümen vorbeiziehenden Strom. Obgleich viele Jahre verflossen sind, seit ich das Dunkel der Schlafhöhle betrat, so möchte ich doch fast glauben, daß ich dieselben Bäume und dieselben Familien in dieser versteckten Einöde wiederfinden würde.

An diesem Platze wohnte in einer seinen Periode der amerikanischen Geschichte, d. h. ungefähr vor dreißig Jahren, ein ehrwürdiger Herr, mit Namen Ichabod Crane, um die Kinder aus der Nachbarschaft zu unterrichten. Er war von Connecticut gebürtig, einem Staat, der die Union sowohl mit Pionieren für die Seelen wie für die Wälder versieht und jährlich eine Legion von Holzhauern und Landschulmeistern aussendet. Der Zuname Crane (Kranich) paßte auf seine Person. Er war lang, außerordentlich schmächtig, mit schmalen Schultern, langen Armen und Beinen, mit Händen, welche eine Meile weit aus den Ärmeln herausbaumelten, mit Füßen, die statt Schaufeln dienen konnten, und sein ganzer Körper hing nur ganz locker zusammen. Sein Kopf war klein und auf dem Wirbel flach, mit ungeheuren Ohren, großen grünen Glasaugen und einer langen Nase, gleich einem Schnepfenschnabel, so daß er aussah wie ein Wetterhahn, der auf seinem Spindelhals stand, um anzuzeigen, wo der Wind herblase. Wer ihn an einem windigen Tage an der Seite eines Hügels mit fliegenden Kleidern dahinschreiten sah, hätte ihn für den auf die Erde herabsteigenden Genius des Hungers oder für eine Vogelscheuche in einem Kornfeld halten können.

Sein Schulhaus war ein ärmliches Gebäude auf einem großen Platz, roh von Holz gebaut, die Fenster zum Teil von Glas, zum Teil mit Blättern von alten Schreibbüchern verklebt. Sehr sinnreich war es für Stunden, wo niemand zu Hause war, durch ein an dem Griff der Türe angebrachtes Weidengeflecht und durch gegen die Fensterladen gestemmte Stücke gesichert, so daß ein Dieb zwar ganz leicht hineinsteigen konnte, aber einige Schwierigkeiten fand, wieder herauszukommen; eine Idee, die Herr Yost van Houten, der Baumeister, höchst wahrscheinlich von einem Aalfang entlehnt hatte. Das Schulhaus hatte eine einsame, aber angenehme Lage, gerade an dem Fuß eines waldigen Hügels, dicht an einem Bache und einer großen Birke, die an dem einen Ende desselben stand. An einem schwülen Sommertage konnte man von da das leise Gemurmel der Schüler, die ihre Lektion auswendig lernten, gleich dem Summen eines Bienenstockes hören, hier und da unterbrochen durch die gebieterische Stimme des Meisters im Tone der Drohung oder des Befehls, oder zufällig auch durch den gefürchteten Ton der Birkenrute, wenn er einige Faulenzer auf den blumigen Pfad des Wissens drängte. Die Wahrheit zu sagen, war er ein gewissenhafter Mann, der immer die goldene Maxime im Herzen trug: »Spare die Rute, und du verdirbst das Kind.« Sicherlich wurden Crane's Schüler nicht verdorben.

Man darf nicht glauben, daß er einer der grausamen

Schulpotentaten gewesen sei, die sich an dem Schmerz ihrer Untergebenen erfreuen; im Gegenteil, er übte Gerechtigkeit eher mit Unterschied als mit Strenge, nahm den Schwachen die Last von dem Rücken und legte sie den Starken auf. Das kleine Bürschchen, das bei der geringsten Drohung mit der Rute zusammenfuhr, wurde mit Nachsicht behandelt, während der Gerechtigkeit mittelst einer doppelten Portion auf den Rücken einiger kleinen, hartnäckigen, starrköpfigen, groben holländischen Bursche, die grollend und widerspenstig unter der Birkenrute hinwegzuschlüpfen suchten, ein Genüge geschah. Alles dieses nannte er »seine Schuldigkeit ihren Eltern gegenüber tun«, und niemals legte er eine Strafe auf, ohne den schmerzlichen Trost für den kleinen Rangen hinzuzufügen, er würde noch seiner gedenken und ihm dankbar sein bis zum letzten Lebenshauche.

Wenn die Schulstunden zu Ende waren, spielte er mit den größeren Knaben, und an den Festtagen Nachmittags geleitete er einige der kleineren, welche hübsche Schwestern oder gute gastliche Hausfrauen zu Müttern hatten, in ihre Häuser. So stand er in ganz gutem Vernehmen mit seinen Zöglingen. Das Einkommen von seiner Schule war nur schmal und würde kaum hingereicht haben, ihn mit dem täglichen Brot zu versehen, denn er war ein tüchtiger Esser und hatte, wenn auch schmächtig, doch die Eigenschaft, sich wie eine Riesenschlange auszudehnen; um ihn indes vor Mangel zu schützen, bekam er, nach Landesgebrauch, seine Kost in den Häusern der Farmer, deren Kinder er unterrichtete. Davon lebte er eine Woche um die andere und wanderte in der Nachbarschaft rings um, seine ganze irdische Habe in einem baumwollenen Taschentuche mit sich führend.

Damit indes alles dies nicht zu lästig würde für den Geldbeutel seiner Gönner, welche die Ausgaben für die Schule für eine drückende Bürde und die Schulmeister für bloße Drohnen hielten, schlug er verschiedene Wege ein, sich zugleich nützlich und angenehm zu machen. Er unterstützte gelegentlich die Farmer in den leichteren Feldarbeiten, half ihnen Heu machen, besserte die Zäune aus, führte die Pferde in die Schwemme, trieb die Kühe von der Weide und spaltete Holz für den Winter. Dabei legte er alle seine Würde und sein absolutes Übergewicht, mit welchem er in seinem kleinen Reiche, der Schule, herrschte, ab und wurde außerordentlich artig und gewinnend. Er fand Gnade in den Augen der Mütter, wenn er sich mit den Kindern, besonders den jüngsten, abgab, und gleich dem Löwen, der das Lamm großmütig in seinen Tatzen hält, saß er mit einem Kinde auf seinem Knie und setzte dabei Stunden lang eine Wiege in Bewegung.

Außer seinem Beruf war er noch der Singmeister der Gegend und verdiente sich manchen Schilling durch Unterrichten der jungen Leute im Singen geistlicher Lieder. Es schmeichelte ihm nicht wenig, wenn er des Sonntags seinen Platz vorne auf der Galerie der Kirche mit einer Bande auserwählter Sänger nehmen konnte, wobei er, seiner Meinung nach, reichlich den Sieg über den Pfarrer davontrug. Wahr ist es, seine Stimme übertönte die ganze Versammlung, und noch jetzt hört man in jener Kirche und eine halbe Meile weiter über'm Mühlteiche drüben an stillen Sonntagsmorgen gewisse Triller, die von Ichabod Crane's Nase abstammen sollen. So half sich der würdige Pädagoge durch allerhand kleine Kunstgriffe und auf sinnreiche Weise leidlich fort, und Alle, die nichts von der Kopfarbeit verstanden, meinten, es koste ihm gar keine Anstrengung.

Ein Schulmeister ist gewöhnlich ein Mann von einigem Gewicht in den Familienkreisen der Landleute; man betrachtet ihn als eine Art vorstandsmäßiger Person von bei weitem höherer Bildung und feinerem Geschmack als die rohen Bauernsöhne, und nur an Gelehrsamkeit unter dem Pfarrer stehend. Seine Erscheinung verursachte deshalb einiges Aufsehen am Teetische eines Farmhauses, und es wurden außergewöhnliche Gerichte, wie Kuchen, Konfekt und gelegentlich auch ein silberner Teetopf aufgesetzt. Unser Gelehrter war daher besonders glücklich, wenn die Landmädchen freundlich gegen ihn waren. Er bildete sich etwas ein, wenn er am Sonntag zwischen dem Gottesdienst bei ihnen auf dem Kirchhof stand; sammelte Trauben von den wilden Weinstücken, die sich an den umstehenden Bäumen hinaufrankten; las zu ihrer Unterhaltung die Grabschriften auf den Leichensteinen, oder schlenderte mit einer ganzen Schar von ihnen an den Ufern des nahen Mühlbachs, während die Schamhafteren blöde zurückblieben und seine Eleganz und seine Lebensart beneideten.

In Folge seines halben Wanderlebens war er eine Art von fahrender Zeitung und trug den ganzen Ranzen voll lokaler Klatscherei von Haus zu Haus, so daß seine Erscheinung überall gern begrüßt wurde. Besonders schätzten ihn die Frauen als einen Mann von großer Gelehrsamkeit, denn er hatte verschiedene Bücher ganz durchgelesen und war vollkommen zu Hause in Cotton Mathers Geschichte der Zauberei in Neuengland, woran er, beiläufig gesagt, steif und fest glaubte.

Er war in der Tat ein seltsames Gemisch von etwas Verschlagenheit und einfacher Leichtgläubigkeit. Sein Hang zum Wunderbaren und seine Kraft, es zu verdauen, waren gleich ausgezeichnet, und beide steigerten sich, seit er in dieser bezauberten Gegend wohnte. Keine Geschichte war zu grob und zu ungeheuerlich für seinen geräumigen Schlund. Es machte ihm oft Vergnügen, wenn seine Schule am Abend geschlossen war, sich auf den weichen Rasen an dem Ufer des kleinen Baches, der an seinem Schulhause vorbeifloß, hinzustrecken und da des alten Mathers gräßliche Geschichten durchzulesen, bis die Dunkelheit des Abends einen Nebel um die Schrift verbreitete. Wenn er dann durch Sumpf, Fluß und Wald seinen Weg zurück nach dem Farmhause nahm, wo er einlogiert war, erregte jeder Ton in der Natur zu dieser Zauberstunde seine erhitzte Einbildungskraft: das Winseln des Totenvogels vom Hügel, der Ruf der Unken, der Vorbote des Sturms, das traurige Geschrei des Käuzchens, das plötzliche Geräusch der Vögel in dem Dickicht, die von ihren Schlafstellen aufgescheucht wurden. Sogar die Leuchtkäfer, die sehr lebhaft ihr Licht an den dunkelsten Plätzen verbreiteten, setzten ihn zuweilen in Furcht, wenn einer von ungewöhnlichem Glanz ihm über den Weg flog, und wenn ein großer Käfer ihn in seinem Flug begegnete, so wollte der arme Teufel schier den Geist aufgeben, denn er meinte, es habe eine Hexe ihm etwas angetan. Sein einziges Hilfsmittel bei solchen Gelegenheiten, sich die Gedanken aus dem Kopfe zu schlagen oder die bösen Geister zu verscheuchen, war, heilige Lieder zu singen, und das gute Volk der Schlafhöhle, wenn es des Abends an seiner Türe saß, befiel oft eine heimliche Furcht, wenn es seine süßen und langausgezogenen Nasentöne vom fernen Hügel herab oder längs der dunklen Straße ertönen hörte.

Eine andere Quelle, seine Neigung zum Wunderbaren zu befriedigen, bestand darin, daß er die langen Winterabende bei alten holländischen Frauen zubrachte, die spinnend am Feuer saßen neben einer Reihe von Äpfeln, die sie auf dem Herde brieten. Hier lauschte er ihren wunderbaren Erzählungen von Geistern, Kobolden, nicht geheuren Feldern, verzauberten Bächen, Brücken, Häusern, besonders aber des Reiters ohne Kopf oder des galoppierenden Hessen der Höhle, wie sie ihn auch bisweilen nannten. Er dagegen unterhielt sie mit seinen Anekdoten von Zauberei und von schrecklichen Vorzeichen, von gräßlichen Erscheinungen und Tönen in der Luft, welche in früheren Zeiten in Connecticut vorkamen, und machte sie fürchten durch Spekulationen über Kometen und Sternschnuppen und durch das Besorgnis erregende Faktum, daß die Welt rundum gehe und sie sich die Hälfte der Zeit zu unterst als oberst befänden.

Während dies Alles ihm nur zum Vergnügen gereichte, und er sich in dem Winkel eines Zimmers, das von der Glut eines knatternden Holzfeuers gerötet war, und wo kein Gespenst sein Gesicht zeigen durfte, ganz behaglich befand, war er desto schlimmer daran auf seinem Heimweg. Welch fürchterliche Gestalten und Schattenbilder umgaben seinen Pfad mitten im matten und dunklen Schimmer einer Schneenacht! – Mit welch sehnsüchtigem Blicke sah er auf jeden zitternden Lichtstrahl, der aus einem entfernten Fenster über die weiten Felder zu ihm herüberdrang! Wie oft erschrak er über einen mit Schnee bedeckten Strauch, der wie ein in ein Leichentuch gehülltes Gespenst ihm auf seinem Weg entgegentrat! Wie oft schauderte er zusammen vor dem Ton seiner eigenen Schritte auf der Eiskruste unter seinen Füßen und fürchtete sich, über seine Schulter zu sehen, weil er meinte, es schreite irgend ein unheimliches Wesen dicht hinter ihm! Und wie oft verlor er gar alle Fassung durch die heulenden Töne des Windes, in der Meinung, es sei der galoppierende Hesse auf einem seiner nächtlichen Züge!

Alles dieses waren aber nur nächtliche Schrecken, Phantome, welche die Nacht in uns aufsteigen läßt; und obgleich er manche Gespenster in seinem Leben gesehen hatte und mehr als einmal von dem Satan in verschiedenen Gestalten auf seinen einsamen Wanderungen beunruhigt worden war, so machte doch das Tageslicht allen diesen Spukereien ein Ende, und er würde, trotz Teufel und Teufelsspuk, ein recht angenehmes Leben geführt haben, wenn ihm nicht auf seinem Lebenspfade ein Wesen begegnet wäre, das den Sterblichen in größere Unruhe versetzt als Geister und Kobolde und die ganze Hexengesellschaft zusammengenommen, – ein Weib.

Unter den musikalischen Schülern, die sich an einem Abend in der Woche versammelten, um von ihm Unterricht im Gesang geistlicher Lieder zu empfangen, befand sich auch Katharine van Tassel, die Tochter und das einzige Kind eines wohlhabenden holländischen Farmers. Sie war ein blühendes Mädchen von achtzehn Jahren, rund und voll wie ein Rebhuhn, reif, appetitlich und mit rosigen Wangen, wie eine von ihres Vaters Pfirsichen, und allbekannt nicht nur wegen ihrer Schönheit, sondern auch wegen ihres zu hoffenden Reichtums. Dabei war sie eine kleine Kokette, wie man schon aus ihrem Anzug schließen konnte; er war nämlich ein Gemisch von alter und neuer Mode und ganz dazu geeignet, ihre Reize ins gehörige Licht zu stellen. Sie trug noch einen Schmuck von echtem puren Golde, den ihre Urgroßmutter von Saardam mitgebracht hatte; ferner ein reizendes Leibchen aus der alten Zeit und ein kurzes

Unterkleid, das den schönsten Fuß und Knöchel in der ganzen Umgegend sehen ließ.

Ichabod Crane hatte ein sanftes und weiches Herz für das andere Geschlecht, und wir dürfen uns deshalb nicht wundern, daß ein so verführerischer Bissen Gnade vor seinen Augen fand, besonders nachdem er sie in ihres Vaters Hause besucht hatte. Der alte Baltus van Tessel war das vollkommene Bild eines tätigen, zufriedenen, liberalen Farmers. Zwar ließ er sein Auge oder seine Gedanken nicht über die Grenzen seiner eigenen Farm hinaus schweifen, aber innerhalb dieser war Alles bequem, glücklich und wohl eingerichtet. Er war zufrieden mit seinem Reichthum, aber nicht stolz darauf, und legte mehr Gewicht auf seinen Überfluß als auf die Art und Weise, in der er lebte. Sein Haus lag an den Ufern des Hudson, in einem der grünen, geschützten, fruchtbaren Winkel, wo sich die holländischen Farmer so gern ansiedeln. Ein großer Ulmbaum breitete seine breiten Äste darüber aus, und am Fuß desselben entsprang eine Quelle des reinsten, süßesten Wassers, das in ein eingefaßtes Becken floß und sich verstohlen durch das Gras in einen benachbarten Bach ergoß, der dann unter Erlen und Weiden weiter eilte. Dicht am Farmhause befand sich eine große Scheune, die zu einer Kirche gedient haben mochte; durch jedes Fenster und jede Spalte derselben sahen die Schätze der Farm hervor; die Dreschflegel ließen sich darin vom Morgen bis zum Abend hören; Schwalben und andere Vögel flogen zwitschernd umher, und Flüge von Tauben, einige mit dem Blick nach oben, als wollten sie das Wetter beobachten, einige mit den Köpfen unter den Flügeln oder in der Brust vergraben, wieder andere sich aufblähend, girrend und sich vor ihren Weibchen verneigend, freuten sich auf dem Dache des Sonnenscheins. Fette, unbeholfene Schweine grunzten und genossen der Ruhe und des reichlichen Futters in ihren Ställen, und hier und da sprangen kleine Ferkel hervor und schnappten nach Luft. Eine stattliche Schar Schneegänse versammelten sich mit ganzen Truppen von Enten in einem benachbarten Teiche; Regimenter von Truthühnern schweiften durch die Höfe der Farm, und anderes Geflügel trieb sich darin mit widerwärtigem Geschrei herum. Vor dem Scheunentor stolzierte der galante Hahn, das Muster eines Hausherrn, ein Krieger und feiner Gentleman, schlug mit seinen ausgebreiteten Flügeln und krähte stolz und in der Freude seines Herzens, kratzte zuweilen die Erde mit seinen Füßen auf und rief dann großmütig die allzeit hungrige Familie von Weibern und Kindern herbei, um sich des guten Bissens zu erfreuen, den er aufgefunden hatte.

Dem Pädagogen wässerte der Mund, als er diese reichen Quellen des Wintervorrats betrachtete. Mit begierigen Blikken stellte er sich jedes Ferkel, das umherlief, gebraten vor, mit einer köstlichen Fülle im Leibe und einem Apfel im Maule; die Tauben bettete er sorgfältig in eine schöne Pastete und umgab sie mit einer Kruste; die Gänse schwammen in ihrer eigenen Sauce, und die Enten lagen paarweise, gleich jungen Ehepärchen, mit einer passenden Zwiebelsauce in den Schüsseln. An den Schweinen sah er die künftigen Speckseiten und saftigen Schinken ausgeschnitten; jeden Truthahn sah er schmackhaft zubereitet, mit seinem Magen unter dem Flügel und vielleicht einem Halsband von wohlschmeckenden Würsten, und selbst der stolze Hahn lag ausgebreitet auf seinem Rücken auf einer Nebenschüssel, mit aufgehobenen Krallen, als wenn er nach dem Quartier ver-

531

langte, das sein ritterlicher Geist verschmähte, als er noch am Leben war.

Indem sich nun der entzückte Ichabod alles dies ausmalte und seine großen grünen Augen über die fetten Wiesen, die reichen Weizen-, Roggen-, Buchweizen- und Welschkorn-felder und die mit reichen Früchten versehenen Obstgär-ten, welche das schöne Gut van Tassels umgaben, schweifen ließ, zog ihn sein Herz zu dem Mädchen hin, das dies alles einmal erben sollte, und seine Einbildungskraft malte ihm vor, wie man dadurch leicht zu Vermögen kommen und das Geld in großen Strecken unbebauten Landes und Schindel-palästen in der Wildnis anlegen könne. Ja, seine geschäftige Phantasie zeigte ihm bereits die blühende Katharine mit ei-ner ganzen Schnur von Kindern oben auf einem Wagen, mit Hausrat beladen und mit herunterhängenden Töpfen und Kesseln; er selbst sah sich auf einer Stute, mit einem Fohlen zur Seite, auf dem Wege nach Kentucky, Tennessee oder Gott weiß wohin.

Als er das Haus betrat, war sein Glück vollkommen. Es war eines jener geräumigen Farmhäuser mit hohen, etwas schie-fen Dächern, in dem Stil, wie ihn die ersten holländischen Ansiedler liebten; das ein wenig hervorspringende Dach bil-dete in der Front des Hauses einen Säulengang, den man bei schlechtem Wetter verschließen konnte. Hier befanden sich Dreschflegel, Pferdegeschirr, verschiedene Hausgeräte und Netze, um in dem benachbarten Fluß zu fischen. An der Wand waren Bänke für den Sommer angebracht, und ein großes Spinnrad an dem einen und ein Butterfaß an dem anderen Ende zeigte die verschiedenen Zwecke, zu denen dieses Vorhaus bestimmt war. Aus diesem Säulengang ging der erstaunte Ichabod in den Vorsaal, der den Mittelpunkt des Hauses bildete und zum gewöhnlichen Aufenthaltsort diente. Hier blendete eine Reihe zinnernes, auf einem langen Tisch aufgestelltes Geräte sein Auge. In einem Winkel lag ein großer Sack mit Wolle zum Spinnen, in einem anderen ein Haufen halb wollenen und halb leinenen Zeugs, das soeben von dem Webstuhl kam; Ähren von welschem Korn und Schnüre von getrockneten Äpfeln und Pfirsichen hingen in Girlanden an den Wänden, gemischt mit rotem Pfeffer, und eine halb geöffnete Türe ließ ihn einen Blick in das schönste Gastzimmer werfen, in welchem die klauenfüßigen Sessel und Mahagonitische gleich Spiegeln glänzten; Feuerböcke mit Schaufeln und Zangen blitzten wie reines Gold; getrocknete Orangen und Muscheln zierten den Kamin; Schnüre von mannigfaltig gefärbten Eiern hingen darüber; ein großes Straußenei hing von der Mitte des Zimmers herab, und ein Schenktisch in der Ecke zeigte außerordentliche Schätze an altem Silber und Porzellan.

Von dem Augenblicke an, als Ichabod diese Herrlichkeiten erblickte, war es mit der Ruhe seiner Seele vorbei, und sein einziges Dichten und Trachten ging nur dahin, die Zuneigung der unvergleichlichen Tochter van Tassels zu gewinnen. Dies Unternehmen barg indes größere Schwierigkeiten, als vormals das Loos eines irrenden Ritters in sich schloß, der selten mehr zu tun hatte als mit Riesen, Zauberern, feurigen Drachen und anderen leicht zu besiegenden Feinden zu kämpfen, und nur durch Eisen- und Erztore und diamantene Wände bis zu dem Schloß zu dringen hatte, in dem die Auserwählte seines Herzens gefangen gehalten wurde, welches Alles er so leicht ausführte wie ein Mann, der sich durch das Zentrum einer Weihnachtspastete hindurch arbeitet; die Prinzessin reichte ihm ihre Hand, und damit war die Sache abgetan. Ichabod dagegen hatte sich in das Herz einer ländlichen Kokette voll Launen und Kapricen zu stehlen, welche immer neue Schwierigkeiten und Hindernisse darboten; daneben hatte er es mit einem Heer furchtbarer Feinde von Fleisch und Blut und zahlreichen ländlichen Verehrern zu tun, welche jeden Zugang zu ihrem Herzen besetzt hielten, einander sorgfältig im Auge hatten, aber wenn es einen neuen Bewerber galt, stets gemeinsame Sache machten.

Der bedeutendste unter ihnen war ein dicker, lärmender und prahlender Bursche, Namens Abraham oder nach holländischer Abkürzung Brom van Brunt, der Held der ganzen Umgegend, welche des Ruhms von seiner Stärke und seinem Mute voll war. Er war breitschulterig und vierschrötig, mit kurzgelocktem schwarzen Haare, mit einem plumpen, aber nicht unangenehmen Gesicht, auf dem die Züge von Heiterkeit und Anmaßung geschrieben standen. Von seiner herkulischen Gestalt und seiner großen Stärke hatte er den Spitznamen Brom Bones erhalten, unter dem er allgemein bekannt war. Berühmt war er durch seine große Kenntnis und Geschicklichkeit in der Behandlung der Pferde, er war so flink zu Roß wie ein Tatar. Bei allen Wettrennen und Hahnengefechten war er der Erste, und vermöge der Überlegenheit, die man im bäuerlichen Leben an körperlicher Stärke erlangt, war er der Schiedsrichter in allen Streitigkeiten, wobei er seinen Hut auf eine Seite setzte und seinen Bescheid mit einem Gesicht und Tone gab, die keinen Widerspruch und keine Berufung zuließen. Immer war er zu Streit und Neckerei bereit, aber er hatte mehr Mutwillen als bösen Willen und bei aller seiner Rohheit doch im Grunde einen Anstrich von guter Laune.

Dieser rohe Held hatte sich die schöne Katharine zum Gegenstand seiner ungeschlachten Galanterien auserwählt; und obgleich seine verliebten Tändeleien einigermaßen den Liebkosungen und der Zärtlichkeit eines Bären glichen, so flüsterte man sich doch hier und da zu, daß sie seinen Bewerbungen nicht ganz abgeneigt sei. Ausgemacht ist es, daß sie seinen Nebenbuhlern als Signal galten, sich zurückzuziehen, und daß sie keine Neigung fühlten, einen Bären in seinen Liebesaffairen zu stören. Wenn man sein Roß irgend einmal in einer Sonntagsnacht an van Tassels Türe angebunden sah, so war dies ein sicheres Zeichen, daß sein Herr darin auf der Freiern war, und alle Bewerber zogen mißmutig vorüber und nach einer anderen Himmelsgegend.

Dies war nun der furchtbare Mann, mit dem es Ichabod Crane zu tun hatte; ein stärkerer Mann als er würde nach reiflicher Betrachtung sich zurückgezogen haben, ein verständigerer in Verzweiflung geraten sein. Er aber, ein glückliches Gemisch von Geschmeidigkeit und Beharrlichkeit, war an Form und Geist wie ein biegsames Rohr, nachgiebig, aber zähe; wenn er sich auch bog, so brach er doch nicht, und wenn er auch dem geringsten Druck nachgab, so war er doch im Moment wieder obenauf, richtete sich empor und trug seinen Kopf so hoch wie immer.

Offen gegen seinen Nebenbuhler zu Feld zu ziehen, würde Tollheit gewesen sein, denn der war nicht der Mann, der sich in seinen Liebeshändeln irre machen ließ, so wenig wie der stürmische Liebhaber Achilles. Deshalb ging er in seinen Bewerbungen in ruhiger und einschmeichelnder Weise vor. In seiner Funktion als Singmeister machte er häufig Besuche in dem Farmhause und hatte dabei von der Einmischung der Eltern, die so oft ein Stein des Anstoßes für Lie-

bende ist, nicht das Geringste zu fürchten. Balt van Tassel
war eine gefällige, nachsichtige Seele; er liebte seine Tochter
sogar noch mehr als seine Tabakspfeife und ließ sie, als ein
vernünftiger Mann und vortrefflicher Vater, nach Gefallen
ihren Weg gehen. Seine fleißige kleine Frau aber hatte genug zu tun, ihren Haushalt zu besorgen und ihr Federvieh
in Ordnung zu halten, denn ihre Meinung war, Enten und
Gänse seien närrisches Volk und müßten in Aufsicht gehalten werden, die Mädchen aber könnten für sich selbst
sorgen. Während nun die geschäftige Frau im Hause herum
trollte oder an ihrem Spinnrad an einem Ende des Säulenganges saß, schmauchte der ehrliche Balt seine Pfeife am
anderen und beobachtete das Thun eines kleinen hölzernen
Kriegers auf dem Scheunendach, der, mit einem Schwert in
jeder Hand, mächtig gegen den Wind focht. Unterdessen
betrieb Ichabod seine Sache mit der Tochter, bald an der
Quelle unter der großen Ulme sitzend, bald mit ihr in der
Dämmerung schlendernd, welche den Gesprächen Liebender so günstig ist. Ich muß gestehen, daß ich nicht weiß, wie
man die Herzen der Frauen gewinnt. Mir sind sie immer
Rätsel und Gegenstände der Bewunderung gewesen. Einige
scheinen nur einen verwundbaren Punkt oder eine zugängli-
che Türe zu haben, während andere tausend Zugänge haben
und auf tausend verschiedenen Wegen gewonnen werden
können. Ein großer Triumph ist es, die ersteren zu erobern,
aber noch ein bei weitem größerer Beweis von Kunst, in
Besitz der letzteren zu gelangen, denn hier muß ein Mann,
um die Festung einzunehmen, in jede Türe und jedes Fenster einzudringen suchen. Der, welcher tausend gewöhnliche Herzen gewinnt, ist daher einigen Ruhmes wert; der
aber, welcher unbestritten das Herz einer Kokette erobert,

ist ein wirklicher Held. In der Tat war dies nicht der Fall mit dem furchtbaren Brom Bones, und von dem Augenblick, als Ichabod Crane seine Avancen machte, waren die Hoffnungen des ersteren offenbar im Sinken; man sah sein Pferd nicht mehr in Sonntagsnächten an das Haus angebunden, und es entspann sich nach und nach eine tödliche Feindschaft zwischen ihm und dem Präceptor der Schlafhöhle.

Brom, der etwas von roher Ritterlichkeit in seinem Wesen hatte, würde mit Freuden Mittel und Wege zum offenen Krieg gefunden und seinen Ansprüchen auf das Mädchen kurz und bündig nach irrender Ritter Art durch Kampf Nachdruck gegeben haben; aber Ichabod kannte zu sehr die Übermacht seines Feindes über ihn, um sich mit ihm zu messen; er überhörte daher Bones' Prahlerei, »er wolle den Schulmeister zusammenklappen und auf ein Bret seines Schulhauses legen«; auch war er zu schlau, um ihm irgend eine Gelegenheit zu geben. Es lag etwas außerordentlich Herausforderndes in diesem hartnäckig festgehaltenen Friedenssystem; es blieb Brom keine Wahl, als die Sache ins Lächerliche zu ziehen und seinen Rival mit bäuerischem Spott zu verfolgen. Ichabod wurde von Seiten Bones' und seiner rohen Horde der Gegenstand einer mutwilligen Verfolgung. Sie beunruhigten sein bisher so friedliches Gebiet; brachten Rauch in seine Singschule durch Verstopfung des Schornsteins; brachen trotz der außerordentlichen Befestigungen der Fenster mit Weidenstöcken bei Nacht in das Schulhaus und warfen Alles zu unterst als oberst, so daß der arme Schulmeister glaubte, alle Hexen im ganzen Lande hielten hier ihre Versammlungen. Aber was noch unangenehmer war, Brom benutzte jede Gelegenheit, ihn in Gegenwart seiner Geliebten lächerlich zu machen; so hatte er einen schäbigen Hund, den er auf eine possierliche Weise winseln lehrte und als Ichabods Rival bei ihr einführte, um sie im Gesang geistlicher Lieder zu unterrichten.

So stand die Sache eine Zeit lang, ohne daß sich die gegenseitige Position der streitenden Parteien wesentlich änderte. Da saß einmal an einem schönen Herbstnachmittag Ichabod nachdenkend auf seinem erhabenen Stuhl, wie auf einem Thron, von welchem er gewöhnlich alle Angelegenheiten seines kleinen literarischen Reiches überwachte. In seiner Hand schwang er einen Stock, das Zepter der Despotie; die Birkenruhe, der Schrecken der Übeltäter, hing an drei Nägeln hinter dem Throne, während vor ihm auf einem Pulte allerhand Konterbande Ware und verbotene Gegenstände lagen, die er bei unnützen Buben entdeckt hatte, als halbverzehrte Äpfel, Knallbüchsen, Kreisel, Fliegenhäuschen und eine ganze Legion von kleinen Papierfiguren. Offenbar war eben ein abschreckender Akt der Justiz vor sich gegangen, denn seine Schüler hatten alle ihre Aufmerksamkeit auf die Bücher gewandt, oder flüsterten, ein Auge auf den Meister gerichtet, scheu und leise, und eine Art summender Stille herrschte durch die ganze Schulstube. Plötzlich wurde dies unterbrochen durch die Erscheinung eines Negers in einer Zwillichjacke und weiten Hosen, mit einem Fragment von einem runden Hute gleich einer Mercuriuskappe, auf einem schlechten, wilden Hengstfüllen sitzend, das er an einem Strick mit einer Halfter führte. Er kam mit Rasseln an die Schultüre, um Ichabod für diesen Abend zu einer fröhlichen Gesellschaft bei Mynheer van Tassel einzuladen. Als er seine Botschaft mit wichtigen Mienen und in der feinsten Sprache, welche ein Neger bei Gelegenheiten der Art anzunehmen fähig ist, ausgerichtet hatte, eilte er über den Bach weiter und war, erfüllt von der Wichtigkeit und der Eile seiner Sendung, bald außer Gesicht.

Alles war nun in der zuvor ruhigen Schulstube in Aufruhr. Die Schüler eilten rasch über ihre Lektionen hinweg, ohne sich bei Kleinigkeiten aufzuhalten; diejenigen, welche gewandt waren, überhüpften ungestraft die Hälfte, und diejenigen, welche langsam waren, bekamen hin und wieder einen Klaps, um sie zur Eile anzutreiben, oder man half ihnen über ein langes Wort hinweg. Bücher wurden, anstatt sie auf die Bücherbretter zu stellen, auf die Seite geworfen, Tintenfässer umgeschmissen, Bänke umgeworfen, und die ganze Schule wurde eine Stunde vor der Zeit geschlossen; die Schulkinder aber stürzten heraus wie eine Herde junger Füllen, schrien und lärmten im Grase, um ihre Freude über die frühe Entlassung auszudrücken.

Der galante Ichabod wendete jetzt zum wenigsten eine halbe Stunde auf seine Toilette, bürstete und reinigte seinen schwarzen verschossenen Rock aufs beste und ordnete seine Locken vor einem Stück Spiegel, das an der Wand hing. Um vor seiner Herzallerliebsten als ein wahrer Kavalier zu erscheinen, lieh er von einem Farmer, mit dem er in gutem Vernehmen stand, einem cholerischen alten Manne, Namens Hans van Rippers, ein Pferd, und so trat er wohlberittten seine Wanderschaft wie ein fahrender Ritter an, der auf Abenteuer ausgeht. Aber ich muß notwendig, dem Geiste einer romantischen Geschichte gemäß, einen etwas näheren Bericht von dem Aussehen und der Ausstaffierung meines Helden und seines Rosses geben. Das Tier, das er ritt, war ein abgelebter Ackergaul, der fast um Alles in der Welt gekommen war, nur nicht um seine Bosheit. Er war dürr und langhaarig, mit einem Hals wie ein Schaf und einem Kopf wie ein Hammer; Mähne und Schweif zusammengewirrt und geknotet; ein Auge hatte seine Pupille verloren und war weiß und glänzend, das andere, aber hatte noch den wahren Teufel in sich. Er mußte zu seiner Zeit Mut und Feuer gehabt haben, wie man schon aus seinem Namen schließen kann; er hieß Gunpowder (Schießpulver). Wirklich war er das Lieblingspferd seines Herrn, des heftigen van Rippers, gewesen, der ein wütender Reiter, und von dessen Geist wahrscheinlich etwas auf das Tier übergegangen war; denn so alt und zusammengebrochen er auch aussah, so hatte er doch den Teufel im Leibe, wie kein Füllen in Lande.

Ichabod war eine Figur, die ganz zu dem Pferde paßte. Er ritt mit kurzen Bügeln, so daß seine Knie fast an den Sattelknopf stießen; seine spitzen Ellbogen standen hinaus wie bei den Heuschrecken; die Peitsche hielt er perpendikulär in der Hand wie ein Zepter, und wenn sein Pferd einen kurzen Paß ging, bewegten sich seine Arme wie ein paar Flügel; der Saum seines schwarzen Rockes flatterte fast bis zum Schweif seines Pferdes. So sah Ichabod und sein Pferd, aus, als sie aus Hans van Rippers' Tor hinauszogen; es war eine Erscheinung, wie man sie nur selten zu sehen bekommt.

Wie ich schon erwähnt habe, war es ein schöner Herbsttag; der Himmel war hell und blau, und die Natur trug das reiche, goldene Kleid, welches wir immer mit der Idee des Überflusses verbinden. Die Wälder hatten ein braunes und gelbes Gewand angelegt, während einige zartere Bäume durch den Frost die brillanten Farben von Orange, Purpur und Scharlachrot angenommen hatten. Scharen von wilden Tauben durchzogen hoch die Luft; von den Buchen- und Hickorybäumen hörte man das Geräusch der Eichhörnchen und zu Zeiten den schwermütigen Wachtelschlag von den benachbarten Stoppelfeldern.

Die kleineren Vögel waren im Begriff ihren Abschiedsschmaus zu halten. In der Fülle des Genusses flatterten sie fröhlich zwitschernd von Busch zu Busch und von Baum zu Baum, verwundert über den Überfluß und den Wechsel um sie herum. Da war das schöne Rotkehlchen, das Lieblingsvögelchen der Knaben, mit seiner hellen klagenden Stimme, die Amseln mit ihrem weittönenden Gesang, die goldbeschwingten Spechte mit ihrem hochroten Federbusch, ihrem breiten schwarzen Halskragen und ihrem glänzenden Gefieder; der Ledervogel mit seinen rotgefleckten Flügeln und Schwanz und seiner kleinen Reitkappe von Federn; der blaue Häher, dieser lärmende Gesell mit seinem hellblauen Kleid und weißen Unterkleidern, kreischend und plaudernd, nickend, baumelnd, sich biegend und sich benehmend, als wenn er mit allen Sängern des Waldes in gutem Vernehmen stände.

Als nun Ichabod so langsam hintrollierte, schweifte sein Auge, das für jedes Symptom von kulinarischem Überfluß immer offen war, mit Vergnügen über die Schätze des heiteren Herbstes. An allen Seiten sah er einen großen Vorrat von Äpfeln, einige in reicher Fülle an den Bäumen hängen, andere in Körben und Tonnen zum Verkauf gesammelt, wieder andere in großen Haufen aufgespeichert für die Cyderpresse. Ferner erblickte er große Felder welschen Korns, das mit seinen goldenen Ähren aus den blätterreichen Büscheln hervorsah und gute Kuchen und Puddings in Aussicht stellte; darunter gelbe Kürbisse, ihre runden Früchte gegen die Sonne gewendet, die herrlichsten Torten versprechend; darauf passierte er die wohlriechenden Buchweizenfelder, die Lust der Bienen, und indem er sie sah, stahlen sich Gedanken an schmackhafte, wohl mit Butter versehene und mit Honig oder Sirup versetzte, von der zarten kleinen Hand der Katharine van Tassel gebackene Törtchen in seine Seele.

Indem er so seine Seele mit manchen süßen Gedanken und verzuckerten Hoffnungen nährte, ritt er an der Seite einer Reihe von Hügeln hin, welche die Aussicht auf einige der schönsten Szenen des mächtigen Hudson darbieten. Die Sonne kehrte allmählich ihre breite Scheibe dem Westen zu. Das weite Becken des Tappansees lag bewegungslos und glänzend da, nur hier und da bewegten sich leise die Wellen und spiegelten die blauen Schatten der entfernten Gebirge wieder. Wenige dunkle Wolken schwammen am Himmel, ohne daß sie ein Lufthauch bewegte. Der Horizont hatte eine schöne goldene Färbung, die sich nach und nach in sattes Grün und weiter in tiefes Blau verwandelte. Ein schräger Strahl fiel auf den waldigen Kamm des Abhangs, der sich nach dem Flusse herabzog, und verlieh der dunkelgrauen und purpurnen Farbe seiner Felspartien größere Tiefe. In der Ferne sah man ein kleines Schiff langsam mit hängenden Segeln dahin steuern; und da der Himmel sich in dem stillen Wasser wiederspiegelte, schien es, als schwebte es in der Luft.

Es war gegen Abend, als Ichabod am Schlößchen van Taffels anlangte, welches er gedrängt voll fand von der Blüte und der Aristokratie der Nachbarschaft. Alte Farmer, eine magere Race mit ledernen Gesichtern, mit selbstgemachten Kleidern und Hosen, blauen Strümpfen, großen Schuhen und herrlichen zinnernen Schnallen; kleine verwelkte Frauen mit großen Kragen, Kleidern mit langen Taillen, selbstgesponnenen Unterkleidern, Scheren und Nadelkissen und schönen kattunenen Taschen an der Seite. Muntere Mädchen, in ihrem Anzug fast so antiquiert wie ihre Mütter, mit Ausnahme eines Strohhutes, eines schönen Bandes oder vielleicht eines weißen Kleides, die an die neuen Moden der Stadt erinnerten. Die Söhne in kurzen gestreiften Röcken mit Reihen großer Messingknöpfe, das Haar gewöhnlich mit einem Zopf nach der damaligen Mode, wobei sie sich einer Aalhaut bedienten, als eines in der ganzen Gegend geschätzten Mittels, um den Haarwuchs zu befördern.

Brom Bones aber war der Held der Szene. Er war zu der Gesellschaft auf seinem Lieblingshengst Daredevil (Teufelstrotz) gekommen, einem Tier gleich ihm selbst voll Mut und Bosheit, das Niemand als er regieren konnte. Er war bekannt als einer, der boshafte, zu allen Arten von bösen Streichen geneigte und den Kopf des Reiters immer aufs Spiel setzende Tiere bevorzugte, denn er hielt ein folgsames wohlgezogenes Pferd eines Burschen von Geist unwürdig.

Wohl muß ich etwas verweilen bei allen den Herrlichkeiten, die den entzückten Blicken meines Helden begegneten, als er das Putzzimmer in van Tassels Hause betrat. Ich meine hier nicht die Reize der vielen munteren Mädchen mit ihrem reichen Schmuck von roten und weißen Kleidern, sondern die reichen Schätze eines echt holländischen ländlichen Teetisches zur schönen Herbstzeit. Welch gehäufte Schüsseln von Kuchen der verschiedensten, kaum zu beschreibenden Arten, wie sie nur erfahrenen holländischen Hausfrauen bekannt sind! Da gab es süße Kuchen und mürbe Kuchen, Ingwer- und Honigkuchen, kurzum die ganze Familie von Kuchen. Desgleichen fanden sich Apfeltorten, Pfirsich- und Kürbistorten; ferner Schinken und Rauchfleisch; getrocknete Pflaumen, Pfirsiche und Quitten; geröstete Heringe und gebratene Hühnchen; daneben Schüsseln von Milch und Rahm, alles durcheinander, in der Mitte der häusliche Teepot, der seine Rauchwolken allenthalben hin verbreitete.

Doch mir fehlt die Zeit, das ganze Bankett zu beschreiben, und ich muß eilen, meine Geschichte weiter zu verfolgen. Glücklicher Weise hatte Ichabod Crane nicht so große Eile als sein Geschichtschreiber, sondern ließ jedem Leckerbissen Gerechtigkeit widerfahren.

Er gehörte zu den dankbaren Kreaturen, deren Herzen sich erweitern in dem Verhältnis, in welchem ihre Leiber sich mit guten Speisen füllen, und deren Geist durch Essen sich belebt, wie bei manchen Menschen durch Trinken. Dabei konnte er nicht unterlassen, während des Essens seine großen Augen umherschweifen zu lassen und heimlich bei dem Gedanken zu lächeln, daß er dereinst Herr dieser Szenen außerordentlichen Glanzes und Überflusses werden könne. Wie bald, dachte er, könne er dem alten Schulhause den Rücken zukehren, Hans van Rippers und jedem anderen geizigen Patron unter die Nase schnippen und jeden reisenden Pädagogen, der sich unterfangen sollte, ihn Kamerad zu nennen, zur Türe hinaus werfen.

Der alte Baltus van Tassel bewegte sich unter seinen Gästen mit einem Gesicht voll Zufriedenheit und guter Laune, rund und voll wie der Mond. Seine kleinen Aufmerksamkeiten waren kurz, aber voll Ausdruck; sie beschränkten sich auf einen Handschlag, einen Klaps auf die Schulter, ein lautes Gelächter und eine dringende Einladung »zuzulangen und sich selbst zu bedienen«.

Jetzt tönte Musik von dem Salon und lud zum Tanze ein. Der Musiker war ein alter grauköpfiger Neger, schon seit einem halben Jahrhundert das wandernde Orchester der

Umgegend. Sein Instrument war so alt und abgenutzt als er selbst. Größtenteils kratzte er nur auf zwei oder drei Saiten, indem er jede Bewegung seines Bogens mit einer Kopfbewegung begleitete und sich fast bis auf den Boden beugte und mit dem Fuß stampfte, so oft ein frisches Paar antrat.

Ichabod bildete sich so viel auf sein Tanzen ein als auf seine Stimme. Nicht ein Glied, nicht eine Fiber an ihm war müßig; und wer sein schlotteriges Gestell in voller Bewegung über den Tanzplatz hinrasseln sah, mußte glauben, St. Veit selbst, der heilige Patron des Tanzes, mache leibhaftig seine Touren vor ihm. Er wurde von allen Negern bewundert, die sich von allen Altern und Größen von der Farm und aus der Nachbarschaft versammelt hatten, eine Pyramide von glänzenden schwarzen Gesichtern an jeder Türe und jedem Fenster bildeten, sich mit Vergnügen die Scene besahen, ihre weißen Augäpfel rollen und ihre Reihen von Elfenbeinzähnen von einem Ohr zum anderen sehen ließen. Warum hätte da der Knabenzuchtmeister nicht lustig und vergnügt sein sollen?

Die Dame seines Herzens war seine Tänzerin und lächelte wohlwollend bei allen seinen verliebten Blicken, während Brom Bones, wütend vor Liebe und Eifersucht, finster und in sich versunken in einem Winkel saß.

Als der Tanz zu Ende war, wurde Ichabod zu einem Häufchen ernster Männer hingezogen, welche mit dem alten van Tassel an einem Ende des Säulenganges ihre Pfeife rauchten, von alten Zeiten schwatzten und besonders lange Geschichten aus dem Krieg erzählten.

Die Gegend, von der ich spreche, gehörte damals zu jenen begünstigten, welche reich an Geschichte und großen Männern sind. Die britischen und die amerikanischen Truppen waren während des Krieges in der Nähe aufeinander gestoßen, sie war deshalb die Szene von Plünderungen geworden und hatte Flüchtlinge, Trossbuben und alle Arten von Grenzrittern beherbergt. Es war hinreichende Zeit verflossen, um jeden Erzähler in den Stand zu setzen, seine Geschichte mit etwas Erdichtung aufzuputzen und bei der Unbestimmtheit seiner Erinnerung sich selbst zum Helden jeder Tat zu machen.

Da war die Geschichte von Duffue Martling, einem dikken blaubärtigen Holländer, der fast eine britische Fregatte mit einem alten eisernen Neunpfünder von einer sumpfigen Brustwehr genommen hätte, wenn nicht seine Kanone beim sechsten Schuß zersprungen wäre. Und da war ein alter Herr, – seinen Namen nenne ich nicht, er ist mir ein zu reicher Mynheer, – der, ein großer Meister in der Verteidigungskunst, in der Schlacht von Whiteplains eine Flintenkugel mit einem kleinen Säbel parierte, so daß er das Zischen rund um die Klinge und die schnelle Bewegung des Heftes fühlte; zum Beweis der Wahrheit war er jederzeit bereit, den Säbel mit dem etwas verbogenen Heft zu zeigen. Es gab noch verschiedene Andere, die ebenso groß im Felde waren, darunter aber nicht einen Einzigen, der nicht überzeugt gewesen wäre, daß er zum glücklichen Ende des Krieges wesentlich beigetragen habe.

Aber alles Das war nichts gegen die Erzählungen von Geistern und Erscheinungen, die nun folgten. Die Gegend ist reich an märchenhaften Schätzen dieser Art. Abergläubische Lokalgeschichten gedeihen am besten in diesen verborgenen, lange bewohnten Schlupfwinkeln, während sie durch das bewegte Gedränge, das die Bevölkerung unserer meisten Landstädte bildet, unter die Füße getreten werden.

546

Übrigens finden auch in den meisten unserer Dörfer die Geister keine Aufmunterung; denn sie hatten kaum Zeit, ihr erstes Schläfchen zu beendigen und sich in ihren Gräbern umzudrehen, so sind ihre überlebenden Freunde bereits aus der Gegend weggewandert, so daß, wenn sie in der Nacht die Runde machen, sie keine Bekannten mehr finden, denen sie einen Besuch abstatten könnten. Dies ist vielleicht auch der Grund, weshalb wir, ausgenommen in unseren lange bewohnten holländischen Gemeinden, so wenig von Geistern hören.

Die Hauptursache jedoch, weshalb man soviel von übernatürlichen Begebenheiten in dieser Gegend vernahm, war ohne Zweifel der Nähe der Schlafhöhle zuzuschreiben. Es herrschte ein wahres Kontagium in der Luft, die von jener verzauberten Gegend herwehte; sie strömte eine Atmosphäre von Träumen und Einbildungen aus, die das ganze Land ansteckte. Einige von den Bewohnern der Schlafhöhle waren auch bei van Tassel und kramten, wie gewöhnlich, ihre wilden und wunderbaren Legenden aus. Es wurden mancherlei schreckliche Geschichten von Leichenzügen erzählt, sowie von klagenden und wimmernden Stimmen, die man bei dem großen Baum vernommen hatte, wo der unglückliche Major André ergriffen worden war. Auch gedachte man der weißen Frau, die das dunkle Thal von Raven Rock unsicher machte, und die man oft in Winternächten vor einem Sturm kreischen hörte. Sie war da im Schnee umgekommen. Die meisten der Erzählungen drehten sich aber um das Lieblingsgespenst der Schlafhöhle, den Reiter ohne Kopf, der erst kürzlich mehrere Male durch die Gegend patrouilliert war, und wie man sagte, in der Nacht sein Pferd unter den Gräbern im Kirchhof angebunden hatte.

Die einsame Lage dieser Kirche scheint sie immer zum Lieblingsaufenthalt unruhiger Geister gemacht zu haben. Sie stand auf einem kleinen Hügel, umgeben von Locustbäumen und hohen Ulmen, aus denen ihre schönen weißen Wände, das Bild der christlichen Reinheit, bescheiden hervorblickten. Von ihr senkt sich der Hügel zu einem hellen Bach herab, umgeben von hohen Bäumen, zwischen denen einzelne Blicke auf die blauen Hügel des Hudson gestattet sind. Wenn man auf ihren mit Gras bewachsenen Hof blickt, wo die Sonnenstrahlen so ruhig zu schlafen scheinen, sollte man denken, daß hier wenigstens der Tote in Frieden ruhen möge. An einer Seite der Kirche breitet sich ein weites waldiges Thal aus, längs dem ein starker Bach unter abgebrochenen Felsen und gefallenen Baumstämmen dahin rauscht. Über einen tiefen dunkeln Teil des Stroms, nicht weit von der Kirche, war vormals eine hölzerne Brücke gelegt; der Weg, der zu ihr führte, und die Brücke selbst war dick beschattet von überhängenden Bäumen, die selbst am Tage Dunkelheit auf ihr verbreiteten, in der Nacht aber eine furchtbare Finsternis verursachten. Dieses war denn ein Lieblingsaufenthalt des Reiters ohne Kopf und die Stelle, wo man ihm auch am häufigsten begegnete. Die Geschichte erzählte der alte Brouwer, sonst ein häretischer Ungläubiger, was die Geister betraf. Er berichtete, wie er dem Reiter, auf seiner Rückkehr vom Felde nach der Schlafhöhle, begegnet war und sich genötigt sah, hinter ihm zu bleiben; wie sie durch Busch und Dorn, über Hügel und Morast galoppierten, bis sie die Brücke erreichten; hier verwandelte sich der Reiter plötzlich in ein Beingerippe, zog den alten Brouwer in den Bach und sprang über die Baumwipfel mit einem Donnerschlag davon. Den Pendant zu dieser Geschichte lieferte ein noch viel wunderbareres Erlebnis Brom Bones', der den galoppierenden Hessen für einen Erzspitzbuben ansah. Er versicherte, daß er in der Nacht, auf der Rückkehr von dem benachbarten Dorfe Sing-Sing von diesem nächtlichen Reiter eingeholt worden sei; er habe ihm das Anerbieten gemacht, mit ihm um eine Bowle Punsch um die Wette zu reiten, und würde auch die Wette gewonnen haben, da Daredevil alle Geisterpferde der ganzen Höhle aussteche; aber als sie zu der Kirchenbrücke gekommen seien, habe der Hesse angehalten und sei in einer feurigen Flamme verschwunden.

Alle diese Geschichten, welche mit gedämpfter Stimme in der Dunkelheit erzählt wurden, und wobei die Gesichter der Zuhörer nur hier und da zufällig durch einen Schimmer aus einer Tabakspfeife erleuchtet wurden, prägten sich tief in Ichabods Seele ein. Er ergänzte sie durch weitschweifige Auszüge aus seiner unschätzbaren Schrift von Cotton Mather und fügte noch manche wunderbare Vorfälle hinzu, die sich in seinem Geburtslande Connecticut zugetragen hatten, sowie andere fürchterliche Erscheinungen, die er auf seinen nächtlichen Gängen in der Gegend der Schlafhöhle gesehen hatte.

Die Gesellschaft brach nun allmählich auf. Die alten Farmer packten ihre Familien zusammen in die Wägen, und man hörte sie noch lange über die dumpfen Wege und über die entfernten Hügel rasseln. Einige von den Damen ritten hinter ihren Liebhabern, und ihr fröhliches Gelächter und das Rasseln der Hufschläge hallte längs des Waldes wieder und wurde allmählich schwächer und schwächer, bis es ganz verschwand. Die ganze geräuschvolle und muntere Scene war auf einmal still und wie ausgestorben. Nur Ichabod zögerte, nach Art der ländlichen Liebhaber, um noch ein *tête-à-tête* mit seiner Geliebten zu halten, vollkommen überzeugt, daß er nun auf dem geraden Weg zu seinem Glücke sei. Was bei dieser Unterredung vorging, getraue ich mir nicht zu sagen, denn in der Tat, ich weiß es nicht. Doch fürchte ich, es muß etwas nicht recht nach seinem Sinne gewesen sein, denn nach kurzer Zeit ging er mit einem fast trostlosen und verstörten Gesicht hinweg. Oh die Mädchen! die Mädchen! Hatte das Mädchen einen ihrer koketten Streiche gespielt? – War die Begünstigung des armen Pädagogen bloß eine Täuschung, um sich den Besitz seines Rivals zu sichern? – Der Himmel weiß es, ich nicht! – Genug, Ichabod stahl sich fort mit einem Gesicht, als wenn er ein Hühnerhaus statt ein Mädchenherz beraubt hätte. Ohne rechts oder links auf die Scene der ländlichen Wohlhabenheit zu sehen, die er so oft mit Wohlbehagen betrachtet hatte, ging er geraden Weges nach dem Stall und weckte mit einigen herzhaften Knüffen und Schlägen sein Pferd höchst unzart aus seiner bequemen Lage, denn es genas eines gesunden Schlafes und träumte von Bergen voll Korn und Gerste und ganzen Tälern voll Klee und Haferweide.

Es war gerade die rechte nächtliche Hexenzeit, als Ichabod, niedergeschlagen und schweren Herzens, seinen Weg nach Hause an den Seiten der stolzen Hügel, welche sich über Tarry Town erheben, verfolgte, und welchen er noch am Nachmittag zuvor so heiter passiert hatte. Die Stunde war so traurig wie er selbst. Weit unter ihm breitete sich der Tappansee mit seinen dunkeln und großen Wogen aus, hier und da mit dem hohen Mast einer Schaluppe, welche ruhig vor Anker lag. In der Totenstille der Mitternacht konnte er noch das Bellen eines Hundes von der entgegengesetzten

Küste des Hudson hören; aber es war so unbestimmt und schwach, daß man nur schwer sich einen Begriff von seiner Entfernung zu machen vermochte. Hier und da vernahm man das Krähen eines zufällig erwachten Hahnes von irgend einem Farmhause unter den Hügeln, aber es war nur, als wenn er den Ton geträumt hätte. Kein Zeichen des Lebens regte sich in seiner Nähe, als vielleicht das melancholische Zirpen einer Grille oder das Quaken eines Frosches in dem nahen Sumpfe, der nicht bequem schlief und sich plötzlich in seinem Bette umdrehte.

Alle die Geister- und Gespenstergeschichten, die er am Abend gehört hatte, drängten sich jetzt haufenweise in seine Erinnerung. Die Nacht wurde immer dunkler; die Sterne senkten sich tiefer am Himmel, und treibende Wolken verbargen sie seinem Auge. Nie hatte er sich so einsam und traurig gefühlt. Überdies näherte er sich jetzt der Stelle, wo manche der erwähnten Geistergeschichten sich ereignet hatten. In der Mitte der Straße stand ein sehr großer Tulpenbaum, der wie ein Riese über alle benachbarten Bäume hinausragte und eine Art von Grenzzeichen bildete. Seine Äste waren knorrig und phantastisch, groß genug, um die Stämme gewöhnlicher Bäume abzugeben, fast bis zur Erde und wieder in die Luft reichend. Er war enge mit der tragischen Geschichte des unglücklichen André verschwistert, der dicht dabei gefangen genommen wurde; gewöhnlich nannte man ihn nur Major André's Baum. Das gemeine Volk betrachtete ihn mit einem Gemisch von Ehrfurcht und Aberglauben, teils aus Sympathie mit dem Schicksal ihres unglücklichen Landsmannes, teils wegen der Erzählungen von den seltsamen Erscheinungen und den damit zusammenhängenden traurigen Stimmen und Lamentationen.

Als sich Ichabod dieser unheimlichen Stelle näherte, fing er zu pfeifen an; er meinte, sein Pfeifen werde erwidert, es war aber nur der Wind, der durch die dürren Zweige fuhr. Als er ein wenig näher kam, glaubte er etwas Weißes zu sehen, das in der Mitte des Baumes hing – er hielt stille und hörte auf zu pfeifen; als er aber näher zusah, gewahrte er, daß eine Stelle am Baume vom Blitze getroffen und das weiße Holz bloß gelegt war. Plötzlich hörte er ein Stöhnen – seine Zähne klapperten, und seine Knie schlugen gegen den Sattel: es waren aber nur ein paar vom Winde bewegte Äste, die sich an einander rieben. Er kam glücklich vor dem Baume vorbei, aber neue Gefahren warteten seiner.

Ungefähr zweihundert Schritte von dem Baume kreuzte ein kleiner Bach die Straße und ergoß sich in ein sumpfiges und dicht bewaldetes, unter dem Namen Wiley's Sumpf bekanntes Thal. Einige rohe, neben einander gelegte Stämme dienten als Brücke über dieses Wasser. An der Seite der Straße, wo der Bach in den Wald eindrang, verbreitete eine Gruppe von Eichen und Nußbäumen, dick mit wilden Weinreben umzogen, eine große Dunkelheit über denselben. Diese Brücke zu passieren, war ein schweres Unternehmen. Gerade an dieser Stelle war es, wo der unglückliche André gefangen worden war, und in dem Dickicht dieser Nußbäume und Weinreben hatte sich der starke Bauer verborgen, der ihn überfiel. Daher hielt man auch den Fluß seit dieser Zeit für verzaubert, und alle Schulbuben, die ihn in der Dunkelheit allein zu passieren hatten, fürchteten sich über alle Beschreibung.

Als er sich dem Fluß näherte, fing sein Herz zu pochen an; er nahm jedoch allen seinen Mut zusammen, setzte seinem Pferde die Sporen in die Rippen und suchte schnell über die Brücke zu kommen; aber anstatt vorwärts zu springen, machte das widerspenstige alte Tier eine Seitenbewegung und rannte quer gegen den Zaun. Ichabod, dessen Furcht mit der Verzögerung wuchs, zog mit dem Zügel nach der anderen Seite und stieß wacker mit dem entgegengesetzten Fuße; aber Alles war vergeblich; sein Pferd raffte sich zwar auf, aber nur um auf die entgegengesetzte Seite des Weges in ein Dickicht von Brombeer- und Erlenbüschen zu stürzen. Jetzt ließ der Schulmeister Peitsche und Ferse auf die abgemagerten Rippen Gunpowders einwirken, worauf dieser schnaubend vorwärts stürzte, aber gerade bei der Brücke zum Stehen kam, und zwar so plötzlich, daß er seinen Reiter fast über seinen Kopf heruntergeworfen hätte. Gerade in demselben Augenblick schlug ein dumpfes Geräusch an der Seite der Brücke an Ichabods feines Ohr. Zugleich sah er im dunkeln Schatten des Haines am Rande des Flusses etwas Großes, Mißgestaltetes, Schwarzes, gleich einem Turm. Es bewegte sich nicht, sondern schien sich in der Dunkelheit zu verbergen, wie ein Riesenungeheuer, das bereit ist, auf den Wanderer loszuspringen. Dem furchtsamen Pädagogen stiegen vor Schrecken die Haare zu Berge. Was sollte er anfangen? Umzukehren und zu fliehen, war jetzt zu spät; wie hätte er auch einem Geist oder Gespenst, wenn es ein solches war, entrinnen mögen, das ja auf Windesflügeln dahineilen konnte? Er ermutigte sich deshalb, so gut er konnte, und fragte mit stotternder Stimme: »Wer bist Du?« Es erfolgte aber keine Antwort. Noch einmal prügelte er auf die unbeugsamen Flanken Gunpowders los und fing an, mit geschlossenen Augen ein geistliches Lied zu singen. Augenblicklich aber setzte sich das furchtbare Schattenobjekt in Bewegung und stellte sich mit einem Sprung mitten in den

Weg. Obgleich die Nacht finster und schrecklich war, konnte man doch jetzt einigermaßen die Form des unbekannten Wesens unterscheiden. Es schien ein Reiter von bedeutendem Umfange auf einem schwarzen Pferde von mächtiger Gestalt zu sein. Er machte keine Anstalt, den Wanderer zu beunruhigen oder sich zu ihm zu gesellen, sondern blieb zur Seite in einiger Entfernung vom Wege, indem er auf der blinden Seite Gunpowders vorwärts trottete, der jetzt seine Furcht und seinen Eigensinn verloren hatte.

Ichabod, der keinen Gefallen an diesem fremden nächtlichen Begleiter hatte und der an die Abenteuer Brom Bones' mit dem galoppierenden Hessen dachte, trieb sein Pferd an, in der Hoffnung, ihn hinter sich zu lassen. Der Fremde dagegen hielt mit ihm gleichen Schritt. Ichabod riß aus, der andere tat dasselbe. Da begann ihm der Muth zu sinken; er wollte wieder singen, aber seine trockene Zunge klebte ihm am Gaumen, und er konnte keinen Ton hervorbringen. Es lag etwas Mysteriöses und Erschreckliches in dem mürrischen Schweigen dieses beharrlichen Begleiters. Bald sollte es sich aufklären. Indem sie eine etwas bergansteigende Gegend hinanritten, wobei sich die riesenhafte, in einen Mantel gehüllte Gestalt besser von dem Himmel abhob, war Ichabod vor Schrecken fast des Todes, als er bemerkte, daß sie keinen Kopf hatte! Noch größer aber war sein Schrecken, als er wahrnahm, daß der Kopf, statt auf den Schultern, vor ihm auf dem Sattelknopf lag. Sein Schrecken stieg zur Verzweiflung; er ließ eine Masse von Stößen und Schlägen auf Gunpowder hernieder regnen, indem er hoffte, durch eine plötzliche Bewegung seinem Begleiter zu entwischen – aber das Gespenst blieb ihm immer zur Seite. So stürzten sie denn vorwärts, durch Dick und Dünn; Steine flogen und

Funken stoben mit jedem Sprung. Ichabods leichte Kleider flatterten in der Luft, während er in eiliger Flucht seinen langen dürren Leib über den Kopf seines Pferdes ausstreckte.

Sie hatten nun die Straße, welche sich nach der Schlafhöhle wendet, erreicht; aber Gunpowder, der von einem Dämon besessen schien, machte, anstatt sich auf ihr zu halten, eine Wendung nach der entgegengesetzten Richtung und stürzte mit dem Kopfe voran den Hügel nach links herab. Dieser Weg führt durch eine sandige Höhle, ungefähr eine Viertelmeile lang von Bäumen beschattet, wo er die in den Gespenstergeschichten so berüchtigte Brücke kreuzt, und gerade darüber ragt der grüne Hügel hervor, auf dem die weiße Kirche steht.

Der panische Schrecken des Pferdes hatte jetzt seinem ungeschickten Reiter einen offenbaren Vorteil bei der Jagd gegeben; aber gerade als er halbweges durch die Höhle gekommen war, gab der Sattelgurt nach und drohte unter ihm wegzugleiten. Er hielt sich am Sattelknopf fest und suchte den Sattel fest zu halten, aber vergebens; er hatte gerade nur noch Zeit, sich an den Hals des alten Gunpowder festzuklammern, als der Sattel auf die Erde fiel und er hörte, wie er von seinem Verfolger unter die Füße gestampft wurde. Zeitweise dachte er wohl an Hans van Rippers' Zorn – denn es war sein Sonntagssattel; aber zu solchen unbedeutenden Dingen war keine Zeit da, das Gespenst war ihm dicht auf der Ferse, und da er ein ungeschickter Reiter war, kostete es ihm viele Mühe, sich auf seinem Sitz zu erhalten. Bald rutschte er auf die eine Seilte, bald auf die andere, bald stieß er sich mit solcher Gewalt an das hohe Rückgrat seines Pferdes, daß er dachte, der Leib ginge ihm entzwei.

Eine Öffnung in den Bäumen gab ihm Hoffnung, daß die

Kirchenbrücke in der Nähe sei. Der schwankende Reflex eines glänzenden Sternes in dem Flusse lehrte ihn, daß er sich nicht getäuscht hatte. Er sah die Wände der Kirche ziemlich deutlich zwischen den Bäumen hervorschimmern. Dabei erinnerte er sich des Platzes, wo Brom Bones' unheimlicher Gegner verschwunden war. »Wenn ich nur die Brücke erreiche«, dachte Ichabod, »so bin ich geborgen.« In demselben Augenblick hörte er den schwarzen Hengst dicht hinter sich klopfen und schnauben; ja, er bildete sich ein, daß er seinen heißen Atem fühlte. Noch ein tüchtiger Tritt in die Rippen, und der alte Gunpowder sprang auf die Brücke; donnernd lief er über die widerhallenden Bohlen, gewann die entgegengesetzte Seite, und Ichabod warf jetzt einen Blick hinter sich, um zu sehen, ob sein Verfolger, wie gewöhnlich, in Feuer- und Schwefelflammen verschwinde. Gerade da sah er das Gespenst sich im Steigbügel erheben und seinen Kopf gegen ihn schleudern. Ichabod versuchte dem schrecklichen Wurf auszuweichen, aber zu spät. Er traf seinen Schädel mit einem fürchterlichen Krach – und warf ihn der Länge nach in den Staub, während Gunpowder, der schwarze Hengst und das Gespenst mit der Schnelligkeit des Wirbelwindes vorbeipassierten.

Am nächsten Morgen fand man das alte Roß ohne Sattel, mit dem Zaum unter dem Fuß, ruhig an seines Herrn Tor grasend; Ichabod aber erschien weder beim Frühstück, noch beim Mittagstisch. Die Buben versammelten sich am Schulhause und schlenderten müßig an dem Ufer des Flusses herum, aber kein Schulmeister kam. Hans van Rippers fing nun an, einige Unruhe über das Schicksal des armen Ichabod und seines Sattels zu empfinden. Es wurde deshalb eine nähere Untersuchung angestellt, und nach fleißiger Forschung kam man auf seine Spur. Auf einer Stelle des Weges, der zu der Kirche führte, fand man den Sattel in den Schmutz getreten; die Spuren der tief in den Weg eingegrabenen und von der höchsten Eile zeugenden Pferdehufe leiteten nach der Brücke, jenseits welcher, an dem Ufer einer breiten Stelle des Flusses, wo das Wasser tief und dunkel war, man den Hut des unglücklichen Ichabod und dicht dabei einen zertrümmerten Kürbis fand.

Der Fluß wurde durchsucht, aber der Leichnam des Schulmeisters wurde nicht aufgefunden. Hans van Rippers, der zugleich Vermögensexekutor war, untersuchte den Bündel, der seine ganze irdische Habe enthielt. Sie bestand aus zwei und einem halben Hemde, zwei Halsbinden, einem paar wollenen Strümpfen, einem paar alten Hosen, einem rostigen Rasiermesser, einem Gesangbuch voll Eselsohren und einer zerbrochenen Tabakspfeife. Was die Bücher und die Gerätschaften der Schule betrifft, so gehörten sie der Gemeinde, mit Ausnahme Cotton Mathers »Geschichte der Zauberei«, einem neuenglischen Kalender und einem Buch über Träume und Wahrsagekunst, in welchem letzteren sich ein sehr beschmiertes und beschmutztes Blatt befand, welches mehre fruchtlose poetische Versuche zum Lobe seiner geliebten van Tassel enthielt. Diese magischen Bücher und das poetische Geschmiere wurden von Hans van Rippers sogleich den Flammen übergeben. Zugleich beschloß er, von nun an seine Kinder nicht mehr in die Schule zu schicken, in der Meinung, daß aus diesem Lesen und Schreiben nichts Gutes kommen könne. Das Geld, das der Schulmeister besaß, – er hatte erst vor einem oder zwei Tagen seine Vierteljahresbesoldung erhalten – hatte er wahrscheinlich zur Zeit, als er verschwand, bei sich geführt.

Die geheimnisvolle Begebenheit verursachte am folgenden Sonntag bei der Kirche viele Betrachtungen. Eine Menge von Gaffern und Klatschern versammelte sich im Kirchhofe, bei der Brücke und an der Stelle, wo der Hut und Kürbis gefunden worden waren. Die Geschichten von Brom Bones und ein ganzer Vorrat anderer wurden in Erinnerung gebracht, und als sie sie alle genau erwogen und mit den Zeichen des vorliegenden Falles verglichen hatten, schüttelten sie ihre Köpfe und kamen zu dem Schluß, Ichabod sei von dem galoppierenden Hessen geholt worden. Da er ein Junggeselle und Niemand etwas schuldig war, so krähte bald kein Hahn mehr nach ihm; die Schule wurde nach einem anderen Teil der Höhle verlegt und ein anderer Schulmeister angestellt.

Ein alter Farmer, der mehrere Jahre nachher einen Besuch in New York abstattete, und von welchem diese Geistergeschichte erzählt wurde, wollte wissen, Ichabod sei noch am Leben, er hätte nur die Gegend verlassen, teils aus Furcht vor dem Geist und Hans van Rippers, teils aus Verdruß, weil ihm seine Geliebte plötzlich den Abschied gegeben habe; er habe seinen Aufenthalt nach einem anderen Teil des Landes verlegt, halte Schule und studiere zugleich Jurisprudenz, wäre bei Gericht zugelassen worden, sei Politiker und wählbar geworden, und schreibe an Zeitungen. Brom Bones aber, der bald nach seines Rivals Verschwinden die schöne Katharine im Triumph zum Altar führte, soll äußerst listig darein geschaut haben, wenn die Geschichte von Ichabod erzählt wurde, und immer herzlich gelacht haben bei der Erwähnung des Kürbis, welches Einige auf den Gedanken brachte, er wisse mehr von der Sache, als ihm zu erzählen beliebe.

Die alten Bauernfrauen jedoch, welche die besten Richter in solchen Dingen sind, glauben noch bis auf den heutigen Tag, Ichabod sei durch übernatürliche Kräfte hinweggeführt worden, und das Ganze ist eine Lieblingsgeschichte, die man sich in der ganzen Gegend im Winter beim Abendfeuer erzählt. Die Brücke wurde mehr als je ein Gegenstand abergläubischer Furcht, und dies mag auch der Grund sein, weshalb der Weg in späterer Zeit verlegt worden ist, so daß er sich der Kirche am Rande des Mühlbaches nähert. Das verlassene Schulhaus kam bald in Verfall, und man erzählt sich, daß der Geist des unglücklichen Pädagogen hier umgehe, und der Pflüger, wenn er in stillen Sommerabenden heimschlendert, glaubt oft in einiger Entfernung seine Stimme zu hören, wie er seinen melancholischen Psalm durch die stille Einsamkeit der Schlafhöhle ertönen läßt.

# Editorische Notiz

Den vorliegenden Erzählungen dieses Bandes liegen folgende Ausgaben zugrunde:

Edgar Allan Poe: *Die Maske des roten Todes*
Edgar Allan Poe: *Lebendig begraben*
Edgar Allan Poes Werke. Phantastische Fahrten. Deutsch von Gisela Etzel. Berlin o.J. Die Illustrationen stammen von Harry Clarke.

Edgar Allan Poe: *Der Untergang des Hauses Usher*
Edgar Allan Poes Werke. Geschichten von Schönheit, Liebe und Wiederkunft. Deutsch von Gisela Etzel. Berlin o.J. Die Illustrationen stammen von Aubrey Beardsley und Harry Clarke.

Edgar Allan Poe: *Das Geheimnis der Marie Rogêt*
Edgar Allan Poe: *Wassergrube und Pendel*
Edgar Allan Poe: *Die schwarze Katze*
Edgar Allan Poes Werke. Verbrechergeschichten. Deutsch von Gisela Etzel. Berlin o.J. Die Illustrationen stammen von Harry Clarke.

E.T.A. Hoffmann: *Der Sandmann*
E.T.A. Hoffmanns sämtliche Werke. Nachtstücke. Berlin 1922.

E.T.A. Hoffmann: *Der unheimliche Gast*
E.T.A. Hoffmanns sämtliche Werke. Die Serapions-Brüder. Band 3. Berlin 1922.

Nikolaj Gogol: *Die Nase*
Nikolaj Gogol: *Der Mantel*
Petersburger Erzählungen. Deutsch von Alexander Eliasberg. München 1920. Die Illustrationen stammen von Walter Gramatté.

Gustav Meyrink: *Das Wachsfigurenkabinett*
Gesammelte Werke. Band 4. München 1913.

Charles Dickens: *Die Silvesterglocken*
Gesammelte Werke. Band 2. Deutsch von Gustav Meyrink. München 1924. Die Illustrationen stammen von Daniel Maclise, John Leech und Clarkson Stanfield.

Washington Irving: *Die Legende von der Schlafhöhle*
Amerikanische Anthologie. Teil 2. Novellen. Deutsch von Adolf Strodtmann. Leipzig 1880. Die Illustration stammt von George Henry Boughton.

Eindeutige Druck- und Satzfehler wurden korrigiert.